我的莫格利男孩

阿如 著

（上）

中国出版集团
中国民主法制出版社
全国百佳图书出版单位

图书在版编目（CIP）数据

我的莫格利男孩 / 阿如著 . — 北京 : 中国民主法制出版社 , 2019.9
ISBN 978-7-5162-2059-7

Ⅰ . ①我… Ⅱ . ①阿… Ⅲ . ①长篇小说 – 中国 – 当代
Ⅳ . ① I247.5

中国版本图书馆 CIP 数据核字 (2019) 第 183109 号

图书出品人 / 刘海涛
出 版 统 筹 / 周锡培
责 任 编 辑 / 梁　惠　黄宝强

书名 / 我的莫格利男孩
作者 / 阿　如　著

出版 · 发行 / 中国民主法制出版社
地址 / 北京市丰台区右安门外玉林里 7 号（100069）
电话 / 010-63292534　63057714（发行部）　63055259（总编室）
传真 / 010-63055259
Http: //www.npcpub.com
E-mail: mzfz@npcpub.com
经销 / 新华书店
开本 / 16 开　710 毫米 × 1000 毫米
印张 / 32
字数 / 530 千字
版本 / 2019 年 9 月第 1 版　　2019 年 9 月第 1 次印刷
印刷 / 北京天宇万达印刷有限公司

书号 / ISBN 978-7-5162-2059-7
定价 / 69.80 元（全两册）

目录

（上册）

一　奇幻初遇

白皑皑的群峰连绵不绝，郁郁葱葱的森林环山而抱。

森林的中央有一片湖水，将这起伏的山峦与参天的古树倒映在湖面上。

阳光似金色的细沙倾泻而下，洒落在盘根交错的树林上，又透过重重叠叠的枝叶，在长满苔藓的岩石上落下一个个斑驳光影。

鸟鸣伴随着淙淙溪水在微风中回荡，泥土的芬芳让人心旷神怡。

“嗷呜”的一声吼叫，一群灰椋鸟惊得扑棱着翅膀飞了过去，几片树叶缓缓飘下，又被风卷起翻滚。

“什么声音？”身披西服，戴着墨镜，正在享受天然氧吧的凌熙从躺椅上直起身，询问周围的同伴，“这附近该不会有狼吧？”

“熙爷，你说什么？我们前面在调整设备，没听见。”助理兔兔停下手上工作，紧张地询问道。

凌熙按了按自己的太阳穴，看了看波光粼粼的湖面，一片现世安好的景象。

“估计是我太累了，产生了幻听。”凌熙边说边看了看自己的指甲，“设备就先这样吧。你给我做个森林图案的指甲造型，让我再休息会儿。”

“现……现在？”兔兔难以置信地看着凌熙。

“有什么问题吗？”

“你不是说今天一早就要开始拍摄，可现在都快下午了，还要做指甲的话……”

“你看就这个造型好不好？”

凌熙丝毫不理会兔兔的疑惑，把从手机上找到的一款森林图案的美甲款式指给兔兔看。

“哦……好吧。”兔兔接过手机，对照着图案，埋头给凌熙做起了指甲。

远处任何和李凯见凌熙还没有拍摄的打算，就前往保姆车内翻箱倒柜地找驱蚊液，喷在他们被叮了几十个大包的胳膊和腿上，这次拍摄遭受的这皮肉之苦真是让人难以忍受。

“真是糟心的拍摄啊。”任何和李凯不约而同地嘀咕着。

说实话，作为犀犀凌服装工作室的人员，兔兔、任何和李凯被凌熙这次拍摄折腾得够呛。先是长途跋涉，将原定拍摄地临时换到了湖边，又是嫌弃光线不够等了一个小时，等光线满意了，又觉得设备参数要重新调整，现在又开始做指甲。若不是看在凌熙是自己老板，又的确让工作室收获了些许名气的份儿上，他们也许早就受不了了。

毫不夸张地说，熙爷的工作风格就像一个被聚光灯和粉丝们簇拥着的女明星。

下午两三点钟的太阳晒得地面仿佛都冒起了热气，任何和李凯埋怨归埋怨，却不敢去催促凌熙。他们只能自己擦着汗，等待另一边吹着风扇，躺在太阳椅上的凌熙尽快做完她的指甲。

森林中的树叶被风吹过，传来此起彼伏的唰唰声，仿佛催眠曲一样在李凯和任何的耳边回响。他们支撑着眼皮，强打起精神，眼看着太阳一点点在西边缓缓落下却无可奈何。

“熙爷，我做完了。”兔兔为凌熙做好最后一个指甲，内心忐忑地看向这位女老板。

凌熙把指甲伸到面前仔细凝视，兔兔、任何和李凯皆一脸紧张地等着凌熙的回复，时间仿佛在这一刻停滞了。

“差不多了吧。”

所有人员因凌熙的一句话如获大赦，阴郁的脸色转为晴好，欢呼的音符简直要脱口而出了。任何赶忙拿着衣服给凌熙换上。李凯用最快的速度搭起摄影架，拉起了幕布。

就在大家匆忙准备拍摄时，凌熙自顾自地打开了直播：“大家好，这季森系主题，我特意为你们选择了有自然气息的颜色与图案。希望各位在穿上它们的时候，就像把大自然的阳光和空气也穿在了身上，更重要的是，感受到我的心也和你们在一起。”

直播弹幕上开始刷起了“火箭”。

——帅帅帅！

——熙爷穿什么都帅！

“西柚”（凌熙的粉丝团给自己起的名字）的崇拜之情即将溢出屏幕。

三位助理都愣住了，就好像小时候玩的木头人游戏一样，一动不动。

果然是他们认识的熙爷，想一出是一出，再一次不按常理出牌！

为了准备这次“直播”，设计师任何熬了好几个通宵才做出了凌熙满意的服装方案，而价格高昂的拍摄设备是商务达人李凯和供应商磨了整整两天才搞定的。之前为了找合适的拍摄地，兔兔腿都跑断了，却不想最后选的是这片郊外森林。大家精心准备的流程全被凌熙直接无视了。

更尴尬的是，看着弹幕和各种礼物铺满了屏幕，他们不知道是高兴好还是伤心好。

私下他们也交流过，觉得现在的粉丝都是戴着滤镜生活的，“爱豆”的一举一动都能成为他们疯狂的理由。早些年，这些待遇只属于明星，而如今更多的网红达人分享了这份粉丝的厚爱。犀犀凌服装工作室的老板——凌熙，就是这样一位网红时尚达人。

看到手机上不断跳跃的弹幕，凌熙露出了得意的笑容，但就在一秒后，这漂亮的脸蛋却苍白得似一张纸。

砰——

不远处一声巨响传来，把凌熙和三位工作室成员都吓了一跳。

当然被吓到的不止这四位，还有同时在看直播的粉丝们。

弹幕的画风突然变化了。

——好可怕！

——像枪声？

——是捕兽夹的声音！

——是动物被夹了，好可怜！

众人的第一反应是离开拍摄地，毕竟这声巨响怎么听都不是安全的信号。

但看直播的粉丝数却突然暴涨，都在热议刚才的巨响到底是怎么一回事。

凌熙敏锐的头脑忽然意识到这是一个千载难逢的机会，于是她鼓起勇气对着手机屏幕说：“这么危险，熙爷我给大家一探究竟。”

兔兔、任何和李凯在短短的几分钟内先是失落，再是慌张，此刻又被凌熙的举动彻底吓到了。他们一句劝阻的话都说不出来，只是本能地朝着凌熙拼命摆手，示意凌熙不要去冒险。

凌熙却手脚麻利地坐上她的敞篷车，一踩油门，加速朝着响声传来的方向奔去。

等到车子没了踪影，兔兔、任何和李凯才稍稍缓过神来，他们面面相觑，追也不是，不追也不是。

凌熙开着敞篷车，悠闲地和粉丝们积极互动。

“如果到时候我救出的是珍稀动物，就交给国家有关部门。如果是只小兔子之类的，我就带它回家养伤，把家里三分之一的位置留给它活动，当然，还有三分之一，是给你们预备的哦。”

凌熙自顾自地说着，丝毫没有意识到自己已逐渐将车开到森林深处。

粉丝们被凌熙帅气的回答迷倒。

——熙爷好棒！

——熙爷真的太有爱了！

就在凌熙因粉丝的赞美得意扬扬时，直播信号却开始断断续续。

“你们还听得到我说话吗？……”

山路越来越陡峭，凌熙看到自己的手机信号一格格消失，表情随之变得凝重。

手机的屏幕最后一抖动，完全没有了直播信号。

“糟糕，没直播信号我来救什么动物！”

凌熙聚精会神地调整着手机，一个黑影出现在车后。

咚的一声，车下似乎磕碰到了什么东西，跑车直挺挺地倒退，凌熙慌忙失措，猛踩刹车。

她努力让自己镇定下来，小心翼翼地下车，围着车转了一圈，后座堆满了各种衣服、包包和首饰，周围似乎看不出什么异样。

天色渐暗，整个森林被遮天蔽日的大树保护着，静谧、神秘。

眼看前方已经没有了能走的路，灌木、枝叶和草丛占据了视野。风也逐渐变大，吹动着身边的草丛，卷起地上的落叶。

凌熙打了个寒战，还救什么动物呀！再这样下去就要等人来救我了吧！

她一踩油门，掉头就往回走。

从森林回到都市这一路上，凌熙想着这一天的经历，觉得自己就像做了场匪夷所思的梦。只有看到逐步攀升的粉丝数，她才相信这一切都是真实的。

此时，一阵电话铃声打断凌熙的思绪，温柔的声音从电话那头传来。

“凌熙啊，今天是你爸爸的六十大寿，你有时间还是回家看看他吧，他其实很想你！”

是那个做保姆的后妈文郁！凌熙翻了个白眼，习惯性不耐烦地回道：“他要过六十大寿就自己好好过呗，非得叫我回去给他添堵犯得着吗？要过你自己陪他过去！”

文郁正要和凌熙再解释，凌熙已经挂断了电话。

从小到大，凌熙已记不清跟这个后妈发了多少次火，这个后妈也明白凌熙不会给她好脸色，却依然打了这通“注定被骂”的电话！思及于此，凌熙一时有些心软。

她停下车，在凌乱不堪的车后座一通乱翻。一只手从一堆衣服中露了出来，转眼，一件衣服抛了过来，又将那只手盖上，凌熙却丝毫没有发觉车内的异样。

终于，凌熙从杂物堆中摸到了一个礼物盒！

她表情复杂地看着这个礼物盒，最终将它往车内一丢。

这栋楼灯火辉煌，在夜晚显得分外华丽，推门而入，展现在眼前的是一间欧式豪华风格的大平层。

水晶吊灯悬挂于屋顶，将深褐色牛皮沙发照射出饱满的光泽；旁边欧式原木客厅柜上展示着各种银器与珍玩；餐桌上铺了一块金色暗纹的桌布；大大的落地玻璃窗将窗外城市的夜景展现无遗。

文郁扭头面对凌正浩，认真询问：“你换个角度，看我把这束花放这里好不好看？”

“可以吧。”

凌正浩专注地盯着着手中的杂志，头也不抬，眉头却因文郁的认真细致而微微皱起。

“你动都不动一下，就说可以？”

“你这么伺候她，这是你家还是她家？我和你说了多少遍了，你现在是她的长辈，不要把自己当成她的保姆！”

“谁说我还把自己当保姆啊？我没有！”文郁嘴上不愿意承认，手上却不停地调整花的高低位置。

凌正浩环视整个家，眼神扫过餐厅和客厅，冷冷地说："换了花，还换了桌布和沙发垫颜色，还真是什么都按照她的喜好来，到底谁过生日？"

文郁被凌正浩说中心事，有些不知所措，伸手捋了捋耳边的头发，显出一丝紧张。

"你也知道凌熙从小对我有意见，我俩一直处不好关系。但我知道她嘴硬心软，如果她回来看到家里换了面貌，也许会开心一点。"

凌正浩冷哼一声，继续翻看杂志。

"想看到总能看到，都闭上眼睛装瞎了，你还能把她眼睛扒开？"

"那总要努力努力吧。你也真是的，态度好点，明明心里在意。"文郁走到凌正浩面前，见凌正浩正要反驳，赶紧按住，"行了行了，我知道你怎么想的，万一凌熙今天真的回来，你可得好好说话，别动气啊。我可是做了很多她爱吃的菜，别说着说着吵起来啊。"

"怎么我还得让着她？都多大的人了，像什么样子！"凌正浩一脸气愤。

话音未落，防盗门被打开。

凌熙背着包进来，正好听到了这句话，她整个人都僵在门口，明亮的房间瞬间被尴尬而严肃的气氛笼罩。

"凌熙回来啦！"文郁反应过来，招呼凌熙坐下，"来了就快坐啊，站着干吗？你们父女俩好好聊聊天，我去忙了。"文郁说完就往厨房走去。

凌熙僵在门口没有动，凌正浩也不理会凌熙，依旧在沙发上看杂志。

文郁经过凌熙身边，凌熙赶紧回避文郁的眼神。一时间，客厅内就剩下凌正浩和凌熙父女两人。凌熙内心也尴尬不爽，却表现得像没事人一样拉了把凳子坐了下来，故意与凌正浩保持了一段距离。

"好不容易回趟家，也不好好叫人！"凌正浩没好气地指责凌熙。

"我习惯了，你还没习惯吗？"

"你说什么！"

"我说我高中就搬出去一个人住了，每天回到家就一个人，没有回家称呼人的习惯。"

听到凌熙回嘴，凌正浩很想发火，但硬是把火气压了下去。

“那你就多回来吃饭，又不是要你的命。”

凌熙听到凌正浩难得软下来的语气，心也跟着软了下来。她把礼物从包里扯出一个角，却始终没有勇气把礼物拿出来，递到凌正浩面前。

“也正好习惯习惯怎么和你文阿姨相处。”凌正浩继续教育道。

凌熙听闻此话，果断地把礼物又塞回了包里。

“我觉得一个人住很好，安静、随意，想干吗干吗，比跟外人相处容易多了。”

“你说谁是外人？你拎得清谁是外人，谁是家人吗？真正关心你的只有家人！”

“你放心，我心里清楚着呢。你所谓的关心肯定要对我提一大堆交换条件，我这么爱自由的人，没这个心思跟你谈交易。”

凌熙和凌正浩开始了他们的例行吵架。

这么多年了，凌熙因为接受不了凌正浩在妈妈死后找了个保姆做后妈，对文郁和凌正浩非常不满。凌正浩也觉得自己越来越管教不好这个叛逆的女儿。

正所谓“爱之深，责之切”，凌正浩其实总想着补偿凌熙，却不知不觉把凌熙推得更远。

就在凌正浩要狠狠教育凌熙之时，一个高亢的声音传来。

“凌叔叔、文阿姨好！”

凌熙和凌正浩一起转头，看见凌宇牵着高婕的手，一副很恩爱的样子走了进来。

凌宇弯腰给高婕拿家里的拖鞋，很是体贴，高婕一脸受用。

凌熙看着高婕手上抱着一堆东西和凌正浩寒暄，忍不住翻了个白眼，冷哼一声：“又来了个外人。”

凌宇听到了凌熙的不满，故意搂住高婕：“以后都是一家人，肯定会经常见面的。”

高婕很不屑地看着凌熙的穿着，那衣服下摆还因在森林中拍摄有些破损，接着嘲讽凌熙道：“凌熙倒真的是自己人，随便穿件破衣服就回家吃饭。”

凌熙看了眼自己的衣服，刚想反击，被凌正浩出言打断：“回房间换衣服吧，你房间没人动过。”

凌正浩这话实际是在给凌熙撑腰，毕竟这个家总会留一个地方给凌熙居住，而高婕虽然是凌宇的女朋友，但毕竟尚未过门，若现在就仗着男朋友凌宇是长子恃宠而骄地在家挑拨离间，恐怕凌正浩也不会认下这个儿媳妇。

高婕听了凌正浩的话虽然不爽，但也不好再说什么。

凌熙也听明白了凌正浩的意思，白了高婕一眼，就往自己房间去了。

待凌熙换了一身衣服回到客厅，只见除了她之外的四个人已经坐在了长条桌边准备开饭了。

凌正浩和文郁坐在长条桌子的主位，凌宇和高婕坐在侧面，凌熙一个人坐在凌宇的对面，孤孤单单，好像是多出来的一个人。

高婕见人已全部落座好，熟练地举杯庆祝。

“祝叔叔身体康寿，笑颜永驻！”

“祝爸健康长寿，和妈鹣鲽情深。”凌宇也送上祝福。

凌熙听着这些祝福，在一旁很是尴尬，仿佛应该轮到她说些什么，可她又说不出口。

凌正浩看出了凌熙的尴尬，为凌熙打圆场：“行了，别一个个祝寿了，又不是七老八十。一家人能聚在一起吃个饭就是福气。”

高婕站起身从厨房端出了一个生日蛋糕。

“叔叔六十岁生日，俗话说‘不到花甲不庆寿’，虽然您是不看重这些仪式的，但生日蛋糕总是要有的，不然就像没经历过一样，多遗憾啊！您别担心，这蛋糕是低脂的。”

凌熙看到高婕一脸殷勤，压制着内心厌恶的情绪，但却忍不住将不爽流露在脸上。高婕一点都不在乎，反而有些得意地说：“再加上凌宇今天拿下了那个难缠的单子，算是双喜临门，一起庆祝一下！”

凌正浩听到高婕汇报凌宇的战绩，果然眼睛一亮，心情大好。

“嗯，这件事小宇办得不错，算是有进步。”

凌宇谦虚地说道：“高婕夸张了，生意方面的事我毕竟经验还不足。”

这个哥哥真的越来越虚伪，凌熙实在看不下去他和高婕做作的样子。

“要这么多生意经验干什么，你只要安心当好我爸的儿子，带着经验的各位叔叔会自动来帮你的。”凌熙话中带刺，一字字扎了过去。

众人一愣，高婕刚想反驳，却听到凌宇极度隐忍地回应道：“嗯，我能力还是有所欠缺，的确是要在他们手下多多磨炼。”

凌熙没想到以前和她一见面就斗嘴的哥哥居然在她面前假装服软，不由感慨眼前这两人的戏演得可真是炉火纯青。一个甜言蜜语刻意邀功，一个故意谦虚以获取父亲好感。自己看不惯他们假模假样的嘴脸，回了句夹枪带棒的话，没想到正中他们下怀，反而显得自己心胸狭小。

“叔叔、阿姨，这份礼物才是今天的重头戏，你们一定会喜欢的！”高婕起身去取那件块头不小的包装物。

“是啊，高婕一个人挑了很久，边框还是她自己设计的，她得意得很！”凌宇说着，和高婕相视一笑。

凌熙斜着眼看着对面的凌宇帮着一层层撕开包装纸，里面露出了一个用上好木料制作的相框。

凌熙有些疑惑，文郁却有种不祥的预感，一脸不安。

“听凌宇说叔叔和阿姨最近赶潮流，去拍了套结婚照。我想着明珠总要有个宝盒来衬，这么有意义的照片，配上符合它身份的相框才行吧！把照片放里面一挂，多好看。”高婕一边说，一边打量着房间，思索着摆在哪里更好一些。

凌熙脸色变得十分难看，文郁看着凌熙，脸色也越发尴尬。

照片上文郁和凌正浩幸福地微笑着，在凌熙看来却仿佛是一把利剑，划过她看似封闭坚强，却千疮百孔的心。赤裸裸的疼痛提醒着她：现在他们才是一家人，而自己和已经过世的母亲早就成了这个家的“外人”。

“你们吃吧，我吃饱了，先走一步。”凌熙拿起包准备离开。

“走什么走，饭还没吃完呢。”凌正浩对凌熙的态度非常不满。

“我今天可以憋住不发火，我走还不行吗，这你也要管我？”

“凌熙，今天日子特殊，你就给你爸爸个面子……”文郁试图劝住凌熙，凌熙却没搭理，直接质问凌正浩。

“我就搞不懂了，平平静静吃完一顿饭不是挺好的吗，干吗非得在我面前摆这个？”

“是我不好，你不喜欢，我们就不挂了。小宇，把这个拿出去！”文郁一边示意凌正浩别再说了，一边指挥着凌宇将照片拿走。

凌正浩没想到文郁还是那么懦弱地迁就凌熙，愤怒地吼道：“为什么要顺着她？

这是你家，做什么还轮不到她来摆脸色！不想吃就滚。”

“滚就滚，反正我也不想待在这儿。”

凌熙打开门，气不过，又回过头来嚷道：“自从你和这个女人结了婚，你眼里就没有我了，不记得我那个死去的妈了，也不记得她为了你连一场像样的婚礼都没有，更不记得她病到最后，都惦记着能和你拍婚纱照这件事。我还能说什么，我这个外人，只能祝你生日快乐，祝你们百年好合！”

“凌熙，今天是爸的生日，你不吃饭也别再戳刀子了好吗？”凌宇借机指责起凌熙。

“戳刀？”凌熙看着凌宇就来气，“是谁先戳我的？你别以为我不知道你们母子俩打的什么算盘，我妈才死一年，他们就结婚了，谁知道是什么时候搞在一起的？”

啪的一声，凌熙只感到自己的脸上滚烫，凌正浩的手在颤抖。

凌熙含着泪，却高傲地扬起脸。

“我不奉陪了！”

说着她冲出门去，门砰的一声关上了。

冲出家门的凌熙再也止不住眼泪，她回到自己的车中，用力砸了几下方向盘。

为什么？凭什么明明是自己的家，现在自己却变成了多余的人？！

她趴在方向盘上痛心不已，偌大的城市，万家灯火逐渐亮起，却没有一个自己的归属。她从包里拿出给爸爸准备的礼物，生气地往后座一扔。

礼物盒仿佛砸到了什么东西，在座位底下，似乎有庞然大物动了一下。紧接着，车座上那些杂乱的物品都翻倒了下来。

凌熙吓了一跳，她一点点回头，想要看清座位底下的东西，却见杂物翻倒后，后座上露出来一只活生生的人手。凌熙屏住呼吸注视着那只手，那只手还动了一下！

凌熙整个人吓得一下子“弹”出车外。

“不会吧？难道我车里有个人？”

她冷静两秒后，蹑手蹑脚地靠近车窗，继续观察。

只见车内那只手又动了一下，吓得凌熙转过身去蹲在地上。她背后发凉，汗毛竖起，一脸惊疑。

“怎么回事，什么时候？……”

凌熙拼命回忆，想起了去森林拍摄，开车时仿佛撞到了什么东西！

她赶紧站了起来，壮着胆子坐进车里，在行车记录仪上翻查当时记录的视频，开始播放。

行车记录中显示——森林中因信号不好，自顾自调试手机信号的凌熙完全没注意到车后有个人，腿部受了伤，正一瘸一拐朝着自己走过来。忽然，车底似乎磕碰到了地面上的什么东西，跑车直挺挺地倒退，凌熙惊慌失措，猛踩刹车。车在倒车过程中，正好撞到后面正一瘸一拐走过来的人，那个人被车撞倒，翻到了敞篷车的后座上。

看清整个过程的凌熙吓傻了，这下怎么办？慌乱之中，她忽然想起了什么，赶紧拿起手机，打电话给她的闺密唐澄。

酒吧里，一片五颜六色的光芒，嘈杂而劲爆的音乐声让所有身陷其中的人找不到自己，找不到灵魂。

一个帅哥从酒吧喧嚣处走了过来，脸上写满了期待。他一个转身绕开了所有人的视线，来到了隐蔽处。与此同时，一个穿着热辣，神态妩媚的女人将他抱住，两人距离近在咫尺。帅哥双手环住她的腰，两人在暧昧气氛的烘托下，开始热吻。

手机却不合时宜地响了起来，响了一次又一次，无休无止。

热吻中的两人缠缠绵绵不愿分离，而在手机第 N 次响起之后，唐澄不得不从裤兜里拿起手机，边按下接听键，边和小男友热吻。

凌熙惊慌失措的尖叫声从话筒里贯穿出来，似乎要刺穿两人。

“澄澄！我，我好像撞了人！”

“你说什么？大声点。”

“我在森林里碰到个野人！”

“你编理由真是越来越不走心了，上一次好歹还说是被蝙蝠侠拐卖了，最近文化积累不太够啊！”

“你要我怎么说才信？”

“你真遇到困难找警察啊，找我有什么用，我是警察吗？如果你纯粹是导演欲发作，要不……”唐澄环住小男友的脖子，“帮我和我的新男友导段小电影？”

说完她又迎上了小男友的热吻，顺便挂掉了电话。

被挂掉电话的凌熙六神无主。

这个死女人！我诅咒你今天被劈腿，明天就分手！凌熙恨恨地想。

真是求人不如求己，凌熙只好壮着胆子，探头向后座看了看，一个发型如爆炸头、满脸淤泥、满身血迹、穿着破烂的“野人”正躺在自己的车后座上。

凌熙甩了甩头，睁大眼睛，没错，一个人静静地躺在车后座上，他的手和脚还不由自主地抽动了一下。脸色煞白的凌熙猛地回过头，声音颤抖地自言自语：“这人可千万别死在我车上啊！”

凌熙一踩油门，车飞了出去。

这一天真的是够了，几乎所有的糟心事都像约好了似的集中发生，她用尚存的一丝理智告诉自己，这个人（如果能称之为人的话）不能死，否则后果将不堪设想！

二　你的名字

不知道过了多久，他从昏迷中苏醒过来。

医院里，护士的脚步匆匆忙忙，病人的说话声和金属器械互相撞击的声音不断地传到他的耳朵里。

他搜索着记忆中的声音：

有脚边流过的溪水潺潺；

有随风摇曳的树叶飒飒；

有互相追逐的动物低吼浅吟；

他甚至能听懂那些动物的喜怒哀乐，

但对当下四周的声响却如此陌生。

他皱着眉头，缓缓睁开眼睛。

“你醒了啊，张开嘴让我检查下。”医生打开手电筒，“你听得到我说话吗？有哪里不舒服吗？”

手电筒直直照了过来，面对前所未有的刺眼光线，他不由得伸手去遮挡。

“你怎么了？别害怕。”医生安慰道。

他微微侧身，弓起背，眼中满是警惕。他用指甲抠住床单，却感觉不对劲，举手一看，原先锋利的指甲居然已经被剪掉了。他发现自己换上了蓝白相间的病号服，就好像一只穿着奇怪的马戏团宠物。

医生试图接近他，他却朝着医生发出警告的低吼。

医生被吓了一跳，赶紧逃出了病房。

他警惕地看看周围，“唰”地翻坐了起来。

腿上一阵剧痛，但也顾不上了。

他本能地在后背上找寻自己的武器——一把弓，却发现后背上什么也没有。

想要下床，却意外发现床有弹性，他坐在床上，使劲用屁股弹跳了几下，床发出了嘎吱嘎吱的响声。再动动屁股，质感让他觉得很神奇。然而弹得太用力，他一下滚落到地上，牵扯到了手背上的吊针。他感到一阵疼痛，抬起头来一看，见手背上的输液管一路连到了头顶上方的一个吊瓶，吊瓶里的液体正在晃悠。

看着滴管上的液体一滴一滴流下来，他忽然感觉十分口渴，小心翼翼地凑上去闻了闻。似乎没有危险，于是他小心翼翼地伸出舌头，在塑料吊瓶的外壁上舔了一口。

“呸”，塑料吊瓶的味道他觉得并不好，可是嘴唇干裂得厉害，他不停地舔嘴唇，对着吊瓶里的液体望眼欲穿，终于他小心翼翼地摘下吊瓶。

医生对门口的护士交代：“把他转去特殊病房，并通知精神科的医生来看看，我怀疑他的脑部受到了重创！”

护士跟随医生走到他的床前，拉开帘子，只见床上空空如也。

忽然，从头顶上方飘落的一根输液管直直地垂到了医生眼前。

医生和护士茫然抬头，却见病人正蹲着蜷缩在柜子顶上，如同抱着奶瓶一般抱着吊瓶想吸里面的液体，样子竟有点儿萌。

“事不宜迟，赶紧通知精神科的医生来会诊！”

医生和护士匆忙离开病房，留下他一个人。

他口渴难耐，却对塑料吊瓶毫无办法。于是他闭上眼，动了动耳朵，希望通过声音寻找水源的位置，他天生听觉异常敏锐，远超常人。

五米外有个人打着电话，一路“喂喂喂”地走过来，声音大得像喇叭。

六米外，一个阿姨正在问药的服用剂量，声音尖锐得快要划破他的脑袋。

七米外，玻璃瓶哐当摔碎的声音极度刺耳。

走廊尽头，一个水龙头开着，流着的水“哗啦哗啦”，甚是动听。

他猛地睁开眼，兴奋地冲了出去。

眼前的环境令他十分陌生，他扶着墙壁，小心翼翼地在走廊行走，迎面走来好几个人，这是他第一次见到这么多人，一时间愣住，本能地让自己面向墙壁，像壁虎般贴墙走。忽然，前方一棵巨大的盆栽挡住了他的去路。

他用鼻子闻了闻盆栽的味道，那是熟悉的来自森林的一丁点气息。他小心翼翼地把盆栽移到了自己面前，完美地挡住自己。可是忽然盆栽被人抬了起来，缓缓移动。他跟随它一起移动！盆栽停，他也停；盆栽动，他跟着动，似乎是奔着厕所的方向。

忽然，搬着盆栽的人手上的智能手环大幅度震动起来，智能手环的屏幕也亮了，吓得他直接蹿进了对面的女厕所。

“啊！啊！变态啊！谁让你进来的，这里是女厕所！”女厕所里传来此起彼伏的叫骂声。

他乘乱逃到了隔壁的男厕所。

他兴奋得眼睛发亮，不断地舔着自己干渴的嘴唇，吞咽着口水。男厕所里只有一个人，那人哼着小曲走过来，挠了挠头，在水槽前洗手，水哗哗地流。

好不容易等到水槽边洗手的人走出门，他立刻扑了上去，高兴地把头伸向还在流淌的水！

然而，水流就这么戛然而止了。他抬起头，茫然地寻找着水龙头的把手，可是一无所获。他这里拧一下，那里转一下，却依然不见水龙头里流出水来。

研究半天还是滴水未出，他沮丧又愤恨地捶向水龙头。

不知道碰到了哪里，水突然流出来了，他呆立了半晌，终于鼓起勇气凑上前去喝水，水龙头好像故意跟他作对一般，又自动关闭了。

白忙活一场的他回到走廊上依旧口渴难耐，走廊里有一条导盲犬对着他狂吠摆尾。

他顺着导盲犬的叫声看去，竟然看到一个落地饮水机！

只见有个人从下面的小格子里拿出一个水杯，将水杯放在接水槽处，一边撩着发，一边按下出水按钮接水。

等那人走后，他立刻有样学样，从下面的小格子里拿出水杯，一边撩着发一边按下按钮，果然有水流了出来，然而没想到这水是滚烫的热水！烫得他立即扔了杯子。

凌熙拿着一堆单子，四下寻找那个稀奇古怪的“野人”的身影。

“这么一会儿人跑哪儿去了？不会是又要给我闯祸吧？”

凌熙路过一间病房，忽然听见病房里传来吵吵嚷嚷的抱怨声，于是她探头一看，见病人们正望着自己的餐盒表示不满。

“这伙食啊，是一天比一天差，昨天还有一荤一素一汤，今天就只有一荤一素了！”

“就是，这没有汤，是要让我们自己榨玉米汁喝吗？”

“我也没有啊！”

“太过分了！”

护工委屈地和病人解释，自己刚检查过，确实是一荤一素一汤，怎么就只剩下一荤一素了呢？

她并不知道，十几盒汤刚才被一个奇怪的病人给截走了。

他喝完了十几盒汤，打个饱嗝，十分满足，闭了会儿眼睛养神。

他摸了摸鼓起的肚子，伸了个大懒腰，然后下意识地摸了下胸口，忽然又变得紧张起来。左右来回摸索自己的脖子，确认了一个事实：对自己至关重要的狼牙不见了！

他几乎调动了自己所有的嗅觉，企图闻到自己平时佩戴的狼牙。

四面八方的味道传进了他的鼻子，消毒水的味道刺痛了他的神经，盐水的味道让他作呕，痰盂味、吊瓶味、外卖味统统和他的神经在做对抗。

最终他的目光落向了窗外。

他一步步走向窗边，正巧被一个保安看见，保安的第一反应是有人要跳楼，飞一般地扑了上去……

凌熙寻找了一圈都不见这个“野人”的影子，正准备离开，看到走廊的一头聚集了很多人。

她定睛一看，自己送到医院来的“野人”和几个保安扭作一团。“野人”此时也看到了凌熙，求助地望向她。

“喂，病人在这里，家属快过来帮忙！病人要跳楼！”护士认出了凌熙，是凌熙把这病人送来医院的，自然她就是家属。

凌熙顿觉丢脸，她戴着口罩，假装震惊地说：“哎呀，二舅！我找了你半天，你怎么跑这儿来了！”

“这是我家亲戚啦，大家不要慌，他就是脑子不太好，不会寻死的……”凌熙使出吃奶一般的力气拉着“野人”挤出人群，围观群众皆一脸狐疑，各种眼神投向这两个人。凌熙幻想了无数次穿着漂亮的衣服在聚光灯下成为众人的焦点，但此刻她却用口罩严严实实地遮住自己。

“野人”被凌熙搂着下楼来到医院门口。

他闻了闻凌熙身上的味道，有点熟悉，顿感安心。

“你直接开个价好了，多少钱？”凌熙摘掉口罩，“野人”才发现她表情愤怒，“我又没有不管你，没必要搞得要跳楼吧！”

“野人”不懂凌熙在说什么，凌熙以为“野人”是要继续敲诈她，于是从口袋里摸出一沓钱，塞到“野人”手上。

“你收了钱就表示同意私了了，就表示同意以后有任何问题都不来找我了哦！说定了。”

“野人”傻傻地看着手上的钱，满脸的好奇。

凌熙以为“野人”不反驳，就代表已经接受了她的私了条件，便赶忙回到车里，准备驾车离开。

忽然，他闻到了狼牙熟悉的味道，原来就在那辆车上！他一个俯身想上前追赶，忽然被敞篷跑车的尾气熏到，咳嗽不止。

凌熙疲惫地回到家中。

她换上卡通图案的睡衣，向后倒在床上，浴室里放洗澡水的哗哗声让人舒缓放松。

看到床头送给凌正浩的礼物还摆在那里，她的情绪有些低落。一脚踩开垃圾桶盖，把礼物扔了进去。

犹豫了片刻，她再一次踩开垃圾桶盖，把里面的东西拿了出来，一只手把礼物盒放进了保险柜。

她心中，终究没有放下对凌正浩的亲情。

凌熙哼着小曲，走进浴室，用脚测了下水温。

她正准备脱掉睡衣洗澡，忽然听见了奇怪的声音。

“咚咚，咚咚”，似乎是有人在敲门，凌熙疑惑地跑出去开门，发现门外并没有人。

她有点害怕，关上门，把门反锁起来。回到浴室，一回头，却见那个“野人”蹲在她的面前！

凌熙吓得一个踉跄，撞上了浴室门，浴室门“啪嗒”反锁上了……

“又是你，你怎么进来的？”凌熙警惕地质问“野人”。

他站起来，一步步朝着凌熙逼近。

凌熙一边不自觉地往后退，一边壮着胆子警告面前的“野人”说：“你有没有想过，你这样做，其实很不划算，原来最多算碰瓷，现在变成入室抢劫了。”

“哧——”他朝着凌熙发出愤怒的声音。

凌熙惊恐，手机直接从指尖飞出，划出一道弧线落到浴缸旁边的地上。

他蹿到凌熙面前，突然伸手向凌熙的胸袭来。

凌熙连忙裹紧睡衣，紧闭双眼，她听到自己的心剧烈地跳动，不知道“野人”会对自己做什么。没想到野人却绕过她，去抠门框，抠锁。

“啪”，墙上的浴霸开关被压到，强光刺下来，他连忙双手捂眼，退到墙角。

原来这个“野人”怕光啊！凌熙迅速从抽屉里翻出手电筒，用光束对准“野人”的眼睛。

“野人”嘴唇发白，脸色蜡黄，前后摇晃，咣当倒地，脚上的伤口慢慢渗出血渍。

“不是吧？大晚上的，装死！”

凌熙小心地伸手在“野人”的鼻孔下试探下，还有气息。她赶紧寻找落掉的手机，给闺密唐澄打电话。

“澄澄！你快来救我！”

说得没错，如果让凌熙和这个“野人”就这样待一晚上，估计她要崩溃了，此刻唐澄便是她心中的救命天使。

唐澄火速赶到凌熙家，从浴室外将被锁住的门打开，看到了令人浮想联翩的一幕：凌熙和一个留着爆炸头的男人待在一起。

“没想到你口味还挺特别的啊！”唐澄打趣凌熙。

“你瞎说什么呢！”凌熙有些恼怒，“你个没良心的，就知道自己在外面风花雪月，让我和一个来路不明的家伙待了这么久！”

“那我不是也特地赶来营救你了嘛。”

“别说特地，你就住我家隔壁好不好！”

“那你现在打算怎么办？报警啊？”唐澄仔细端详面前这个人。

“不不不，是我撞了他，不能报警！这家伙太危险了，趁他睡着了，我一定要制服他！”凌熙边说边拿着绳子，把“野人”五花大绑起来，最后还打上一个蝴蝶结。

唐澄若有所思地点点头，原来她的好闺密喜欢这么玩！

“唐澄，你离这家伙远一点儿，别让他伤到你！”凌熙话音未落，被绑的“野人”似乎被两人的对话吵醒，渐渐睁开了眼睛。

凌熙惊恐地看着“野人”苏醒，不断挣扎，不一会儿，就从绳子里抽身出来。

“野人”没有朝她们攻击，而是无助地蹲在桌子底下，蜷缩成一团，警惕又防御地看着她们。

唐澄跟他对视，释放善意，温柔地和他打招呼：“你好！”

他警觉地动了动耳朵，头往前，做出动物一样的防御状。

“去厨房拿块牛排来！”唐澄察觉到他的异样，吩咐凌熙。

“牛排？”

“对，最好五分熟。”

凌熙迷惑不解地去厨房煎牛排，心想这个闺密怎么对这家伙这么好。

厨房煎牛排的香味飘散开来，“野人”眼睛一亮，慢慢靠近。

凌熙刚把牛排装在盘子里，“野人”就一把抓过牛排，狼吞虎咽起来。

这吃相简直堪比野兽！

唐澄仔细观察他的一举一动，拍了张照片用微信发给当野外摄影师的老爸。

不一会儿，唐澄就收到了爸爸的回复。

“恭喜你，你可能中奖了！”唐澄羡慕地看向凌熙。

“啥？”

“有一种人长期在野外森林生活，慢慢会沾染些动物的习性。”

凌熙惊呆了，难道他是野外失踪的探险家？神农架野人？人猿泰山？又或者说，是被母狼抚养长大的孩子？她看着眼前的“野人”，不可置信地摇摇头。不对，这种小概率事件怎么会被她碰上呢？唐澄一定是在逗她！

凌熙轻笑道：“打住打住啊，你想告诉我他就是《奇幻森林》里面的莫格利是吧？我可不是小孩子，别拿这种动画片骗我！”

“野人”听到“莫格利”三个字忽然很好奇，缓缓抬起头，“肉。”

凌熙没想到“野人”听到“莫格利”三个字居然有了反应，继续试探地叫了他一声：“莫格利？”

“肉！”

“莫格利，莫格利，莫格利！”

“肉，肉，肉！”

“原来你会说话啊！你真的叫莫格利？”

“野人”缓缓模仿凌熙的口型：“莫……格利……”

凌熙愣住了，眼前的这个“野人”会模仿，会发声，可能有过人类的生活经历。

但他为什么会在森林里生活？他的父母亲人又在哪里？似乎有好多问题一下子涌向了凌熙。当凌熙把这些问题抛出来时，莫格利似乎无法开口，只会简单重复自己的名字。

看来这些问题一时半会儿也无法得到答案，那么当下最急迫的问题是该把他送到哪里去？如果把他送到警察局，那他会不会成为很多记者关注的对象，然后变成研究标本被逼着参与各种实验？如果把他送回原先的森林，那他的伤会不会发炎感染，最后不治身亡？

凌熙懊恼地看着“野人”，认真地和他交流：“你听着，从现在开始，我就叫你莫格利，我会等你伤好后再送你走，你好了之后别赖着我，这是我家，你不许乱动，明白吗？”

“野人”似懂非懂地看着凌熙，似乎接受了自己的新名字。

凌熙一把拉起莫格利，带他走进自己二楼的阳光房，把门关上，长吐一口气。

唐澄别有深意地看着凌熙，“我还以为你对郑理没兴趣要换对象了呢！”

“你说什么呢，我可是很专一的人！”凌熙反驳道。

“那个郑理到底喜不喜欢你啊？还没和你表白？”

"他当然也喜欢我，只是不善于表达。"

凌熙赌气地回应唐澄。其实她心里也没有底，郑理和自己青梅竹马，凌熙觉得郑理就是她命中注定的另一半。郑理那深邃的目光中的神采宛若夜空中的星光，一直可以照耀着自己的心灵。还有他身上的味道，远超世界上最好的熏香，更能让人安心舒适。他身材高挑结实，凌熙觉得即使天塌下来郑理都可以顶着。在凌熙心中，郑理就如漫画中走出来的白马王子，找不到一丝缺点。

但这份完美有时候也让凌熙感觉不那么真实，她总爱和郑理恶作剧，每一次费尽心机的"恶作剧"背后，实则都是在试探郑理会不会嫌弃她、抛弃她。值得庆幸的是，郑理从未因此生气，依旧和她保持着这种微妙的"礼尚往来"。这种特殊的不明不白的关系让她心怀一丝希望。但是十五年了，二人也丝毫没有什么进展。一个男人如果喜欢你，一定会让你知道，可凌熙始终触摸不到郑理的心。她和唐澄有着一样的疑问，郑理到底喜不喜欢她？如果不喜欢，她这十五年的等待，难道只是自己的自作多情？

不，不会！

就算是，凌熙也不会承认。

翌日，凌熙带着礼物，前往郑理在沃夫传媒的办公室。

秘书看到凌熙又来了，赶忙通知郑理。

明亮、简洁的办公室内，一个面容冷峻、五官立体、气质优雅的男子坐在转椅上。

"告诉她，我约了陆子曰谈事。"郑理淡淡地回应道。

"郑总，上一次也是这个理由。"秘书小声提醒。

"这次是真的。"

"得令！"

秘书看见郑理的微笑，像吃了蜜一样甜，开开心心地往办公室外走去，却撞见了已经冲进办公室的凌熙。发现凌熙用一种危险的笑容看着自己，秘书赶紧踩着小碎步逃走，把这片战场还给原先的主人。

"郑杠精！"

"哟，凌戏精来啦！"

独特的打招呼方式，让凌熙居然有一丝安心。

她小心翼翼地观察四周环境，确认门上没有玻璃胶，头上没有随时会爆炸的水弹，然后走进来，从背后拿出一个袋子。

“我有一个神秘礼物要给你。”

“有多神秘？”

“很清新，很自然。”

郑理狐疑地接过袋子。

“怎么样？惊不惊喜？！意不意外？！”

“就这种地摊上的整蛊系列，五块钱十斤。没创意。”

凌熙见郑理反应出奇平淡，一种不祥的感觉涌上心头。

这可是她辛辛苦苦，把地耳菜磨成汁，涂在松果上，做成的屎味心形果，按理说不应该只是得到如此评价啊！她一把夺回礼物袋，脸上的笑容瞬间僵住。

只见袋子中几块牛肉骨头横七竖八地躺在一个小盒子上。

一定是那个莫格利！

“喝杯奶茶压压惊吧。知道你要来，提前买好的。”郑理一脸温柔地给凌熙递过一杯奶茶。

提前买的？凌熙意识到了什么。两人相视一笑，开始了攻防战。

凌熙警觉地打开看看，确保里面没有加料，然而还不放心。

郑理笑眯眯地拿起自己那杯奶茶正要喝。

“等下，我跟你换。”

“防范意识这么强？”

“没有没有，只是看你这杯更好喝的样子。”

凌熙换回郑理手中的奶茶，放心地喝了一大口，然后脸色突变，“扑哧”吐了出来。

这吸管里有芥末！

郑理哈哈大笑。凌熙却充满杀气地冲过去，郑理瞬间被吓到了。

“啪！”凌熙的拳头拍在桌上，留下两张电影票。

“给你个赔罪的机会。”凌熙用冷冷的语气，发出看电影的邀约。

“美国经典爱情片回顾展——《怦然心动》。”

郑理念着电影票上的字，接着说道：“我觉得这部电影应该叫《怦然心骤停》。”

“结局是两个人牵手了好不好！”没想到郑理和自己对这部电影的看法截然不同，她激动地回应郑理。

“哦，不过，我约了陆子曰。”

“嘟”，陆子曰恰逢其时地发来微信语音，郑理索性当着凌熙的面点开。

凌熙听到陆子曰给郑理发的语音——那下午五点半，在你们公司楼下的 Y–home 咖啡馆见。

“这个陆子曰，每天来黏着你，你是男人，他也是男人，他性别认知有障碍吗？”

“这次是我有事要麻烦他。”郑理耐心地回答凌熙，看着凌熙撇嘴，不甘心的表情，他丝毫没有意识到凌熙的心意，只把她当成一个情绪化的小妹妹。

凌熙有些扫兴地离开了郑理的办公室。

她想到了闺密唐澄，于是她在电话里把郑理约了一个叫陆子曰的男人的事一五一十地复述给了唐澄。最后她求助闺密去搞定这个陆子曰，好让郑理有时间和自己去看电影。

唐澄一听是要自己去勾引一个涉世未深的男人，并不感兴趣，但也架不住凌熙的恳求，想到自己昨晚为了小男友也没第一时间解救凌熙于危险之中，便接受了这个挑战。

三　计划泡汤

普华大学校园里，人来人往。

一排共享单车前，一个青年正用手机扫码开锁。

突然，一只白皙的手挡住二维码。

陆子曰抬头，只见一个白衣飘飘的文静女孩站在一旁，眨巴着大眼睛。

“陆老师好。”唐澄用一种清甜的声音向陆子曰问好。

“你好，你是哪个班的？”

唐澄一边假装整理耳边的碎发，一边向陆子曰介绍，自己是他法律选修课的学生，因为平时坐得比较靠后，有些内容没听清楚，所以想请教他一个问题。

陆子曰果然非常耐心地等待她的提问。

唐澄嘴角露出神秘一笑，拿出专业律师都难以解答的烧脑问题。

“婚姻法规定，夫妻双方婚后取得的工资或生产经营收益是共同财产，那么即使夫妻双方在分居期间各自取得、管理的上述收入也是共同财产，对吧？那分居两地的夫妻双方离婚的话，这些财产怎么分割呢？”

“一般情况，各自管理使用的财产，归各自所有。”

唐澄做戏做全套，拿出纸笔，装模作样地记着。

“如果财产数额差距太大呢？

“根据婚姻法司法解释，相差悬殊的，分配多的一方应当补偿另一方。”

唐澄见陆子曰已进套，连忙加强了语气。

“这样不公平啊。假设我们是夫妻，我们离婚了，你分80万，我分20万，那我们的差额是60万，你应当补偿我这个差额。这样，我就变成80万，你变成了20万，这又不公平了，我又得再补偿你，这样下去不就没完没了了嘛。这是立法者的一个失误吗？”

陆子曰顿了顿，看了一眼手表，离跟郑理约好的时间只有20分钟了。

他提议让唐澄给他一个邮箱，改天用电子邮件回复她。唐澄却不依不饶，抓住他自行车的把手，装出楚楚可怜的模样。

“我明天要去参加一个很重要的面试。我从老家考过来也不容易，真的很需要这份工作。”见陆子曰犹豫不决，唐澄加大了“表演力度”。

“您要有事的话，我就只能听天由命了。其实，丢了这份工作，也没事，大不了再坐三十几个小时的火车回老家，大不了辜负父母的期待……”

唐澄使劲掐自己一把，眼泪跟拧开的水龙头里面的水一样哗啦啦地流了下来。

陆子曰被唐澄的“质朴和可怜”打动，心一横，给郑理发了个信息——有点事，我迟到几分钟。

陆子曰带着唐澄来到街边的大排档，准备给唐澄讲题。

唐澄却招呼老板点菜，并偷偷嘱咐老板来瓶白酒。

“刚才我给你讲的，听懂了吗？”陆子曰焦急地询问唐澄。

“我觉得您讲得很清楚，很有逻辑，可能是我太笨了吧，我还是有点云里雾里的。”唐澄故作委屈。

陆子曰口干舌燥，继续给唐澄讲解，唐澄倒了杯白酒给陆子曰。

陆子曰以为是白开水，狂喝了两口，白酒下肚才觉得味道不对，差点儿喷出来。

“你给我喝的是什么东西？”

“不好意思老师，我错倒成白酒了，换这个吧。”

唐澄又悄悄倒满了整杯啤酒，陆子曰喝了之后更晕了。

另一边，郑理一直在 Y-home 咖啡馆焦急地等待陆子曰，没想到陆子曰迟迟未来，却等来了“偶遇”的凌熙。

凌熙看到郑理旁边坐了一位陌生女子，非常意外，出于本能地多看了她两眼。这个女人衣着干净简单，不像二十出头的女孩那么活泼动人，一头清爽的齐肩发，眉眼之间却有着一股淡雅的温柔。

白艺凌看出了凌熙的好奇，起身主动介绍自己，“你好，我叫白艺凌，是郑总的新助理。”

“哦，你好，我叫凌熙。”

凌熙和白艺凌握了握手。

她看着面前的白艺凌和郑理，两人的身上都透露出一种成熟而相似的气质。凌熙瞬间觉得，自己在白艺凌面前，就像一个涉世未深的小妹妹，都算不上一个可以谈男女之情的女人。一股自卑与不安涌上心头，郑理带着新助理见陆子曰干什么？难道是和朋友介绍自己的新对象？凌熙忽然发现自己不知什么时候开始变得敏感多疑。

郑理给陆子曰拨打电话，而陆子曰早就被唐澄灌醉，唐澄接起陆子曰电话，“喂，你找陆老师啊，陆老师现在有点儿私事，我是……我是陆老师的学生，有什么事需要我转达吗？”

“哦，没事，没事，你们忙吧，拜拜。”

郑理挂掉电话，脸上露出欣慰的笑容。陆子曰这块儿老铁，锈了这么多年，终于开窍，学会为女人放兄弟的“鸽子”了！

“不好意思，我给你找的律师今天来不了了，改天我再帮你约时间。”郑理向白艺凌道歉。

“没事，反正我的离婚官司估计也是个持久战。”白艺凌略带自嘲地回应道。

凌熙听到“离婚”两个字，简直不敢相信，因为那俩字真的难以和眼前这个知性淡雅的女子联系到一起。她因自己的多疑产生了一丝愧疚。可既然今天离婚官司谈不成，不就可以顺利去看电影了嘛！

凌熙坐到郑理身边，挽着他的手，再次提议让郑理陪自己去看电影。

“要不白艺凌一起去吧？”郑理听到凌熙再次发出看电影的提议，每个毛孔都戒备了起来。

白艺凌感到两股截然不同的眼神袭来，郑理仿佛在说“来呀来呀”，凌熙仿佛在说“快走快走”。她犹豫一秒，还是决定不打扰这对欢喜冤家了。

凌熙眼中满是欣赏地打量着白艺凌，拽着郑理离开了咖啡馆。

夜色渐深，华灯初上，酒店外的霓虹灯招牌闪烁着。

“这边这边，小心，别撞了头！”唐澄尽心地指挥着一个推着行李车的服务生。

行李车上，陆子曰早已不省人事。

服务员小声打趣地说：“这么多年，第一次见到男的喝得不省人事来开房的，大开眼界。”

唐澄刷卡开门，刚把陆子曰推进房间，松了口气准备离开，突然，陆子曰扑通一声从行李车上滚落到地上。

陆子曰迷迷糊糊地说着胡话：“要说苦，其实我也很苦。30岁的大男人了，我妈还要抢着洗我的内裤，我毫无隐私啊；生病感个冒，我妈也要拿着温度计追我到学校。”

唐澄本要转身，结果看着说醉话的陆子曰，觉得莫名可爱，“是挺同情你的。”

陆子曰自顾自地继续往下说：

“我爸也靠不住啊，他人生里只有四件事：种花、养鸟、搓麻、泡脚。半夜给我打电话，说问我个大事，结果是问我四川麻将中的‘刮风下雨’怎么算钱，我很郁闷啊……”

唐澄翻了个白眼，“这也郁闷啊，这不是很幸福吗？老古板，你就知足吧。”

不料陆子曰一把拉过唐澄，唐澄一个踉跄跌倒在陆子曰身上。

陆子曰第一次触碰到女人柔软的身体，身体的细胞似乎被突然唤醒，唐澄被陆子曰有力的胳膊抱住，两个人情不自禁地拥吻起来。

霓虹灯的光线从窗口照进房间，把房间映成了暧昧的粉红色，唐澄心里嘀咕了一句，男人果然都一样……

凌熙坐在副驾驶上，看着郑理陪在自己身边，一脸满足。

太好了，陆子曰今晚应该没空骚扰她的男人，她心里默默给唐澄点赞！

想着自己的阴谋得逞，凌熙不自觉居然笑出了声。

“你捡钱了？”郑理冷冷地打趣道。

外面晚风轻柔，夜色迷人，气氛刚好。

“想着能在电影院跟你过二人世界，比捡到钻石还开心。”

凌熙低声告白，忐忑地等待这个一直和自己开玩笑的“郑杠精”能认认真真回应她。

“嘟嘟嘟”，电话不合时宜地响起。

凌熙有种不好的预感，接起电话，电话另一头邻居翁阿姨用狮吼般的声音投诉着。

“凌熙啊，你这个小姑娘究竟怎么回事啊？大晚上的开派对，丁零当啷，整栋楼的人都被你震醒了，还要不要人睡了？”

凌熙听到电话里传来重金属摇滚声，这才反应过来，该不会是莫格利又弄出了什么幺蛾子吧？！

郑理借机不由分说地将凌熙送到家门口。

“今天没有整到我是不是有些遗憾？”

凌熙心里极度失望，稳了稳心神，强撑出笑容，“也没那么遗憾，这个电影要上映到下周，今天看不成，明天后天再后天。只要你有空，我随时也有空。”

“看来是个蓄谋已久的大招啊……”郑理抚额，此时看到凌熙家窗口有人影飘过，他指了指窗口，“你家里……是不是有人？”

“没有没有，你不要误会……”

“男朋友吧？谁这么善良收了你？”

“你真的希望我交男朋友吗？”

“当然，你就是太闲，急需一个男人来转移注意力。”

凌熙忽然沉默不语。

郑理也察觉到凌熙表情失落，“怎么了这是？”

“既然你都这么希望我有男朋友……”凌熙话锋一转，“那我一定会让你希望落空的，拜拜。”

凌熙说完就下车，对郑理展开一个大大的笑容，挥手告别。

但在转身的瞬间，她的神情落寞下来。人面对危险时，第一反应总是闭上眼睛，却不如动物一样知道如何第一时间反击或做出其他更好的应对，仿佛闭上眼，看不见，危险就不存在。其实自己知道，这只是一种自我保护的本能。凌熙心里默问郑理，你知道我多希望你是我的男朋友吗？

还没来得及抚平自己失落的情绪，走廊里的凌熙被一阵音浪吓到。

尽管她已做好心理建设，但推开门的一刹那，瞬间僵住。家里已被搞成一片垃圾场。地上衣服、零食、抽纸、啤酒罐子散落一地；冰箱被打开，沙发也翻倒；一排矿泉水全被揭开盖子，横七竖八地摆着……

而莫格利，正用卷尺，把自己卷裹成木乃伊，卷尺的一端还在空中晃悠。

凌熙关掉音响，在这一瞬间，她隐约觉得哪里不对。转头看向熟悉的角落，最爱的发财树竟然被折断，所有情绪一瞬间爆发。

“这是郑理送我的树！”

莫格利完全不知道自己闯了多大的祸，一脸搞不清状况的样子。

“高兴是吧，这就让你滚蛋！”凌熙掏手机，“喂，警察吗？我家被入室抢劫了，凶手还在现场，请你们立刻来处理。”

莫格利莫名其妙地看着凌熙，两人中间隔着一片狼藉，就像隔着整个世界。

不一会儿，“丁零零”，可视门禁的屏幕伴随门铃亮了起来。

莫格利被声音吓了一跳，条件反射地往后退了一步。

凌熙开门，一只警犬率先冲进来，鼻子贴着地面闻了起来，后面跟着两个警察。

没想到警察这么重视，还带警犬……

“是你报的警吗？”

“是！我家遭受了入室抢劫，嫌疑人目前还在客厅。”

客厅传来窸窸窣窣的声响，警犬对着客厅方向吠了一声。

警察瞬间警觉，摸摸警犬头，松开狗链。

警犬“嗖”地蹿进客厅。

几位警察对视一眼，分别靠住墙边，手摸枪套，防备地朝客厅移动。

当他们转过门厅拐角，发现客厅连个人影儿都没有，其中一位警察注意到保险箱被破坏的痕迹。

“人不见了，你确定他刚刚还在？”

凌熙难以置信地看着被破坏的保险箱和空荡荡的客厅。

二楼阳光房是凌熙的工作间兼衣帽间，有衣橱、工作台、假人模特等陈设，还有个榻榻米休息区。四面墙壁上的橱柜距离房顶仅半米。莫格利躲在柜子顶上，和站在房间正中的警犬对看了一眼。他抬手在空中一按，警犬迅速听话坐定。

莫格利露出满意的表情，对着警犬肯定地点了点头，示意它不要出声。

门外传来脚步声，脚步声越来越近，莫格利神情紧张。

嘭的一声，一位警察破门而入，凌熙和另一位警察随后追进来。

凌熙环顾四周，并未发现有什么异常。

莫格利在警察看不到的角度用手指指向窗口，警犬马上对着窗口“汪汪汪”吠了几声。

警察和凌熙的注意力被瞬间转移，立刻向窗口跑去——只见窗户大开着，窗帘在风中翻飞。

三个人一起向外张望，没发现可疑的人。

凌熙松了口气，看来这个“野人”终于跑了！

警察从胸口掏出一张抢劫犯的画像，抖开给凌熙看，“是这个人吗？”

画像上是一个四十岁左右的中年男子，眼神阴郁，眉尾有一颗黑痣。

凌熙摇摇头说：“不是。”

“那就好，近期画像上的嫌疑犯在附近连环作案，已经持刀抢劫了好几个女孩子。你一个单身女性，晚上要注意安全。”警察提醒完凌熙便离开了。

凌熙独自走回客厅，将手里的通缉告示随手丢在沙发上。她环视满地的狼藉，满心的无奈。终于只剩一个人了……

她从口袋里掏出那两张《怦然心动》的电影票，遗憾地丢进垃圾桶，又看了看那株已经被拦腰截断的发财树，扶起来又倒下去。她想起很多年前，自己因父亲再婚而大哭，郑理把自己最喜欢的发财树送给她，还劝她别伤心。那时他们的感情多好啊！

如今，发财树也变成光秃秃的了，和郑理的感情，似乎也没她童年记忆中那么美好。

凌熙在树干的切口上插进一个小嫩枝，然后用保鲜膜一圈一圈地包扎，对着树干自言自语着："对不起啊树哥，没照顾好你。不过你得再坚持一下，千万不能死，如果连你都死了，下一次找郑理，又少了一个借口……"

凌熙想着得给发财树绑个蝴蝶结赶赶煞气，于是拉开工作台的抽屉一通乱翻，终于找到一条粉色丝带。

突然，身后似乎有人闪过，工作台上晃动的人影倏忽而逝。

"谁？"凌熙警惕地询问。

她转过身，身后空无一物，转回身时却发现正前方，吊床在晃动。

凌熙吓得叫出声，又立刻捂住嘴，她往门边退，却听到墙角咣啷一声。

只见一个假人模特立在那里。凌熙快走两步到门口，忽然觉得哪里不对劲，于是猛然回头。只见原先的假人模特已经移动了好几步远。凌熙慢慢地挪到"模特"正面，用力一扯，假发落下，一切真相大白——"模特"露出如假包换的莫格利的脸。

见被发现，莫格利面露尴尬，啪嗒嘴里叼着的薯片包掉在地上。

"我告诉你，我这儿不是救助站！明天就算天上下刀片，我也会把你扔掉。懂了吗？"凌熙朝着莫格利怒吼，莫格利却委屈地蹲在墙角。

这个特别的夜晚在烦躁不安的情绪中，终于过去了。

清晨，凌熙开着红色的跑车，霸气地冲出车库，穿梭在都市热闹的商业区中。

她瞟了一眼副驾驶位上昏睡的莫格利，暗自感叹自己过期的安眠药居然有一天能派上用处。

忽然，一双手搭在凌熙的车座上，凌熙吓了一跳，一看莫格利，他居然醒了。

凌熙向右猛打方向盘，将车停在路边。莫格利被急转弯吓得慌了手脚，开始焦虑乱动，发现绑在自己身上的安全带，用力去扯，却扯不开。

凌熙解开自己的安全带，一把拉住莫格利的手，"老实坐着好吗？车上乱动很危险的。”

莫格利感受着凌熙手上的温度，真的安定了下来。

凌熙一脸嫌弃，靠过去帮莫格利重新系好安全带。

“出发咯，接下去就只能看你自己的造化了！”凌熙一踩油门，把车开上机动车道。

对向行车道上，一辆大型装载车呼啸而来，“嘀嘀”地按着喇叭。莫格利紧张起来，耳朵一竖以为有危险，条件反射地用力扯住凌熙的手腕。被外力带动的方向盘猛然右转。车辆瞬间偏出道路，凌熙急踩刹车，砰的一声，还是蹭在了隔离带上。

凌熙和莫格利猛地一晃，同时撞回椅背。

一缕烟从前引擎盖里飘出来，像是对凌熙的嘲笑。

凌熙咬牙切齿，黑着脸怒视莫格利。

只好找人来拖车了，她拉着莫格利往附近的商场方向走去。

“今天，就不信甩不掉你！”凌熙暗暗自语。

商场内人来人往，凌熙拼命扯着莫格利直奔观光电梯的方向。

莫格利仰着头，环视商场巨大的中庭，仿佛踏入了新世界大门的他完全挪不动腿。

正中吊顶的装饰物发出风铃般的声音，莫格利侧耳倾听；左边布置成小山一样的礼品盒子每一个颜色都不一样，右边一棵巨大的植物上缠绕着闪烁不停的小夜灯，弄得莫格利眼花缭乱。

眼前的人群仿佛奔跑的羚羊群向着自己涌过来，莫格利抗拒躲闪着一个又一个路人。尤其是塑料袋摩擦发出的唰啦唰啦的声响，搞得莫格利烦躁不安，厌恶皱眉。

凌熙最后的一点耐心也要被莫格利消耗完了，她把莫格利用力一拽，“看什么呢？！今天让你看到吐！”

凌熙将莫格利一把拽进电梯，然后毫不犹豫地按下最高层的按钮，自己走了出来。

回头一看，莫格利居然又跟出来了。

“你跟着我干吗呀？”凌熙不耐烦地问道。

莫格利酷酷地盯着她看，眼睛不眨一下。

凌熙只能又把莫格利拉进去，按住等待键。

“你，就站在这儿！等一会儿这个箱子打开，你就走出去，明白了吗？”

莫格利听着凌熙说话，四下环顾透明的玻璃电梯，有点儿紧张。

“走出去之后千万千万不要动，我会来找你的，懂吗？懂了你就说……懂……了。”

莫格利略迟疑了一下，然后点头回应，“懂……了。”

凌熙总算松了口气，她面对莫格利，缓缓、缓缓地往后退。

莫格利忍不住朝着凌熙迈了一步。

“别动！”凌熙指着地面，禁止莫格利再往前。

莫格利被镇住，停下了脚步。

凌熙终于完全退出了电梯，电梯门缓缓关上。

电梯上升的瞬间，凌熙看见莫格利扑向前方的扶手，看着她。

她为自己终于要告别这个麻烦的拖油瓶而开心！

凌熙一身轻松，欢快地甩着小手包往商场门口走去。

经过一个服装专柜，目光一扫觉得有个熟面孔，于是倒退回去看。果不其然，那个又傻又讨厌的哥哥凌宇正在店里陪高婕试衣服。

高婕和上次来家里做客时穿着风格完全不同，浑身上下堆满名牌服饰，显得珠光宝气。

“凌宇，你觉得哪件好？”高婕回头询问凌宇，而凌宇正专注地在一旁打电话。

“合同尽量再拖一拖，然后帮我去打听一下他的行程，走之前我做东，请他一定赏脸。另外……”凌宇话还没说完，就被高婕一把抢过手机挂断了。

“另外什么？我都说过很多次了，陪我逛街不许谈工作。”

“因为有个很重要的客户。”

“比我还重要吗？那么重要你先谈吧，我回去了。”

“好，这样，今天手机就交给你处置，谁打来我都不接。从现在起，我就是你的拎包助理，提供全套泰式服务：萨瓦迪卡——刷我的卡！”凌宇见高婕不开心，立刻上前安抚。

高婕一脸满足地拿着两件衣服去试衣间试衣服。

凌宇回头，正撞上凌熙一张居高临下的脸。

“巧了巧了，周末还加班啊？”

凌宇不在意地笑笑，“不加班，陪高婕。”

“陪她对你来说不也是加班嘛！你高攀的这位大小姐嚣张跋扈难伺候，我爸知道吗？”

“哪个女孩在男朋友面前不发发小姐脾气啊，正常的。”

“也是，她这种两张皮的人，配你这个两副面孔的，挺合适。不过不辛苦吗？在公司不敢出错，约个会说话还得滴水不漏，我都替你累。”

“说话也是门艺术，让别人听着舒服，我不觉得累。”

“虚伪。”

“上次的事，妈让我跟你解释一下……”

“是你妈，我没你那么不见外。”

凌宇只好摊手休战。

正说着，高婕套着那件混合着各种亮色的皮草从试衣间里走出来，开心地问道：“凌宇，好看吗？”

凌宇体贴地上前帮忙整理衣领，“嗯，凸显身材优势，不错。”

柜员凑上去热捧，“没错，您穿这个特别合适，特别富贵！”

凌熙没忍住，扑哧一声笑出来，“这不是睁眼说瞎话吗？”

高婕往旁边一看，见凌熙正上下打量自己，给凌宇递了个不爽的眼神。

凌宇揽住高婕的腰解释说：“凌熙碰巧路过，进来说两句话。”

高婕高高在上，佯装客气，走到凌熙面前伸出手。

“很高兴再见面。”

“高兴吗？现在的人真是假话张嘴就来，我还真看不惯这套，就喜欢说真话，要我说，你这一身真的很像……”

“像什么？”

“感恩节的主菜。”

高婕听到凌熙的话，脸都绿了。

“怎么说话呢？你才像火鸡呢！”

“这么激动干吗？你这样容易脑出血。我不就说句实话嘛。”

“大家都说好看的！”

“他们敢说不好吗？都盯着你的钱包呢！”

高婕和凌熙吵得不可开交，凌宇两边劝都没有用。

商场里人群渐渐聚集起来，看着两个女人拌嘴。女店员也左右为难，“这样吵下去，那位小姐的皮草还买不买啊？！”

从电梯走出到达顶楼的莫格利，蹲躲在一块卡通人形板后无助地看向电梯门，电梯上上下下，门开了又关。鱼贯而出的人群让他紧张不已。

每次开门，莫格利都下意识地寻找，然后失望。凌熙一直没有出现。他退到栏杆边，探出身向楼下张望，也没找到凌熙的身影。

焦虑和紧张的情绪开始在他的身上蔓延，他彷徨无措地站在原地四处观察，哪里都很陌生，到处都是人类。就在这个时候，一个外卖送餐员背着送餐箱从他身边经过，他一个躲避不及被箱子撞了一下。箱子的盖子微微移开一角儿，一阵香味从中飘出。

莫格利动动鼻子，那是他熟悉的肉的味道！“咕噜噜”随着肚子传来一阵叫声，他不由自主地跟着走了几步，突然，耳边响起凌熙的嘱咐，“千万千万不要动，我会来找你的，懂吗？”

莫格利拼了老命收住脚，眼睁睁地看着送餐员乘着电梯消失了。

此时，身后传来一个稚嫩又勇敢的声音，“你别过来！”

莫格利好奇回头，只见一个小男孩对着“淘气堡”外的乐高恐龙积木举起玩具剑，伸出小手臂挡在妈妈面前：“妈妈别怕，有我在！”

小男孩的妈妈特别感动，摸摸男孩的头，“谢谢宝贝！你最勇敢了，奖励小零食！”

妈妈说着拆开一包零食给小男孩吃，莫格利旁观了全部过程，若有所思地点点头。怪不得凌熙总是不喜欢他，不给他肉吃，原来是自己索取的方式不对！

可是凌熙现在在哪里呢？电梯里的人上上下下，唯独没有再看到凌熙的身影。他学着电梯里的人，将电梯的每一层都按了一下，悄悄探出头寻找凌熙。直到电梯停在一楼的时候，他竖起耳朵搜寻到了熟悉的声音。莫格利意识到凌熙有麻烦了，他瞬间锁定了凌熙的位置，直奔一楼奢侈品服装柜台。

凌熙和高婕依旧剑拔弩张，谁也不服谁。

凌宇夹在中间左右为难。他一边劝慰高婕，一边试图将凌熙和高婕拉远。谁知他两边和稀泥的方法再次将高婕和凌熙都惹毛了。

“你看看你这个妹妹，哪有把我当她哥哥的女朋友？”

“哥哥？他认我当妹妹，也不问问我认不认他当哥。”

高婕趾高气扬，一把挎住凌宇的手臂。

“认不认没关系，反正你也不是什么要紧的人，通知你一声，我和凌宇马上就要订婚了，我相信你父亲，会很开心有我这个儿媳妇的。”

高婕临时起意这么说，凌宇听了心里一惊，但转瞬就掩藏好了。凌熙也惊呆了，冷笑道：“翘什么尾巴呀，全世界就你们会谈恋爱、会订婚吗？”

“谈恋爱当然稀松平常，但有些人还就做不到。年纪也不小了，只能在直播里卖卖人设，和家里人关系搞那么僵，还以为你在外面多吃得开呢。原来逛街都是一个人啊！可怜。”

凌熙看着高婕高高在上的样子，被戳到痛处一时语塞。

高婕见自己占了上风，得意地拉着凌宇离开，对着凌熙嘲讽道：“麻烦你让一让。”

凌熙正在愣神，没有反应。高婕以为凌熙又要找碴儿，不爽地一甩手袋想赶走她，眼看就要甩在凌熙身上了，忽然一个男子抱住凌熙并护在胸前。

高婕的手袋正好打在那个男子的背上。

凌熙抬起头，难以置信地看着眼前的男子。

莫格利恍然间像是个天降的骑士，他用深沉的口吻对凌熙说道：“别怕，有我在。”

凌宇和高婕对视一眼，难以置信地看着面前定格的景象。

“这是……”凌宇试探地询问这个从未谋面，却又对凌熙举止亲密的男子的身份。

凌熙回过神来，一把抱住莫格利的手臂，得意地向凌宇介绍道：“我朋友！”

高婕的脸青一阵白一阵，想说什么被凌宇摇头制止。凌熙则欣赏着高婕的表情。

眼见反败为胜，凌熙趁机拉着莫格利离开。

她从未想到，有一天，这个捡来的野人会像英雄一样救自己。等一下，她不是让这个野人不要动吗？他怎么下来的？！还有，他什么时候学会讲那么肉麻的话的？难道是自己听错了？

凌熙待高婕和凌宇走远，松开莫格利的手：“不是让你别动吗？还有，你抱着我的时候，说的那个话，你再说一遍？”

莫格利回忆着之前母子的对话，一字一句地重复道：“别怕，有我在。谢谢宝贝！

妈妈我棒吗？你最勇敢了，奖励小零食……”

路人纷纷对凌熙投来怪异的目光，凌熙犹如被雷劈中，一时竟呆住了，尴尬得要命。

她揪起莫格利的衣服准备拖他走，莫格利却不肯挪步。

“我饿……”

听到莫格利无辜的呼喊，凌熙好气又好笑，带他去了附近的牛排店。

一盘热气腾腾的牛排上桌。莫格利两眼放光，肚子“咕噜咕噜”狂叫不止。

他拿起刀叉学着旁边桌客人吃饭的样子，但速度甚慢，试了两下后便没有耐心，抓起牛肋骨就想往嘴里塞。

瞬间，肉到莫格利的嘴边却停住了。莫格利把牛排放下，抬头看了看面前什么都没有的凌熙，诚恳地把牛排盘推过去。那个瞬间，凌熙看着莫格利的眼睛，不是野蛮的族类，眼里分明有星河在流转。

凌熙有点内疚，拿起刀叉，帮莫格利一块块把牛排分好，然后叉了一块最大的递给他。

莫格利接过来，朝着凌熙善意地笑笑，然后狼吞虎咽地吃起来。

凌熙看着埋头狂吃的莫格利。

“我告诉你啊，不要这么相信人类，知道吗？就算给你肉吃，也不一定就是好人。如果你侥幸能离开这里，就别再回来了。”

莫格利却依然开心地吃着面前的牛排，丝毫没有意识到凌熙又要抛弃他。

凌熙看着没心没肺的莫格利啃着肉，而伸在外面的那条伤腿，脚踝处的纱布已经有斑斑点点的血渗出来，居然有点动摇。

明明是来扔掉他的，怎么还动起恻隐之心了呢？！不行，我绝对不能妇人之仁！

凌熙站起来就走，经过莫格利身边的时候，被莫格利一把抓住。

莫格利仰头看着她，眼神里有一丝不安。就像一个曾经被抛弃的孩子，十分担心再次被抛弃一样。凌熙和莫格利对视了几秒，生怕自己的心思被莫格利看破，急忙撒谎说去洗手间，很快就回来。

莫格利望着凌熙离去的背影，老老实实地在原地等待。

等了好久好久，甚至服务员都要清理桌子了，莫格利的眼神却一直盯着进门处没有离开。

他在等待凌熙回来找他。

四　千钧一发

独自回到家的凌熙躺在沙发上，屋内依旧留有莫格利破坏过的痕迹。

满地的矿泉水，被破坏的保险柜，横在地上的假人体模特……

她不断更换着电视频道，却看得心不在焉，索然无味。电视里的搞笑节目聒噪如常，但她却想着莫格利到底怎么样了。

她烦躁地关掉了电视，出门而去。

匆匆奔出小区的凌熙连车牌都没仔细看一眼，直接开门坐上一辆车，“师傅走吧！”

车上的司机一愣，有些意外。

凌熙急躁地催促司机：“壹天地广场，我叫的车！快点啊！再不快商场该关门了！”

在凌熙的再三催促下，司机把车开动了。

莫格利孤独地站在商场门外，大门已经落锁——他早就被餐厅服务员赶出来了。

商场外墙上的装饰灯一闪一闪，他抬头看看，突然觉得有水珠飞到脸上。

一位清洁工，正拿着高压水枪冲刷商场外的地面。

莫格利慌乱地跳着躲开，脚踝处的纱布还是被喷到，湿透了，一股钻心的疼痛从脚踝处传来。

风很大，他靠在墙上裹紧衣服，看着陌生的车流和来往的人群，感到前所未有的迷茫。

凌熙呢？她怎么还没回来？凌熙在哪里？

车辆快速穿行在繁华的商业街区的时候，凌熙的手机响起。

“您好，我已经等了您十分钟了，您在哪儿呢？”

“等我？你谁啊？”

“你预约的司机啊，你让我停在小区门口的。现已超过等待时间，我取消订单了！”

预约司机挂了电话，凌熙吓得一阵心慌。她忐忑地朝着前方的中央后视镜看了一眼。

开车的司机竟然也在看她。

在那个黑色压低的鸭舌帽下面，一双阴郁的眼睛正盯着凌熙，眉尾的一颗黑痣，和通缉告示上的那个嫌疑犯的形象一模一样。

意识到危险的凌熙迅速打开手机想拨打110，劫犯猛打方向盘，凌熙手机脱手，滑落到驾驶位下了。怎么办？凌熙惊恐地看着劫匪，脑子里一片空白。

莫格利蹲坐在长椅上等待着，将小石块在腿上摆成一排，百无聊赖地玩起投掷游戏。

每一颗石块都无比精准地被投进远处的垃圾桶里。

另一边，广场附近路口，劫匪的车辆正极速行驶而过，坐在后排的凌熙，远远看见广场上的莫格利，像是看到最后一根救命稻草。她趴在车窗上求助似的拼命砸着，莫格利却始终在摆弄着小石块，没有抬头。

终于，车辆从莫格利眼前穿过，驶离了。

凌熙不断尝试自救，捶窗、呼喊，想引起路人的注意，可没有任何人注意到她。一阵从未有过的恐慌让凌熙感到快要窒息。

而莫格利的心里突然感受到了同样的恐慌。

偏僻的桥墩下，只有几盏年久、高耸的路灯闪着昏黄的光亮。

车停在最阴暗的角落里，凌熙被劫犯抓着双手从车里拽出来。她不敢乱动，劫犯一只手反扭着她的手，一只手将刀抵在她背后。她被逼一步步靠近墙壁。

“你要……要钱的话，我……我都给你。我的钱包在车里，你拿去吧，能不能不要伤害我？”凌熙颤抖地恳求劫犯。

话音未落，她感觉到背后的刀被转移到她的脖子上了，她吓得快要哭出来了。

“把身上值钱的东西都摘下来。”

“好，好……”

凌熙颤颤巍巍，开始用仅有的一只可以活动的手去摘项链，但是手太抖了，怎么摘都摘不下来。

“快点儿！”

凌熙紧紧咬着嘴唇，用力一扯，项链断了。她颤抖着将项链扔在地上。

项链落地的瞬间，远处突然有奔跑声响起。

凌熙和劫犯同时朝声音传来的方向看去。

沿路高耸的路灯，刹那间纷纷被石块击中，在玻璃的碎响中，路灯接二连三地熄灭。

桥墩下瞬间陷入了一片漆黑。

劫犯的眼睛不能适应突然的黑暗，失去判断四下乱看，下意识地将横在凌熙脖子上的刀按得更紧了。

这时，远处唯一光亮的所在，一个帅气的身影逆光出现，随之而来的是迅疾丢出的石子。

石子穿过夜色，准确击打在抢劫犯持刀的手腕上。

劫犯一声闷哼，刀"咣当"落地。

身影瞬息而至，趁抢劫犯捂腕的刹那一把拉过凌熙，将她护在身后，"别怕，有我在。"

凌熙定睛，看到是莫格利，又惊又喜。

劫犯回过神来，瞥了一眼跌落脚边的刀。离刀不远处，有一截荒废的半米长钢管。劫犯俯身捡起刀，迅捷地朝着莫格利甩出去。

莫格利条件反射，抱住凌熙一个转身，刀刃贴着凌熙的颧骨飞过，直插墙体。

凌熙惊恐地摸了摸脸，她还指望着靠这张脸做直播呢！

突然，劫犯大喊着向莫格利冲过来。他手持钢管，狠狠砸下来，正中莫格利肩膀——"嘭"。

凌熙担忧地看着莫格利，劫犯握着钢管的手微微发抖，莫格利缓缓回头，紧皱的眉头下面，是一对带着杀气的眼睛。劫犯预感不妙，准备逃走。

远处，最后一盏漏电的街灯在刺啦刺啦的声音中闪烁不止，莫格利余光一瞟，手起石出，灯灭了。

凌熙不知道在黑暗中发生了什么，她害怕地蜷缩着身体，抱住头，只听到劫犯开始呼救："放开我！"

不一会儿，打斗声渐渐停止，凌熙被一个熟悉的怀抱抱住。她抬起头，月光下，隐约看到莫格利正用乌黑的眼睛温柔地看着她，这带给她前所未有的安全感。凌熙一把抱住了莫格利，将之前受到的惊吓和委屈全部哭了出来。莫格利也再次抱住了凌熙。

两人回到了凌熙家。

莫格利拉下衣服，露出红肿的肩膀，凌熙将一个暖水袋放在了莫格利受伤处，莫格利疼得嗷嗷直叫。凌熙疑惑，难道肩膀受伤应该冷敷？她又从冰箱里取出了几块冰格，用毛巾包着给莫格利敷上。莫格利总算露出了劫后余生的表情，可又开始觉得头痒，他挠了挠头，肩膀却突然抽搐起来。他转头认真看向凌熙，眼中是信任和期待。

“还想洗头？门儿都没有！”

可嫌弃归嫌弃，凌熙看在他帮自己挡了一棍子的份儿上也无法拒绝。

莫格利双眼紧闭坐在浴缸边的小凳子上，满头满脸都是泡泡。

凌熙温柔地用毛巾擦掉流到莫格利眼睛上的泡沫，“好了，睁开眼吧。”

莫格利试探地睁开一条眼缝，发现自己被泡泡包围。眼前的凌熙和自己近在咫尺，头上脸上手上粘着小坨小坨的泡沫，在灯光的照耀下闪着光，宛若女神。

“我给你变个魔术好不好？”凌熙微笑着问莫格利。

莫格利好奇地点点头。

凌熙用两只手圈了一个圆，蘸满泡沫水，小心翼翼地吹出一个泡泡。

莫格利学着凌熙的样子，把手圈起来，小心翼翼地张嘴，然后用力一吹。泡泡毫无章法地迅速喷了凌熙一脸。

“你是跟我有仇吗？”说着，她抓了一把泡沫抹在莫格利脸上，然后哈哈笑起来。

凌熙看着眼前淘气善良的莫格利，无限感慨道：“虽然我不太懂你，不过还是有点羡慕的。我猜你们的世界应该比这儿简单多了吧？喜欢谁，就能和谁在一起，也不用试探着，退缩着，想方设法求关注……”

莫格利的世界究竟是怎样的呢？

莫格利想到自己从记事起，就在森林里长大，也不知道自己为什么和这几天遇见的人都不一样。他的记忆里最美的是森林里的树木和花朵，最亲的人是护林人爷爷，是爷爷保护着他长大，想到此刻，不禁脱口而出护林人爷爷说过的话。

“想成为厉害的捕猎者，绝不能退缩，要比猎物更凶猛、更聪明！”

凌熙听到莫格利突如其来说完一整句话，有那么一丝惊喜。原来唐澄说的案例没错，有些在森林长大的人类，由于长期不说话，就会导致口腔肌肉退化。当时她还不以为然呢，原来这是真的！

凌熙帮莫格利擦干他的头发，莫格利却像只狗一样开始甩头。

尚未擦干的水珠溅了凌熙一身，凌熙嫌弃地往后一退。

刚开始把他当人类看待，没想到还是动物的习性！

他开心地跑到保险箱旁边，又看看凌熙。

“什么呀？你想让我打开保险箱？”

莫格利期待地点点头。

“你果然是想敲更大的竹杠！不过你打错主意了，保险箱里什么值钱的东西都没有。”凌熙生气地警告莫格利。

莫格利执着地盯着保险箱，有点急切和焦灼。

“不信？行！”凌熙把拇指放在指纹识别处滴的一声，保险箱弹开了。

各种琐碎的物件因为塞得太满，噼里啪啦地一股脑儿从里面掉出来，每一件上面都贴着“TO——郑理哥哥”的便贴纸。

莫格利兴奋翻找，一个硬硬的小物件径直坠落，滚到地板上。他眼前一亮，跑过去捡起来——那是一颗狼牙磨成的吊坠项链。

“狼牙吗？什么时候进去的？”

莫格利将失而复得的狼牙握紧了放在胸口。

凌熙恍然大悟。

“你一路跟我回家，不是为钱？你破坏我的保险箱，弄断我的发财树，就为这个？”

莫格利诚实地点点头，眼神清澈，珍重地把狼牙重新挂在脖子上戴好。

凌熙看出了这个东西对莫格利非常重要，她叹了口气说道：“这下好了，你救了我一次，我帮你保管了重要的东西，你也该走了，等你伤好了我就送你回去！”

她把自己的平板电脑交给了莫格利，里面有很多经典影片，她教莫格利如何观看影视剧，想通过这个方式让他更快地恢复说话的能力。

不过总要送他回去吧，凌熙暗自做了决定。

莫格利也想早点回到森林里去，那里才是他真正的家。

人是强大的动物吗？为什么对突然闯入生活的东西充满敌意呢？

我们努力划出安全区域，像动物靠撒尿来标记领地那样，可是在占据了整个地球之后，仍然有许多人在深夜里倍感孤独。也许，敌意只是源于害怕，我们，只是故作强大。

城市的夜晚，有的人孤单冷清，有的家庭却热闹非常。

陆子曰的父母和亲友们挤在两张自动麻将桌上，激战正酣。

此刻，陆子曰无精打采地推门进来，显然对这种场面已经见怪不怪，头都没抬一下，直接换上拖鞋。

“子曰啊，来来来，你身上有零钱吧？给阿姨换个十块钱，等下要乘公交车的。”一个满头卷发的大妈招呼着陆子曰。

陆子曰神情呆滞，恍惚地翻开随身钱包，心不在焉地抽了五张一百元的纸币递过去，便回自己房间去了。

陆子曰的卧室不大，床后是一幅抽象的水墨画，床的对面，是一整面书柜。

左手边的书桌上，贴着一幅写着“勤能补拙”四个大字的书法。

最近发生的事情，打乱了他30年的平静生活。

他四仰八叉地躺倒在床上发呆，脑海中浮现着这几天不可思议的情景。

依稀记得自己被一个女孩扶着去了酒店，醒来只见自己的衣服散落一地，全身只剩下一条裤衩。

为找到那个被自己“伤害”的女孩，他询问过前台小妹昨天办理入住的人的信息，可前台交给他一张“陆老师，再见”的字条，便再无其他。

当时前台充满深意、满脸嫌弃的表情，仿佛在吐槽他为人师表，居然是个衣冠禽兽！

陆子曰的脑海中唐澄的身影挥之不去，他甚至怀疑这是自己做的一个梦，只不过分外真实。

更令他意想不到的是，没过多久事情居然有了转机！

陆子曰答应郑理，接下了白艺凌的官司。

这天，郑理约他和对方的代理律师见面。

“我来介绍一下。这位是唐澄，池旭的代理律师。这位是陆子曰，我多年的老朋友，白艺凌的离婚官司全权由他负责。”郑理有礼貌地向他们互相介绍。

陆子曰见到一身职业装、踩着细高跟鞋的女律师出现在自己面前的时候，脑袋里一片空白。这不就是那天在学校，哭诉自己经济条件不好，要老师帮助指导的女学生吗？

当天的会面，陆子曰全程魂飞天外，等回过神儿，唐澄已经把《离婚协议》递交给他，起身而去。

陆子曰追出门外，难以置信地上下打量着唐澄，又看了看她背后的吉普车。

“上次你和我说你是穷学生，那些话都是刻意为之，都是骗我的吗？”

唐澄笑笑，不假思索地回答道：“是啊，陆老师。”

陆子曰看着唐澄关上车门，一踩油门远去，他傻傻愣在原地没回过神儿。

回到家的陆子曰便撞见堆着笑脸的父母，这几天他的反常情况早就引起了父母的关注。

“我和你爸推测了一下，觉得你最近有事儿瞒着我们。”

“没，没有的事儿！别瞎猜。”

“儿子，坦白从宽，说吧！”

陆子曰看着母亲不依不饶的表情，知道自己不坦白可能不会被放过了。他长长地吸了口气儿给自己鼓劲儿，接着说道：“是这样的，我有一个朋友……”他思索着要不要编一个故事，可陆父、陆母好似看透他的心思，用一种略带威胁的笑容看着他。

“好吧！我，和一个女孩儿，发生了一点儿关系。”

“什么关系？！”陆母问道。

“借了高利贷？！”陆父猜测。

“怎么可能嘛，我又不是那种会跟人借钱的人。”

“我觉得也不像，你又不抽烟不喝酒不赌不嫖的。所以不是钱债！是情债！”

“差……差不多吧……”陆子曰无奈承认。

“所以你把人家女孩子怎么了？”陆父如临大敌。

陆子曰垂下头，等待着一场当头棒喝的来临。

突然，陆母长舒一口气，在旁边拍手叫起好来。

“哎哟喂，太好了！我心里一块大石头总算放下来了！我跟你说，你一直不谈朋友，我还担心你和那个郑理啊，有什么问题！是女孩，女孩就好！”

陆母继续给陆子曰鼓劲儿，“要是万一遇到困难的话，千万别退缩，恋爱就像打麻将，‘清一色’和不了就改‘对对碰’抄近道，只要你肯努力搓，下一张牌就自摸！”

陆子曰听得云里雾里，“行吧，你们让我再想想……”

陆父搂着陆母的肩走出门，最后不忘回头再嘱咐一句：“好好想想啊！”

门关上的瞬间，陆子曰大嚷一声：“不要告诉麻将搭子啊！”

父母的支持，给了陆子曰一定的信心，这是他生命中的第一个女孩，不管这个女孩是不是欺骗了他，他既然做了，就一定要对她负责！

第二天，陆子曰便来到唐澄所在的律师事务所楼下。

唐澄一身职业装拿着文件英姿飒爽地走进大门，和陆子曰擦身而过，竟然没有认出他。

陆子曰刚想追上去，就被后来居上的男人截和了。

那个男人惊喜地拍了拍唐澄的肩膀，唐澄回眸对视，陆子曰则在一旁装作擦玻璃的样子，默默关注着两个人的动态。

“您是？”唐澄疑惑地看着眼前的男子。

“你怎么能不记得我呢？”男子反问着，一步步逼近唐澄。

“您给点提示？”

“我对你一见倾心，一直记得和你度过的那个愉快的酒吧之夜。你的名片我还留着呢！Candy 陈，仙人掌私募基金经理。”

唐澄总算回想起来了，一挑眉，轻蔑地看着那名男子。

“哦！记起来了，说到埋单赶紧开溜的那个。”

唐澄说完就走，那名男子急急追上来说：“那次有急事，今晚一定不会，你有空吗？”

“没有。”

那名男子拉住唐澄，唐澄狠狠瞪他一眼，“我说你这女人也太不知趣了吧……”

也不知道哪里来的勇气，陆子曰突然上前横插在二人中间，俯视那名男子。

“我看你才不知趣。胁迫、纠缠，强行滋扰，你的行为已经构成骚扰，严重的可处十日以上十五日以下拘留。想去警察局熟悉熟悉环境吗？”

那名男子看着这个高大的男子正气凛然，思考了几秒钟便识趣地走掉了。

唐澄看到陆子曰愣愣的样子有些吃惊。

“你还好吗？没事儿吧？”

“嗯，挺好的，我没事。”

“工作可以谈，其他免开尊口。”唐澄识破了陆子曰的意图，转身离开。

“你每次都这样欺骗别人吗？给假名片也是其中一招？我自认是个绅士，不喜欢别人用一句‘别当真’来打发，至少，我不会玩弄别人的感情。”

“如果伤害到了你，对不起，可以了吗？我就是这样的人，喜欢按照自己的意愿生活，对于话不投机的人，说再见就是最好的选择。再见！”

唐澄说完，潇洒地走掉。突然，背后传来陆子曰的声音……

“唐律师，我想对你说，我要对你负责！”

唐澄回头一看，陆子曰已在众目睽睽之下单膝跪地了。

他拿出钻戒，郑重地向唐澄求婚，“我想清楚了，嫁给我吧。”

“神经病吧你……”唐澄简直无法理解。

陆子曰调整呼吸慌张告白，“我的理想是找到一份比翼连理、磐石蒲苇的感情，虽然你都不是，你是一个意外……不过意外不一定是糟糕的东西……吧？”

唐澄脸色发青，陆子曰心一横，继续说道：“青霉素的发现就是意外，却救了无数人的命，心脏起搏器的发明是因为拿错了电阻……不管怎么样，你出现在我面前，就是我的命运……”

众人羡慕的目光“唰唰唰”地朝唐澄射过来，她只能用文件挡住尴尬的脸。

陆子曰却还没有停止告白：“我们可能都不是对方的最佳选择，但是……我也有我的原则。既然那天……请你考虑一下我的建议，我愿意……和你活着能躺在一张床上，死了能埋在一块墓地……”

陆子曰稳稳地举着钻戒，闭眼低头等待回答。

“嫁给他！嫁给他！嫁给他！……”人群中发出起哄的声音。

郑理和白艺凌好奇地走向人群，陆子曰抬头，正对上他们的双眼。

而唐澄已如一阵青烟，消失得连影子都没有了。

郑理拉起陆子曰，把陆子曰带到附近的咖啡馆。

这个唐澄，一看就不是一般男人拿捏得住的！他的好兄弟居然第一次就直接选择困难模式，真的是勇气可嘉！陆子曰懒得理会郑理的八卦，和白艺凌讨论起她的离婚官司。

话说，白艺凌那个老公池旭，真是渣男中的战斗机！他大学一毕业就和白艺凌结婚，白艺凌为他放弃自己喜欢的专业，跟随他来到现在这座城市。两个人一起买房付首付，还贷款。好不容易小日子一天天过得好了起来。没想到，他却因为白艺凌一直未生孩子而婚内出轨，还搞大了小三的肚子！

现在，白艺凌的要求很简单，她只想追讨回自己的婚内财产，不再和那个渣男有瓜葛。

郑理一直纳闷儿，像白艺凌这样成熟懂事的女孩，为什么还要离婚？听完她诉说的一切，更为之抱不平。他惊叹于白艺凌的隐忍与付出，也欣赏她目前的冷静理智，看着这个坚强的女孩，他的目光不由得柔软了几分。

陆子曰给白艺凌打包票，一定会努力赢了这场官司！

郑理却拿陆子曰打趣，“你要不离开自己的舒适区，继续挑战下唐澄吧！”

陆子曰过了两秒才回过神儿，没想到话题又回到他和唐澄的感情上。

他心知要征服唐澄是多么艰难，不由得垂下了头。

五 公关危机

唐澄在办公室泡着咖啡，回想到之前居然有个“古董”和自己求婚，她害怕地摇摇头，仿佛要逼迫自己将那段恐怖的画面从记忆中甩掉！

忽然，手机亮了起来，是凌熙的助理兔兔给唐澄发来的求救语音——唐律师！完蛋了完蛋了！上周我们森系服装预售了，可是货一直没到。熙爷让我们去催，工厂那边说马上就能出货，结果一拖拖到现在，付了预付款的客人们都爹毛了，现在每天催单好几遍。没想到我们今天再去催，工厂统一口径，说效益不行，已经停工了。工人全部遣散，厂子等着接盘，连机器都一起卖了！

唐澄立即拟了一份律师函，让兔兔发给门户网站控制舆论，然后要求工作室马上对客户承诺两天之内发货，现在想退款的也可以立刻退。

兔兔感激唐澄的提醒与帮助，关键时刻，真的还是老板的朋友比老板靠谱！

唐澄发完消息，急忙给凌熙打电话。

“你签的什么破合同啊？！”

凌熙听到唐澄在电话那头破口大骂，也急了。

“文静一点能死啊？合同怎么了？”

“预付款，没有；全款，交货日期，没有。你签之前怎么也不拿来给我看一下呢？人家不坑你坑谁？现在出问题了，惊不惊喜？我跟你说，这老板八成从一开始就想要忽悠你！”

“不可能吧……我现在就杀过去，要真像你说的那样，看我不灭了他！”

凌熙收拾东西准备从家里离开，莫格利穿着凌熙的大衣，怀里抱着一个大背包，以为凌熙要带自己回森林，非常高兴地跟着凌熙上车。

却没想到凌熙一踩油门一路开到了工厂前。

“莫格利，下车！”

“You jump，I jump!”莫格利学着《泰坦尼克号》里的台词回应凌熙。

凌熙把莫格利拖下车，蹑手蹑脚地朝着工厂紧闭的大门走过去，贴在门缝边往里看。

轰隆隆的机器运作声震耳欲聋。

工厂员工堵在门口不让凌熙进去，凌熙追问打头的人，可对方却和凌熙打太极说老板不在。凌熙扬言，如果今天见不到老板就不走。员工只好偷偷去办公室二楼请示工厂老板。

工厂老板在办公室玩着高尔夫，气定神闲地教育前来汇报的员工，“这种小事还来问我！就说我在托斯卡纳度假，不在这儿！”

莫格利耳朵微动，二楼工厂老板的话他听得一清二楚，立即一字一句重复给凌熙听。

经过这段时间的相处，凌熙对莫格利的特殊技能也算略知一二，比如他有敏锐的听觉、嗅觉，夜色中视觉也比普通人要好很多，体力、耐力也属于优秀，而用石子击碎路灯的情景也证明了他的狩猎才能。所以凌熙深信莫格利的话。

她冲开员工的阻挡，气呼呼地直冲到二楼，一把推开工厂老板办公室的门。

工厂老板吓了一跳，瞬间变脸赔笑道："哈，凌熙，好久不见啊。"

"老板，咱们明人不说暗话，我知道你接了别人的大单，也不想追究了，你把钱还给我吧。"

"小姑娘，我真没钱，你别看我有这么大个厂，但是我没有流动资金啊，工人的薪水我还欠着呢！"

凌熙看了一眼莫格利，灵机一动说道："那行吧，我今天过来的时候车没油了，身上没带钱，能不能借我一百块钱加个油？"

"这当然没问题啦！"

工厂老板掏出一百块钱给凌熙，没想到这个傻姑娘那么好打发，损失一百块钱赶走一个催债的，这笔买卖着实划算！

凌熙拿到工厂老板的一百块钱，转身就塞到莫格利手里。

"记住了，就找这个味道！"

莫格利闻了闻，直奔储藏柜，敲了敲一块隔板，然后把隔板抽出，下面果然有一个20寸的随身行李箱。他帅气地拎出箱子打开，里面全是一捆一捆的人民币。

工厂老板完全看傻了。

不知何时，一群员工也聚在了老板门前，盯着行李箱发出"哇"的惊叹声。

"老板，既然你有钱还我，那我就不客气了！"

凌熙说着拿起装人民币的箱子，拉着莫格利就跑。

"拦住他们！"身后传来老板的吼叫。

现场的员工早就对这个只顾自己快活，不管员工死活的老板不满了。这次看到有人惩恶扬善，内心大呼过瘾！他们不约而同地给凌熙和莫格利让开一条路！

凌熙拉着莫格利顺利逃离了工厂！莫格利喜滋滋地看着凌熙，仿佛一个邀功的孩子。

凌熙打开一包牛肉干丢给莫格利。

这世上除了莫格利，再也没人那么真心地对她好了吧，就算是亲人也不会。

凌熙想到莫格利马上要被送走，忽然又有些舍不得。

一个电话打破凌熙的思绪。

"你现在在哪儿？马上给我回来做直播！粉丝都要炸了！"唐澄气急败坏的声音

从电话那头传来。

凌熙看了眼毫不知情认真吃牛肉干的莫格利，一踩油门，拐上了回市区的高速路。

莫格利发现车又开到了凌熙家，不明所以，不是说好要送自己回森林的吗？

“别问，先下车，回头再给你解释。”

莫格利只好充满疑惑地下车，刚踏进门口，就看到客厅中，唐澄、任何、李凯和兔兔已经严阵以待。

李凯给凌熙递上公关稿，兔兔给凌熙化妆，唐澄滔滔不绝地和凌熙说着注意事项，每个人就像训练有素的士兵，完全忽略了莫格利的存在。

唐澄一个手势，直播开始，凌熙清了清嗓子，开始阅读公关稿的内容：

“我知道你们有很多疑问，也有很多不满，这次延期，主要是代工厂那边出了问题。当然，不管是什么原因，总归是我们没有准时把货交到大家手上，放了大家‘鸽子’，这个锅，我来背。申请退款的客户，三天内订金会原数退还；愿意继续相信我们的客户，下一季的新款不仅会让大家优先选择，还会把原订金两倍膨胀，抵用现金……”

凌熙的公关稿还没念完，买家的弹幕就开始狂轰滥炸。

——还下次，当我们傻吗？

——今天拖明天，明天拖后天，不会卷款跑路吧？

——骗我们钱的大骗子，再也不信你了。

凌熙的无明火噌地一下蹿上来，直接呛了回去：“到底谁骗过你们下单了？不都是你们自愿的吗？”

唐澄和助理们纷纷给凌熙摆手，示意她平静，不要继续跟粉丝呛下去。可凌熙一肚子委屈正好无处发泄，自顾自说了起来：“我这么辛辛苦苦盯工厂，跑设计。你们以为我就为了赚这几个小钱，上帝也是要讲理的吧……”

可是“上帝”并没有那么好说话，凌熙彻底激怒了粉丝，弹幕上纷纷出现了“退款，取关，拉黑”的字样。

唐澄一把拽起凌熙，离开了直播画面。

“你知不知道你在说什么？你生肖属烟花吗？这么易燃易爆，粉丝都被你炸没了。”

凌熙这才从刚才的愤怒中缓过来，不由得懊恼起来。粉丝可是她的衣食父母，她怎么能那么冲动地和他们说话呢？

看着退款申请的曲线一下子蹿了上去，众人陷入了绝望。凌熙从未想到，追捧自己的粉丝有一天会抛弃她。一阵恐惧从心底蔓延，仿佛将她打回一无所有的原形。

莫格利若有所思地看着众人，他学着模仿凌熙，站到镜头前，一字一句将唐澄之前教凌熙的话背诵起来，“对不起大家，这一路以来，我们都特别艰难，但是，我们从来没有想过放弃。”

粉丝们看到镜头里竟然出现了一个陌生的男孩，面部轮廓棱角分明，浓密而微卷的睫毛下，有着一双像朝露般清澈的眼睛，肤色古铜，犹如古希腊雕像般迷人。

——你是谁啊？哇，好帅！

——居然有胸肌！

——你和熙爷什么关系？男朋友吗？

弹幕上因为莫格利的意外出场，纷纷抛出疑问与感叹。

凌熙看到粉丝数量因莫格利登场而再次攀升，灵机一动，赶忙抓住莫格利一起凑到镜头前，和粉丝介绍起身边这个陌生的男子，“你们猜得没错，他就是我的……男朋友！这就是我想告诉大家的惊喜！”

——男朋友不错！

——撒糖啊，甜蜜！

——求再直播！

——看在男朋友份儿上，先原谅你啦！

弹幕上开始飘满祝福的话语，粉丝对莫格利的喜爱化解了对凌熙工作室的不满。

麻烦解除后，凌熙满意地将直播关闭。

唐澄有些忧虑，难道莫格利要继续和凌熙做直播吗？怎么安排这个还不能正常交流的野人？他愿意留下来吗？

凌熙不以为意，和大家解释了莫格利经过这段时间的城市生活，语言能力在恢复，而且一些基本的生活能力，比如使用平板电脑看电影等也已经基本掌握，让大家不用太担心。她对这个闯入她生活，又莫名多次帮助她的家伙有种说不清的亲切与信任。想到可以有个理由留下莫格利，凌熙居然有一丝兴奋，她安抚莫格利先回去睡觉，明天一早再安排他的生活。

莫格利只得似懂非懂地点点头。

经过一晚的兵荒马乱，黑夜中的霓虹灯光渐渐淡下去，东方开始出现微光。

星云变幻中，太阳缓缓升起，带来新的生机。

一阵乒乒乓乓的锅碗瓢盆碰撞的声音传来，莫格利被吵得早早起床。

凌熙和唐澄两个人一起做了顿丰盛的早饭，盘子里的煎鸡蛋有些老，边缘还有煳掉的黑边；面包上的果酱并不均匀，一坨一坨地粘住；粥也有些清汤寡水，上面浮着几片菜叶。

凌熙试探地询问莫格利，“这段时间在我家开不开心？”

“……开心。”

“你觉得，我这个人怎么样？”

“你对我很好！”

“那你想不想留下来？”

“……”

没等莫格利说完，凌熙一把捧着莫格利的脸揉捏，“我就知道，你不是一只白眼狼！我就当你默认了，赶紧吃，吃完带你去干一件大事。”

莫格利的脸在凌熙的魔爪下变化出各种夸张的表情，后面那句“但是”也被淹没。

凌熙笑眯眯地看着莫格利把早饭吃完，嘱咐唐澄给莫格利换一身造型。唐澄无奈，准备拉着莫格利离开。莫格利非常惊慌，抓住凌熙的胳膊不放。

“凌熙，我会记住你的！”

唐澄听到莫格利和凌熙的道别，不禁打了个冷战。

“呃，就分开几小时，不用搞得像生离死别一样。”

“我会记住你……祖宗八辈儿的。”

凌熙刚升起的感动瞬间涣散，这又是什么鬼电影的台词啊！

她一把拽开莫格利搭着自己的手，将他塞到唐澄身边。

“我说你怎么这么着急地把他推给我？是想赶去见郑理吧？”唐澄笑眯眯地看着凌熙。

凌熙心想：“这个死丫头怎么那么了解自己？！”

自从前一天的直播之后，凌熙的焦虑和不安就开始放大。

万一郑理误以为莫格利是她男朋友怎么办？

他会不会伤心？

会不会失望？

他们青梅竹马，两小无猜的感情，会不会就此断送在她虚假的直播上？

眼见自己的心事被唐澄拆穿，凌熙也直言不讳道："知道你还不快带莫格利走！"

唐澄颇有深意地一笑，边祝凌熙好运，边拉着莫格利离开。

莫格利傻傻地一路跟着唐澄，最后停在了商场楼下。

他跟随着唐澄，乘着四面都是玻璃的电梯缓缓来到商场一层。

唐澄不由分说地将莫格利直接拉到拐角处的理发店。理发师技巧娴熟，手起刀落，地上的头发越来越多。镜中人的五官，因少了头发的遮挡而逐渐清晰起来。

唐澄打量着莫格利，满意地一笑，又将他拉进一家男装店。柜台小姐将衬衫熨平，给莫格利穿上。等形象焕然一新的莫格利朝着唐澄走来，唐澄端在手里的咖啡差点儿洒在地上。风衣、围巾、皮鞋、修身裤，简单的装扮在莫格利身上发生了神奇的化学反应。莫格利变成了剑眉星目的大帅哥，像是走上红毯的明星，所有的妆容正好，灯光的弧度剪裁出恰到好处的侧脸。

唐澄暗自感叹，如果第一面见到的莫格利是这样，她早就下手了！

突然，莫格利从包里掏出一个东西给唐澄。唐澄打开一看，是一颗巧克力，她不由得乐了。

"这么快就学会人类社会的礼尚往来了，无师自通嘛。"

莫格利脸上露出笑容，他拉开自己的口袋，里面有着更多的巧克力，"给凌熙。"

这家伙，陪他剪头发、逛街、买衣服，居然才给自己一颗，给凌熙那么多，真叫人有些不平衡。

唐澄愤愤不平，却也懒得和他计较，要是这家伙真的是凌熙男朋友，凌熙倒也很幸福啊。

想着想着，唐澄突然瞥到一个熟悉的身影，远处那个穿着白衬衫的男子，不是陆子曰吗？而他对面那个人，好像是自己的客户，正在和白艺凌打离婚官司的池旭。

唐澄拉开车门，让莫格利先进，她偷偷来到陆子曰和池旭身边，只见池旭拿出一个红包递给陆子曰。

“一点小意思，请笑纳。”

“红包你拿回去，官司该怎么样就怎么样，我不会放水。”

“给你钱，是因为看得起你。别趁机端架子油盐不进，我告诉你，这个世界，还真不是什么都那么公平的。”

“你可能想多了，我还真没想改变世界，当初选择学法律只是想维护自己内心认同的秩序而已。”

唐澄听到他们的对话，已知道个大概。

她忽然觉得陆子曰这个“老古董”，居然有点酷。

“你这人，怎么这么没有眼力见儿？”唐澄顿了顿，径直往陆子曰和池旭面前走去。

陆子曰和池旭对唐澄的突然出现有些意外。

池旭有些尴尬，想解释，却被唐澄打断，“对律师没有信任，想做两手准备，你这样的客户我遇到过很多。我说陆老师，这种事情，睁一只眼闭一只眼，各取所需，互利共赢，这么简单的事你也不懂吗？”

陆子曰没想到唐澄居然和池旭沆瀣一气，直呼自己看走了眼，看错了人……

看着陆子曰一副捶胸顿足，上了贼船又下不了的郁闷样儿，唐澄差点儿笑出声来。她整理了一下情绪，不急不缓，给陆子曰暗示，“这里没有旁观者，也没有摄像头，就你、我、当事人，只要不被抓住把柄。你不说，我不说，就不会有别人知道。”

陆子曰看着唐澄意味深长的眼神，似乎读出了额外的信息，但又不太确定。

他紧接着说道：“钱我就不收了，但你必须告诉我你和小三的事情，这样我才能帮你。”

池旭有些犹豫地望向唐澄，“唐律师，这个是什么意思？”

“我想陆律师肯定有他自己的办法吧。”

秘密地谈了一会儿后，池旭便离开了，只剩下陆子曰和唐澄两个人独处。

“唐律师，我有几句话想对你说。”

“好，你说。”

“我想了想，上次求婚还是太冒进，可能吓到你了。婚姻的起点应该还是从恋爱开始……”

“停停停，你要有空研究男女情感，还不如回去好好思考下策略，想想怎么赢我。还有，我现在有男朋友了，你可以彻底死心了。”

陆子曰僵住，半信半疑。

唐澄见陆子曰不信，主动带陆子曰去见莫格利，想利用莫格利让陆子曰死心。

等他们到了停车处，却发现车门大开，莫格利早已不见踪迹。

唐澄震惊地站在车前。

“莫格利？！”

“是一个穿米白色风衣的男生吗？刚才我拦着你讲话的时候，看见他往那边走了。”

陆子曰指着不远处的路口。唐澄一阵风似的往前狂奔，陆子曰赶忙也追了上去。

唐澄边找人边拨打凌熙电话，而另一边，凌熙却正在和郑理及一男一女吃着晚宴。

为了不让任何人破坏自己和郑理的见面，凌熙早早将手机调至静音。

温馨的饭馆内，摆放着一桌精致的港式菜肴，独立的包房内设有一扇大落地窗，可一览窗外的迷人夜景。

凌熙穿着一身精致的礼服端坐在郑理面前，她故作轻松地和郑理解释说：“对了，有个事我要澄清一下。昨天直播的时候，跟公司的一个……同事装成男女朋友的样子出现在镜头前。你们都别误会啊，那只是一个营销的手段。”

“从小看你长大，儿媳妇的营销才华，我最清楚。”

说话的是李珊，她穿一身宝蓝色的上衣，耳垂挂着一对翡翠耳环，笑眯眯地看着凌熙。

凌熙暗自高兴，郑理却接起手机，因工作上的事情要离开。

“一家人难得聚在一起，工作明天再说吧。”

一个儒雅的中年男士和蔼地劝说着郑理，凌熙朝着他调皮地眨了眨眼。郑理只好坐回座位，陪伴着凌熙继续一起用餐。

刚才说话的两位，正是郑理的父母——李珊和郑伟珏。

郑伟珏是凌熙父亲凌正浩的合伙人，他和凌正浩一起创建了现在的沃夫集团，也是集团的副总。他和妻子看着凌熙和郑理一起长大，早就把凌熙当作自己的儿媳妇。

凌熙见“准公婆”处处帮着自己，热情地给他们送去自己精心准备的礼物，全然没有注意一直闪烁的手机。

唐澄见凌熙一直没有回音，沮丧地挂断电话。

“莫格利，你究竟跑到哪儿去了？你走丢了，我该怎么和凌熙交代？”

莫格利完全没想到他的跑开会引起唐澄的惊慌，他蹲在花台上，仰头看着巨幅广告牌。

广告牌上森林、湖泊不断闪现，莫格利试图找到通往那个地方的入口。

突然，广告中的画面结束，屏幕暗了下来。

莫格利迷茫地看着熟悉的场景消失无踪，他抓住胸前的狼牙，眼神哀伤。

此时，一个移动的“森林”出现——公交车车体广告，上面有郁郁葱葱的森林和大批的狼群。

莫格利情不自禁地追着公交往前跑去。

在街道的另一侧，唐澄和陆子曰正巧与莫格利擦肩而过。

“其实也不用太紧张，你男朋友毕竟也是一个大男人，走不丢的。”陆子曰气喘吁吁地跟着唐澄，安慰唐澄稍做休息。

唐澄没好气地瞪着陆子曰，“你懂什么……他以前一直都生活在森林里，对这里很多东西都不了解，如果走丢了或者遇到危险怎么办？”

陆子曰惊讶，原来唐澄的男友有着这么特殊的背景。他二话不说，提议和唐澄分头寻找。

夜色渐渐笼罩下来，城市的霓虹灯闪烁着。

莫格利路过饭馆，被饭菜的香味吸引，驻足徘徊，却见别人都拿着手机或者钱币在付钱，他不敢往前。

紧接着，是一次性筷子掰开的声音。

塑料袋被拉开的声音，喝剩的塑料瓶被丢弃的声音，伴随着汽车的轰鸣声、喇叭声传入莫格利的耳膜。

他想起森林边缘的小河中漂浮的矿泉水瓶，以及一只小狼嘴边叼着塑料袋，口吐白沫的情景。

莫格利发病似的抱住自己的头，蹲在了城市的角落。

一直寻找不到莫格利的唐澄终于体力不支，瘫坐在街边的长凳上。

陆子曰从远处便利店跑来，递给她一个三明治，又从怀里掏出一罐咖啡。

“便利店没有热饮了，我用人体加热的，别嫌弃啊。”

看着陆子曰满头大汗的样子，唐澄有些感动，但更多的是疑惑。

“你之前，真的一个女朋友都没谈过吗？”

“宁缺毋滥。”

唐澄笑笑，并没有接话，从座位上站起来。

“你回去吧，这事也跟你没关系。”

“不行不行。就算遇到迷路的老奶奶我也会把她扶回家，更何况是一个森林小子……”

陆子曰很认真地再次起身去找，唐澄看着他，似乎觉得眼前的这个傻小子居然也没那么讨厌。

“我们去报警吧！”

唐澄拉着陆子曰前往警局，陆子曰看到唐澄拉自己的手，仿佛一阵电流冲到了他的心里。

他不由自主地跟着唐澄走去。

晚宴归来的凌熙终于回到家，她敷着面膜躺在床上开始看手机，才发现唐澄打来的多个未接来电。

凌熙有一种不妙的预感，她给唐澄拨了回去。

电话那头传来唐澄的嘶吼：“你怎么现在才接电话，莫格利丢了！”

凌熙惊得从床上跳了起来，不顾衣着，踩着两只截然不同的拖鞋狂奔出门。也不知道是因为丢失莫格利会带来工作的压力，还是担忧莫格利的安全，凌熙急得流出眼泪。

突然，门口一个熟悉的身影，映入眼帘。

灯光的映照下，莫格利有些佝偻，有些狼狈，蜷缩成一团。

“莫格利！”

随着凌熙的惊呼，莫格利缓缓抬头，举起有些脏的手，递给凌熙一把已经软掉的巧克力。

那一刻，凌熙的心，好像也被暖化了。

六 上新男友

一块生牛排在火的炙烤下，发出刺啦刺啦的声响，热气正往外冒着。陆子曰正熟练地煎着牛排，莫格利在一旁好奇地看着。

另一边，凌熙暧昧地看着唐澄和陆子曰，面带微笑。

这位戴眼镜、穿白衬衫的男士，斯文儒雅，又烧得一手好菜，好像不是唐澄以往喜欢的类型呀！难道她这位好闺密，又换口味了？

唐澄看出凌熙别有深意的眼神，狠狠瞪了回去。

陆子曰端上牛排，莫格利伸手就要抓起来吃。陆子曰却教育莫格利要左手拿刀，右手拿叉。莫格利学着陆子曰的样子，像模像样又费劲地切着牛排。他好不容易切下一块，放在嘴边，表情有些抗拒。

他吞咽了一口口水，一闭眼睛把牛排扔进嘴里，却猛地睁眼，似乎感受到了惊喜。

肉质松软，入口即化，肥瘦均匀，鲜香从齿间蔓延，莫格利从没想到牛排可以做成这种味道！他突然对眼前这位男子肃然起敬！

陆子曰看着莫格利狼吞虎咽地吃着牛排，就像看着一个很久没好好吃饭的孩子，转身对着唐澄和凌熙说道："你们怎么能把他这样一个身份特殊的人留在身边，这样不好！而且唐澄你还编谎话说他是你男朋友……"

"行了，牛排也煎完了，你还不回家，难不成想住在这儿？"唐澄说罢拿起外套，就要撵陆子曰走，但似乎勾起了莫格利的心事。

"回家？那我也能一起回家吗？"

凌熙听到莫格利提到"回家"这两个字，不由得紧张起来。

"这难道不是你家？还想回哪儿去？"

"我家，森林啊……"

凌熙和唐澄不禁面面相觑。

"不错，他有强烈的自我意识，野性还在，确实应该早点回去。"陆子曰严肃认真地说道，全然不顾唐澄瞪着他，"人虽然不可能生于森林，但是莫格利长于森林，对他来说那里才是安身立命之所。"

"子曰说得对。"莫格利一边啃牛排，一边赞同。

唐澄受不了陆子曰为莫格利说话，和陆子曰争吵起来。

“我跟他说话你个外人瞎起什么劲啊？你是他的代言人吗？”

“对呀，你不是已经确认他安全了吗，为什么还要揪着他不放？”

“他哪儿安全？他现在在水深火热之中！”

“信不信我一秒让你也水深火热？”

陆子曰被唐澄的气势吓得缩了回去，赶忙闭嘴。

凌熙看着唐澄和陆子曰为了莫格利吵架，本就心烦。莫格利竟然对自己没有一丝眷恋，一直坚持要走，她越想越生气。

“不管怎么样你都要回去是吧？”

“嗯，要回去。”

“走走走，你走了，就看着我死好了！”

空气似乎都停滞了，莫格利的表情有些不太对。

“死？”莫格利抬起头认真地看着凌熙，“我不会让我的朋友死的。”

莫格利把自己的牛排也推到了凌熙面前，坚定地说道：“我不走了。”

众人简直不敢相信，这也太好忽悠了吧！

凌熙看着真诚的莫格利，心中涌起一阵感动。

陆子曰看不下去，借故把莫格利拉去天台聊天。

夜晚的风微微地吹着，抬头望去，月明星稀，夜深人静，一片安宁。

莫格利顶着一张满是疑问的脸，不明所以地看着陆子曰。

“你真确定要留下？”陆子曰担忧地问道。

莫格利坚定地点点头。

“你刚来城市可能不知道，人，有时候是比野兽还要厉害的动物，尤其是女人。”

“女人不危险。”

“你不能光看表面。人和野兽不同，野兽会展现出它的危险性，但人不会，人可以把想法藏在心里不显山露水，你懂吗？”

莫格利似懂非懂地看着陆子曰，思考着他的话。

陆子曰也不清楚面前这个家伙能不能听明白这么深奥的话，这可是他花了近30年的时间，最近才琢磨出来的真理！

“子曰，我也知道其实凌熙不会死。”

“啊？”

“但她需要我。上学的时候老师教过我们，对自己好的人要报答。”

莫格利上过学！陆子曰恍然大悟，怪不得他能听懂人类的话，肯定只是长时间不接触人类，语言功能退化了而已。

不过，看着莫格利这么讲义气的样子，陆子曰更为他担心起来，就算是个数理化考过满分的天才，也有可能拜倒在一个不识大字的坏女人手下！眼前的莫格利，显然不知道女人的恐怖。这个道理，可能只有等他亲身经历，才能知道其中险恶吧。

“莫格利，你就从来没有想过，你比别人更需要保护吗？我不能做到时时刻刻护着你了，但总之有什么事情，你要告诉我。”

莫格利似懂非懂地看着陆子曰。

陆子曰伸出手，掀起莫格利的袖子，在他的手腕上比画着写下一串电话号码。

“兄弟我帮不了你什么，只能留个救命热线了！”陆子曰拍了拍莫格利的肩膀，和他道别，“有困难打电话给我，保重！”

莫格利看着手上那串数字不明所以。

天色从深黑渐渐亮起，太阳升起，照亮了整栋楼房。

陆子曰的话让凌熙醍醐灌顶，尽管莫格利现在愿意留下来帮她，但她得让莫格利尽早适应城市生活。她在网上搜索着，终于看到一篇题为“科学育儿十大好方法”的文章。凌熙决定照着这篇文章所写的内容，好好指导莫格利的新生活。

凌熙拽着莫格利起床，将他带到洗漱台前教他用洗面奶，然后以海绵清洗。此外，还教他怎么用牙刷刷牙。

经历了几次之后，凌熙才明白，为什么在教育孩子的过程中，再温柔的女人都会变得暴躁！莫格利完全不得要领啊，想来这也不是一时半会儿就能学会的，只能让他慢慢练习了。

过了几天，她开始教莫格利使用手机。

她在自己手机上打出一串数字，递到莫格利跟前。

“有我号码的人不多，你的待遇已经不同凡响了！”

莫格利看着手机界面，若有所思地点点头。他背过身去，拨了一个电话号码。

凌熙期待着自己的手机铃声响起，然而手机屏幕毫无反应。

那边莫格利已经开心地打通了电话，“喂，子曰！我有电话了。电话很神奇，需要滑一下。”

凌熙有些惊讶，为什么莫格利学打电话那么容易？！于是她愤怒地拿走莫格利的电话，将他带到书房。然后她翻出一箱子书给莫格利，里面有各种智能家电的使用手册，还有初中到高中的数学题。

“你现在好好看这些东西，明天我让我助理来教你社交礼仪，知道了吗？”

莫格利翻弄着这些书籍，乖巧地点点头。

凌熙走出书房，深深吐了口气，看来自己不是个合格的老师，教人这种工作还是给擅长的人来做吧。

翌日，助理李凯和任何按照老板的要求来到凌熙家，开始教导起莫格利。

李凯在黑板上歪歪扭扭地写着几个大字，“成为情侣的第一步是——听懂女孩的话。”

莫格利坐在小板凳上，认真听着李凯的提问。

“请听题。你和熙爷住在一起后相亲相爱，有一天你煮饭熏黑了屋子，熙爷笑嘻嘻地说她来打扫，不用你来，此时你的反应应该是？”

“把拖把和手套找齐了挂在她脖子上。”

“你得主动把屋子擦得锃亮！”李凯从没见过求生欲这么低的男人。

“既然屋子脏了就不用在家里吃饭了，你把熙爷带到小饭馆，问熙爷想吃什么，熙爷表示她减肥不吃东西。正巧隔壁桌的女生望着面前的排骨抱怨量大，这时候你应该？”

“替她吃。”

任何一脸崩溃。

“你这是送命！你应该点一份排骨，你和熙爷一人一口疯狂秀恩爱！”

“为什么？”

“综合起来有以下几点注意事项，女孩一般说不要就是要；逛街看到说好漂亮，就是我想买；说没生气其实就是生气了；说随便就是失望了。灵活运用，见机行事才是制胜关键。明白了吗？”

莫格利愣了许久，似懂非懂地点点头。

“具体行为上，你只要学两点，我示范给你看！”李凯说着，往莫格利面前走去。

他拉过身边的一张凳子，非常绅士地弯腰，示意莫格利坐下去。

莫格利刚想坐，李凯开玩笑似的把凳子一抽，莫格利“扑通”坐到地上。

任何和李凯看到莫格利中计，哈哈大笑。

“学会了吗？要绅士，有礼貌，才能赢得好感。”

莫格利皱着眉头点点头，这人类的社交礼仪和动物差别还真的挺大！

李凯和任何满意一笑，将莫格利带到凌熙面前。

凌熙没想到助理们那么快就把莫格利教完了，她边夸赞边走到椅边上，莫格利见状赶紧上前，绅士地拉出了凌熙的椅子。

凌熙心中暗叹，不错啊，这家伙果然有狼一般的学习能力。

没想到她刚想坐下，莫格利把椅子拉着后退了一步。凌熙见状，赶紧跟上椅子。她一走过去，莫格利又把椅子往后拉着倒退一步。

凌熙一把按住椅子，十分不解，“你跟我玩捉迷藏呢？”

“要绅士，有礼貌，才能赢得好感。”莫格利一本正经地回复道。

你这哪是有礼貌，简直是有毛病！凌熙一把拉过椅子坐下，莫格利愣在原地不知所措。他委屈地看向李凯等人，噤若寒蝉。

“所以你这一天到底学了什么？”凌熙凌厉的眼神扫了一圈众人，“你们这一天到底教了什么？浪费时间！你们就等着采访时看我笑话？”

莫格利叹气，扯了扯凌熙的衣角，示意她不要批评李凯和任何。

“别吵我，一边去，现在不想看到你。”凌熙烦躁地看着莫格利。

莫格利垂头丧气地走到一边，他拿起自己的手机忽然回头，对准了凌熙，点开一连串高分贝的网络神曲。瞬间，凌熙耳边响着动感的音乐，整个办公室都动感起来，所有人都抬头惊讶地看着莫格利。

莫格利略显犹疑地说道：“你们说女生说不想就是想，其实我觉得这样特别不合适。”

凌熙抢过莫格利的手机，“啪”地扔在桌上，近乎崩溃。

“让你好好学社交礼仪，结果一点技巧都没学到，我真是瞎了眼，脑子进水，太高估你了！”凌熙转头又继续对任何和李凯说道：“今天教不会他，你们所有人别想下班回家！”

凌熙说完，扔下一脸呆滞的众人，气呼呼地走了。

待凌熙走后，莫格利见形势不对，赶紧拿起手机拨打陆子曰的救命热线。

陆子曰看着莫格利气馁的样子，决定帮莫格利好好放松一下，带他去射箭场运动。

莫格利好奇地看着射箭场内的弓箭、靶子以及排行榜，原来城市里还有这么好玩的地方！

陆子曰戴上专用眼镜，换上一身运动服来到莫格利面前。

莫格利一脸崇拜地看着陆子曰，陆子曰有些飘飘然，走到一个靶位前，胸有成竹地拿起了弓，一本正经地做架势拉开弓。

陆子曰向莫格利传授心得，“射箭呢，一定要一心一意，全神贯注，心无旁骛，才能有的放矢！”

手上的箭咻的一下飞了出去——七环。

陆子曰自我感觉良好地放下弓，转头对莫格利问道：“你要不要来试试？”

莫格利走上前，拿起弓，眼神变得犀利起来。

陆子曰在一旁提醒，“记住，要一心一意，心无旁……”

陆子曰话音未落，莫格利表情专注，已经接连射出几支箭——十环，十环，十环。

莫格利连续射箭，电子播报屏上，莫格利的名字已经连续上升，最终超越了第一名，登了顶。

陆子曰呆若木鸡，缓缓地拍手，“这家伙在森林里长大，是我低估了他！这水平不代表国家去参加奥运会比赛真是太可惜了！”

陆子曰看着莫格利潇洒利落地射箭，觉得莫格利仿佛回到了从前的日子，打心眼里为他高兴。

莫格利射完箭，果然心情好了许多。

“子曰，谢谢你，以后如果你有什么烦心事，我也会来帮你的！我们再一起去射箭！”

陆子曰看着单纯的莫格利，微微一笑点点头。而他自己的烦心事，恐怕是无人能解，无人能帮了。

白艺凌和池旭的官司开庭在即，陆子曰要和唐澄对峙于公堂之上，不知道这个女人又会用怎样的姿态出现，每一次认识的她，仿佛都截然不同。

想到这里，陆子曰忽然意识到自己对唐澄的感情已不是要对她负责那么简单。唐澄仿佛织了一张无形的巨网，把陆子曰的心牢牢地收住。

“子曰，你在想什么呢？我回去了啊？”莫格利看着神情呆滞的陆子曰担忧地问道。

陆子曰这才回过神儿，自嘲地一笑，和莫格利告别。

莫格利开开心心地回到凌熙家，没想到正见到凌熙暴躁地对着李凯、任何发火。

“我前面怎么嘱咐你们的，我下午才离开一会儿，你们怎么能放任莫格利一个人离开？”

李凯和任何惭愧地低着头，“对不起，他是趁我们不注意偷偷走的，我们也没想到他会出去那么久还不回来。”

“别怪他们，我回来了。”

凌熙看到莫格利回来，脸上闪回一丝安心与兴奋，瞬间又变成气愤的样子。

“你还知道回来？明天就要直播了，你晚上好好和任何和李凯学，学不好不许睡觉！”

莫格利、任何和李凯的脸上，都多了一层绝望。

莫格利首次正式参与直播的日子终于到来了。

清晨，莫格利带着黑眼圈起床。任何给他换上新的衣服，兔兔为他梳理头发。莫格利任由他们捯饬着自己，被他们带到工作室的阳台上。

只见气球绑在栏杆上，迎风飘动，摄像机和话筒架设起来，主持人就位。

十几个粉丝拿着气球，围拢在摄制组的摄像机边，兴奋地等待着凌熙。

莫格利第一次见工作室来这么多人，预感今天一定是个特殊的日子。

主持人着正装入场，神采奕奕地站在摄像机前说着开场白。

凌熙穿着带有自己工作室标志的森系服装入镜，边走边向众人打招呼。

“下面有请熙爷帅气的男朋友，莫先生登场！”主持人说道。

莫格利听到主持人叫了他的名字，还没回过神儿，凌熙就回头拉住了他的胳膊一同走向椅子，莫格利想起昨天被教育的社交礼仪，他快走了两步揽住了凌熙的肩膀，对着凌熙微微一笑。

现场的粉丝们发出“哇——”的声音。

两人走到采访桌边，凌熙刚想伸手拉椅子，莫格利抢先一步，帮着凌熙拉出椅子。

凌熙一愣，心有余悸地坐下，随后莫格利坐在了凌熙身边。

“莫先生真是特别绅士呢，难怪能赢得霸气熙爷的芳心！”主持人将这个细节看在眼里，激动地夸赞道。

凌熙朝着莫格利一使眼色，莫格利举起手对着粉丝们打招呼，粉丝又是一阵欢呼。

配合着主持人的提问，凌熙缓缓说出这一季新款服装的主题，“我们这一款森系的衣服更换了有机棉作为面料，既亲肤舒适又时尚耐穿，最重要的是，为了环保，本来的皮质元素都放弃了。此外，我们这次还推出了情侣睡衣，希望大家会喜欢哦！”

说完这一切，凌熙长出一口气，暗叹采访终于要结束了。接下来就是和粉丝合影，她给任何使眼色，让她带着莫格利先行离开。

任何刚想带走莫格利，却被主持人拦住。

“熙爷千万不要觉得采访就此结束了哦！接下来的几个问题要问您和您男友。”主持人从背后重新拿出三张纸，“我们事先得到了一些情报，现在是针对两位情侣的默契大考验时间！”

凌熙十分吃惊，望向莫格利，眼神中仿佛在说：“什么情况，不是说好不问了吗？莫格利，你快站起来走！”

“请。”莫格利想起昨晚任何和李凯对他的教导，做出一本正经的绅士状。

此时，一个工作人员跑来递上一个气球锤子。主持人拿着锤子在空中做威吓状：“对于规定时间内答不上来的人，我们可是有惩罚的哦！好了，请听题！请说出对方最爱做的一件事。”

现场气氛开始变得紧张。

凌熙和莫格利紧锁眉头，努力思索。

凌熙忽然抬头说道：“吃牛排！”

莫格利自信地回复：“看整蛊节目……”

没想到莫格利还挺留意自己的喜好，她心底涌起一丝欢喜，悬着的心放了下来。

主持人放下了手中的气球锤了，继续提问：“请说出自己会为对方做的最浪漫的一件事。”

凌熙心里七上八下，不断地用眼角瞥向莫格利。莫格利好似陷入了沉思。只剩下最后几秒，场上一片肃静。

凌熙轻轻拉了拉莫格利的袖子，莫格利似乎还沉醉在思考中，毫无反应。

主持人举起手中的气球锤子，准备对准二人砸下去。

凌熙突然鼓起勇气说道："为他煎完冰箱里所有的牛排。"

莫格利抬头，一本正经地回复道："为她开矿泉水的瓶盖。"

凌熙惊讶地望向莫格利，她想起了莫格利刚住在她家的日子，他看到凌熙喜欢喝矿泉水，居然把每个瓶盖都打开了，让人好气又好笑。而此刻她似乎被一瞬间的温柔击中了神经，竟然有一点儿感动。

莫格利接着说："以及……萨瓦迪卡。"

什么萨瓦迪卡？！这家伙不要露馅了啊！她小声责备道："胡说什么……"

可是莫格利一本正经的样子十分有魅力，于是现场安静两秒钟后突然爆发出一阵阵欢呼声。

"莫先生真是一语惊人，这口狗粮真是噎住我了！"主持人和粉丝们解释着，又继续问了下一道题目，"你们互相决定和对方在一起的理由是什么呢？"

凌熙把心一横，举手抢答："我来说，因为……"

莫格利打断凌熙，一本正经地如实回复："因为她说过，我不在，她会死。"

现场的粉丝们爆发出欢呼声，声音似乎掩盖了凌熙的声音。

"这个回答可以说让人十分满意了！恭喜熙爷和莫先生通过了我们的互动问答，这个天衣无缝的回答让现场都沸腾了起来！"

随着主持人的话语，现场的气氛热烈到了顶点，粉丝们跑上前来合影。

伴随照相机咔嚓咔嚓的声音，一阵亮眼的闪光把莫格利晃得眼晕，下意识地举手挡在眼前。脑袋深处，似乎有什么东西晕晕乎乎地被记起。

一个小粉丝挤到凌熙身边，"熙爷我可以跟你合个影吗？"

正说着，她身后的气球被戳破。

啪的一声，触动了莫格利的心弦。

莫格利的眼前，现实和梦境开始叠加。

他仿佛看到自己在森林里飞奔，前方的树丛和树叶都被劈开让路。

森林里一派祥和宁静，像是迪士尼动画中温馨的童话王国。

牛在河边喝水，鸟在树上飞舞。

他来到森林小屋，蹲在小屋前，拿着一块肉喂食一只小狼。

小狼吃完肉，转向莫格利，眼睛里闪烁着绿色的光芒。

莫格利看着小狼，犀利的眼神慢慢变得柔和，他更靠近小狼，站在小狼的跟前用额头触碰它的额头，一人一狼亲密而和谐。

忽然，森林中有脚步声传来。

小狼带着莫格利在森林中惊恐地奔跑。

砰的一声枪响，小狼为保护莫格利而倒下。

莫格利的眼前一片猩红，他推开凌熙，拨开人群冲出去，粉丝纷纷趔趄倒地，现场一片慌乱。

凌熙被推倒在地，反应过来时，见到的是莫格利拨开人群冲出去的慌乱背影。

她预感不对，着急地大喊：“莫格利！”

莫格利像没听见似的并不回头，一路推开了天台的门往楼下跑。

他回想起曾经在森林里遇到的悲剧，心头一酸，眼泛泪光。

慌乱之中，莫格利看到街边有一家森林风格装饰的体育用品商店，想都没想就往里面跑去。

凌熙叫着莫格利的名字，莫格利听到凌熙的呼唤，终于从回忆中被拉进了现实。

他一个趔趄，步子有点乱。趁此机会，凌熙迅速追上他，跨上前去拉住了他的手臂，没想到莫格利满脸惊恐地看着她。

“你怎么了？”

莫格利害怕地看着后方，“有人……追过来了。”

凌熙回头，见不远处，主持人和摄影师扛着摄影机一路跑了过来。

“没看到他不开心吗？没看到我们不想拍吗？还不走开！”凌熙挡住了莫格利，一步跨向前，一边以愤怒的目光直视扛着摄像机过来的人，一边以手掌挡住了镜头。

她气势有些凌厉，扛着摄像机的工作人员被吓得呆住了。

躲在商店里的一个户外帐篷后的莫格利，听到不远处传来更多的脚步声以及粉丝们琐碎的说话声，才稍微冷静了下来。但他依然十分害怕，紧紧地抱着自己。

忽然，他感到自己的手腕被人抓起，慌张中他抬头见是凌熙，带着惊讶和稍稍的安心，被凌熙拉进了帐篷内。

帐篷内，蹲着的莫格利陷入自己的世界里，凌熙坐在他身边看着心情还没有平复的他，有一点点心疼。

莫格利的手心因为紧张而有些汗津津的，凌熙清晰地感觉到了他的害怕。

“枪，枪声……”

“枪？你不会是电视看多了，和现实混淆了吧。”凌熙安慰道，“哪儿有枪啊，玩具枪还差不多，只会发出那种萌萌的声音，biubiubiu……”

凌熙的安慰并没有起到作用，莫格利紧张地摸着胸口的狼牙。

凌熙有些心疼，柔和地摸了摸他的头，让气氛变得平和，“没事了，玩具枪也不会有的。有我在，让他们全都收起来！”

凌熙的身体动了一下，莫格利以为凌熙要走，他紧张地拉住凌熙：“不要去！很危险！”

凌熙突然有些感动，小小的帐篷里，有些温暖的情绪正在滋长。

“你也有过这样的阴影吗？我有过。”凌熙看着此时害怕彷徨的莫格利，仿佛看到了当年失去母亲的自己。

莫格利疑惑地看着凌熙：“你也听到过枪声？”

“不是枪声，是关门的声音，虽然听上去好像杀伤力没那么大，但也是小时候最可怕的声音。”凌熙背靠在帐篷内壁上，说着她的故事，“因为我的妈妈就是这样被带走的。门砰地一关，她就不见了，再也没回来。过了很久我才知道，她去了另一个世界。再后来，我爸又结婚了。每次他一去上班，门砰地被关上，就意味着整个家空荡荡的，只剩下我自己了。虽然家里有文郁……但我实在接受不了她作为妈妈的爱。我会把自己的门关上，和自己独处。这算是我很深的童年阴影了吧……”

莫格利认真地听着凌熙诉说自己的故事，原来凌熙也没有妈妈，“我们俩……异曲同工了。”

凌熙被莫格利逗乐，“这个叫同病相怜，你学怎么上的，负分。”

“这么多年没用，生疏了。小学时我还以为惺惺相惜是大猩猩向着西面走呢，不过我觉得……现在我这样向着你，很好。”

说着，他将头靠在凌熙肩上，渐渐睡着了。

从帐篷外面看向帐篷，两人靠着的剪影透了出来，像相恋多年的情侣紧紧依靠，柔和的灯光打着，好像周围一切都静止了，只剩下美好的温馨。

粉丝们纷纷微笑着，举起手里的手机“咔咔咔”地拍照。

摄影师赶紧举起手里的摄像机录下眼前这一幕浪漫的画面。

莫格利靠着凌熙沉沉睡去，待醒来时，自己已经在凌熙家的床上。

他看着熟悉又陌生的环境，想起白天发生的一切心有余悸。

他想早点回家。回到那个让他更安心的森林。他比任何时刻都思念那个地方。

白天的人群和闪光灯都让他恐惧，他不希望故事重演。

他打开手机，在地图软件上搜索“森林”，结果画面上显示出无数个森林公园。

他一个一个点开，再关上，眼神从期待变为失落。

就没有别的办法了吗？

闭上眼睛，想象森林里的溪流、树林和月光在自己的眼前展现，再一睁眼，眼前却是黑漆漆，看不到星星的夜空。

忽然，他听到楼下有钥匙声响，急忙跑下楼。

凌熙关好门一转身，看到莫格利站在她身后，抱着抱枕靠在墙边。

“不睡觉干吗呢？”凌熙好奇地询问。

“我，有点想家。地图上的森林都找过了，图片里的森林也都看过了，都不是我的家。”

莫格利抬起头，凌熙看着莫格利的双眼，真真切切地能感受到他的伤感。

莫格利继续委屈地和凌熙说道：“你家里的电视剧我都看完了，可是在视频里，越看那些猫猫狗狗，越是想家，在山里奔跑的猴子、鸟、雪豹、黑颈鹤，我最想念的是我崇拜的狼……”

“为什么是狼？”

“小时候我和守林的爷爷一起救过一只受伤的小狼，并养过一阵子，近距离观察，发现狼的性格忠诚、团结，而且非常智慧。可是，那只小狼已经不在了。”莫格利说着，摸了摸胸前的那颗狼牙，“这狼牙对我是个很重要的信物。”

怪不得，当初莫格利一路追随她，就是为了找这颗狼牙！

凌熙看着此时的莫格利，心疼不已。可是，她不想让莫格利回到森林，这段日子，虽然她一直在利用莫格利，但也在不知不觉间把他当成自己最贴心的朋友。

莫格利想要继续在手机里寻找森林，凌熙一把夺过他的手机。

她拿着一大堆书"啪"地放在了茶几上，只见一大堆书里有小说和一些实用类书籍：《别对我说谎》《罗生门》《学会情绪管理》《局外人》《高难度沟通》，等等。

"看看这些吧，可有趣了。"

凌熙想看书能分散莫格利的注意力，可是她自己忙了一天，陪着看书的她眼皮越来越沉。

莫格利坐在茶几旁边，聚精会神地看着一本《解密身体语言隐藏的密码》。

他对照着书中内容，又死死盯着凌熙看，眼睛一眨不眨。

凌熙被莫格利看得难受，不由得摸了摸脸。

"怎么了，我最近又变美了吗？"

"现在，从你下沉的眼皮和脸部放松的肌肉、无神的双目可以判断……你困了，十分想睡。"

"说得很对！既然你都知道了，我就不奉陪了！"凌熙解脱似的转身就想走进自己的房间，却被莫格利一把拉住。

"所以你不打算看看我的身体语言吗？"

"看不出，你成功了。我可以去睡了吗？"

凌熙转身想走，莫格利并不松手，凌熙极力挣脱却无法脱身。

"这是敷衍了。既然互相学习，我们就不该欺骗彼此。"莫格利依旧不依不饶。

凌熙困得要崩溃了，就在她想发火之际，莫格利却赶紧放手。

"好了，我再不放手你就要爆发了。"

莫格利控制的时间正好，让刚想爆发的凌熙憋了回去。

"这本书果然有趣，讲解得和实际一模一样！"

听着莫格利自言自语，知道自己被当作实验对象的凌熙只能勉强笑笑回了房间。

留下台灯下的莫格利继续拿着书，津津有味地看着。

同样挑灯夜战的还有陆子曰。

明天，他将与唐澄见面。眼前的文件他已翻看得滚瓜烂熟，但总有一丝不安。他总觉得唐澄会不按常理出牌，可又想不到唐澄会做什么。

真是一个让人捉摸不透的女人。

陆子曰揉了揉双眼，略感疲倦。可闭上眼都是唐澄的一颦一笑，他懊恼地睁开眼，翻开书架上的法律条文阅读起来，明天会如何呢？

人民法院庄严的大楼在阳光下熠熠生辉。

玻璃墙面反射着光芒，写着“人民法院”四个字的白色牌匾格外醒目。

法庭内，一片肃静。

开庭的日子到了，陆子曰终于又见到了唐澄。

眼前的唐澄又是一身新的职业装，头发一丝不苟地扎起，严肃又自信。谁也想象不到这样一个女孩会喜欢在酒吧喝酒，到处寻觅男友。

唐澄仿佛感受到陆子曰的目光，她对着陆子曰微微一笑，陆子曰连忙回避开眼神。

审判员洪亮的声音响起，“刚才原告已经进行了相关陈述，被告，你有什么想辩驳的意见吗？”

陆子曰回过神儿，起身向审判席鞠躬，“有，我方并不赞同原告所说的双方感情破裂。我的当事人白艺凌和原告原本婚姻关系美满，但在四个月前忽然急转直下。理由是他已出轨，第三者已快生产。我方认为，原告和第三者的行为完全侵害了当事人的家庭利益，损害了她的情感，我方当事人提出这样的财产分割比例合情合理。”

说着，陆子曰举起一些照片和一些票据。

“这里有一些证据，是原告池旭带着第三者前往奢侈品店消费的照片和原告的刷卡记录，可证明其在婚姻存续期间出轨。”

“可据我收集到的资料显示，并非如此。”一阵清亮的声音打断了陆子曰的话。

只见唐澄拿起一份资料，和法官说道：“我调查了两人的邻居和他们的共同同事，他们大多数认为两人貌合神离，更像是被利益捆绑的夫妻；我也调查了两人的旅游记录，显然这几年没有，连共同的公事出差也是零；两人的通话记录和微信聊天记录也显示两人甚少交流。原告和被告的感情，早就在原告所谓的小三介入之前，就已经名存实亡了。”

唐澄边说边将文件一个接着一个地拿了出来，“还有，刚才被告律师呈上证据，指责我当事人出轨。可我想请问，如果和女性正当的社交礼仪可以理解为是出轨的话，那昨天白艺凌小姐和她的上司一起搬家时的亲密动作是不是也要界定为出轨呢？”

审判员向法警示意，法警上前取过照片。只见照片上，郑理正在帮白艺凌提箱子。

白艺凌和陆子曰顿感震惊。池旭一脸得意地看着脸色煞白的白艺凌，十分嘚瑟。

陆子曰没想到唐澄为了搜集证据，居然会派人跟踪白艺凌。这份证据的确容易让法官误以为两人早就貌合神离，并且各自都有新欢，对白艺凌的同情，也会略有降低。

审判员询问道："被告还有异议吗？"

白艺凌很是紧张，陆子曰自信地站起，准备绝地反击，"有！我请求合议庭允许我提供新的证据。"

陆子曰拿起了手中的录音笔。

池旭看着唐澄，有些意外，唐澄却假装惊讶。

书记员上前，接过证据，按动播放键，录音里传出陆子曰和池旭的对话。

"陆律师你也是男人，就应该知道这种事嘛，就是身为一个男人会犯的错误，我不觉得这有什么问题。"

"不好意思，你指的是什么，我听不懂。"

"这么说吧……陆律师你也知道，我和白艺凌的事儿没那么简单。她有先天缺陷，就算没有，现在这状况我们也走不到最后。属于她的钱我会还给她，但剩下的……我不还得为我以后的小孩儿考虑考虑啊？"

录音结束，场面上是死一般的安静。

唐澄起身假装有些难受，"实际上，我的当事人，外表坚强，内心脆弱。他默默忍受煎熬，已经到了接近妄想症的地步了。"

池旭没反应过来怎么回事，一脸疑惑地看着唐澄，只听唐澄继续娓娓说道：

"这些年来，他一直都渴望有一个自己的孩子，然而被告的一些身体原因让他无法如愿。于是，疏远、争吵、恶言相向成了常态，这便是他口中'男人都会犯的错'的由来。而'以后的小孩儿'，就是他极力摆脱这场婚姻后残存的一丝幻想，并不能代表他已婚内出轨。基于以上事实，我当事人说出这番话的时候完全是作为一个男人面对另一方的缺陷的无奈，因此才心痛地认为两人的感情走不远，各位能理解这个男人的可悲与可怜吗？我解释完了。"

唐澄坐下，池旭终于明白了过来，这哪里是为他辩解，分明是承认他的出轨，而

他并没有感觉到白艺凌始终把头转向窗外，还在喋喋不休地说着刚才陆子曰手舞足蹈的情形。直到他不经意地转头，忽然看到在一旁默默流着眼泪的白艺凌。

郑理心里一颤，欲言又止。

一场婚姻的失败，让深爱过的人心痛不已。

白艺凌此刻终于发泄出那么多年的委屈。

郑理转过头，不再看向白艺凌，他把音响开到最大，放任白艺凌在夜色中自由哭泣。

收音机里，陶晶莹的声音格外自由奔放。

——好好爱 / 不再让他离开 / 找个人来恋爱吧 / 才能把你忘记呀……

哭一场，让一切都结束吧。

那一晚，白艺凌仿佛做了一个很久的梦，然后醒了。

她看着和池旭摆在床头的结婚照，终于被拉回了现实。

她撕掉了她与池旭从大学恋爱开始的所有照片，换掉以往常穿的衣服，涂上了新买的口红。看着镜子里自己的模样，她发誓要向前看！

七 惺惺相惜

休息了几天的白艺凌终于又回归到了工作中。

一个明媚的日子，白艺凌踩着高跟鞋，神采飞扬地回到了公司。

同事纷纷投来关心又有些好奇的目光，觉得今天的她与平时不同。

忽然，熟悉的声音从旁边响起："我们谈谈吧。"

白艺凌被拦住，回头一看，居然是池旭！

这个刚在法院处理好纠纷的前夫，今天出现又要和她谈什么？白艺凌试图通过他脸上的表情猜测，他难道是想道歉？

池旭绷着脸单刀直入道："法院的判决我不是不服，但就是有些小钱，我想拖一拖。你也知道我孩子出生了，现在得赚钱养家，养的还是一家三口，手头上有点儿困难……"

搞了半天，这个前夫原来是想为了自己的新家，拖延赔付她的财产！

白艺凌一阵心寒，对池旭失望透顶。

而池旭的话，彻底激起了她的愤怒！她不甘示弱地与池旭对质起来。

“你现在说的这是人话吗？你要生活我不用生活？你要真想拖，也行啊，现在就写个欠条签字。我还要收利息！”

“白艺凌，你别给脸不要脸。我就问你，你觉得你应该拿那么多吗？作为一个女人，该会的不会，你值那么多钱吗？”

“我们都离婚了，你管我用不用得着！我就是想要我的那一份儿，法院支持你就得给！你怎么那么无赖，我以前……我以前怎么就瞎了眼看上你这种货色！”

“法院支持我就得给？你看我给不给！”

池旭轻蔑地一笑，推门走出沃夫大楼，与凌熙擦肩而过。

凌熙目睹全过程，又看着池旭从身边走过，气得浑身发抖。这家伙真无赖，真恶心！欺负她的朋友，活腻了。

凌熙拨打莫格利的电话，把他叫了出来。两人穿了套连体衣裤，工人着装，提着工具箱、锯子等大物件，大摇大摆地走进池旭的家中。

凌熙打开工具箱，工具箱内部，老虎钳、铁榔头、剪刀、美工刀等排列整齐的工具正散发着光芒。工具箱边，锯子等物品也争相放出寒光。她在工具箱里倒腾半天，拿出了一把超大剪刀。

凌熙首先指挥着莫格利，在地毯的八十厘米两端处开始裁剪，一眨眼，地毯被裁成了两半儿。

莫格利拿起一把大刀，手起刀落间，客厅剩下一个被砍成两半儿的台灯。

整个客厅传来一阵锯子的“刺刺刺刺”声，还有“乒乒乓乓”的敲击声等各种声响。一阵破坏后，池旭家中一地狼藉，没有一件完整家具，无一例外全都被一分为二。

直到凌熙和莫格利终于玩儿累了，他们倒在了屋里唯一的一张完好的床上，一人一边，以手当枕。

莫格利看着身旁凌熙的侧脸。她的侧脸很好看，莫格利目不转睛地观察，她脸上的每一寸皮肤、每一个毛孔也映入眼帘。她似乎有一种魔力，吸引莫格利慢慢靠近，想要抬手去抚摸她的鬓角。

凌熙感受到莫格利奇怪的目光，近在咫尺。就这样面对面地看着，能清晰感受到对方的呼吸，清楚地看到脸上的瑕疵，和对方眼睛里的自己。凌熙只觉得心跳有点儿快，似乎一些粉红色的小泡泡在周围游动。她立刻本能地挪开眼睛，躲避莫格利的视线。

池旭和白艺凌吵完架后非常不爽，没想到以前百依百顺的前妻现在居然蛮横起来。他气急败坏地回到家中，看到家中被毁坏的一切，一脸不可置信的神情。

凌熙和莫格利发现池旭回到家中，赶紧从床上一跃而起。

凌熙天不怕地不怕地看着池旭，池旭二话不说拽着他们就去派出所。

白艺凌知道家中出事，和郑理一起赶到派出所，请求警察的理解。只见池旭不依不饶，要凌熙赔偿一切损失。凌熙看着池旭恶心的嘴脸，在警察面前痛斥池旭是个人渣。

白艺凌温柔安抚为自己出气的凌熙，不想因为自己的家事让凌熙和莫格利陷入纠纷，最后同意池旭提出的赔偿。

池旭见白艺凌服软，得寸进尺地说：“既然在你们眼里我就是为了钱，那我就不为钱一次。警察，我请求拘留他俩。”

所有人都蒙了，白艺凌微怒道：“池旭，这房子装修、买家电的钱都是我出的，这些我都不要了，如果你还觉得不够，今天的损失你列一张表，从你卖房该给我的钱里扣！警察同志，我也是这房子的业主，这两个人是和我闹着玩儿的，我不打算追究他们的责任。”

池旭听到白艺凌的退让，扬扬得意地说：“这样嘛，才是解决问题的态度！但话可得说清楚，我们已经离婚了，房产证上也没你的名字，你算哪门子的业主？”

白艺凌愤怒地看着池旭，随后赶到的陆子曰和唐澄气喘吁吁地推门而入，两人同时回应道：“算！”

唐澄和陆子曰没想到他们会异口同声，两人对视一眼，瞬间有如“过电”。

“离婚判决下来到上诉期还有十五天，今天是第八天。”

“在这期间，判决都还不算生效。”

“房产是你们的共有财产。”

“也就是说，白艺凌还是业主。”

说完，陆子曰和唐澄不由得为对方天衣无缝的配合击掌。

池旭听着唐澄和陆子曰你一言我一语，竟然全都帮着白艺凌说话，怒视唐澄，“你是我的律师，胳膊肘往哪儿拐呢？！”

唐澄轻蔑地笑道：“早就不是了，现在我站我闺密的队。”

唐澄说着一把搂住凌熙的胳膊，为凌熙打气。

池旭没想到，原来这个擅闯民宅的小姑娘是唐澄的朋友！这么一来，唐澄肯定不会再帮自己说话。她和陆子曰两人的专业能力他也是亲眼所见，即使今天再威吓白艺凌恐怕也无济于事。思及此处，池旭只好不甘心地瞪了白艺凌一眼，气愤地离开了派出所。

郑理担忧地看着白艺凌，轻声询问道：“你没事吧？这个无赖再敢来烦你，我来帮你一起打发他，你千万别怕。”

白艺凌微微摇头，对凌熙感谢道：“不管怎么说，今天都谢谢你为我出气。”

“你还谢她？要不是她，池旭差点儿就狮子大开口把你给吞了！”郑理埋怨地看了一眼凌熙。

凌熙也没想到自己的冲动会害白艺凌差点被反咬一口，听到郑理为白艺凌说话并责怪自己便觉更加难受。

白艺凌温柔地看着凌熙，就像看着一个懊悔自己做错事的小妹妹一样。她轻轻帮凌熙擦了擦脸上因为破坏家具而留下的污渍，为凌熙开脱道：“别怪她，我知道她是一片好心。”凌熙听到白艺凌宽容温柔地为自己解释，心下一暖。

白艺凌又向唐澄和陆子曰道谢。

郑理于是不再埋怨凌熙，带着白艺凌回公司。凌熙看着郑理和白艺凌离开的背影，突然觉得无比泄气。她很想郑理能安慰一下她，哪怕多和自己说几句话也行，可是没有。

莫格利跟随着凌熙回到家，凌熙打开矿泉水狂喝起来。

莫格利看到凌熙眉头微蹙，意识到她心情不佳。他忐忑地看着凌熙，试探地问道：“凌熙，我有个问题想问你。”

凌熙不耐烦地让莫格利有什么问题快问。

“今天在派出所，警察有让我拿出身份证，什么是身份证？身份证很重要吗？”莫格利认真地问道。

凌熙心不在焉地回道："当然重要了，身份证是人的'标签'，是在这里生活必需的东西。简而言之，这是你存在于世界的证据。"

莫格利点点头，若有所思道："以前山里只有我、守林的爷爷和叔叔，还有老师，初中毕业之后，老师也走了，我觉得身份证没什么用就一直没去办。那，现在人人都应该有身份证咯？子曰有吗？"

凌熙玩味地看着莫格利，难道莫格利和陆子曰成为一对了？

看到凌熙表情放松下来，莫格利又大胆地问道："还有，唐澄和子曰是不是一对啊？在派出所的时候，我看到他们偷偷击掌了。"

"你是傻吗？击掌算什么情侣。放心啦，陆子曰根本不是唐澄的菜！"

"那郑理和白艺凌是情侣吧？我不可能看错。"

"你瞎说什么呢？！"

"郑理每一次看向白艺凌，眼神都会在她脸上停留三秒以上，可是一旦对视就闪烁起来，说明……"

凌熙突然发飙了，站起来把矿泉水往沙发上一扔："什么都不说明！我和郑理才是情侣！现在不是，以后也会是的！"

莫格利突然蒙了，他缓缓站起来，难以置信地看着凌熙冒着怒火的眼睛。

凌熙盛怒之下甩开莫格利，"嘭"地大力关上了自己卧室的门。

回到房间的莫格利，感受到从未有过的失落。

凌熙说她和郑理是情侣，可之前凌熙的对象明明那是他啊？

什么"没有他就去死"，难道都是骗他的？

莫格利懊恼起来，打开手机里的地图软件，输入陆子曰家的地址。他跟随手机导航，离开凌熙家。迷茫地站在来去匆匆的人潮中，莫格利发现自己没有交通卡根本进不了地铁，无奈之下只好步行前往子曰家。

陆子曰回到家刚洗完澡，就听到有人敲门。

他打开门被眼前精疲力尽的莫格利吓了一跳，只见莫格利背在胸前的背包里居然还滚出一个枕头。

"子曰，请收养我。"莫格利可怜兮兮地恳求道。

陆子曰背后，"噌噌"探出两个脑袋，陆父、陆母热情洋溢地招呼道："是子曰的朋友吧？来得太好了！我们正巧三缺一！”

陆母一把将莫格利拽进屋里，将他按在麻将桌前。

桌上摆满各种火锅食材，锅在电磁炉上冒着滚滚热气。

莫格利很认真地看着往锅里放食材的陆父、陆母。

陆母乐呵呵地说道：“一张桌子就要东南西北都坐满才有气氛！不管是餐桌还是麻将桌，都是一样。小莫，会打麻将吧？”

莫格利一本正经地摇头，“不会，我会打麻雀。”

陆父激动起来说道：“我们小时候也打！皮筋弹弓一打一个准！烤一烤，啧啧，好吃！”

莫格利刚要接话，陆子曰怕他说多了露馅儿，连忙制止：“爸妈，锅底都烧成锅巴了，还吃不吃啊？”

“吃吃吃，来，动筷子！”陆母说着从沸腾的锅里捞出点儿肉片，放到莫格利碗里。

陆子曰对莫格利照顾有加，把酱料调好放到他面前，子曰父母越看越不对劲，自己儿子不会是被女人拒绝之后，换方向了吧？

陆父语重心长地说道：“哎，人生最大的错觉，就是以为换个方向就能成功。”说完，他又转头轻声和陆母耳语道：“要不要探一探？……”

陆子曰看到父母用狐疑的眼神在打量莫格利，借着夹菜，凑近莫格利耳边，小声提醒道：“对于他们的追问，你只需要做最低限度的回答就可以了。别怕，有我在。”

莫格利抬头看看对着自己痴笑的子曰父母，“我不怕，他们笑起来挺善意的。只是……好像对我非常好奇……”

“你吃你的。”陆子曰说着，夹了一片牛肉蘸着调料塞到莫格利碗里。

莫格利吃起来，一口下去眼前一亮，凑近陆子曰感叹道：“子曰，原来肉还能这样吃啊！”

“喜欢你就多吃点儿！”陆子曰边说边很勤快地给莫格利夹肉。

莫格利点点头，完全沉浸在火锅的美味中不能自拔。

陆母看到他们动作亲昵，终于忍不住发问了：“小莫啊，你平时常去男性朋友家里做客吗？”

莫格利坦言道：“没有，这是第一次上门。”

陆父、陆母紧张对视。上门！这个男孩子居然直接说上门！

“你家里人，对你上门，没有意见吗？”

莫格利想到凌熙，脸色黯淡下来，“不管她，昨天刚吵了一架。”

于是陆父、陆母更紧张了。

陆母继续追问莫格利：“为这个吵架的？那你有没有过女朋友啊？”

莫格利想到凌熙对自己的欺骗，忧伤地回道：“有过，又没有了。她大概已经放弃我了……”

陆母拍案而起，“都到这种地步了，你们？”

莫格利不明情况地看一眼陆子曰，“我们？什么地步？”

陆子曰总算听出来父母话里有话，气呼呼地一放筷子，“爸妈！我朋友心情不好来家里坐坐，被你们窥探来窥探去，这样非常有失风度，你们需要自省！”

陆子曰说完拉着莫格利进了自己的卧室，陆父、陆母对看一眼，面面相觑。

砰的一声，门被关上。陆子曰锁上门，静静看着莫格利。

“你今天这是怎么了？”

“子曰兄，我有几个非常严肃的问题想要请教你，你一定要如实回答我！”

“只要你问，我一定知无不言，言无不尽。”

“我想问……一个人每天帮你煎牛排，记得要五分熟，记得只拧两下胡椒粉，这样不一定是喜欢你吗？”

“不一定。”

“那，一起拍照比心，说很喜欢和你在一起，没有你会死，也不一定是喜欢你吗？”

“也不一定。”

“那！你手臂受伤的时候，帮你洗头发、换衣服，也不一定吗？”

“唉，连睡在一张床上都不一定呢！”

莫格利听完陆子曰的否定，突然泄气地蹲在床上，“我以为在公众面前说的话都是算数的……没想到只是骗我的。”

陆子曰宽慰莫格利，“凌熙她不是有意要骗你，如果不是不得已需要你帮忙，她应该也不会这样吧……”

“无论如何，那也是骗。我不喜欢这样。”莫格利懊恼地垂着头。

陆子曰只能坐在他身边拍拍他肩膀，他想到唐澄对自己的前后态度，感同身受地说：“我懂，我也不喜欢……”

“可为什么要骗人呢？动物就很简单，生气了就怒吼，发现食物就跑回去叫同伴，开心的时候就呼噜呼噜，在太阳下面打滚。人为什么不能这样？”

“因为要保护自己。人也是从野化状态慢慢进化而来的，起初暴露在野外，体力比不过猛兽，必须让自己的真心不被看透才能活下来。在漫长的进化过程中，人发明了语言，同时也发明了语言中包含的矫饰和欺骗。”陆子曰冷静理智地分析给莫格利听，莫格利若有所思地点点头，却依然无法释怀。

“子曰，那被骗了该怎么办呢？我很难受。”

“被骗就像被箭射中，只有两种办法。要么骗回去，箭从哪儿来就射回哪儿去。还有一种，就是把箭拔出来扔掉。虽然会有一点儿疼，不过伤口会随着时间流逝而痊愈。”

“凌熙不是我的敌人，更不是我的猎物，我不想把箭对准她，也许只有选择忘记她了。子曰，你有忘不掉的事儿吗？”

“嗯，念念不忘，会造成她的负担，但完全忘掉，又对不起自己的良心。唉，我已经在人性的天平上煎熬好几天了。你说为什么女人的话比核武器还恐怖呢？尤其是对我们这种单身的男人。”

莫格利听着陆子曰的心声，表情更加迷茫了。但他决定，从现在起，试着忘记凌熙！

八 狼的原谅

凌熙和莫格利吵架后，一直没听到莫格利的声音，她好奇地来到莫格利房间，意外地发现房间收拾得整整齐齐，莫格利却不在。

凌熙找遍家里每个角落，都没有莫格利的踪影，一股不安涌上心头，她急忙打电话给莫格利。

电话接通，凌熙开开心心叫了一声“莫”，没想到就被对面的回应噎住了。

“我不在。”莫格利闷闷不乐地说完，就把电话给挂断了。

凌熙盯着电话，简直惊呆了。这家伙真是莫名其妙，还有脾气了？！她对着莫格利的被子踢了两脚泄愤，这才发现莫格利的被子非常单薄。一阵冷风从窗口吹来，凌熙忍不住打了个喷嚏。这鬼地方怎么这么冷！

凌熙拿了遥控器去开空调，空调没反应。她打开遥控器的电池板，发现里面根本没有电池。

莫格利平时都怎么睡下去的，盖衣服吗？凌熙看着空空的房间，开始担忧起莫格利。她翻了翻莫格利的衣物，却见衣服下面藏着平板电脑。她随手点开来，观看视频的列表里，全部是有关森林的内容。原来莫格利一直想回到森林，为了留下来帮她，牺牲了那么多。

莫格利现在在哪儿呢？他一个人不会傻乎乎地流浪街头吧？凌熙思索了一下后打电话给陆子曰。

“陆子曰，是我，凌熙，莫格利在你那儿吗？”

陆子曰不想让凌熙担心，坦诚回答道：“放心吧，他在我这儿，明天我就把他还给你。”

凌熙悬着的心终于放下，她试探地问陆子曰：“你知道他为什么生我的气吗？”

“他知道你骗他。他一直以为你们真的是情侣关系了……”

“……你帮我给他多盖点儿被子吧，别让他感冒了。还有……骗他多吃点儿蔬菜水果，他不爱吃。”

凌熙挂了电话，陆子曰一头雾水。

睡眼蒙眬的他把掉在地上的被子拉起来，想给旁边的莫格利盖上，一回头，发现床上却没人。

他裹着睡衣，推开卧室门出来，只见莫格利形单影只地站在窗口处，望着外面的夜色发呆。

卧室里一道光亮洒在他脚边，是孤独的底色。

陆子曰一时恍惚，他不知道把莫格利还给凌熙对不对。

他走到莫格利身边，拍拍莫格利的肩膀，安慰道：“还没睡呢？其实凌熙很在乎你，她刚才还打电话让我给你盖被子呢。”

莫格利心中的柔软被击中，但想起凌熙对自己的欺骗，依旧冷冷地看着窗外的月光。

凌熙想着被自己伤害的莫格利，翻来覆去没有睡好。

一大早，她就打电话吵醒了陆子曰，让陆子曰把莫格利带到附近的咖啡馆，她会去接莫格利。

凌熙早早来到约定的咖啡馆，只见今日的咖啡馆人声鼎沸，似乎被人包了场。

一群人簇拥在前起哄道：“嫁给他，嫁给他！”

凌熙好奇地往人群聚集的地方看过去。

只见她那个不争气的哥哥凌宇跪在地上，被高婕姐妹团围着起哄。“你呢，脱了鞋，抱着高婕从这头走到那头，我们就相信你。”

凌宇站起来，见人群让开的地方，已经铺好了一排指压板。

围观人群议论纷纷，凌宇有点尴尬，看了看高婕。

高婕心知肚明地笑了笑，一挑眉，“辛苦你啦！不会让我没面子吧？”

凌宇知道没有退的余地，又想快点儿结束这场表演，于是，脱掉鞋二话不说横抱起高婕。站上指压板的那一刻，钻心的痛，让凌宇一阵蹙眉。

“再做一轮俯卧撑就放过你，高婕，你不会不舍得坐他背上吧？！”高婕的闺密团继续起哄道。

高婕看一眼凌宇淋漓的大汗，略心疼，“你不行的话……”

“行。今天你说怎么样就怎么样。”

高婕看着闺密一脸得意。凌宇说着，两个膝盖缓缓跪了下去，脸上的屈辱一闪而过。

凌熙看着这一切气愤不已，“行个屁啊！”说着，她拨开人群一把拽起凌宇，人群嗡的一声炸开。

凌熙质问凌宇：“你干吗呢？”

凌宇见到凌熙，羞愧得面红耳赤。他顿了一顿，强装平静地回复道：“求婚。”

“这叫求婚吗？这叫耍猴！你是娶老婆，不是请菩萨。她这样羞辱你，你求的哪门子婚啊？！”

“求婚被闹一下不是惯例吗？我有这个觉悟。”

凌熙没想到凌宇不领自己的情，还执迷不悟，她继续质问凌宇：“你爱她吗？”

凌熙的问题猝不及防，凌宇一时愣住了。

高婕不爽地看着凌熙说道：“怎么又碰见你啊？关你什么事儿啊，你凭什么横插一杠？”

凌熙看出了凌宇眼中的迟疑，她推开高婕，完全不理她，“凌宇，一直以来我以为你只是不愿意认输，没想到你还虚伪，为了结婚低三下四，你就是个骗子。你不光骗她，你还骗你自己。你敢说你是因为爱她才想娶她的吗？”

所有人的目光都聚集在凌宇身上，似乎要把他看穿。

凌宇停顿了很久，任议论声在耳边窸窸窣窣，然后，他走向高婕，一把牵起她的手，对凌熙说道：“你听好了，我是因为爱她，才娶她。”

凌宇回到指压板处，在众人的注目下，凌宇咚的一声跪下去，摆好俯卧撑的姿势。

高婕带着胜利的得意表情坐到凌宇背上。

人群再一次喧闹起来，人群外的凌熙恨铁不成钢地看着那个所谓的哥哥，心情复杂。

难道谎话和尊严连在一起时，丢脸比说谎更让人难受吗？

凌熙回头想要离开，忽然咖啡馆的门被推开，莫格利就站在咖啡馆门口。

穿过嘈杂的人群，凌熙与莫格利遥遥相望。

回家的一路上，莫格利始终冷着脸，失去了往日的笑容。

回家后莫格利才发现自己住的这间房已被重新布置过，阳台上放着许多大型盆栽，灯光模拟着森林的颜色投射在墙上。角落里，是两人一起钻进去过的那个大帐篷，帐篷被小串灯围绕着，十分炫目。

凌熙诚恳地道歉道：“莫格利……我最近太忽视你了，被子我已经换了厚的，空调遥控器也装了电池……还有，我不应该骗你……”

莫格利脸上冰冷依旧，凌熙继续道歉道：“我不应该为了利用你而骗你留下来，对不起……知道你想家，虽然这儿再像森林也不是你真正的家，如果你想回去，我可以……”

“我想好了，我不回去。”莫格利冷冷地打断凌熙的话，“我会帮你最后一个忙，等你危机解决后再走。”

凌熙难以置信地看着莫格利。

灯光闪烁中，凌熙充满期待地向莫格利伸出手，“所以，你愿意原谅我吗？”

在一切都恰到好处的浪漫氛围中，莫格利与凌熙对视良久，然后独自转身走向帐篷。

凌熙的手举在半空中，难掩失落。

眼前的莫格利虽然又回到了她的身边，一切仿佛没有变化，但一切好像又都变了。

一辆商务车内，郑理、白艺凌一左一右地坐在第二排，两人着装稳重得体。

白艺凌手机忽然收到消息，短信提示她上月信用卡欠款还未还清。白艺凌匆匆删除短信，却还是被郑理看到。

郑理看着身旁的白艺凌，清澈干净的脸上有一闪而过的焦虑，瞬间恢复到一如既往的平静。郑理知道，她只是表面上故作坚强。

池旭迟迟未将她应得的财产归还给她，加上凌熙一闹，损坏了家中那么多家具，她一个人的工资恐怕很难负担起目前的生活。

“凌熙的行为真的有欠考虑，但她毕竟是出于好心。家具赔偿的钱我来替这个妹妹付吧。”郑理边说边从包里拿出一张卡递给白艺凌。

白艺凌推回郑理塞过来的卡，“凌熙昨天已经买了新家具送到池旭那边了。”

郑理有些意外和惊讶。没想到凌熙表面上看起来粗枝大叶，内心却也有不少小心思。

“看来她没和你说呀，这个凌熙，你把她当妹妹，也许她不仅仅把你当哥哥。”

“是，她还把我当死对头！”郑理完全没听出白艺凌的暗示。

白艺凌看郑理不以为意，也不再继续说下去。

唐澄最近的日子也不是很顺。

她一副吊儿郎当的样子，双手背在身后，“吧嗒吧嗒”狂按圆珠笔。

眼前一个45岁左右的中年男人，表情严肃地瞪了一眼唐澄。

“看看你这个月的投诉率。”

唐澄接过侯老板拍在桌上的A4纸，上面是直线上升的投诉曲线。

侯老板从抽屉里掏出一张介绍信，“你停工几天，去普华大学回炉重造，学一下什么是耐心。”

唐澄眼见老板这次玩真的，忽然变得严肃，连忙在心里打腹稿。

“你别打鬼主意想逃避啊，这次我会找专人考核你的，什么时候合格，什么时候再回来。”侯老板仿佛看出了她的小心思，一语堵住了她想说的话。

唐澄定住，无奈地走出办公室，却暗自心想：什么鬼考核，我就不信搞不定考核我的人！

翌日，唐澄背着包，来到普华大学门口报到。

普华大学校园里到处都是青春的气息，男女生结伴而行，脸上都是对未来憧憬的笑容。

漫步在教学楼中，熟悉的味道仿佛让人回到了自己的学生时代。

唐澄推开教室门，却看到一个熟悉的身影在讲台上讲课。

陆子曰话讲到一半，惊讶地看着唐澄出现在教室门外，内心居然升起一丝小窃喜。他收敛住自己的情绪，温和地问道：“这位同学，你是来上课的？”

冤家路窄！唐澄回过神，礼貌笑道：“是。”

“迟到了，就不要影响课堂纪律。到后面自己找位子坐下。”

切，起什么范儿啊！唐澄暗自嘀咕，把挎包往背后一甩，径直走到后排空座。

众学生都被这个打扮时髦、无比霸气的女人吸引，纷纷投来好奇的目光，交头接耳。

陆子曰只得敲了几下黑板，让学生们把注意力集中到黑板上。

唐澄坐到一个男生旁边，从包里拿出一包牛奶给小男生，并朝着小男生眨了下眼睛，“没吃早饭吧，这个给你，待会儿下课的时候叫我啊，乖。”

男生很吃御姐这招儿，接过牛奶，连连点头，唐澄便放心地趴在桌上呼呼大睡。

不知过了多久，周围的声音逐渐变得吵闹。唐澄一抬头，教室原先的学生都走了，陆子曰更是不见踪影，另一批学生熙熙攘攘地来到教室准备上课。

现在的小男生那么不靠谱，喝了我的牛奶这么快就叛变了？唐澄愤愤不平地想着，拿着包走出教室，寻找陆子曰的身影。

教学楼前，陆子曰刚找到一辆单车准备骑走。从教学楼里奔跑而出的唐澄立马在车头前摆出“大”字形状，截住陆子曰的车。

“陆老师，大家既然都是熟人，你就帮我签个字呗，反正你的‘能力’怎么样我知道，我的专业水准，你不也心知肚明吗？”

陆子曰似乎有些犹豫，但还是拒绝道：“不行不行，你的老板，我的老师，侯先生说过，要对你特殊关照。”

“喂，大家朋友一场，好歹有过那么……多故事！你不要这么薄情寡义嘛！！”

唐澄的大嗓门儿引得周围几个学生驻足。

陆子曰紧张得一把捂住唐澄的嘴，这使得两人瞬间靠得很近。意识到自己行为冲动，陆子曰又赶紧放开唐澄，踏上单车，快速离开。

唐澄没想到陆子曰会捂住自己的嘴，一时愣住，等她回过神，陆子曰已不见踪影。

怎么办？难道明天还要乖乖来上课？

忽然，她想起了什么，陆子曰和郑理不是认识吗？

她试图通过郑理询问陆子曰家的地址，郑理以为唐澄要和他解决私人感情问题，心想做次红娘成全他们也是不错的，用微信把陆子曰家的地址告诉了唐澄。

计划得逞的唐澄按着地址一路小跑，寻找楼牌号，费了很大的工夫才找到地址上写的地方。此刻的她狼狈至极，不由得捶打自己的双腿。这还是她二十多年来，第一次被一个男人逼成了这副模样。

陆子曰家门口一副对联十分醒目。

——要啥来啥手气好

——说和就和财运开

——横批：欢迎光临

唐澄怀疑地翻出手机，又核对了一遍地址。郑理的情报不会有误吧，确定这不是麻将馆？

她敲敲门，无人应答，她又贴近门缝儿听，毫无动静。难道陆子曰还没回来？

唐澄退出来，瘫坐在门口的花台上，正巧赶上陆母和麻友告别，拿着菜走回家。

唐澄有些腿麻，伸了个懒腰。陆母没有注意，不小心踩到唐澄的脚上，打了个趔趄，手里的菜全部撒到地上。

“你谁啊，怎么走路的？”唐澄惊叫起来。

陆母上下打量唐澄，预见到是个不好惹的主，于是一屁股坐到地上，先装弱势群体。

“哎哟，我的腰，我的腿，我的手，我的屁股，我的脑仁儿……”

“阿姨，现在碰瓷不兴这么演了。讲道理吧，首先，是你踩我，导致自己跌倒，主要责任在你；其次，你对我进行无理的指责和谩骂，我如果去法院告你，你会被拘留的，懂吗？”

陆母一下从地上站起来，叉腰怒瞪唐澄，“嘿，你跟我讲法律。小姑娘我告诉你，我家最不缺的，就是法律人才。你信不信，我一振臂高呼，分分钟群灭你！”

唐澄感叹，这位阿姨都这把年纪了，还当自己战斗力满格。不就是号召一帮老姐妹，欺负年轻弱小吗？惹不起，惹不起！

陆母见唐澄不再回话，以为她怕了，整理了下自己的衣服，得意地回家。

唐澄也无意再和陆母吵架，她走出大楼便看见一身运动装、戴着耳机的陆子曰正骑着车过来。对视的那刻，陆子曰吓得差点没刹住车。

“你看，我们都这么有缘了，就签个字吧。”唐澄微笑着迎了上去。

“你要想合格，必须认真上够一周的课。”陆子曰还是那么认真。

“我真的很需要这个签名，我手里两个案子还没有结款，一个案子马上签合同，你忍心看着它们全都被你卡死在手上吗？”唐澄委屈地看着陆子曰，用手拉着他的外套撒娇道。

陆子曰依然拒绝，恪守着自己的原则，不回应唐澄的要求。

唐澄见陆子曰不松口，一把拽住陆子曰，深吸一口气，改走“魅惑”路线。

“你不是追我吗？签了吧，签了我就答应你。”

唐澄豪气地将手搭在陆子曰的肩膀上，陆子曰瞬间全身僵硬，身体往后倾斜到快要摔倒的临界点。可能是幻觉吧，陆子曰觉得眼前唐澄的嘴巴各种重叠，声音扭曲。

“你就签了吧签了吧签了吧，追求……我的事……都好说……签了吧签了吧……”

陆子曰跟被催了眠似的，手情不自禁地拿起笔。

关键时刻唐澄一个喷嚏叫醒了陆子曰，陆子曰连忙转身走人。

唐澄想追上去，怎奈刚才被陆母踩了一脚有些扭伤，只能眼巴巴看着陆子曰“嗖”的一下在眼前消失了。

如果说陆子曰现在是一块坚定不移的石头，那莫格利恐怕就是一块活化石了。

凌熙想了各种办法逗莫格利开心，莫格利却始终板着脸。

凌熙让莫格利看电影，莫格利不看。

凌熙给莫格利买章鱼小丸子，莫格利不吃。

凌熙想和莫格利聊天，莫格利沉默。

他这是要修仙了吗？

这天，凌熙邀请莫格利一同去拍摄照片，莫格利终于面无表情地答应了。

凌熙的红色法拉利驰骋在路上，后面跟着保姆车。车内，凌熙开着车，莫格利和李凯坐在第二排。李凯不知道莫格利和凌熙发生了什么，但莫格利表情严肃，凌熙也沉默寡言，他觉得气氛有些怪异。

车子路过森林公园的时候，莫格利忽然眼前一亮，扭头看向远处郁郁葱葱的森林，眼神里尽是向往。凌熙透过反光镜，看到莫格利的眼神，想了想，猛打方向盘，下了主路。

“熙爷，你开错路了！”李凯提醒道。

凌熙不回应，一脚油门，拐进森林公园。

森林公园里鸟语花香，人工湖面碧波闪闪，郁郁葱葱的树木绵延向远处。

莫格利似乎卸下不安，寻找到放松，在湖边跟天鹅互动，露出久违的笑容。

凌熙远远看着莫格利，内心也跟着安稳起来。

兔兔过来催促道：“熙爷，什么时候开始，再这样拖下去，这次拍摄任务就完不成了。”

凌熙看着莫格利在森林中放松的样子，想起自己一直以来都在勉强他，心下一软说道：“今天取消，不拍了。”

莫格利缓缓走过来问：“真的不拍了吗？”

“你情绪不好，你不开心，我们就不拍。”凌熙安慰道。

莫格利低头沉默着，心里却有些感动。

“我知道你觉得我利用你了，所以闷闷不乐。我承认当时留下你，是有些私心。但是，我们相处这么久了，至少算半个朋友吧。以后，你不愿意做的事，我就不逼你，好吗？”

阳光下，凌熙真诚地承诺着，莫格利看着她明亮的眼神，稍许放下戒备，试探地问道："你……再也不会骗我了？"

凌熙一把抓住莫格利，直视他的眼睛认真地说道："如果以前骗过，那以后——不会！"

"凌熙，你其实不算我半个朋友……你是一整个！"

消失的信任重新建立回来，冰冷的关系逐渐复苏。

突然一个咔嚓声，闪光灯亮起。

莫格利有些慌张，凌熙连忙把莫格利藏在身后，同时寻找着闪光源——是不远处两个女生的手机发出的。

凌熙决定上前交涉，两个粉丝认出了凌熙，一脸激动。

"熙爷，能和你拍照吗？"

"当然。"

一位粉丝刚要举起手机，打开闪光，凌熙一把抓住她的相机。

"不过，这边光线不好，去那边吧。"凌熙趁机将两个粉丝往远离莫格利的方向带去。

莫格利看着凌熙为了自己抵挡陌生人的拍摄，心里感动。

他走到草坪上，轻松躺下，抬手挡住太阳。

阳光从指缝中照进来，温暖动人。

突然，他听到一些响动，神经敏感起来，紧张回头，见兔兔正指挥李凯架机器。

莫格利神色凝重，看着旁边的众人忙碌，陷入沉思。

凌熙好不容易打发两个粉丝走，吐了口气，刚转身，突然发现机器、灯光等设备已经架好，火一下就蹿上来，"谁让你们架机器的，都给我撤掉！不是说过不拍了吗？"

兔兔、李凯一时间都僵住不敢动弹。

"拍。"

莫格利的声音从后面传来，凌熙无比惊讶。

"继续拍。赶紧拍吧，别耽误时间了。"莫格利催促道。

凌熙郁闷了，怎么变成她在耽误时间？还不是为了迁就这家伙？

莫格利看出凌熙好像又要发火，但依旧耿直地说道："我很想假装像以前一样，可我做不到。那些情绪分析书上说，眼睛是心灵的窗户，可是我却读不懂你心里在想什么。”

“刚才不都说得好好的吗，你怎么又不相信我了呢？”

莫格利认真地看着凌熙，缓缓说道：“其实我不开心，是因为你不是真的喜欢我。”

过了好一会儿，凌熙才回过神，开玩笑地问道：“喂，你在胡说八道些什么？”

“我说，我不开心，是因为……你不是真的喜欢我。”

“我喜欢你的呀！”

莫格利疑惑地看着凌熙，内心升起一丝雀跃。

“但是，我给你纠正一下逻辑，我是‘喜欢’你，可是喜欢分很多种。我对你的喜欢，就像对唐澄的喜欢一样，是好朋友、闺密、知己那种。”凌熙一口气说完。莫格利云里雾里地看着凌熙。

喜欢为什么会分那么多种？

回头再问问子曰吧，莫格利不再追问，终于配合着凌熙拍摄了情侣宣传照。

陆子曰正被父母指挥着收拾麻将桌，忽然听到门铃响起。

他一开门，看见莫格利出现在门口。难道莫格利又和凌熙吵架了？陆子曰有种不祥的预感。

莫格利在陆父、陆母异样的眼神中，走进陆子曰的房间。

“子曰，人的喜欢为什么会分很多种呢？森林里的动物就很简单。喜欢就是碰碰鼻子、蹭蹭毛，在阳光底下露出白花花的肚子给你看，都是直来直往，表达一个意思。我来这里后，发现人类的眼神远比其他动物的眼神复杂得多。”

莫格利和陆子曰躺在床上，好奇地问陆子曰。

“莫兄，其实我一直很好奇，你喜欢凌熙什么？”

“我喜欢她……”莫格利绞尽脑汁，却回答不出来。

“我觉得吧，你可能就是爱情中的三人成虎，也就是因为‘起哄’才在一起的爱情。”

莫格利瞪大眼睛，疑惑地看着陆子曰。

陆子曰继续讲解道：“一开始，你们并不是真的男女朋友，也不是真的喜欢对方，是由于外界的需要，被强行组合到一起。‘起哄’多了，你心里就会自我认定，活在真的喜欢那个人的假象中，假象一天一天被强化，最后就变成了真相。简而言之，你可能是被别人绑架了，而我是被自己绑架了。”

陆子曰说着，不自觉地想到了唐澄。

唐澄的缺点挺多，数都数不清！单说生活作风，就过于开放！但是她也有义气的一面，为朋友奋不顾身；敢于担当，碰到问题从来不退缩……独立，有想法，脑袋灵活，好像没有什么能难倒她似的……陆子曰忽然意识到，自己可能真的要栽在这个女人手里了！

莫格利回到凌熙家，想起子曰教导自己的话，逐渐释怀。

凌熙忙完手头工作，回到客厅想喝水，忽然被眼前的景象吓了一跳：屋内地面一尘不染，杂乱的茶几被整理得有条不紊，开好的矿泉水放在桌上……

“我的劳动成果不错吧！”莫格利对凌熙笑笑，“我对之前的不理智行为，深刻反思。子曰说得对，我们只是被‘起哄’了，我不该要求你必须喜欢我，你有你的自由。”

听到莫格利终于想通了！凌熙感到一阵释怀。可是，凌熙好奇他什么时候又去找过陆子曰了？他怎么有什么心事都去找那个“古董”？不过这个陆律师这次终于做了一件对的事！

莫格利继续真诚地询问凌熙：“在我回去之前的这段时间，我们还是像过去那样，平等相处，怎么样？”

凌熙听到“回去”两个字，突然又涌起一丝小落寞，只好敷衍着回答：“啊？哦。”

“我会为你做一些改变，适应这边的生存规则。”莫格利说着，继续拿起拖把开始拖地。

“其实，莫格利，我也可以为你做一些改变。你有什么要求尽管说！”

“你认真的？”

“我什么时候骗过你！”

莫格利摘下劳动手套，从口袋里掏出一个小记事本。上面写着——一次性筷子不用，去超市塑料袋也不能用，不可降解的一次性饭盒不能用，不环保的生活用品也不能用……

凌熙看着惊呆了，这也太多了吧。这简直是要逼她过极简主义生活。

莫格利看着凌熙不可置信的表情，认真地告诉凌熙：“你知道吗，树也是有情感的，花也是会笑的，草也是有情绪的，我在森林的时候，每天都跟它们交流。”

凌熙听着觉得好笑，逗趣道：“那你说，树说‘原谅’是什么样的？”

“树不会生气。”

“那狼原谅一个人的时候是什么样的？”

凌熙随意询问，莫格利却一把捧起凌熙的脸，用鼻子蹭蹭凌熙鼻头。

“这就是狼的原谅。”

月光皎洁，透过玻璃窗照进凌熙的房间，两人靠近，气氛变得有些微妙。

凌熙感受到一种微妙的情绪在自己的心中蔓延。

她一把推开莫格利，拿了一瓶矿泉水匆匆回房间。

九 失意告白

这天，唐澄把陆子曰签名的合格证书往侯老板面前一拍，“我的再学习结束了！”

侯老板看了眼证书，马上质问唐澄这陆子曰的签名是不是他本人签的。

“老板，我们律师最重要的就是守信。已经结案的案子，哪能推翻重来。你已经认同这个签名，陆子曰也没法来现场指认，我就要着手新工作了。侯老板，再见！”

唐澄迅速转身，拉开门的一瞬间，愣住了——门外，陆子曰举起手，正准备敲门。

两人四目相对，都吓了对方一跳。

侯老板询问陆子曰：“子曰，这个名字是你签的吗？”

陆子曰正想说，唐澄一个箭步跨到他身边，把他拉到一边，“你过来。你最好掂量下轻重，想好了再说，要对自己的行为负责哦。”

两人距离拉近，陆子曰看着被唐澄拉着的手，心“扑通、扑通”地跳着。

“子曰？”侯老板继续问道。

陆子曰沉默了，低下头，内心像是有一万只小动物飞奔。

唐澄以为征服了陆子曰，没想到陆子曰突然抬头，义正词严地说：“不是我。”

只见陆子曰说着拿起笔，唰唰唰，龙飞凤舞、苍劲有力地写下自己的名字。

“陆子曰”三个字，潇洒、自由，无比潦草豪放，与旁边唐澄从地摊儿刻字先生那儿搞来的“内敛、呆滞、严肃”的签名大相径庭。

侯老板指着陆子曰的签名，“好了。真相大白，结案！唐澄，你手上的案子别管了。”

“新的案子我已经谈妥，就剩签合同了，你凭什么给我一锅端了。公司现在张律师组在小说版权纠纷官司上，许律师组都在忙黄老板的家族财产案子，小夏那边前两天刚辞退两个助理，现在公司除了我还有谁能接手这个案子？”

侯老板不动声色地看了下陆子曰，“我还真有人。”

陆子曰正低头，回避双方的刀光剑影。他匆忙把一份资料交给侯老板，转身以狼狈的姿势夺路而逃。唐澄像是被激怒的狮子，狂追而至，恶狠狠地对着陆子曰的背影吼道：“等我找到你，不把你的心、肝、脾、脏、胃全部掏出来涮一锅九宫格火锅，我就不姓唐。”

也许今天的皇历是不宜上班吧，唐澄郁闷地想着。

同样不宜上班的似乎还有郑理，整个上午，他已经打了十几个喷嚏。

他在办公室内巡视四周，发现加湿器咕嘟咕嘟地冒着水雾，凑近闻到一股奇异的花香味，好像是加湿器里传出来的。

终于知道罪魁祸首后，他招呼正在打扫办公室的张阿姨，严厉地询问今天发生了什么情况。

张阿姨在郑理的盘问下，只好全盘托出。

“其实，凌熙小姐这五年来，都会时常来办公室亲自打扫。她提醒我们，小郑总有鼻炎，地毯的灰要清理干净；空调不要开得太大，不然走进来的时候温差太大，容易感冒；抽纸也不能混淆，一定要换成没有增白剂和荧光剂，无刺激的原木浆抽纸。今天，可能是我疏忽了，对不起……”

郑理颓坐在椅子上，难以置信地看着眼前的抽纸，耳畔响起白艺凌意味深长的话：“你把她当妹妹，也许她不仅仅把你当哥哥。”

郑理沉沉地长叹口气，好像有巨大的石头在心里。

思索了许久后他拿出手机，给凌熙发微信约她吃饭。有些事，恐怕已经让凌熙误会太久了。

凌熙坐在电脑前，漫无目的地翻看之前跟莫格利拍好的情侣早餐照片。

嘟嘟嘟，手机上的微信弹出了消息提示。凌熙看着屏幕，不可置信地揉搓双眼。

这是郑理第一次主动约她，地点还在餐厅，难道，他要和自己告白了？她走来走去，还撞到了桌子，整个人像着了魔一样冲出办公室，招呼兔兔给自己化妆，又找唐澄试穿她的高跟鞋。

莫格利拿着牛排回到家，正要给凌熙大展身手，却见凌熙在忙碌地化妆，急匆匆地说：“莫格利，你自己吃啊，我今晚有约会。”

莫格利见凌熙全程冷落他，不由得皱起眉头。

凌熙却没有注意到莫格利的失落，急忙掐着时间跑去餐厅。

夜幕降临，霓虹初上，她踩着一双高跟鞋，保持着优雅，从电梯里走出来。

顺着服务员引导的手势，凌熙看见坐在靠窗位置的郑理，灯光下的他，单手支撑着下颚，头微微低着，像是在思考什么，安静得像童话里的王子。

凌熙深呼吸，定在那里。此刻，灯光完美，音乐完美，连这个场景都很完美，她有点不相信眼前的感觉。

郑理抬起头，看到凌熙全身上下精心的打扮，艰难地走过来，于是绅士地为凌熙拉开椅子。眼前的凌熙显然刻意打扮过，郑理顿了顿，变得认真又谨慎。

“张阿姨说，过去几年里，你每周来我办公室打扫卫生，你是不是在憋什么大招儿？”

凌熙当初叮嘱张阿姨不要告诉郑理，没想到郑理还是知道了。

“其实……我做那些事挺开心的。”凌熙害羞地说道。

“凌熙，我郑重地问你个问题。”郑理一口气喝完杯子中的红酒，鼓起勇气，“你不会是真的喜欢我吧？”

“真的！”

郑理被呛到，不断咳嗽，连忙拿纸巾擦嘴。

凌熙既然将这个心底的秘密说出了口，忍不住继续试探地问郑理。

“你信不信，我已经喜欢你快二十年了？你信不信，从小到大，我每次给你捣蛋只是想引起你的注意？你信不信，我的保险箱里一个贵重物品都没有，全部装满了我想给你却没来得及给的东西？”

郑理看着凌熙越说越认真，他却越发紧张，“我……不信。”

不知道哪儿来的勇气，凌熙突然站起来，捧着郑理的脸吻了上去。

就在两人嘴快碰到的时候，郑理突然意识到不对，急忙躲开。

看着眼前郑理惊魂未定的反应，凌熙充满了失落，“现在你信了吗？”

郑理一时不知如何回答，身体顷刻间像被什么东西束缚住一样，无法动弹。

“哈哈，你还是中招儿了！这么多年，终于扳回一盘了。”凌熙的笑声打破了这静默的空气。

郑理瞬间配合着凌熙，“哈哈……果然是大招儿，杀伤力太强了，你这人，够腹黑的啊。”

凌熙脸上的笑容绽放，表面是胜利姿态，内心却充满悲凉。

她一口气干完高脚杯里的红酒，“不好意思，我突然想起来，工作室还有点事，先走了。”

从椅子上站起来的时候，凌熙依然憋出颤抖的笑脸，转身只是几步路的距离，凌熙却走得异常艰难。她多么希望过去的一页，能不翻就不要翻，翻落了灰尘会眯了双眼。

曾经的关系，只要不揭穿，就一直有期待。

有期待，就有努力的方向，

而现在，这一切都没了。

灯红酒绿的街道，几个小孩子嘻哈打闹，溜着旱冰呼啦呼啦从凌熙身旁穿过。

城市从来不缺少热闹，广场上放着通俗的芭乐情歌，声音响彻夜空。

凌熙行尸走肉般混迹在来来往往的人群中。

高跟鞋磨破了脚，脱下鞋，光脚踩在地上。她再也绷不住，眼泪决堤。

原来，人在最悲痛、最恐慌的时候，并没有眼泪，眼泪永远都是流在一切结束的时候。

和郑理相识至今的一幕幕从眼前浮现而过。

她记得自己不接受父亲给自己找的后妈时，郑理一直逗自己笑。

她记得过生日时，郑理给她买了蛋糕，陪她一起吹蜡烛。

那天天台上微风徐徐，火光摇曳，郑理的眼眸里也跳动着星光，像是踏马而来的骑士，凌熙在那一刻也变成了公主。

他们说，人生总会遇见那么两个人，一个冲撞了青春，一个搀扶着人生。

可惜，郑理不是那个两者兼顾的人。

她觉得自己和郑理仿佛两条交错的直线，在这个夜晚以后只会越行越远。

也许以后再也不会遇到一个可以让自己奋不顾身、用尽全力去爱的男孩儿了吧！

凌熙的眼前，早已被泪水模糊。

突然，一个声音从背后传来："凌熙！"

马路对面，昏黄的路灯下，莫格利喘着大气，一脸着急地说："我们……回家吧。"

凌熙颓然地跌坐在自己房间的地上，刚才的一切都盘旋在脑海中挥之不去。

她闭着眼甩头以求清醒，企图抹去刚才的记忆。这一段回忆却像铭刻在记忆的耻辱柱上一般，越是回忆越是觉得羞耻。她捂着耳朵不想听不想回忆，只想挖坑把自己埋葬。

一只手拉过了凌熙的手把她拉了起来，"快吃饭了，你再不出来，莫格利都快把厨房烧了！"

是唐澄？她怎么来了？

"你的事莫格利都告诉我了，再难受也要吃东西吧！"唐澄说着把凌熙拉到餐桌前。

只见厨房桌上的调料瓶七七八八地倒着，细碎的小颗粒撒得到处都是，油烟味弥漫，灶台像是被席卷过的战场。莫格利将两份焦黑的牛排推到了凌熙和唐澄跟前。

他抬头看向凌熙，她仍旧一副失魂落魄的神游状态，令人心疼。莫格利殷勤地为凌熙摆上新买的钢制刀叉，希望凌熙能眼前一亮。但凌熙依旧面无表情，毫不在意地接过刀叉，切起了牛排，很平静地送进嘴里。

唐澄低头看看黑漆漆的牛排，辅以半个柠檬作为配饰，毫无卖相。她用刀费劲地切了几下，牛排坚硬如铁，脸上不自觉地写满了嫌弃。莫格利拿起牛排塞入嘴里，脸上的表情立刻转为痛苦，浑身抽搐，连声咳嗽。

凌熙却仍然若无其事地吃着，仿佛在吃正常食物。

莫格利心疼地看着凌熙，"凌熙你……别吃了吧……就算你想跟我道歉，也不用假装欣赏我的厨艺吧……"

凌熙没有罢手，缓缓吃完面前的食物，然后拿起身边的水“咕咚咕咚”一口气喝下，面无表情地和莫格利与唐澄说道：“我困了，要睡了。”

唐澄一看表，现在才晚上八点？

还没等唐澄回话，凌熙已经砰的一声关上了门，空留莫格利和唐澄面面相觑。

独处在卧室的凌熙，说不上伤心还是难过，这仿佛就是一场告别仪式，告别曾经的自己。

出差回来的白艺凌回到原先和池旭的婚房，想催池旭尽快还款，没想到开门的却是个陌生的男子。

白艺凌这才意识到，池旭已经把房子卖了！于是她来到池旭办公室质问，没想到池旭只是狡猾一笑。他告诉白艺凌自己的银行卡都归小姚管，自己从不经手钱财，所以不清楚。眼前的这个男人这么多年，从来没把工资卡给过白艺凌，没想到现在竟然把卖房的钱全都给了那个小姚！

“好！既然你和小姚已经是夫妻，那你帮我问她要去。”白艺凌说着，愤怒地抓起池旭就想往外跑，无奈自己力气小根本抓不动。

“我说你最近不也攀上了一个高枝吗，还整天惦记我这点儿小钱干吗？他不仅帮你搬家，在警局赔偿的时候也很积极。哎，我又不傻。你跟着他也挺好的，多金温柔人也帅，这么一说跟我离婚你还赚了呢，咱俩算是扯平了吧？”

没料到池旭会来这么一出，白艺凌愣住不知道怎么回答。忽然一个手揽上了她的肩膀，白艺凌向旁侧看去，见是郑理，虽然出人意料，却莫名安心。

原来郑理正好在池旭的公司谈业务，没想到正撞上这一出。

他揽住白艺凌颤抖的肩膀，手有些微微冒汗，但仍旧一本正经地说：“你们已经离婚了，她的感情生活怎么样跟你有关系吗？凭什么你养孩子的负担要转嫁在别人身上？”

池旭笑嘻嘻地解释道：“小郑总，我们插科打诨开玩笑呢，哪用劳驾您出马啊，我们这就是过去的那点儿私事。”

“私事都处理不好，我还怎么相信你这个人能处理好公事？”郑理说着对着白艺凌一笑，化解尴尬的气氛，白艺凌也放松了下来。

池旭看着两人当面秀恩爱，一时语塞。

“我可以再多宽限你两天时间，如果你连有法律效应的条款都不能遵守，我有理由质疑你的诚信。我们公司是不会和没有诚信的人合作的，如果你解决不好，我会申请终止合作。”

池旭还想解释，郑理却没有给他说话的机会，帅气地拉着白艺凌的手腕离开了。

白艺凌跟着郑理回到自己的办公室，郑理这才松开了手。

办公室里的气氛有点儿尴尬，郑理安抚着自己有些躁动的心，马上镇定了下来，“抱歉，刚才一时情急，你不要放在心上。”

白艺凌正犹豫，郑理从办公桌下抽出了一个鞋盒子，拿起来递给了白艺凌。

白艺凌打开盖子，见是一双高跟鞋，她疑惑地看向郑理。

郑理怕白艺凌不接受，又解释道：“这是公司的钱，也不是我个人出的。之前能拿下陈总那案子你功不可没，现在合同也走完了，公司当然得嘉奖优秀员工。”

白艺凌看着好看的鞋子，上面的碎钻在灯光下闪闪发亮，大方回应道：“既然是这样，我就不客气了。谢谢小郑总，我很喜欢。改天有机会请你吃饭作为答谢。”

白艺凌抱着高跟鞋出门，郑理看着她的背影，满足地笑了。

睡了一觉的凌熙，终于缓了过来。她揉揉睡眼，换上衣服，准备出门。

莫格利看到凌熙要走，如临大敌。他想起了唐澄的话，生怕凌熙想不开，于是死死抱住凌熙。

凌熙挣脱莫格利，坚持要出门。莫格利没办法，只好打电话给唐澄。

唐澄正在和客户马老板吃饭，之前放了马老板“鸽子”，侯老板特意组织了一个饭局让唐澄赔罪。唐澄一听莫格利的呼救，心里七上八下，焦虑万分。

唐澄思考再三，还是担心凌熙会做傻事，“抱歉，今天怎么都道不了歉了，我闺密出事了！”她鼓起勇气向马老板、侯老板赔罪，在两位老板气愤不爽的眼神中飞奔而去。

凌熙不知不觉又来到郑理工作的沃夫大楼。

电梯门打开，凌熙本能地低头挡住自己的脸，一双熟悉的鞋子却映入眼帘。

每周一她都会给郑理打扫房间，昨天在郑理办公室，她看到郑理桌下有一双写着“to 凌”的鞋。当时以为这是郑理给自己买的礼物，没想到现在却穿在白艺凌的脚上。

凌熙感觉到浑身都被冻住，心跳都要骤停。

随之而来的，还是熟悉的声音，“您慢走。”

凌熙一抬头，却见白艺凌正微笑着，送一个客人进电梯。

看到凌熙的白艺凌也略惊讶，“凌熙，你是来找小郑总吗？他在开会，要不要我帮你叫他？”

凌熙感觉自己内心似乎有什么东西正在炸裂开，内心一直小心翼翼建筑着的堤坝瞬间溃堤，如同山洪暴发，眼看着就要从心里、眼里漫出来。

“这个鞋，是郑理送给你的吗？”凌熙看向白艺凌，怒目圆睁。

白艺凌低头看看自己的鞋，不明所以。

“我把你当朋友，你把我当傻子是吗？我喜欢他难道你们不知道吗？！”

白艺凌见有同事的眼神往这里飘来，拉起凌熙就想往外走。

“你是不是对我有什么误会？我们换个地方说。”

“为什么要换个地方说，我就要在这里说！有什么见不得人的！我真的瞎了眼，竟然为了你把自己送进警察局！所以那个时候你就在心里翻来覆去嘲笑我，是吗？！”

“我没有！我不知道你为什么要这样说，我从来没笑话过你，作为朋友，我是真诚的。我和小郑总只是同事关系，我问心无愧。”

两人的怒吼引来众人围观，办公室的员工们纷纷站在远处，看热闹不嫌事大。

郑理听到动静，朝电梯口一看，没想到是凌熙和白艺凌在吵架。

“你今天又是闹的哪出？我们平时怎么闹都行，但今天你真的过分了。你知不知道你在做什么？”郑理压低声音质问凌熙。

这个时候，他居然还帮着白艺凌教训自己！凌熙的心仿佛被撕碎。

“我知道！我就问你一句话，这双鞋，到底是怎么回事？我要听你亲口说，你对她，有没有一丝私心夹在里面？”

空气突然很安静，郑理偷看向白艺凌，两人眼神对视后马上避开。

“至少白艺凌对我没那意思，你不要闹了，行吗？”

白艺凌看向郑理，心里咯噔一下。

凌熙听出了弦外之音，心脏像是被捅了一把刀子。

“你说什么？再说一遍。”

“你别为难她了行吗？”

凌熙心痛到无法呼吸，大声吼道：“不行！”

“够了！”一个严厉的声音从背后传来。

所有人的目光都汇集到了那个人身上。

只见凌正浩愤怒地看着凌熙，他的身边还站着一脸疑惑的郑伟珏和凌宇。

“这里是我的公司，你想发脾气就发脾气，想骂人就骂人？平时自由散漫惯了，现在到处耍混，你当自己是谁？”凌正浩怒斥着凌熙。

凌熙看向凌正浩，这个时候，自己的亲生父亲只知道打压她，压制她，却一句不问自己的女儿受了什么委屈，为什么要闹吗？！

“马上给我出去，以后不准再踏进38楼！”凌正浩出离气愤。

“滚就滚，谁要来！”

凌熙说完便飞奔出门。

郑伟珏看着凌熙的背影，十分心疼这个心里认定的准儿媳妇，他转眼看向郑理询问答案，而郑理的眼神却只是逃避。

凌熙哭着跑到沃夫传媒的大堂，一抬头，只见面前站着唐澄和莫格利。

凌熙大哭着，一把扑进唐澄的怀里，“原来不是我，原来真的不是我。”

唐澄像一早就已经知道了一般，只是轻轻地抱住凌熙，不断地抚慰着她。

莫格利第一次见到这样的凌熙，手不自觉地摸在了自己心脏的位置，感觉心……在疼。

他决定去做一件事。

十 爱的谎言

茶水间里，白艺凌拿起一个纸杯，强行使自己镇定。

身后，几个员工想进来打水，见到白艺凌在里面，大家掩嘴忍着笑走了出去。

白艺凌把纸杯往桌上“啪”地一放，有点儿崩溃。

此时郑理拿起了纸杯，为白艺凌接了一杯水，递到了她的面前。

空气中弥漫着尴尬的奇怪气氛，两人互相避开眼神。

“抱歉。我不知道送一双鞋会给你惹这么大的麻烦，这件事是因我而起，我替凌熙跟你道歉，我自己也得跟你道歉……”

听着郑理的道歉，白艺凌苦笑着看着自己的鞋。

“小郑总，你还是不要太把我放在心上了。”

茶水间里两个人十分尴尬。

“我是说……不要太把这件事归结到自己身上，觉得你影响了我。我并没有很在意，至少我心里清楚，我对你，我对她，都没有做错的地方。”白艺凌说着，坐在椅子上把鞋子脱了下来。

郑理看着有点难受。

“好了，马上要开会了，你别因为这个影响心情了。”

白艺凌拿起了水杯，提着鞋子，自顾自地走了出去。

走到角落，她紧绷的神经这才放松下来。她贴在墙边，一口气喝干了水杯里的水，心中有无奈、委屈，却又不得不把心里的难受就着水一起喝下。

凌正浩不知道凌熙又在搞哪一出，不过这个女儿常年情绪化，也许只是和郑理闹小脾气吧！都怪自己管教不严，居然现在都让她跑到公司撒泼了！

凌正浩揉了揉自己的太阳穴，尽量不让自己被私事干扰。

面前，座位上坐着各个部门的经理和公司股东，大家正在进行每周的高层例会。

凌宇看到凌熙在郑理面前大闹的一幕，知道父亲现在一定对她很不满意，心里有种莫名的开心。因此今天的例会上，他不由自主地侃侃而谈。

“目前公司的业务一直是与各大型公司合作，我们能不能大胆地想一想，同其中的一家合作，涉足他们的领域？这样不需要投入过多资金，也有强大的技术支持。”凌宇说着拿出了一些自己准备的资料，走到会议室前端，一个个开始分发，“高氏开发商之前是高婕介绍过来的，与我们合作得一直不错。现在分发到各位手上的资料，是他们前几年投资的一个商圈，规划得非常好，布局也很合理，所以很受消费者青睐。”

众人看着手上的资料，交头接耳。

只有凌正浩表情有了微微的变化，凌宇沉迷于演说，并没有发现。

“这是高婕家里的项目吗？”凌正浩打断了凌宇的介绍。

“是的。我已经首先做好了调查和统计，资料现在也已经在各位手上，预计第三年可以开始营收，失败的概率只有不可控的政策风险，至于经营风险可以说是应该，不，就是无限接近于零。这样低风险、高收益的事，各位不会反对吧？”

各位股东有的纷纷点头。凌宇暗自得意。

“我不赞成。”

整个会议室像是被当头浇下一盆冷水，瞬间收住了热烈的讨论气氛，所有人都看向 CEO 凌正浩。

“你调查的数据很多，也预估了初步的风险，这很好。但这个项目已经脱离了广告行业，甚至和新媒体行业也搭不上边，你觉得风险我们短时间内怎么涉足？作为一个完全陌生的领域，你和完全陌生的人合作，你了解你的合伙人多少？其中的风险把控你能掌握多少？又凭什么觉得趋近于零呢？照我来看，不熟悉本身就是最大的问题。”

凌正浩的威严压得众人喘不过气。刚刚有些趾高气扬的凌宇瞬间瘪了下去，他没想到父亲会当众让自己那么难堪，不知是激动还是尴尬，他只觉得脸上火辣辣的。

郑伟珏看凌宇当众被斥责，立刻打圆场，“那这件事先暂时搁一搁吧，我们也并不这么着急。我觉得小宇有这样的想法很好，也不必急于否定嘛。郑理，你有什么看法吗？”

郑理完全神游天外，还在想白艺凌的事情，忽然听到郑伟珏叫他的名字，这才反应过来，“啊？哦，我也会去多了解一下的。”

凌正浩斩钉截铁地继续拒绝道：“我的意见还是那样，不要轻易涉足不了解的行业。别人能赚钱的事情，未必你就能赚钱，再说了……”

凌正浩的话还没说完，会议室的门忽然被撞开，在众人讶异的目光下，莫格利径直走向郑理，将扛在肩头的保险箱哐当一声放在他面前。

“你能不能喜欢凌熙，别让她失恋？她的心意都在这儿了，你接受吧。”

郑理一愣并试图辨认莫格利的身份，其他各位高层则不明所以，茫然相视。

“今天的会就到这里，先散了吧。”凌正浩打破了沉默，严肃地宣布道。

众人立刻领会，纷纷撤出会议室。

房间里只剩下莫格利、郑理、凌正浩和郑伟珏四个人。

“你是来找我的？”郑理看一眼保险箱，“这里面是什么？”

“凌熙的真心。”

郑理不自觉地望向凌正浩，“凌伯伯，凌熙的事我会找机会向您解释，我的本意不是伤害她……”

“但她确实受伤了，她之前还在楼下哭呢。”莫格利打断郑理和凌正浩的解释。

凌正浩眉头一皱，似乎听出了点儿眉目。

莫格利继续对郑理说道：“凌熙一直在掩饰自己的感情，因为胆怯，所以这么多年一件礼物也没送出去。每一次她故意整你，闹你，都是为了引起你的注意，如果并排坐着好好说话，她可能会结巴。其实你从来没有认真注意过她，但凡看一眼，你就能看到她战战兢兢、小心翼翼的样子。”

会议室里格外安静，郑伟珏看了一眼凌正浩，他眉头紧锁，眼神里充满心疼。同样是父亲，他能理解凌正浩此刻的心情，要不是看在郑理是他的亲儿子，凌正浩可能恨不得找人扒了臭小子的皮。

郑理看了一眼凌正浩，毕恭毕敬走向他，深深鞠了一躬，“凌伯伯，真的很抱歉……”

凌正浩一时不知说什么好，郑理是多年好友兼生意伙伴郑伟珏的儿子，他一直以为郑理和凌熙从小一起长大感情甚好，没想到郑理有一天会让凌熙那么伤心。而他作为凌熙的父亲，在自己女儿最伤心的时候还训斥了她，不禁心痛又自责。

莫格利见郑理只顾着和凌熙的爸爸道歉，却没有正视自己带来的“凌熙的心意”，非常愤怒。他一把将郑理拽到箱子前，“密码是你的生日。她默默准备过这么多礼物，哪怕你看到任何一个，你都会喜欢她的！”

郑理注视着箱子，鼓起勇气，输入自己的生日，没想到箱子真的打开了。

打开的瞬间，许多小物件噼里啪啦地掉了出来。

有个五十厘米左右的小木拐杖，拐杖把手上包着可爱的小花布。他想起以前和同学比赛跳沙坑崴过脚。当时七岁的凌熙来找过他，没想到还做了这个拐杖。

拐杖旁边，有一条奇奇怪怪的围巾，上面贴了张便利贴：虽然离郑理哥生日还有小半年，但今年打算送有温度、有心意、有特色的礼物！那年凌熙十二岁。

收纳盒底端，有一个灯牌，虽然已年久失修，但依稀写着“郑理哥必胜！”几个字。这是那场篮球比赛时，凌熙为自己准备的吧，可惜当天有台风，比赛取消了。那年凌熙十四岁。

郑理看着盒子内各式各样的小东西，百感交集。

怪不得这个丫头这些年总是故意整他，一丝愧疚爬上他的心头。

“你现在，能喜欢凌熙了吗？”

许久，郑理悠悠地说：“我不会喜欢她……我从来只把她当妹妹……”

大家像被时间凝固的人偶，呆立在原地。

莫格利不明白为什么凌熙那么用心，郑理还是不领情。

见郑理那么坚决，莫格利负气地想要拿回凌熙的箱子离开，背后却传来一个不容拒绝的声音：“你跟我来一下。”莫格利回头，是凌正浩叫住了他。

莫格利跟随凌正浩来到他的办公室，凌正浩上下打量莫格利，莫格利被盯得浑身僵硬。

“你刚说凌熙在楼下哭？”

“嗯，你没听到吗？楼里所有人的头都探出来了……”

“又哭又闹的，像什么样子，丢我的脸。”

莫格利认真观察凌正浩，突然摇摇头，“眨眼的时间延长了，说明你心事重重，明明嘴上在抱怨，脸上却没有气愤的表情……其实你没生凌熙的气吧？真搞不懂你们，话为什么总喜欢反着说，果然是一对儿父女。”

凌正浩一愣，不知道眼前这小子从哪儿学来的三脚猫功夫，居然在猜测他的心思。

“我问你，你这么为她出头，是她什么人？”

“算是朋友吧，像唐澄那样的朋友。”

凌正浩从不知道凌熙什么时候交了一个男性朋友，但依然高兴有人能这么帮助他女儿。

“有件事，我想请你帮个忙。”凌正浩鼓起勇气，清了清嗓子，“我这个做爸爸的，从小没和她好好相处过，如果说她像我，那大概是倔脾气像。小时候她不开心就去跑楼梯，每次都跑到昏厥。如果她又这么发泄了，帮我看着她点儿，别让她有危险，好吗？”

莫格利对凌正浩的要求略感意外，这个老头看上去很严肃，没想到其实内心非常关心凌熙。

在沃夫大楼大闹一场的凌熙，感觉整个人被掏空。

她被唐澄拉着去附近的美发店洗头。

洗发水泡沫不小心碰到了凌熙的眼角，凌熙却像置身天外，毫无反应。唐澄看了她一眼，叹了口气对发型师摆摆手示意他们离开。

唐澄一把拽过自己的包，从里面掏出一盒粉饼打开，把镜子放到凌熙面前："看看你自己！现在是什么鬼样子！"

凌熙疲惫地抬起眼皮，看了看镜子里一脸倦容的自己，"随便，反正重要的人都不要我了……"

"凌熙，你没有自尊心吗？你是大排档里的羊腰子还是宠物店里的小仓鼠，非得别人要？自己活不好？你就不觉得丢人吗？"

"啊——"

"你终于有反应了啊，好吧，其实郑理根本不喜欢你，你自己心里很清楚！"

"不是他不喜欢我，我只是错过了时机而已，他明明有可能会喜欢上我的！"

"你要装傻到什么时候？现在这算什么？顾影自怜吗？付出了得到回应的那才叫爱情，像你这样十几年如一日靠着恶作剧才能获得一点儿快乐，那是摇尾乞怜！狗都比你有出息！"

"对！我没出息！我不像你，从来不动真心！你不就是享受男人们崇拜你，追在你屁股后面跑的优越感吗？换男友就像换季买衣服，我没你那么滥情！"

唐澄一时语塞。几个发型师猎奇的目光扫向唐澄。

"干吗歪曲我的意思？！我看你真的是失心疯了，到处乱咬人！"

"没错，我就是像狗一样，你继续看笑话吧！"

"好，反正我这么多年背着你这个拖油瓶也背累了，你自己看着办吧！"

"不用嘱咐我，我会自生自灭的！"

凌熙推开远远围观的发型师们夺门而出。

披散着湿漉漉的头发，凌熙一路低头沿着街边的落叶快步走着，发泄着和唐澄吵架后的郁闷。

她越走越慢，最后停住了，长叹一口气，灰心地坐在路牙石上。

脚边是聚集在一起的枯败落叶，凌熙百无聊赖地拿起一片中间破了洞的叶子放在眼前，缓缓抬头想要看看天。却在抬起头的那一刹那，在破洞里看到了郑理的脸。

逆光之下，凌熙看到那个熟悉的身影一路奔跑着从对街而来，抱着礼物盒子，气喘吁吁地站在了她面前。

“凌熙，终于找到你了……”

凌熙不知所措，摇摇晃晃地站起来，看向礼物盒子的一瞬间，胸口强烈的起伏难以抑制，眼圈唰地红了起来。

郑理郑重地向凌熙道歉，“这些礼物我都看过了，我很自责，也很心疼……我应该早点儿明白你对我的心意，那样你这么多年的青春就不会被浪费了……我来得太晚了，这句对不起，欠你太多年……”

凌熙用力抿住嘴，不想让自己哭出来，她多年的希望就像一个完美的气球，如今被狠狠戳破，再也没有去幻想的余地。她感到自己的血液仿佛凝固，周围的色彩全都变为了黑白。

原来直接面对，是那么心痛。

她知道的，她只是不敢。

郑理看着愣在原地的凌熙心有不忍，但他不能让凌熙再陷下去，顿了顿，继续说道：“以后不要再喜欢上我这样的人了……不要让自己后悔……”

凌熙沉默在原地，大脑一片空白，郑理转身要走的时刻，凌熙终于缓过神儿来。

“郑理哥！”

郑理惊讶地回头，凌熙正用那双被眼泪浸润得闪闪发亮的眼睛鼓起勇气看着他。

“我不后悔，至少这么多年，我们恶作剧玩得很开心……你一定要和一个比我更爱你的人在一起，否则我会很不甘心的……祝你幸福……”

郑理看着凌熙苍白的脸上，竟硬挤出一个微笑。

是她那个熟悉的爱搞恶作剧的妹妹，却又已经不是。

他朝着凌熙点点头，想再和凌熙说些什么，却不知怎么说出口。

凌熙满意地转身离去，转身的刹那，眼泪像雪山崩塌，倏然滑落。

和凌熙吵架之后的唐澄，郁闷地在路边走着。

她把手机通信录翻了一轮又一轮。通信录内设了群组，分别是“当事人”“同事”“家人”“闺密”和“再也不想见到你”。而闺密组，里面只有凌熙一个人。

唐澄犹豫着想打电话过去，却又挂掉。

最后，她点开“再也不想见到你”分组，里面唯一一个电话是陆子曰的。

“喂，我要见你！”

唐澄也不知道是什么原因，那么多人里面，此刻竟本能地想呼叫这个讨厌的“古董”。

大排档边常驻卖唱摊位，微醺的唐澄喧宾夺主地一个人唱起《那个男孩》，整个大排档环绕着震耳欲聋的歌声，不断有人向这位美丽的女子投来关注的目光。

陆子曰赶来的瞬间被这幕景象惊呆了：桌上已密密麻麻倒着好几个空酒瓶。他按住即将震碎的耳膜，往唐澄身边靠了靠，大吼道：“唐澄小姐！”

唐澄回头对着陆子曰一笑，微醺让她双颊泛红：“你来啦？一起啊！你笑起来……”

唐澄说着晕晕乎乎倒了下去，陆子曰眼睛越睁越大，迈开长腿宛若劈叉伸手去接唐澄。唐澄被陆子曰接住的同时，陆子曰因为重心不稳向后一仰，两人双双摔在地上。

这一摔，唐澄酒醒了一半，不过还有点儿晕。

她一把抓过陆子曰，“借我个肩膀！”说罢便靠在陆子曰肩上。

陆子曰瞬间僵直，“你你你今天是唱苦肉计还还还是欲擒故纵？你不要让我动摇，案子我是不会还给你的。我是对老师承诺过的，要负责！”

“哼，你可真够负责的。我呢，能负责的只有我自己，有时候连最好朋友的事都帮不上忙。”唐澄说完长叹一口气，拿起酒瓶喝酒，顺便不由自主地瞄了一眼放在桌上的手机。

“你今天叫我出来不是聊案子的？你和凌熙吵架了？”

“我其实只有凌熙这么一个好朋友，吵架也不是第一次了，让我先求和，没问题啊，我不要面子的。但这次不一样，居然那样说我……”

陆子曰从未见到唐澄这么消极的一面，不由得升起怜悯之心。

“经济学里有一个商业周期四段模型，套在亲密关系里也是一样。第一步，两人相遇，小心翼翼彼此试探。第二步，感情升温。第三步，产生矛盾相互攻击。有些人永远停在了这一步，分道扬镳了。”

“第四步呢？”

“能走到第四步的人们，在争吵里越来越了解对方的底线，然后像藤蔓一样一起生长，缠绕，最后分不清彼此，也没办法再计较得失。这个阶段在经济学里叫复苏。”

“那你说，我和凌熙会复苏吗？”

“从刚才开始你隔几分钟就看一次手机，说明你根本放心不下她，你们已经绕在一起了。”

陆子曰完全没有察觉到唐澄已经被他说动，继续一本正经地向唐澄分析道，“我觉得你有可能是回避型人格。这种人说到底敏感又细腻，渴望亲密关系，又害怕亲密关系，不过这类人对别人的痛苦可以感同身受，很适合做……”

“吵死了。”

唐澄以吻封唇，聒噪声刹那间戛然而止。

陆子曰下意识向后一避，却被唐澄环住了脖子，他挣扎了两下便情不自禁地投入回吻。

大排档周围人声喧闹，周遭的一切却仿佛是与世隔绝，陆子曰和唐澄陷在自己热烈的小世界里了。

等凌熙未归的莫格利，走出家门口便敏锐地捕获到了楼道里的跑步声在不断靠近——45公斤……37码鞋……大概还有15米、10米、5米……

莫格利打开安全通道门，就见凌熙大汗淋漓，戴着耳机“唰”地从他身边经过，跑下楼了。

“凌”字还没叫出口，莫格利就把声音吞了回去。

凌熙果然开始疯狂地跑步，被凌正浩说中了，不愧是亲生的……她形单影只地跑着，一直没有停下来，跑到底楼又返回。

不知跑了多少个来回，当她再一次经过莫格利身边时，莫格利瞥见她汗如雨下，双唇泛白。

“凌熙，你还要跑多久啊？”

“别管我，我还能跑。”

凌熙还想继续跑，莫格利忍不住一把拉过来抱住。

“你不要逞强，突然剧烈运动心脏会受不了。”

凌熙不想理他，掰开莫格利的手就想继续跑楼道。

莫格利赶忙追上，挡在凌熙面前，同时打开凌熙平常使用的水杯递过去。

“这么跑会脱水，实在要发泄我陪你，先把水喝了！”

“你今天特别啰唆知道吗？离我远点儿！”凌熙说罢想绕开莫格利。

莫格利依旧很担心，步伐不自觉地想跟上。

凌熙回头大声吓唬他，“说了让你别跟着！你再跟着我死给你看！”

莫格利停在原地不敢再动。

凌熙一口气跑上露台，门嘭的一声响，跑动的脚步声果然停止了。

莫格利预感不对，等他追上露台的时候，凌熙已经背对着他坐在露台边缘了。

难道凌熙想不开要跳楼！

莫格利神色紧张，急忙劝阻道：“这几天我一直在想你的优点，你牛排煎得比我好吃，笑起来也特别可爱，但这些都不是最重要的。重要的是你爱憎分明，有义气，很独立。也许郑理不懂欣赏你，但那不代表你不好。就算他永远不会喜欢你，你还有我，所以，为了我，你可以回来吗？”

凌熙听着莫格利的话，摇了摇头。

“很多人都关心你的，唐澄，还有你爸！”

凌熙还是继续摇头。

“你就那么不想活了吗？为了谁都不想吗？”

凌熙终于点了点头，站起身来。

莫格利的心提到天灵盖，一个箭步冲上去。

凌熙恰好回身，见莫格利直冲向自己，吓了一跳，条件反射地向后退了一步。

鞋后跟撞在天台突出的金属栏杆上，她整个人失去控制，迅速向身后倒下去，凌熙向莫格利伸出求生的手。莫格利拼命向前探身，手指尖与凌熙的指尖轻触，在握住的刹那却脱手了。

凌熙坠落，莫格利因为奔跑的惯性也一脚踏空。

他们在空中下坠，风在头发边吹起落叶，凌熙想起了郑理，想起了自己暗恋郑理的这些年。难道这一切，就这样彻底结束了吗？

“嘭嘭”两声巨响，凌熙和莫格利掉落在楼下临时搭建的儿童充气“城堡”上。温柔的空气将他们包裹住，海浪般上下起伏。

傍晚的斜阳明媚，五光十色地洒在“城堡”里。凌熙伸出手挡住，光线仍然从指缝中倾泻下来。

在倾泻的光亮里，凌熙缓缓将头侧向一边，躺在她身边的是明眸皓齿的莫格利，他正对着自己傻傻地笑。

两个人对视着，在暖阳的照耀下萌生出一丝美好的情愫。

莫格利的脸倏忽红了起来，心跳突然变得极快，"咚咚！咚咚！"响个不停。

凌熙坐起来，扯下耳机，心有余悸地看一眼顶层的平台，对着莫格利一脚踹过去，"你个凶残的东西，我听个音乐而已，你干吗谋杀我！幸好这里多出个保命的充气'城堡'，不然你想让我的粉丝在微博下面点蜡烛吗？"

凌熙说着跳下城堡，走远，莫格利还在愣神儿。

所以，这是感谢还是抱怨？为什么她的表情让他就完全分析不出来了……莫格利捂住心口，看向天台，刚才心跳得也太快了……

这一摔，彻底摔醒了凌熙，原来一切结束的时候是这么容易，而活在这世上，依旧有那么多值得留恋的东西，哪怕，是让人隐隐作痛的回忆。

一觉醒来，恍如隔世的还有唐澄。

她抱着一大堆失恋疗伤书籍在家中徘徊，最上面一本是《人生没什么不可放下》。

她不确定这本书给凌熙看完后能不能治愈凌熙的失恋，万一失恋没治好，出家了怎么办？

不管了，死马当活马医！唐澄提起一口气，准备把这本书拿给凌熙看。拉开门的一刹那，只见陆子曰正拿着一沓资料站在门口。

两人惊慌失措地对视，目光自动聚焦到嘴唇，昨天的热吻情景瞬间浮现在眼前，他们不由自主地同时吞了下口水。

"嘭"，唐澄一把把门关上了。

唐澄紧张地靠在门里，长舒一口气，强制自己镇定下来。

天哪，我是疯了吗？怎么又招惹他了呢！

门外，陆子曰幽幽地询问道："那个……"两个人隔着一扇门板对话，心怦怦直跳。陆子曰紧张得拼命攥紧手心，"从你这儿拿走的那个案子，我已经和侯老师申请过了，想请你一起做。资料我放在门口了，你等下记得出来拿。"

“嗯，我会拿的！”唐澄淡淡回应道。

过了一会儿外面没声音了，唐澄把耳朵贴在门上听，忽然陆子曰又补了一句：“资料没看完之前就别见面了吧，再见！”说完便落荒而逃。

唐澄缓缓开门探头，门外已经没有人了，门口放着一个文件袋，还有一个外卖袋。

外卖袋上面贴着便利贴，上面用漂亮的正楷写着：宿醉之后喝点儿汤对肠胃好。

唐澄“哧”地笑出来。

没想到这个陆子曰还挺体贴的，有点儿可爱。

就在唐澄家楼下，凌熙和莫格利站着好一会儿了。凌熙恋恋不舍地抱着礼物盒，一辆空空的垃圾车从转角一路开过来，停在二人跟前。

凌熙却迟迟没法把箱子放进去，她把箱子塞给莫格利，莫格利点了点头，庄重地走向垃圾车，把箱子端端正正地摆在里面。

车子缓缓开动，渐行渐远。

凌熙下意识地跟着往前走了一步。

车里装的不仅仅是一个箱子，也是她四分之三的人生……一个从五岁就开始喜欢的人……一整段青春的信仰。

凌熙眼眶泛红，双手紧紧攥着衣角，下意识地用力揉搓，脸上是不舍和悲伤混合在一起的痛苦表情。

莫格利看了她一眼，心疼不已，“你后悔了吗？后悔的话现在还来得及！我陪你去追！我跑得快！”

凌熙看着远去的垃圾车，就像看着自己远去的青春。莫格利突然牵起她的手，带着她往垃圾车方向狂奔。两个人跑了好远，追了很多步，最后凌熙缓缓停下。

“别追了，已经来不及了……”凌熙目视着那辆车开过转角，消失不见了。

“其实能一直逃避的话我也很乐意，只不过有些梦一个人做是不行的，总会有人叫醒你。我已经醒了……”

两个人在阳光下漫步，漫无目的地听着风吹动树叶发出的沙沙声响，又到了落叶时节。

凌熙捡起一片落叶，伤感地问莫格利：“你说，我准备了那么多礼物，有过那么多次机会，如果其中的任何一个真的送了出去，他先喜欢上的那个人，会不会是我？”

莫格利想起那天在会议室，郑理坚决地说："我只是把凌熙当妹妹。"

可是，阳光下，莫格利看着凌熙悲伤的侧脸，眼神清澈仿若波光，不觉揪心。

"我问过他了！"

凌熙期待地看着莫格利的眼睛。

莫格利不舍得打破她的梦，撒谎道："会的。他说会的……"

凌熙嘴角微微地抖动了一下，笑了。

那个瞬间，循着那个上扬的嘴角，莫格利的心又剧烈地跳动起来，"怦怦，怦怦"。

曾经最讨厌谎言的莫格利，在来到城市里的第一个秋天，说谎了。他不知道是现代社会的复杂同化了他，还是自己本能地选择了善意。但那个善意的谎言如午后和煦的风，将凌熙和莫格利，都改变了……

回到家中的凌熙坐在客厅沙发上叹气。

门铃响起，莫格利条件反射地去开门。门外没有人，却有一个纸质文件袋被绑在门外的把手上。莫格利莫名地看着这个纸袋，纸袋上清清楚楚印着"大仁律师事务所"的标志，里面放着一本《人生没什么不可放下》。

看来是隔壁那个要面子的女人在给她示好。

凌熙内心有一丝窃喜，却让莫格利帮她去和唐澄传话。

莫格利被逼无奈站在楼道中间，敲了敲唐澄的门，"书我收到了，老规矩，求和的那个自己上门来。"

唐澄没想到自己一番好意，凌熙却得寸进尺，怒火噌地冒了上来，朝着莫格利吼道："求和？开什么玩笑。你，给我简洁明了地告诉她！我也不是那么想求和，只不过觉得她难相处，如果没有我，大概会孤独终老，我不想那么残忍。"

唐澄的话清清楚楚被凌熙听到。凌熙靠在门口，朝着唐澄所在方向不甘示弱地说道："孤独终老？中学六年，她和别人说过的话加起来不超过十句，谁孤独终老还不一定呢！告诉她本着'扶贫'原则，只要她真心服软，我还是可以重新接管她的。"

"她还想怎样？给台阶了就下来吧，难不成还让人三拜九叩？"

"谁敢要你三拜九叩？下巴扬到天花板了，一点儿诚意都看不出来。"

"这样吵下去浪费生命，不如干点儿正经事呢。"

"没错，识大局的一直是你，我做什么都是小儿科！"

凌熙和唐澄不再需要莫格利的传话，自顾自地对骂起来。

莫格利长叹一口气，露出对复杂女人的鄙视表情。明明都想求和，两个人却都不肯先认错，女人真是口是心非的动物。不！动物才不会口是心非！

十一 智斗狂徒

过了几天，凌熙犹豫再三，决定还是去看看唐澄，虽然她们才刚刚吵过架。

她来到唐澄所在的律师事务所门口，听到里面的女员工在议论唐澄。

“唐澄得罪谁不好，得罪马老板。”

“听说她去赴鸿门宴了，如果这次道歉不成，估计职业生涯也要就此断送了。”

“为了闺密放马老板‘鸽子’，没想到她这么讲义气。”

凌熙脑子一片空白，她没想到失恋这几天唐澄陪伴在身边，居然牺牲那么大，而她却朝着唐澄发脾气。凌熙立刻给莫格利打电话，“你快点儿出来，我要去给唐澄撑腰！”

莫格利莫名其妙地听着凌熙的话，两人不是老死不相往来吗，怎么那么快就和好了？

为了向马老板赔罪，侯老板特意说服了他的得意门生陆子曰一同前往。

陆子曰意识到事态的严重性，拖着老大不情愿的唐澄艰难地走向马老板所在的包间。

“唐澄，做错事道歉是天经地义的，你现在这个样子，就像不想打针的三岁小朋友！”

“你不懂！那个马老板是个变态，在这个地方他会变脸的。”唐澄白了陆子曰一眼，“懒得和你说，你和那老猴儿是一伙的。总之我警告你，等一下如果我发飙了，麻烦你一定拉住我，别让我看见刀叉之类的东西，我可不想年纪轻轻就背上一条人命。”

“唐澄小姐！你千万不要冲动，别的我不敢说，但我有一招儿平静大法，百试百灵！”

唐澄好奇地看着陆子曰，没想到随便吓唬吓唬，他还真信了。

陆子曰继续传授道：“当你实在忍不住想发作的时候，就深呼吸，十、九、八……

我发誓，只要你数到五，肯定就淡然了。”

唐澄恍然大悟，原来这家伙不是没有脾气，只是平时都是用这个方法在压抑自己。

唐澄跟着陆子曰相继进入包厢，马老板和侯老板已经围桌而坐了，桌上是一些日常冷盘。两个老板大笑着敬酒，气氛和谐。

“马老板，侯老板好。”唐澄不情愿地问候道。

见唐澄来了，马老板收住笑，居高临下地数落道：“我是真看不惯你们这些小朋友，告诉你们，不跟领导搞好关系的人在职场上是没前途的。”

唐澄心里嘀咕，真是倚老卖老。

马老板见唐澄不再回话，继续吹嘘起来，“我二十岁的时候，什么苦没吃过，还不是熬过来了？老板讨好得到位，有眼力见儿，才能一路顺风顺水，踩着别人肩膀成了人上人。现在该有的我都有了，房子，车子，票子，手到擒来，有了又觉得没意思。要我说，什么都没‘吃’有意思！人好不容易进化成了高等生物，就应该享有最大的权利！吃点儿动物算什么？动物唯一的存在意义，就是被人吃！能被吃到我嘴里，那是对它们的恩赐，是不是？！”

侯老板一时尴尬语塞，干笑两声。陆子曰也觉得哪里不对劲，他担心地瞥了一眼唐澄，发现她正攥紧拳头，狂捶自己大腿。

这个马老板真是无知浅薄、粗鄙狂妄、恶俗残忍、脑满肠肥，只会夸夸其谈！唐澄感觉自己的怒火快冲破胸口，眼前马老板仍然口若悬河、滔滔不绝，越说越离谱。唐澄一拍桌子站了起来。

陆子曰用力拉住唐澄，睁大眼睛，递了个眼色。唐澄缓过神儿来，想起陆子曰的平静大法，于是咬牙切齿地开始倒数。

“十！”

马老板会错意，以为唐澄说“是”，觉得唐澄孺子可教。

凌熙和莫格利已赶到包间门口，他们伸长脖子一上一下叠在门外偷听。

莫格利听得气愤，想冲进去，却被凌熙一把拉住。

“以暴制暴很优秀，但我们是高级动物，可以动动脑子的。”

于是，凌熙拉着莫格利偷偷去了员工更衣室，偷换了厨师的外套和高帽，默默走进了后厨房。后厨房里抽油烟机发出隆隆噪声，几个厨师正忙于手边的料理。大师傅手起刀落，一块带血的肉块瞬间成片。凌熙和莫格利蹑手蹑脚，顺着墙边向储藏间移动，凌熙已经先行一步到了储藏间门口。

突然，大师傅把刀往案台上一拍，朝莫格利吼道："跑什么跑！"

两个人吓得同时僵住了。

大师傅黑着一张脸向左侧回头盯住莫格利，"谁让你溜进来的？"

莫格利慌张，大师傅随手拿起一盘生鱼片端到莫格利面前，"请你来是试吃河豚的，不是派你扮演大厨的！"

莫格利看了眼厨师手中的盘子，转而又紧张地往凌熙处看去。

"吃啊！"大师傅不耐烦地催道。

储藏间门口，凌熙见大师傅只注意到莫格利，没有发现她。她想了下便迅速拉开门，一个侧身闪了进去，却没控制好关门的力度，发出砰的一声。

大师傅不知哪儿来的声音，想走过去看个究竟。

莫格利担心大师傅发现凌熙，迅速地拿过他手中的盘子，塞了一片河豚刺身吃下去。

大厨被莫格利的动作惊了一下，忽略了门内的声音。

"半个小时后没事儿来告诉我一声，出去吧！"

大师傅嘱咐着莫格利，继续回到案台边摆盘。莫格利趁他不注意，溜向储藏间，关上了门。他靠在门上松了口气，和凌熙比了个成功的手势。

凌熙略担忧地看着莫格利，这个傻瓜，那可是河豚，怎么说吃就吃了！

忽然，储藏间一角传出狗的低吠，两个人顺着叫声看过去，只见一大块布盖着一个铁笼子。莫格利一把把布掀开，笼子里三只土狗正可怜兮兮地看着莫格利。

"听，它们在喊救命。"莫格利认真地和凌熙说道。

凌熙看了一眼土狗，忍不住翻了个白眼。

莫格利看着凌熙，嫌弃地叹了口气，转身蹲在笼子前，和狗对起话来。

凌熙目瞪口呆，"你在和它们说什么？"

"它说它是一只单身狗，还没谈过恋爱，不想这么早死。"

凌熙惊叹不已，没想到有生之年，真能见到有人能和小动物跨物种交流！

"它说另外两个兄弟都是在附近散步被抓的，现在很想念主人家里的沙发腿和狗玩具。”

凌熙听得出神，目不转睛地看着莫格利和几只狗对话。

小狗继续汪汪汪地叫，莫格利为难地看了一眼凌熙。

“你怎么不翻译了？”凌熙催促道。

“它说要我和你保持一点儿距离，虽然你长得挺美的，但是漂亮的女人很危险。”

“长得美我是同意的，剩下两句反对！”

莫格利突然笑了，无奈地看着凌熙摇头，“啧啧，你还真以为这是动画片，吃点儿鱼油补补脑吧。”

凌熙一愣，明白过来后作势要打莫格利。

莫格利摆出防御姿势，转换话题，“狗语我虽然听不懂，但我的判断不会错。这家店既然是那个马老板开的，一定藏着别的珍禽异兽。”

两个人环顾储藏间，不约而同地扭头寻找，在储藏室一角，一个大冰柜被巨大的铁锁锁着。

莫格利找了把工具，将铁锁敲断，当他掀开冰柜盖时，两个人同时哑然呆立。

只见冰柜里码着一排十几只被剥去甲片蜷缩着身体的冷冻穿山甲。

“连国家的保护动物都不放过，不光自己吃，还做这种没人性的生意！”凌熙义愤填膺地掏出手机拍照，“现在已经不光是为我澄打抱不平的事了，不报警都对不起我的良心！”

另一边，服务员推门而入端上一盘肉片。马老板扬扬得意地和大家介绍道：“片皮鸭吃过吧？这是驴版，不过活着的时候就被一片片宰了，然后用滚烫的开水烫熟，不薄不厚最是鲜嫩，人送美名——‘凌迟驴肉’。”

唐澄只觉得一阵恶心，迅速抽了几张纸巾，把驴肉吐了出来。

马老板一拍桌子怒道：“唐澄，你什么意思？不给我面子啊？”

唐澄强忍住爆裂的怒火和胸口的起伏，狠狠抓住陆子曰的手腕转移注意力。

陆子曰被捏得龇牙咧嘴。唐澄继续开始默念着倒计时：“十！九！”

“畜生！”

一个霸气的声音从旁边传来。唐澄回头一看，是陆子曰。

“没错！那些玩意儿就是畜生！”马老板自以为是地说道。

“我说你，是个畜生！”陆子曰不卑不亢地重复道。

唐澄惊呆了，仰头看着正义凛然的陆子曰。

陆子曰继续指责马老板：“你以为整天大肆饕餮就拥有顶级食客的境界了？真是侮辱食物。真正的美食家，能把白水煮饭吃出幸福感，就连露水泡茶也是珍馐美味！你恐怕根本不懂吧？自然界里弱肉强食是为了生存，你虐食动物，只是为了满足自己无穷无尽的变态欲望！”

马老板被骂得毫无回击之力，瞠目结舌地看向侯老板，侯老板故意避开装没看见。

“人在地球上出现才几百万年，和天地万物比，我们都是牙牙学语的后辈。还吃野生动物？就因为出了你这种败类，世界上才多了那么多濒危物种，我看最应该灭绝的是你！生而为人，整天只惦记着吃什么动物的肉，你这样的狗东西，舌尖上只有耻辱，你根本不配做人！”

陆子曰说罢一把牵起唐澄的手，唐澄仰慕之情如滔滔江水，恍惚间跟着陆子曰晃出包间。脸色铁青的马老板被晾在桌上，好久才回过神儿来，恼羞成怒地转向侯老板。

侯老板看着陆子曰的背影，面带欣赏，回头向马老板说道：“马老板，我看我们合作的事情还是取消了吧。知道年轻人为什么讨厌你吗？实在太油腻了！”

侯老板嫌弃地摇着头走了，马老板气得吐不出咽不下原地转圈。

突然，包厢门被敲响。一名保安匆匆而入，“老板，储藏间被人动过了。”

莫格利返回后厨的时候，一个人也没有，他看了眼四周，迅速跑向储藏间外。

忽然，一阵眩晕袭来，莫格利甩了甩头才平息下去。

房间里没有回应，一种奇怪的预感在莫格利心头蔓延开来，他轻推了一下门，吱呀一声门开了。只见先进入后厨的凌熙已被三名保安抓住。她双手双脚被粗绳绑着，嘴上粘着胶带，一双大手按压着她的肩膀让她安稳地坐在椅子上。她拼命摇晃身体想摆脱，却不能动弹。

莫格利看向凌熙的眼睛，她的眼神充满无助，莫格利深吸一口气强迫自己镇定下来。

坐在一旁的是上下打量着莫格利的马老板，“你们是微服私访？哪个网站的记者？”

莫格利一脸莫名其妙的神情。

“我说这位仁兄，我不想为难你们，你们也别为难我，要多少钱你开个数，把照片拿出来吧。”

“原来是要照片啊，早说。”他指了指凌熙，“照片她拍的，在她身上。”

凌熙不可置信地看着莫格利，之前真的错信莫格利了，他简直就是一只白眼狼！

马老板靠近凌熙，凌熙疯狂摇头，喉咙里发出“嗯嗯”的闷叫，眼神里射出无数利箭，恨不得杀了莫格利。

“搜她身！”马老板命令保安。

“这不行！”莫格利突然大喝一声！

“她是我喜欢的人，要搜也是我搜！”莫格利顿了顿，继续说道，“再说了，她的手机藏在哪儿，只有我知道。”

马老板觉得这个小伙子说得有点儿道理，默许地点了下头，三个保安便撤到一边。

莫格利趁机向凌熙靠近。

突然，他乘人不备一脚飞踢，一个保安被扫翻在地，剩下两个回过神儿，朝着莫格利猛扑过来，莫格利矫捷闪躲，两个保安撞在一起，莫格利趁机一把横抱起凌熙冲出储藏间。

凌熙在莫格利怀里，只见他关上门，脚一钩，钩来一把椅子卡在门口，全部动作行云流水、一气呵成。她微微仰视莫格利的下颌，莫格利低头关心地看向她，四目相对，电光石火。

莫格利缓缓撕下凌熙嘴上的胶条，柔情似水地问道：“你刚才想说什么？”

“你神经病啊？！干吗告诉他们我们有照片？！”

莫格利清醒过来，“啪”地把胶条重贴回去，一个90度大转身，把凌熙扛在肩头，拔腿就跑。

昏暗的街道上，莫格利扛着凌熙极速狂奔。

莫格利觉得眼前的灯影时而清晰，时而恍惚，他不时皱眉甩头调整状态。

终于跑到一个三岔路，他试着往右边跑去，却看见两个保安正往自己这边跑来。后退一步，却又听到后方不远处追逐而来的脚步声。

就在两面夹击的千钧一发之际，莫格利看了左边的岔路，拐向那条死胡同儿。

趁着保安未到，莫格利将凌熙藏在一个大垃圾桶后面，用一堆纸箱和废弃门板挡住她的身体，轻抚凌熙的头发，像安慰小女孩一样，“千万不要发出声音，千万不要引他们过来，你好好躲在这里，我会保护你的，等我回来好吗？”

凌熙看着莫格利温柔而坚定的眼神，她起伏的胸口缓缓平息，似乎真的被安抚了。

莫格利向胡同口走去，凌熙的目光追随着那个背影，影子被路灯昏黄的灯光拉得奇长。他迎战的姿态，像一个无所畏惧的勇士。

三个保安终于从两个方向围拢过来，见莫格利只身一人，有点儿不爽。他们对视一眼，一齐向莫格利扑过来。

莫格利以一敌三进行回击，三个人被莫格利耍得团团转。眼看就要打赢他们，莫格利的眼前突然出现了重影，三个保安似乎交叠成十几个。他奋力甩头，却也没法集中心神。

就在这时，一记重拳落在他的脸上，莫格利被打得向后退了好几步，另外一个保安跟着上来打了一拳。莫格利踉跄后退几步撞在墙上，他手指一抹嘴角已经见血。

透过纸箱的缝隙，看到这一幕的凌熙挣扎着想解开手腕和脚腕上的绳子却做不到。她拼命发出声音，也没人理会。

一阵前所未有的惶恐和无助在凌熙心中蔓延，她心疼到不行，却无能为力。

强迫自己冷静下来后，凌熙寻找着周边可以割断绳子的东西。只见墙边有一个丢弃的画板架，架子后面突出一截钉子，她奋力挪过去，将手腕处的绳子靠近钉子剐蹭。

绳子一点儿一点儿松动，她的手腕被钉子划破出血，她却咬紧牙关不断加快速度。

莫格利想到自己还要保护凌熙，于是拼尽全力站直身体，晃晃悠悠朝着三个保安走去，额头上却已经冒出细密的汗。三个保安见莫格利重新站起，轮番朝着莫格利踹去，莫格利再次重重地倒在地上。

忽然，由远及近响起警车呼啸而过的声音。三个保安惊恐对视一眼，转身就跑。

凌熙拿着手机奔向莫格利，扶起他靠在自己身上，“别怕，有我在！”

“不是……不让你……出来吗……”

“看着你挨打，我做不到。”

夜空下，凌熙抱着莫格利坐在马路当中，相互依靠。莫格利躺在凌熙怀中，黄色街灯的亮光倾泻下来，在他们身边画出一个完整的圆，他们仿佛处在舞台正中。

莫格利不知道被凌熙抱了多久，只觉得自己眼皮越来越沉重。

就在这时，两束车灯的光亮刺破昏暗，唐澄的吉普车一个急刹车停在路边。

唐澄、陆子曰匆忙跳下车，朝着二人跑过来。

唐澄看到凌熙手腕上、衣服上的血污，又心疼又生气，一把将她抱在怀里，“怎么搞成这样，你要吓死我啊！”

陆子曰扶住莫格利，莫格利无奈看着两个相拥的女人，摇摇头。

呜呜——呜呜——急救车的开道声响彻街道。

唐澄一脸严肃地帮凌熙擦药膏，擦得凌熙嘴边的一圈全白了，凌熙噘着嘴不敢乱动，但还是和唐澄道歉道：“都是我不好，我错了不行吗？你说句话吧……”

毫无征兆地，唐澄突然哭了，凌熙手足无措，身上摸不出纸巾，急忙用袖子给唐澄擦眼泪。

唐澄瞪着凌熙，责怪道：“以后别再做这么危险的事儿了知道吗？为了谁都不行，为了我也不行！”

两个人哭哭笑笑彼此对视，和好如初地抱在一起。

救护车以最快的速度来到医院，凌熙看着莫格利被医生送去检查，不由得再次揪起心来。

她回想起莫格利为救自己奋不顾身遭人殴打，最好的朋友唐澄也第一时间赶来帮忙，不由得心下感动，发了条朋友圈——这场架，让我发现自己不是一个人，有你们真好。

躺在病床上的莫格利感觉自己睡了很久，醒来时，已被护士洗了胃，但自觉身体依旧非常虚弱。他半躺在病床上，肚子咕噜噜直叫。

此时真想吃红烧排骨、干锅牛蛙、钵钵鸡、串串香啊！

凌熙一回头，看见莫格利醒了，但是唇色惨白，手、脸、胳膊都挂了彩，心里满满的愧疚。她走到莫格利身边，像摸小动物一样摸了摸莫格利的头，“莫格利，让你受委屈了，河豚是为了我才吃的，打也是为了我才挨的，你想要什么都可以，我一定满足你，你说吧！”

莫格利眼睛都亮了：“真的吗？”

“真的！”

“我想要温暖的……”

凌熙立刻“领悟”，展开双臂准备给莫格利一个大大的拥抱。

“温暖的鸡汤，最好还能有一部新手机！”

听着莫格利的回答，凌熙瞬间石化。

莫格利认真观察凌熙的表情，“经我分析，刚才你脸上闪过一丝失望的表情……发生什么了？”

“失望？有吗？我觉得没有！”

唐澄推门进病房看到莫格利已经醒来，还和凌熙在拌嘴，看来已无大碍，于是准备送莫格利和凌熙回家休息。

他们刚上吉普车坐好，只见凌正浩的车停在医院的停车场里，不远处凌正浩正站在冷风里望着凌熙。

唐澄轻轻地和凌熙说道：“你爸爸早就来了，说看到你发的朋友圈显示在医院，以为是你受伤了才匆忙赶过来的。你过去说句话吧。”

唐澄推了凌熙一把，凌熙顺势朝着父亲走过去。

凌宇靠在车边，看着凌熙终于朝自己和父亲的方向走来。

凌正浩上下仔细打量，见没有大事，又故作嫌弃地说：“一个女孩子，好好的打什么架！”

“我已经离你的办公室够远了，没必要追到这儿来数落我吧。”

“找你就是要数落你吗？”凌正浩嘴硬心软，“有没有受伤？”

“没。”凌熙将头扭向远处，父女陷入沉默。

远处车里，莫格利遥遥看着凌正浩，脸上是关切以及愧疚混杂的复杂神情，他仔细聆听这对儿父女在说什么。

凌熙确实没想到这个永远工作第一，可以不顾及她感受续弦的父亲还会关心自己，但多年的隔阂让她不想再面对父亲，她看着凌正浩冷冷地问道：“还有事儿吗？没事儿我走了。”

似乎怕被女儿赶走，凌正浩突然接话：“按摩仪我收到了，我会用的。”

凌熙一愣，一时不知如何回答，按摩仪是自己给爸爸准备的生日礼物，当时还担心这位公司大老板肯定不会稀罕这份微不足道的小礼物。

见凌熙不说话，凌正浩落寞转身，被凌熙叫住：“哎！”

凌正浩停步，缓缓回头。

“今天不能陪你们过节了……中秋快乐！”凌熙说完低下头，转身跑开。

凌正浩愣了好一会儿，压抑着内心的喜悦，父女的温情瞬间包裹全身，隔阂仿佛不那么巨大了。

远处旁观的凌宇，浑然像一个外人，咬紧了牙关，将冰冷的目光投向别处……

夜色正浓，中秋的皓月高挂，皎洁的月光让层层清云如烟似雾，把天空映衬得更加辽远。

凌宇回到家里，心里却不是滋味。自己准备的中秋礼物纳米保暖内衣，凌正浩表面上喜欢，其实一直放在一边甚至没有拆封，反而是不断在研究凌熙送的按摩仪。看着父亲把玩着电子仪器、两根电源线和几张贴片，似乎无从下手，凌宇甚至有些嫉妒。

他落寞地从凌正浩房间出来，刚出门就听见文郁压低声音呼喊。

“凌宇，你过来。”

凌宇跟随母亲来到厨房，厨房内升腾着热气，一锅新鲜的桂花银耳羹正咕嘟咕嘟沸腾着，文郁却是一脸阴郁。

“你爸不看好的事情你为什么要去做？在你爸发现之前，赶紧停掉，马上把钱退回来。”

凌宇没想到母亲已经知道了他在公司提出做高婕家项目的事情，一定是父亲在背后说了什么，原先失落的情绪又变为不甘，“妈，投资的项目都是白纸黑字签好的，怎么能想撤就撤。而且，这是高婕家的项目，她家的产业比我们家大多了，风险管理和控制都比我们有经验，在这件事情上，我是相信她的……”

“小宇啊，你爸在商场上打拼几十年了，他想问题、看事情的角度肯定比你更宽更广，他说不同意，一定有他的道理，你别不听劝。”

凌宇对文郁的“自我妥协”感到遗憾，一阵郁闷情绪上来，“妈，我拼命投资，努力赚钱，就是不想让你总看人脸色，过寄人篱下的日子。”

文郁赶紧阻止，“你怎么能说这种胡话，这么多年你爸对我们怎么样，你还不清楚吗？！”

凌宇抬头，厨房的灯光映衬着他凌厉的棱角，以及眼神里的抗争和不满，“那你为什么在这个家像外人一样，每天都战战兢兢、如履薄冰地活着，连拍个结婚照也要看人脸色。”

文郁被这突如其来的“肺腑之言”给镇住了。她一时间语塞，急得大口喘气。

凌宇见母亲被问得无言以对，以为自己说动了母亲，于是进一步质问道：“为什么从小到大，我都必须表现得百分之百的完美？你不憋屈，不难受吗？我爸要不是死了，我们怎么会过这种生活？”

一直静默的文郁突然爆发，一巴掌拍在凌宇身上。

“可是他，就是死了！”

空气突然凝固了。母子两人静默无语，只剩下炉灶上的锅咕嘟咕嘟地沸腾着，溢出的水扑到火苗上，发出刺啦刺啦的声音。

这一巴掌，打醒了凌宇，却也打翻了他沉睡的记忆。

他依稀记得母亲那天带着他来到新家，逼着他喊爸爸。

他记得凌熙的反抗，记得自己被迫改姓凌的不满。

不知从何时开始，他随着自己的母亲，一起妥协了。

他努力学习，认真工作，只有比其他孩子付出更多的努力，才能让凌正浩高看他一些，他的母亲，也才能在这个家待得更安心一些。

凌宇转身离开，独自站在阳台上，他郁闷地抬头看月亮，嘴角露出自我嘲讽的笑容。

月亮越来越圆，而他，一直是那么孤单。

月光清冷，洒在凌宇落寞的脸上，也映照在同样孤单的凌熙身上。

她想起了当初和和美美的家，也想起了母亲的离世，原先家庭的破灭。

她是多么渴望一家能再次团圆。如今，却已是奢望。

给父亲寄去的中秋礼物也不知道是不是早已被丢在了一边。

凌熙看着月亮，躺在吊床上左右摇摆。

房间角落，帐篷外面的榻榻米被重新铺上软垫和毯子，莫格利沉睡着。

不知道过了多久，莫格利的表情开始抽搐，拳头捏紧。

他梦见自己在黑漆漆的森林里，几道刺眼的手电光来回晃荡。

狗叫声、不断靠近的脚步声，一起更迭交织，越发响亮，最后变成巨大的刺耳的枪响。

莫格利表情惊恐地拽紧被子，蜷缩成一团，发出一丝细微响动。

凌熙警觉，猛地从吊床上弹起，跑到莫格利身边，只见莫格利脸色苍白，嘴唇也偏暗，中毒的症状似乎还没有完全消散，额头渗出密密的汗珠。

凌熙赶忙端来一盆水，拿来一条毛巾，把被子掀开，想为莫格利擦身。

她的毛巾刚游走在莫格利的胸前，忽然意识到毕竟男女有别，不禁有些恍惚。

忽然，莫格利一个翻身碰到旁边水盆，水洒到莫格利身上。

“完了，莫格利，莫格利！你还好吗？”凌熙关切地问道。

莫格利闭着眼睛，虚弱地摇摇头。

凌熙给莫格利盖好被子，起身赶紧往楼下跑，给他找新衣服。

翻找了一会儿，她拿着一件宽松的睡衣来到莫格利面前。

可是，该怎么帮他换啊？

凌熙看着熟睡的莫格利有些害羞。她犹豫片刻，尝试着捂着自己的眼睛，摸索着给莫格利换衣服。

睡着的莫格利歪歪扭扭，头靠在她肩膀，呼出的热气在凌熙耳边回荡。一瞬间，气氛变得有些暧昧。凌熙从肩膀上拿开莫格利的头和手臂，莫格利失去支撑，垂直倒在床上。

“阿嚏——”一个喷嚏喷在凌熙脸上。

凌熙紧张地摸了摸莫格利额头，发现他额头很烫，已经发烧了！

手忙脚乱中，凌熙给莫格利换着降温用的湿毛巾，又不停给他擦汗。

就这样忙了一整夜。

十二　口是心非

从黑夜到白天，城市慢慢变亮，恢复繁华。

清晨的阳光透过玻璃窗照进屋子，微黄的光在地面上缓缓移动。

莫格利醒来，额头用于降温的毛巾已经干掉，枕头旁边放着温度计。

他的脸色已经恢复，伸个懒腰，扭动脑袋，脖子发出嘎吱嘎吱的脆响。一低头，他忽然发现身上穿的是凌熙的粉色 T 恤，撩开被子发现裤子也是粉色，上面还有卡

通图案，瞬间觉得害羞。

环顾四周，却不见凌熙的身影，于是莫格利撩开被子下床，刚走两步，被一个东西绊倒，摔在地上。

凌熙困倦地在地上睡着，摆着“大”字形，被巨大的跌倒声惊醒，“莫格利，你怎么了？！”

“我没晕，我没事。”

莫格利刚要爬起来，被凌熙喝止，“你别动！”

莫格利做着爬行的动作，僵直地挣扎着。

“我来帮你。”

凌熙拖不动“虚弱”的莫格利，手脚并用，用尽全身力气，生拉硬扯地把莫格利拽上床，盖好被子。

“医生说了，你中的是河豚毒，要十天半个月才能完全恢复，你现在胃还难受吗？身上有哪儿不舒服？”凌熙关切地询问着。

“好像，都差不多了，也没有太多不适感。”莫格利挠头，仔细感知全身的感受。

凌熙以为莫格利头疼，还没等莫格利反应，就用自己的“大力金刚指”抵达莫格利的太阳穴，使劲揉搓。莫格利被按得生疼，心烦意乱。

“你身体现在处于恢复期，还很虚弱，尽量能坐着就别站着，能躺着就别坐着，要吃什么，要喝什么，交给我就行了。我现在只有一个任务，就是把你照顾好。你等着，我去给你做早餐。”说着，凌熙强行将莫格利按在床上并为他盖住被子。

莫格利没想到自己生病的待遇这么好，恨自己怎么没有早生病。

他躺在床上睡了许久，也不见凌熙回来。

于是从床上起来，各种跳跃，旋转，扭腰扭屁股，十分无聊。

“难道凌熙在为他做满汉全席？”

这时，凌熙的声音从楼下悠悠传来：“莫格利，吃饭了。”

莫格利以迅雷不及掩耳之势，快速跳进被子，嘴角悄悄露出一丝笑。

凌熙打开门，拿着一碗寡淡的白粥递到莫格利面前。

莫格利反应激烈，从床上跳起来，“我不要喝粥。”

凌熙不听莫格利的拒绝，耐心解释道：“医生说，白粥利消化，对食物中毒的人

来说，喝流食最好，你这段时间要忌油腻、辛辣、寒凉的食物，否则会引发肠胃炎。”

莫格利喝了口粥，真的味同嚼蜡，顿觉生无可恋。

“凌熙，其实我已经完全恢复了。”

“真的吗？”

“真的！”

“真你个头，为了一点儿肉就勉强自己，要不要这么拼命，给我老老实实喝粥！”

莫格利被盯着继续喝粥，虽然粥很难喝，但突然有点儿贪恋这种“被照顾”的感觉。他想起以前生病的时候，护林人爷爷一直照顾着他。爷爷不在了以后，爷爷的儿子来了，但是叔叔话不多，沉默寡言，他们的交流慢慢变少了，以至于很长一段时间自己都不说话了。

凌熙看莫格利面露忧伤，连忙捧着莫格利的脸，安慰道：“别怕，以后我会在你身边罩着你，来，再喝点。”

莫格利吞咽着凌熙做的粥，简直是难以下咽！

白艺凌穿着居家服收拾新家，搬家后忙于工作，生活物品还没全部归类完，客厅堆放着各种杂物，卫生间里不断传出洗衣机的轰隆声。她俯身搬起一个收纳箱，一不小心碰到杂物柜，小花瓶应声落下，摔得粉碎。面对满屋狼藉，白艺凌轻轻叹了口气。

叮咚一声，门铃响了。

白艺凌签收到一个快递，有点纳闷儿。快递是个包装精致的礼盒，没有寄件人信息。她不记得自己最近买过什么东西。

拆开盒子，里面放着一瓶玫瑰味的酒，旁边放着几块精致的月饼。

这该不会又是郑理送的吧？他为什么要对自己那么特别？难道是同情心泛滥？还是真的像凌熙误会的那样，他对自己有特殊的感情？

白艺凌不敢再往下想，她感觉自己再猜下去就要疯了！她要去问个清楚。

第二天，白艺凌终于鼓起勇气，走进郑理办公室。

郑理正侧身站在窗前。

“小郑总，我有话要问你。”

正在这时，另外三位同事 Amy、Linda 和 Christ 抱着礼盒欢快地冲进来。

“小郑总，月饼收到啦，今年还送了酒，太有情调了！”

“我只说过一次喜欢吃蛋黄莲蓉馅你就记住了，谢谢领导记挂！”

“来到沃夫大家庭的第二个中秋快乐。愿今后的每一个节日，我们都能一起度过！”

白艺凌听到同事们对郑理的感谢，不自觉地松了一口气，原来这个礼物是群发的，是她自己想多了。

看着大家嚷嚷着“谢谢小郑总”，结伴退了出去，白艺凌也顺势想离开。

“你刚才说有话要问我，什么事？”

忽然，郑理低沉的声音从后面传来。

白艺凌不由得停止了脚步，尴尬地转过身，郑理直视着白艺凌的眼睛，两个人四目相对，逃无可逃。白艺凌似乎在那个眼神里体会到了一点儿额外的深意，又急忙轻轻摇头打消这个念头，她大方一笑：“没什么，月饼很好吃，酒很好喝。”说完便走出门。

郑理坐在椅子里看着门外的那个背影，非常失望。他强迫自己打起精神，投入工作。

一阵闹钟声，打破了唐澄的美梦。

她顶着一头乱发和蒙眬的睡眼醒来。昨晚，她居然梦到自己和那个“老古董”谈着“兼容合并”。梦中的陆子曰故意靠近她身边，令她面红耳赤。

她按掉闹钟，房间外居然又响起了门铃声。

谁那么早扰人清梦啊！真不长眼。

唐澄气势汹汹地起床，一副要提刀砍人的模样。她穿过客厅，走到门口，看了一眼猫眼，脸色陡变——门外竟是陆子曰真身！

唐澄赶忙转身，靠在门上。

不是吧，主动送上门来，难道昨晚做的梦是前兆？

唐澄笑笑，环顾着房间——满地凌乱，犹如战场，她收敛起笑容，连忙对着门外大吼：“你等我一下。”

说着，便迅速打扫起卫生，手脚并用，把脏衣服尽量藏进每个看不见的角落。她整理头发，换上丝绒睡衣。点香薰，插花，喷香水。

……

秒针嘀嗒嘀嗒转了一圈又一圈。

陆子曰在门口无聊地等待着。他不断看表，时而靠墙沉思，来回踱步；时而活动筋骨，做扩胸运动。最后，干脆趴在楼道里，做俯卧撑，一边做，一边默数。

这时，唐澄的门不早不晚，刚好打开。陆子曰看到唐澄穿着一身性感睡衣出现在自己面前，不由得注意力分散，手臂酥软，整个人瘫倒，匍匐在地。

“这是让我等一下吗，这是等一下下下下下……”

“心急吃不了热豆腐，不要着急，进来吧。”

陆子曰跟在唐澄身后进门，像个四处张望的火烈鸟。乍一看，整个屋子干净整洁，就跟钟点工阿姨刚打扫完的一样。唐澄故意装出一副见怪不怪的样子。

陆子曰端坐着，和唐澄保持一段距离，“我今天找你，主要是侯老板派的这个案子里当事人的资料有几个信息点，我需要跟你核对一下。”

唐澄敷衍回答，故意凑到陆子曰面前：“你不觉得，我今天有什么地方不一样吗？”

唐澄眨巴着无辜的大眼睛，看得陆子曰顿时脸红耳赤、心跳加速。

“是有些不一样。你……是不是刚起床还没洗脸刷牙？”

唐澄想发作，却强行让自己淡定下来，换成笑脸。就算你是颗油盐不进的铁蛋，我也要给你砸出个缝来。

“哎哟……我头晕得厉害，天旋地转，可能是看案宗看久了。”

陆子曰瞬间变身“专业医生”，一本正经地说道：“可能是坐姿不对，颈椎间盘突出压迫了椎动脉，椎动脉变狭窄、收缩，造成大脑缺血，严重还会出现恶心、想吐等一系列症状。”

“完了，我好像加重了，有点恶心想吐了。”唐澄说着就开始浮夸地摇晃起来。

陆子曰连忙扶住唐澄，唐澄顺势搭在陆子曰身上。

“你这么懂经络，不如到我房间，帮我按一下。”

“……好。”

唐澄和陆子曰两人搀扶着进入唐澄房间。

房间内，香薰的火苗缓缓跳动，音响正在播放舒缓的钢琴曲，新鲜的绿色盆栽生机勃勃，加湿器喷着薄雾……一起烘托出迷人的气氛。

唐澄软软地趴在床上，等待着被按摩。

陆子曰的手缓缓靠近唐澄，整个人心跳加剧，脸红，呼吸急促。

他不断自我暗示：她是个大猩猩，大猩猩，大猩猩……

唐澄见陆子曰迟迟没动作，有些不耐烦，“你唐僧啊，叨叨叨个啥，快来啊！”

“如果弄疼了你，要说一声哦。”陆子曰温柔地说道。

“嗯，来吧。”

她放松肌肤，舒展身体，等待温柔的接触。

突然——

咔咔，几声骨骼声响。陆子曰对唐澄各种扭脖子，捏肩胛，转手臂，犹如疯狂的泰式按摩。

唐澄尖叫声不绝于耳，直接从低音阶到高八度。

“啊——哦——呀——”

唐澄疼痛到极致，愤而转身，一把推开陆子曰的手，气呼呼地看着他，“你神经元被屏蔽了吗，我释放的信号，你接收不到？”

“啊？什么信号？手机没响啊？”

唐澄见陆子曰木讷地站在那儿，一把拉过陆子曰，陆子曰重心不稳，跌倒在唐澄身上，两人贴面，四目相对。

“现在，接收到了吗？”

唐澄诱惑的声音在陆子曰耳边游荡，他听到自己的心跳声陡然增大，脸瞬间红到耳根，终于明白唐澄的意图。

他立刻从床边站起来，“我先走了，资料就留在这里，有不认同的地方，我们再电话交流。”

唐澄期待的笑容还没完全舒展，已瞬间枯萎。

“陆子曰，大尿包！”

逃出唐澄家的陆子曰惊魂未定地拍着心口大口呼吸。

“好险，差点犯了错误。九死……”

“……一生。”

陆子曰背后，忽然传来一个声音，似乎是在跟他对暗号。

他惊讶地回头，没想到是莫格利。

从彼此脸上慌乱不堪的表情，双方都已经猜出个七七八八。

正值饭点，两人一起去饭馆吃饭。

终于开荤的莫格利点了各式各样的肉——羊肉串、炸猪排、煎牛排、热狗肠。

他心花怒放地啃着，“幸福就是猫吃鱼头，狼吃肉。喝了几天白粥，终于吃到肉了。”

吃着吃着，他突然意识到不对，“子曰，你怎么从唐澄家里出来？”

陆子曰露出尴尬的笑容，沉重地叹了口气。他给自己倒了杯啤酒，就着泡沫一口气猛地喝下，打了个酒嗝。

“莫兄，我问你个问题吧，我有个朋友，叫小明，小明的朋友以工作的名义把小明约出来，找各种理由靠近他，跟他暧昧，为此还假装头痛，到底小明的朋友心里是怎么想的啊？”

“子曰，你就是小明吧。”莫格利赤裸裸地指出。

“你怎么猜出来的？”

“小明的迷茫、困惑都在你脸上表现出来了。”莫格利啃着肉，一本正经地安慰陆子曰，“你不用郁闷，这种事，我有经验。”

陆子曰眼神发亮，“愿闻其详。”

莫格利笃定地说道：“你的朋友想跟你发展亲密关系。”

陆子曰刚要喝下去的啤酒，忽然喷了出来。

莫格利用纸巾抹了抹嘴巴，表现出经验丰富的样子，继续指导道：“你知道吗，森林里的狼，一辈子只找一个伙伴过一生。你的朋友应该就是这样想的。就算以前不喜欢，说不定现在就变喜欢了。还有，你忘记啦？我以前对你说过，动物表达爱的方式就是去蹭它，挠它。”

陆子曰回想起唐澄多次试图要靠在自己身上，恍然大悟，吓了一跳。

“莫兄，你确定吗？”

“百分之百确定。”

陆子曰干脆豪放地直接拿起酒瓶，咕嘟咕嘟地一口气喝干。

与此同时，凌熙坐在客厅的地毯上，已经敷好面膜。

唐澄把腿蜷在沙发上，同样敷着面膜，一副生无可恋的样子。

“别憋着了，你就可劲嘲笑吧！”

凌熙憋不住，笑出声来，面膜被笑歪。

没想到唐澄这个“千年老妖”也有撞南墙的时候。这世上果真没有参天树，只是一物降一物。

唐澄撕掉面膜，到凌熙厨房找东西吃，看到有刚熬好的粥，于是盛了一碗，喝了起来。

突然，她察觉味道不对，立刻把粥吐了出来，“你这是毒药吧，难喝死了。莫格利能喝得下去，绝对是用生命在支持你。”

凌熙顺势把汤夺回来：“难喝你别喝啊，回你家去自己熬。”

突然，唐澄想到什么，狐疑地看着凌熙，“你这种厨房绝缘体，居然学会煲汤了，什么时候为了一个男人变贤妻良母了？”

“他一个傻乎乎的森林小子，我怎么会对他有非分之想。我对他好，顶多是报答他把我从危险中救出来。”

“哼，口是心非，就是指你现在。难道你对莫格利，就真的没有一点点超出朋友之外的情感？”

“别跟我说感情，我刚失恋，还没从阴影中走出来呢。小心我一颗心打碎粘不起来，我挂你身上，让你负责一辈子。”

凌熙说着拿起抱枕打到唐澄身上，两姐妹展开一场抱枕大战。

凌熙扔了沙发上的一件睡衣，盖到唐澄头上。唐澄扯下，看着睡衣，突然想起什么，停下手里的动作。

“对了，兔兔跟我说，工作室情侣睡衣后天就要上线了。”

“是啊，我的危机马上就要渡过了。”

“那，是不是意味着要送莫格利走了？”

听到唐澄的话，凌熙的笑脸上滑过一丝不易察觉的小失落。

“你早点儿去上班吧！”凌熙怕被唐澄看穿自己的心思，打发唐澄离开。

沃夫大楼内，人群逐渐流动起来。

凌宇等待着父亲到公司，自己在内心打了无数遍腹稿。

电梯门打开了，凌正浩缓缓走出，他看到凌宇在门口徘徊，十分意外。

“爸，我有事和你说。”

凌宇把高婕家项目的可行性再次跟凌正浩进行了分析，没想到凌正浩还是打断了他的提议。

“凌宇，我不反对你投资，但我希望你跟高婕的婚姻是建立在情感的基础上，不要在婚姻关系中低人一等。你明白我的意思吗？”

“低人一等”四个字，像一记响亮的耳光，重重抽在凌宇脸上。

凌宇瞬间蒙住，僵在原地，他不记得后面凌正浩又说了什么，他只记得自己大脑一片空白地走出了凌正浩的办公室。平等，尊严，这些东西，随着亲生父亲的去世，也一并被带走了吧。

凌宇一个人来到了一片草地玩无人机，想要赶走自己的烦躁。

无人机越飞越高，探索的空间也越来越大，远处一个身影闯入镜头。他好奇地拉近焦距。屏幕上，一个背登山包，戴鸭舌帽，梳着两条小辫的女孩，踩着滑板从高高的草地滑下，带着青春的朝气和蓬勃的热情。

凌宇看得入神。突然，这个女孩回头，整个屏幕上都是她微笑的脸，单纯、干净而美好。那一刻，夕阳的光正好，每一个弧度都是完美的画面。

似乎有什么东西正撞击着凌宇的内心。

十三　陆氏追人

普华大学内，储时扎着辫子，穿着嘻哈风格的衣服，驾轻就熟地操作着滑板“低空飞跃”。脚下的滑板像是与她融为了一体，任其随意摆布变换各种造型，显得十分帅气。

随后，她在教师办公楼前潇洒急停，一抬脚收起了滑板。围观的同学们纷纷发出赞叹和口哨声。

储时的父母都是美籍华人，她从小在美国长大，但是她更喜欢中国，她向往这个遥远的故乡，所以瞒着父母来到了这个心心念念的国家。每次和父母视频通话她都找一个没什么人的房间，然后告诉父母自己在波士顿学习得很好。

中国的同学很热情，空气很清新。她像来到新世界的孩子，驰骋在大学校园。

她打开记事本，用歪歪扭扭的中文和英语交错地记录了很多东西：宫保 chicken 丁、腌笃鲜、麻辣 crayfish、醉活虾、臭 tofu、煎饼馃子，等等，还有写不出字的干脆画了很多鬼画符。第二页是她的各种心愿：学习茶艺、穿汉服、去周庄、跳一次广场舞、在花果山找齐天大圣……笔记本最后一页，用中文字非常认真地写着：找一个集齐中国传统文化魅力的老公。

她想起之前看过的李白的诗词，能用那么多美好的文字描绘大好河山。如果能在中国找个精通中国文化的老公，那该多好！

想着想着，她往教师楼内走去，只见办公室里，一个温文尔雅的男子正被四五个女学生围着。阳光下，他正用修长的手指缓慢地打开茶壶放入茶叶，再拿起茶壶将茶水缓缓倒出。一系列的动作充满魅力。

只听其中一个女同学撒娇地说道："陆老师，你能不能把我加进你的其他选修课啊，你的课好难抢啊！"

男子不疾不徐地说道："饮茶，注重一个'品'字。'品茶'不在于多少，也不在于优劣，主要是品茶的时候带着神思遐想，领略茶的意趣。"说着，他重新给女学生们小心翼翼地斟茶，动作显得很绅士。

储时带着崇拜和赞叹的目光，不知不觉走到办公室里。

眼前的这个老师，会茶艺，有涵养，很古风，好中国……储时觉得自己的世界被点亮了。

"子曰老师，原来你还懂茶艺啊，给我们讲讲吧！"同学们纷纷请求道。

储时听着若有所思，陆老师？子曰老师？那他的名字叫陆子曰？哇，连名字都这么中国！

储时揉了揉眼睛再看陆子曰，身着卫衣的陆子曰仿佛化为长衫折扇的古人。他摆弄着茶具，自斟自饮，有着古朴的质感。嘴里还吟着诗，周围涌上一股白色的仙气，在画面前缭绕，谦谦君子、温润如玉、温文儒雅，像是画中仙。

和同学们讲解完茶道的陆子曰看了看手表，想起了和唐澄的约会，于是起身和同学们道别。在同学们恋恋不舍的目光中，他背着包，脚步匆忙地走到一排共享单车前，拿出手机准备扫码开锁。

刚举起手机，忽然一只白皙的手挡住了二维码。

抬头一看，见是一个嘻哈打扮的女孩，不禁一愣。

“请问陆老师，花果山怎么去？”

“全国有十几处花果山，请问你要去哪一处？”

“这么多？”

“虽然我没有全都去过，但每一处应该都很不错。你是地质学系的学生吗？是要去做研究吗？”

“不是啊，我要去找猴老大！《西游记》里不都是这么写的吗，花果山有水帘洞，水帘洞后还有很多很多的猴子……”

陆子曰看向储时，感到十分奇怪。之前认识森林小子莫格利，陆子曰已经大开眼界了，现在又来一个女版的，明明长了一张中国人的脸，也会说汉语，却对中国文化全然不知，难道她也是从小在森林长大，或者说，是从外太空来的？

看着陆子曰呆立在原地，用奇异的眼光警惕地看着自己，储时反应过来，急忙和陆子曰自我介绍：“哦，陆老师，我是从美国来的交换生，英文名不重要，中文名叫储时。储蓄的储，时间的时。我来这里的目的是学习中国文化，吃中国小吃，看中国景点，其中之一是去花果山！不过现在又多了一个目的，想要陆老师你的联系方式，有问题可以随时请教你！”

陆子曰悬着的心终于放下，他真是想多了。他大方地留下自己的手机号码，便急着去赴唐澄的约了。

等着赴约的唐澄，鬼头鬼脑地用小碎步跨到电梯口，却还是被同事逮到了。

“唐律师要去约会啦！”

“唐律师你走了，我们这些‘单身狗’缺少了精神领袖啊！”

同事们集体起哄大笑。

“说什么呢，我就是不舒服，各位同僚认真加班，我先回去休息了！”

在同事们的笑声中，唐澄见电梯快来了，赶紧走了进去。

电梯门刚要关上，却见陆子曰三步并作两步，跨到了电梯门口，狂按开门键。

“还好赶上了，等我！”

唐澄吓得狂按关门键，两人一开一关，疯狂对峙。

最终关门键拗不过开门键，陆子曰一个侧身跨了进来，电梯门关上了。

两人站在电梯里，唐澄一脸无可奈何，“你没必要来我办公室等我下班吧。”

反倒是陆子曰显得有点儿小娇羞，他斜眼看着唐澄，一脸恋爱期的腻歪感，“我觉得和重要的人约会，迟到不好，通常都会提前半小时，你不用有心理负担。”

“我没有心理负担，你也不用把我看得太重……”

“可以不重，但是很重要。对了，礼物收到了吗？”

唐澄想起这几天收到的来自陆子曰的快递：热水袋、茶具、保温杯、大红枣、枸杞、黑芝麻……还有泡脚桶、狼牙棒、坐姿矫正垫……

她简直痛苦不堪，这个陆子曰是把自己当六十岁的老妈子养吗？她看着另一边娇羞的陆子曰，又不忍心骂他，只好淡淡回应道：“你其实也不用送我那么多礼物……”

“那不行，重要的人就必须得有礼物。不过我第一次送女孩子礼物，也不知道送什么好，这些都是坐办公室的必需品，希望你喜欢。”

唐澄听了陆子曰的话，不由得翻白眼，尴尬的气氛弥漫了整个电梯。

陆子曰没有注意到唐澄的情绪，继续靠近唐澄，制造暧昧气氛，“这算是我们第一次正儿八经约会了吧？吃什么？日料？”

“不如我们改天再约饭吧，我今天想去健身。”

陆子曰有些震惊，原来唐澄还喜欢健身！

唐澄原以为陆子曰会打退堂鼓，没想到竟在他的脸上看到跃跃欲试的表情。

两个人一起去健身房约会确实是比较另类的方式。

陆子曰正坐在“坐姿夹胸”的机器前拉着70公斤的重量。他的眼睛充满着杀气，朝着一个点看去。顺着陆子曰有杀意的眼神望过去，唐澄正在练习俯卧撑。她的私教正站在她的身后，双手扶着她的髋关节部位做辅助。唐澄完成最后三个俯卧撑，艰难起身然后像头死猪一样倒在了地上。

教练非常满意，“休息三分钟。”说着，他拿着他的水壶，走到了陆子曰附近的饮水机边接水。

另一个男教练屁颠颠地跑了过来，一拍唐澄教练的肩膀，贼眉鼠眼地小声说道：“你那个身材不错的女学员又来了啊？你觉得怎么样？”

唐澄的教练用眼神在唐澄身上上下游走，“不错吧……体脂够低，就是没肌肉线条，我用手给她测了测尺寸，该有的地方都没有，要不再给她加大点重量，把肌肉练一下？”

两个教练发出不怀好意的笑声。

砰的一声，垫片坠落，发出刺耳的声响。

两个教练被惊到，回头见到了陆子曰满是杀意的眼神，顿时僵住。

唐澄正在休息区，整个人绵软无力，瘫在椅子上喝水，精神恢复了不少。

陆子曰走了过来，给唐澄递上一片巧克力，“我跟店里说了，帮你换了个教练，你下次找那个女私教吧。”

“奇怪了，你凭什么帮我换教练？”

“我觉得他不专业，你手超伸了、腰塌了他都没纠正，执教水平还不如我。”

“我说你家住在大海边啊，怎么管这么宽呢？你是我什么人啊？”

“我不是你男朋友吗？这不是身为一个男朋友应该做的事吗？”

唐澄听着陆子曰的回答，忽然觉得好笑，难道互相喜欢，就要建立长期的恋爱关系吗？

“陆子曰，你别太认真了，进阶的感情就是负担，我们在一起不合适！”

“你都没试过怎么知道不合适呢？”

“好！你非要试就试，明天你就会哭着求分手！”唐澄不屑，说完转身走开。

为了准备第二天的上新，凌熙正准备清点仓库的衣服，忽然接到仓库老板的消息，由于暴雨，整个仓库面临漏水的风险。她赶紧拉着莫格利一起前去。

黑暗的仓库大门嘎吱一声打开，灯瞬间亮了起来。

凌熙和莫格利穿着情侣睡衣，跟着管理员往里走，发现地板上已经积了一层厚厚的水，他们踮着脚，像是在蹚水过河。幸好，仓库管理员发现得及时，堵住了水管的漏口，没造成什么大损失。但这些货肯定不能继续存放下去了，那地方随时有漏水危险，趁着今晚得赶紧搬。

凌熙看着这些遭殃的纸箱，很是心疼，立刻撸起袖子冲上去搬下一箱，却错误地估计了重量。她一个没站稳，抱着纸箱险些摔倒。

莫格利眼疾手快，一把扶住凌熙。凌熙倒在了莫格利的怀里，一抬头，撞上了莫格利担心的眼神。

“小心点儿。”莫格利温暖的声音从凌熙耳边拂过，两人的脸颊近在咫尺，可以感受到对方的一呼一吸。

凌熙尴尬站起，莫格利转头把推车推了过来，抱起纸箱放在了推车上。凌熙见状，也立刻行动起来，只是她搬动起来十分费力。

凌熙感慨：“李凯他们都已经和周公打牌了吧？这个时间能找来帮忙的，只有真爱了……”

话说一半，她忽然意识到什么，抬头看向莫格利，他也正好在看她。

莫格利心中涌起小小窃喜，凌熙说……他是她的真爱！

凌熙感受到莫格利温暖的眼神，但立刻缓解尴尬，“好了，打起精神来，我们今晚可是要做好准备，和这些货共存亡的！”

莫格利继续陪着凌熙一起搬箱子。看着还有几十个大箱子，凌熙心乱如麻。莫格利则拿起手机，偷偷发起了消息。

时间嘀嘀嗒嗒过去，转眼已到凌晨一点。

凌熙和莫格利累坏了，一屁股坐在地上，靠在了纸箱上。

“啊……这个时候，反而觉得生意太好是个负担了！苍天啊，我也不求营业额了，给我派个免费劳力吧！”

忽然，电梯门开了，郑理站在电梯里，看着眼前狼狈不堪的两人。

“你们需要帮忙吗？”

仓库内，弥漫着满满的尴尬气氛。

莫格利抱起一个箱子直接塞到郑理手上，三个人一起进入了电梯。

电梯内，郑理和凌熙并排站着，莫格利站在他们身后，每人手上抱着一只箱子。

凌熙满头大汗，衣襟也被汗水浸湿了，模样十分狼狈。她斜眼看看郑理，只见郑理淡定站着，似乎没有同她搭话的意思。

这是郑理上次拒绝凌熙后，和凌熙的第一次见面。郑理抱着纸箱的手指不自觉地动着，显示出内心的紧张。

莫格利看看凌熙的表情，再看看郑理的表情，知道他们都欲言又止。

电梯门打开的瞬间，凌熙和郑理一同走出去，撞到了一起。

凌熙连声对不起也没有说，逃也似的把纸箱往地上一放，就钻回了电梯内。

紧接着郑理也站回了原处，电梯门关上了，电梯内的气氛变得越发尴尬紧张。

莫格利想了想，伸出手，在凌熙和郑理的腰眼儿上狠狠一捅。

凌熙痛苦地喊道："啊呀！"

凌熙和郑理愤怒地看向彼此，气氛从尴尬变为了欢快。

"别装蒜了，又整这套有意思吗？为了跟我说上话，手段还是小儿科，幼稚。"

"戏精果然是戏精，演起戏来不假思索。"

"你这杠精才厉害！除了恶人先告状、装清白以外你还会干什么？这么多年也没见你进步啊。"

凌熙和郑理吵吵闹闹地走出电梯。

莫格利嘴边扬起得意的笑容，但随即又有点儿小失落。

没想到郑理和凌熙这么快就和好了，他不由得感慨自己真是闲得慌，为什么要给郑理发消息呢？

恢复吵吵闹闹的郑理和凌熙，终于找到了从前熟悉的感觉。

只是这种嬉笑怒骂，比以前更加纯粹。郑理看着凌熙重整旗鼓，由衷为她高兴。

所幸，他们的友谊还在。

忙碌了一晚的郑理，第二天睡过了头。

他拜托白艺凌先去商店给客户挑选礼物，自己一会儿就过去。

白艺凌穿梭在购物中心内，提着多个购物袋。她一转头，看到有个很时尚的高跟鞋专柜，店内的模特时尚气息扑面而来。她把购物袋放在沙发上，进门挑鞋。

忽然，一个尖锐霸道的声音从一旁传来，直入白艺凌的耳朵，"没关系，再贵的定制款我也要。我先生说了，只要是我想要的，再铺张都不要紧，他埋单！"

白艺凌回头，见是一个长着一张"网红脸"的女子正在试穿高跟鞋。她把脚上这双鞋伸到了女店员的鼻子底下，而女店员脸上的表情很是谄媚。

长着"网红脸"的女子得意地坐着，和店员炫耀着，"女人嘛，老公就是下半辈子，不选对怎么行？我先生娶了我，得亏是拿着擦干净的高倍望远镜了。以前他找的那个女的结婚多年，没想到孩子都生不出。我先生也算是瞎过一次了，现在一定更珍惜我呀！他和那女的婚宴都摆了十五桌，我找了五十桌的厅摆三十桌，算是很客气了吧？说到底，不会生孩子的女人到底没用，还好意思来找我们要钱！那女的好像叫什么白艺凌，名字挺纯洁的，心机倒挺深，不过没用，到我这儿，我全帮她花掉！这两双都行，我全要了。”

店员恭维着女子，“姚小姐您好眼光！这两双都是限量款，一个码就一双。一共是四万六千元，我帮您包起来？”

女子有些惊讶，没想到这两双鞋那么贵。她手拿两双鞋，犹豫不知放下哪双。

忽然，一只手拉过了白艺凌，把她拉向了店员。白艺凌抬头一看，是郑理。

“这两双鞋帮我打包吧，我女朋友都要了。”郑理拿出银行卡递给店员。

店员一愣，战战兢兢地瞥了一眼长着“网红脸”的女子，只见她也不反驳。于是店员接过了银行卡，让郑理稍等，然后走向收银柜台。

郑理淡定地看着那名女子，“收了我女朋友那么多份子钱，百日宴你不打算请她吗？”

白艺凌被郑理拉着从商场里走出来。

“你不难受吗？每次被人欺负，你就不会还回去？憋着那口气好受吗？这种时候你就该硬气一点，上去砸她的脑袋啊！”郑理不甘心地质问白艺凌。

“我不想再跟他们有什么牵扯。”

“你会不会整人？会不会骂人？会不会打人？”

白艺凌木讷地摇摇头。

郑理又好气又好笑，“我真是不知道怎么说你！这几十年你都怎么过的？百日宴是哪天？”

“好像是这周末。”

白艺凌不知道为什么郑理要这么问，也不明白他这么帮自己是为什么。

郑理的关心她不是感受不到，但她不敢往那方面再想。

她决定不再询问，不让郑理再过多“关心”她的生活。

经过几天的筹备和奋战，凌熙终于等到了新品上新的那天。

工作室五个人凑在两台电脑前焦灼地等待。凌熙和莫格利显然是一张没有睡熟的隔夜脸，莫格利还在给凌熙按摩着手臂，眼睛却紧紧盯着屏幕。

所有人倒数："3，2，1！"

凌熙用鼠标点击"上新"按钮，整个店铺的界面变成了新的森系风格，新的货品显示上架。

过了一会儿，李凯从椅子上站了起来，伸出五个手指。

这一刻，仿佛时间停滞，众人都紧张地准备去听李凯即将说出的话："5倍！我们5分钟内的交易量……已经超过了上一系列同时间的5倍！"

气氛瞬间化为轻松，大家都从椅子上蹦了起来。

凌熙心情大好，给工作室三人发了礼物。

莫格利看到他们好生羡慕，于是也凑到凌熙跟前，一副想索要礼物的样子。

凌熙一转头，正好对上了莫格利的脸。一瞬间，她心跳加速，"你也……想要点儿什么吗？……"

"我想鼓励你。"

莫格利抱起凌熙，帅气地在空中转了两圈。凌熙感觉到心里有点儿小幸福，有点儿开心，心里似乎有什么情愫在悄无声息地滋长，萦绕两人身边。

"你功不可没，今天随你吃大餐！"

"怎么高兴的时候是吃，不高兴的时候还吃？你们的社交活动就这么贫乏？"

凌熙没想到一向贪吃的莫格利，竟然对吃提不起兴趣，还鄙视她社交活动贫乏！

"你想不想抓兔子？"莫格利眨巴着大眼睛，兴奋地问凌熙。

凌熙想着难道要去打猎，这么刺激？！

转眼，莫格利带着凌熙来到一个大型室内游乐场。

"哦，原来是夹兔子娃娃机啊。"凌熙一脸的生无可恋。

"这个真的很难玩呢！"莫格利试了好多次，都没有把兔子玩偶夹起来。

他愤怒地把手上的硬币再次扔进了机器里，凌熙把莫格利推开，调整方向杆迅速按下确定键。

啪的一声，爪子下落，竟然钩了一个兔子玩偶上来，兔子玩偶滑落到出口。

凌熙把兔子玩偶抓起来递到莫格利跟前，莫格利惊得目瞪口呆。

对城市娱乐活动充满好奇的莫格利，要求凌熙带他尝试新鲜活动。

凌熙拉着莫格利的手，来到室内捞鱼区，凌熙眼明手快捞起一条鱼，动作稳定娴熟。莫格利毫不示弱，几乎要把池子里的鱼捞空了。

凌熙啧啧称叹，莫格利兴奋地和凌熙说着以前他捞鱼，旁观的小狼也特别开心的经历。

凌熙听着听着，眼神黯淡，停下了手里捞鱼的动作。莫格利看到了凌熙的脸色有点儿不太对，于是止住了说话。

凌熙和莫格利拿着今天的战利品，走在回家的路上。

“来了这么久，还是第一次玩得这么高兴。你生活在这里，真幸福！”

“这有什么，以后你要是也……”凌熙想到莫格利即将要离开，急忙转移话题，“以后天天带你出去玩好玩的，不爽不回家！”

莫格利愣了下，点点头。

两人正说着话，忽然一辆车从身边驶过，正是唐澄的吉普车。

只见唐澄和陆子曰下了车，唐澄一锁车就要上楼，陆子曰拉住了她。

“你这就上去了？”

“不然呢？每天下班都说要来接我，接完了说要送我回家，现在到家门口了你是打算再上楼给我按摩？”

陆子曰不顾唐澄的调侃，继续叮嘱道：“晚上不要太晚睡，睡前可以泡个脚。你不是颈椎不舒服吗？睡觉千万别压着手，回头我给你买个记忆枕保你安睡到天亮。哦，还有，明天我会来给你送早饭的，这句不是废话。”

“行了知道了，再不走天都黑了。”

莫格利感慨陆子曰好体贴，和凌熙小声嘀咕：“什么早饭，什么记忆枕，怎么不给我来个全套呢？”

陆子曰和唐澄一转头，看到莫格利和凌熙正蹲在花坛旁，贼眉鼠眼地看着他们两人。

眼见被识破，陆子曰实在也没什么好隐瞒了，一把搂过唐澄，十分亲昵：“既然你们都在，我也不吝啬向大家宣布我的喜事了。我，陆子曰，终于追到了唐澄，现在她名花有主了！我承包了护送她上下班的任务，以后我们的关系会更紧密的！谢谢大家。”

唐澄不屑，挣脱开陆子曰的手。

莫格利、凌熙恍然大悟，“恭喜恭喜！”

陆子曰不好意思地回应道：“好事成双嘛。今天我们四个都有喜事，凌熙你不也是吗？听说工作室上新特别成功，销量再创新高！”

“当然，我是谁，熙爷啊。”凌熙得意起来。

“那莫兄的好事也就近了。莫兄终于可以回家了吧？心心念念这么长时间，胜利就在眼前了。”陆子曰继续兴奋地说着。凌熙和莫格利高兴的神态瞬间变为了失落的表情。

陆子曰见大家脸色不对，意识到自己的话仿佛闯了祸，他仔细回忆自己哪句话说错了，却不得要领。众人纷纷转身走向楼里，抛下了独自困惑的陆子曰。

凌熙和莫格利回到家里，脸上都写着失落。

“凌熙！”莫格利把兔子递到了凌熙面前，“这个兔子送你吧。我走了以后，它可以陪你！”

凌熙有点儿难过，但还是强颜欢笑：“你把气氛故意搞得这么悲伤干什么，是不是想找理由赖在我这儿？我可不会再收留你。”

莫格利没想到凌熙那么决绝，难过又强行嘴硬道：“是吗？那我应该也不会多待吧。”

两人站着看向彼此，距离好像越来越遥远。

“我去睡了。”莫格利说完逃也似的飞奔上楼。

凌熙拿着莫格利送给她的兔子玩偶，百感交集。她不知道自己为什么会那么难受，仿佛心里一下空荡荡的。大概就像养了一只小动物，养久了总会有感情吧。凌熙安慰自己，不再去想莫格利的离开。

十四　你不一样

这个周末是池旭孩子的百日宴。

一大早，池旭就忙里忙外。临近仪式开始的时候他坐到签到台前笑脸迎人，一边和宾客寒暄，一边笑着接下一个个红包。

郑理拉着白艺凌缓缓前来，白艺凌几次试图挣脱郑理，却被郑理霸道地要求去参加合作伙伴孩子的百日宴。而池旭见到郑理居然带着白艺凌来，顿时收住了笑容。

“哎呀，小郑总，没想到您居然莅临我儿子的百岁宴啊！”

白艺凌站在郑理身后，显得有些紧张。郑理暗中捏了下白艺凌的手，示意她放宽心。

“你也太不够意思了，有福气生了儿子，怎么不找我们来沾沾光？”

“是是是。”池旭尴尬地说着，慢慢靠近白艺凌，“艺凌，我其实，我一直觉得特别对不住你。我也是有苦衷的，你别看我表面风光，我其实还是惦记着和你……”

白艺凌听着池旭的这番话，直觉着恶心。

就在池旭即将走到白艺凌跟前的时候，郑理忽然伸出一只脚，绊了池旭一下。

池旭倒向白艺凌，白艺凌被郑理这突如其来的动作和池旭的反应吓得惊恐闪躲，郑理拉住白艺凌向侧一闪完美躲开池旭。

只见池旭跪倒在地，毫无尊严。

郑理忽然提高声音，故作惊讶地说道：“池旭，你这是干什么？还不起钱，你也用不着对前妻下跪吧！”

周围人的目光都朝这边看来。

池旭更是一脸茫然，完全不知道发生了什么。

郑理压低声音告诉白艺凌：“我说我的，你随意发挥就行！狠狠回击那些欺负你的人！”

白艺凌不可置信地看着郑理，却在郑理的脸上看到一股安心镇定的力量，她暗自给自己打气。

郑理见围观的人变多，继续假装惊讶，大声质问着池旭：“什么？你的钱，还要拿来养你老婆的亲戚？”

池旭从地上爬起来，赶紧阻止道：“你，你瞎嚷嚷什么呀？”

“你再怎么也不能因为有了小孩缺钱花，就反过来坑你前妻的钱吧？她也是工薪阶层，赚了钱也得交房租，也不够生活，她又不是你祖宗，负责养你们一家人！”

郑理的大嗓门吸引了无数看客，场内的宾客也陆陆续续跑了出来，看着外面发生的一切。

白艺凌深吸一口气，似乎是鼓起了很大的勇气，“什么？你说要等掏空这些傻亲戚的钱再考虑还我钱？你怎么不说等你小孩办六十大寿了再还我呢？你拿着我和你亲戚的钱给老婆买那几千块钱一件的衣服、几万元一双的高跟鞋，厉害啊！”

白艺凌一口气说完，连郑理都惊呆了，不由自主地举起了手偷偷鼓掌。

白艺凌心里既害怕但又多了一种从未有过的痛快，手心不知不觉出了很多汗。

周围群众发出了“哇”的不可置信的惊讶声，紧接着是表示不屑的声音。

“怎么回事？”“骗子！”

小姚穿着10厘米高的高跟鞋从内厅跑了出来，看着眼前混乱的场面，束手无策。

郑理看着眼前的混乱场景，有些满意，“还不起就算了，这点钱我们也不稀罕，留着给他养老吧。我们走。”

郑理揽着白艺凌，离开人群向外走去。

白艺凌走了两步，回头看向池旭对着新婚妻子道歉谄媚的样子，心中火气升腾，忽然有一股冲劲。她停下脚步，回头，撇下郑理径直向池旭走去。

“池旭！”

池旭一回头，忽然就见到一个拳头向自己挥来，他只感觉到两眼狂冒金星，然后就卧倒在了地上。

“人渣！”

小姚见到池旭倒地不起，满脸血流不止的狼狈画面，惊得花容失色。

“你怎么打人呢?！”

白艺凌不再理会他们的纠缠，白了一眼这位池旭的新太太，转身走到郑理身边，与他相视一笑，留给所有人一个帅气的背影。

夜晚，路边灯火辉煌，来来往往的行人更为夜色增添了几分神秘。

白艺凌和郑理坐在街边的路牙上，看着夜色喝着啤酒。迷人的夜色和昏黄的灯光把白艺凌和郑理映照得很好，一个帅，一个美。白艺凌想继续喝酒，却发现酒罐里没有了酒。身边的郑理适时地递上一瓶打开的啤酒。她伸手去接，手指无意中触碰到了郑理的手指，像是一阵电流流过了两人的指尖。白艺凌赶紧拿下啤酒，转头平复自己的内心。

“你说得对。离了婚，说不定会遇上更好的人。不知道为什么，最近总有一种年轻时候才会有的冲动，居然想要好好谈个恋爱。”白艺凌微醺着说道。

郑理听到这句话，心里咯噔一下。

“但又一想，我都多大年纪了？同龄的人孩子都已经上了小学。我是不是好像真不该有这样的幻想？”

听着白艺凌的自我嘲笑，郑理忽然在白艺凌毫无防备的情况下，一把将她揽到怀里。

“你到底哪里年纪大了？长得这么年轻，皮肤一掐都嫩出水。就你，谈个恋爱能有什么大惊小怪啊？！”

郑理说着，感觉到白艺凌没有反应，他转头看向白艺凌，却见白艺凌正呆呆地看着他。

夜晚灯光下，两人的脸都有一丝丝微醺的红。一些情绪正在悄无声息地滋长。

“那盒月饼，我想告诉你，其实，你和他们的是不一样的。”

白艺凌惊讶地看着郑理，郑理顿了顿说道：“是目的……不一样。我想送你月饼，想告诉你卡片上的话。但为了避嫌，不得不给所有人都送了月饼。”

白艺凌听到这句话，没有拿住啤酒罐，啤酒洒在了身上。

郑理急忙帮她擦拭着，白艺凌却“唰”地站了起来。

“不好意思，我先回去了。谢谢你的夜宵。”

白艺凌抛下郑理，头也不回地落荒而逃。

郑理看着白艺凌离开的背影，苦笑自嘲，告白怎么就不能再稳重点儿呢？害得把喜欢的女孩子吓跑了！

那日提过离别后，凌熙像没发生过什么似的给莫格利做着饭，莫格利似乎也再未提出要离开。

这天清晨，凌熙一如往常呼叫莫格利起床吃早饭，莫格利的房间里却没有人。

凌熙看到整个房间打扫得干干净净，一尘不染，帐篷的门洞被打开着，里面的被子已经不翼而飞。整个房间，就像是从未有人来过一样。

一种不祥的预感油然而生，凌熙赶紧放下手上的碗，着急地呼喊：“莫格利——！”

房间里空无一人，只有衣橱耸立在墙边。

只见原本放置在沙发上的莫格利的背包，也全然不见了踪影。

凌熙一屁股坐在了沙发上，心里忽然无比空洞。

她抱着抱枕泄气地靠在沙发上，自言自语地念叨着："这个没良心的莫格利，早点儿滚回你的大森林里朝着长臂猿和黑猩猩打滚吧！"

走廊里，莫格利正背着他的双肩包满脸笑容地走了回来，却听到凌熙的念叨。他的手僵在把门半推开的状态，微笑也僵持在一半。

房间内的凌熙抬起头来正好与莫格利眼神对视，顿时一愣。

"那，我走了。"莫格利满面愁容，倒退两步，打算关门。

房间内的凌熙突然站了起来，一扫愁容，神气活现地指着莫格利，"站住！回来！"

莫格利转身背着包，低着头，委屈地走到凌熙跟前。

"你为什么把被子、刷牙杯和拖鞋都拿走？"

"早上特别倒霉，可能就是你们所说的水逆吧。水杯打翻在被子上，被子湿了个透心凉，我把被子放在天台上晒了，你没看到吗？"

凌熙一怔，傲娇地继续问道："那你究竟为什么出去？"

"我去办了件大事。"莫格利说着，从背包里拿出一大堆证，学生证、士兵证、残疾证、结婚证、房产证，最后露出一张假得不能再假的身份证。

"你看，我终于有身份了。办证的地方不愧是机关工作室，好严肃、好严谨，但没想到最后还人性化地给我打了折……是你说的，没有这玩意儿很麻烦，以前我在森林里用不到，来了这边才发现有那么多用途，坐火车、坐飞机、坐汽车，既然这么重要，我也得要有一张才行吧？"

凌熙听着莫格利说话，意识到他可能是要坐车。他辛辛苦苦去办身份证，难道就是为了离开？她感到心里有点儿刺痛，一怒之下把莫格利推着往外走。

莫格利认真地看着凌熙，"我想拿着身份证，这样可以经常坐车回来看你。我怕你一个人会无聊，我来就可以陪你敷面膜、吃串、看电视。我还怕你的家会很乱，我可以免费帮你打扫房间，不管怎么样，总是需要身份证的吧？"

"蠢货！你要办也要办张真的啊？拿张假的糊弄谁呢？"

"啊？"莫格利才意识到自己受骗了。

凌熙想继续说下去，忽然想到之前询问过莫格利亲生父母的情况，莫格利自己也不知道。这让他怎么办真的身份证呢？看着莫格利难过沮丧的样子，凌熙伸出手想要安慰他，却见莫格利抬起头，恢复了原状。

“算了，我已经习惯了。没有身份也可以有别的办法吧？过两天我就要走了，凌熙，我一定会回来看你的！”

莫格利装作若无其事地离开，凌熙听到莫格利说过两天就要走了，心里一沉，看着他的背影，似乎下定了什么决心。她回到房间，整理背包，匆忙出门。

莫格利在家百无聊赖，凌熙不知何时不见了踪影。

他拿着罐可乐，趴在栏杆上看着这座城市。渐渐地，各种灯火次第亮起来，忽然一种即将离别的愁绪升起在心头。过两天就要走了，在这里的伙伴们会想他吗？真的很怀念大家在一起的日子啊。

凌熙发来微信信息——为了庆祝上新成功，我和朋友出去野营，今晚回不来啦。锁好门，不用等我！

莫格利微微皱眉，有点失落，哪个朋友，为什么没有带他去？莫格利脑中冒出好几个问号。

他在手机上点开陆子曰的电话号码，打了过去。可是电话那头，传来陆子曰奇怪的“啊……啊……”的声音。

“子曰兄，你是不是……有点儿忙？”

“啊……是啊……”电话另一头的陆子曰正在房间里举着20公斤的杠铃片健身。

“那，那算了。”莫格利沮丧地挂掉了电话。

陆子曰没空儿，那唐澄应该也没空儿吧……最后的两天，大家好像都有点儿忙。

莫格利呆呆地望着天空，一种前所未有的孤独感笼罩着他。

看来，是到了要回去的时候了。

日上三竿的时候，唐澄的尖叫声划破清晨的宁静。

“你要不要起这么早？你属公鸡的吗，按点儿打鸣？”

唐澄顶着鸡窝头和黑眼圈给陆子曰开门。

“既然已经起床了，要不要我给你煮点儿好喝的柠檬水……”

陆子曰还没说完，门已经砰地关上了，陆子曰被拦在唐澄卧室门外。

“不要，没睡醒，别烦我！”

陆子曰无奈，叹了口气，转头看向唐澄家里，简直大跌眼镜，一个字——“乱”。

只见唐澄的各种衣服被胡乱丢弃在客厅的各个角落，陆子曰一件件收拾，收拾到沙发上见有衣角从缝隙中露出，便顺手拔了出来，不拔不要紧，一拔无止境，内衣像大闸蟹一样串在了一起，陆子曰被惊到了。他摇着头，把唐澄的脏衣服一股脑儿全都塞进了洗衣机。接着又拿起扫帚、手套、平板拖把和各种洗涤剂，蹑手蹑脚地当起了“清洁工”。

唐澄躺在自己的床上做着梦，梦里还在坏笑。

这个陆子曰这下该被吓走了吧……

她幸福地转个身，忽然连续“嚓嚓、咔咔、嗒嗒”几声，把她从梦中震醒。

唐澄起身打开门，忽然被家里干净整洁的闪光刺到眼睛，她认真地睁眼一看，整个凌乱的家变得干干净净、一尘不染，文件和书都笔直地摆在书架上，玻璃和金属都折射出了金光。

“我的衣服，你也帮我洗了？”说着，她从晾衣架上拿下一件连衣裙，“我的礼服裙，它破了一个洞！”

陆子曰拿过衣服，见衣服上的蕾丝被戳了一个洞，心想这衣服质量不怎么样啊，洗衣机都能洗出洞来……

“它是大牌！我一年才舍得给自己买一件，它不能手洗，也不能机洗，也不能干洗！你说怎么办吧？”唐澄愤怒地把裙子伸到陆子曰的眼前。

“那……一人做事一人当，既然是我洗坏的，再贵我也赔。”

唐澄计谋得逞，微微一笑，强装不爽地和陆子曰出门去商场购物。

唐澄开始后悔和这个“老古董”勾搭在一起，于是决定利用这次购物的机会，让陆子曰知难而退。

商场内的各式连衣裙，花样百出，争奇斗艳。唐澄脱下身上一件外套，连同另外三件衣服一起交给导购。

“全要了，谢谢。”

陆子曰看看自己手上提着的大包小包，再看看唐澄疯狂购物的状态，露出吃惊的表情。

唐澄见陆子曰的态度，便试探地问道："你是不是感到很吃惊啊？"

"的确很惊讶，超出了我的预想，既然这样……"陆子曰微微皱眉，唐澄表情得意扬扬，以为他要和自己分手。没想到陆子曰一拍手决定，"那以后我们的房间一定得有一个超大衣帽间。"

这个陆子曰，脑回路真的和普通男人不一样啊！

"我一会儿要去学校上课，先把你送回去，晚上再来接你啊。"

普华大学校园里热闹非常，同学们纷纷背着书包从寝室飞奔而出。

陆子曰已上完今日课程，正准备骑车离开。

忽然见到一阵"风"从远处"刮"了过来，停在自己的面前。

他急忙刹车，这才看清来人是储时。

储时拿出自己的迷你笔记本，眼里闪烁着兴奋，"陆老师，你知道这次我来中国，是有几个目的的吧？"

"你指的是找花果山，或者吃小吃，看京剧那些吧？"

"不是不是，最重要的一条其实是，我想找一个能集齐中国传统文化魅力的老公，就像中国的那首诗……什么？"

储时说着偷看笔记本，念起来："飘飘乎渺渺乎遗世独立，羽化升仙的那种，就像……"

陆子曰疑惑地看着储时，储时也盯着他，"就像你皮肤这么白、像你头发这么长、像你这么懂茶艺……"

"你说的，不会是……是文学系的陈老师吧！"

储时一愣。

"那真不错啊！陈老师也是留学归来，但很有文化底蕴，出口成章、热爱书法，年纪小也没有女朋友，你们一定很谈得来。我这就去给你要电话号码。"

就在储时茫然不知所措的时候，陆子曰的电话突然响起。

"不好意思，我女朋友来催命电话了，稍等稍等。"陆子曰轻描淡写地说出了女朋友的存在。

女……女朋友……他有女朋友了……

储时心里飞翔在云端的小鸟忽然坠入深海，痛苦不堪。

趁着陆子曰专心打电话，她低着头，偷偷离开了陆子曰的视线范围。

她掏出自己的迷你笔记本，在“找一个集齐中国传统文化魅力的老公，陆子曰”处划掉，写上“再找一个集齐中国传统文化魅力的老公”。

正在储时记笔记的时候，一阵嘈杂的话语吸引了她。

“碰瓷啊”“酒驾啊”……储时顺着声音看到一群人围成一堆。她从人缝里探出头来，好奇地看着眼前的场景。

凌宇和一个青年僵持着。

凌宇冷冷地看着青年，显露出极度的不耐烦。

“说吧，要多少？”

“一口价，两万！”

凌宇拿出手机，想点开，却发现手机已经完全没电。

他从钱包里拿出一张银行卡，“卡里有钱，你跟我去银行取钱吧。我不是怕你这种行为，我只是懒得和你计较。当心路走多了遇到鬼。”

刚才还假装倒地不起的青年忽然笑嘻嘻地站了起来，“多谢老板关心！”

青年想伸手去拿卡，忽然一只手挡住了他。

“这人是碰瓷，不能被他欺负了！”

凌宇没听清眼前这个嘻哈打扮的小姑娘说的话，但他看清了！这不是那天他操控无人机的时候看到的姑娘吗？凌宇觉得自己的心脏骤停了！

“总之钱不能给这种人，两块钱也不能给，不能纵容犯罪！”

储时对着凌宇认真地说着，又转头对青年天真而正义凛然地训斥道：“你根本没事儿，能走能叫的，还叫别人赔钱，这是敲诈！又贪又懒又坏，你就该待在监狱里饿死！”

“要你多管闲事。”青年一把推开储时。

凌宇见青年动手动脚，刚想上去揍人，便惊讶地看到储时一把将厚厚的外套褪到手腕处，露出里面单薄的运动小马甲。

“非礼啊，非礼啊！有人非礼啊！”

凌宇一怔，随即配合储时把银行卡往青年手里一塞，“对啊，我看到了，你偷窃了这女孩儿的巨额银行卡，还妄图非礼，你等着，我这就报警。”

眼看围观群众越聚越多，青年顿时惊慌，马上丢下了银行卡骑上自行车跑了。

而自行车没骑出去多远，砰地撞上了一辆警车。

围观群众终于拍手称快，渐渐散去。

“你好。”

储时回头，见是严肃但带有点儿迫切神情的凌宇。

“刚才谢谢你，请问你叫什么名字？留个联系方式吧，以后可以答谢你。”

凌宇从口袋里拿出手机，这才想起来手机已经完全没电。

储时大方地介绍自己：“我叫储时，答谢也用不着，中国不是有句话，什么路见不平拔刀相助吗？下次小心点，别再让人碰瓷了。”

“吃一堑长一智，但还是要谢谢你，我该怎么答谢你呢？”

“要不然你告诉我，哪儿有好吃的吧。据说中国小吃都很好吃，但是现在吃了觉得……好失望。”

凌宇看着她手上已经干掉的汤包，“你喜欢吃汤包？这汤包不正宗，我带你去吃个正宗的吧？”

“下次吧，今天学校还有安排，我得赶回去。”

凌宇见储时要走，又急忙拉着她。

“那我们定在下周日怎么样？下周日晚上七点，我在名人公园等你，给你带好吃的汤包。”

“真的吗？真的吗？太谢谢你了，大好人！”

储时笑着接纳了凌宇的邀请，看着储时的笑容，凌宇的心里也有一束阳光照了进去。

十五　送别聚会

莫格利一个人去超市买了牛排和啤酒，寂寞地回到家。

他打开灯，家里乱糟糟的，凌熙依旧没有回来。

莫格利叹了口气，沮丧地坐到沙发上，他从环保袋里拿起一罐饮料，提着东西准备上天台喝。

跨进天台的瞬间，整个天台亮了起来，彩带迎面袭来，吓了莫格利一跳。

“哇呜，欢迎来到聚会！”

莫格利定睛一看，只见天台张灯结彩，任何在天台上打着碟，放着爵士音乐，显得天台上特别小资情调。

兔兔、李凯和唐澄围拢在天台上烤肉，烤肉机散发出了香喷喷的味道，刺刺声十分诱人。

莫格利完全不明白是什么状况。

“你们怎么……全在这儿？子曰，你怎么也来了？凌熙，你怎么……黑了一个色号？”

这个莫格利，关注点还真跟别人不同！

凌熙压抑住自己的小气愤，若无其事地说道：“我哪儿有黑啊，既然今晚是你在这里的最后一夜了……那我们就决定为你办一场践行宴。”

“你们也太隆重了吧。”

说着，莫格利已被陆子曰拉到一边去烧烤，凌熙看向莫格利的背影，不由得有些失落。

不远处，莫格利朝着凌熙望过来，凌熙立刻一扫低落的神态，展现出开心的样子。

陆子曰和莫格利并肩坐着烤肉。

“莫兄今天好像很开心，也对，毕竟马上就要回去了。”

“也不是……我看凌熙也很开心，扫她的兴不好。”

“说实话，你住在这儿这么久了，对这里会不会有留恋？”

“有啊，很多很多留恋，但又说不清楚……你呢？你对唐澄，又是怎么样的留恋？”

陆子曰怪不好意思地回忆道：“男女之情无非就是那些事儿，找最愚蠢的理由也不想分开，哪怕是帮她收拾乱房间；哪怕只是想每天能见的时间多一点点，再累也坚持接送她上下班……”

莫格利目瞪口呆地看着陆子曰，没想到他内心有这么多感触。

凌熙看到莫格利和陆子曰喝酒，吃肉，好像聊得很高兴的样子，不由得难过。

一瓶冰啤酒放到了凌熙的面前，凌熙转头一看，见是唐澄。

“他真的要走了，有些话，再不说就没机会了。”

凌熙打开啤酒，嘴硬道：“说了这么久，还没说够呢？”

唐澄正想调侃凌熙几句，却听兔兔叫道：“熙爷，莫先生好像醉了！”

凌熙紧张地站起。

兔兔和李凯也走了过来，却见凌熙已坐在莫格利身边。

众人轻轻“嘘”了一声，做着手势，悄悄离开。

闹哄哄的天台上，瞬间就剩下了凌熙和莫格利两个人。

烤肉炉还在发出“刺刺”的声响，飘散着焦炭的香气。烤肉炉边上的日式榻榻米上坐着凌熙，而莫格利靠在她的肩膀上，感觉整个世界都安静了。

莫格利睁开眼，仰头看着凌熙。

凌熙嘟囔着：“不能喝酒还喝那么多。”

莫格利醉意沉沉地说：“凌熙，你真好看。”

凌熙没想到莫格利会突然来这么一句话，她害羞地转过头，沉醉在暧昧的气氛中。

然后，她听到莫格利沉重的呼吸声响起。转头一看，见莫格利已经半靠着墙，半靠着凌熙的肩膀睡着了。

凌熙生气地轻轻打莫格利的头，“什么好看！一点儿都不真心！”

莫格利没有反应，似乎早已沉沉睡去。凌熙把莫格利靠墙放稳，自己俯身睡下，躺在了莫格利的腿上。她抬头看着莫格利，既开心又难过。

夜色浓郁，满是温情。

第二天清晨，凌熙和莫格利都已整装待发。

莫格利挎着高过头顶、塞得满满当当的登山包，和凌熙并肩磨磨蹭蹭挪向门边。

凌熙故作轻松地说道：“践行宴都办完了，该送你走了。走之前再回想一下，有没有遗漏什么东西？今天可是要走远路的，别等快到了才说你东西忘拿了，我是不会把你再运回来的。特产都装好了吗？”

莫格利检查了一遍，点头确认：“嗯，都在包里了……”

凌熙一阵失落，终于还是到了要送走莫格利的这一天。莫格利那么执意要回去，她也再没有理由留下他。

“既然该带的都带了，那走吧！”凌熙假装催促莫格利离开。

莫格利恋恋不舍地最后一次环顾房间，又想起丢三落四的凌熙，不由得提醒道：“出门要记得带钥匙，以后家里就没人在等了。”

凌熙说着把双手塞进口袋随便捞了捞，脸上渐渐流露出掩饰不住的笑意，她转身回到客厅，把手指插在沙发缝隙里一路摸过去，结果被什么东西卡住，她捞出来一看，居然就是车钥匙。

没想到那么快找到了钥匙，凌熙竟有一丝犹豫。见莫格利正看着她，凌熙本能地一屁股坐在沙发上，把钥匙挡在背后。

凌熙乘莫格利不备，把抱枕和衣服往钥匙处推了推。

“我觉得应该是丢了，毕竟昨天那么混乱。”莫格利猜测着。

“我想也是。虽然不希望这样，但看样子今天是没法送你了。”凌熙正好顺着莫格利的话往下说。

莫格利也长舒一口气，这样今天就有理由不走了吧！

他一屁股坐在沙发的衣服堆里，却感觉被异物硌了一下。他把衣服抖开，只见车钥匙从衣服堆里滚落出来，正巧落到二人面前。

两个人盯着钥匙僵住了。

“所以这次我真走了……还有什么要嘱咐的吗？”莫格利试探地问凌熙。

“要不你帮我想一个？”凌熙不抱希望，随口说着，“刚吃过饭，你应该也不饿了吧……”

有那么一秒钟的停顿，莫格利像抓住救命稻草一样重燃希望，突然郑重地看向凌熙，“说来你可能不相信，我真的饿了。”

凌熙难以置信，却满心欢喜。她迅速把莫格利的背包接下来。

“路途遥远，不吃饱怎么能出发？你等着！”

凌熙转身跑入厨房，莫格利忍不住打了一个饱嗝。

转眼，餐桌上几个空碗垒得半人高，莫格利被围在里面，已经吃得弯不下腰了。

凌熙担忧地看着莫格利，这家伙不会把肚子吃爆炸吧。

忽然，电话响了，凌熙不情不愿地接起来。

“熙爷，你能不能来一趟？工作室好像出了点儿问题……”兔兔焦急的声音从电话中传出。

凌熙先是一惊，随后像抓住了救命稻草，偷瞥一眼莫格利，故意大声喊道：“好！我马上来！”

“工作室出了点儿事，不过没关系，我可以先送你。”凌熙挂完电话对莫格利说。

“作为工作室的领导，如果不能冲在最前面，那像什么话？你快去吧，工作要紧！”莫格利说着，将凌熙一路推搡到门边。

两个人对看一眼，心照不宣地点了点头。

看着凌熙离去的背影，莫格利不自觉地松了一口气。看来凌熙今天是没空儿送他了，真好！

已是中午时分。

叮咚一声，门铃响了，唐澄穿着日常睡衣开门。

只见陆子曰一脸笑意地站在门口，奉上一个精致的外卖餐盒，“给你带了份早午餐，牛油果兰皇鸡蛋煎饼，金枪鱼沙拉，还有橙汁，足够的碳水和纤维，最适合你这种不吃早饭的人。”

唐澄露出惊讶的神情，她接下餐盒，侧身让过陆子曰，用脚把门带上，看了眼挂钟。陆子曰竟然又是掐着点儿来的。他怎么还纠缠不清呢？这种受拘束的日子太难熬了！唐澄感觉快窒息了。

陆子曰见到唐澄屋内衣服裤子随意丢在客厅各个角落，熟练地将衣服分类，帮唐澄清洗。

“我说，你打算这样到什么时候？”

“你看过《万物理论》吗？是讲霍金和他第一任妻子简之间的爱情故事的。”

“看过，但他们后来分手了。因为两个截然不同的人常常相互吸引，却很难坚守下去。”唐澄直接道出结局，试图说服陆子曰。

“霍金计算过那么多方程式，尚且不懂女人，因为女人比宇宙还复杂。我的智商，大概还比不上他智商小数点后面的零头，所以更要在爱情上付出120分的努力，我不想失败。”

唐澄被陆子曰的回答震慑住，狠狠咬了一口陆子曰带来的煎饼。

难道陆子曰今天是来一雪前耻的？

“可以这么说，我追你的主要原因是，我对你是认真的。”陆子曰诚恳地凝视唐澄的双眼，唐澄叼着煎饼吞也不是，吐也不是，就那么呆呆地看着他。

她感到自己的胸口上下起伏，心跳加剧，本来是想让这人知难而退的，没想到他是越挫越勇！不行！如果难不住他，说明题目还不够刁钻！

陆子曰开始为唐澄挑选好的桃胶泡发，唐澄觉得不如使出大招。

“我说陆子曰，你对我是不是认真的？”

“当然是认真的。”

“是以婚姻为目标的那种吗？”

“当然！”陆子曰义正词严地看着唐澄。

“既然这样，不如我们跳过这些可有可无的中间环节直奔主题吧！直接见父母！”唐澄抛出她的大招儿，她倒要看看陆子曰会不会打退堂鼓。

没想到陆子曰瞬间兴奋起来，“真的？我现在就去通知他们，这几天一定妥善准备！时间你定！”

“择日不如撞日，就今天吧！”唐澄继续逼迫道。

陆子曰愣住，三秒后郑重地点点头。

既然陆子曰接受了这个挑战，那就不要怪唐澄不客气了。

于是，唐澄故意化了一个烟熏妆出门，衣着选了低胸衬衫和尖头过膝长靴，一截大腿露在外面吸引着方圆一公里内男人们的目光，她的脸上洋溢着志在必得的表情，脚底生风。

这见父母三大忌：忌浓妆艳抹，忌着衣暴露，忌两手空空。她都做到了。

这一仗，她势在必得！

陆子曰拉着唐澄来到家门口，唐澄觉得眼前的对联很眼熟。

门咣当一声被推开。搓麻将的声音震耳欲聋，热闹非常，完全没人注意到门外的二人。

陆子曰父母所在的一桌已经开搓，剩下两人观战。

眼前的景象确实出乎了唐澄的意料，看陆子曰平时知书达理，还以为他出身书香门第，没想到这下小巫见大巫，赢面不大呀。

陆子曰看唐澄愣在那边，急忙打圆场，“我们家也不是一直这样，一个月也有那么三五天是很清静的！我父母人缘比较好，街坊邻居常来玩，不过他们不赌钱的！”

唐澄尴尬地笑道：“不知令堂是哪位？”

陆子曰往母亲的方向指了指，唐澄顺着看过去。只见陆母正因输了牌竖起眉毛，指责陆父。

唐澄看着眼前的女人，这不就是那天在楼下和自己吵架，还要找人打她的大妈吗！她想起上次不愉快的经历，忍不住转悲为喜。真是天无绝人之路！

等到麻友们都离开以后，家里就剩下他们四个人围坐在一张麻将桌旁。

陆母认出了眼前这个打扮有些出格的女子，就是上次和她吵架的那个！唐澄与陆母仇人相见，分外眼红，两双眼之间一条对抗“电流”此消彼长，刺刺冒火星。

“子曰，你要带的女朋友不会就是她吧？这女人蛮横无理、咄咄逼人，虽然上次被我摆平了，但这一口气我还没咽下去。你们的事，我不同意。”

“妈，这中间一定有误会。其实摩擦也能出火花，不如趁今天，化干戈为玉帛吧……”

“玉帛几块钱一斤，金箔我都不化！”

唐澄见陆母态度坚持，忍不住窃喜。陆母见子曰处处为唐澄说话，转头问唐澄：“我问你，你对我们家子曰是真心的吗？”

“真……心这东西，不用秀出来吧？”

“不用秀，但会流露出来。子曰自从认识了你，一会儿欣喜若狂，一会儿失魂落魄，雷打不动的作息规律都变了，上一次疯成这样还是小学，为了玩电子游戏。也许你觉得他只是个很一般的男孩，但在他妈——我的眼里，他也是不折不扣的长腿帅哥，如果没遇到那个真心爱他的人，就算他现在五十岁了，我们也宁愿他不结婚。”

陆母的一顿话，令唐澄略感愧疚。怎么说，也是她招惹陆子曰在先，但她向来对感情的态度都是玩乐心态，没想到陆子曰那么认真。不能让陆子曰执迷不悟了！于是唐澄心一横，假装非常不开心，和陆父、陆母告别。

陆子曰见唐澄要离开，忽然紧紧握住唐澄的手，并且十指相扣表衷心。

“爸、妈，你们对唐澄的误会我会想办法解开，但这个人，是我认定的。我们是没感情基础，一开始我只想对她负责，幸亏她拒绝我，我才有机会了解她。她不是世俗意义上的那种女孩儿，她不依附别人、独立洒脱、疾恶如仇、为朋友两肋插刀，我很庆幸在快三十岁的年纪才遇到她，这样就不会在不懂事的时候错过。如果你们真希望我幸福，就应该相信我的选择，和爱错人比起来，我觉得不敢爱更可悲。”

陆子曰这样说，唐澄听得脸热，心脏又不争气地怦怦直跳。她拼命调试呼吸也不管用。

陆母听着陆子曰的话，沉默了三秒，瞬间又反应过来，抄起麻将牌朝着陆子曰横飞过去，“你居然为了另一个女孩子和我对抗，我都没听过你对我说那么肉麻的话！”

陆父淡定地安慰唐澄，“这也是我们家的日常……但我是站你们这边的，挺住！”

唐澄尴尬一笑，和陆父打招呼告别，一路逃出陆子曰家。

只是这次让陆子曰知难而退的计划，到底算是成功还是失败了？

十六　抄袭风波

来到工作室的凌熙还不知道出了什么事，只见两个职业打假人已经等在门口了，两人一金一银，穿着金属色外套。

“你就是凌熙吧？来得正好，大家投诉你们抄袭，你看怎么解决吧？”打假男凶狠地逼问道。

凌熙冷笑一声，“抄袭？你敲诈也编个可信的理由好吧？我们抄谁了？抄什么了？怎么抄的？有病！”

凌熙不想搭理他们，绕道向工作室走去。

对方不假思索，从背包里拽出两件配色乃至款式都一模一样的睡衣，胸前一个超大的口袋十分瞩目。

“这两件睡衣，一件原版，一件抄袭，可不是我们栽赃的！你不看看吗？”

凌熙气不过，转回去。只见打假男的手机上有两件商品的上架时间截图。对方的上架时间，整整比凌熙工作室的早一个月。

做张假图就想来讹钱，现在的“打假”也太没技术含量了。

“爷我大名凌熙，行不更名，坐不改姓，你们爱讹谁讹谁去！”

听到凌熙和打假男的争执，兔兔、李凯和任何抱住她就往工作室里拖。

任何突然心一横，和凌熙坦白道：“他们没说错，是我抄了！”

刹那间，工作室鸦雀无声，兔兔和李凯把头埋下去，任何的话给了凌熙当头棒喝。她以为自己听错了，一时间难以置信地走向任何。

“你，抄袭别人的设计了？”

“嗯。”

“他们说的都是真的，不是坑我们？”

“嗯……”

凌熙震怒，一把把包扔在地上，三人吓得一抖。

“我刚才还在帮你据理力争，你现在告诉我你抄了，脸都被你打肿了！理由呢？！”

“时间太紧，我设计不出来……”

任何自知理亏，愧疚地低着头。

“熙爷，任何姐也是事出有因。你知道她和外婆生活在一起的，截稿那天她外婆出去散步走失了，她找了一个晚上才找到，这边催得又急，她慌里慌张地就……”兔兔替任何解释道。

“我不想听！在我这儿不存在有意无意，抄了就是抄了。”凌熙愤怒地打断兔兔的话。

“任何，我就问你，你对得起谁？你是对得起自己还是对得起工作室？！”

“我对得起你！”众人惊呆，都盯着任何，任何捏紧双拳，从咬紧的牙关里吐出一串话，“你是老板，你想一出是一出都可以，今天喜欢这个，让我去设计，明天换材质了，让我去改改，我熬了几个通宵画出来的稿子，三秒钟就能被你劈头盖脸地骂回来。”

“你告诉我哪个工作不辛苦，是我钱没给够吗？”凌熙也更加生气。

李凯终于听不下去了，把任何和兔兔往身后一扯，站在凌熙面前，“熙爷，你这么说就太伤人了。你是出手很大方，没亏待过我们，但我们拿钱是工作，不是卖命！”

凌熙正要反驳，突然手机响了，凌熙看也没看，没好气地接起来：“谁也别找我，没空儿！”

她正要挂断，对面传来郑理急切的声音：“凌熙，你人在哪儿呢？三十八楼突然来了两个莫名其妙的人，说要解决打假问题，正问凌伯伯要钱呢！”

凌熙不觉愣住，就听到电话里传来嘈杂的争执。她立即转身跑出工作室。

沃夫传媒门口乱作一团，职业打假人和凌正浩互相推搡，还有好多围观的人，郑理和几个前台一度拦在中间控制场面。

凌熙厉声驱赶，“谁让你们上来的？！我的事儿我自己会兜着，不需要别人负责，你们再这样闹我报警了！”

在场所有人为之一怔。围观人群已经散去，只剩凌熙、凌正浩和郑理三人。

凌熙默默不语，她没想到这件事会闹到凌正浩面前。

凌正浩走向凌熙，严肃质问：“告诉我，你们到底有没有抄？”

“嗯。”

“我做了这么多年生意，恬不知耻的事想都没想过一次，我怎么会有你这种女儿！”凌正浩失望的责难劈头盖脸地向她袭来，说完拂袖而去。

凌熙委屈地看着那个决绝离开的背影，胸闷到连争辩的话都说不出一句。

正在这时，郑理拿着手机突然上前，“凌熙，我发现店铺突然显示不存在了，是不是被封了？”

凌熙急忙接过郑理手机查看，瞬间黯然。

与此同时，凌宇接到了打假人的电话，他给对方发起了转账。

凌熙做梦也想不到，这一切，竟然是哥哥凌宇的精心安排。

凌宇今天的心情肯定不错，更何况今天还和储时有约定的见面。

储时扎着丸子头，边跑边笑，无比灿烂地出现在了约定的名人公园门口。因为迟到，她一路飞跑，跑得太急刹不住车，一头撞在凌宇怀里。

“对……对不起啊，我来晚了。我实在是不会乘中国的公交车，我坐错了一次，坐反了一次，第三次那个司机开得跌宕起伏，差点把我开吐了！不过我看到夜色了，好美！”

凌宇看着喋喋不休的储时，有点儿痴了，“你饿了吗？”

储时狂点头，凌宇把餐盒递过去。储时忙不迭地打开，里面两个汤包还在冒热气。

储时吸着汤汁，啧啧称赞：“嗯！好鲜！”

凌宇听着她满足地吃着的声音，眼角忍不住流露笑意，“咱们还是加个微信吧，免得下次你找不到我。”

“嗯！”储时爽快地答应了。

夜晚漫长的等待，有了意义。

这是凌宇第一次那么用心地对一个女孩，就连他的女友，也没让他这么上心过。

此刻天空忽然飘起了雨，凌宇的心里却如阳光沐浴。

被房东赶出家门的白艺凌拎着好几个箱子，她使出吃奶的力气，终于把两个大箱子抬进已然塞满的后备厢，揩了一把汗。

司机从前车窗探出头问道：“还有吗？”

“就剩最后一件了！”

“麻烦您快点，我是出租车司机，不是搬家公司员工。”

“抱歉抱歉，真的不好意思，我会补您差价的！”

白艺凌匆匆返回楼道口，将最后一个倚在墙上塞得满满的袋子背在肩上。

忽然一阵雷声，瓢泼大雨不合时宜地落下来。

白艺凌看了眼密如发丝的雨水，又看看十米开外的出租车，索性将手挡在头顶，冲进雨里。

暴雨瞬间将她浇透了，奔跑中，袋子背带断开，物品滚落一地。白艺凌俯身去捡，刘海儿狼狈地贴在脸上，不断有水珠顺着脸颊滑下来。

就在她起身的那个瞬间，雨忽然“停了”。

她抬头一看，只见郑理在大雨中为她撑起伞，伞下是被雨帘围出的另一个世界。

两人在伞下四目相对，郑理眼底闪动的心疼与关切，让白艺凌心动。

郑理让白艺凌等着，他冒着大雨帮白艺凌收拾起了散落一地的物品。

一阵忙碌之后，郑理带着白艺凌来到一家便利店。

白艺凌在窗边坐下，用干毛巾擦拭湿漉漉的头发。

郑理端来一份关东煮，放在她面前，生气地责怪道：“遇到这种事干吗不找我？大半夜把人赶出来，让一个单身女人淋着雨搬到快捷酒店，像话吗？合同给我！”

“我的私事我有办法解决，你又何必这么生气呢？”白艺凌安慰道。

“因为我心疼你！”

郑理突如其来的话，让白艺凌一时不知道说什么。

“郑理……感谢你一直以来对我的关心，但……请到此为止吧。”

“为什么？”

“上次见面后，我考虑了很久。我已经不是可以任性选择的年纪了。一个中年女人，也该吸取生活的教训了吧？像这种深夜搬家的事，不会是第一次，也不会是最后一次，如果贪图一时舒适，求助于人，那我就是重蹈覆辙。你我年龄悬殊、经历不同，我们不可能。”

“这就是你拒绝我的理由？”郑理寒冷的目光直逼白艺凌，眼底满是心碎与不甘，“我告诉你，我不同意。你是你，这就是我喜欢你的原因，和年龄没有关系。”

郑理冷静却坚定地说着。白艺凌愣愣看了郑理好几秒，终于回神儿，避开他的眼睛。

“不管怎么说，我是不会接受你的。”

白艺凌匆忙逃开，却被郑理一把抓住，他的吻猝不及防地落到了白艺凌的唇上。

白艺凌大脑一阵空白，试图挣脱，却被郑理牢牢抱住。激动之下，她咬破了郑理的嘴唇，郑理一阵刺痛，终于放开。

白艺凌仓皇逃走，留下郑理怔怔发呆。

城市的另一边，在家等待凌熙的莫格利蹲在沙发上打了个盹儿，一阵雷声把他吵醒。

他拿出手机看了一眼，刚过晚上十点，手机却没有任何消息。他顺手拨了凌熙的号码，却又急忙挂断了。原来做人真就这么矛盾。希望她回来，又不希望她回来。

忽然，门铃响了，莫格利以为是凌熙，兴奋地跑了出去。

他打开门，门口的不是凌熙，而是配送员。

“凌小姐订的蛋糕，请您签收。”

只见送来的是个很漂亮的蛋糕，一半是原始森林，一半是都市高楼，两个翻糖小人站在前面，一个像凌熙，一个像莫格利。

那条森林与城市的界线，将两个小人隔开，莫格利看着蛋糕，免不了有些伤感。

时间不知过了多久，等凌熙回到家的时候，莫格利已经趴在餐桌上睡着了。

凌熙轻手轻脚地走到他边上，面对面趴着，听莫格利安稳的呼吸，看着他熟睡中微微抖动的睫毛，糟糕的心情似乎得到一点儿安慰。

莫格利迷迷糊糊地睁开双眼，见到凌熙的那个瞬间，一个温暖的笑容爬上脸颊。

“你回来啦？外面下雨了，没淋湿吧？”

“没事，雨停了，我随便走了走。”

“工作室没什么事吧？”

“……没什么事。”

“你走之后有东西送来。”莫格利指了一下放在桌边上的蛋糕。

凌熙看到蛋糕，忽然想起来什么，她给莫格利戴上眼罩，要给莫格利一个惊喜。

莫格利在凌熙的引导下一路走到长桌边坐下，在凌熙一声令下后才摘掉眼罩。

只见雨后的天台湿漉漉的，长桌被彩灯围绕，桌上放着精美的森林蛋糕，已经插好了一根蜡烛。

“这就是你要给我的惊喜吗？”莫格利兴奋地看着凌熙。

“嗯！我还有一个好消息和一个坏消息，你要先听哪个？”

“我不喜欢把悲伤留到最后，就先听坏消息吧。”

“坏消息是原本我很想把你父母带到你面前，可惜没找到他们……我知道你一直想弄清楚自己的身世，没能帮上忙，我很抱歉……”

莫格利眼神有瞬间的黯淡，随即马上恢复，露出笑容。

“我早就把你当成家人了，不用抱歉，你是我留在这里的全部理由。”

听着莫格利的真心告白，凌熙心下一动。

“还有一个好消息——我打听到了你的真实姓名，你叫夏野！”

原来那次凌熙骗莫格利要去野营离家几天，其实是去寻找莫格利的亲人。几经波折，凌熙终于打听到了一些信息。那日在远离城市的森林里，凌熙的车在半路坏了，她翻山越岭，终于走到一个山间陋室门口。

一个大叔正拿着一盆红辣椒，撒在地上晒，凌熙赶紧上前询问：“请问，这个地址在这里吗？”

大叔看着地址，抬头打量凌熙，“你哪个村的？找我什么事？”

“您就是护林人夏叔叔吗？我还以为找不到你了！”

大叔满脸狐疑，凌熙在手机上找出莫格利的照片，递到他跟前，“请问你认识他吗？我是为他来找你的！”

大叔看了一眼手机，“这是小野？”

原来这个名字是护林人爷爷给莫格利起的。他是在野外被捡到的，为了给他一个称呼，就让他随着姓夏，就叫夏野了。

莫格利看着面前的凌熙，想到她的皮肤黑了一个色号，既愧疚又感动。

凌熙见莫格利眼中含泪，故作轻松地说道：“作为一个有身份的人，以后可以经常回来了，虽然不知道你还会不会回来……但不管怎样，我都希望你能过自己喜欢的生活，我知道你其实很怀念在森林里的日子，也没有人能代替森林里的那些伙伴，把他们从你生命里抹去。硬要把你留下实在太自私了，所以你不用顾及我，你为我做过的事已经够多了，现在你自由了……”

莫格利心下感动，坚定地承诺道：“凌熙，我会回来看你的。”

凌熙难过地垂下头，悄悄用手背蹭掉沾在睫毛上的眼泪，换上如花的笑靥，再抬起头。

“对了！还有一个礼物给你！”

凌熙拿起电话，拨通后急忙将手机塞给莫格利。

莫格利接过电话，对面，“咻”的一声口哨响起，而后传来朴素、夹着山风声的问候，是护林人夏叔叔。

“小野，饿了吗？”

莫格利听到声音的瞬间眼眶湿润，惊叹又感激地看着凌熙。

“小野，我退休了，以后就不管那片林子了……你要照顾好自己，知道吗？”

莫格利点着头，虽然紧紧咬住牙关，嘴唇还是上下抖动着。

“小野，再见了。”

莫格利忍住眼泪，最后将手机靠近长桌，用手“咚咚”敲击两下桌面。

手机对面传来夹杂着感慨与哽咽的一声“嗯”，随后挂断了。

凌熙看着莫格利眼里的晶莹，又感动又心疼。

莫格利感慨道：“爷爷去世之后，我对人很抗拒，只想独自生活。多亏叔叔一直远远看着我，照顾我，我才能长这么大。叔叔不爱说话，所以很长一段时间我也忘记了怎么说话，但他是真的把我当亲人的。”

凌熙好奇地问道：“你刚才敲两下桌子，是？”

“那是我们的暗号。每次他去山外面很远的地方借书回来，都悄悄放在我住的小屋外面，我敲两下地面，意思是‘谢谢你’。”

莫格利看着凌熙，一脸真诚地说：“也谢谢你，谢谢你为我做的一切。”

凌熙被莫格利这样目不转睛地看着，心动不已，慌忙将头别开。

唯一一根蜡烛闪烁着，小小的烛火在晚风里摇曳。

莫格利郑重地抱手、闭眼，许愿许得很认真，烛火摇曳的光斑在他脸上跳跃着，凌熙看着他格外伤感。

开向彼此的列车不能真的相撞，成为成熟的大人，意味着要选择在适当的时间转向错位的岔口，不该任性改变别人的方向，尽管人生的相遇本就如昙花一现那样短暂。

莫格利睁开眼，笑着将蜡烛吹灭。

凌熙把刀递给莫格利，握起莫格利拿刀的手，两个人靠在一起，近得能够听到对方的呼吸。

“我和你说哦，切蛋糕呢，千万不要从中间一切到底，否则就是一刀两断的意思。”

莫格利出神地看着凌熙的脸，她认真解释的时候眼神中闪着熟悉的光亮。

凌熙突然就把一块小蛋糕伸到莫格利面前，打断了他的思绪。

“喂，快点儿吃吧，再晚就赶不上末班车了……”

莫格利一愣，“你不开车送我了吗？”

“车……车没油了，我送你到车站。没想到故事要在车站画上句号了。”

午夜十二点的公交车站，旅人寥寥无几。

雨后积水的地面，像镜子一样反射着凌熙和莫格利相视无言的样子。

莫格利突然想起什么，把包扔在地上，从脖子里解下那颗狼牙。他抓起凌熙的手，珍重地把狼牙放在她的手心。

“这个也给你。”

凌熙看着手中的狼牙，已经是莫格利亲手装饰过的样子。

“这狼牙不是你最珍贵的东西吗？我不能留下。”

“为了送给你，我重新装饰过它。小时候我遇到危险，我收养过的小狼就冲在前面保护我，被枪打中后重伤死掉了，这颗狼牙，一直守护我很多年，很灵的。”

莫格利见凌熙不知所措，于是将她环在臂弯里，拨开头发为她戴上。

“戴着它，就像我在身边守护你一样。”

莫格利说完，重新拎起背包背上。两个人在昏黄的灯光下四目相对，依依不舍。

“你们城里人都是怎么道别的？”

“送来送去的话就没有尽头了，所以不要留恋。不要回头，不要挥手，也不要说再见。祝你一路平安！”

“这方式真讨厌。”

莫格利突然一把将凌熙拉进怀中，狠狠一抱，时间为之静止。

良久，莫格利才松开双手。

他歪了歪头，缓缓贴近凌熙的脸颊，凌熙紧张地闭起双眼。莫格利用鼻尖碰了碰凌熙的鼻尖。

“就用动物的方式道别吧……我会永远记住你的味道的。”

莫格利转身就走，最终踏上停靠着的“清森线”。

凌熙看着莫格利的背影消失在车内。

车子缓缓开动。

在凌熙的注目下，莫格利一路穿越车厢朝最后排走去，果然没有回头，也没挥手。

车子从凌熙身旁开过，凌熙条件反射似的追了几步，最后停下。

摇晃的车厢里，莫格利终于跌坐进自己的位置，紧咬的牙关突然松懈，人生头一次，眼眶一红，一颗热泪顺颊而下。他用手摸了摸脸，盯着湿漉漉的指尖。

夜色中，巴士越开越远，伴随着发动机的轰鸣，消失在静谧的夜空。

凌熙裹紧衣服，望着车消失的方向，久久没有回头。夜雨过后的地面湿漉漉的，倒映着她越发落寞的背影。

夜雨过后的空气中，有落叶的味道。

送走莫格利的凌熙，心情如这季节一般，渐感凉意。

午夜时分的街道是如此干净又安静，就好像白天的喧闹从未发生过。

总有一些痕迹会遗留下来吧？哪怕只是淡淡的一瞬。

手机的声响打破了寂静，凌熙盯着屏幕上三封用电子邮件发来的辞职信，心情复杂。

李凯的辞职信，没有礼貌的客套，只有简单掏心的话。

——以前你总打趣我的名字，说听起来像“离开”，我想过很多告别的方式，高兴、温暖、不舍和感恩，等等，却从来没想过心灰意冷地离开。

兔兔的辞职信更加感性。

——这三年，自己的付出对得起得到的回报。然而，你一句话，就把所有的努力清零，冷漠得就像一台重新恢复出厂设置的机器。

任何的辞职信是一种解脱。

——如果当初知道，三年后会以这样的方式结束，那宁愿没有开始过最初的梦想。

一盏盏路灯向远处延伸，昏黄的灯光像是黑夜中的烛火，微弱而单薄。

凌熙握着手机一言不发，脚步缓慢，偶尔有车辆呼啸而过，更显得悲伤。

她走啊走，不知不觉走到了工作室。

办公室已然一片漆黑，只有大楼外景观灯的光芒照进来，影影绰绰大概能看见些模样。兔兔、任何、李凯的桌子已经收拾一空，连垃圾筐都倾倒完毕。整个办公室充满人走茶凉、物是人非般的萧条。

可能是走得太急，兔兔的电脑屏幕没有关，微弱的光一闪一闪，不断有嘀嘀嘀的信息提示音。凌熙凑到电脑前一看，屏幕上残留着各种兔兔来不及处理的顾客留言。

——就这种设计，大街上的垃圾都比你们强！

——拿五块钱的地摊货冒充正品，蒜菜头还想当洋水仙啦！

——脑花儿是被涮红汤了吗？随便用脚指头想出来的图案都比这个漂亮十倍！

——抄袭狗，没朋友。人渣中的战斗机，败类中的 VIP！

……

凌熙越看越气，愤愤不平。尤其是很多顾客不仅骂她，骂工作室，还对客服（兔兔）恶语相加，这让凌熙越看越心酸。

世事难料，工作室成立三年就好像是昨天的事情。

记得那个午后，在兔兔的指挥下，李凯正在挂工作室的牌子，凌熙满脸微笑地站在旁边，任何手持几根彩带花筒等候着。牌子上用带有设计感的字体写着：犀犀凌工作室。

“上上上，上一点儿……”

李凯高举着工作室的牌子，双手发软，“兔兔，你眼睛不会有斜视吧，行不行啊，左手右手，上上下下的，我这都跳完一首《青春修炼手册》了。”

“李凯哥，你忍忍啊，我这都没让你旋转跳跃呢。”

“凌老板，你看可以了吗？”兔兔转身向凌熙咨询意见。

“不偏不倚正正好，完美，就这样吧。”

任何扭动礼花筒，五颜六色的彩条从天而降，带来喜庆的气氛，凌熙开心地向众人宣布——犀犀凌工作室，正式开张！

“虽然现在我们只有四个人，但麻雀虽小，必须五脏俱全。兔兔，你刚上大二，心思比较细，就做我的后勤大总管兼贴身保镖吧。”

“好的老板。”兔兔领命。

“李凯，你有颜值有身材，是我们的门面担当，适合搞外联，拓展业务，就当工作室的商务部部长吧。”

“这个抬头，我喜欢。”李凯喜笑颜开。

“任何，你一直有当独立设计师的梦想，对时尚和色彩也有自己的判断，设计总监的称呼有点儿老套，就叫你设计女王吧。”

“女王八？”任何皱眉。

“女王，Queen，懂吧？”

众人哈哈大笑起来。凌熙顺势举起酒杯，开始远景规划，“展望一下，三年之内，我们要超过有三十八层楼的沃夫，五年之内，纳斯达克上市。”

“好的老板！”三人端起了酒杯，一饮而尽。

“对了，你们老叫我老板老板的，听起来特严肃、特别扭，一点儿也不活泼，换个称呼吧。”

“主公？”

“Boss？”

“凌总？”

“喂，有点儿创意行吗？怎么说我们也是个初创公司，就算不求天下无双，也要前无古人才对啊。来来来，开动你们的小脑袋，转动你们的‘小马达’，再想想，想出来，小爷我有奖励啊。”

兔兔弱弱地喃喃自说道：“小爷？哦，要么就叫熙爷？”凌熙眼前一亮，笑了起来……

这一切就像昨天才发生的事，被梦想和欢乐包围的午后，此刻想来竟是如此遥不可及。三年后同一个地方，只剩下凌熙一个人。她扫视了一圈，已是凌晨三点多，周围安静极了，连椅子刮擦地面的声音也在工作室回荡。

“又只有我一个人了。”

凌熙掏出狼牙，摊在手心。

“还好，有你陪着我！莫格利，你应该快到家了吧。”

这时，叮咚一声。

电脑右下角小框弹出新闻标题：G60高速公路发生特大车祸。

凌熙匆忙点开新闻：最新播报，G60高速公路上，一辆清城开往森川方向的“清森线”旅游大巴撞上护栏起火。目前，事故造成的伤亡人数不详，大火正在扑灭中。

“莫格利！”

凌熙慌不择路，急忙摸出电话打给莫格利，几秒过后，电话在凌熙包里振动——莫格利已经把电话还给凌熙了。没有丝毫犹豫，凌熙立马冲出办公室，一头扎进被职业打假人喷上油漆的跑车，风驰电掣般冲出去，巨大的汽车轰鸣声响彻在夜空中。

电子导航的声音传出来——距森川还有80公里，前方为事故多发地段，请小心驾驶。

凌熙谨慎地扶着方向盘，窗外的夜色飞驰而过，眼前的路却好像没有尽头。

城市的另一边，午夜则是完全不同的模样。

十七　我不走了

繁华的酒吧街，依然荡漾着荷尔蒙的气息。三三两两半梦半醒、半痴半醉的女生摇头晃脑地从酒吧出来，有的走向豪车，有的走向出租车，结束一整个晚上的放纵。

几个男人候在酒吧门口，盯着每一个走出来的单身女青年，评头论足。

“这个梨形身材，是你的菜。”

“这个苹果形，你的菜。”

突然，众人眼睛发直，纷纷挺直身子。

“一百分，完美立体细沙漏形出现……”

唐澄处于半醉状态，踩着高跟鞋出来，眸子里的傲骨和气场让她在一堆庸脂俗粉中成为一股清流。

“我的女孩。”

“也是我的梦中女神。”

男人们争先恐后，准备上前搭讪。

突然，一个正经的声音说道：“都别打主意，我的！”

在几个男人惊讶的瞬间，陆子曰已经飞速走到唐澄身边，不由分说地将她搂进怀里。

唐澄推开陆子曰的手臂，强行从他的环抱中抽离出来。

“老祖宗，你别来干涉我好吗，我读高中那会儿，我爸都没你管得这么严。还有，老娘就是我自己，别你的我的，当我是电线杆啊，撒泡尿还能标领地！嗝——”

唐澄打了个酒嗝，一个趔趄没站稳，陆子曰连忙小心扶住。

“从我们家出来，你弯都不拐地直奔酒吧，一喝喝到现在，我不管你，要出现危险怎么办？”

“再危险能险得过你家吗？你妈是地雷，你爸是引线，你再一点火，轰，我粉身碎骨。必须把在你家受到的惊吓，在酒精里平复一下。”

“你刚才也看到了，这个点儿，酒吧外面这些人个个跟猛兽似的，排着队地张开血盆大口，等着你这种喝醉的小绵羊上钩。”

“就刚才那几个初级选手，真要较量起来，分分钟把他们摆平。”唐澄扑哧一笑。

“不管怎么样，小心点儿就是了，久走夜路必撞鬼。”说着陆子曰脱下大衣把唐澄围了起来。

唐澄围着陆子曰绕了一圈，见他一本正经，呆气中透着霸气，十足大暖男的样子，又想气又想笑。

“怎么，你还真怕我被别人‘捞走’，当骑士还上瘾了？”

“没办法，中毒太深！”

“别人当骑士，至少都有奔驰、宝马托底，你呢，不会又是共享单车吧？”

“我有千里马一匹！”

不等唐澄回复，陆子曰抱住唐澄双腿，往前一钩，唐澄毫无防备地趴倒在陆子曰温暖的后背上。陆子曰故意歪曲身子，把唐澄往一侧倾斜。唐澄突然变得乖乖听话不吵不闹，安静了下来。

“今天怪我，没有提前做好准备，一拍脑门儿就把你带回去了。要知道你跟我妈还有前史，我怎么也会提前做个预演，冲锋陷阵，确保赢得这场战役。不过，你放心，开门黑也不见得是坏事，差到谷底了，剩下的都是触底反弹了。对吧？”

唐澄趴在陆子曰背上，认真地看着他的背影却不作答，他们就这样一路走到了唐澄家门口。

“我知道，你今天喝这么多酒是因为不开心。”

“谁说我不开心？我能笑出后槽牙来，你信不信？”

“我们现在属于磨合期，受到的阻力除了个性差异，还有来自家庭的方方面面。我妈今天的反应的确有点儿过激，但你不要有心理负担。婆媳是天敌，但我不是那种双面胶男人，如果你做得对，我一定会站在你这边。”

“那我做得不对呢？”唐澄故意追问。

“呃……如果你做得不对，我也会站在你的角度，分析问题。我已经研究过了，你喜欢泡吧，那是因为心系自由；你喜欢喝酒，是因为适量喝酒有助于开胃活血，还能让女性的皮肤紧致。”

“听起来挺感人的，其实吧，我喜欢泡吧、喜欢喝酒，理由只有一个——那里没有你这样的‘老古董’！而且，我答应做你女朋友，理由很肤浅的，我只想跟你……那个，你懂吧？”

“哪个？”

“……我只想走肾，不想走心。懂了吗？”

陆子曰瞬间好像明白了什么。

“如果我们结婚的话，不就可以每天正大光明、合法地走肾了吗。”

唐澄一把抓住陆子曰的领口，贴着陆子曰的脸。

“你怎么没羞没臊的？”

“是你说的，要解放天性，不要像个‘老古董’。我在很努力地沿着你指定的方向前进。”

唐澄突然脸红，居然在陆子曰面前第一次害羞。叮咚，手机的响声解救了唐澄迷乱的思绪。

夜色中，陆子曰开着唐澄的吉普车在路上狂奔。

唐澄坐在副驾驶位给凌熙打电话，几个嘟嘟的声音后终于接通。

“凌熙，你在哪里？”

“你看新闻了吗，莫格利出车祸了，我正在赶过去的路上。”

“什么，车祸！”

“是啊，兔兔他们三个今天也都辞职了，我只能找你了！”

唐澄一脸惊诧，陆子曰也侧耳过来。

“你不要紧张，注意交通，发个定位给我，我马上过来。”

唐澄挂完电话，微信上收到两条信息。一条是出事的新闻，一条是凌熙的定位。

唐澄看向陆子曰，“你能不能利索一点儿，吉普被你开出了一种小破驴的速度。”

陆子曰不加速，反倒一个急刹，车停靠在路边。

“神经病啊你，油门、刹车不分……”

在唐澄的注视中，陆子曰突然环抱过来。

“安全第一。”

陆子曰的手从唐澄胸前越过，拉上安全带，咔嚓一声扣好。陆子曰一改平常的絮絮叨叨，反而言简意赅，唐澄似乎对陆子曰刚才的动作感到惊讶，愣了半秒。

“抓好扶手！”

嗖的一声，在引擎巨大的轰鸣声中，陆子曰帅气地猛踩油门，唐澄在惯性的作用下往后倒，看到陆子曰认真的侧脸，觉得百般安心。

天边终于渐渐亮起，微光在东方显现出来，淡青色的天空镶嵌着几颗残星，大地朦朦胧胧的，如同笼罩着银灰色的轻纱。天边像是浸了血，显出淡淡的红色。

凌熙终于赶到事发地点。远远就能看见一辆大巴撞上护栏，玻璃碴碎了一地，一辆急救车的红蓝警灯交替闪烁，显得格外刺眼。两个担架员正在抬伤员，匆匆奔跑。五六个伤员坐在路边，手臂、头部渗出鲜血，护士正在现场进行急救。

凌熙不敢打扰正常救护工作，只得绕到一旁，依次查看每个伤员，却没有找到莫格利的影子。凌熙有些害怕，但仍强打精神，向前询问担架员。

“车里还有人吗？”

“不好意思，请不要打扰我们工作。”担架员匆忙从凌熙身边跑过。

凌熙转身，走向一旁手臂上包扎着纱布的中年男子。

“请问，所有救出来的伤员都在这边吗？”

中年男子叹气道：“有几个不行了，已经盖了布抬走了。”

“那车里面还有人吗？”

“应该还有吧，我们靠近车门的，出来比较及时，坐在中后部的人就……唉！”

这声叹气，让凌熙越发紧张，她揪心地看着不远处。大巴还在冒着烟，看上去充满危险。

凌熙偷偷穿越警戒线去寻找莫格利。越靠近车，就越呛人，她捂住口鼻，不断咳嗽。

“莫格利！莫格利！”凌熙拼命地大喊，“你到底在哪儿啊，我今天就不应该放你走！你许诺过我，要带我去森林抓鱼的，千万别食言啊！”

慌乱之下，凌熙靠近了烧黑的车体。她吃力地拖过一个铝合金伸缩梯，搭在车体上。因为着急爬上去，突然咣当一声响，玻璃碎裂，梯子震动倾斜，凌熙脚下一滑，四仰八叉地摔了下去。失重的恐惧夹杂着耳旁的风声袭来，似乎即将坠地，她惊恐地闭上眼睛。

突然，像是掉落到一团软绵绵的云朵上面，凌熙被一双温暖的手臂稳稳托住，慌乱不堪的心，瞬间变得平静。

凌熙仰视，一个伟岸的身影抱着她，在混乱的人群中逆向而行。烟渐渐散去，朝阳的光晕刚好照过来，完美的侧影在光影中慢慢清晰，熟悉的轮廓显现出来。

“莫格利，是你！！”

莫格利的脸也是花的，但却丝毫不影响他的帅气，像是踏着五彩祥云而至的英雄，在最危险的时候力挽狂澜。四周的喧嚣隐匿，全世界被按下静音键，只剩下凌熙呼吸的声音。她的心瞬间像是被击中，融化在莫格利温暖的笑容中。

“我不走了，凌熙。因为我明白对你的喜欢是哪一种了。”

“哪一种？”

“不同于子曰、不同于唐澄、不同于任何人，独属于你的喜欢。在车子撞上栏杆的那一刻，我的脑海里什么都没有……只有你！”

“你以为这一次，我会放你走吗？”

凌熙紧紧搂住莫格利的脖子，耳朵贴在莫格利温暖的胸口上，两个人紧紧抱住了对方。

不同于对郑理亲人般的依赖，不同于对唐澄姐妹般的默契。

其实，这份独属于莫格利的喜欢，也许从凌熙把他从森林带回来的那天起，就埋下了柔软的种子，它发芽、破土，茁壮成长为一场奋不顾身、必须抓住的感情。

“你真没事吗，要不要去医院做个全身检查？”

“没事，撞车的时候，我刚好醒着。我胳膊酸是因为帮忙抬伤员抬的。”

“你真的不回森林了？”

“我只想跟你在一起。”莫格利大胆地抓住凌熙的手。

“你刚才就这么不顾一切地冲进去了，知不知道有多危险！”

“我想不了那么多，怕以后再也见不到你。如果多犹豫一秒，就会留下遗憾。”

莫格利帅帅地笑笑，突然弹了下凌熙的脑门儿。

“你傻不傻，论体力我比你强，论速度我比你快，怎样都是我保护你才对啊！”

唐澄和陆子曰赶到了现场，两人站在不远处，看着这一幕感慨万千。

“跑这么远，看这两人给我腻歪的，快消化不良了。”唐澄嘟囔着一句，却微笑地望向了陆子曰。

“你看，像不像灾难片中世界末日后幸存者的深情告白？”

“现在风格换偶像剧了。”

“感觉我们像空气，在谈恋爱的明明是我们啊！”陆子曰转头看向唐澄笑道。

经历过这场车祸之后，无论是凌熙还是莫格利，似乎都明白了彼此在心中的位置。这份命中注定的牵绊，正在慢慢绽放绚丽的色彩。

城市苏醒，一幢幢大楼在阳光中安然矗立，岁月静好的样子。

十字路口，红绿灯来回亮起，车流穿梭，上班的人行色匆匆，各自飞速往前。

迎回莫格利的凌熙将要处理工作室的问题了。

唐澄站在架好的机器后面，对凌熙比手势。

“准备好了吗？三、二、一，开始。”

唐澄按下直播键，镜头里是凌熙的直播。

“大家好，我是凌熙，也是犀犀凌工作室的老板、负责人。这次工作室推出的情侣睡衣涉及抄袭，我深感痛心，也向所有买家、厂商和关注我们、喜欢我们的人诚挚道歉……接下来，我会将所有货品下架，并且向所有买家承诺，凡是交了预付款的，原款退回……对不起大家，所有过错我来承担，犀犀凌工作室也会永久关闭，剩下的，看我行动吧！”

看这场直播的有大量犀犀凌工作室的用户，也有很多凌熙的粉丝。而凌熙可能没想到，这场直播的观众里有文郁和凌宇。

文郁担忧地捧着手机，眉头紧皱。凌宇俯身在旁，目不转睛。

“小宇啊，你想办法帮帮凌熙吧。”

“祸是她自己闯的，站出来扛起失败，不是应该的吗？”

“凌熙这次没有逃避，也没有伸手问你爸要钱，算是很有担当了。你爸也一直很担心呢。”

“看来爸还是挺关心凌熙的。”

“自己的女儿，能不关心吗？！”

凌宇脸上瞬间流露出一种警觉，不过很快消失了。因为最近他的日子过得有些不同。

以往他的焦点一直是高婕。高婕说投资项目已经赚了30%，她爸爸觉得凌宇很有魄力。有时候高婕甚至和凌宇憧憬起他们未来小家庭的样子。说到婚姻的时候高婕甚至抛开了千金大小姐的傲气和高冷，简直变成对爱情憧憬的普通少女。

要是在以前，凌宇肯定高兴坏了，但他现在更多时候却关注着手机，手机屏幕常常停留在储时的朋友圈上。

储时这段时间一直在进行着她的中国了解之旅，她不知道自己的朋友圈有一位最忠实的观众。

几分钟前储时刚发了一条朋友圈：“我已经走过了美食广场、香港广场、来福士广场、人民广场、时代广场……广场舞到底在哪个广场跳啊？”不到一分钟手机朋友圈就亮起小红点，储时点开，是凌宇的留言。

——你选择的地点不对，时间也不对。

——那正确的地点应该在哪里？

回复留言的凌宇此刻正在Y-home咖啡馆里。

阳光照在凌宇阴郁的脸上，在面部形成明显的分割，似乎照应着他一半明一半暗的性格。

而他心中的储时却像个发光发热的小太阳，充满不知疲倦的能量。

每次和储时的互动，都让凌宇感到放松和喜悦，仿佛自己站在一片草地上，树叶摇动，一阵微风扑面，吹动头发。阳光的温度正好，所有的压力和不开心，都变成小石子，被掏出来，扔掉。

有时候凌宇的思绪里会掺杂进许多声音。

妈妈说："别让你爸不开心……"

高婕说："上次……项目转手……近30%……"

凌正浩说："不能……低人一等……"

在各种烦躁的声音之后，总会有一个明媚的画面出现，伴随着柔和的声音。

画面上，是储时第一次闯入凌宇无人机的笑容，干净、青春。

想到这些凌宇不禁笑了笑，于是他拿起手机给储时发了一条微信——晚上六点，名人公园，不见不散。

夜幕降临，动感的音乐声响起，公园门口开始热闹起来。

六点，两人如约而至名人公园。

"既然在公园和小区跳，那为什么不叫公园舞，或者小区舞，偏要叫广场舞？这起名的人也真是随便！"一见面储时就开始不断发问。

凌宇被她的天真可爱逗笑，脸上的严肃被驱散。

"这是一种统称，照你这个逻辑，是不是全家桶里也得有全家，夫妻肺片里要有夫妻啊？"

"那麻婆豆腐里也没有麻婆，蚂蚁上树也没有蚂蚁，老坛酸菜里也没有老坛。"

"还不错，会举一反三。"

储时并没有失落，反而是恍然大悟的样子，"中国文化真是博大精深，我了解得还不够，不过没关系，先去跳舞吧。"

储时拉凌宇进入人群，并很快跟大妈们"打成一片"，还不断斗舞。

凌宇提着公文包，在人群中显得格格不入。

“你跳啊，不会的话，我教你。”储时拽着凌宇，带动着他各种扭。

凌宇尴尬地左右摇摆。

“你是在模仿不倒翁吗？哈哈哈哈……”

两人在广场舞大妈的包围下尽情地跳着，凌宇的脸上露出从未有过的笑容。

对比凌宇的笑容，凌熙最近却很难笑起来。

为了还债，她开始出售自己的房子，今天来看房的顾客对房子比较满意并说明天就可以签约。送走了看房客，凌熙一个人站在已经变得空荡的房间里，无比难过。她依依不舍地跟每个房间道别，这些房间里有很多美好的回忆。

一阵电话声打断凌熙的回忆，莫格利的声音通过听筒传出来。

“凌熙，车已经交接好了，你要不要下来再看看它，跟它道个别？”

“不了，让它去吧。”

轰隆隆，几声跑车巨大的轰鸣从楼底下传来。

凌熙趴在窗户上，看着自己心爱的跑车往远处飞奔，终于再也绷不住，转过身，顺着墙壁滑下来，坐到地上。

人生中那些通过努力换来的第一件东西，最容易让人觉得幸福，第一辆车、第一套房……它们记录了自己出发时的样子、不断上进的样子、奋力打拼的样子。只是，没想到，它们会在某个不设防的瞬间绝尘而去，突然得连道别都来不及。

空荡的屋子，像是多年前刚搬进来时的样子，唯一不同的是，那时候的凌熙充满期待，此时的她，充满疲惫。

十八　猫的故事

房子卖了以后，凌熙和莫格利就要借宿在唐澄家了，唐澄说今天晚上准备了夜宵，还说有重要的事要宣布。

“你……不会是要庆祝我们搬过来，搞个秘密聚会吧？莫格利，快用你的鼻子闻闻，好吃的在哪儿。”凌熙对着莫格利说道。

没等莫格利开嗅，唐澄指着简易桌：“看，惊喜！一瓶‘老干妈’，加饼干。”

“啥？这算哪门子大餐，开胃菜都算不上。”凌熙不知道自己的好闺密演的是哪出。

“我现在回森林还来得及吗？”没有肉吃的莫格利也很失望。

“有情饮水饱啊。”唐澄笑笑，拿出笔记本，宣读计划。

“以后，禁夜宵，禁零食。灯能少开就少开，电能少用就少用，如果太冷，就高抬腿或者裹紧被子。莫格利，你也要多吃素，少吃肉。”

真是一秒回到解放前！

凌熙举起手里的白水，“今天已经这么惨了，那就敬明天！”

“敬明天。”

“敬明天。”

欢笑声传出来，三人苦中作乐，气氛正到高点。

突然，陆子曰在四人小群里发来一条语音——你们赶紧看微博，出了点儿意外。

随后又发来了一条链接。

凌熙点开，是之前打假人大闹工作室的视频录像，标题叫“完美道歉后的真实嘴脸”。视频里凌熙对着镜头不耐烦地叫嚣：“爷我大名凌熙，行不更名，坐不改姓，你们爱讹谁讹谁去！”

微博后面，各种辱骂凌熙的留言，“抄袭狗”“两副面孔”“原来是这样的贱人”“滚”……

还有人不断呼叫睡衣的原作者——雷阿姨。

“现在怎么办？”陆子曰的声音传出来，语气中满是担忧。

唐澄也焦急地看向凌熙，凌熙却一脸淡定，猛地吃了一勺“老干妈”。

“这事的确是我们不好，被骂是应该的。反正人生就是跨过一个坑，还有一个坑，我们做了该做的就好。”

莫格利赞同地点点头，突然想起什么。

“可是，你还有件事情没有做！”

温馨的橘黄色灯光下面，三人坐在地毯上，危机四伏，却又无比淡然。

没做的事情，就是找到睡衣的原设计师道歉。

凌熙和莫格利花费了好几天的时间终于通过各种渠道找到了雷阿姨的住所，他们决定当面道歉，以表诚意。

这天他们一起来到了雷阿姨的住所，这座公寓的门略微破旧，上面贴着几张猫爪图片，风格看上去有些诡异。

凌熙和莫格利忐忑地站在门外，凌熙想敲门，手在空中停顿，犹豫起来。

“这样道歉行吗？我心里没有底。这位设计师大家都称呼她雷阿姨，这个雷字，总让人想到大发雷霆、五雷轰顶，听起来就很难搞。”

“也不全是，阿拉蕾就很可爱！”莫格利想到了之前看的动画片。

凌熙扑哧一声笑出来，脸上紧绷的神情被缓解。

“莫格利，我还有最后一个问题，万一她打我，扇我耳光，我肿成猪头，你还会喜欢我吗？”

“你不管变成什么样我都喜欢。你要真变成猪，我就一直追着你。”

“真的吗？”

“反正在森林里，我最喜欢逗野猪玩。”

凌熙听了莫格利的回答要气炸了，挥起拳头砸向莫格利，却被莫格利温暖的掌心包裹住。

“你的手这么冷！”

“我不仅手冷，整个后背都发凉。”凌熙回答。

莫格利马上帮凌熙围上围巾，又抱住她。

“别怕，你已经做得很好了，敢于来承担后果，说明你不是一个逃避的人。以前我在森林的时候，常常会遇到危险的动物，如果已经退无可退，那就迎头面对，或许还能厮杀出一条生路。”

“谢谢，充电已完成，我现在重拾自信。”凌熙非常感激莫格利的鼓励。

此时，莫格利的耳朵忽然动了动，好像门口有声音，于是莫格利顺势把凌熙转个方向，用力一踹。恰好，此时门开，凌熙一个趔趄，“飞奔”进门。

凌熙扑通一声跪倒在地上，“哎哟！”

门外，莫格利还保持着夸张的踢腿动作，意识到力道过猛，吓得连忙把门关上。

凌熙抬起头，一双老式棉拖鞋映入眼帘。

“雷阿姨，对不起，我真诚地向您道歉。”

“你是……？”一个少女的声音回应了凌熙。

凌熙的目光顺着拖鞋自下而上打量着面前的人，珊瑚绒的睡衣，以及一张十九岁左右的青春少女脸，有些睡眼蒙眬，但眸子里是天才般的高冷和灵动。

“对不起，请问你家人在哪里？我找雷阿姨。”

“你是凌熙？”

凌熙没料到对方能叫出自己的名字，“你认识我？”

“我是你的粉丝啊。”少女继续追问道，“能不能帮我签个名？”

凌熙一时间竟无言以对。

少女转身拿出笔和一张白纸：“就签这里吧。”

凌熙觉得这一定是上天的眷顾，眼前这位少女一定是雷阿姨的闺女，既然是自己的粉丝，这次道歉之旅肯定会轻松不少，于是二话没说认真签上自己的大名，交还给少女。

少女拿着签名，脸色却突然大变，用一个夸张的动作将白纸撕个粉碎。

“我就是你要找的雷阿姨！”

凌熙被这突如其来的变化震惊到了，一下愣住不知道如何应对。

“我欣赏你的才华，喜欢你的耿直，但我不接受你的道歉，也为自己认错偶像感到遗憾，你回去吧，我是不会接受你的道歉的！”

眼前的少女，哦，不是，雷阿姨变得古怪起来，令人捉摸不透。

“请你立刻、马上离开！”

门外，莫格利紧张地关注着屋内的一举一动，耳朵在空气里搜索对话内容，情不自禁为凌熙捏把汗。

“还不走？！”雷阿姨下着逐客令。

凌熙心想，不行！这种时候，逃是解决不了问题的，于是诚恳地说道：“对不起！我找不到其他更好的方法，只能这么冒昧上门请求原谅。我们工作室抄袭你的作品是事实，我向你赔罪。”说着凌熙深深地向雷阿姨鞠了一躬。

“我已经卖房卖车，近期会对你的损失全额补偿，另外，我也打算用曾经的工作室账号公开向你道歉。”凌熙说着，发现雷阿姨脸上原本激烈的情绪有些松动。

雷阿姨问：“你真的关闭了工作室？”

凌熙伤感地点点头：“我们真的很喜欢你设计的衣服，虽然是睡衣，但你设计的板型好，线条也流畅。分割线、领型的构造很独特，尤其是胸前的口袋，装东西特别方便……”

雷阿姨若有所思，过了半晌开口道：“你要道歉的话，就向我的猫道歉吧。”

“猫？”她仔细打量雷阿姨的家，这才发现墙上挂着一只英国短毛猫的照片，桌上摆放着猫的石膏像，还有猫毛做的小挂饰……

“向它道歉？”凌熙用手指了指那张照片。

“它永远也听不到了。”雷阿姨的表情一下子落寞了起来。

“对不起，我不知道……”

雷阿姨拿起沙发上的睡衣，看着凌熙不明所以的那张脸，“你没养过宠物吧？”

“我只养过一棵发财树，还被我养死了。虽然养动物和养植物不一样，但我知道这种离别的感觉，看它枯萎，离去，即便是有一千个不舍得，却始终挽留不住。”

“其实，这个你们看来是胸前装零食和暖手宝的袋子，是装猫的。”

凌熙心里柔软的那部分忽然被什么东西撞击了一下。

而雷阿姨的思绪则陷入了回忆中。

“它喜欢趴在我的腿上，但每次我起来，它都会醒来。我就想设计一个袋子，可以让它安静地靠在我身上睡觉。后来，它老了，就喜欢趴在我胸口，听我的心跳声，我听到她咕噜咕噜的声音，也很踏实。”

这一刻，似乎那个怪异、冰冷、眼神里带着刺的少女消失了，变成一个温柔的猫主人。

凌熙郑重弯腰，再次严肃致歉：“我不知道这件衣服背后，还有这样的故事。也许现在做什么都于事无补，但还是要向你和猫说一句对不起。”

雷阿姨看着凌熙，似乎也不愿意再说什么。凌熙也礼貌地告辞，拽着门外的莫格利，快速离开了雷阿姨的家。

离开后，凌熙一路都在思考着这位设计师的点点滴滴，她似乎很想为她做些事情，来弥补内心的歉疚。但究竟可以做些什么呢？

从雷阿姨家告别回到唐澄家，凌熙本想向好闺密倾诉一番，却发现她还没有回家。

凌熙脑子里不停重复着雷阿姨对她说的话："你来道歉，让我看到你的诚意和担当，但是抱歉，这件事对我的影响太大，如果你真养过宠物，就知道这种感受了。我没法彻底原谅你。"

凌熙回过神来，有些迷茫。雷阿姨说的"感受"，到底是什么感受？

凌熙看着莫格利，"莫格利！"

此刻的莫格利脑海里闪回着白天踹凌熙的画面，被凌熙这么一叫犹如大难临头，紧张起来。心想，这位熙爷是不是要秋后算账了，不自觉地躲开了三米远。

"你在干吗？过来！"凌熙用胳膊肘去搂莫格利，莫格利敏捷躲避，凌熙搂了个空，"你躲什么？"

"男女授受不亲。"

"我跟你是男女朋友，怎么会授受不亲，想怎么亲就怎么亲。"

莫格利颇感意外，"我早上把你推到雷阿姨家里，难道你就不生气，没有一点儿打击报复的手段？"

"按照我以前的个性，当场就把你终结了。不过，看在你主观意图是为我好的份儿上，就不追究了。"

"真的？"

"很真！但我需要你帮我个忙……"

莫格利脸部抽搐了起来，"为什么我有种不祥的预感？"

于是，凌熙从柜子里拿出很多衣服饰品，花了半个小时给莫格利做了一个新"造型"。莫格利对着镜子里的自己，感受到了尊严被前所未有地践踏了。

镜子里的自己，被戴上猫耳朵，穿上小尾巴装，脸上还有水笔画的胡须，变身成一只性感的"小野猫"。

"有宠物的感觉，第一条，手机里都是它的视频和照片。"

凌熙边说边举起手机，调成相机模式，强行和莫格利各种自拍。

……

“有宠物的感觉，第二条，它常常争宠、撒娇、要抱抱。”

凌熙边说边揉捏莫格利的脸，莫格利在凌熙的“魔爪”下变换各种夸张表情。

“凌熙，我认真地说，你觉得这种方式，真的能找到动物与人类相处的感觉吗？”

“宠物陪伴主人的时候，不都这样？被抱在怀里，被捧在手心里，被……你不开心，莫格利？”

莫格利严肃地点头：“其实‘宠物’这个词就不太对，好像它们的存在就是为了博人类开心，我们给动物剃毛、染头发、穿衣服，想过动物的需要吗？它们开心吗？还有人更过分，为了不让猫抓家具，给猫做了去趾手术，这就是所谓的宠物吗？在森林的时候，我和动物朋友的关系不是谁属于谁，而是相互平等，相互尊重，我认为这才是动物和人应有的关系。”

凌熙听完后久久没有反应，莫格利反倒担心起来了，“凌熙，怎么了？因为我不配合生气了吗？”

“你的话，让我反思，也隐隐约约让我有些灵感了。”凌熙抓起了莫格利的手，两人距离拉近，一瞬间鼻息探到对方脸上。

光线正好，气氛异常暧昧。

“凌熙，认真的你真好看。”在荷尔蒙的作用下，两人嘴巴靠近，就要吻上。

突然，有人打开了客厅的大门，接着是一阵剧烈的响动，嘭嘭嘭……凌熙和莫格利连忙分开，一个跳到床上，一个假装看书。

透过门缝，凌熙依稀看见唐澄和一个黑影歪歪扭扭，酒气熏天，彼此搀着往唐澄的卧室走去。

凌熙好奇地从床上跳起来，耳朵贴在门缝说道：“这死女人怎么回事，平时不应该推门大叫一声‘我回来了’吗？”

莫格利的耳朵动了动，“好像是两个人。”

“两个？”

莫格利把手放在耳朵一侧，“的确是两种声音。关门了，脱衣服了，走到床边了，沉重的喘气声……”

凌熙连忙捂住莫格利的耳朵，“别听了，再听下去，我要人工消音了。”

莫格利转过来，再次跟凌熙贴面站着。莫格利不知道哪儿来的勇气，一把将凌熙扑倒在床上，“他们都睡了，我们要不要也……”

凌熙的心跳声逐渐加大，心想这小子哪儿学的这些？

“我们要不要……开空调？”（平时唐澄约法三章不让莫格利用空调。）

凌熙彻底崩溃了。

黑夜逐渐退去，白天再次苏醒。城市重新恢复了生机。

沃夫传媒大楼坐落在这座繁华都市的中心地段，雄伟的写字楼高耸入云。

凌熙和警察对话的声音传来，“是的，他们的确过来敲诈勒索过我，我可以来公安局协助指认……另外，我想问一下，是谁帮我报的案？”

凌熙站在电梯门口，看着电梯中倒映出来的影子不禁感叹。

叮的一声，电梯到了。凌熙走进电梯，条件反射地按下去往四楼的按钮，顿了两秒才意识到自己的工作室已经倒闭了，叹了口气，又按下三十八楼的按钮。

三十八楼是沃夫传媒集团总部，两位漂亮的前台小姐正在闲聊。

“你看见凌大小姐给雷阿姨公开道歉的微博没有？”

“看了。这人生变化，比橱窗里口红上新的速度还快。好端端的公司，说没就没了。”

“明明有个靠山爸爸，偏偏要靠自己。这种自讨苦吃型人格，也堪称富二代中的清流了。”

“换作是我，就选一条好走的路，躺着成为人生赢家。”

凌熙站在远处的电梯口听到了这些对话，但她只是淡然地走向前台，向她们询问郑理是否在公司。

“小郑总在见客户，您先进来坐一会儿？”

“不了不了，我就在这片公共区域站着等他吧。你们凌总不让我进三十八楼，我就不自讨没趣了。”

“可是，小郑总的会议估计还得一个多小时。”

“我现在有的就是时间，我可以等，你忙去吧。”凌熙一看手机正好十一点。

嘀嘀嘀嘀，唐澄床头柜上的闹钟也指向着十一点。

咚咚咚，敲门声也准时响起，随之而来的还有陆子曰兴奋的声音。

“唐澄、唐澄，别睡懒觉了，早饭我已经准备好了。”

披头散发如女鬼一般的唐澄从被子中坐起，“陆子曰！！你属鸡的吗？每天准时打鸣。看我哪天不就着蘑菇把你炖了！”

唐澄下床，半睁着蒙眬的睡眼，脚下跨过“障碍物”走出去。

客厅里，陆子曰提着一盒精心准备的早饭，笑容满面地恭候着她，“我给你带了养生荞麦鸡胸肉。”

“没胃口。”唐澄摆摆手。

陆子曰闻到唐澄身上的酒味，皱了皱眉，“昨晚又喝酒了？我给你拿点儿柠檬水。”

陆子曰刚要开冰箱门，被唐澄一把推开，“你一大早跑过来，到底什么事啊？”

“唐澄，不瞒你说，我和郑理联手，替凌熙干了一票大的——”

原来郑理和陆子曰为了帮凌熙找到骗子，冒充店家与威胁凌熙的职业打假人取得了联络，通过多次沟通和交易已经掌握了充分的犯罪事实，锁定网络地址，并且通过摄像头和麦克风，拍下了犯罪分子的样貌。

“唐澄，你知道吗，郑理这么多年没出手，一出手我都惊呆了，当年学校‘编程王子’的称号不是浪得虚名。”

“郑理虽然不喜欢凌熙，但作为哥哥，还是够意思的。”唐澄听完陆子曰的话，倒对郑理有几分赞赏。

陆子曰蹲下身一件件拾起满地的凌乱衣服。这时，地上一件艳粉色T恤，引起陆子曰的注意。他误以为这是莫格利的新风格。

“不……不好意思，我的。”只见面前一个壮硕的男人，头发凌乱，只穿背心、内裤，一身酒气扑面而来。陆子曰还没明白怎么回事，唐澄却记起来了，“糟糕，忘了房间里还有一个人。”

男人没有做任何解释便迅速离开灾难现场，留下神色痛苦的陆子曰和面无表情的唐澄。

“他是谁？”

“我也不知道，就当是借宿一晚上的朋友吧。”唐澄看着神色痛苦的陆子曰，“喝多了，并没有怎么样，他在地板上睡了一晚上。”

“嗯，我相信你。”

“我们这次没有什么，但是不代表以后不发生什么。”唐澄故意表现出一副漫不经心的随意状态，这态度刺激了陆子曰。

“唐澄，我再确认一遍，是不是就算我们结婚了，你也会这样？”

“陆子曰，我再回答一遍，我们不会结婚。”

唐澄想起昨晚走进酒吧前，自己的那份烦躁和焦虑。

最近她觉得自己越来越像陆子曰，无论说话还是做事，和面前的这个“老古董”似乎越来越像。上班时唐澄看桌上的保温杯，椅子后的靠垫，脚下的按摩仪，几乎都是陆子曰的影子。这一切似乎都超出了她预定的人生轨迹，也带给了她未曾有过的束缚感。

“陆子曰，我们的人生都才过了三分之一不到，为什么要着急忙慌地安定下来？为什么要为一个人去改变自己？如果你抱定的是这种想法，那只能再次证明，我们不合适。其实你妈说得挺对，我是万子，你是筒子，我们花色不同；我喝酒，你喝茶，我们品味不同；我野，你稳，我们性格也不同。无论从哪个角度来看，我们都是两个极端才对，两个极端是不可能长远走下去的。”

“我一直以为，互为弥补，才是最佳搭配。就像太极，看似对立，其实互化……看来是我想错了。”

“嗯，现在后悔，完全来得及。”

陆子曰吐口气，眼神中露出哀伤，“因为喜欢你，我不断做出改变。报了爵士舞班，是想去陪你泡吧不尴尬；看当红美妆博主的视频，是想逛街的时候跟你有话可聊……就算刚才那一秒，我还在想，能不能说服自己不要在意……但是，你的坚定是压死骆驼的最后一根稻草。”

唐澄虽然有些感动，但仍故作冷脸，“所以，你死心了吗？”

“你说得对，爱不是妥协，是自由。我们分手吧。”说完，陆子曰认认真真地叠完最后一件衣服，放到沙发上，起身离开了。

屋子重归宁静，这一刻，唐澄心里空落落的，莫名难过，但脸上却强撑着无所谓的笑容。早知道这招这么管用，自己就早说了。

因为前一天困倦，等着郑理的凌熙竟蜷缩在墙角睡着了。郑理送两个客户到电梯，意外发现了凌熙。看着曾经生龙活虎、神采飞扬的小太阳，现在满脸疲惫，郑理有些不忍和心疼。

“凌熙、凌熙，快醒醒。”

凌熙的眼神从模糊到聚焦，郑理的脸渐渐清晰。回过神儿来的她意识到这种丑态被看到，丢大脸了！不行，一定要转换成完美状态。

“你不用扶我，我自己可以起来。”凌熙强行维护着自己的尊严，以一个优美的动作迅速起身，一切看似圆满，突然一个趔趄。郑理连忙扶住她，肢体接触让气氛瞬间微妙。郑理意识到了什么，赶忙放开凌熙，凌熙一下子撞上了墙，场面十分尴尬。

“对不起。”郑理忙解释道。

“不用谢！哦，不是，没关系。”

郑理才想到了正题，“你找我有事？”

“郑理，那个，听说是你提供了关键证据，才成功抓到那两个无赖的，谢谢啊。”

“你就这样谢我啊，会不会，有点儿没诚意？”

“我最近一穷二白，全靠唐澄收养，请不起你吃饭，也没办法送你小礼物，只有一颗真心，请笑纳。你要实在不满意的话，我请你坐放屁机、看鬼片或者吃屎味爆米花，三选一，你自己决定吧。”

“谢谢哦，我弃权！”

“唉，我本诚意相邀，无奈恩人不领情，那看来只能作罢了……”

一来二去中，两人似乎又找到了昔日互相调侃时的快感。

“凌熙，你这个戏精附体！”

“郑理，你这个杠精上身！”

两人互视一眼，还是那熟悉的配方，他们终于找到了自然交流的方式。

这时，电梯门开了。白艺凌走了出来。

凌熙灵机一动，立刻靠近郑理，一把将右手藏在身后，反手摸到左腰，造成郑理搂着自己腰的视觉误差，“郑理，说好了做兄妹，怎么能搂搂抱抱呢？”

郑理吓得连忙举起双手，以证清白，“我的手在这里啊！”

白艺凌被他的举动给逗笑了。

凌熙对郑理说：“现在整你更有筹码了！”

然后凌熙看着白艺凌说："祝你们幸福，拜拜。"便开心地进了电梯。

白艺凌和郑理看着正能量满满的凌熙，都有些被感染到了。

凌熙刚要走出沃夫大楼，被一个声音叫住。凌熙笑着转头看见了郑伟珏，突然，她的笑脸收住了——因为郑伟珏旁边，站着一脸严肃的凌正浩。

郑伟珏见状立马打起了圆场，"你都多久没找郑伯伯吃饭了？"

"我刚找过郑理，已经把事情说清楚了。还有，"凌熙瞥了一眼凌正浩，"我没进你们三十八楼哦，电梯口算公摊面积，不算你们公司。"

还没等凌正浩说什么，凌熙马上补了一句："我很忙的，还有事，先走了。"

凌熙说着走到郑伟珏面前，"老郑，下次单独约！"同时避开凌正浩的眼神，迅速离开。

凌正浩愤愤叹气，郑伟珏拍了下老朋友的肩膀，"走吧，只能你请我吃饭了。"

凌正浩却说："吃不下！"

"看来有人被忽视，失落了，扎心了，难过了。"

"她爱干吗干吗，碰得头破血流，满身是伤，就知道疼了。"

"老凌，你就不心疼？"

"她活该！"

郑伟珏忍不住哈哈笑起来，"你啊，刀子嘴，豆腐心。明明是想关心，结果偏偏要教训，批评人就这么让你快乐吗？"

凌正浩皱着眉头，"老伙计，你成天一副看穿我的样子，你很懂我吗？"

"好好好，我不懂，但我跟凌熙关系这么好，你是不是很羡慕很嫉妒啊？"

"她跟你再好，也没叫你爹啊！"

"差一点儿好吗？"说罢两人都笑了起来。

在城市的另一个角落，凌宇和储时坐在街边小摊上，也是欢声笑语。

储时正在吸溜吸溜地吃一碗酸辣粉，同时她又看着手里的古镇手链、扇子、葫芦、帽子等战利品。她边吃边赞叹着中国的东西古色古香，好看好看。

凌宇端坐在储时对面，被储时的天真烂漫打动。

只见储时从包里拿出迷你笔记本，认真地划去"去古镇"这个心愿，"又完成一个心愿，开心！”

凌宇瞥见储时的心愿单上“找一个集齐中国传统文化魅力的老公”一栏后跟着的“陆子曰”三个被划掉的字，疑惑为什么这个女孩要找这个有奇怪名字的人做老公。

储时解释说那已经是过去时了，自己现在的目标是再找一个中国老公！

凌宇对眼前白纸一样的女孩，越发好奇，“你年纪轻轻，就一心想着结婚啊？”

“其实，我也不着急啦，打着灯笼先找着嘛，找到了谈够恋爱再结婚啊。”

“你找老公的标准是……？”

“嗯嗯，我和你说。首先，是从小在中国长大的男人，不是国外那些华人哦。其次，他还要会做中国菜。最重要的是千千万万不能以事业为主，不能是工作狂、拼命三郎，得要像我爸那种，具有中国传统男人的优秀品质：爱家，照顾妻子，陪伴孩子……”

凌宇不自觉地喃喃道：“这‘千千万万’……和我，正好相反呢。”

储时看着凌宇，“你脑门上就刻着‘我要工作’四个大字，对你来说，一定是工作比家庭重要吧？”

凌宇刚想说什么，却听到储时调皮地说：“放心，我不会缠着你的。”

凌宇的话卡在喉咙，竟有些莫名失落，不过他还是努力整理了一下表情，提议送储时回学校。

凌宇开车，储时坐在副驾驶位。

正当凌宇想要开口说什么的时候，储时手机的视频通信提示音响了起来，储时习惯性地接通，突然喉咙里发出颤颤巍巍的声音。

“爸，妈。”

手机屏幕上，出现了储时父母的脸，“不是说好，每周固定时间视频通话吗？”

储时顿时紧张起来了。

“你爸忘记网络密码了，想问你一下。”储时母亲解释道。

“我马上发给你，先这样吧，拜拜。”储时想挂电话，突然视频里传出一声惊呼。

“你在哪儿？怎么背景在移动？”

“在……在外面，在车上。”

“谁的车上啊？”

“一个同学。”储时紧张地摆摆手，示意凌宇不要出声，凌宇表情淡然地点头，顺便把车停到路边。

“你把电话给他，我们跟他打个招呼。”储时母亲倒是非常热情。

眼看快要露馅儿，储时越发慌张，凌宇却一把将手机抢过去，对储时爸妈露出一个大大的微笑。

“你们好，我是凌宇思密达。”

“原来是韩国同学啊。阿娘哈塞哟。凌宇你好，阿姨说英语你习惯吧？Hi，Ling，Could we talk in English?”（你好，凌，我们可以用英语交流吗？）

“No problem！”（没问题！）凌宇快速回答。

“Where will you go?”（你们要去哪儿？）

“Today，we went camping with our schoolmates，now on the way back，we are getting close to the university.”（今天，我们去和同学露营了，现在正在回去的路上，马上就要到学校了。）

此时储时父亲也挤进镜头：“Hi，Ling，you speak elegant English.”（你好，凌，你的英语说得很棒。）

凌宇应对自如：“Thank you，Uncle Chu. I need to improve my pronunciation，so I ask Chu for help.”（谢谢你，储叔叔。我的发音还需要提高，所以我找储时帮我。）

“It's great that you can help each other in university.”（在学校里你们能互相帮助真是太好了）

“Well，we have to get on the bus now，goodbye.”（嗯，我们现在要上公交车了，再见。）

“OK，goodbye.”（好的，再见。）储时父母同时和凌宇道别。

凌宇把手机交还给储时，表示希望储时父母知道自己联合储时一起欺骗他们的时候，不要把自己拉黑。

“不可能，他们根本不知道我在中国。”储时信心满满。

凌宇微笑着转头，突然看见放在储时腿上的手机视频对话还没有关，连忙拉扯储时的衣服。

储时却不明所以，“真的没事的，他们不会知道的。”

凌宇捂脸，不忍直视，拿起了储时的手机。储时看见手机屏幕里，有一对儿已经气得脸色发绿的中年人。

十九　共同脱贫

凌熙上门道歉后的几天，雷阿姨收到了一个快递包裹，打开一看，里面是凌熙寄来的一个笔记本和一封信。

雷阿姨拆开了信。

——我知道，道歉已经于事无补，只有做些什么，我的内心才能得到些许安宁。你的才华和你设计的衣服让人眼前一亮，希望我为你量身定做的营销方案，可以让更多人知道你设计的初衷和其中蕴含的故事。当然最重要的是，为你和你的猫，留下些什么。我这些天一直在思考，什么才是宠物和人之间最真实的感受，昨天晚上我终于明白了，是陪伴。不是我们陪伴它们，是它们陪伴了我们。所以，我用了猫的视角。

雷阿姨翻开笔记本，里面是凌熙画的四格漫画。

第一幅：一个巨大的雷阿姨的背影。

“在你眼里，我是一个小不点儿，可在我眼里，你却巍峨如山。”

第二幅：一只猫正在玩羽毛。

“唉，为了让你们笑，我们常常使尽浑身解数。”

第三幅：一只猫趴在桌板上，看着正在工作中的雷阿姨。

“你们的眼里有很多繁杂和琐碎，而我们的眼里却只有食物和你们。”

第四幅：一只猫依偎在雷阿姨身边。

“谢谢你，我的铲屎官，能陪伴你度过一段人生，已是我整个猫生。”

雷阿姨念到最后一句话的时候，嘴角露出久违的感动的笑容。

“如果有一天我远去，我不是离开，而是以另一种方式存在。我就在你身边，白云是我，树荫是我，冬日的风也是我。喵呜！”

看完这封信和漫画，雷阿姨她拿起手机给凌熙发了一条信息。

——谢谢你，我很感动，也替我的猫原谅你了。

收到信息的时候，凌熙和莫格利正在唐澄家的天台上。

看了信息，凌熙觉得内心暖暖的，这几天的努力终于没有白费，身旁的莫格利也为凌熙高兴，“你成功了。熬了几个晚上准备的信和漫画有效果了，雷阿姨终于明白你的心意了！”

“是啊，工作室的事情也该告一段落了。”想到工作室已经关门，凌熙不自觉地叹了口气，“我现在一无所有了。”

凌熙依偎在莫格利身边，莫格利看着午后阳光下的凌熙，她不再是高高在上的熙爷，不再是蛮横跋扈的合约女友，此刻的凌熙展现出了一丝倦意，却那么楚楚动人。

莫格利心想着没关系，你不会一无所有，你还有我！

在蓝色的天空和温暖的阳光下，甜甜的空气在两个人周围肆意流淌。此时此刻，两人都只想享受当下这一刻的甜蜜。

莫格利的脸颊与凌熙越靠越近，并伸出手揽向凌熙的肩膀。

忽然，凌熙倏地站了起来，莫格利顺着凌熙的眼神往前看，对面原本凌熙家的天台上，出现了数个大大小小的搬家箱，一团弓着腰、穿着黄色衣服的背影正在低着头，被纸箱堆淹没。

“这么快就有人住进来了？”

他们不知道，这个住进凌熙旧屋的不是别人，正是郑理的助理白艺凌。

在出租屋里忙碌了一整天的白艺凌，终于有时间喝了口水。环顾房间四周，一切都是匆忙搬入还没有来得及整理好的东西：衣服散落在沙发上，一些生活用品堆放在茶几上，厨房的一角，还有一箱刚开封的泡面。

她拿起电话拨打了出去，“嗨，小张，是我，艺凌。最近你有没有租房的打算？我新租了一套豪华三居，要是我们一起分租就超划算！没办法，又穷又挑，差点儿租不到房，没想到正好遇到这套特价，合租很划算的！你有兴趣啊……啊？你们一家三口加两只金毛？这不太行吧，房东要求最好人少……”

“Judy 啊，我最近租了一套房，对对对，这个地段不错的……啊？你买房啦？恭喜恭喜……”

“Vivian 啊，我是艺凌啊。啊？你正好有事找我？你下个月结婚？……我可能出差来不了……”

窗外的天色渐渐暗淡下来，灯光下的白艺凌还在不停地打电话……

不知道过了多久，窗外的夜色慢慢退去，天空亮了一片。

阳光从窗口射入客厅，照亮了趴在桌上捏着手机睡着的白艺凌。

一阵闹钟响过，这才把白艺凌从睡梦中闹醒。白艺凌起身醒了醒神儿，无奈地看看手机。

白艺凌看了一圈，十分丧气，不会真要我一个人付房租吧？

忽然，唐澄在门口走廊吼叫的声音隐约传来，“家里乱得跟猪窝一样，你闲着也不整理一下，我受不了了！当心我让你睡大街！”随着门砰地一关，唐澄的脚步声远去，走廊里也恢复了平静。

白艺凌眼睛瞪得很大，怎么那么巧，真是天无绝人之路。

等唐澄走后，白艺凌按下了隔壁唐澄家的门铃……

凌熙裹着被子坐在沙发上看着眼前的白艺凌，不知她有什么打算。

感觉气氛凝重了一会儿，两个人竟然同时开口。

“那个……”

几秒尴尬过后，凌熙还是定了定神，低声说道：“上次电梯里我是真心祝福的，所以之前那事……是要我再道歉吗？你就把我当成是喝醉酒胡乱说话，在心里打我一百顿然后忘记吧。”

“那事早就过去了，我现在有件更急迫的事要请你们帮忙。你……”

凌熙有些紧张，屏息以待。

白艺凌环顾四周，观察着这个混乱但充满着生活气息的房子。客厅里的帐篷；乱糟糟的厨房；唐澄的衣服搭在餐桌座位上；客厅的角落里堆着凌熙杂七杂八还未拆封的搬家箱，一个假人模特的半身垂在箱子外，犀牛玩偶的半个头也露了出来。整个房间拥挤、没有条理。

“我知道你和唐澄住在一起，你们……住在这里挤不挤？我那儿超低价可合租！水电煤我都可以全包，卫生我可以帮忙打扫，吃的东西我也不介意共享！”

凌熙见白艺凌这样说话，一时之间不知怎么回答。

白艺凌继续说：“怎么了？这个条件还不够诱人吗？没关系，我已经想好了，你要是来跟我合租，我把你原来的主卧让给你，莫格利住次卧，我住玻璃房，我们平摊房租，行不行？”

凌熙惊讶道：“艺凌姐，你这是怎么了？是沃夫克扣你工资了，还是郑杠精欺负你做苦力活？不会是人渣又为难你了吧？难道是……买了不靠谱的理财产品？”

“没有没有……”白艺凌顿了顿，忧伤地搓着手，“只是活到现在，才突然发现生活真的挺不容易的。”

白艺凌想到自己以前只顾着维护好家庭，现在变成一个人了，要维护的东西变多了。工作、房子、生活，其中随便一样都能把人压垮。要做到面面俱到真的不容易！也不知道以前是怎么过来的。

“没关系，用我的理论来说，低谷期嘛，就是用来享受的！”凌熙拿起插着吸管的水杯猛喝两口，“这个时期不享受，难道等成功了忙得晕头转向再享受？到时哪还有那个时间？再说，有低谷期对比，才更能体会熬过去后的成就感。”

“你说的，好像，也有道理……”

“所以啊，每个时期都有它的意义。现在没有租客不是正好吗？以后有了租客还有什么机会一个人独占这么大的一套房？以后要是再婚了哪有时间享受现在一个人的清净？你现在再着急，除了让自己不开心还能怎么样呢？越是逆境越要开心点儿。”

白艺凌觉得眼前的凌熙倒是挺看得开的，“那你做好准备迎接新的开始了吗？”

“我要先享受享受现在的苦难，总会想到办法的。嗯，我先躺着。”

白艺凌见凌熙如此，顿时感觉到轻松好笑。

这段时间莫格利白天经常神神秘秘出门。

送走了白艺凌后，凌熙躺在沙发上睡了好一会儿，直到被门铃吵醒。

凌熙披着被子，艰难地从沙发上站起开门，一边开门一边嘀咕：“谁啊？！”

门一开，她却惊呆了，门口站着的是许久未见的雷阿姨，以及另一个年轻人。

凌熙把客人们引进屋子，她坐在沙发上，战战兢兢地看着面前的两人。

“你看，我现在公司也倒闭了，车和房也卖了，这才刚把负债还清。你们要还不够满意的话，我暂时也没更多的钱赔给你们了。等我东山再起行不行？”

木夕抬着头瞪着眼睛看着凌熙，雷阿姨眉头一皱，想要打断。

凌熙抢过话，“你放心，也不会很久，大概也就一年半载的吧！”

木夕默默翻了个白眼：“虚伪了。”

雷阿姨踩了她一下脚，示意她不要说话，“其实我们这次是来请你帮忙的。”

“帮忙？我还有什么能帮得上你们的吗……”

“之前我从没想过会接受你的道歉，但四格漫画让我感受到你的同理心。意外的是，因为这次事情，让我的才能也得到了大家的认可，不得不说，我很感谢你！”雷阿姨站起来，伸出手要跟凌熙握手。

凌熙愣愣地，伸出手回礼，“你能这样想，那我也就能释怀啦！”

“那我就开门见山地说了，我的好朋友木夕是个很有才华的人，但始终被埋没，我觉得可惜，想请你用你的营销才华让她的作品也能进入大家的视野。”

凌熙转头打量着眼前这个率性的酷妹。

木夕却发话了：“你抄袭的事让我们设计师看不起你，但看在你这么有诚心的份儿上，我可以勉强原谅你。”

“好好说话。”雷阿姨拉了一下木夕。

“雷阿姨对你的营销天赋赞赏有加，我也拜托你能帮下我。”木夕说着低下了头。

雷阿姨忙不迭地递上一台平板电脑，展示木夕在网上的设计作品。

凌熙打开店铺的电脑网页思索了一番，随即开始调整网店的设计风格。没过多久，木夕那个原本显得普通的店铺变成了撞色系视觉冲击的店铺风格。

“第一步，你这么酷、这么跩的女孩子，店铺就应该采用有视觉冲击力的元素，把作品的视觉撞击感放到最大。”

“第二步，你要把自己的形象改得更加夸张，你的个性特别，足以吸引一票粉丝，但建议不做任何互动，不到台前，保持神秘。”

在凌熙的指导下，雷阿姨为木夕戴上了大框架眼镜、做夸张的发型、穿风格夸张的撞色成衣。

“第三步，你的设计产量够高，那就做快闪店，几个样式上架后，不论销量怎样，一周后就换一批，引发购买欲。”

凌熙将营销方案打印出来，放在了两位面前，“这是完整的营销方案，所有关于服装的宣传平台我都会联系，你们看一下吧。”

雷阿姨和打扮后的木夕拿起营销案目瞪口呆。

夜色渐渐降临，都市的一天似乎永远充满了故事。

凌熙躺在沙发上，白天的忙碌过后有种莫名的空虚感。帐篷里，正传来莫格利熟睡的鼾声。凌熙心想，这个人白天到底去哪儿了，一到晚上就累成这样！

雷阿姨的来电打破了安静。

凌熙有些紧张地接起电话，对面是雷阿姨传来的激动的声音。

“凌熙，凌熙，你知道吗，我和木夕刚和业界有名的设计公司负责人吃饭，已经确定了，我们会和他们签约！”

“真的？”

“真的！老泪纵横也不足以形容她现在的样子，谢谢你，凌熙。”

木夕抢过手机，“喂，凌熙，谢谢你了。你听着，我夸你两句，你可别飞起来啊。我见过太多被埋没的设计师，是你救了我。”

凌熙拿着电话，心情久久不能平静，最后一句话让凌熙思考着什么。

凌熙想把喜悦分享给莫格利，但莫格利早已入睡；她又想到了唐澄，但今天回家后唐澄却把自己关在卧室里，凌熙犹豫了一下并没有打扰。

比起凌熙的斗志满满，最近同屋人唐澄则是另一副样子。

一部屏幕朝下的手机被翻了起来，亮度正好照亮了唐澄期待的脸，可是手机屏幕上没有新信息。唐澄失望地放下手机，来回翻身。她再次拿起手机，打开陆子曰的聊天框往前翻找，每到十点都有陆子曰发来的晚安信息。再往下翻找，聊天记录戛然而止。最终，她生气地把手机扔在床头柜上。

这个“老古董”还真的是和自己分手了啊。

清晨的鸟鸣声带来了清爽的一天，然而被唐澄魔鬼一般的吼叫打破。

“啊——乱死了、乱死了，谁看到我的厚外套了！”

唐澄穿着正装，火急火燎地从自己的房间冲了出来，打开每个储物柜翻找衣物：“你们起来帮我找找，我开会要迟到了！”

唐澄打开的每一个柜子，里面的衣服都摆放得整整齐齐，像是商场的橱窗，她简直想骂人，然而并没有人响应她。

“我就说我乱得有规律了，还那么自作主张……”

刚开口，却见门的内侧清清楚楚地贴着陆子曰写的“归类物品”示意图，她的心里顿时咯噔了一下，似乎有一种情绪在蔓延，内心失落的空洞变得越来越大。唐澄心想，有本事你亲自过来找给我啊！

唐澄叹了口气，根据图上的指示，拿出了位于储物柜最上方的一个收纳盒，迅速把衣服穿上。提着丝袜一转身，乱成灾后现场的客厅却映入了她的眼帘，无名之火从胸中蹿了起来。只见地上和桌上都是散落着的衣物，沙发周围堆满了各种书籍，没用过和用过的纸巾到处乱扔，还有零食袋、冰激凌盒等物品，简直乱成一锅粥。一团被子像一个巨大的面团安静地待在沙发上。

“这个人也不把被子拿回房间，放在这儿还能发酵成摇钱树啊？”

唐澄拿着黑丝袜走到沙发边想要坐下，屁股还没落座，却感受到了被子底下的一阵异动，随着凌熙的一声尖叫，毫无防备的唐澄被吓得弹开数米远。

凌熙趁机拉好被子，随手拿起旁边的书翻了几下。

“找衣服你就找呗，坐我身上干吗？”

“天哪，你居然一晚上都睡在这里，你是瘫痪了吗？”

“不行吗？我虽然在这里躺着，但脑子始终在高速运转。”

“你以为你是霍金？快起来收拾一下，不然我打断你的腿，让你真实体验植物人的感觉！”说着唐澄踹了凌熙一脚。

凌熙不为所动，继续翻了一页书……

唐澄用力踹了一下被子，凌熙发出了一声闷哼，继续翻书。

“你干脆烂在这里算了。”唐澄看看地上的零食包装袋，对帐篷吼道，“有钱给她买零食，也不知道多交点儿生活费。”

唐澄再走两步，又被衣服绊倒，她立刻火冒三丈踢开衣服，一路气呼呼地离开了。

凌熙刚想拉起被子盖住头继续睡，忽然想到了什么，大叫道：“莫格利！”

莫格利把一杯插着吸管的水递到了凌熙跟前。凌熙从被子里探出头来，看着手里的书，吸着吸管里的水。莫格利在凌熙面前放好了零食、纸巾、冰激凌，然后起身背上了书包，“你慢用，我出去下。”

“站住！天天往外跑，到底去哪儿呢？还有钱买这么多零食，你不会……”

莫格利感到马上要被揭穿，“我……我去找子曰兄看书。我也要早日在这里找到定位，才能帮助我们早日脱贫。”

凌熙还想说什么，莫格利反过来摸了摸凌熙的头，甜腻地在她的额头上亲了一下，迅速起身便走。凌熙见他着急的样子，便不再强留。

其实，莫格利一心想帮凌熙摆脱经济困境，这段时间找了份在仓库搬运货物的工作。他担心凌熙会阻挠，便一直没告诉她。

莫格利离开不久，郑伟珏又来找凌熙。

凌熙用被子把自己裹成了一个“蚕蛹”坐在沙发上，郑伟珏端坐在椅子上，与凌熙面对面坐着。

郑伟珏削着一个苹果，一片一片削给凌熙吃，关心地问道：“休息得好吗？”

“老郑，我有种被频繁探病的感觉……不是太好，我觉得我还需要休息个把年才能缓解心里的创伤。”凌熙调皮地说道。

郑伟珏没忍住笑，“我才不信你闲得下来，你就这样敷衍我吧。你敷衍我我也要说，我在公司帮你安排一个闲差，你还是来公司打发时间，缓解心理创伤吧？”

“算了吧老郑，我和我爸吵起来能掀房，那可是三十八楼呀！楼下的行人多危险，我相信他也不会同意的。”

“你们父女两个，真是嘴比石头还硬，果然是亲生的。”

“老郑，我倒是也希望我能是你女儿，这样至少不会太把他放在心上，还能吃到老父亲手削的水果，多好。”

“你呀，你爸听到了该伤心了。你知不知道前一阵子看你的道歉视频，他可是开了金口，夸你不错，我也觉得你超棒的。”

“我真脑瘫了才会信我爸夸我了……”

郑伟珏笑着拿起一张纸，折了起来，“看你的样子，你是有接下去的计划了？”

凌熙愣愣地看着郑伟珏说道：“还是郑伯伯你了解我……我想清楚了自己的方向，虽然想法还不成熟，但我会努力实现的！”

郑伟珏慈祥地看着凌熙，“我了解你的性格，果然没让我失望。”

说着郑伟珏将一只不知道什么时候叠好的飞鸟放在了凌熙面前，“既然决定去做一件事了当然要做到最好，你也知道，我是坚持极致主义的嘛。好了，我走了，这只飞鸟送给你，希望能看到你早日飞上天空。”

受到了郑伟珏鼓舞的凌熙，决定不能那么消沉，当晚就约了唐澄去健身房。

健身房内，每个人都在艰难地突破自己的极限，唐澄也不例外。她把“坐姿划船”的垫片放到了最后一格，努力地拉——但是完全拉不起来。硬拉几次，只感觉到头晕目眩，恶心想吐。

唐澄自嘲道：“也没人给我送巧克力了，我干吗这么作死呢？”

“巧克力没有，但有我陪你解闷啊。”凌熙笑着说道。

“有病，你哪里看出我闷了？”

唐澄翻着白眼，不想搭理凌熙。一转头，见到了曾经辅导自己的教练，唐澄笑着想上前打招呼。此时，教练站在一位美女学员身后辅导其使用健身器材，本该扶在女学员腰边的手过分地放在了她的腰腹部，显然超出了正常授课的行为。女学员想甩开教练的手，可是他的手似乎越扶越紧，甚至磨蹭到了对方的臀部。女学员忍无可忍，放开了拉绳，垫片下坠，发出砰的一声响。

凌熙和唐澄互相对视一眼，十分生气。

教练说道：“动不动就这么敏感，我们还怎么教学？”

女学员既生气又无奈地回道：“算了算了，当我倒霉。”刚要离开却被唐澄拦住了去路。

“你是挺倒霉的，碰上这种人渣教练。但今天必须让他给你道歉认错，不然下次还会有人倒霉！”

本来已经转身准备离开的教练听闻这句话又转身回来，惊讶地看向唐澄。

教练看着唐澄非常不悦，“今天是怎么了？我正常授课却一下成全民公敌了，我才倒霉吧？我说唐小姐，上次你男朋友莫名其妙地揍了我几拳，把我换了，我还什么都没说呢，现在你又来向我泼一盆脏水，我惹你们了？”

唐澄和凌熙听到了陆子曰的所作所为，有点儿愣神儿。

“他还……打你了？”

“下手可重了，那几个瘀青到现在还没好呢！”教练说着拉开了自己的领口。

唐澄凑近看到瘀青，只感觉到心跳有点儿快，心里那个空洞不断扩大。

“既然你今天也在，要不我们把账算一算，你替他赔个钱吧！”

“要不要我们报警，按照《治安管理处罚法》第四十二条有关规定处理？”

“还搬法律条文出来吓唬我，怎么，跟你男朋友学的吧？”

“我男朋友要在的话你会死得更惨！！”脱口而出这句话，唐澄瞬间一阵失落，“像你这样手脚不干净，敢做不敢当，只敢吃弱女子豆腐的社会蛀虫就该被一巴掌扇到非洲大草原上，让猩猩狠狠踩脑袋，剥光衣服挂在树上自然风干，再被一炮射到宇宙绕冥王星旋转，不要坐在这里侮辱教练这个职业了！”

教练、女学员和凌熙都惊讶地看向唐澄。

骚动引发了健身房的混乱，健身房老板了解情况后表示立刻开除这个教练。

风波终于平息，唐澄刚缓过来喝了口水，这时候又接到了老爸的电话。

二十　新来之客

储时坐在唐澄的吉普车后座上抽抽搭搭地哭泣。唐澄通过后视镜看她，露出有些嫌恶的神情。

“要么不来电话，一来准没好事……”唐澄自言自语道。

“小姐姐，你能不能靠边停一下。我想最后打一个电话跟我爸妈求情试试。”储时露出无奈的神色。

唐澄将车缓缓停下。

储时推开车门下车，唐澄越想越不开心，便给老爸拨通了电话。

“老板，你们真是厉害了，也没见你们那么管过我呀，现在要从别人身上找回这种感觉？”

“唐澄啊，谁让储时爸妈跟我们有割舍不了的革命友谊，没办法呀。就算她跑到天涯海角我们不还得负责把她找出来吗？”

“那你还真舍得劳烦你女儿找啊？我跟她可没什么革命友谊。”

“别这么冷漠嘛，怎么对人和动物就是两个态度呢？爸跟你保证，就这一次，以后补偿你。”

“知道了知道了知道了，幸亏是送走，如果把她扔给我让我照顾，我死给你们看！”

唐澄挂掉电话，眼神注视着路边的储时。

储时正举着手机，和父母视频通话。

“为什么，为什么一定要我回去？ Please give me a reason，please！”

“我们觉得不安全，你一个女孩子离我们这么远……”

“It’s not the point！我现在不也好好的吗？”

“坏人不会把‘危险’两个字写在脸上，现在好，不代表将来就会没问题。”储父声音严厉了起来。

“爸爸，可我觉得这里什么问题都没有啊！你们来过中国吗？这里真的不像你们想的那样。东西特别好吃，服务也很棒；路上到处都是警察，很安全；下雪了也有人通宵扫雪，不会出不了门。更重要的是，这里不会有枪击案，哪儿会有什么危险！”

凌宇终于追上了去机场路上的储时，他飞快地跑了过来，却在不远处停下了脚步，生怕影响储时和父母沟通。

“我以前只觉得中国的东西好吃，但来了这边才发现，不只是好吃而已！每道菜背后都有文化，每种方言都很好听，每个地方有各自的历史背景，中国的文化真的好深厚，我好喜欢……”

储时一边试着说服父母，一边看向远处担忧的凌宇，十分难过。

“况且，况且我在中国交到了很好的朋友，很真心的朋友，在这里我所属的环保组织也有分站，我还可以继续当义工，为什么不能待在这里呢？”

储时焦虑的表情都印刻在凌宇的心间，他甚至没有注意到高婕的来电。

唐澄抬着手机看了下时间，心情烦躁。侯老板发来微信，催她赶紧来公司一趟和陆子曰交接。她抬头想要催促储时，却看到凌宇紧急驱车前来的焦灼样子，唐澄不禁皱起了眉头，“这谁跟谁啊，他来凑什么热闹？”

储时求助似的看着凌宇。凌宇也束手无策，他紧紧捏着手机，十分紧张。

忽然，储时竟然着急地流下了眼泪，“爸妈，我真的很想很想留在这里！”

视频那头的储父、储母一见储时大哭，立刻慌了手脚。

储母急忙说道：“宝贝别哭，那晚一点儿办理登机手续也没关系，你再跟妈妈说一会儿，再看看周围景色留个念想。”

储父也说道：“对啊，你有什么要求就说，我们尽量满足你——除了留在中国。”

储时擦干眼泪，认真严肃地说：“爸、妈，我今年已经十九岁了，不是你们还抱在手里的那个九个月的小婴儿。我有自己的思想、见解、判断力和目标，我希望能过好自己的人生，尽管可能在你们看来是冒险。就算你们对我没有信心，也要对你们的教育有信心吧？

“你们非要我回去！好，我回去了。我回去心也会死了，我回去就一门心思念书不出门，不会和你们说话！但是在我回去之前，我想先在这里大哭一会儿，呜呜呜呜呜……”

储时崩溃大哭，越哭越凶，储父、储母在镜头前束手无策。

储母看到女儿哭了，心软了下来，“宝贝女儿你先别哭了，你把眼泪擦干，我们慢慢说好不好？”

“不好，我就哭死在这里，我不回去了。”

“好好好，行了，别哭了。”储父也开口了。

“我不哭你们就能让我留下了吗？”

“那你先别哭，我们再讨论这件事。”

“好的！那我当你们答应我留下了！”储时边说边抽泣着。

凌宇在一旁紧张到手心冒汗，见到这一幕总算放下了心。

储时爸妈面面相觑，似是败下阵来。

“我没完全同意！在我们找到监护人之前你老实待着，如果找不到，我们亲自去中国抓你回来。”储父最后补充道。

电话挂断，凌宇上前击掌，储时乐开了花。

可是，监护人怎么找呢？储时想不会就是那辆吉普车上的女人吧？可是她转头发现吉普车早已不见了踪影。

凌宇和储时无奈，只得给唐澄打电话。

“不好意思，我真的很忙，没有这个闲工夫。再说了，你不已经是她的监护人了吗？”唐澄对电话里的凌宇说。

凌宇忙解释道：“我只是储时的朋友，不是很方便贴身照顾。”

唐澄却觉得好笑，“你们是朋友，可我们连朋友都不是，更不方便。行了，还有什么事吗？我还有要紧的事忙。”

唐澄无情地挂断电话，对着后视镜开始扑粉、擦口红、梳头发。侯老板的微信在不停催促她处理完私事来一趟公司，与陆子曰交接案子。

唐澄终于赶到公司，侯老板正伏案工作，唐澄看清办公室内环境，竟然只有侯老板一个人，不免有些失望。

“我没来晚吧？”

“没有，来得正好。”

“我以为我迟到了，没想到有人比我更晚。”

“不啊，我就等你一个人。”侯老板说道。

唐澄气不打一处来，刚想质问，侯老板就把资料推到了唐澄面前。他示意唐澄看下资料，没问题的话就当交接完成了。

“什么？当事人都不出现的吗？”

“当事人？这个案子的当事人在国外，这点你不是清楚的吗？”

“不是，我说，那谁，陆子曰，他把文件交给我就算完了？没有别的话吗？”

“对啊，没有与案情有关的话。”

唐澄放大了双眼，“与案情无关的事呢？”

侯老板笑了笑，却不作回答。

唐澄失望地从侯老板办公室走了出来。她拿起手机，翻出与陆子曰的聊天记录，聊天内容依旧在前几天戛然而止。怎么那么绝情……他就不想我吗？

唐澄点开陆子曰的朋友圈，最后一条内容还停留在前几天和莫格利的饯行宴上。

心烦意乱的唐澄还不知道，此刻储时已经拿着行李箱在她家楼下了……

“我真的可以去住吗？真的可以不用管她怎么想吗？万一，她把我赶出来怎么办？”储时问着身边的凌宇。

凌宇给储时一个厚厚的信封，“有这个就可以。”

储时往里一看，惊讶得下巴差点儿掉在地上。

“可是，我就这样拿你的钱不太好吧……”

凌宇揉了下储时的头发，“你别有心理负担，你只要把钱交给这个房子里那个像游魂一样的人就可以了，她是我妹妹。还有，这件事你不用操心，一切我会帮你处理好的。”

莫格利十分疲惫地边走边用肌肉按摩器按摩着自己的肩颈，十分享受。

“嗒嗒嗒……咔！”按摩器的声音在一阵狂按之后戛然而止，莫格利疑惑，然后闻到一股焦味。心想，这么快就用坏了？赠品的质量果然不行……

莫格利走到走廊的垃圾桶边，伸手就想将按摩器扔进垃圾桶里。忽然一只手伸了过来，阻止了莫格利。

“有毒有害垃圾不能乱扔，你这样会污染环境！”

莫格利转头，看向面前这个稚嫩的、拖着行李箱的女孩子，一脸茫然。

“我？污染环境？”

“你忍心让土壤被有毒物质侵蚀吗？你忍心害小动物们失去自己的家园吗？”

“我？害小动物失去家园？”

“当然啦！”储时拿出按摩器，掏出里面的锂电池，“这是锂电池，里面用的电解液，主要成分是硫酸二甲酯、碳酸二乙酯、碳酸乙烯酯，生产过程中有有机废气挥发，所以应该进行垃圾分类，扔到它们该待着的地方去。”

莫格利一愣一愣地问道：“那它们应该待在哪儿呢？”

“给我吧！”储时拿过电池，放进自己的随身小包里，“虽然对这种毒害物品应该建立回收机制，但是似乎这里做得并不好。你可以交给我，我所在的环保组织会帮忙处理的。”

“环保组织？帮着人们建立环保意识的组织吗？你是这个组织的吗？我一直想着怎么才能加入这个组织，如果可以，能带上我吗？”

储时兴奋地说道：“真的？正好我们想举办一次废旧电池回收的活动，但对这里不熟，如果有你带路的话，应该会很好。”

“好，成交。”莫格利顺手接过储时的行李箱，往楼道里走，想来这个女生是这里的新租客吧。

储时和莫格利说了很多垃圾分类知识，莫格利脱口夸赞她厉害，懂的简直比子曰兄还多。

“子曰兄？普华大学的陆子曰老师吗？”

“怎么，你认识？”

“我以前听过一句话，‘你和任何一个陌生人之间所间隔的人不会超过六个’，我来中国之前对这句话没感觉，现在竟然觉得好有道理。大家都有共同认识的人，我和你们真是太有缘了！”

“那太好了，反正你也住在这里，我有环保上的疑惑，可以随时找你解答！我叫莫格利，很高兴认识你！”

“你好，我叫储时。我到了，我们下次见吧。”

莫格利一愣，只见储时敲的正是唐澄的门。储时“咚咚咚”敲门，房内毫无反应。

“你想进去吗？我有钥匙，这是我家。”莫格利说。

莫格利热情地帮储时拿着行李箱走进了客厅。沙发上的凌熙用被子蒙住头，把自己裹紧，听到有陌生人的声音便问道：“谁啊？莫格利，你不会又放了什么奇怪的人进来吧？”

“她说她是唐澄的朋友。”

“小姐姐你好，我叫储时。储蓄的储，时间的时。”储时边说边递上信封，“这是我的房租！”

凌熙心想唐澄竟然找了个租客减轻负担，这死女人难得也有脑筋活络的一天嘛，于是非常高兴。

储时看到帐篷，格外感兴趣，“这个帐篷也是一个房间吗？我可以睡吗？”

莫格利抢先一步躲进了帐篷，“不好意思，这是我的。”

储时失望，拿着行李箱往里走，见到唐澄的房间十分豪华，不由得转向另一边。

“别打那里的主意，那是我的房间，剩下随便。”凌熙马上宣示领地。

储时看看帐篷里的莫格利、沙发上的“面团”，有点儿无奈。

天色渐暗，夜色渐浓。唐澄踩着高跟鞋，十分疲惫地回到家里。

因为没遇到陆子曰，她心情有点儿烦闷，进门后顺手把身上的包摘下，“啪”地扔在了沙发上。

沙发上的被子里发出了一声惨叫，唐澄再度受到了惊吓，“死女人，你怎么还躺在这儿，你和沙发长在一起了啊？”

缩在角落里的莫格利正在看着手机视频。手机屏幕的亮光把他的脸照得像个鬼脸，配合他努力憋笑的神情，显得异常诡异。

“天啊，这个家到底为什么变成了这样？”

唐澄歪歪扭扭地绕开垃圾走回自己的房间，一开门，却见房间的灯亮着，自己的床上不知道什么时候多了一个“女鬼”——正坐在床上。因为正在捡掉在地上的手机，储时头发垂下，特别像刚从电视机里爬出的贞子，唐澄见状立刻花容失色。

“啊——！”

唐澄拽着储时的后衣领把她一路从房间拎到客厅，储时耸肩小碎步跟上，竟显得有些可爱。

瘫在沙发上的凌熙从毯子里露出一对儿眼睛，莫格利在拉开一条缝的帐篷里，暗中观察。

“走走走，我这里是私人住宅，不是动物保护中心，不收留你这种离家出走的小动物。”唐澄一把拉开门，做了个请出去的手势。

储时弱弱地抬起手，把面膜精华液涂匀，不情愿地往门口挪了几步。忽然，她一回身，又跑回客厅中央，“我不走，我不能走！愿望清单还没完成，我还没交到中国男朋友，迈出这扇门我就功亏一篑了！”

唐澄翻了个白眼，心想：你在这儿，我们就没好日子过了。

储时顿时抱住唐澄的手臂央求道：“就让我留下吧！我什么都可以做，我可以泡咖啡、煮麦片、打扫卫生、垃圾分类，还能免费提供纯正美音同声传译。有什么英文文件需要我翻译，我绝对不收人工费！”

唐澄撇开储时的手，一把将她推开。

储时急忙转身从桌子上拿起自己的面膜奉上，继续央求道：“还有，我这些补水面膜都给你，我算附赠的行吗？”

唐澄看了眼面膜，环顾了下房间说道：“面膜可以留下，赠品退回。首先，我不想留你。其次，拜托你睁开心灵的窗户看一看，我这儿根本没地方给你住！”

储时环顾了一下屋子：沙发上躺着凌熙，帐篷里是莫格利，以及地板上各种来路不明的零食袋，全都十分瞩目。储时自己也有些着急，脱口而出：“可我交了房租！”

“房租？我身为房东为什么没见到？”唐澄震惊，凌熙、莫格利则故作淡定地对视一眼。

唐澄目光似剑，瞬间朝着凌熙和莫格利看去。凌熙“嗖”地用毯子蒙上头，莫格利“嗞”地拉上帐篷的拉链。

唐澄哭笑不得地拿起桌上的薯片大口吃着，毯子里传来凌熙幽幽的声音：“好吃吗？她买的……”

唐澄瞬间噎住，把薯片丢给储时，尴尬地辩解："怎么这么热，晕了！"

帐篷里又悠悠传出莫格利的声音："暖和吧？电费她付了……"

唐澄这下恼了，拿起遥控器关掉空调，大喝道："这些算是你今晚的房租，明天我回来之前，希望你能搬走！"唐澄朝自己房间走过去，又折返，一把夺过薯片，狠狠关上门。

第二天，凌熙一如既往地躺在沙发上，《黑客与画家》《创业36条军规》《创业艰难》《精益创业》等创业书籍堆积如山，将她环绕在中间。凌熙全情投入，边看边在笔记本上写写记记。莫格利趴在帐篷里用平板电脑看纪录片，都是环保题材，《地球脉动》《人类星球》《生命》……

"唐澄姐走了吗？"储时蹑手蹑脚地从凌熙房间里探出头来四处观察。

发现唐澄不在，储时放下了心，从房间里走出来，偷偷看了凌熙一眼。

"其实，等下我有个朋友要来……"还没等储时说完，门铃就响了。

一个男人的出现超出了凌熙的预料，来人居然是凌宇！凌熙惊得坐了起来，刚喝的一口水差点儿喷出来。储时被凌熙吓得退了两步，凌宇却给了储时一个安抚的眼神，"交给我吧。"

"我东西都打好包了，会不会被扫地出门，就看你的了！"储时说完，刺溜钻进了莫格利的帐篷，自来熟地趴在了莫格利旁边。

凌熙嫌弃地白了凌宇一眼，"看见你就没好事，你身上有凶兆吧？"

"我不穿胸罩。"

凌熙被凌宇突如其来的幽默惊到了，"如……如果你是来给我爸当说客的，我劝你免开尊口。"

"凌熙，我就是来看看你。我能坐吗？"

凌熙瞬间用行动表态，伸直腿占据了沙发上的大半位置。凌宇当没看见，把被了往旁边挪了挪，勉强在沙发一角坐了半个屁股，"我听说你不想进公司，你不怕爸失望吗？"

"你别猫哭耗子了，你对我心存芥蒂也不是一两天了，我不去，你明明松了口气儿吧？"

“我和你没有芥蒂，只不过你对工作不熟悉，来了可能会给我添乱。”

“随便你怎么狡辩，总之呢，我对你的宏图伟业毫无兴趣，也不想跟你争，我爸的东西你要什么都拿去，我以前没靠过他，以后也不会。”

凌宇放下心来，看了一眼窝在帐篷里时刻关注着他的储时，储时握拳，做了个“加油”的手势。凌宇微微一笑，转头对凌熙说道：“这样的话，我倒有个提议。其实爸最不愿意看见你游手好闲，如果你继续学习充电，他会很欣慰的。所以，你要不要考虑一下出国读书？”

凌熙不无深意地打量着凌宇，“我有自己的打算，的确是想进修，我看上了一个工商管理的培训课程，没有门槛限制，很适合我这种菜鸟，只不过……”

“凌熙，需要钱的话，我可以帮你。”凌宇说着，从随身公文包里掏出一个装着钱的信封，递到凌熙面前，脸上还带着善意的微笑。

凌熙震惊地看着凌宇，一把夺过信封，迅速打开笔记本写下一张欠条，撕下来塞给凌宇。

看到凌熙收了钱，凌宇便提出了希望凌熙帮助储时的请求。

其实凌熙本就不讨厌储时，只是好奇这个哥哥和储时是怎么认识的，满脑子都是奇怪的问号。既然收了钱，她也就顺水推舟答应了凌宇的请求。

凌宇简单地告别，储时看着凌宇的背影不由感叹他们兄妹感情真好，自己也想有个哥哥呢。

经历这场谈话的凌宇自信心油然而生，但他还需要面对高婕。

这段日子他和高婕的情感很微妙，高婕经常因为凌宇没接她的电话而大发雷霆，而凌宇和高婕说话常常神游，引得高婕更加不满。高婕抱怨以前不管是他俩谁的错，凌宇都会第一时间道歉。凌宇忽然觉得高婕是不是更喜欢低三下四的自己，心里更加烦躁。而今天高婕告诉他投资也出了问题，这使凌宇更加不安。

神奇的是，这份不安在每次见到储时之后都会被掩盖起来，凌宇开始意识到了什么。

当然，最近感到不安的还有唐澄。

正在上班的唐澄站在座位边魂游天外，目光呆滞。最新的月度投诉公布，唐澄果然榜上有名。不过唐澄觉得这未必是坏事，正好借机向侯老板提议送她继续去学校学习。

“这个客户不光投诉你，给他换了好几拨团队他都不满意，所以怪不了你！按照你一贯的表现，这一个投诉基本可以忽略不计了！”侯老板对唐澄说。

唐澄没想到老板是这个态度，非常郁闷，强烈要求老板必须赏罚分明，于是侯老板说干脆扣半个月奖金，这让唐澄更加郁闷。

其实侯老板早就洞察一切：“唐澄啊，有句俗话叫‘求仁得仁’。你求清净，何必非得去学校呢？去寺庙转转也是一样。懂了？”

“没懂！我好歹也是你看着长大的，有话你直说！”

侯老板只能拆穿她的小心思，“从一开始你对陆子曰就不是认真的，现在分手了，又去祸害人家干吗？他跟你不一样，你分手好比被蚊子叮一下，对他来说，那就是挫骨扬灰。你就放过他吧！”

“那法律还分动机和事实呢！一开始不认真，就表示一直不认真了？从凌熙戳穿我的那一秒开始，我就知道我对陆子曰是动了真心的。”

“动真心你还伤害人家？”

“他先提分手的，还不许我嘴硬一下？我也要面子的。我以前是挺浑的，但和他在一起之后也变了不少吧？我真的喜欢他。”唐澄顺势向侯老板撒娇，“要不，你帮我约他一下？”

侯老板看着唐澄，丢下一句话：“你们年轻人的事儿，我不掺和，你自己找他去。”说着绕过唐澄走出办公室。

唐澄一脸的闷闷不乐，想找也得找得着啊！

陆子曰现在电话不接，信息不回，朋友圈对自己设置不可见，早上晨跑时间都改了，这人也太决绝了吧！

唐澄回家找凌熙倾诉，“凌熙，你说我是不是咎由自取？”

“把问号拿掉，这是个陈述句。我就不懂了，你要的，人家刚好有，为什么要一把推开？你有病啊？”凌熙回应道。

“他追过来的时候我以为我吃定他了，他明明需要我啊。”

“等她终于走了你才发现，根本是你需要人家！所以别死撑了，快点儿留住她吧！”

“我想留，他不一定想啊。”

“万一想呢？可能还很迫切。”

“迫切？真要迫切的话，我会感受不到？躲我躲到影子都看不见，这算什么迫切啊？”

“躲你？不就在家吗？总之，你的意思是说还有商量的余地？”

“嗯，我都给他留了一大片余地了，倒是求我啊！”

“别这么较真嘛，都是互惠互利的事情，非求来求去干吗？再说了，人家一个小姑娘住过来，你也没什么损失。”

“小姑娘？谁？”

唐澄这才明白原来凌熙说的是储时，自己说的却是陆子曰啊。

“凌熙，你说让储时留下来？我不同意！”

“唐澄，你再考虑一下？我觉得她还可以，至少自带摇钱树属性，你就当是交电费白送的小姑娘呗。你看，她在这儿无亲无故，犹如浮萍，你不收留她，她只能露宿街头，说不定冷风一吹，心态崩了，买个雷管背在身上，小鸟说早早早，你为什么背着炸药包……”

“还唱上了啊，轰隆一声学校不见了？”

“对！就是这个意思，学校炸平，陆子曰嗝屁，咻，化成一缕青烟，上天了。”

“关陆子曰什么事儿？”

“他俩一所学校，很容易就炸到了呀！”

什么！储时和陆子曰一所学校的？唐澄的心思活络了起来，“这个倒可以考虑下！”

唐澄的态度彻底扭转！她主动和储时签订了房屋租赁合同，把顶楼杂物间租给储时。这份租赁合同里包含了房租协定、水电煤气费用协定、门禁时间规范、值日制度安排、恋爱守则三不准……定点跟踪、围堵重要人员……储时一时也不明白跟踪围堵重要人员是什么意思，不过看见唐澄终于肯让她住下来了，也就没那么在意这些疑惑了。

储时安顿下来这段时间，每个人似乎都在忙着各自的事，无论是莫格利、郑理还是陆子曰。

莫格利打工的事情终于被凌熙发现了，因为莫格利在和凌熙视频通话的时候，背后的工作人员穿着制服拉着板车走来走去，直接泄露了机密。凌熙心疼地埋怨莫格利为什么要去干那么辛苦的工作，劝他别做了。莫格利表示为了快点儿找到自己的定位，总要多尝试。何况自己的小女友那么努力，他怎么好意思虚度光阴。他们还一起探讨过凌熙的未来，凌熙也开始反思开工作室那条路可能并不适合自己。

白艺凌的父母从老家来看女儿，白艺凌离婚的事情一直对父母隐瞒着，于是郑理招呼凌熙、莫格利、储时一起在白艺凌租住的房子接待了白父白母，说这是白艺凌和池旭的新房，而池旭近日出差去了。送走父母以后，白艺凌才发现父母给她留了一封信和一沓百元现钞。原来父母早就知道离婚的事，他们只是没有当面和白艺凌提起。那天白艺凌抱着信蹲下，埋头大哭，郑理蹲在白艺凌身边，温柔地将她抱进怀里，这一回白艺凌没有拒绝。

为了摸清陆子曰的行踪，莫格利和储时在他家楼下摆起了一个“废旧电池回收站”。虽然光顾这个回收站的人不少，但陆子曰的行踪依然神秘，似乎在刻意躲着唐澄一样。其实陆子曰也是有苦说不出，最近他一直被父母拉着去名人公园相亲。陆子曰人高马大，又是律师，并且还是高校代课讲师，自然赢得了一众阿姨的青睐。不过当大家得知他是离婚律师以后，行情又冷却了不少，这让陆子曰哭笑不得。

陆子曰有时在家里会播放邈远空灵的佛教音乐《大悲咒》，吓得父母以为他看破红尘了。陆母建议家里不妨播放鞭炮的声音，毕竟唐澄比年兽难缠，要驱邪。

“爸、妈，以后在家里别再提那个人了。”陆子曰严肃地说道，“我们已经结束了……”

“真结束了？我怎么感觉余波还荡漾着呢？墙上挂着‘空’，心里却不空，根本就是装样子，麻痹自己。”陆父看出了儿子的心思。

“你在这儿闷闷不乐的，人家又看不见。听你妈一句话，一把不和不要紧，下一把和个大的！”陆母也补充道。

陆子曰颓然坐回床边，陆母兴冲冲地从口袋里掏出一大沓女孩照片让他挑选相亲。

“不就是相亲吗？不就是重新开始吗？我见！”陆子曰手中的第一张相片就是一个正在温柔微笑的女孩。

二十一　校园时光

为了莫格利和凌熙的事业发展，唐澄帮他们办了两张短期的普华大学工商管理培训班的学生证，当面给他们学生证的时候却只见凌熙正手把手教莫格利包书皮，莫格利的脸都要挨到凌熙的脸上了。

“这样把书放进去，沿着边缘折出一个角……好看吗？”

“好看，我说的是你的手……”

凌熙得意地笑着，唐澄却露出被恶心到的抽搐表情。

储时兴奋地跑过去凑热闹，拿起剪得七零八碎的纸片，“这是剪纸吗？带我玩儿吧！”

“我给你介绍一下，这是中国特色的开学前保留节目——包书皮，饱含着把书翻烂的美好愿望，”唐澄顺势看了一眼凌熙，“但通常书皮翻烂了以后，书可能也没看几页。”

凌熙立刻打断了唐澄的话，“咱俩认识之后我是没好好念过什么书，所以你对我有误会我可以理解。”

“你该不会说这次是认真的吧？你如果下一次决心天上就飘落一粒沙，那恐怕现在就有另外一片撒哈拉沙漠了。”

“我这次真的是认真的！你以为我在你家闲了那么久是为什么？为舒服啊？不，我是有理想的。”

凌熙继续说道：“这几天，我认真反思了一下工作室失败的原因，总结下来有三点。首先，我对工作细节没有足够重视，工厂关系维护不到位，无形中增加了工作量；其次，我没有建立良好的合约意识，合同签订出了纰漏，只能延迟交货，一而再，再而三，顾客就不信任我了。”

“说得好，不愧是经常写检讨的人！”唐澄称赞道。

“最后，出现抄袭的问题，也不能全怪任何。一个工作室，要给设计人才足够的机会和成长空间，我扪心自问，我并没给过她正确的引导。”

莫格利赞赏地看着凌熙，不由自主地点头。

唐澄看着凌熙说道：“你有这种觉悟我很欣慰，回归平凡生活也挺好的，中国好闺密的担子就落在你肩膀上了。”

“不是回归平凡生活，我要重整旗鼓，东山再起！”

唐澄长叹一口气，“还东山再起啊，工作室做那么久也没突破，你有没有想过自己可能不是那块料？……”

“想过啊，所以我不会重蹈覆辙。虽然我有不足，但我也有长处啊，我的长处就是推广和营销！如果能建立一个服装品牌推广平台，再邀请雷阿姨那样有才华却寂寂无名的年轻设计师加入，那就是强强联合了！”

“我支持你！”莫格利立刻说道。

“谢谢你，莫格利。所以，为了实现我的宏伟目标，我确定了一套战略方针。一、多读书，积累专业知识。二、建立人脉关系，推广构想方案。三、再赚一桶金，把老部下们全召回来！总的来说就是，从明天开始，我要去普华大学上培训班了，家属陪读。”凌熙说着拍拍身边的莫格利。莫格利从内心深处感谢凌熙的决定，两人甜蜜对视起来。

储时听得目瞪口呆，鼓掌说道：“哇，厉害厉害！”

唐澄尴尬地拍拍手，“哈，哈，哈，厉害死了，加油！我先去睡了。”顺手一把将储时拽走。

唐澄将储时拽回房间，反身关上门，目光灼灼地盯着储时。

“今天的情况，汇报一下！”

储时突然下意识地“啊”了一声，然后立刻捂嘴，将头埋下去。

“约到他了吗？还是说根本没见到？”

“见是见到了……一上午的行踪我也摸清楚了……”储时慢慢悠悠地从口袋里掏出一个笔记本，硬着头皮展开念道：“上午九点半上课，十一点下课，下课就去吃饭了，我一路跟去食堂，然后……”

“什么？”

“他在……”

“别卖关子，快点儿说！”

“他在喝饮料！”

“什么鬼，这么长的前奏就抖这种包袱？你要是说相声的早被打死了！他喝什么了？”

“果汁？”

唐澄忽然察觉到一点儿异样，她观察了一下储时，只见储时的眼神犹疑地闪烁着。

“果汁……？你确定？陆子曰从来不喝果汁。”

唐澄脸一黑，一把抢过储时的笔记本查看。前期还认真地记录，到了食堂的部分，变成了乱七八糟的卡通漫画。唐澄抬头给了储时一个愤怒的眼神。

“唐澄姐，实话跟你说吧，我一抬头，发现陆老师那桌已经换人了。我撒腿就追出去，就见他骑上共享单车，风一样地消失了……”

“我看你是想回美国了！”

储时吓得赶忙抱住唐澄撒娇，“唐澄姐，你别送我回去。不是我不想好好干，我跟着陆老师到了食堂，实在是太饿了，看着上边的蛋糕店、咖啡店就犯馋，我努力克制来着，就……一下子没克制住！”

唐澄也是无奈，“刚上任，允许你犯一次错误，但这是最后一次，懂了吗？”

“嗯嗯！我明天从 Y－home 打完工，一定飞奔去学校帮你堵他，不约到他我不回来见你！”

客厅里凌熙和莫格利还在灯下包书皮，凌熙打了个哈欠。

凌熙喃喃道：“感觉又回到了高中开学前，虽然很期待未来，但又有点儿紧张。”

莫格利拿过凌熙面前的书，边认真包好书皮边说：“别怕，不是还有我吗？”

“我现在什么都没有了，一夜之间被打回原形，在闺密家里蹭吃蹭喝，这样的我你还喜欢吗？”

“从来没像现在这样喜欢过。”

凌熙一愣，“你应该还不会油嘴滑舌吧？我恐怕要当真了。”

莫格利认真地说道：“比起飞扬跋扈的你，勇于承担失败的你更可爱。我想过了，既然决定要留下来，我也愿意变成更好的人。”

“为了我吗？”

“嗯。小狼死掉的时候，它的小伙伴一直陪在它身边，舔它的伤口，我当时很伤感，不知道以后要为谁存在，也不知道世界上有没有另外一个同类，需要我来舔他的伤口。”

“幸亏我车技那么烂撞到你，感谢驾校老师。”

“如果早知道你会撞上我，我会每天都去那儿等的。”

凌熙偷偷看一眼莫格利，好看的侧脸，眼神里透着坚定，是男人应有的样子。

莫格利看着凌熙说道：“从今往后，我会付出更大的努力，争取让自己变得更优秀，承担起男人该负的责任，无论你想做什么，我都会支持你。”

莫格利认真地说着，一转头，发现凌熙正痴痴地看着自己。两个人四目相对，只有一拳的距离。莫格利感觉心“怦怦”跳动起来。此刻他眼中的凌熙双颊泛红，眼若桃花，嘴角微微弯起一个弧度。

莫格利轻轻地吻了上去……

缘分是奇妙的，森林里的一次历险把两个原本属于不同世界的人拉在了一起。

莫格利和凌熙开始了自己的普华大学培训课程。

外籍老师 Steven 操着蹩脚的中文介绍课堂活动。

“Hello，everyone！我是 Steven。第一堂课，为了让大家尽快熟悉起来，我们来做一个小游戏——半小时内，哪组用100根吸管搭建出最稳最高的建筑，就算获胜！”

环形阶梯教室内，学生们已经六人一组地分成三组，分别围着各自堆满吸管的桌子进行搭建，Steven 则在各组间走动观察。

凌熙被分到 A 组，莫格利在 C 组。凌熙向莫格利摆了个挑衅的表情，“男朋友，我可能要赢你了，学我可比你多上好几年，有经验。”

“不见得吧？昨晚你睡觉的时候我已经粗读了一遍教材，都说勤能补拙，就问你怕不怕？”

凌熙很快在 A 组中扮演了领导者的角色，她介绍自己是从事销售工作的，自己有一个网络交流平台，受众上百万，自然被其他学员视为成功人士。

面对“用100根吸管搭建出最稳最高的建筑”的任务，凌熙思路清晰地安排工作。

“您刚才说您是搞建筑设计的？结构力学应该是看家本事吧？不如您画个图纸，我们照着搭！”

“这位同学，您是搞画廊的，美化工作就交给您负责啦！”

“我们剩下的人，负责搭建和配合，干起来？”

众人在凌熙的调动下各司其职地干了起来。

C 组的进展就没有那么顺利。

已经搭到一半的吸管塔哗啦一声倒塌了，众人发出一阵泄气的叹息……

莫格利眉头紧锁，似乎是在认真思考，其实他是在用耳朵聆听 A 组同学的交流。

“简单来说，这是一个交错式镂空结构，想要搭得又稳又高，就要保证底座大而上面细长、紧密，类似于埃菲尔铁塔。”莫格利复述着 A 组同学的原话。众人齐刷刷欣赏地看着莫格利。

“总在那个高度倒塌不是偶然的，连接处也没连好。”

“那多连几根呢？打个结？反正吸管这么软。”

“下面的中空管承担不了太大的重量，就像户外用空心竹搭屋子一样，到了一定高度，基座就会倾斜，或者从中断开塌陷。”

“所以要加固底座？”

“上层还要旋转扭紧。再试一次！”

C 组六人合力，十分信任莫格利的样子。

有同学做了两根管子的连接部分，请求莫格利的指导，莫格利接过来改良。其他同学时不时要莫格利看一下模型，莫格利点头表示可以。毕竟有森林生活的经历，对于手工活儿莫格利显得得心应手。

项目完成以后，Steven 走到各自的“建筑”前用一张白纸扇风并进行点评。A 组的建筑屹立不倒，但最后 C 组获得了胜利，因为 C 组的建筑高度更胜一筹。凌熙投来崇拜的眼神，正好撞上莫格利温暖的目光。

“在接下来的一系列课程中，大家将要学习的内容有领导力、团队协作，以及合同法、商务英语、企业风险管理等基础课程。这些课程就像今天搭建的底座一样，会成为各位未来商业活动最稳固的基石。”Steven 向培训班的成员们说道。而经过这场热身，莫格利和凌熙在普华大学的学习也算正式开始了。

午后的阳光洒在普华大学美丽的校园里，篮球场上男生们在挥洒着青春，女生们拿着书本在宿舍和图书馆前的小路上往来。男生踩着单车载着女生在校园里穿梭，也有一对对男女结伴坐在湖边依偎，坐在草地上弹琴。结束了今天课程的凌熙和莫格利，并肩走在普华大学的小道上，阳光在他们的身边描绘出一层朦胧的光晕，温馨而美好。

“莫格利，热身比赛居然让你给赢了！”

“不敢不敢，纯属侥幸。”

“谦虚个什么劲儿呀？”

“网上说赢过女朋友的男人最后都死了。”

两人正说着，忽然听见背后有人叫凌熙的名字，回头只见培训班的一个男同学抱着一大束花，热情地朝着凌熙跑过来。凌熙得意地笑了一下，看一眼不明所以的莫格利，“以后这种情况会很多，你可能要适应一下了。从初中开始，就总是有同学送我花，我真的很烦恼……”

莫格利还没来得及反应，男同学已经跑到面前，递上水杯，“凌熙，你水杯忘带了。”

凌熙大方笑着道谢，伸手就去接花。

男同学愣了一下，“哦，花啊，今天是我妈妈生日，我得赶紧回去了！”说着尴尬地转身离去。

凌熙看看男同学跑走的背影，尴尬地偷瞟了一眼莫格利。

正在这时，一名女生迎面跑到二人面前，搭讪莫格利。

“同学你好，我和你一个班，刚才是B组的。你能不能帮我拧个瓶盖啊？”迷妹说着递过来一瓶水。

凌熙气愤地看着莫格利。

莫格利淡然地说道：“不好意思，我现在很忙。”

“那能不能留个微信啊？下次有空儿了我再找你拧。”女生说着把手机递到莫格利面前。

“对不起，我的手也很忙。”

说罢莫格利便牵起凌熙的手，从女生面前绕开了。

凌熙压抑着喜上眉梢的冲动，忍不住回头看了一眼。

“哎，你刚才超帅的，给你100分不怕你骄傲。”凌熙踮起脚，在莫格利脸颊上轻轻亲了一下，“我去图书馆啦，午饭帮我送过来，拜拜！”

莫格利甜蜜地站在原地，看着凌熙蹦蹦跳跳跑远的身影，嘴角不自觉地笑了起来。

来到图书馆后，凌熙忙着查阅资料。她拿着从图书馆借阅的图书往外面走着，转过一个拐角的时候被打电话的路人迎头撞上，书掉了一地。路人对凌熙抱歉地点了下头，自顾不暇地对着电话那头点头哈腰。

“领导，再给我一点儿时间……我知道卖得不好……懂了，再卖不出去就把我卖了！”

只见那人沮丧地挂掉电话，蹲下来帮凌熙捡书。

“不好意思啊，我帮你吧。”

凌熙则更好奇刚才这通电话的内容，顺口问道："你们什么行业，还买卖人口啊？"

"不是不是，我们公司最近出了个蟹黄味薯片，销量……就和没卖一样，下个月再卖不好，我就要被祭天了。"那人把捡起的书塞给凌熙，匆匆忙忙走远。

凌熙看着他跑远的身影，又看看自己抱在怀里的那本《销售巨人》，追了上去。

"能让我试试吗？我可以写一份营销策划书给你，免费的！"

"免费？你图什么呀？"

"你就当是我们同学间的交流作业，我只有一个要求——千万不要对我手下留情，我的策划有什么问题，还烦请你一定指出来。"

对方虽然点了头，但是内心还是十分不解。

莫格利拿着两个餐盒从食堂里走出来，就听到"啊——"的一声大叫由远及近传了过来。

莫格利往声音来处一看，储时骑着共享单车，歪歪扭扭地向着自己直冲过来。莫格利下意识一躲，储时冲向路牙，砰地撞了个人仰马翻。

莫格利放下餐盒扶起储时，储时抱住莫格利的手臂艰难爬起来。原来储时在学习骑自行车，现在技术还不过关，砰的一声撞到了莫格利。

"你好好的学骑自行车干什么？"

储时忍不住开口了，"唉，因为唐澄姐交给我一个秘密任务！"

"什么任务？"莫格利好奇地问。

"还不就是做间……我不能说，总之我必须学会骑自行车，才能追到那个风一样的男人！"

莫格利看着自行车若有所思。

"骑自行车很环保吧？"

"嗯，能有效降低碳排放。"

"那子曰兄算是身体力行的环保主义者了。"

储时想到要跟踪陆子曰就得快点儿学会骑车，虽然任务艰巨，但毕竟约法三章在前，为了留在中国只能坚持了。莫格利看着苦恼的储时，决定利用业余时间好好教她骑车。

而白艺凌自从送走父母以后，则过起了另一种生活。

不用再在别人面前掩饰离婚的事情，白艺凌的心情也慢慢开朗起来。为了迎接新生活，她买了昂贵的印花长裙，为了腾出地方放置新衣服，她把一堆陈年旧衣服一起扔进垃圾桶。

每天到公司上班的白艺凌踩着郑理送的高跟鞋连脚步都变得轻快了起来，同事们都觉得她整个人焕然一新。每当白艺凌从前台经过时，聚集在一起的员工们便会纷纷投去惊讶赞赏的目光，白艺凌脸上也时常流露出自信舒展的微笑。

而且白艺凌发现，每当和郑理开会时，郑理总会偷偷看自己，被发现后又会迅速移开目光。遇到这种情况，白艺凌便会端起水杯，在杯子的掩护下释放内心的小窃喜。

这天下班，白艺凌故意按下电梯的等待按钮，果不其然，郑理快跑几步赶上了。电梯门缓缓关上时，两个人不经意间对视了一眼。

白艺凌看出了郑理的紧张，笑笑按下一楼的按钮，“小郑总，你好像有点儿紧张。”

“我紧张吗？没有的事儿。反而你……”郑理开始装傻。

“我？怎么了？”

“今天有点儿不一样。”

“嗯，因为我刚决定了一件事。”白艺凌故作严肃。

“……你不会要辞职吧？那天晚上我抱你是因为……”郑理慌忙解释。

“我爸说得对，不能因为过去断绝未来的可能。”白艺凌忙打断郑理。

郑理一愣，看着眼前这个美丽的女子。

“意思就是说，你可以追我了。”

郑理难以置信，开心到恨不得跳起来，瞬间失去表情管理能力。

“你再说一遍？”

“没听清楚就算了。”

“我听清楚了！不过怎么才算追到？”

“到我给你亲的程度，就算追到了吧。”

郑理愣住，就在那个瞬间，白艺凌二话不说，帅气地将郑理推向电梯墙壁，吻了上去。郑理愣了片刻，才渐渐开始回吻。两个人在电梯里吻得热火朝天，电梯下行，叮的一声到达一层。

电梯门口打着电话的郑伟珏不期然地目睹这一幕，手一抖，手机滑落了下去。

郑理和白艺凌慌忙放开彼此，转头看过去，十分尴尬。郑伟珏转身要逃，差点儿撞在路人身上，又拐回来。三个人彼此尴尬了好一会儿才客套道别。

郑理开车载着老爸回家，一路上一边驾驶，一边偷瞄在副驾驶位上端坐着的郑伟珏，看不出情绪。郑理索性打开车载电台缓解尴尬，却不巧是个情感栏目。他手忙脚乱地终于换到音乐频道，飘出的歌曲却是《追光者》。“有的爱像阳光倾落，边拥有边失去着……”

郑理看了眼郑伟珏，发现郑伟珏也正看着他。

“儿子，其实爱情就像流感病毒，来了你也挡不住，中招儿一次很正常。”

“爸，您同意我和白艺凌谈恋爱啦？”

“我没说过不同意。”郑伟珏认真地说。

“您不在乎她是我秘书？”

“就算总统，也不过是个称谓嘛。”

“她离过婚的事儿您也能接受？”

“除了没离过婚的，就是离过婚的。”

“那……您介不介意我这辈子不要孩子啊？”

“郑理啊，只要你自己坚信这个选择，她就是你唯一的标准答案。如果为了世俗的眼光动摇了，那说明你还不够坚定。”

郑理看着慈祥的老板，感觉心里特别温暖，“爸，谢谢您支持。”

“你妈那边，打算怎么办？”

“您能先别告诉她吗？我妈您也知道，出题判卷一条龙，她说答案错了，那就是错了。”

“行，你妈那边我先帮你瞒着，但公司里条条眼线通罗马，说不定哪天你妈就听见风声了。”

“我知道，我会找合适的时机告诉她的。”

城市华灯异彩，车辆拖着闪烁的光尾，郑理的车轻快地驶向长街尽头。

凌熙因为答应了给薯片做营销方案而废寝忘食。不，不能说忘食。因为凌熙买了各式品牌味道的薯片，品尝了个遍。她一边品尝，一边翻看《销售巨人》，不断在小笔记本上记录下什么。

凌熙觉得从味道上讲，蟹黄薯片没什么不好，但站在顾客的角度，没有非它不可的理由。换句话说，就算货架上只有一个同类产品，商家也已经失去了百分之五十的机会。零食是海量的，销售终端也是海量的，要想提高销售额，要在终端上做文章。

她今天去考察了十几家店铺，有社区便利店，也有大型商场……脚都快走断了。但她顾不上休息，晚上她要连夜赶出一个营销方案。凌熙咬一口薯片打了个哈欠，看了眼挂钟，莫格利还没有回来，于是她决定先去莫格利打工的地方等他下班。

莫格利看到凌熙来等他下班，非常高兴。收工后，两个人一起回家，经过了普华大学校外的大排档。忙碌了一天确实有点儿饿，莫格利决定点份炒面先填饱肚子。

他们在大排档相对而坐，凌熙发现了莫格利手上磨损卷起的创可贴，“白天上课，晚上打工，又拼脑力又拼体力，你扛得住吗？”

“扛不住也得扛，总不能坐吃山空吧？毕竟女朋友饭量大。”

“你再说一遍试试！”

“我想养你。”莫格利话锋一转。

凌熙甜蜜地笑着说：“谁要你养啊，我是自立自强的女性好吗？”

“好的，有目标的你宛若星辰，散发着明亮的光芒。”

“这还差不多。莫格利，不如以后我都来接你下班吧？”

“一定要这样吗？”

“怎么了？怕别人知道你有女朋友啊？”

“不是，别的小姑娘看到你那么美，感到自卑多不好。”

“啧啧，今天嘴也很甜，看在这个份儿上，这顿算我请，快吃吧！”

“那我就不客气了！”

凌熙卷了一叉子面送到莫格利嘴边，莫格利大口一吸，半碗没了。

凌熙一看，急了：“哎！你这人！你倒是给我留点儿啊！”

凌熙急忙拿起莫格利的叉子，卷了几根面放进自己嘴里，拼命吸着。

突然，两个人被一根面条牵住，就像他们的命运一样。

二十二　爱不等人

最近唐澄没有心思工作，她每天上班时最大的工作就是等待储时的线报。

这天唐澄又收到了最新线报。

“唐澄姐，我下课去约陆老师了，他状态好差，萎靡不振、没精打采、双眼无神，像丧尸一样闷头往前走，我叫他他都不理我了。”

“他那么不开心啊？不会是工作上遇到问题了吧？”

“绝对不是！唐澄姐，据我判断，陆老师受的是情伤，你到底把他怎么样了？我看他晃晃悠悠的，随时都能倒地咳血……”

“不错，今天的情报很有价值，下个月房租给你抹零！”

“哦哦，对了！陆老师还去挑了口红，这种东西应该是送给女性友人的吧？”

唐澄得意地笑了，照着手机嘟了嘟唇，然后抱着手机忍不住痴笑。一抬头，见办公室众人都诡异地盯着她。唐澄瞬间正色起身，把同事面前陆子曰买来的东西——茶杯、圆珠笔、靠枕、护颈统统收了回来。

“我要宣示主权了。别人男朋友送的东西，不要乱拿，知道了吗？”

储时跟踪着陆子曰来到了普华大学外的大排档，因为生怕被发现，她只能躲在一排共享单车后面暗中观察。只见陆子曰坐在街对面的大排档里，面前放了一瓶啤酒，储时急忙拍下照片发给唐澄。

“陆老师在普大外面的大排档里借酒浇愁，一时半会儿好像不会走的样子，你现在立刻来，说不定还能见到他……”

储时把手机塞回口袋，遥遥望着陆子曰的侧影，发现陆老师的对面多了一位女孩。

“陆老师？”陆子曰垂首坐着，一个女孩儿弱柳扶风般来到他身边，轻声一叫。

陆子曰抬头，这才发现冯知言已经站在他面前了。她一身古典淡雅的装扮，过肩长发随意绾在脑后，脸上带着羞怯和恬淡的表情。陆子曰忙起身，绅士地帮她拉好椅子。

“坐，冯老师。”

“叫我知言吧。”

冯知言温文尔雅地落座，陆子曰也跟着坐下，二人都有些紧张。

“又见面了，真不容易。”

“是啊，虽然都在这边代课，但很少碰面。没想到以相亲的方式遇见了，同病相怜，你也是被父母催着来的吧？”陆子曰打趣道。

“不，能见你，我期待很久了。”

陆子曰一愣，冯知言突然拿起陆子曰面前的酒杯，皱着眉头一口气儿全喝了，陆子曰急忙接下空杯。

冯知言对着陆子曰说道：“后面要说的话，不借着酒劲，我怕我说不出口。”

她鼓起极大的勇气直视着陆子曰，眼底晶莹闪烁，缓缓从胸口内袋里掏出一样东西珍重地递过去。陆子曰接过放在手心，才发现是颗白玉骰子，里面一颗红豆若隐若现，陆子曰明白含义，不由得眉心一紧。

“玲珑骰子安红豆，这个礼物太重了，我不能收。”陆子曰把礼物递了回去。

冯知言抵住陆子曰的手，长长地吸气，“入骨相思知不知，这是我三年前就开始有的情意，打磨好它的那一天，我写了一封长信想要交给你，我人都走到你办公室门口了，就是没勇气进去。”

“冯老师……”

“我知道你上课前会早去一刻钟准备，我常在后门看你。好几回，我刻意和你擦身而过，你都没有注意。我很后悔一开始没有告诉你。直到昨天，知道要来见的人是你，我紧张得整晚没睡，今天讲课也不知道在胡说些什么……陆老师，我已经荒废三年了，我不想再错过一次……”

冯知言恳切地看着陆子曰，紧张地抿着嘴，抿得口红都花了，陆子曰都看在眼里。

“对不起，我一直都不知道你的心意……但是，怎么说呢……不是你的问题，你很好，也很……符合我选择伴侣的标准，只是我现在……恐怕不能再全心全意地对你了……”

“是因为你心里还有别人吗？”

“不，已经没有了……”

“那我就可以等。”冯知言的眼睛微微泛红。

“我不能这样，这对你不公平……”陆子曰不知道该怎么说。

“我不管公不公平，我愿意等……如果有一天你能全心全意对我，无论多少年，我也愿意等。”

冯知言用诚恳泛红的双眼凝视陆子曰，一双手用力绞到发红。陆子曰低下头，摩挲着那颗红豆骰子，片刻后点了点头。

陆子曰送冯知言回家的时候，下起了大雨。

“子曰，你刚才说你也有个东西要送给我，是什么？”

“哦，是口红。”陆子曰在随身包里翻找，摸了半天，终于找到了用丝带系好的一支口红。

“这颜色比较淡雅，应该适合你吧……”

“月光珊瑚，很浪漫的名字，我很喜欢，没想到你这么懂女人的东西。”

陆子曰有点儿分神，一阵风吹来，伞随风飞出去，翻了好几个跟头。他刚想转身去拿伞，忽然被冯知言从身后一把抱住。她靠在他背上，漫长时光积累的情感在一瞬间全部倾泻出来。陆子曰犹如被子弹击中，呆立在原地。他没有撇开她，只是手一直垂在身侧，眼睛失焦地看向远方……

陆子曰背后的对街，唐澄坐在车里，目睹着这一幕。

陆子曰和冯知言长久地拥抱在一起，掉在地上的伞积了越来越多的雨水，像随时要打翻一样。唐澄怒气冲冲抬手，想要重重按下喇叭，最终却没有。

她奋力踩着油门，车在大雨中狂飙。细密的雨珠不断击打在前车窗上，雨刮器以最快的速度拼命地刷。陆子曰与冯知言在雨里拥抱的画面不断闪现在眼前，唐澄再也忍不了，方向盘一个大转，掉头折回。

陆子曰颓然撑伞走回自己家楼下的时候，唐澄已经在雨中站了很久。灯光将每一丝雨都清晰地照亮了，陆子曰远远站定，清楚地看到雨是如何从唐澄头顶浇下来，将她浑身上下全部淋透。陆子曰用伞挡住了唐澄头顶的雨，却说不出话。

沉默了好一会儿，陆子曰终于开口，“早点儿回家吧。”

陆子曰把伞放在了唐澄的手上，说完转身就走，伞柄上还传来陆子曰的体温。

“陆子曰！你给我站住！”唐澄大叫。

陆子曰站定却没有回头。唐澄一把甩掉手中的伞，绕到他面前质问。

“你会像对我一样对她吗？会怕她胃不好专程去送早餐吗？”

“会。”

“会给她煮醒酒的汤？”

"会。"

"会半夜等她加班结束送她回家？"

"会。"

"会爱她吗？"唐澄看着陆子曰，眼神里有倔强，还有一丝难以察觉的祈求和害怕。

"既然选择在一起了，我就会爱她、保护她、敬重她。她付出的一分一毫，我都不会辜负，这是我的责任。"

唐澄苦笑道："为什么不直接给出肯定的回答？不敢确定会爱她吗？用我这里学到的经验去对她，你也觉得不公平吧？"

"也许不公平，但我相信失败的经验能让我学会珍惜眼前人。你留在我生活里的印记会慢慢变淡，总有一天，我会爱她超过你。唐澄，我们不同，你要的是瞬间点亮的烟花，我要的是常伴窗前的烛火……"

"可我后悔了……你就不能再给我一次机会吗？如果我说，我是真的爱上你了，你信吗？"

陆子曰看着唐澄，对眼前这个女人，他已不再抱有期待，"我不信，也不敢相信。你不爱任何人，你只是不允许自己输……"

唐澄的眼神，像夜空中消逝的烟花，在那个瞬间，完全暗淡了。陆子曰绕过唐澄，向雨夜深处走去。

唐澄浑身湿漉漉地回到家的时候，凌熙正趴在沙发上看书，莫格利和储时坐在地板上热火朝天地谈论公益骑行的事儿。

"对，那我们就中午掐着饭点儿去。环保骑行活动也太适合学生了，本来大家就经常骑车，真担心来的学生太多应付不了。嗯，我再去问一下子曰兄的时间，有学校老师号召，说不定还能事半功倍。"

"好呀好呀，现在就去约他！"

听到"子曰"两个字，唐澄像被针扎了一样，把包往地上一扔，"能不能别在家里聊学校的事儿?！"说完便带上了自己屋子的房门。

唐澄靠在门上，颓然滑坐在地，听着外面微信群聊的消息提示音此起彼伏地响着。

她终于没克制住，眼泪唰地夺眶而出。

黑夜被朝阳的光驱散殆尽，云卷云舒之间，阳光四溢下来。

风吹过高大的树木，树叶哗啦啦发出声响。叽叽喳喳几声鸟鸣，带来轻松的愉悦感。

普华大学校园里，人来人往。

空地上，几张课桌拼接在一起，上面放着有“环保打卡手册”字样的小册子和一些手工小礼品。两边放着倡导环保出行的易拉宝。

储时对着来往的同学不停吆喝着，“同学，绿色环保，健康出行，了解一下。”

莫格利也帮忙一起吆喝，“积极参与，有小礼物送。”

虽然人来人往，但忙活了一个上午，摊位面前依旧门庭冷落，无人对他们感兴趣。

“嗓子都冒青烟了，除了几个来蹭礼物的人，没人感兴趣。蛤蜊哥哥（储时对莫格利的称呼），Why？I don’t understand！！”

“储时别灰心，子曰常说‘山重水复疑无路，柳暗花明又一村’。上午不是有几位同学来咨询吗？”

“得了吧，蛤蜊哥哥，那几个女生都是来要你微信号的，还有个小美女约你一起单车绿色约会，根本没人真的关心我们的倡议。”

“算了，先去吃饭吧，填饱肚子要紧。”莫格利心里念着在食堂等自己的凌熙。

凌熙通宵做的方案得到了食品公司的认可，这次蟹黄味薯片上线很成功，都快卖脱销了。对方表示要感谢下凌熙，但凌熙坚决不收钱。对方表示凌熙一个晚上搞定的方案，公司里一个星期都没讨论出来，邀请凌熙加入公司营销部门，也被凌熙婉言谢绝了。毕竟凌熙现在更想自己创业。

中午的时候，她已经打了两份饭，在食堂等着莫格利。

见莫格利迟迟未到，凌熙自顾自翻开一本《00后消费习惯调查》看起来。旁边还放着一大摞书，《服装发展史》《服装的演变》《网络购物心理指数报表》……以及改了很多稿的创业策划案。

储时和莫格利夹着剩下的册子，端着餐盘，有些低落地往用餐区走。

“蛤蜊哥哥，为什么同样主题的活动，上次我们在小区就办得很成功，这次在学校就没人关注呢？”

“这次的受众不一样。我们这种行为跟在街边发传单是相同的性质，应该转变策略，重要的是，想想以后怎么把人吸引过来。别灰心。”莫格利鼓励着储时。

“嗯！没有什么不开心是一顿美食解决不了的，如果有，就再多吃一份！”储时说完要去窗口加菜，原本的失落瞬间消失不见。

莫格利看见不远处的凌熙，笑着走过来。他并未发现凌熙异常，闻着饭香，如痴如醉。

“书上说，这世间万物，唯有美食和爱不可辜负。我低头是美食，抬头是爱，满足！”

“你自己倒是满足了，怎么不想想，有没有辜负它们。”说着凌熙指着自己打来的饭菜，对莫格利的迟到表示不满。

“被你这么一提醒，好像还真是。好东西要大家品尝，你来尝尝这块可乐鸡翅。”

“太甜，不吃！”

“那这块锅包肉呢？”

“太油腻，不吃！”

“那醋熘白菜呢？”

“我不吃醋！！”

这时，储时端着盘子笑嘻嘻地出现。

“蛤蜊哥哥、凌熙姐，不介意我坐这里吧？”

“呵呵。不介意……”凌熙冷冷地说着，顺势把面前的汤碗移开，储时却坐到莫格利对面。

储时刚坐下，就激动地指着凌熙的餐盘大叫。

“哇，可乐鸡翅！锅包肉！这醋熘白菜加醋更好吃。”

说着拿醋瓶子就往里倒，并示意莫格利尝一下。

莫格利尝了一口，竖起大拇指说道：“绝了！这是我来城市吃到的最好吃的东西之一。”

储时特别开心，“我以为这个世界上，就只有我一个人喜欢这种奇妙的味道，没想到你也喜欢。”

“是啊，臭味相投！”凌熙心里不免有些吃醋。

莫格利夹起一撮蘸醋的白菜刚想给凌熙喂一口，突然，凌熙猛拍桌子大叫起来，“渣男！”

这一叫把莫格利吓了一跳，心想凌熙为什么这样说自己，然后他从凌熙的眼神中得到了答案。原来这句话不是说他的，从凌熙的角度望过去，食堂不远处陆子曰正跟一名陌生女子挽着手，两人看起来相当亲昵。

凌熙火气冲天地往前冲过去，像个点燃引线的雷管，随时轰隆一声就能把学校炸出个窟窿来。

“渣男，给我站住！背着唐澄勾搭其他女人，看我不跟你没完！”

陆子曰并未听到凌熙的咒骂，挽着冯知言向食堂外走去。

莫格利着急地从食堂追出来，手里举着凌熙遗落的创业策划书，大声喊道：“凌熙，你去哪儿？东西忘带了！”

莫格利身后，腮帮子塞满饭的储时也追了出来，但因为嘴里都是食物，一时只能发出断断续续的声音。

“你们……等……等……等我呀！”

李昱珩走在校园里，蓝牙耳机正在闪着光。颀长的身材完美地撑起了身上的风衣，名副其实的“衣架子”；挺拔的身姿气宇轩昂，像是专业的模特。

他正专心地打着电话，“跟风那些已经大热的绩优股，只会重复别人的成功。墨子资本从来都是独创。我们的目标，是要挖掘那些尚未被挖掘的种子选手，帮他们成为业界标杆。”

他忽然眼见一个美女咬牙切齿，全身充满杀气，嘴里还叫嚣着：“我今天要替唐澄行道，见神杀神，见鬼……”

李昱珩一下子不知道该如何躲避，伫立着不敢动弹。而凌熙迫于惯性无法停下脚步，飞身跃起，扑向男人。就在她飞到空中的瞬间，目光扫过男人的衣服，几个关键词一一闪现。

手工款、一流设计师、定制纽扣、完美走线……

“这衣服太贵了吧，我现在已经倾家荡产，撞不起！”凌熙马上意识到撞击的代价。只见凌熙扭曲五官，像是缩骨功，夸张甩出一个反向“C”字形身姿，擦着男人的风衣和手上的南瓜粥躲了过去。

“不好意思，借过！”突如其来的动作，带起一阵旋风扫过男人的脸。

李昱珩一瞬间有些愣神儿，电话里传来声音：

“李总？李总？你怎么了？”

“没事儿，刚才有阵雾霾从我身边刮过去，差点撞翻我的南瓜粥。”李昱珩微微皱了皱眉，“我刚说到哪儿了？”

“李总，您说粥！”

李昱珩有些出神，看着凌熙的背影消失，摇摇头，转身准备往另一边走，突然有种不祥的预感袭来。

“让一让！”莫格利张开双臂扑过来。嘭嘭两声巨响，南瓜粥飞了出去，策划案也在空中飘散开来。

李昱珩蓝牙耳机里的声音还在继续，“李总？李总？你还好吧？你刚刚说的是南瓜粥……”

“呃……我还好，南瓜粥在我身上。”李昱珩看着自己胸口上，一大片南瓜粥。

莫格利真诚道歉，“对不起对不起，我没料到你突然转弯了。”

李昱珩冷静地说道：“我倒是也没料到，五米不到的一段路，来了个连环撞。”

“我女朋友的策划案忘在食堂了，我只顾着追她，没有注意看路，抱歉。”

李昱珩随意地翻看了捡起来的创业策划案，皱了下眉头，“随便翻三页就两个漏洞，这种策划案，垃圾桶才是最佳归宿。”

“漏洞？什么漏洞？”莫格利十分好奇，情不自禁地用手去擦李昱珩衣服上的南瓜粥。手上力道失控，使得李昱珩差点儿摔倒，莫格利尴尬地往后避让。

“别擦了，越擦越脏。”

“等等，你才看了几眼，还是倒着看的，就说这份策划案有漏洞？”

“我有经验。”

“你是，风险投资人？”

莫格利这才仔细打量李昱珩：轮廓分明的五官，帅气成熟的脸型，炯炯有神的眼睛……有种似曾相识的感觉。

“我是谁不重要，重要的是想要打动投资人，光靠过往的案例和几个现成的数据是行不通的。”

“那还需要什么？”

李昱珩看了看手表，“我没有义务回答你。”

莫格利和储时把擦拭南瓜粥的纸巾丢入一旁的垃圾箱，再转头，李昱珩已经不见影踪。只见一辆宾利汽车从眼前飞驰过去。

莫格利转头问储时，“你有没有觉得，这个人挺熟悉的，好像在哪儿见过？”

储时摇头表示没印象，莫格利却眼前一亮，嗖的一声，追着宾利汽车往前飞奔。

储时静立在原地，完全莫名其妙，“蛤蜊哥哥不是追凌熙姐吗？怎么掉头追陌生男人了？剧情发展得太快……”

校园小道的另一边，冯知言挽着陆子曰的手臂，脸上露出甜甜的笑容。两人也不避讳学生的目光，自然而然地并肩走着，像一对相爱多年的老夫老妻。

“要是每天都能像这样牵手漫步，朝看红霞，晚观夕阳，执子之手，与子白头，我就知足了。想想就觉得美好。”

“这种人生，应该……不，一定也会很有趣。”陆子曰觉得自己说话时眼光都有些闪烁。

这诗情画意，忽然被一声大骂破坏了。

“渣男，陆渣男，回头。”

陆子曰辨认出凌熙的声音，赶忙回过头来。

凌熙三步并作两步蹿到陆子曰跟前。锋利的眼神，先凌厉地扫过陆子曰，再瞥向冯知言，最后停留在两人挽住的手臂上。

“当着我的面还这么放肆，胆子也太大了吧。”

陆子曰和冯知言并没有像凌熙预期中慌乱的样子，反而异常淡定。

“子曰，这位是……？”

“一个……相识的熟人。”

凌熙听了愈加生气，“喂，谁跟你是熟人，我们现在是敌人。陆子曰，你让我说你什么好，我知道你跟唐澄最近感情有点儿不顺，但就算吵架了，闹了矛盾，也不至于转头就跟别的姑娘搞在一起吧，你对唐澄就没有一点点担心？”

“没有。”陆子曰回答道。

“真是世风日下，道德沦丧。”凌熙看着眼前的两个人感觉自己血压都增高了。

冯知言察言观色，便说要先回办公室，临走时在陆子曰手里捏了捏，给陆子曰充分的信任和力量，然后转身离开。

这一细节被凌熙看在眼里，“啧啧啧啧啧，很有手段啊，以退为进。表面上是柔柔弱弱的林黛玉，骨子里指不准是心狠手辣的梅超风。”

“她不是你想的那样，她就是一个简单的姑娘。”陆子曰解释。

“你的意思是我看走眼咯？”

陆子曰没说话，权当是默认了。

“是，我是看走眼了，当初你追唐澄的时候，我就应该擦亮火眼金睛，早点儿看出你是朝三暮四、道貌岸然的家伙。说你是花心大萝卜，都侮辱了萝卜这种蔬菜。”

“你就不听我解释下吗？”

“有什么好解释的！你当我眼瞎吗？当初追唐澄的人那么多，你居然辜负她……”

陆子曰吐了口气，冷冷地说：“我跟唐澄分手了。”

凌熙一时愣住。

陆子曰继续说道：“所以刚才你看到的那个女孩是我女朋友。”

凌熙简直无法相信自己的耳朵。

陆子曰继续说道：“你们关系这么好，她都没有主动告诉过你吗？”

凌熙回道：“她跟你分手了，一点儿异常都没有，代表你在她心目中根本不重要。”

陆子曰脸色黯淡下来，“最好是这样。”

二十三　墨子资本

马路边，李昱珩熟练地把车停到车位上，蓝牙耳机闪着光。

“路上发生了点儿小插曲，我五分钟后到达公司，通知各部门到会议室集合。”

李昱珩看着胸前一片凝固的污渍，摇摇头，下车从后备厢拿出一套备用休闲装，躲进后座。他快速脱下衬衣，露出壮实的肩膀和线条分明的肌肉。

突然，一双眼睛出现在车窗外，李昱珩条件反射捂住胸口。摇下车窗后，才看到是莫格利的脸。

李昱珩震惊地问道：“又是你！你怎么追上的！”

莫格利边喘气边说：“我……我想起你是谁了，墨子资本 CEO，李昱珩。”

李昱珩脸上没有太多表情，自顾自穿好衣服。

莫格利说 ：“我在《商业周刊》的封面上见到过你的照片，你的一些观点，我很赞同。”

“如果你苦心追过来，就是为了说一个我并不在意的事实，那请立刻消失。”

李昱珩关上车窗，莫格利一把按住玻璃，“我想问一下，你说的策划案的漏洞，到底在哪里？”

莫格利一路追着李昱珩来到公司大堂。

李昱珩抬手看表，“追我这么远，只是想听我的评价？”

“这是我女朋友的策划案，任何有利于她的信息，我都不会放过。”

李昱珩被莫格利眼神里质朴的坚定打动，便缓缓说道 ：“这份策划案的主轴是要建立一个集合优秀青年服装设计师的平台，但一没有对设计师进行细分和着重分析，二看不到集群化之后的品牌风格。营销推广部分不错，但只是把客户吸引过来，也就只能做成一个普通网络中介，缺乏令人肾上腺飙升的点。”

“如果我找到解决方案，那你是不是可以考虑给我女朋友投资？”

李昱珩看了下表，“你只有三分钟，可能性很小。”

莫格利闭眼，在大脑里疯狂搜索过往的知识。突然，领悟到什么似的，莫格利眼睛睁开了。

“你说得对，青年设计师，只是在年龄上对设计师进行了归类，并没有在风格上做出划分。对这个问题的解决方案，可以用时下很流行的极简风、色彩风或者悟道风，把设计师分成不同的类别。每个设计师可以发挥专长，顾客也能更好地找到自己对应风格的设计师。”

莫格利继续说 ：“此外，可以再想出一句口号，类似淘宝的‘淘！我喜欢’、奔驰的‘心所向，驰以恒’。用一句核心标语把平台的核心文化强化出来，让个体真正变成一个整体。”

李昱珩笑了笑 ：“我拒绝过上千份策划案，你是第一个在这么短的时间内追问原因，并且找到至少一个解决方案的人。还有一分钟。”

“还有一分钟能不能留给我女朋友？她比我厉害一百倍，她是个很有商业头脑的天才，恳请你见她一下……”

这时，秘书拿着文件走了过来，“李总，这些是高氏集团森木度假村项目的前期调研资料。”

李昱珩直接跳过细节，问核心问题：“这个项目，最大的问题是什么？”

“动植物的管理和保护是大头，开发区处于高原气候带，经过调查，周边只有豹猫和猕猴这两种属于保护动物，其他情况是……”秘书干练地回答。

莫格利却突然插嘴，“不对，一般情况下，这种气候的地方至少还有三种保护动物，棕熊、盘羊，还有狼。”

李昱珩和秘书都同时用奇怪的眼神打量莫格利，并没有回答。

“三分钟时间到。”李昱珩和秘书同时踏入电梯，电梯门缓缓合上。

“等一下，我衣服还没赔给你呢！”

“不用赔了。”

“不不不，我是个有信誉的人，说到就做到，你把账单寄到我——”还没等莫格利说完，电梯门彻底关上了。

幽暗的地下车库，郑理稳稳停住车，绅士地把热咖啡和早餐递到白艺凌手上。两人目光交会，相视一笑，温馨的恋爱气息在身边围绕。

“怎么样，对我这个专职司机兼外卖送餐员的服务，还满意吧？”

“五星好评。”

白艺凌从包里掏出一个袋子递给郑理。

“给你，抵车费。”

郑理接过袋子一看是紫菜饭团，自己的最爱。

“你每天绕道来接我，对我来说当然很方便。但这种方便是有边界的，是以牺牲你的时间为前提。我不想因为恋爱打乱你原来的节奏。”

白艺凌的体贴让郑理无比感动。

“原来的节奏？认识你之后，我的节奏才从乱码变得像摞好的俄罗斯方块一样整齐。”

两人相视一笑，郑理直接把白艺凌拉向自己。刚要吻上，白艺凌一把推开郑理，力道大得让郑理差点儿撞到车门上。

白艺凌谨慎地指着窗外，“谈总。”车窗外，谈总的车缓缓驶过。

“我们是正经恋爱，谈总也不是纠察队。我亲女朋友，不用向他报备吧。”

“我们现在还没对外公布，低调点儿好。”

沃夫集团办公室里，电话铃声、打字机的声音、饮水机咕噜咕噜的冒泡声，此起彼伏地响着。

格子间里的同事们有的在网页上做设计，有的复印资料，有的在分析数据，众人来来回回，纷纷忙碌着。

大会议室里，凌正浩、郑伟珏、谈总、郑理、白艺凌、凌宇，以及一群高层围着一张大会议桌正襟危坐，有的翻笔记本，有的在电脑上记录。

凌正浩在中间，旁边是郑伟珏和谈总。

凌正浩首先发言：“这次，一直跟我们合作的后期公司科力公司出了问题，导致现在整个项目进度推延。责任先不追究，大家现在有解决方案吗？”

凌宇似乎早有准备，自告奋勇，“这次科力的拖延，表面上是因为时间不够，但本质上反映了一个老牌后期公司的衰退。”

凌正浩认同地点点头。

凌宇补充道：“近期的几个项目合作下来，他们在人员配置、技术更新、机器设备上，都暴露出了短板。我认为，应该立即终止合作，对于合作的乙方，应该择优而取，优胜劣汰。”

郑伟珏却不太忍心，“可是，科力毕竟是合作了这么多年的老客户，配合度、默契度都很高，贸然换掉，短期内能找到完美的替换伙伴吗？”

凌宇早有准备，他向众人分发资料，资料上有三家新公司列表。

“这些都是我考察的一些成熟公司，在业内经验丰富，有很多成功案例。如果长期合作，价格上还有优惠。而且现在时间紧，可考察的公司不多，在可控风险内，这类公司是最佳选择。”

凌正浩看向郑理，“郑理你怎么看？”

“凌宇说得没错，这几次合作，暴露了科力的问题，但也暴露了我们的问题，长期合作，导致依赖度增加，选择面变狭窄。”

谈总问道：“所以，你也觉得，是时候换下家了？”

“不，是换合作模式！”

众人对郑理的话感到震惊，一时议论声此起彼伏。

郑理表示，任何长期合作都会存在风险。想要从源头降低风险，拓展选择面，就要从原来的“一对一”模式变成“一对多”的模式。

“白艺凌之前在后期公司有十多年经验，人脉很广，她推荐了很多奋战在一线的初创团队。这些天，我依次考察了这些团队，他们大部分很有创意和激情，就缺一个机会；我们有机会，刚好需要新鲜的血液，有了这种高度契合的诉求，相信最后做出来的东西也更有竞争力。”

与会的高层们交头接耳，纷纷点头。

凌正浩、郑伟珏、谈总三位领导沟通了一下，最后都觉得郑理提出的方案也很好，以后就按照这样做。凌宇听到决定后不自觉地握紧了钢笔，笔尖在纸上戳破一个洞，墨水随即晕染开来。

会议刚结束，高婕就打来电话。

“亲爱的凌宇，下班了吗？”

“可能要加班。”

“啊——我已经订了一家人气很高的店，找了票贩子，给了两倍排位费才预订上的，他们家的鱼肝和油淋飞鸟贝很棒……”

“那就改天吧。”

电话那头沉默片刻，高婕似乎在努力调整语气，不让自己发火。

“我怎么听你情绪不高啊。是在为投资失利的事情郁闷吗？上次那笔投资呢，本来是稳赢的，没想到出了问题，我爸也很意外。但这总归是我拉你进来的，我会负责到底，亏空的那笔投资，我会想办法帮你补上的，你不要有太大压力。”

“我会自己想办法的。”

“别说得那么见外，我们不是一家人吗？你用不着觉得欠我的。”

高婕表面上是安慰，实际上是用更大的背景压迫凌宇。

“我接下来还有个会，先这样吧。”

“等等，我爱你。”

“嗯。好。我挂了。”

“你呢？”

凌宇只得敷衍一句“我也爱你”。

挂完电话，凌宇眼神涣散地站在原地愣神儿，却发现郑理和白艺凌站在他身后，于是故作轻松地拍了下郑理肩膀，“你刚才在会议上提的那个想法很不错，真羡慕你，有这么个得力助手。”

郑理和白艺凌尴尬地笑着，并没有接话。

都市的夜晚微风习习，凌宇戴着耳机，滑着滑板，在街上漫无目的地游荡。

想到白天凌正浩否决了他的提议，想到高婕电话里提及的投资失败，凌宇非常郁闷。

突然，凌宇重心不稳，啪嚓一声，摔倒在地。这一摔，凌宇发现躺着也挺自在，可以望着星空发呆。

迷迷糊糊中，突然一个“仙女”出现。

那一刻，所有的光晕正好，夜风轻拂，四下极静，天地之间，仿佛只剩下两个人。

“我不会是在做梦吧？”凌宇掐了一下自己。

储时的手在凌宇眼前晃了晃，凌宇才恢复了神色。

“你手受伤了。”储时看见凌宇手上的伤口。

“没事，刚才滑倒的时候，不小心蹭到的。”

储时一把抓过凌宇的手。两人的手贴在一起，凌宇的心跳开始加剧。

“你知道滑滑板最大的要领是什么吗？”

“平衡？”

“不对！”

“小心翼翼？”

“不对！”

“那是……？”

“敢！”

凌宇有些意外。

储时认真地说道：“你要敢踏上去。用身体跟它交流、对撞、沟通，才能找到最佳的平衡状态。”

凌宇自嘲地笑笑，从小到大，自己好像都小心翼翼，从来不知“敢”为何物。

储时在凌宇面前玩着滑板，腾挪跃跃，展示技巧。

凌宇默默看着这一幕，所有工作的不愉快和人生的不如意仿佛都被抛诸脑后。

他希望时间慢一点儿，再慢一点儿，为此他愿意放手一搏。

高婕那边的生意出了点儿状况，如果继续让高婕承担损失，自己一辈子都会抬不起头！他决定找别的方法去筹钱。

看着储时的身影，凌宇暗自下了决心。

同样的夜晚，凌熙约了唐澄去喝酒。

“干！”唐澄咕嘟咕嘟，一口饮尽，紧接着，又干了第二杯、第三杯。

凌熙看呆了，在第四杯的时候，终于抢下唐澄的酒。

“我知道你酒量好，但再好的酒量，也不是你这么个喝法。待会儿你要是醉了，我还得扛你回去。我最近生活质量下降，营养不良，没力气。”

“好了，你可以安慰我了。我知道你约我是为了我失恋的事儿。”

“你看你现在什么样子，还是那个夜店女王、情场女魔头吗？你从头顶到脚指头尖，都散发着一种被人抛弃一蹶不振的味道。快点儿跟我解释一下到底是怎么回事。”

“我是。嗝——”唐澄的酒气扑到凌熙脸上。

“我今天还指着陆子曰的鼻子，告诉他，他在你心中根本不重要，分手对你来说无所谓。”

“有所谓。”

凌熙绝望地躺倒在吉普车里，唐澄也跟着躺下，两人看着车顶发呆。

“你不会是假唐澄吧，这几天到底经历了什么，让你发生这么大的转变？”

“我也说不清楚，在家躺了两天也没躺出个答案来。什么他喝茶，我喝酒，我们不合适，现在我们不都既喝茶又喝酒了吗？！”

“我现在特别后悔，当初要不是我追郑理，就不会让你去拖住陆子曰，你也就不会跟他发生这么多扯不清的关系。说来说去，还是怪我。”

“别强刷存在感啊。老娘的失恋跟你没半毛钱关系。”

凌熙起身，一把把唐澄拉起来，“不行，不能输，赶紧赢回来。我追郑理就是输了，你不能输。去找新男人吧，我带你去泡吧。”

“不去。”

“那就去普华大学偶遇陆子曰。”

“不去。”

唐澄不断退缩的态度，让凌熙窝火，“你一个人在这边自怨自艾，他在那边找了新欢。你这次怎么这么尿啊，输得太惨了，一败涂地。”

说着凌熙掏出唐澄的电话，想要拨打陆子曰的号码，“直接骂他去，我就不明白了，追你的人那么多，他到底有什么值得你喜欢的？”

唐澄望着远处，眼神空洞，“是啊，他到底有哪点好呢？他活在考古书里，他生活规律得像个八十岁的老头子。他这种人就应该被送到男耕女织的原始社会去……”

凌熙注意力被分散，并没有发现，手指已经按到拨出建，屏幕上显示正在连接陆子曰的手机。

陆子曰和冯知言正在普华大学门口的大排档吃饭。

看到了手机屏幕上唐澄的来电，陆子曰瞬间僵住。

“子曰，你的电话。”冯知言提醒道。

陆子曰迟疑片刻，还是接起电话，唐澄骂骂咧咧的声音，从听筒传来。

“他以为他是谁啊，陶渊明啊，整天采菊东篱，煮酒看花。简直太迂腐了，一心只想结婚，没有一点儿创意，他爸妈还很奇怪，一家人都是怪咖……”

唐澄的抱怨，像是一把把锋利的剪刀，不经意间，把陆子曰扎得百孔千疮。

冯知言似乎发现了什么异常：“子曰，谁啊？”

“打错了，一个电话推销，问买不买地铁附近的房子。”

电话那头唐澄还在继续抱怨，“他这么多缺点，几乎每一条都触碰我的雷点，可是……”

陆子曰急忙挂断了电话，努力调整出一个云淡风轻的笑容。

屏幕上的通话图标消失了，陆子曰和唐澄都不知道，在这关键的时差中，美好的爱情，就这样错过了。

“可是，我就是好喜欢他！！毫无自控力地喜欢他！！”

唐澄仰头，两行眼泪哗啦流下来。凌熙抱住唐澄，不断抚摩她后背，安慰她。

群居动物中，只有人类的情感可以无关任何利益、条件、物质。人性中最重要的一点就是通情，你难过的我也难过，你的疼痛我也能感同身受。哪怕差别很大，有很多不同点，也能在对方身上找到共鸣的微光。

唐澄关掉了车内的灯光，车内一片黑暗。黑夜里，传来唐澄和凌熙的对话：

“凌熙，我还是放不下他，怎么办啊？”

“放不下就拿起来啊。”

一夜的宿醉过后，唐澄和凌熙相互拖拽着回家。凌熙在门口踟蹰，有点儿不想进去。

唐澄看出猫儿腻，“这一晚上，莫格利都没给你来个电话，你们还好吧？”

“不好！他整天和储时鼓捣他们的环保计划，现在莫格利和储时在一起的时间比和我这个女朋友多多了，真搞不懂他怎么想的。”

唐澄还没来得及担忧，进门便见莫格利跪在搓衣板上，不明所以。

“我有一个坏消息，一个好消息，你先听哪个？”莫格利开口了。

“当然是好消息，我心情已经很差了。”凌熙回答道。

“好消息是，我把你的策划案给墨子资本的李昱珩看过了，他很感兴趣。”

“真的？”凌熙看了看唐澄，又看看莫格利，脸上露出惊喜。

“可坏消息是，我刚才收到快递过来的单子了，我赚的钱好像还赔不起这件衣服。”莫格利举起手里的账单。

“什么衣服？”

“就是今天在食堂门口……”

凌熙意识到什么，一把夺过账单，看上面的数字，眼睛圆睁，“那件我左冲右突才避过的衣服？！”

唐澄伸脑袋看了下账单：“高级定制，手工款，八万！这是一件金缕玉衣吧！”

“凌熙，我错了。我愧疚了一晚上，自责了一晚上，你骂我吧！是我一夜之间又让大家成为负资产阶级了。”

凌熙一反常态，并未发火，她深呼吸一口，看着自己手中的策划案，充满信心。

“我会让大家重回生活巅峰的！”

普华大学校园内，学生们来来往往，熙熙攘攘。

阶梯教室里，穿着各种职业装的学生们悉心听讲，认真记着“资产配置三大类，

均值 - 方差，HARA 效用函数，行为金融学效用函数”等知识要点。

教室的最后一排，李昱珩正一个人坐着，他三心二意地听着老师的课，在自己的笔记本上画了一个“美林时钟”。他没发现，在他前方不远处，一个眼神偷偷向他瞥来。眼神的主人正是和这个教室格格不入的凌熙。这节课凌熙上得格外努力，抢着回答老师的各种提问，成为班级里的焦点。

下课铃响后，李昱珩一边发着手机信息一边走到自己的车边，刚掏出钥匙要开门，忽然见到斜里蹿出一个身影，向他毕恭毕敬地递上一个东西。

“李总您好！”

李昱珩被吓了一跳，手上的钥匙险些掉落在地。他定睛一看，凌熙递上的是一碗南瓜粥。

“这位同学，打招呼的方式有很多种，不必非要一鸣惊人。”

“那必须让您……您印象深刻啊！上次急急忙忙从您身边绕过，害这碗南瓜粥被浪费了，很不好！我刚才特意去食堂打了一碗新鲜出炉的，您趁热喝了吧！”

李昱珩没有伸手去接，有点儿不耐烦，“不好意思，我没印象了。”

李昱珩解开车锁，就要上车，凌熙急忙拦住：“不记得粥不要紧，您对我有印象就行了，刚才我还在课上回答过问题，您想起来了吗？”

李昱珩又想开车门，凌熙再度拦住他，耐着性子，努力面带微笑地从包里拿出自己的策划案。

“没关系，重要的是记得这份策划！昨天在我男朋友的引荐下，您已经见过它了，这您想得起来吗？”

“所以是你？”

凌熙拼命点头，“您赞扬策划案有亮点、有想法、需补足，他回来都告诉我了。说实话，这是我连熬多天的心血，为了让它变得更有价值，我也按照您提的意见修改了，您再看看？”

李昱珩疑惑地看着凌熙，接过策划案翻阅起来。

凌熙见他看得很认真，稍微安心了几分，“南瓜粥我可以赔，可是那件衣服的钱……抱歉我赔不出来，但这份策划，希望可以够资格抵那件衣服。”

“这是你一晚上修改出来的？”

“是啊，生意人不但要讲求效率，还要讲求质量和信用，这三件我都会努力证明给您看。”

李昱珩合上策划案，一脸冷漠，“所以，今天课上的那些概念，也是一晚上背出来的吗？”

“是，我为了在课上好好表现，让您对我有印象，所以花了一晚上复习。”

“是吗？既然复习了，那为什么和你的这份策划案一样漏洞百出？”

凌熙脸上的微笑瞬间凝固。

李昱珩继续说道：“你在课上强行卖弄的行为已经让我留下了不好的印象。短时间的强记是不可能理解到位的。总是做表面功夫，难怪策划案也很表面。”说罢随手把策划案抛还给凌熙。

李昱珩不管还愣着的凌熙，打开车门，坐了进去。凌熙反应了过来，赶紧跑到另一边，趁着车门还没上锁，迅速开门坐稳在副驾驶位上，这倒让李昱珩有些措手不及。

“请你告诉我策划案的漏洞到底在哪里？”

“这位土匪小姐，请问我有什么义务成为你的人生学或者经济学导师？麻烦你下车，不然我带你去废物回收站。”

凌熙一转身，李昱珩以为她要下车，谁知她只是扣上了安全带。

“请随意！不管你怎么说，我只想告诉你，不懂的地方我会改进再学习，这份方案也是一样，我可以改善到你满意为止！”

李昱珩觉得眼前这个女孩脸皮够厚的，“我不喜欢的，是你这个人。走捷径、不懂装懂、迎合别人，恰好都是我最讨厌的气质。”

凌熙有些不服气，“你是对我有偏见吗？没关系，我卖的是策划案，只要有亮点，能投资，能为你赚钱，我是怎样的人，有所谓吗？”

“我是一个风险投资人，见过的亮点还少吗？缺少的不过是能把亮点执行下去的人。就因为你爱抄近道的本质，策划案才改得像一团废纸，毫无用处。”

李昱珩解开凌熙的安全带，越过凌熙，打开她那边的车门。

“我再说一次，麻烦你下车。这个副驾驶座，是留给重要的人坐的，你没资格。”

李昱珩开着车向校园外驶去，路过校园广场，忽然被攒动的人群吸引了注意力。他摇下车窗望了过去，居然见到人群围住的是莫格利和储时，和他们在一起的还有两台健身车。

广场中央，两棵树中间拉着横幅“低碳环保，绿色骑行”，一旁搭着的长桌上，摆满了各种用废旧材料制成的工艺品。

陆子曰和莫格利正疯狂骑着健身车，陆子曰的长袖T恤衫半撩到腹肌中央，隐约露出了下腰背部的肌肉和一部分腹肌，加上脸上流着的汗水，显得魅力十足。

一分钟时间到！陆子曰和莫格利急速停止。等他们停下，储时从莫格利和陆子曰的手上拿下先进的运动手表，拿出手机查看心率。

“两位在一分钟里分别骑行425米和462米，两位骑行的距离总共节约碳排放量0.3千克！”

陆子曰卷起T恤衫角擦拭汗水，随即引来女生阵阵尖叫。

莫格利赶忙从车上跳下，“各位可以通过和我们的陆老师比拼耐力，得知自己能为环保作出多少贡献，有没有人想尝试一下？”

储时拉拉陆子曰的衣角，继续低语，“陆老师，快把衣服卷高一点儿。”

陆子曰无奈，只好把衣服向上卷起3厘米，这下胸肌露得更多了。女生们纷纷流着口水举手，跃跃欲试；男生们也个个不服输，上前争抢上场的机会。“我来我来”的声音此起彼伏。

莫格利和储时互使眼色，两人都十分满意，邀请陆子曰来帮忙真是个好主意。

经过两位帅哥的演示，同学们纷纷报名参加了“三天累计骑行40公里”的活动。

“蛤蜊哥哥，你真是得了凌熙姐的真传，这下居然有100多个人报名了！累也值得了！”

“也谢谢你，不过你还要帮我个忙，去做下翻译……”

“啊？”储时一头雾水。

不远处的李昱珩看着莫格利觉得很有意思，开车驶离了学校。

另一辆车却擦身而过驶了过来，车上坐的正是凌宇。

凌宇原本是路过学校，打算邀储时一起吃个饭，却撞见前方莫格利一副讨好储时的样子，储时昂着头假装摆着架子却立刻笑到岔气，两人一路玩闹过去。开着车的凌宇忽然脸色一变，好一会儿，才回过神儿来。

凌宇掉转车头，开出几百米，正撞见在校园小道上打电话的凌熙，便再也按捺不住心绪。他把车停在凌熙面前，摇下了车窗。

凌熙边打电话边看着自己的策划案，有点儿烦躁，奈何莫格利一直没有接电话让她很不爽。

这时候她忽然听见一个熟悉的声音响起。

“你没事做吗？”

凌熙吓了一跳，没想到凌宇出现在这里，本能地回了一句：“你不也没事吗，不然怎么会出现在这里？”

“我不出现在这里，怎么能知道有些人表面一套，背后一套。”

凌熙低头看了看自己，被凌宇说得莫名其妙。

“你在说什么？我好好念个书惹到你了？”

“哼，自己做了什么、没做什么不知道吗？不知道自己张牙舞爪、毫无魅力讨人嫌吗？你就不能收一收你这嚣张性格，变得像个女人一点儿？”

“我像不像女人关你什么事儿？！我说你这个人还真是喜怒无常，飘忽不定，前阵子还好声好气来求我，现在见了我就没句正常话。我身上是有什么触发你情绪变换的机关吗？”凌熙感到十分生气。

凌宇也不甘示弱，叫嚣道：“你能触发某人的情绪才好！别什么事都蠢到要别人来提醒，你长点儿心吧！管好你的男朋友，别让他到处撒野！”

凌宇说完便摇上车窗，急速驶离了校园，留下孤独的凌熙看着手机上仍然没接通的电话……

我的莫格利男孩

阿如 著

下

中国出版集团
中国民主法制出版社
全国百佳图书出版单位

目录

（下册）

二十四 我没有错

天上的云朵缓缓飘动，变换着不同的造型。

傍晚时分微风渐起，凌熙背着包，失落地往家所在的方向走着。一抬头，却见两辆自行车从不远处飞驰而过，坐在上面的正是大笑的储时和莫格利，两个人正拉拉扯扯。

凌熙冷冷地说道："你们这过家家游戏玩得倒是挺开心啊。"

莫格利和储时随即一愣，转头看向凌熙。

莫格利兴高采烈地招呼凌熙，"凌熙，你回来啦！我告诉你，今天……"

"你失联一整天，不说去哪儿，也不接我电话，我差点儿就要学老中医张贴治疗牛皮癣广告那样四处张贴寻人启事了。"

莫格利一愣，"电话？"

他迅速卸下自己的背包，从里面找出手机，点开一看才发现手机被静音了。

凌熙质问道："你和储时一整天都在一起吗？"

莫格利似乎没明白凌熙的话，回答道："是啊，我们完成了两件重要的正经事，你要不要听一下？"

凌熙立刻打断了他，"很重要吗？重要到忘了我的存在吗？重要到忘了关心我今天的战况吗？"

气氛越来越凝重，凌熙说话时从未有过的严肃面容，让莫格利和储时感觉到一阵不安。

"抱歉啊，没有关心你是我的错。但是你不问我一下今天去做了什么吗？"

"那你和储时，做了什么'特别正经'的事呢？"

莫格利从包里拿出一堆文件夹递到凌熙跟前，"我拿着你的营销策划案去了一些公司争取了几个工作机会。大家都极力称赞你的才华。这是这几家公司的资料和广告意向。这下你可以大展拳脚了。”

凌熙冷冷地看着莫格利，一点儿高兴的神色也没有。

莫格利看着凌熙的神色，有点儿尴尬。

储时看看莫格利，再看看凌熙，有点儿着急，“今天这个老板是个美国人，所以我当莫格利的翻译去了……”

“我和我男朋友说话，问你了吗？”凌熙转向储时愤怒地呵斥。

储时看着凌熙的眼神不敢出声，迅速飞奔上楼。

储时刚飞奔进楼道，犹豫再三，觉得误会是因为自己造成的，打算回头去解释。飞奔下楼时，却听到凌熙和莫格利正在吵架。

“回什么家，回哪个家？我好心好意说服唐澄把她留在这儿当避难所，难道是让你们同病相怜、互舔伤口，修炼成金童玉女来气我的吗？”

“你说什么啊？我们只是朋友。”

“朋友能好成这样？刚认识就一起搞活动、一起失联，再下去是不是要私奔了？”

“什么私奔？！作为我的朋友，我和她玩得很好，很合拍，但也仅此而已了。”

“合拍？男女之间有纯友谊吗？合着合着就拍在一起了。怎么不见你和陆子曰、唐澄玩得这么‘合拍’？还是只有她对你来说很特别？”

“你明明知道我在意的只有你！我承认今天是我惹你不开心了，你可以罚我骂我，但不用为不存在的事情生气吧？”

凌熙忽然觉得眼前的莫格利和过去很不一样，说话逻辑格外清晰，愣了一愣。

“那，所以，你压根儿不觉得自己有错咯？”

“我和储时只是朋友，在一起做的所有事都事出有因。做环保活动是我们的志愿，今天失联是为了帮你拿下客户……”

“……给储时开瓶盖也是为了我吗？那你为什么不给别的女人开瓶盖呢？”

“储时她……这不一样。”

莫格利脱口而出的这句话，同时让两人惊呆了。不，是三个人，惊呆的还有储时。

听到这句话后正在愣神儿的储时眼看着凌熙飞奔过来，赶紧扑向墙壁，简直想把自己镶嵌进去。

身后的凌熙飞奔而过，储时不知所措。

夜色慢慢在天空中展露开来，不一会儿，整栋楼便被阴影笼罩。储时一个人在楼道间，抱膝坐着，十分困扰。回想着刚才凌熙和莫格利的争吵，储时甩头试图让自己清醒一下。

“不会吧，不会吧，不会吧……”储时自言自语，“是相处的方法不对吗？他不会真的有什么想法吧？那我呢，我不会也对他有感觉吧……一起做活动、一起打了个饭、学了个自行车……确实太亲密了，到底是怎么回事，我们的关系，什么时候变得这么亲密了？”储时站起身，咬着指甲来回踱步。

“要不……还是先回家睡一觉再思考吧。家总是要回的吧，我也是付了房租的；觉总是要睡的吧，我也不是铁人；如果遇到凌熙姐……大不了解释解释再解释！”

储时蹑手蹑脚地回到唐澄家，迅速地从唐澄和凌熙的门口蹿了过去。

正在路过凌熙房间的一刹那，凌熙的门忽然就开了，凌熙从房间里走了出来。

同一时间，莫格利也正从帐篷里走出来——就是这么巧合。

储时一步蹿上楼梯，回头看，正好迎上了凌熙和莫格利的目光。

六目对视，无比尴尬。

储时被震慑住，傻愣愣地站在原地，面前的凌熙却先一步打开了唐澄的房门，径直走了进去。

只剩下储时和莫格利在黑暗的房间里四目相对。

两人像触电般弹开，闪电般回到了各自的窝儿里。一切又归于平静。

这天，陆子曰像往常一样提着包，往办公楼走去。走进办公室，却见门口被大大小小的纸箱盒子包围，一个快递员正推着推车，把剩下的纸箱送了过来。陆子曰走了过去，见到最显眼的一个快递盒上，被玻璃胶封着一张字条。

“第一次送男孩子礼物，也不知道送什么好，茶具养生类我选了点儿好看的，生活用品类我选了点儿实用的，衣服饰品类我选了点儿时尚的，都是你平时能用到的，希望你喜欢。又及：养心更重要。唐澄。”

无奈的陆子曰下班后去健身房健身发泄。

进行器械锻炼时，见到笑脸迎人的唐澄，更加郁闷。

“陆老师，擦擦汗，我新准备的。”唐澄递上了一块毛巾。

陆子曰从椅子旁边摸出一块毛巾擦脸，“谢谢，我不习惯用别人的。”

唐澄收回毛巾，满脸堆笑，继续好脾气。见陆子曰站起来热身准备再战，唐澄又从包里拿出一副手套递了过去，“用手套吧，徒手太疼。”

“唐小姐，你不用白费力气了。我觉得以我们目前的关系，并不适合收你的礼物。你早上送给我的那半座盒子山，我也悉数退回去了，请下次在犯病之前，先考虑下劳动人民，比如快递员的心情，谢谢。”

唐澄往边上一坐，刚想说话，陆子曰又不依不饶地说着。

“哦，还有。以我们目前的熟悉程度，也不适合在各种场合聊天吧？”

“既然是要培养熟悉程度，那就从现在开始吧。等你健完身，我们去吃饭吧？”

“唐小姐，你自说自话的能力是不是太强了点儿？我已经不是单身了，没有报备就随意和其他女人吃饭，对我女朋友不公平，也不是一个标准男友的行为。再说，今晚我还有公事。”

“女朋友”三个字像一个大摆锤，撞在了唐澄的胸口，她心里闷闷的，像是裂了一条口子。

“既然这样，明天见了。”

唐澄转身离开，陆子曰却没有叫住她。

唐澄再也忍不下去，站住，回头。

“其实我今天来只想告诉你，你错了。我不是因为好胜心，不是因为占有欲，我就是因为喜欢你。”

“我不是物品，过去也对我已经没有意义了。我也劝诫唐小姐，与其纠缠不放，不如轻松了断，放过自己。”

“没关系，你随意挑刺，这一次我会坚持到底！我们还会再见的！”

唐澄抬头挺胸，头也不回地走出健身房。

健身后，陆子曰如约来到了一家江浙菜餐厅，餐厅内放着轻柔的音乐，有着零零散散的客人。陆子曰正坐在角落里的一桌，静候来人。

餐厅门口，忽然出现两个老年人的身影——林华凤和易家言。两人从同一个过道走来，却随意抢道，彼此怒目而视。

易家言是陆子曰的客户，他和妻子林华凤正准备离婚。

“陆律师你也看到了，你也应该知道我的日子过成什么样儿了。我的诉求很简单，就是离婚，坚决离婚，死也要离婚！”

陆子曰刚想开口，马上就被林华凤的话打断。

“年纪一大把了还学小年轻打什么离婚官司，没人教你吗？‘凑合’也是一种美德。”

“你这女人不要胡搅蛮缠，从现在起，我不要跟你说话，我让我的代理律师跟你说。”

“哎哟，你不跟我说，我还不要跟你说了！你跟我的代理律师说吧！”

“你也有律师？”易家言愣了一下。

“就你能有私房钱，我为什么不能有？唐律师，这里！”

陆子曰回头，只见唐澄穿着职业装加高跟鞋闪亮登场。

唐澄花了好些力气才从侯老板那里得到了这份案子，自然是为了制造和陆子曰见面的机会。陆子曰觉得眼前这个女人简直阴魂不散。

“好的。我的当事人林女士不同意离婚。易先生如果想要诉讼，那就必须证明我的当事人存在家暴、遗弃、虐待、吸毒、赌博、重婚、坐牢、感情不和分居两年以上，据我所知，这些你们都没有吧？”

易家言生气道：“好了，不要说了，说到底我们就是不合适。观念上、思想上、消费习惯上，找不到一个相同点，互相勉强在一起，何必呢？”

“我就喜欢勉强，你管我？反正这个婚我不离，坚决不会离的！”

“行，我们现在连共同语言也没有了，你跟我律师说吧！”

易家言站起身，十分愤怒地夹着包扭头而去。

“你让我干吗就干吗？想要离婚的是你，我才不费那口舌！”林华凤也跟了出去。

一转眼，面前的两人已经不见了人影，空留陆子曰和唐澄坐在原地干瞪眼。空气一瞬间从嘈杂变得安静，陆子曰和唐澄的耳边似乎还有回音。

“看吧，不合适的人最终都会走到这个地步，及时止损有多么重要。”陆子曰说。

“还不一定呢！”唐澄整理好文件，起身离开。

第二天晚上，心烦的莫格利和陆子曰相约去射箭馆。

“咻”，一支箭从弓上飞驰而出，插在了靶上。电子播报：8.9环。

“你们到现在都没和好吗？”陆子曰问。

莫格利摇了摇头：“在家就关门谢客，在学校就只见背影，其他时间，连影子也看不到。虽然看到她这样我很难过，但我也不觉得自己有错，真的只有道歉这条路吗？”

“那你觉得呢？”

“我只觉得我没错，是她误会了，我不想道歉。”

“你说得对，如果没错，为什么要道歉？感情本就是靠双方的付出，只有一个人的坚持，死撑到最后还是会一拍两散。”

“但如果我现在不迎合她，可能马上就要散了，最后，还能撑到吗？”

“那你是要感情，还是要原则？”

“虽然感情很重要，但在大森林里，猛兽如果不讲原则的话，和一只被分食的兔子也没什么区别！”

“那恭喜你，如果你选择原则，你就活出了自我，和她处在对等的位置，不再是她的附属品了！”

“所以这种原则性的问题，我是不是不该让步，不能妥协？”

“确实不能。”

“好，我会坚持下去。”莫格利若有所思。

莫格利回头看陆子曰还沉浸在思考中，便问道：“子曰，你最近也被感情问题烦恼吗？”

“刚才还烦恼，现在，我也想清楚了！维系情感不能只靠心软和妥协，不然不但扭曲了自尊，最后连感情也剩不下了。作为人，男人，还是得有态度。”

“子曰，你分手以后好像变了，果然感情令人成长。”

“怎么了？”

“换作以前，你可不会说‘态度’‘男人的想法’这种词。你说的都是‘女人’‘理解’‘喜欢’这样的词。短短几天不见面，你是脱胎换骨了吗？”

陆子曰站了起来，走到靶前拿起了箭。

“是啊，脱胎换骨了。”

陆子曰瞄准靶心，“咻”的一下把箭射了出去。电子播报：10环。

同样的夜晚，市中心依旧人流不断。

沃夫集团办公区，池旭鬼鬼祟祟地溜了进来，从厕所边一路溜到了凌宇办公室门口。

凌宇刚和储时聊过微信，储时向他询问如果一个有女朋友的男生喜欢自己怎么办，使得凌宇内心十分气愤。一则是因为他知道储时说的是莫格利，此外他也想到自己的处境。正沉浸在悲伤的气氛里的凌宇一抬头，忽见一个高大的人影站在自己面前，不由得吓了一跳。

“你疯啦！池旭。”

“小凌总，你公司可没那么多优秀员工，这都晚上九点了，外面静得跟停尸房一样，没人看见我。你何必这样一惊一乍的。”

凌宇从座位上弹起来，走到窗户边合上百叶窗。

“你嫌自己不够显眼是吧？要真被人撞见你偷偷摸摸来找我，隔天你就完了！”

凌宇重新回到座位上坐下。

“你杵那儿干吗？有事说事，说完赶紧走。”

“小凌总，你还不知道吗？我已经完了。”

“什么？”

“看来你在这公司的权力没有看上去那么大啊！你连我被开除的信息都不知道，只怕郑理那小子是只手遮天哪！”

“什么开除？什么情况？”

“郑理挺厉害啊，利用我们的合同漏洞去公司里告了我一状，我现在是什么你知道吗？两手一摊的废物。我就想问你，你不是说有办法把我们的公司推进来捞钱吗？为什么他开一个会，什么都被搅黄了？”

凌宇突然爆发，把手上的圆珠笔重重地一扔。

“这事儿你怎么不问问你自己，谁搅黄了谁？”

凌宇站了起来，用手指戳着池旭的脑袋。

“你这驴脑袋也不想想郑理现在的助理是谁，你自己的私事不处理好，干吗去招惹白艺凌？以郑理的位置想搞你就搞你，你有反手余地吗？压着半套房子的钱你能干吗？揣兜里进棺材睡得更香吗？”

“我……我也没想到会这样啊！我还不是为了那两个钱吗？小凌总，你之前这么着急找我说要成立公司，你就没什么需求？你就算不解决我的事儿，你不得解决下自己的事儿吗？”

“早就知道你这驴脑袋不可信，没想到傻成这样了！我现在也鞭长莫及，帮不了你。”

“不行啊！小姚这两天闹得不行，再这样下去我都要第二次离婚了！”

“你自己拉的屎，自己不擦干净还要我帮忙？我警告你，我们那公司的事儿你也给我处理干净了，要让郑理看出什么纰漏，我就和你一起完了。”

“但我们现在还是同一条船上的人，眼看着我就要被淹死了，小凌总你不能见死不救啊！”

凌宇想了想，打发池旭先回去，并告诫他这段时间郑理让他干什么就干什么。池旭大气儿不敢出，悄悄退出凌宇办公室。

白艺凌从郑理办公室拿着文件走出来，忽然看到远处有个熟悉的背影一闪而过。她心生疑惑赶紧跟上，却被一只手拍了一下肩膀，一回头，发现是凌宇。

“白秘书，这么晚了，你加班吗？”

“不是，我来替郑总拿份文件……”

“什么文件？”凌宇咄咄逼人，看着她手里的文件。

“一份策划案，有什么问题吗，小凌总？”

“刚才我进办公室觉得有人进来过，一份重要资料不见了，你见过吗？”

凌宇步步紧逼白艺凌，白艺凌忽然感觉到有一种由内而生的恐惧。忽然，一只手揽过了白艺凌的肩膀，白艺凌转头一看，见是郑理，一颗悬着的心立刻放了下来。

“艺凌来拿一份资料，我看她这么长时间不下来，就上来接她咯。”郑理搂紧白艺凌，在她额头上亲了一下。凌宇内心却升腾起不安。

烦恼的夜晚终于过去了，深秋的早晨似乎有了一点儿凉意。

凌熙悠悠转醒睁开眼，适应从窗外透进的光线，却看到闹钟上的时间醒目到刺眼：9：32。她刚想责备莫格利为什么没有叫醒她，忽然想起两个人现在还处在尴尬的冷战境地。

凌熙迅速下床换衣服，看到了桌上已经摆放整齐的外衣，整齐的衣物旁还有张字条。

“我要去出摊儿，先走一步了，你——别——迟——到！莫格利留。”

凌熙觉得开心又有点儿不屑，喃喃道：“这是示好？没诚意！”

推开房门，刚提起书包，凌熙便发现包里不仅放好了书，还有一盒切好的草莓。门口，一双鞋正安静地摆在外面。电话响起，凌熙见是陌生电话，疑惑地接起。

“喂？”

“您好，我是莫先生预约的专车司机，已经到小区门口了，您随时可以下楼。”

“啊？太阳从西边出来了！”

凌熙坐专车赶到普华大学，下车后三步并作两步往图书馆冲去。

路过食堂的时候，见到人头攒动，两台动感单车生意火爆。喇叭在一旁放着动感的音乐，犹如身临健身房。储时和莫格利尴尬地站得老远，各自跟同学讲解。

凌熙正准备走，忽然见到莫格利抬起头看到了她，然后朝她挥着手，小步跑来。她刚准备直接过去，莫格利已经把三明治递到她的跟前。

“火腿加鸡蛋。完全按照你的要求，还加了双层芝士，快吃吧。”

凌熙端着架子，拿起三明治咬了一口。

“还不错。”

莫格利表现出高兴的样子，“你喜欢就好！”

“行吧。虽然你已经知道错了，但现在的补救措施也就勉强够到和我说话的资格。”

莫格利一脸茫然，刚想开口，凌熙继续说话。

“如果你早点儿知错直接道歉，说不定我气儿消得还能更容易点儿！”

“我为什么要道歉？”

凌熙愣住，咬着三明治转头看向莫格利。

“你刚说什么？”

“我并没觉得自己有错。”

“那你为什么要给我做早饭，又为什么要对我示好，难道不是认错求原谅吗？”

“一码归一码，对女朋友好这件事绝不能含糊。但我没做错的事儿，是不会随意认错的。”

凌熙气到脸都变了形，“那你想怎么样呢？”

“我想以不道歉的方式，和平解决我们的争端。”

人群突然发出欢呼声，一个猛男与另一个猛男骑车竞赛，引来女生阵阵尖叫。

凌熙认真地说：“怎么可能和平解决，你想得倒挺美！解决争端的方式只有一种，就是你道歉！”

“我既然没有错为什么要道歉？你为什么要对我没有做错的事情生气？但最近我们确实是不开心，所以我们难道不应该想一下这个问题怎么解决吗？”

看来两个人的对话陷入了无意义的死循环啊！凌熙非常生气，提着包向图书馆方向走去；莫格利生气地看着凌熙的背影，头也不回地向尖叫的人群走去。

凌熙一口气儿跑进图书馆，失落地坐在了靠窗的座位上。她从包里拿出水杯，“咕咚咕咚”地大口喝水，然后“啪”地把水杯拍在桌上。“我没错”“我不道歉”这些话到底是谁教莫格利的？凌熙越想越生气。

她把书包往桌上一扔，草莓盒子从包里露了出来。盒子里一截草莓因为潮湿已经显出发霉状。

人和人的感情保质期，也只有这么一点儿时间吗？

凌熙靠在长椅背上，有些伤感，忽然见到窗外李昱珩的车缓慢地开了过去，她想到她还有“正经事”。

她打开笔记本电脑，开始修改《青年设计师推广平台策划案第N版》。原来，凌熙准备了一系列的骚扰战术，势必要攻克李昱珩。

二十五 锲而不舍

今天李昱珩遭遇了一系列噩梦般的经历：

在教室内上课，打开书本，却发现书内躺着一份打印好的《青年设计师推广平台策划案第3版》打印稿。

走在前往阶梯教室的路上，跑来一个学生，以迅雷不及掩耳之势，将一份《青年设计师推广平台策划案第N版》拍到他的胸口。

去食堂窗口买南瓜粥，食堂阿姨在南瓜粥上“啪”地放上了一份《青年设计师推广平台策划案第 N+1版》策划案。

哪怕他正躲在男厕所玩手机，也会有一份《青年设计师推广平台策划案 N+2版》策划案从隔间门缝里被塞进来。

李昱珩觉得自己快疯掉了。

他想快点儿离开这个“可怕”的校园，赶忙往车库走去。车库里，李昱珩见到一个身影偷偷摸摸地拿着胶水和纸张往他车上贴东西。没错，正是在车的背面张贴策划案的凌熙。

“麻烦你不要再来骚扰我了，再让我看到你的策划案我就报警。”

凌熙笑脸答道：“如果打扰到了你的生活我很抱歉，但是如果你硬要报警，我可以在公安局给你再看一稿。”

“我上次说的难道还不够明白吗？你不要白费力气了。”

凌熙的态度一下子认真起来，“可能上次我也表述得不够清楚。我也和你一样很固执、很顽强，在我认为可以成功的事情上绝对不会放弃！”

凌熙忽然从背后抽出刚才那份没有粘在车上的策划案，一把塞在了李昱珩手里。

“我真的很认真很认真地改了。你看一眼，绝对会大为改观的！”凌熙干完正事，转身就想逃跑，忽然被李昱珩叫住。

“回来。”

凌熙回头，见李昱珩的脸上写着愤怒和无奈。

“做了这么多事，你无非就是想引起我的注意，你的确成功了，恭喜你。”

“所以呢，有什么奖励吗？”

“你不就是想要个机会吗，我可以给你。既然你的新平台是关于服装设计的，那我要你亲自从头到尾走一遍流程，做一件衣服给我。如果做出来适合我，我就考虑接受你的计划。”

“真的啊？！”凌熙一把抱住李昱珩，两人近在咫尺。李昱珩被这突如其来的动作吓得呆立原地，还未等他回过神儿，凌熙已经跑得不见踪影。

李昱珩回到车上，上半身还僵着。他低头看看自己的手臂和胸膛，心中一阵阵的怪异感荡漾开来。

“什么人啊！”

刚准备开车走，一抬头，却看到车前窗上赫然贴着另一份策划案《青年设计师推广平台策划案完美版》。李昱珩举起手愤怒地想要敲打方向盘，然而手提到空中，他却笑了出来。

“行，算你厉害！”

而凌熙则暗自庆幸，刚才那一抱把李昱珩的体型都了解了一下，再加上之前莫格利收下的李昱珩那件天价衣服也可当作参照，这下接受考验就有了必胜的把握。

校园广场处，活动接近尾声，原本热闹的人群渐渐散去，只剩下莫格利和储时在长桌边整理报名表、工艺品等物。两人仿佛磁铁的同极，互相离得十分遥远。尴尬的气氛在两人的周围蔓延。储时找了个理由迅速离开了现场，留下莫格利一人呆立当场。

“不用逃得……这么明显吧。”

储时偷偷摸摸地跑到食堂，做贼一般东看看、西看看，轻声念叨着不要碰到莫格利……

她环顾四周，确定没有熟人，这才松了一口气儿。就在她觉得自己可以投入到美食当中的时候，莫格利的声音却从不远处传来。

“子曰！”

储时吓得一瞬间食欲全无，蹲在地上缩在角落里不敢动。她慢慢回头，见莫格利朝她飞奔过来，却从她身边跑了过去，才大松一口气儿。

储时吓得手脚酸软，不敢再在食堂逗留，弓着身子赶紧离开了食堂。

莫格利跑上前去，见陆子曰正被拉着往门口走去。陆子曰回过头来，莫格利这才看清，拉着陆子曰往外走的人是郑理。

“走吧，一起吃串儿去！”

三个男人来到学校外的大排档，围坐在一起吃着串儿，喝着啤酒或是饮料。两个饮料杯和一个啤酒杯碰在一起，溅出一些水花。

“敬我们全部脱离单身！干杯！”郑理说道。

“干杯！”

“干杯！”

三人一饮而尽。

郑理是最开心的一个，一直在炫耀自己的女朋友温柔体贴，莫格利则疑惑女孩子总有那么几天有脾气吧。

“莫格利，那是你没遇到作的。说真的，我以前念书的时候，我寝室那几个谈恋爱的同学真的辛苦，那些小女孩儿隔三岔五就给他们点儿颜色，你想破头也不知道你错在哪儿！一见你和其他人亲近就闹情绪；明明有时候你没错，非逼着你道歉。”

正在吃串儿的莫格利被呛到，为缓解尴尬，他伸手拿饮料，却拿成了郑理的啤酒，一口闷下去，差点儿喷出来。

那一边的陆子曰也是自顾自地看手机。冯知言发来一条短信——午安，你晚饭准备吃什么呢?

“要是早安、午安、晚安这样问候，偶尔也会觉得缺少一点儿作料。”陆子曰自喃道。

“子曰，午安、晚安？恋爱中哪有这样相处的，佛学院毕业的吧？”郑理打趣道。

陆子曰一怔，赶紧捂着手机，把屏幕朝下翻了过去。

忽然听见咚的一声，陆子曰和郑理转头，见莫格利醉酒倒地，不省人事。

郑理眼里闪光，摩拳擦掌，“是不是得送他回家？”

陆子曰则截然相反，露出了担忧的表情。

陆子曰和郑理架着莫格利走在楼道内，莫格利一言不发。

三人走到唐澄家门口，郑理率先放手。

“子曰，护送莫格利的任务圆满完成。现在我要去完成我自己的任务了，剩下的交给你了。”

说着郑理兴奋地转身，面向白艺凌的房间按下了门铃。

还没等开门的白艺凌反应过来，郑理急速闪身进入房内，立刻关上了门。

陆子曰无奈地看着这一幕，回过头再看看唐澄家的门，只能先做足心理建设。

整个客厅内，灯火通明。餐桌的桌面上和地上都被各种碎布料、边角料铺满。凌熙满头大汗，埋头苦干，一只手拿着大剪刀、一只手拿着围尺，在几米长的布匹上来来回回丈量，又拿着布料在模特身上比画。

门铃持续响着，凌熙烦躁地扔掉最后一团纸，不耐烦地起身开门。一开门，却见陆子曰拉着醉倒的莫格利站在门口，十分无助。

两人合力把莫格利扶到了帐篷内，凌熙从浴室拿了湿毛巾敷在莫格利的额头上，看着莫格利睡得悄无声息。感受到了凌熙手的温度和她的声音，莫格利安静地继续沉睡。

待安顿完莫格利，凌熙一转头，看到陆子曰正手足无措地站在她的身后。

“谢谢你送他回来啊。但我这儿这么乱，也没什么招待你的，不如你早点儿回去休息吧……”

陆子曰转头看看一地的垃圾和布料疑惑不解。他又看着卧室深处，像是在期待什么，又像是感到解脱，然后径直开门走了出去。

静谧的夜里，只有凌熙手机中传来的音乐声，以及她用剪刀剪裁布料的声音。

忽然传来了莫格利神志不清的声音：“水……水……”

凌熙听见莫格利的叫喊声一下精神起来，飞奔起来拿水喂莫格利喝下，莫格利喝得着急，咳嗽了几下，水溅在凌熙做好的半截衣服上。

凌熙拍着衣服上的水渍，忽然莫格利一个翻身，抱住了凌熙，两人面对面躺在地上。

“冷……”

莫格利把凌熙紧紧搂在怀里，凌熙挣脱不开，和莫格利的脸无限贴近。昏黄的灯光下，凌熙仔细看看莫格利脸上的肌肤和纹理，突然感觉到非常温暖。仔细看，莫格利的皮肤还真好，这就是常年生活在纯天然无污染的地方的结果吗？

“你以为你这样抱着我，我就会原谅你吗？”凌熙放弃了挣扎。

莫格利抱着凌熙久了，忽然感到很热，便像蹬开被子一样将凌熙推远。凌熙一生气把莫格利踹回被窝儿。

“明知道不会喝还喝酒这么多，下次再这样，当心我把你嘴巴像衣服一样缝起来！”

凌熙拿着衣服回到桌边，继续她的手工活。

莫格利继续迷迷糊糊地说道：“凌熙啊，生气归生气，早饭还是要吃的……”

凌熙停下手中的针线活，转头看向莫格利的脸，时间嘀嗒嘀嗒地过去了。

美好的情感总是让人痴迷，而另一些则让人烦恼。

这天，凌宇约了高婕在高档餐厅见面。

早到的凌宇一人坐在位置上发愣，桌上摆了几盘精致的菜，凌宇面前的酒杯几乎已经见底。

不一会儿，高婕风风火火地走了进来，坐在了凌宇对面的空位上。

凌宇完全没看高婕，从包里拿出一张银行卡，推到她面前。

“补漏洞的钱在这里，你拿去吧。”

“你哪儿来的这么多钱？”高婕非常惊讶。

“我造成的损失没必要让别人来承担，这笔钱你就收下吧。”

“什么意思？什么叫别人？我们不是一家人吗？”

“我们不是，我们……分手吧。”

高婕一愣，然后开始笑起来，掩饰尴尬。好一会儿，高婕才从震惊中缓过神儿来。她忽然从椅子上站起来，脸色煞白，表情严肃。

“我就当你没说过。”

高婕拿起包就想往外走，可是凌宇的声音分明在她身后响起。

“我已经说过了。我说出口就没打算退缩，你听到了。”

高婕回过头，举起手中的手提包朝着凌宇的后背砸去。

“我这么多年付出的青春和感情，你拿什么补偿？你高兴就在一起，不高兴就分手，你把我当什么了？我高婕是你呼之即来挥之即去的人吗？就算要甩，也是我甩你好不好！”

“也可以。如果这么想你能开心的话……”

凌宇狠下心，起身就走。高婕感受到凌宇快擦肩而过的瞬间真的心慌了，一把抓住了他。

“那个我说要吃虾就剥给我吃、我说要看话剧就陪我看完、我说要去看海就立刻带我去的人去哪儿了！说过的话，做过的事，都可以忘记的吗……”

凌宇张口想对高婕说什么，但最终闭上嘴，迈开步子向外走去。

高婕从背后抱住凌宇。

“别分手好吗，这次算我求你。”

“对不起，我从小没了亲生父亲，念书的时候是为了我妈活着，因为要为她争一口气；现在还是为了凌正浩活着，因为不能让他失望。这种为了别人活的日子太累了，我现在想为自己活一次。真的对不起。”

“凌宇！你这么狠心，其实是为了那个叫储时的人吧？”

凌宇顿了顿，毅然决然地向门口走去，眼神从歉意变为凶狠，然后头也不回地走掉了。

凌宇带着沉重的心情走到商场里，见到不远处的商场活动区搭着一个儿童游乐屋，而储时正巧在旁边和几个小孩子玩得高兴。储时天真无邪的笑容，让凌宇暂时忘了眼前的烦恼。

似乎感受到关切的目光，储时抬起头来，见到了凌宇。

“储时，你那天打电话给我好像很烦恼的样子，你的问题……解决了吗？”

“哪有这么容易解决。我和他一起做活动的时候也没话讲，去食堂打饭还在半路遇到了他，吓得我饭也没吃成。唉，真是头大！”

“我最近攒了很多冷笑话，你要是想听，以后一直讲给你听。”

“好啊好啊，凉拌冷笑话吃下去很凉爽的，总有一天要被你冷死。”

“但……在给你讲很多冷笑话之前，有个事情我一定要弄清楚。”

“嗯？”

凌宇认真地看向储时，眼里似乎闪着光。刚想开口，手机铃声又不适时地响了起来，凌宇伸手按掉了铃声。

“那天你跟我说的烦恼，我想知道，你……是不是喜欢上他了？”

有一种情愫在两人之间的空气中蔓延。储时看着凌宇的眼睛，感觉心跳有点儿快。两人就这样互相看着，凌宇在等着答案，储时在思索着怎么说，一秒钟，很漫长。

储时刚想回答，凌宇的手机铃声再度响起，打破了两人之间的气氛。凌宇掏出手机，不耐烦地接起高婕的电话。

“你到底想怎么样？”

“有个东西，我觉得你应该有兴趣看到。”

与此同时，一条带图的消息发了过来，凌宇点开图片，立刻脸色大变。高婕发来的正是躺在凌宇抽屉里的那份合同的照片。凌宇躲到一边，高婕的声音在电话里传来。

“我还以为你傍上了什么大款才那么有勇气和我分手，顺带还上了那笔钱，原来是在公司的合同里动了手脚。你做的那个假合同，捞走了多少钱，你不怕你爸知道吗？”

“高婕，你想要什么？”

“我要你现在马上过来跟我结婚！”

高婕继续说道：“是你自己无法放弃优渥的生活，如果你真的做好了为她放弃一切的准备，现在还会受制于我吗？所以你们注定不能在一起，总有一天你也会对不起她！赶紧给我滚过来。”

凌宇浑身的血液似乎都在此刻凝固了，他傻傻地怔在原地，像失了魂魄。为了填补高婕那边的损失，他不但借了高利贷，还私自在公司的合同上做了手脚，原本做这一切都是为了摆脱高婕的束缚，没想到成了把柄。站在一旁的储时，被刚才一个小朋友拉进了游乐屋内，两人愉快地玩耍。看着储时天真和悠然自得的样子，凌宇心如刀割。

储时从小屋里跑了出来，见到凌宇愣神儿的样子，隐隐觉得有些不对。

“怎么了，你有事吗？”

“我要结婚了。”

储时听到这句话的一瞬间，心里空落落的像是失去了什么。

“是……是吗？”

“也正好，你有喜欢的人了，我也有喜欢的人，我们会幸福的。”

商场的儿童活动区里，储时站在小屋旁，凌宇站在她的对面，两人互相望着对方，距离虽隔不远，但仿佛相隔了一条银河。

为了完成为李昱珩做衣服的任务，凌熙这两天忙坏了，不自觉地在图书馆外的长椅上睡着了。

她的手正死死捏着笔记本电脑，靠在长椅上，睡得毫无形象，也没接到莫格利的电话。睡熟的她险些掉了下去。忽然，一只手将她扶了起来，小心地平放在了长椅上。凌熙瞬间醒来，睁眼看到的是李昱珩。

莫格利一天没找到凌熙，在街上跑得气喘吁吁。

他忽然见到转角处的车里，有一个熟悉的身影。莫格利停下脚步定睛一看，正是凌熙。凌熙正坐在副驾驶座上，与驾驶座上的李昱珩有说有笑，完全不陌生。莫格利心中有一股无名之火向上蹿起，他捏着拳头，想要上前从车里拎出凌熙。想了一会儿，渐渐松开拳头，转身回家。

回到唐澄家的莫格利在客厅里来回走动，像是热锅上的蚂蚁。

忽然，门被打开，莫格利瞬间跳到沙发上抱住了抱枕，妄图伪装成还在睡觉的样子。莫格利一抬头，“来人”正好一回头，和莫格利的目光对上，竟然是储时，两人顿时尴尬。

“我以为是凌熙呢……”

“我以为你睡着了……”

储时尴尬地想要往楼上走去，但脚下犹豫，想折回，又想往前走。莫格利也同时在尴尬，想抬腿下地回帐篷，又转身重新抱着抱枕。

“我……”

“我……”

两人几乎同时开口，场面更加尴尬。

莫格利挠了挠头，干脆跳下沙发，走到储时跟前一拍她的肩膀。

“我又不是教导主任，有什么话那么难以启齿，想说就说吧！”

“那个……我想了很久，我觉得还是应该对你说明。我虽然不知道我想要什么，但是我对你，不是喜欢。”

莫格利长长地松一口气：“那就好！哈哈哈……”

“哈，哈，哈……”

“我就知道你跟我兄妹一般的革命友谊生不出什么花儿来，我正好也想说同样的话。我看到你只是觉得很亲切，我没有亲人，所以把你当作妹妹看待，仅此而已。”

储时听到这句话，这才松了一口气儿，悬着的心总算放了下来。

“真的吗？你早说嘛，吓得我没吃好没睡好，就担心被凌熙姐一脚踢回美国，都快抑郁了！她还在生气吗？”

“嗯……”莫格利拼命点头。

“多哄哄她嘛，凌熙姐也不是那么不讲道理的人。”

“嗯，早点儿休息吧，晚安。”

“嗯嗯，晚安！”

储时说完话，一路小跑上楼。莫格利刚想转身回帐篷，门又被打开，凌熙高高兴兴地蹦了回来。莫格利看到浑身散发着愉快气息的凌熙，气儿不打一处来，抓着她的手，把她拉进房间。

凌熙在莫格利的眼神里搜索着，里面藏着急切与微微的愤怒。

“你还知道回来？这么晚去哪儿了？”

“我干吗告诉你？”

“因为我是你男朋友，对待男朋友的问话就这种态度吗？”莫格利大声吼道。

“对女朋友大吼大叫，你的态度就好吗？”凌熙也不示弱。

“我担心你！”莫格利更加大声了。

凌熙瞟了眼莫格利略有醋意的表情，立刻明白过来。

“我从李昱珩车上下来，你看见了？”

“偶尔让人送也可以理解，但都到家门口了还不下车，太耽误人家时间了。”

“人家‘特意’绕路，总要感谢一下吧？”

“他还特意绕路了？”

“不仅如此，我的策划案还被采纳了，人家给了中肯的意见，手把手指导我。你不为我开心吗？”

莫格利费力挤出假笑：“怎么会！我满脸都写着高兴！”

凌熙看了眼故作大度的莫格利，低头窃喜，好不容易才恢复正色。

“我记得某人说过，有要好的异性朋友很正常。你不会在意我和李昱珩要好吧？”

“我当然不会！”

“那就好，我觉得你也不是‘双标狗’。”

莫格利被噎住，总觉得哪里怪怪的。

“好了好了，我要换睡衣了，亲爱的男朋友，请你出去吧。”

凌熙打开衣柜，莫格利看了一眼惊呆了。里面各式各样的睡衣挂了一排，有些都还没有拆吊牌。

“哇……异性朋友多也就算了，睡衣也这么多！”

“多吗？”

“吊牌都没拆，不能算真的喜欢吧？与其这样冲动买来放着，不如只拥有几件真正喜欢的东西，提高使用效率，培养和物品的感情，还方便整理。这叫极简的快乐，了解一下。”

凌熙翻了个白眼儿，“嗯，你说得太对了，我决定从现在开始就行动起来，奉行极简原则，一个男朋友都不要！”

莫格利还来不及反应，已经被凌熙关在门外了。莫格利不知道自己到底哪句话说错了。提高使用效率有什么问题？放着好好的男朋友不用，非要找异性好友帮忙！

莫格利边自言自语边走向帐篷，最后恨恨地看一眼凌熙卧室的门。

“我怎么可能是 ' 双标狗 '……至少应该是 ' 双标狼 '！”

早上十点的 Y-home 咖啡馆，是上班族的最爱。李昱珩和三个年轻员工在露天餐桌边对坐吃早午餐，他自顾自地切着餐盘里的三明治，脸上的表情丝毫不泄露任何情绪。

凌熙又找到了李昱珩，还没等众人反应过来，便将一沓厚厚的策划案放在李昱珩正前方。

“每份内容不一样，哪个组合更合理我暂时拿不准，索性多做了几份，你都看看吧！有什么问题我立刻改。”

李昱珩打量了一下凌熙的黑眼圈，皱了皱眉。

“你回去吧！以后通宵之后别来找我，先把觉补了。”

凌熙打着哈欠：“你不说可以我敢睡吗？”

“可以了，方案不用改了。”

凌熙先是一愣，然后兴奋地原地起跳，李昱珩以为她要一把打过来，下意识躲了一下，呛了口水，但定睛一看，凌熙只是高举策划案亲了一口。

“总算变成了识货的伯乐，给你鼓掌！”

凌熙临走还顺手拿了一块李昱珩餐盘里的三明治，边走边嘟囔着“饿死了”。

李昱珩嘴角微微牵起，无奈地摇摇头。三个员工张口结舌，惊讶地目睹着老板的“非正常”举动。

正在这时，一个怒气冲冲的身影已径直冲着李昱珩去了。“哗啦”，那人将水泼在李昱珩脸上。

员工们都被吓着了，“主管！这是干吗？……”

三个员工七手八脚地递上纸巾，忙乱地帮李昱珩擦干衣襟和头发，不时用眼神交流着，偷偷看向来客——张主管。

张主管站在李昱珩面前，桀骜不驯，大声责问起来。

“李总，几天不见，你还记得我吧？”

李昱珩不卑不亢地回答：“当然记得，你的离职确认书上，签的是我的名字。”

“好，那我就问问你，再怎么说我也算公司元老，你六十万就把我打发了，这点儿钱买得断我为公司卖的命吗？几年以来，我天天风里来雨里去，在施工现场帮你决策工程项目，现在你赚够了，不需要我了就一脚踢开。我身上还背着房贷、车贷呢，你也太无情了吧？！”

“一个企业的管理者，就是要确保每一个齿轮严丝合缝，扣不上的零件，必须拿下来。”

凌熙并没有参与，站在一边静静看着。

张主管冷笑道：“用不着说得那么冠冕堂皇，就因为你的几次决策我都不赞成，你就挤对我、报复我，说到底不就是我站错队了嘛！”

李昱珩也冷冷地回答：“所以，你为什么要站错队？”

说完独自擦拭着水渍，懒得解释。

凌熙终于看不下去，走过来。

“对不起，听不下去了。活到这么大年纪了，只知道内斗，被辞退了也不从自己身上找原因，还站错队，你跳广播体操呢？”

三个员工面面相觑，李昱珩也略有些意外，观察着凌熙。

张主管一脸莫名，“你谁啊？”

凌熙不理他的问题，继续说道：“凡是天天风吹日晒跑工地的人，无一例外，下巴上都有一块白，安全帽下颌带覆盖的地方，长年累月被汗水浸透就会留下痕迹。你说自己几年来常常下工地，怎么这张脸肤色均匀，一点儿也看不出来呢？”

凌熙把张主管从头打量到脚。

“西服套装是当季新款、鞋是秋冬秀款、手表是新年限量，月相外加陀飞轮，就连皮带、袖扣、领带、领夹都恨不得样样闪着名牌商标。这身行头价格不菲吧？”

张主管随着凌熙的细数，不觉一阵尴尬，把配饰一样样藏进衣服和袖管。

凌熙继续说道："来哭穷，戏都做不全吗？要不你也尝试极简的快乐，全新环保生活方式，了解下？失业了也不想收敛奢靡的生活，对未来没有长久规划，只想着反咬公司一口，能多坑一点儿是一点儿是吧？"

张主管自知理亏，"坑……坑什么坑？我坑谁了？我要的都是自己应得的……"

"按照你的工作年限，公司解聘你，你应得多少，自己早算过了吧？你失职在先，李昱珩不仅没要你赔偿，遣散费还给了情义价，这样的老板在你嘴里居然成了无情无义的人，你瞎了吗？"

张主管被凌熙的快嘴噎住，应付不来，不敢接茬，只能骂骂咧咧离开了。

李昱珩看着鬼马精灵的凌熙，流露赞赏之色，凌熙顺势带着李昱珩去商场买衣服。

商场内购物者人头攒动，凌熙拉着李昱珩穿过人群进入品牌店。不一会儿，李昱珩已经选好一件暖色系上衣，提着购物袋朝停车位走去。

凌熙上上下下打量着自己给李昱珩选择的搭配。

"虽然我离开服装行业有一阵子了，但是搭配功力还是相当不错的！"凌熙自信地说道。

"只是简单地配个 T 恤和外套，你对自己要求这么低吗？"

"着装是门学问，外表给人留下的第一印象非常深刻。像你，就应该多穿暖色，毕竟脸已经那么臭了，要平衡一下。"

李昱珩笑了笑看了一眼凌熙，凌熙问他刚才的事为什么不解释清楚。

"我是什么样的老板不需要告诉他们，他们是为自己工作，不是为我。"

"你这一套现在已经行不通了，和员工搞好关系是最起码的公司文化。"

"我这样不好吗？在维护人际关系上投入过多，是大多数人无法成功的原因。适当保持距离感有助于提高工作效率。"李昱珩言之凿凿。

"对人缺少基本的信任，你不是受过什么打击吧？"凌熙问道。

李昱珩打开车门，两人坐进车里继续说话。

"凌熙，你知道风险投资最大的风险来自哪儿吗？是人。有一句话叫'赌赛道，胜于赌赛手'，把复杂的人际关系剔除掉之后，才能看清楚一个项目是怎么运行的。轻信最容易导致失败。"

“哦——那你为什么信我啊？”

李昱珩愣住，看着凌熙，凌熙一双聪颖的眼睛正盯着自己。李昱珩笑笑，自己也对这份莫名的信任感到好奇。

“我要开车了。”

“开啊！我安全带都系好了。”

“谁说要带上你的？”

“我说的！我要坑你一顿晚饭，刚决定的！”

李昱珩似笑非笑，一脚油门将车“嗖”地开出。

凌熙笑道：“你这人，和我好朋友真是一模一样……嘴硬心软！对了，你有女朋友吗？”

二十六 保持距离

莫格利关上了火，长竹筷在火锅里夹出最后一个春卷，将托盘递到储时面前。

储时接过盘子笑笑，迫不及待地抓起来，被烫到了手。

“对了，蛤蜊哥哥，上次的活动你贴钱了吧？还你。”

储时跷着几个油指头浑身上下摸口袋，被莫格利制止。

“这点儿钱我还贴得起。不过每次活动都需要贴钱吗？”

“大部分吧，虽然贴得不多，但也经常入不敷出。”

“不是有活动经费吗？”

“有是有。我们环保组织是非营利性的，经费主要靠社会捐助，很有限，所以每次活动都要充分计划才行。不过像我这种小志愿者，只是偶尔参加一次活动，比起专职人员还是轻松多了。”

“还有专职人员？”莫格利非常感兴趣。

“嗯，他们就和一般上班族一样，负责宣传环保常识，管护一些自然生态，比如淡水、海洋、生物……说起来很了不起的样子，其实都要从小处做起。”

“也包括森林吗？”

“当然啦。”

“你们还招专职人员吗？”

正说着，唐澄颓丧地进门，把包扔在地上，甩掉鞋子，最后往沙发上一瘫。

忽然，唐澄的手机响了，她接起来，里面传出凌熙的声音。

“澄澄澄，快来，请你吃饭！”

莫格利灵敏的听觉捕捉到了这段语音，说道：“她请你吃饭？她不是没钱吗？”

高级西餐厅内，凌熙坐在李昱珩对面吃着开胃前菜，卖力打探。

“所以说，你是根本没谈过女朋友，还是有过又没了？”

正说着，唐澄走了进来。还没等唐澄反应过来，凌熙已经走过去把唐澄拽到桌边了。

“这位，我铁瓷——唐澄！单身！”

接着她凑近唐澄耳语道：“对面的，我贵人，特别贵的那种！”

李昱珩客气地站起身和唐澄握手。

但随后三个人围坐桌边陷入尴尬的沉默。凌熙看看李昱珩又看看唐澄。

李昱珩非常绅士，怡然自得地吃着，唐澄旁若无人呼噜呼噜地硬把食物往嘴里塞，两人目光相视，礼貌无比地笑笑，然后继续吃自己的。

一场冗长的晚餐终于结束，三人走出餐厅。

凌熙站在一边看着二人直摇头，不甘心地一把抱住唐澄的手臂。

“我和唐澄住在一起，你送我们吧！”

“好啊。”

凌熙拉住唐澄，“等下你坐副驾，你们俩多交流一下。”

唐澄十分为难，李昱珩看看卖力撮合的凌熙，莫名地感到不爽。

“不要为难唐小姐了，何况我也不想找和自己一模一样的人过日子。”

“我也是，英雄所见略同！”

两人再次握手，凌熙撇撇嘴，彻底无奈了。唐澄和李昱珩点头告别，先走一步。

凌熙独自往前走了两步，李昱珩却没跟上，身后传来说话声。

“莫先生，好久不见！”

“好久不见。”

凌熙一回头，惊讶地发现莫格利正站在自己身后，带着粗重的喘息。

“你怎么来了？”

“我正好散步到这里。”

凌熙瞥一眼莫格利被汗浸湿的领子和通红的脸，冷笑一声。

“是吗，这里离唐澄家有六十多公里，你脚力真好。”

莫格利却往前一步，对着李昱珩开口。

“听说你采用了我女朋友的方案，谢谢你给她机会，以后她有什么做得不好的地方也可以告诉我，我会和她一起努力。”

“她一点就通，我很愿意教她。既然又碰面了，我想再争取一下，上次那个项目需要莫先生，不知道你重新考虑过没有。”

“没有。”

“是不愿意屈居人下吗？”

“不，因为我暂时还不想和别人有同一个目标。”

“那好。我要送她回家了，一起吗？”

“不了，我散步！”

凌熙又好气又好笑，默默摇摇头。

李昱珩一路开车送凌熙回家。凌熙从李昱珩车上跳下来，回头摆手告别。

她一边踩着凸起的方砖往楼道奔跑，一边急切地在夜色中寻找着莫格利的身影，当她看到那个扶着墙、极力抑制着起伏喘息的背影时，小女生似的甜笑不由得爬上唇边。

凌熙站定看了他好一会儿，无比安心。

莫格利转身看见凌熙，凌熙立刻装作不在意的样子，慢慢悠悠走过去。

“你怎么又在这儿？”

莫格利不由分说地握着凌熙的手塞进自己的口袋。

“等你回家。”

凌熙偷看着莫格利的侧脸，知道他肯定一路跟车跑了回来。

远远地，李昱珩将手搭在摇下的车窗上，看着二人的背影渐行渐远，脸上带着失意的表情。

经历过几次调解无效，易家言和林华凤的离婚风波还在继续。这天林华凤口风突变，虽然坚持不离婚，但说易家言当初恋爱时送过她一双鞋，如果能找到就可以考虑离婚。这勾起了陆子曰和唐澄的兴趣。

他们一同前往两位当事人的老宅——一间十平米见方的危房。危房的窗户小而灰暗，墙皮剥落露出了墙壁的裂缝。房间内只有一个老式立柜孤零零地靠在墙边，剩下的就是几个被灰布盖着的大纸箱。

“这任务比我想象的还要简单……”唐澄感慨。

“就算白跑一趟，离婚协议也还是要签的。”陆子曰扇掉眼前的灰尘。

“你怎么知道一定找不到那双鞋？发生过的感情必然会留下痕迹吧？”唐澄话里有话。

“珍贵的东西早就带走了，扔在这破房子里落灰的，应该是垃圾吧。”陆子曰不为所动。

陆子曰在杂物里翻出一沓日记本，一张压着塑料封层的照片从里面掉出来，陆子曰想要夹回去，被唐澄抢过来。照片是年轻的林华凤和易家言在外滩拍摄的亲密背影，易家言温柔地钩住林华凤的细腰，天边云淡风轻。

唐澄翻过照片，背后还有两人摘抄的诗句。

“当我拥你入怀，我便拥有了一切——沙子，时间，雨树……我无须移动即可看到一切，在你的生命中我看到一切生命。”

陆子曰极力克制，终于忍不住站起身。

“唐澄，我们是受当事人之托来找鞋的，请你不要在工作中投射太多私人感情。他们爱过也好，没爱过也罢，和我们有什么关系？你用他们的故事旁敲侧击给我暗示，到底想说什么？”

“我就是想告诉你，合适不是永恒的，曾经那么契合的人也会走到分道扬镳的地步，用合适的标准去寻找伴侣，不是让对方后悔，就是让自己后悔。”

“所以呢？”

“能战胜后悔的只有爱情。”

“爱情什么都战胜不了，连平淡都战胜不了。反正最终都会过上平淡的日子，为了避免他们那样的结果，不如一开始就选择一个不会吵架的人。”

“你以为选了不会吵架的人，人生就顺利了吗？其实不是，从来没有一劳永逸的选择，必须努力才行。爱是朝向彼此共同跋涉，而你只想就地躺平！”

陆子曰被唐澄逼到立柜边上，向后退步，不小心撞在柜子上，柜子一晃，顶上一个鞋盒落下，径直朝着唐澄砸过去。

陆子曰捡起地上的鞋盒打开，里面放着一双红色珍珠搭扣的高跟鞋，已经旧得不像话，其中一只还断了跟。

陆子曰自信地说：“鞋找到了，可以离婚了。”

唐澄却不以为然地说：“我赌他们看到鞋，就不会离婚了！”

婚姻就像围城，有的人想要离开，有的人却想要进入。

高婕挽着凌宇的手臂走在路上，她看着自己手上的婚戒，非常满意。

经过火锅店的时候，凌宇不经意间抬头，店里，他和储时坐过的位置上，恍惚间有个背影很像储时。凌宇出神地看着，女孩儿起立回头，却是个陌生面孔。

他回首看着一脸幸福的高婕，“高婕，我们已经结婚了，按照您的意愿，结婚了！背地里找人监视我这种事儿，以后能不能别做了？！”

高婕愤怒又委屈，眼圈“唰”地红了。

“你以为我想这样吗？最初我只不过想要一个一心一意爱我的男朋友，是谁把这份感情变成现在这样的？是我一个人吗？”

“如果你不逼我，我们也走不到这一步！”

“你真觉得自己那么无辜吗？先是贪图我带来的利益，踩在我肩膀上之后又想要自由，成年人的世界里有过这种两全其美的事吗？”

凌宇听着高婕的指摘突然泄气，仿佛最后一道防线也崩塌了，颓然叹了口气。

他还没来得及和父母商量，高婕就逼着他领了证，高婕还和文郁提到等新房装修好了才搬，结婚后暂时先住在凌正浩和文郁的大房子里。这一切都让凌宇感到非常压抑。

“对了，刚才我用你的手机发了个朋友圈，公布了一下我们结婚的消息，你应该不介意吧？”

凌宇一个转头，皱眉怒视高婕。

“看我干吗？不行吗？”

“发都已经发了，就不用象征性地征求我的意见了。”

凌宇情绪低落，望向天边那一缕月光……

——储时？你叫储时啊？时间也能储存吗？

——虽然时间会流逝，但记忆可以积累啊！把美好的瞬间都放在心里，那就是储存时间的方式了……

凌宇觉得自己有一滴眼泪，默默从眼角滑落。

漫天深蓝的星辰，没有一颗能够回应。

此时此刻，储时盘腿坐在自家的天台上，身边的手机停在朋友圈的页面上。

那张图是凌宇和高婕牵在一起、戴着婚戒的手，配文是——和我唯一最爱的你……

不眠的这个夜晚，莫格利躺在帐篷边翻来覆去，正在编写准备发给凌熙的微信。

此时，凌熙的脚步声和李昱珩的微信语音从门外传来。

莫格利仔细聆听。

“明天来公司一趟！”

“好，我到家了亲爱的！”

莫格利一听到“亲爱的”几个字眼，浑身不好受。他起身，砰的一声把门关上，凌熙被震怒的莫格利挡在门口。

“莫格利，你干吗？”

“有些话只能对我一个人说，知道吗？”

二人近距离相对，两双眼火花四射。莫格利看着凌熙，充满占有欲地强吻下去……

一个深情热烈的亲吻后，莫格利温柔地看着凌熙。

“我知道你当时的感觉了。对不起，我错了，深刻反省。”

凌熙故意叉腰仰头摆出傲娇脸。

“错哪儿了？”

“我不该跟储时走那么近！再合拍的朋友，也不能过分亲密，以后我会和所有异性保持一个手臂以上的安全距离。从今天起，你就是我草原上唯一的猎物，我以你为圆心画圈圈。”说着莫格利帅气地一把搂过凌熙。

“看在态度这么诚恳的份儿上，就勉为其难地原谅你了。”凌熙扑哧一声笑出来。

“我拿出诚意和决心了。那你呢？你也要向我保证，跟那个李昱珩保持距离！”

莫格利举起凌熙的手，做发誓状。

“好吧，我保证，从今以后，凡是有他的地方，我先往后退两步。就算是谈工作，也要在地上画出个‘楚河汉界’来，满意了吧？”凌熙被莫格利的认真感动到，说完就吻了上去。

良久，一个快要窒息的声音飘然而至——

“咳咳咳……”

唐澄的头从被子里冒出，脸憋得通红，像缺氧的鱼浮出水面，胸口起伏，大口呼吸。莫格利、凌熙吓得弹跳起来。

“你一直藏在被子里？”莫格利惊讶地问道。

“我不是藏在被子里，我是被迫躲在被子里。本来是想躺在这里思考一下人生，结果倒好，碰到两个秀恩爱的。当年人家如来佛压孙悟空才五百年，你们要吻五千年才肯住嘴是吧？”

“澄，我错了嘛。”凌熙抱过唐澄。

唐澄理了理凌乱的刘海儿，整理着装，大手一挥，往外走。

“当我不存在，你们继续。晚安！”

美好的阳光又照在了普华大学的绿地上，年轻的学子席地而坐，憧憬着无限可能的未来。熙熙攘攘的学校食堂，正值饭点儿，人流不断。李昱珩坐在靠窗位置，一身休闲装，成熟稳重，在众多青涩的面孔中，十分显眼。

凌熙兴奋地端着餐盘过来，刚坐到李昱珩旁边，转念想到什么，立马弹开，留出两个座位的间隙。

“我新改的策划案你看了吗？”凌熙小心地问。

“看了。”李昱珩回答。

“怎么样？有问题吗？”

“嗯，该怎么说呢……”

“又不满意？没关系，你尽管提意见，只要我还有一口元气在，不改到彻底满意，我绝不放弃。”

“我在公司的新项目会上推荐了你的方案，现在准备移交到项目评审部门了。”

“啊？”凌熙颇感意外，当下被一口饭噎住，咳嗽了几声，赶忙喝了口汤。

“你的意思是，我的方案你认可了？！”

李昱珩点头，话锋一转，“但别高兴太早。据我所知，你的员工都还在其他工作岗位上吧。如果策划案里面所描述的团队不能如实搭建起来，就算我这关过了，项目最后的命运也是——被拦腰斩断。”

“你放心吧，我一直在默默关注着他们，也知道他们的近况。你再给我三天时间，我会搭建一个完美团队。”

凌熙说完站起身来告辞，李昱珩看着凌熙的背影，露出不易察觉的笑容。

没走几步的凌熙一转身，看见莫格利端着餐盘站在她身后，于是连忙跑过去，一把钩住莫格利的脖子，力道大得差点儿让莫格利的汤洒出来。

“莫格利，我的方案通过了！等我把老部下们统统都召集回来，工作室就能重开，房子车子都能赎回来了。”

莫格利并没有想象中的热烈反应，一反常态地冷静。凌熙以为莫格利生气，连忙解释和李昱珩已经保持了距离。不远处，李昱珩被几个低年级的学生围着，似乎是在头头是道地跟他们分析着什么。众人不住点头。

凌熙直接把莫格利的脸扳过来说：“喂，莫格利，现在你的重点是我好吗？”

“李昱珩专注做自己喜欢的事情，好像再难的问题找到他，都能获得答案。如果我是女人，我也会喜欢他！”

凌熙吓了一跳。

“警告你，以后跟他保持距离。再用这种崇拜风骚的眼神看他，我要吃醋了。”

凌熙说着，一把钩住莫格利脖子，把他转了个方向。

“怎么我的潜在情敌，都是男人！”

“开玩笑的啦，对了，我在仓库的工作也告一段落了，我已经和工头说不继续干了，我也想专注做自己喜欢的事情。”

“好啊，我支持你！”两人互相钩着一路走出了食堂，留下一阵欢声笑语。

忙碌一整天终于下班的唐澄走在路上。

迎面走来两个打扮精致时尚的女孩，手捧着咖啡，优雅地说笑，从唐澄身边走过。唐澄停下脚步，看了看自己，完全相反的气质——眉头不展、手提打包袋，一副提前衰老的样子。没想到，自己竟活成了这副模样。

一阵喧闹声从前方传来。唐澄竖起耳朵，突然听到一个熟悉的声音。

只见陆子曰妈妈被气得脸上都涨成了通红，和一个男人在争执。

与陆子曰妈妈对峙的是老贺，其实也是陆母的麻友。老贺牌品有点儿问题，所以最近陆母不太邀请他来玩，两人便渐渐生了些隔阂。今天正好路上撞见聊了几句，话不投机，便吵了起来。

“就你家那倒霉风水，我还不乐意去呢，经常打到一半，哐当，你那倒霉儿子回来了，丧着个冷脸，我的手气都被他挡走一大半。”

“你什么意思？我们家是你财神爷、招财猫，还是你老祖宗啊，怎么也没见你烧香磕头呢？再说了，我儿子招你惹你了，自己牌技不行，还倒打一耙怪别人了……我儿子怎么了，我儿子就算差到地缝，跟你儿子一比，也是站在珠穆朗玛峰上的。”

“哎哟喂，你儿子是厉害，从小自带光环，本硕博连读，大律师。都这么成功了，怎么还整天骑着个自行车啊？要房没房，要车没车，快三十了还跟父母挤两室一厅。也不知道哪家姑娘眼瞎，会瞧得上他。”

老贺的话深深刺痛陆母。

“老贺，你积点儿德吧，不就是大家不跟你一起玩牌吗，多大点儿事，话这么毒。”

老贺可不示弱，“我一没夸张，二没编，还不让人实事求是了？你不是口口声声说你儿子谈了朋友吗，怎么也没见带回来？我儿媳可是天天在我身边嘘寒问暖，我可享受得很呢。你儿子的女朋友，不会是假的吧？”

围观的众人交头接耳，议论纷纷。陆母一时语塞，胸口气得起起伏伏。

“车我有，大房子我也有，我就看上他人了。”

陆母扭头，见唐澄从人群中走出来。

“听好了，我就是陆子曰的女朋友！”

围观群众发出了“哇哦”的声音，连连称赞。“战场局势”瞬间倒向陆母。

唐澄直视老贺，气势逼人。

“我喜欢陆子曰，是喜欢他的人品，他的内在。不像有些人，穿金戴银，抹再多粉底也遮不住丑陋的灵魂。”

老贺瞬间吃瘪，脸比吃了苍蝇还难看。

“妈，我们走！”唐澄转头对着陆母使了个眼色，示意在别人拆穿之前赶紧撤。

陆母沉溺在唐澄的力挽狂澜中，等回过神儿来，立马揽住唐澄。

“儿媳妇，咱们回家！”

两人亲昵地手挽着手，在众人的瞩目中，昂首挺胸，以胜利姿态离开。

两人维持着亲密无间的姿势，一直走到人群看不见的地方。

陆母好奇地问：“你还有大房子啊？”

唐澄承认其实是租的，刚才为了长气势才那么说。陆母笑盈盈地上下打量唐澄，对她刮目相看。

“谢谢你啊……”

“你以前跟我吵架的时候，不是挺能的吗。刚才怎么泄气了？”

“哎呀，吵架跟打麻将一样，需要遇到对的人才能激发斗志，跟流氓讲道理是讲不通的。那个老贺，大家对她避之不及，我今天跟她吵起来，也是触了霉头。”

两人相视一笑，仿佛曾经的对立已经不存在。

“唐澄啊，那个什么，到饭点儿了，要不要上去吃个饭？”

“吃过了。”唐澄举起手里打包的饭菜。

“这哪能算饭。”

陆母听说唐澄爸妈也不在身边，眉头紧锁，开始同情起唐澄来。

“哎哟，真可怜。我今天多买了点儿菜，多个人也就是多双筷子。”

见唐澄踌躇不前，陆母仿佛洞察一切。

“放心吧，子曰不在家，他晚上有事。”

不等唐澄反应，陆母拉着唐澄往家里走。

锅里的油冒着烟，陆母依次将郫县豆瓣、生姜、八角、蒜瓣、花椒、桂皮等香料放进锅里翻炒。刺啦一声，浓烟四起。案板上，一片片薄厚均匀的土豆、藕片等蔬菜在陆父强大的刀工下诞生。

唐澄屡次想帮忙都被制止，只好踱步，四处观望。她看向橱柜里的碗碟，基本都是以“3”作为倍数的数量，感受着这些处处透露着家庭温馨的小细节，不自觉有些动容。

陆母炒菜，陆父收拾桌子，配合默契。

唐澄快步往茶几走，把水果盘挪开，却不料陆父收拾的是麻将桌。原来这家人吃饭都是在麻将桌上啊，真是不走寻常路。

这时，陆母端着冒着热气的火锅从厨房走出来。陆父麻利地用麻将铺成一排，再依次往上推，推出了个“520”的造型。唐澄心想陆子曰天天看着父母秀恩爱，真是不容易。

三人其乐融融地吃起饭来。没多久，都已经喝得七荤八素。

唐澄一脸绯红，抱着陆母的手臂。

“我以后叫你干妈吧？”

“好啊，干女儿。”

“干！”

唐澄真的很羡慕陆子曰有这样的家庭，由于工作原因，自己的爸妈一直在野外营地观察动物，很少有时间和她团聚。在父母的眼中唐澄是一个坚强的女子，钢筋铁骨，铮铮汉子，可能根本不需要别人的肩膀来依靠。其实唐澄明白她真的过得很不好。

想到这儿，唐澄拿起酒杯一饮而尽。

陆子曰这天没有回家吃晚饭，因为被莫格利约出来做心理按摩了。

不再去仓库工作的莫格利下午有时间去车行转了一圈，原本是想给凌熙买一辆车，毕竟之前为了处理工作室危机，凌熙把自己的车变卖了。他看中了一辆车，速度差不多是狼的五倍，猎豹的三倍，但在询问了车价以后目瞪口呆。郁闷的莫格利只能找陆子曰出来谈心。

两个男人相对而坐，中间的桌上摆放着一堆可口饭菜，可两人都没有动筷。

“莫兄，受什么刺激了？”

“城市的物价，深深地刺激了我。我不是很明白，这个城市的人均工资也就六七千元，可为什么大家还要挤破头去买那么贵的车和房。”

“应该是寻求一种安全感吧，也是自我价值实现的一种表现。”

“人类的生存法则比丛林法则更残酷。在森林里，茹毛饮血，只要能活着看到第二天的太阳，就是所有的意义。但是在这里，不仅要活着，还要活得够好。”

“莫兄，正常的欲望和野心，也是驱动人们前进的一大动力。李昱珩的墨子资本不是向你抛出橄榄枝了吗，他那里待遇应该不错吧？被李昱珩看中的男人就等于已经赢了。”

“嗯，他给的薪水很高，发展空间也很大。”

莫格利沉默了片刻，“子曰，你知道吗，我最近找到热爱的事业了。”

莫格利望着窗外，眼眸深邃，想到了近日去环保组织面试的场景。

莫格利推门而进，礼貌问好后端正坐下。

面试官开门见山，“直接切入主题吧，你为什么想做这份工作？”

“我有很多朋友都死于环境污染。”

面试官们都愣住了，一副难以置信的面孔。

“我说的朋友，是一群森林里的动物，我跟它们的关系就像人和人之间的友谊。很多人不知道，随手扔在大自然中的一个垃圾会对环境造成多么大的影响。我亲眼看到一只狼因为误食塑料袋而痛苦死去的样子。”

如今的现代社会，森林里垃圾成山，一些飞鸟正在寻食，旁边有一具狼的尸体。肆无忌惮的工业污水排放，看似只污染了一条河，但对于动物来说，却是整个家园。河道被污染，鱼类大量死亡。还有一些人专门吃山珍野味，为满足一己私欲，猎杀大量野生动物。这些对莫格利的触动都很大。

莫格利从包里拿出几本册子，递给面试官。

“我们之前在大学和社区做了一些活动，效果都不错。”

众面试官翻看册子，脸上露出会心的笑容，纷纷点头。面试官们当场表示莫格利会有一段实习期，实习期间有相应的考察任务要完成，完成考察任务就可以正式入职了。

莫格利看着对面无精打采的陆子曰，说道：“子曰，等确认后再告诉你吧。”

“好啊莫兄，对了，你怎么突然有买房买车的想法了？”

“确切来说，是凌熙的想法。你别看她平时笑嘻嘻的，好像什么都不在乎的样子，但我知道，从她卖车卖房的时候起，她就一直希望能够再把它们赎回来。”

“也对，自己的女朋友当然要支持。”

陆子曰突然发现把酒都洒到了桌上，连忙拿纸巾擦。

“最近，知言想移民去新西兰。”

“新西兰！那可是在南半球。如果移民过去，是不是很久都不能回来了？”

“是啊，我也在考虑要不要一起去。”

陆子曰一口气喝完杯子中的酒，眼睛里倒映着窗外来来往往的车辆和模糊的街景。

初冬晴朗的日子，沃夫大楼矗立在蓝天白云之下，显得雄伟壮观。沃夫集团会议室内众人正襟危坐，正在开一周例行会议。此次会议主题是商议是否接下高氏集团推出的“森木度假村开发项目”这个广告订单。

凌宇表示，公司给还没有成形的项目做广告有一定风险，却似乎并没有得到大家的认同。谈总直言凌宇的担忧有点儿多余。高氏集团是行业内数一数二的大公司，精耕细作了这么多年，出风险的概率比较小。退一万步说，公司也只是跟他们在广告层面进行合作，问题不大。郑伟珏倒是觉得凌宇举贤不避亲，同时又有这样的顾虑，赞扬他思考比较全面。

不过最终决策权还是落在CEO凌正浩手上，最终凌正浩决定这一项目由郑理和白艺凌负责招募团队，凌宇协助完成。

散会后，凌宇靠窗端着一杯咖啡，手里正在编辑一封给池旭的电子邮件。郑伟珏笑容满面地走进来，给自己倒了杯热水。凌宇顺势把手机藏在后面。

“小宇，我看你刚才脸色有些不好，有心事吗？”

“没什么。”

“有时候公司的利益要兼顾，但是也要考虑你自己的顾虑和想法。”

凌宇顿了顿，没有说话。

“虽然你是凌正浩的儿子，但实际上你比谁都努力。这么些年来，你为公司的付出，我一直看在眼里。以后要有什么地方感到为难，就尽管开口告诉我，我会全力支持你的。”

“谢谢郑叔。郑理也参与进来了，而且有白艺凌辅助，有他俩负责这个项目我放心。毕竟他俩也是默契十足的一对。”

凌宇也想试探下郑伟珏是否知道儿子的恋情，不料郑伟珏早就知道了。

“你们年轻人自己的幸福，我们老年人无权干涉。我很乐意见到郑理能娶到真正喜爱的人。”

郑伟珏拍拍凌宇的肩膀，瞥见他手里的咖啡。

“年轻人，少喝点儿含咖啡因的东西。脸色不是很好，注意休息。”

说完郑伟珏拿着茶杯离开。凌宇放下咖啡杯，看着郑伟珏的背影，竟然有些动容。

转眼到了下班高峰，高架桥上一串串红色尾灯排成长龙。

十字路口，红绿灯交替，人群来回穿梭。

沃夫大楼，一个个白领鱼贯而出。白艺凌走在人群中，高挑的身材和与众不同的气质，让她格外显眼。

突然，池旭逆着人流而上，向她招手。白艺凌想躲，但为时已晚，池旭已经追了上来。

白艺凌眼看躲不过，示意他有事快说。池旭顿了顿，从公文包里掏出一个装有五万块钱的信封。见白艺凌有些诧异，池旭惭愧地低下头。

“我知道，过去我真的很王八蛋，辜负了你，也欺骗了你，还一直欠着你的钱。其实这段时间，我心里也不安稳，我现在只有这么多钱，以后会分期慢慢还给你。”

白艺凌接过信封，看见里面果然有一摞红红的钞票，感到有些意外。池旭只道是感谢白艺凌接受自己的赎罪。

白艺凌这才仔细看一了下池旭。他似乎没有以前穿得舒展了，表情也没有了昔日的神气，配合着眉头紧皱的表情，一副被生活打败的失败者模样。

“艺凌，我以后一定会把钱全部还给你的。”

说完池旭扭头便走，白艺凌看着池旭有些颓废地走在路上，有点儿不安。

突然，一只手在白艺凌面前晃了晃，原来是郑理。

“他来找你干吗？”

“还钱。”

郑理一脸狐疑地看了看信封里的钱，确保自己不是眼花。

“你也觉得很惊讶是吧？”

“这是他应该的。但是他这种人怎么会良心发现，难道是想吃回头草？”

"他想回头，抱歉，我已经不是当年的我了。"

郑理一把搂过白艺凌的肩膀，两人相视一笑，从后面看，背影里充满幸福的味道。

二十七 真言伤人

就在街边的 Y-home 咖啡馆内，凌熙坐在沙发上，紧张中又有些期待。

她掏出手机，看手机上曾经工作室四人的合照，有些愣神儿。

今天她分别约了兔兔、李凯和任何，想要重新组建公司，邀请大家回来一起干。

结果兔兔说李凯和任何都同意的话，自己可以考虑一下。

李凯当面拒绝了凌熙的邀请。

而任何甚至都没来咖啡馆赴约。

凌熙原本的自信彻底被击碎，她无助地瘫倒在沙发上，望着天花板发呆。

任何走到马路边，想打开山地车的 U 形锁，结果掏钥匙的时候，钥匙掉到地上。

一只手伸过来，帮忙捡起。任何抬头，才发现眼前的路人是凌熙。任何想绕过凌熙，却被拦住。

"我要开新公司了。"

"跟我没关系。"

"我想把你们重新找回来，你愿意……"

"我不愿意！"任何打断了凌熙。

"任何，我觉得你现在需要更好的工作，需要更多的弹性时间去照顾你外婆。如果你重新回公司的话，我都可以满足你。"

"你认为，你觉得，瞧瞧你这些习惯用语，凌熙，你还是一副居高临下的样子，从来都没有换位思考过。"

凌熙瞬间有些哑然。

任何继续说道："你把自己当皇帝，开心我们得赔笑，不开心我们得准备眼泪。你成功，是因为你爸在辅佐你，唐澄在给你擦屁股，莫先生在不计成本地付出。离开他们，你什么都不是。"

任何的话像是带着毒液的箭，从四面八方呼啸而至，凌熙瞬间被噎住。

前方的红灯变成绿灯。任何跨上单车，头也不回，决绝离开。

四周人来人往，车流穿梭，充满热闹的喧嚣。

凌熙呆呆愣在原地，看着交通信号灯绿了又红，红了又绿，从未有过的挫败感涌上心头。

凌熙沉沉吐了口气，一巴掌拍在自己脑门上。连吃三碗闭门羹！凌熙啊凌熙，你以前有多狂妄，现在就有多狼狈。凌熙一屁股跌坐在花台边，望着一望无垠的夜色摇头叹气。

咕噜咕噜……肚子里饥饿的声音连绵不绝。

莫格利的微信消息如及时雨一般到来。

“速来，请你吃大餐。”

凌熙按照地址找到了这家高端餐厅，刚进门就看见莫格利兴奋地朝自己挥手。

凌熙深呼吸一口，把悲伤的情绪转化成开心，在嘴角调试出一个微笑，走了过去。

刚落座，两人同时开口。

“我有个问题要问你 / 我有件事想对你说。”

两人相视一笑，又相互谦让。

“你问吧 / 你说吧。”

“我怎么也得绅士地让女士优先啊。”莫格利真诚地说。

“那我问你，我是一个自以为是、不近人情、自私自利、缺点一箩筐的人吗？”

“那我要说了你可不能打击报复。”

“把担心都揣进肚子好了，你尽管说，放心大胆地说，我自切引线，再多炸药也爆不起来。”

莫格利放下手中的食物，放心地笑笑，诚实地娓娓道来。

“刚认识你的时候，你在我眼里，就跟森林里的鬣狗一样，进攻性很强，很凶猛，连狼都欺负。是那种一公里以外，就要拉响警报、集体防御的物种。”

莫格利观察凌熙的表情，凌熙并没有爆发，只是使劲地咬了口鳕鱼。

“你有时候……任性、娇蛮、泼辣、霸道、大小姐脾气、蛮不讲理、没有时间观念、生活自理能力差……”莫格利边说边观察凌熙的反应。

凌熙以强大的自制力压抑着被批评后的不满，只能不停地往嘴里塞烤松茸。

“不过这都是以前的你了，现在都改了嘛！”莫格利话锋一转。

“那就说点儿没改的。”

“没改的？你对身边人的态度有点儿差，比如说你爸。你和你继母的事情我一知半解，不好妄加评论。但是你对凌宇也很凶，你每次对他发火的时候，跟块烧红的烙铁似的，谁都不敢碰。”

凌熙终于忍不住了，把餐巾往桌上一扔，有些落寞地瘫在椅子上。

“我都这么差劲了，要不我们分手吧？”

莫格利一把抓住凌熙的手。

“分手？你怎么这么不坚定！”

“那你到底喜欢我什么？”

“刚破壳的小鹅会在睁开眼的第一个瞬间，把看到的那个动物当妈妈，这就叫‘印刻效应’。你是我来人类世界看到的第一个动物。”

“所以，你对我的喜欢，只是印刻效应的结果吗？”

“这只是个类比。我承认，一开始跟你在一起的时候，那种感觉更像依赖。可后来，这种依赖变成了喜欢。”莫格利解释道。

“喜欢一个满身是缺点的人干吗，太无聊了找罪受吗？”

“你是有很多缺点，可谁没几个缺点？而且你一直在努力，让自己更好。我喜欢的，恰好是这样真实的你。”

凌熙看着莫格利真诚的眼光，不觉有些动容。她握着莫格利的手，弱弱地询问。

“那要是我以后没有工作，没有事业，只有一身的臭脾气，你还会喜欢我吗？”

“没有工作没关系，我可以养你！我已经找到工作了，但具体情况要暂时保密，反正是一份我喜欢的工作。”

凌熙看着莫格利，觉得他是如此值得信赖和依靠。窗外的月色朦胧，凌熙憧憬着美好的日子。

新的一天，鳞次栉比的高楼沐浴在阳光中，彰显着勃勃生机。

早些时候白艺凌答应了郑理参加同学聚会，真到了这天却紧张了起来。聚会地点选在名人公园的一块户外草坪，大家都如约而至。

“程序小王子（郑理）、恬淡诗人（陆子曰），好久不见。”

同学瞥见郑理和陆子曰都带了自己的另一半，调侃起他们。

“原来你们不是一对啊！哈哈。当年你们同吃同睡，差点儿以为你们就要这样搭伙过一辈子了。”

郑理和陆子曰互看对方一眼，笑着化解尴尬。

“给大家正式介绍一下，这是我女朋友，白艺凌。我追了好久才追到手的女神！”郑理向同学们介绍起了女朋友。

“这位是我女朋友，冯知言。”

“我是子曰的同事，普华大学古典文学老师。很高兴认识你们。”冯知言自己补充了一句。

愉快的音乐中，众人开始户外烧烤。

郑理喂白艺凌吃东西，调皮地偷偷亲了一下她的脸，白艺凌羞得捶了几下郑理。

冯知言把一串烤土豆递给陆子曰，想喂他，陆子曰用手接住，却礼貌地保持距离。

男生们正在窃窃私语，谈论这两位美女。不远处的桌子旁边，女生们正在热聊。

最后男女生们合并在一起，开始玩起“默契大考验”的游戏。

女伴甲举起手机，“默契大考验第一题，哦，好劲爆！请问另一半的生理期是什么时候？”

所有女人们都期待地看向男人，男人们却表情复杂。

“……月初发火的时候，应该就是。”一位同学答道。

“我不知道。”陆子曰冷静地说。

“每月20号左右。”郑理则充满自信。

男人们惊讶地看着郑理，女人们却都羡慕地看向白艺凌。

“第二题，请问另一半最喜欢吃的食物是什么？”

同学甲：“这个我知道，垃圾食品！”

同学乙：“天上飞的，地上走的，海里游的，只要能吃的她都喜欢。”

陆子曰犹豫了一下：“应该是……食堂的饭吧。”

郑理微笑着说道：“原来是三文鱼蔬菜沙拉，现在喜欢吃……我做的饭。”

众人齐声起哄，冯知言有些失落，白艺凌开心地笑起来。

“第三题，请问另一半最喜欢喝的是什么？”

同学甲：“奶茶。人的身体70% 是水，女生70% 是奶茶。”

同学乙：“也是奶茶！”

陆子曰这次颇为确定：“乌龙茶。”

郑理说道：“她不喜欢喝含糖饮料，开水煮沸3分钟，凉至40~50摄氏度，清肠养胃。”

听着郑理的回答，众人就差膜拜他了，无疑这次同学聚会郑理和白艺凌成了大家的焦点。

聚会散场后，陆子曰和冯知言并排走在路上，相顾无言。良久，冯知言打破沉默。

“没想到，你还记得我喜欢喝乌龙茶。”

“应该记住女友喜好的，我还做得不够好。”

“我们好像有段时间没这样一起聊天了。你还记得我的梦想吗？”

“朝看红霞，晚观夕阳，执子之手，与子白头。”

冯知言莞尔一笑，“谢谢你还记得，我就是梦想着，不管走到哪儿，国内还是国外，身边都有一个人陪着，白首不相离。”

陆子曰听出了冯知言的言外之意。

“你出国的最后期限是几号？”

“两个星期后。”

“时间有点儿赶，我很多材料还没来得及准备。”

“我知道，移民出国是件大事，需要考量的因素很多，理性上我也不想给你压力。”

冯知言顿了顿，鼓足勇气，看着陆子曰。

“以前谈恋爱的时候，也没有要求，只是想让你陪在我身边就够了。但在一起久了，人就变得有点儿贪心。我要的不多，我只想再多要一点点。”

片刻的安静和沉默，冯知言直视陆子曰的眼睛。

“子曰，你可以给我一个承诺吗？”

……

唐澄和陆子曰似乎渐行渐远，但这段日子唐澄和陆母的关系却越走越近。

这天她们手挽着手，提着一堆菜，有说有笑地走进屋子，熟络得就像是相识多年无话不谈的好姐妹。

陆母主动帮唐澄从鞋柜里拿出一双精心挑选的年轻款式的新拖鞋，看起来很时尚。

“超市打折款，随便买的，别嫌弃啊。”

“给我的？”唐澄略显疑惑。

“演了我这么久的儿媳妇，再怎么说，做戏也要做全套吧。”

“那好，我继续演好角色，努力完成任务！”

陆子曰骑着单车进小区，碰到隔壁大叔。

“哟！子曰回来啦，你妈跟你女朋友前脚刚买菜回家。”大叔向陆子曰打招呼。

陆子曰一头雾水，他掏出手机，冯知言几分钟前刚发来微信消息说她在自己家啊。忽然他意识到情况不对，脸上的笑容有些抽搐。

陆母还在兴致勃勃地跟唐澄讨论“策略”，陆父乐呵呵地也凑过来听。

“你这次在老贺面前叫我‘妈’的时候，还是有点儿拘谨，不够自然，下次可以稍微演绎得再夸张一点儿，尾音拖长一点儿。来，演示一下。”

“现在？”唐澄都有些不好意思了。

“对。麻将桌上的道理懂吧？时刻做好充分的准备，才有可能自摸三家，和个大的。来，你喊一嗓子听听看。”

唐澄有些尴尬，但还是轻声地叫了句。

“妈——”

两人哈哈大笑起来，好像真的变成融洽的婆媳关系。唐澄肆意地笑着，笑得前俯后仰，笑着笑着突然卡住，脸上的表情僵硬。因为她看见陆子曰推门而进。

陆子曰一脸严肃，打量着自己的家：各种凌乱，门口放着唐澄的高跟鞋；桌上多了一副碗筷；沙发上的抱枕随意地扔着；茶几上的食物也从养生的水果变成垃圾食品……陆子曰的脸渐渐沉下来。

陆母先打破尴尬，同时也试探了一下儿子。

"既然你都看到了，那我就明说了，我们很喜欢唐澄，准备把她当女儿了。"

陆父也跟着应和。

"我也举双手同意。"

陆母同时钩住唐澄和陆父肩膀，笑着说："怎么样，子曰，别傻愣着不说话，你也表个态吧。"

陆子曰看着眼前这其乐融融的三人，像是默契十足的一家三口。

他走到唐澄身边，有些生气。

"我们之间发生什么都不重要，你来打我爸妈的主意算什么？即使是家人施压，我也不会改变立场。"

"你误会了，我没有这样的想法。"

"我妈跟你也没有血缘关系，随便叫'妈'，是否不太妥当？"

"我这样是因为……"

唐澄不好把陆母供出来，一时有点儿语塞。

陆母见状，赶紧出来打圆场。

"因为唐澄是我的座上客，我请她来的。你以为人家心里就只有你啊，不能留一点儿位置给我们啊。不瞒你说，我们打算收唐澄为干女儿！"

陆子曰非常吃惊，更觉得诧异，也进一步误解了唐澄，于是一把把她拉进了厕所。

"我爸妈都是老实人，你到底使用了什么计谋和手段，让他们对你的看法发生这么大的转变？"

"难道我在你心中就是那种工于心计，做什么都带着目的的人？"

陆子曰不敢跟唐澄对视，把目光移向别处。

"我知道，你在感情里赢惯了，所以一旦某一次处于下风，心态就崩溃了。如果跟我爸妈套近乎也是你的一种策略，那我明确告诉你，在我们已经结束的那段关系里，是你甩的我，你赢了。行了吧？"

"喂，你就不能相信我一次吗？我在你心底就那么不真诚？难道我对你爸妈好，就没有一种可能是我把他们看作是尊敬的长辈，可以依赖的朋友？！"

陆子曰沉默。

"还是在你心中，对我这个人的看法早就一棍子打死，盖棺定论，永不超生了？"

唐澄把头发扎成丸子头，一张落寞的脸倒映出来，那个曾经叱咤风云的夜店女王，法庭上魅力爆棚、舌灿莲花的金牌律师，好像一瞬间都没了，变成了一个被喜怒哀乐支配的普通女孩。

陆子曰有点儿于心不忍。他看向洗手台，杯子里多了一把粉色的备用牙刷；门口的防滑垫也不是一成不变的灰黑色，换成了淡蓝色。

“你真的跟他们相处得很好吗？”

“陆子曰，说出来你可能不信。我恬不知耻地在这里感受到了很多年都没有感受到的家的温暖，跟你爸妈相处，让我觉得自己可以是一个被呵护的女儿。”

“你那么想来的话，以后请随意，反正我要出国了。”

陆子曰冷冷地看着唐澄，一瞬间，唐澄眼睛里的光芒都黯淡了下去。

送走了唐澄，陆父才有机会和儿子好好解释。

“儿子，唐澄还真没有从我们这里打过你的主意。反倒是你妈被欺负的时候，人家第一个站出来帮忙解围。”

“好，我知道了。”

陆子曰似乎有些懊悔，从父母的缝隙中挤出去。

他拿起手机想发个微信，在手机上删删改改，始终没有发送出去。

二十八 冰释前嫌

凌熙和莫格利手里提着刚刚精心准备的新鲜水果和熟食，来到了凌正浩家门口。

莫格利刚准备按门铃，又踟蹰了片刻，转身好心提醒。

“友情提示一下，如果等会儿遇到什么事，要冷静，不要冲动。”

“放心，我是来讲和的，又不是来讨债的。倒是你，第一次登门拜访，不知道我们家错综复杂的状况，我先给你兜个底。”

凌熙一把钩住莫格利脖子。

“不出意外的话，里面有四个人，我爸、文郁、凌宇、高婕。高婕这个人傲气冲天，你尽量别跟她说话，别跟她对视。凌宇这个人虚伪，装腔作势，老是说没有用的屁话，你千万不要当真。我爸呢，在我这儿跟暴君一样凶，在你那儿会跟对客户一样客气。”

而文郁怎么描述呢，凌熙好像卡壳了，她努力搜索大脑中关于文郁的形容词，却始终找不到。

“莫格利，你知道孩子对妈妈的感觉吗？”

莫格利茫然地摇摇头，有一种同病相怜的感受在两人中蔓延。

“莫格利，我妈离开的时候我还很小，关于她的记忆，最多的就是在那个家里，也只有在家里的照片里、妈妈的衣服里，还能找到她的气息。”

莫格利看出凌熙的伤感，安慰地捏了捏她的肩膀。

饭桌上，一桌美味佳肴备齐，荤素搭配合理，鸡鸭鱼应有尽有。

凌正浩突然发问，却让气氛一下僵硬起来。

“凌熙，培训班学习得怎么样了？”

“……还行吧，反正体会到要多读书的道理了。”

莫格利在旁边帮忙解释。

“凌熙在学校表现特别好，她的方案得到了墨子资本的认可，第一笔资金很快就要下来了。”

众人纷纷停下手中的筷子，目光瞬间集中过来。

“开发的什么项目？”凌宇好奇地问。

“这次不卖衣服了。简单来说，就是把一些有天赋的青年设计师召集到一起的网络平台。”

莫格利向众人进一步解释。

“凌熙为了完成这个平台的搭建，策划案前前后后改了有50稿以上，也咨询了很多业界专家，这一次，她是认真的。”

凌正浩投来欣慰的目光。

“凌熙啊，看来这次是想跟我彻底划清界限，铁了心不来沃夫了。”

凌正浩看起来是抱怨，但嘴角露出开心的微笑，凌宁默默看在眼里，内心充满紧迫感。

与此同时，高婕偷偷在给凌宇发信息。

“你们一家人演戏，干吗要我这个外人来配合？”

凌宇回复信息。

“你不想继续吃的话，我可以跟他们说你身体不舒服。”

高婕不爽地瞪着凌宇，凌宇却面无表情。

高婕抬头，看见凌熙和莫格利十分恩爱的样子，更加不爽，又给凌宇发信息。

“帮我夹菜。”

凌宇面无表情地帮她夹菜，然后把手机翻过去，不再理会高婕。

饭后高婕表示身体不适便先回房休息，客厅的电视正在播放《悲伤逆流成河》，凌熙、莫格利、凌正浩、凌宇四人坐在沙发上，正看得起劲。

文郁端着果盘走过来，她把果盘往茶几上放，突然发现茶几下面的小相框露出一个角来，于是悄悄往里塞。结果却弄巧成拙，照片整个掉到了地上。

吧嗒一声，所有人的目光都被吸引了过来。

“你们继续看电视，厨房还有红心猕猴桃，我再去切一些过来。”文郁极力掩饰。

莫格利看着这一幕，心生一计。

“凌叔叔、文阿姨，都没有见过叔叔阿姨年轻时候的样子，家里怎么没有照片？”

房间里的气氛瞬间变得很诡异。众人似乎屏气凝神，等待凌熙爆发的那一刻，结果凌熙的态度却出人意料。

“是啊，客厅这面墙空荡荡的，你们不是拍了结婚照吗？”

“啊？”文郁异常惊讶。

“不挂起来浪费了。”

“空着也空习惯了，没事的。”文郁有些慌张。

凌正浩感受到凌熙的诚意，于是转身对文郁说：“凌熙说挂起来，就挂吧。凌宇你去书房拿一下。”

莫格利随着凌宇一起来到书房，他们从墙角抬起大相框，一起往外走。

“莫格利，这么长的时间，你一直跟我爸私下有联系？”凌宇有点儿警惕。

“他偶尔会通过我问一些关于凌熙的事情，不算多。”莫格利解释道。

突然，莫格利眼神惊恐，随着他的视线，角落的柜子上放着好几把模拟双管猎枪。子弹出膛的声音在莫格利脑海回荡，莫格利头嗡的一声响起来，他连忙用手捂住耳朵。手里的画框掉落在地，砸到凌宇脚上。

“咝——啊！”凌宇叫了起来。

“对不起，我手滑了……那个是捕猎用的枪吗？”

“那是我爸收集的模型，不是真的，你别碰到了。”

莫格利微微舒口气，心有余悸。凌宇一边揉脚，一边对莫格利的奇怪反应感到好奇。

结婚照被挂到墙上，整个家显得自然多了。

文郁捧着一本老相册，翻给凌熙和莫格利看。相册里有很多凌熙小时候的照片。

“这张是凌熙一年级的时候，当上了少先队员。”

“这张是六一儿童节文艺会演，你演一个小田螺，最后还得了一等奖。”

“还有这张，你特别喜欢这双男生球鞋。”

看着文郁对自己小时候的事情如数家珍，凌熙第一次意识到，在那些不为人知的过去，文郁一直在默默付出。想到此，突然鼻头一酸。

“凌熙，我记得你穿着它去踢足球，回来的时候，只剩一只了。”

莫格利也调侃凌熙从小就有败家小姐的气质。凌熙作势要打莫格利，莫格利躲避，却把文郁手中的相册碰掉了。

凌熙和文郁同时弯腰去捡，两人的手在触碰到相册的瞬间挨在一起。

“对不起啊。”

文郁下意识抬头想回应，却看见了凌熙真诚地看着自己，文郁似乎明白了凌熙的道歉不只是为相册的事情。瞬间，多年来的委屈好像都不见了。

“都是一家人，没有谁对不起谁的。”

终于熬到了饭局结束的高婕，回房后便一屁股跌坐到床上，郁闷地拿起枕头往地上摔。摔完枕头还不过瘾，又把凌宇书桌上的书、装饰品、各种盒子发疯般一股脑儿地全部扔到地上。乒乒乓乓中，屋子一片狼藉。

突然，一个盒子掉落在地，盒子被摔开，一个优盘掉落出来。高婕捡起优盘，脸上露出狐疑的表情。

凌宇推开门，眼前是一片狼藉的房间。高婕背对着凌宇，坐在书桌旁，一言不发。凌宇并不想往里走，只靠在门框上，无奈地摇头。

“你又是哪根神经不对，整个屋子都被你弄得乱七八糟。”

高婕却冷笑道：“还好我神经不对，才会发现你偷拍别人的视频。”

凌宇突然有种不祥的预感。

“野外、无人机、女孩，原来你心底还装着个童话幻想。”

凌宇三步并作两步，避开地上的各种狼藉，狂奔到书桌旁。但还是晚了一秒，高婕移动着鼠标，点击清空回收站。凌宇一把推开高婕，整个人快要扑进电脑，疯狂敲击键盘，想要重新恢复文件，却始终失败。

“她有什么好的？”

凌宇没有回答，他眼睁睁地看着删除进度到达100% 的位置。叮的一声，文件永久删除，恢复失败。最后一丝希望破灭，凌宇的头耷拉下来，无比颓丧地看着高婕。

“你别碰我。”

凌宇推开高婕，愤然出门，高婕被推倒在旁，也面如死灰。

第二天，高婕戴着墨镜，打扮时尚，踩着高跟鞋朝 Y-home 咖啡馆走去。走到门口，她犹豫了片刻，拉下袖子，遮住手臂上的擦伤，推门而入。

吧台服务员小哥热情招呼。

“您好，请问要喝点儿什么？”

高婕环视四周，并没有发现储时的身影。

“我找她。”

说着高婕翻出手机里储时朝向无人机回眸一笑的截图。

“您找小储时吗？她还没有到。您是她什么人？需要我留信息给她吗？”

高婕并不理会，转身就走。

咕噜咕噜，一阵滑板滚轴转动的声音由远及近地传来。储时的头发在阳光里上下翻飞，金色的阳光在她身上镀上一层镶边，看起来青春时尚，充满生命力。

高婕走出 Y-home 门口，两人正好擦肩而过。高婕看见储时回眸一笑，似乎整个大千世界都融化进她的眼睛。这一幕，与凌宇用无人机拍摄的储时的样子重合。

这一瞬间，高婕好像突然明白了自己输得惨烈的原因——储时的青春、洒脱、纯真她从来都没有过。她颓然地呆立在原地。

储时看着高婕痛苦地揉搓脸颊，手上的戒指十分明显，似乎非常熟悉。突然想起那条凌宇的朋友圈。图中凌宇和高婕的手上带着婚戒，配文是——和我唯一最爱的你……

储时也不知道自己为何有些失落，只是抱着一大瓶水，拼命喝。喝着喝着，储时的泪水在眼眶里打转，她只得快点儿钻进 Y-home，生怕有人看见。

Y-home 的吧台上，李珊边打电话边走到吧台准备点杯咖啡，电话似乎没通。

“郑理怎么回事，电话都不接。”

李珊嘀咕了一句，正好被买好三明治准备上楼的白艺凌听到。

“您好，您找小郑总吗？他在开会……”

李珊放下手机，打量白艺凌，露出笑脸。

“你就是那个跟郑理一起开会，一起出差，能全方位掌握他行踪的秘书，白……白……”

“白艺凌。”

“那就对了，正好我有事问你，坐！”

李珊和白艺凌相对而坐在靠窗的位置，李珊点了两杯咖啡和两块蛋糕。

“艺凌啊，你可能是除了我和他爸之外，每天跟我们郑理相处时间最长的人了，他的情况，你一定比我们还清楚。”

“肯定的。”

李珊身体前倾，靠近白艺凌，一副一定要挖出大秘密的姿态。

“你老实告诉我，我们郑理到底有没有谈恋爱。”

李珊的眼里全是探索欲，白艺凌被噎住。

“这个……还是让郑总亲自回答您比较好。”

白艺凌掏出手机，默默给郑理发了条微信：速来 Y-home。

李珊注意到白艺凌气质优雅，落落大方，对郑理有这样一位能干的秘书颇为满意。

“我看你年纪，应该不到三十吧，保养得真好。”

“三十三了。”

沃夫传媒办公室，三三两两的人从会议室走出来。

郑理用胳膊肘碰了碰凌宇。

“你最近怎么心不在焉的，别忘了下午约的球啊，我已经订好地方了。”

“打完再去喝一杯吧。”

“你这刚结婚，舍得把老婆留在家，一个人吃晚饭啊？”

凌宇僵硬的嘴角抽了抽，故作轻松。

秘书走过来，好奇地看着郑理。

“小郑总，刚才在咖啡馆看见伯母，她不是来找您的吗？”

“我妈？找我？”

“是啊，我看到艺凌姐在咖啡馆招待伯母呢。”

郑理脸上流露出一丝担忧，这才意识到要掏手机看一眼。

“凌宇，看来只能下次约球了。”

不等凌宇回复，郑理便奔向电梯。

气喘吁吁的郑理推开 Y-home 的门，结果却发现白艺凌和李珊一副岁月静好的样子，两人有说有笑，十分开心。

“妈！”

“儿子，快过来。”

郑理顺势坐到白艺凌旁边，在桌下轻轻握住白艺凌的手。

“妈，怎么突然找我……秘书了，您这是玩严刑逼供，还是糖衣炮弹？”

“我可要大力表扬你这位秘书。人好，大方，气质出众。别看人家三十三岁离了婚，但依然活得很有自我啊，这才是独立女性该有的样子。”说着李珊抓住白艺凌的手，“艺凌啊，谁娶了你，真是他的福气。”

“妈，我也觉得她很好。”

“说到感情，妈妈可要批评你了。”

李珊转而假装严肃起来。

“听说人家凌熙昨天都把男朋友带回去了。当年可是人家女生倒追你，现在倒好，后来居上了。”

“挺好，不用在我这棵歪脖子树上吊死。”

“你跟凌熙真的没有希望了吗，要不再努力努力看看？”

“没希望了，人家都有新男朋友了，您也死了这颗心吧。”

李珊看着白艺凌，“艺凌，你瞧瞧你的领导，老大不小了，还没个正经。唉，我就遗憾啊，凌熙这么好的女孩……凌熙你认识吧？”

“认识，我们住对门，关系还挺好的。”

“那就好办了。你帮我撮合撮合他们，复合我看也不是没有可能。”

“妈，您怎么这样！”郑理似乎有点儿生气。

“艺凌也不是什么外人。你跟凌熙本来就是青梅竹马，从小都睡在一起，有什么好紧张的？”

白艺凌维持着笑容，在下面揪郑理，郑理英俊的脸庞都变形了。

“妈，我有女朋友了。”郑理实在忍不住了。

“真的？谁啊？”李珊表现出激动的样子。

郑理对着白艺凌做了个手势。

“我们在一起了。”

“我不同意！”

“为什么，你不是说她很好吗？不是说相见恨晚吗？不是说谁娶了白艺凌是谁的福气吗？”

“对别人来说可以，但对我来说就不行。”

“妈，您这不是双重标准吗？”

“我不想跟你争，我今天就撂一句话在这儿，只要我还有一口气，我就不同意！！”

李珊起身，决绝地转身离开。

回到办公室内的白艺凌，又进入到忙碌的工作状态中，不知不觉早已过了下班的时间。郑理端着两碗泡好的方便面放到桌子上。

“又要陪我加班了，先吃点儿面填填肚子。”

看着白艺凌愁眉不展，郑理只能继续安慰。

“别想了，快吃吧。反正我们的关系迟早有一天是要公开的，现在知道总比结婚前一天再通知他们好吧？”

“你还有心思说笑！反正我现在见过了你朋友，又见了你爸妈，你后悔都来不及了。”

“我为什么要后悔？”

“你现在是不后悔，但是将来呢？二十多岁和三十多岁差别可能不大，可是你四十我五十呢？再往后你七十我八十呢？……男人总是喜欢年轻貌美的，说不定哪一天，你对我就厌倦了呢？说不定有一天，你忽然想要个孩子呢？”

“你想那么多？那看来你已经做好了和我共度下半辈子的准备？”

“喂，我说正经的！”

郑理见状笑着起身坐到了白艺凌的身边。

“我跟你在一起不是一时冲动，是认真思考过的。年龄和孩子对我来说，都重要不过你。”

白艺凌看着郑理，很是感动。

“而且我有个好消息要告诉你。虽然我有一个爱闹脾气想一出是一出的妈，但好在我还有一个能搞定她的爸啊！”说着郑理晃了晃手机，“老头子刚发来消息说已经搞定我妈了，你可以安心了。”

白艺凌简直不敢相信事情转机那么快。

“我爸是我妈的速效定心丸，以及包心贡丸。”

“什么包心贡丸？”

“就是把我妈的心思掌握在手里的意思啊！每次出事只要他一出手，我妈就立刻眉开眼笑。这一点我简直佩服到五体投地！”

“难怪，在公司里我就敬佩他处事周全稳重，没想到处理家务事也一样。这样的好爸爸不知道有多少人羡慕，你真是走运……”

白艺凌话说到一半转向郑理，却猛然见到他的脸已经离她近在咫尺，手也揽过了她的腰。情绪一下转成了暧昧，空气都变甜了。

“先别闹，还有一件事，让我说完……”

“你说。”

“池旭新组建的团队想要参与这一次的竞选，我想同意。一来，两个团队有竞争更能看出优势劣；二来，我也有点儿私心……”

“在我们卿卿我我、如胶似漆的时候，你就跟我说这个？不同意！”

“为什么？”

“虽然他还了你的钱，但就凭这个人的人品，看着他就烦，我一烦就影响工作。

再说了，放一个这样的人在你身边我不放心。”

白艺凌想了想，觉得郑理说的也不是没有道理，就不再提这件事了。此刻的她，只想与郑理一直缠绵在一起，在这个浪漫的夜晚。

日子总是不断往前，从不停歇，普华大学校园里熙熙攘攘，年轻的学子们享受着青春带来的美好时光。阳光照耀的环形阶梯教室里，只有李昱珩一个人坐在最后的位置上。他抬眼看了看窗外的好天色，然后眯着眼睛打了个喷嚏。

正当他全神贯注地看着资料时，忽感觉前方有个幽魂般的身影朝他走来，一屁股坐在了他前方的椅子上。他抬起头，见是瘫在椅子上的凌熙，李昱珩心里一颤。

“怎么了？你不会也感冒了吧？”

“如果是像感冒那么容易解决倒好了。”

“那就是受挫了。不是信誓旦旦说给你三天时间就能把团队找好吗，看你现在这个无精打采的样子，是要打肿自己的脸了？”

“这一次还真是……不但我的脸会被扇肿，你的老脸也可能会在太平洋上漂浮，记得有空去把它捞回来。”

李昱珩“切”的一声笑了出来，随即恢复严肃。

“所以你被无情地拒绝了？”

“嗯。不但被拒绝，还被无情地教育了。”

凌熙看着天花板，一声叹息。兔兔、李凯和任何都拒绝了她，她不是没有努力过，她给兔兔发消息，兔兔每次都转移话题，李凯的态度就更加强硬，而任何从来都不接电话。愧疚的凌熙甚至带着莫格利去敬老院看望了任何的外婆，她拼命想弥补自己的过失。

“他们根本没有理由回到我手下来啊！所以这个班子，怕是组不起来了。”

“生意是生意，人情是人情。既然你要成事，难道不该借着介绍之名直接收买人心组建团队吗？”

“所以大老板，我要是现在立刻修改文案，着手准备下一个团队，还会有机会吗？”

“有，等下一轮融资。一年以后。”

“什么！要一年？这一年里的成本、运营维持先不说，万一这期间别人做出了类似的平台抢占了市场份额，我不就等于创业失败了嘛？！”

“你要做好人，这不就是你求来的结果吗？”

忽然后门外响起了外卖员的叫喊声。

“双人份香辣鱼头，李昱珩。”

凌熙见李昱珩拿来了外卖，打开之后一股香气四溢的辣味向她滚滚袭来，凌熙沉醉在香味中欲仙欲死，目光也不由得被红色的鱼头吸引。

“你感冒，怎么还能吃这么辣的东西？你知不知道感冒吃辛辣食物无异于慢性自杀！”

凌熙捧着鱼头，头也不回地跑了出去，留下了莫名其妙的李昱珩。

校园内的长椅上，凌熙的背影正在抽动，像是猛烈地在哭，一边哭，一边时不时地因为抽泣而咳嗽。不远处的莫格利看到伤心的凌熙，朝她飞奔而来，一把搂过她，心疼地询问。

“凌熙，你怎么了？”

“有些人口味真的好重啊！好辣，真的好辣，辣得我眼睛疼……”

凌熙趴在莫格利的肩膀上呜呜地哭着，上气不接下气。莫格利明白凌熙是真的伤心，很是心疼，但不拆穿。

“那就让眼泪流一会儿，没事了没事了。”

凌熙渐渐止住了眼泪，莫格利拿起凌熙手上的香辣鱼头，准备扔进垃圾桶，却被凌熙阻止。

“别，多浪费……”

“那我陪你一起辣。”

莫格利拿起鱼头吃了起来，食物里的辣味飘到了莫格利的鼻子和眼睛里，莫格利狂打喷嚏，也开始流起眼泪来。凌熙看着莫格利的样子，一边流眼泪，一边不时被逗乐。

“凌熙，直接重组一个团队吧。你这么强大，说不定还没到半年你就提前完成目标，后半辈子我什么也不用干就只需要享清福了！”莫格利开始安慰凌熙。

“想得美。新的团队该找谁？我到哪里去游说？拿什么说服别人？我现在可是身无分文，还得挂在别人身上啊！如果光给人画一块饼，别人会吃吗？所以真的组建团队需要多久，我心里完全没数。可能一年，也可能……”

“如果这么为难，你不如再去试着说服任何……”

“我为她做的事只是为了弥补过去。她现在有了自己的事业，晋升也指日可待，我怎么好意思断了她的前途呢？再说，我开口，她也未必就肯从啊。”

凌熙说着大道理，不知不觉有些落寞。莫格利看着难过的凌熙，把她揽入自己的怀里，似乎他也在思考着什么。

“听好了，因为你现在没那么完美，所以就是体现我作用的时候了！我不允许你做你不想做的事情，只要能实现你的理想，一年、十年都没有关系。我这么厉害，排队聘请我的人都能搭人梯登月了，养你到老，完全不是负担。”

凌熙看着莫格利，忽然觉得很感动，又觉得好笑。

“夸夸其谈，你脸皮比板砖还厚！”

“哼，不信走着瞧。”

送走凌熙的莫格利走在校园的小道上，周围的学生似乎也都行色匆匆。

莫格利挂掉了环保组织的电话，长叹一声。一抬头，见到的是李昱珩正站在他的面前。两人目光对峙，像是棋逢对手。

“李先生，我现在还是你的筹码吗？”

“你想要换什么？”

“那个职位你还需要我吗？如果还可以的话，我想换一个机会。”

“什么机会？”

“给凌熙的一个机会。”

林华凤和易家言离婚的日子似乎越来越近了。

当事人约了两边律师今天在 Y-home 咖啡馆协商，使得陆子曰和唐澄又不得不见面。

“唐律师，今天林华凤把我们叫到这里来，不会是又想弄出什么幺蛾子吧？”易家言问道。

“阿姨只是让我来，什么事她不肯说……”唐澄回答。

“唐律师、陆律师，易家言，今天我来，是来同意离婚的。”林华凤的话语打破了宁静。

林华凤从包里拿出了离婚协议书。唐澄失望地望向陆子曰，然后收回目光，陆子曰也看向唐澄，然后挪开了目光。

“谢谢你们帮我找到了鞋子，只是鞋子已经太陈旧了，早已不是我记忆中的样子了。”林华凤友善地对陆子曰和唐澄说道，“我以为它应该还是原来的样子，看来岁月真的会改变很多。”唐澄似乎还想挽救什么，但却无法开口。

林华凤似乎看出了她的为难：“争执了这么多年，纠缠了这么多年，实在没精力继续搞下去了。老易也说了，我们年纪大了，经不起折腾了。这个婚姻变成了今天这样，离不离，又有什么太大的区别？”

“既然不后悔了，我们隔天就去把手续办了吧。”易家言说道。

“行，正好今天趁着两位律师在场，我们把财产分割也草拟了吧。”

“唉——一起生活了这么久，也没给家里添什么值钱的东西，你看着什么顺眼，就拿什么吧。对了，家里那两口珐琅锅你当宝贝似的抱着，就归你吧。”

“那个我当嫁妆陪嫁来的唱机，你喜欢就拿去吧。”

“那怎么行，那是你的东西……”

“别说它是老古董了，就算它是最新款，摆在我面前也是对牛弹琴，废铁一堆。你拿去听还算是有点儿价值……”

“好，那谢了。我做的那个衣橱就送给你了，就当纪念吧……”

看着这对即将陌路的老夫妻，唐澄和陆子曰一声叹息。

唐澄和陆子曰一起走出咖啡馆，如释重负。两人之间，似乎生出了一堵厚重的墙，全然阻隔了所有讯息。唐澄看向走在前方的陆子曰，虽有千言万语，但归结到嘴边，只有两个字——“再见”。

唐澄用尽最后一丝力气对陆子曰一笑，然后转头向左边走去。陆子曰并没有说话，静静地看着唐澄离去。随后，陆子曰向右转。

两人一左一右，分道扬镳。

夕阳西下，金黄色的阳光把街边的长椅也染上了金黄的色泽。

林华凤有些累，她坐在长椅上，眺望远处。忽然，一个红薯递到她的眼前，她抬起头一看，是易家言。

“出来的时候看到有卖烤红薯就想到了你，你不是最爱吃这个吗？”

林华凤接过红薯吃了起来，易家言在她旁边坐下。

“要是你以前也能这么体贴我，说不定我们还能长久一点儿。”

“要是你过去的二十年天天像今天这么好说话，说不定我们还不会走到离婚这一步呢。”

两人相视而笑，看向前方草地。

易家言的红薯渣掉在裤子上，林华凤本能地伸手想帮他拍，但手伸到一半，停住了，又缩了回去。

“老易，在外面好好照顾自己。年纪一把了，少用点儿刻刀，眼睛都快挤到一起了。有什么困难告诉我，夫妻一场，能帮我就帮。”

“你也是。年纪大了也要找点儿兴趣爱好，不要老是和那几个阿姨唠嗑了，没营养。我看社区开的书法班、绘画班都不错，你年轻时不也爱那些吗，重新拾起来也可以嘛。”

“你管我。”

“不管怎么说，这么多年了，有你照顾，还是挺好的。”

夕阳西下，两个背影并排坐在椅子上，被夕阳拉长影子的感觉既美好，又萧条。

夜色中，陆子曰走在回家的路上。

走到自家楼道口，忽然见到一个身影倒在地上。

难道是唐澄？陆子曰飞奔过去，扶起一看果然是。却见她脸颊通红，浑身酒气。

“陆子曰，你个大坏蛋、小白脸、尿包蛋！”唐澄说着醉话。

“什么玩意儿，醒醒，醒醒，这里是我家，要睡回去睡！”

“陆子曰，你就是水里的月亮，怎么捞也捞不着……”

唐澄伸手去捞草丛里的花朵，自己差点儿摔倒，陆子曰费了老大劲儿才拉住她。

“你到底在说什么？你醒醒，没事喝个烂醉很好玩吗？”

陆子曰把唐澄扶正，却发现唐澄已经在刚才一瞬间睡着了。

莫格利刚做完最后一份蔬菜沙拉放在桌上。凌熙哼着歌得意地从门口蹦蹦跳跳，一路跳了进来。

“凌熙，心情这么好？什么好事？”

凌熙一路蹦到莫格利面前拽着他一起蹦。

“你知道吗，李昱珩说帮我争取到一个机会，要我明天亲自和审核团队沟通，说服他们。我的平台有救了！”

莫格利假装惊喜，“真的？”

凌熙拼命点头，莫格利顺势抱起凌熙转圈。

“对了，我之前面试的单位也给了我回复，我立刻就要入职了。”

“真的？你在哪家？”

“很巧啊，你那家。”

“不会吧！搞了半天，你说你找到的工作单位是墨子资本？真的假的啊？”

莫格利拉着凌熙坐了下来，切着牛排给她吃。

“真的，我很喜欢那份工作，过两天就要入职了。”

“可以嘛你！装神秘不告诉我。”

门锁啪嗒几声动了起来，游魂一样的储时飘了进来。莫格利看着储时，有点儿紧张，储时似乎听到了什么，疑惑地看着莫格利。

“啊？你不去啦？”

莫格利紧张得赶紧拦下储时的话。

“环保是我的兴趣爱好，有空的时候我还会跟储时一起做活动。”

“行吧，批准！储时你不一起来吃一点儿吗？”

“啊，我，就不打扰你们的二人世界了吧……”

“有什么关系，反正打扰我们的人马上就不止你一个了。”莫格利竖起耳朵，自信地笑了笑。

他一跃走到门口打开了门，门外的陆子曰显得筋疲力尽，背上是说着胡话的唐澄。

陆子曰和唐澄一进屋子，唐澄便死死地抱住凌熙，凌熙也像抱着小孩一样抱住了唐澄。储时拿了一块湿毛巾，前来帮着唐澄清醒。陆子曰累得气喘吁吁，喝完一杯水之后，起身准备离去。

“子曰兄，你这就走了吗？”

“嗯，有你们照顾她，我就不久留了。”

陆子曰刚想出门，却听见唐澄的呼喊。

“陆子曰，陆子曰你就这么走了吗？我真的好想你，你怎么可以说走就走，说不理我就不理我！”唐澄边说边死命抱着凌熙，凌熙苦不堪言。

“你别走！我告诉你，我后悔了，我是真的后悔了！跟你讲那些话的我是脑子被吃掉的大傻蛋！”

凌熙心疼地看着唐澄，不忍拒绝。

“你在说什么呀！我是凌熙啊，我不是陆子曰。”

“什么不合适，什么以后不知道，我真是傻！能这样抱着你多好，这样抱着你的感觉，什么帅哥都比不上吧……”

凌熙发现唐澄完全把自己当成陆子曰，干脆淡定下来，装成他。

“好好好，我不走我不走，你想说什么就说吧。”

“我在说我喜欢你啊，子曰……我怕以后再也见不到你啊，我千辛万苦，千辛万苦跑去找林华凤是为什么，是为了还能看到你，现在案子结束了，还被你从你家里赶出去，我再去找你是不是犯贱啊？我们是不是没有理由再见面了呀？……”

凌熙抬头怒视陆子曰，陆子曰僵硬在门口，想出门，似乎跨不出去。

“我真的很想和你在一起，一百年不换男朋友也没关系，我不想去酒吧了，看到那些男人在我面前晃悠就很恶心，现在满脑子都是你，睡觉做梦都是你，喝醉酒在眼前的也都是你，都是你！为什么我感动不了你，感动一个人怎么这么难！”

唐澄说完哭了起来，众人愣在当场看着唐澄说着心里话发着酒疯，很是难过。

“不想失去一个人，知道自己喜欢一个人再失去他的时候太难受了。陆老师，你不要装作自己满不在乎的样子，这样唐澄姐太难过了。”储时说道。

陆子曰定住的脚想要上前迈一步，却听到凌熙愤怒的声音。

“滚，你滚吧。”

陆子曰的脚步在门口停下，犹犹豫豫，举步维艰。他靠在门上，清晰感受着心痛，最终还是转身离开。

二十九 重组团队

早晨的阳光直射进卧室，照射到唐澄头痛欲裂的脑袋上。唐澄缓缓醒来，几个片段在她的脑袋里闪过。

“我不会……做了什么……蠢事吧？！”

唐澄翻身下床，一个趔趄，差点儿摔倒，却见到桌上凌熙留给她的字条。

“你昨天抱着我一晚上害我什么都没复习成，因为你，我今天的考试要考砸了！”

凌熙很珍惜李昱珩给她的这次和审核团队当面沟通的机会。她拿着自己的文案站在门口，沉了沉气，转头看了看身后的莫格利便安心了不少。

会议室内，一排审核员西装革履，等待着凌熙的介绍。凌熙则露出了自信的微笑。

“各位好，我是‘青年设计师创业者平台’的开发者凌熙。首先我能有这个破例的机会已经实属不易，谢谢各位老师。”

凌熙向审核员们深深地鞠了一躬。

“接下来我就介绍一下方案的主旨，针对——”

“请允许我们先问几个问题……”一位审核员打断了凌熙的发言。

莫格利坐在会议室外焦急地等待着。他一抬头，却见李昱珩手拿文件路过，转头看了看会议室，脸上的表情毫无波澜，然而莫格利还是觉察到了什么。

“你的微表情很明显，不用装成路过的样子，要不然坐下一起等？”

“虽然你挺厉害的，但老板的心思，不是想揣摩就能揣摩的。”

李昱珩抬腿想走，却听到了莫格利的声音。

“谢了。”

李昱珩看了一眼会议室，转身离开。

会议室的氛围异常紧张。

“对于我们最关心的未来团队，你有什么打算吗？”审核员的问题直指凌熙的软肋。

“据我所知，国内最近兴起了几个小设计师团队，非常有潜力，我已经做好了备案，我会尽力游说他们。”

“那我们还有最后一个问题。你为什么没有说服你的老员工一起来呢？他们应该最熟悉你的创业模式和行事风格了。除了客观原因，是你作为创业者自身所具备的能力不够吗？”

凌熙正尴尬，忽然听到任何的声音从门外传来。

“不是！”

会议室的门忽然被推开，凌熙回头，李凯、兔兔、任何三人站在门口。

“熙爷，我们都在！”

树木散射着温柔的光晕，空气里充满轻松愉悦的气息，热闹的庆祝声浪从唐澄住所楼顶的天台传出。

为了庆祝今天面试的成功，凌熙邀请了任何、李凯、兔兔来唐澄家庆祝。

“为救驾成功——”

“干杯——！”

四只方杯碰在一起，冰块震荡，溅出棕红色的液体。

“我先干了，你们随意！”

凌熙仰脖喝下一满杯，任何、李凯和兔兔看着她啧啧惊叹。

“熙爷，我们可是递了辞呈，头也没回跑过来给你撑场面的，连杯酒都不给喝吗？”

“威士忌一瓶二百多，能买十几桶冰红茶了，创业初期，要量入为出，精打细算！”

三个人共同举杯一饮而尽。凌熙看着面前的三个人不免有些激动。

“真的太感谢你们了，在我最危急的关头回来，我真的不知道该怎样感谢。”

“其实你这段时间的努力我们都知道，熙爷，我们三个人商量了好久，这次是我们自己的决定，只有我们在一起，彼此的才能才会更好地发挥。”任何真诚地看着凌熙，兔兔和李凯也应声附和。

“过去我眼里只有自己，失去了你们的信赖。从今往后，我希望能有机会和你们做朋友。遇到难事不用自己扛着，都可以和我说，但愿你们永远不会为今天的决定后悔。”

“嗯，干杯——！”

每个人都守着一片沙滩，有些贝壳被海浪冲走，有些被侥幸带回。兜兜转转，遗失一些，又得到一些。并非失而复得的贝壳更美，其实它们原本就美，只是我们常常忘记欣赏……

聚餐结束，莫格利送三个人下楼，正巧唐澄回到家中。

“凌熙，烧烤不带我，收拾残局就拉我来，什么人啊？亏我还特意准备了礼物。”

凌熙做了个鬼脸。

“我的澄，什么礼物啊？”

唐澄搬出一个包裹，打开一看竟然是一个大号的睡袋。凌熙一脸正色地看着它，面部表情抽搐了起来。

“不好吗？鉴于接下来的日子你很有可能忙到顾不上回家，这玩意儿很适合你在工作室睡觉用。”

“谢谢哈。”

“客气了，要不要试试？”

唐澄脱了鞋，率先钻进去，凌熙也跟着钻了进去。

“你往边上挪挪，挤死人了。”

“你胖了。”

“你才胖了！”

两个人彼此贴着，把手交叠在脑后看星星，世界仿佛一下子沉静下来。

“凌熙，真为你开心。”

“我的澄，这段时间给你添了不少麻烦，不过你别懈怠，以后也会接着添的。”

“对于你缠上我这件事，我还是有觉悟的。”

凌熙一把抱住唐澄。

“我上辈子肯定是拯救了银河系才能遇见你。澄，我终于不用再赊房租了，开不开心？”

“看你事业重启，爱情得意，就像我自己也做到了一样……”

“你以后少喝点儿酒吧，也不是小孩子了，是谁说没必要为了男人痛哭流涕、深夜买醉的？”

“我昨晚喝得很醉吗？没干什么蠢事儿吧？”

“没什么，没什么。”

唐澄松了口气，却也有一丝失望，都被凌熙看在眼里。

“他后天一早就走了，你真的不再争取一下吗？”凌熙说道。

深夜时分，沃夫传媒公司里凌宇的办公室还有人在忙碌地工作。

凌宇处理好最后一份文件，已经快要晚上十点钟了。他将桌上的材料整理敲平，一抬头，才发现百叶窗外，整个公司都已经熄了灯。

手机的锁屏页面跳出一条来自高婕的微信，凌宇瞟了一眼便将手机丢进公文包，面无表情地起身将外套搭在手臂上，走出办公室。

Y－home 咖啡馆已经没有客人，储时站在玻璃落地窗内，将一张特饮海报贴在玻璃上。

海报上是拉着粉色心形咖啡花的秋季特饮。储时用手将海报细致地捋平，在那颗双拼的心上停顿片刻，失落地抿抿嘴，然后转身锁好门，抬头望一眼凌宇办公室所在的漆黑的三十八楼，默默走了。

凌宇从不远处的建筑后转出来，目送着她，直到她彻底消失于街道的拐角。他不由自主地走向那个海报，用手触摸着刚才储时手掌停顿的地方。周围的世界变成模糊的光点，在落地窗的另一面，储时的幻影出现，凌宇的脑海中，两人隔着玻璃将手掌贴在一起。

凌宇内心许下了愿望：等我还完高利贷，清清白白地喜欢你。

忽然，凌宇的手机在公文包里响起，他从恍神儿中清醒，不情愿地掏出手机看了一下，厌恶不由自主流露出来。再抬头时，凌宇惊讶地看见储时转过拐角，好像遗漏了什么东西，一边低头翻找背包，一边朝着 Y－home 走过来。

有那么一个片刻，凌宇犹豫着要不要上去，但很快就清醒过来了。在储时抬起头的那个瞬间，他一个闪身躲在建筑后面，将手机的音量调成静音。储时感应到什么，四处张望了一下，什么也没有发现。凌宇则靠在墙边，手机一直垂在身侧，无声地亮着。

黑夜漫漫退去，阳光逐渐照射进城市。

繁忙都市的十字路口人头攒动，人行横道的指示灯闪着绿色的通行标志。

着正装的白领们如同两条逆行的游龙，彼此交错而过，这里面就有第一次穿正装的莫格利。

今天是他在墨子资本的第一个工作日。

莫格利的办公室是简约的现代风格，办公待客设施应有尽有，休息区还摆放着一张全身按摩椅。莫格利这里看看，那里摸摸，随手拿起办公桌上的书挡，看了一眼，是个人头，果断放回去摸摸他的脑袋。

走到落地窗前，拨开闭合的百叶窗向外望去：公司的办公区，工作人员穿梭来去，相互交谈、忙碌着。莫格利长出一口气，终于适应了这个环境，走到按摩椅边，不由自主地放松蹲了上去。

突然，办公室门动了，两个工作人员微笑着走进来做自我介绍。

“莫先生好，我是您的秘书顾源。森木度假村开发项目的总负责人是李总，作为顾问，您要全程配合他，一些重要信息，我会帮忙传达。”

“莫先生，我是森木度假村开发项目最初的参与人员，叫我小王就可以了，项目的详细内容稍后我会以邮件的形式发给您，财务上的问题也可以交给我。”

莫格利佯装镇定，绅士地点了点头。

“嗯，很高兴认识你们，希望未来我们可以精诚合作，完美配合，一起努力吧。”

莫格利坐在办公桌前翻阅文件，锐利的眼睛迅速抓取重点信息：面积1344平方公里、景区占地面积5000平方米、最大湖泊0.75公顷、徒步10分钟即可到达的森林氧吧……

不知不觉已经下午一点了。李昱珩一脸严肃地走进来，将一沓材料递给莫格利。

“明天森木度假村有个启动仪式，你需要代表我出席，具体内容流程表里都有，你熟悉一下。”

“好的，没问题。”

待李昱珩离开后，莫格利才松了口气，随手翻了翻流程表，配图中一片广袤的森林映入莫格利眼帘。莫格利看着图一个恍神儿，儿时的记忆突然闯入意识。

“……鸟兽惊恐四散，莫格利拼命奔跑想要逃离危机……”

砰的一声，莫格利从意识中抽离，才发现自己把文件掉在了地上。莫格利摸了一把额头，已是一层冷汗，一种隐忧爬上心头。

黑暗中，是小莫格利奔逃的声音和喘息。

黑漆漆的森林里，几道刺眼的电筒光来回晃荡。

狗吠声、不断靠近的脚步声，一起更迭交织，越发响亮，最后变成巨大的刺耳枪响。

凌熙的叫声仿佛从森林深处传出，遥远、虚幻。

“醒醒！”

莫格利被梦魇压住，不安地在沙发上翻身，脖子上布满细密的汗。凌熙蹲在沙发边，不断温柔地摇晃他。

“你听见了吗？快醒过来，我是凌熙！”

莫格利“腾”地坐起，从梦魇中惊醒过来。看到凌熙的那个瞬间，莫格利像劫后余生一样，一把将她抱进怀里。

两个人并排坐在唐澄家的天台上，喝饮料聊心事。

“你说那个感觉又来了，是什么意思？”

“凌熙，你还记不记得那次气球爆炸？”

“记得啊，你一路躲进帐篷，还说枪呀什么的。”

“后来我就经常梦到枪声，梦到猎狗和人追着我在森林里跑……其实那不是噩梦，是我小时候经历过的事。”

“不是梦？真有人端着枪追你吗？”

“从我记事开始，我就和护林人爷爷在森林里生活，他教我走路、吃饭，也是他和我一起决定收养小狼。七岁那年，有一天我又跑去找他，还没到木屋，就听到他拼命朝我大喊：跑啊！愣着干吗？快跑！”

莫格利说到这里，手不自觉地抖动着，凌熙抓住他的手，用力握了握。

“我来不及细想，掉头就往回跑，身后有猎狗叫着追上来，我没留神被藤条绊住了。我以为我死定了，没想到这时候小狼出现，挡在我身后……我爬起来继续逃，就听到两声枪响……再醒来的时候，一切都变了。”

莫格利的胸口急促地起伏，遥看星空，眼里流露着前所未有的恐惧。凌熙看到莫格利的嘴唇、肩膀、眉头，尽管十分用力压制，还是不由自主地抖动着。她将莫格利抱进怀里，用温柔的轻拍和耳语来安抚。

“没事了，我在，不要再想起这些，不好的事绝对不会再发生！”

“凌熙，我真的很怕……当年枪声把爷爷和小狼都带走了，我绝对不会再让身边人因为我发生意外！”

“莫格利！我发誓，你不会失去我！”

星空之下，凌熙的眼睛闪着动人的光芒，在那一刻，照亮莫格利的心。

“凌熙，我爱你。”

“我也爱你。”

凌熙突然想起什么似的，在领口处摸索掏出那颗莫格利珍视的狼牙。

“这颗狼牙，还是给你吧！”

“比起自己，我更不想让你受伤害。”

“那你怎么办？”

“我吗？一直害怕着，然后要挟你陪我，我赚了。”

凌熙忽然想到了什么，跑去屋里拿着一张黄纸蹦蹦跳跳地回来。

“这个给你，我的辟邪符很灵的！”

莫格利看了一眼符咒，黄纸上画着凌熙萌萌的简笔小像，张着嘴凶神恶煞吐出两排字：

妖魔鬼怪勿近，

当心熙爷咬你！

“嗯，凌熙，我会永远在你身边的。”

陆子曰离开的日子终究还是到来了。

他和冯知言手握机票，并肩在安检门口预检处排队。陆子曰有些心不在焉，下意识四处张望。

“子曰，到了，我们进去吧？”冯知言提醒陆子曰。

“……好。”陆子曰似乎有些失落。

陆子曰往前迈步，最后一刻，忽然听到有人穿着高跟鞋从身后跑来。陆子曰仿佛屏蔽了一切杂音，最期待的唐澄的喊声在他身后响起。

“陆子曰！”

陆子曰回过头，来去的人流变成虚焦的光点，光点对面，唐澄就站在那里，眼底满载无数要说的话。

冯知言看看唐澄，又看看陆子曰。

“我先进去了，过关等你。”

说着便转身离开了。

唐澄看了一眼陆子曰手里捏着的机票，心一沉，强挤出一个笑容。

“你们要走了？”

“嗯。”

“我来接客户，顺便看看你。”

“这样啊……我还以为你有话要对我说呢。”

唐澄看着陆子曰的眼睛，欲言又止，内心不断翻腾着一个声音——不许走，敢从我身边迈开一步，我就死给你看。

陆子曰期待地看着唐澄良久。唐澄微笑着掩饰难过。

“虽然分手了，还是朋友！认识一场，我也没有什么东西能给你的。这个你拿着吧，路上不会太辛苦。……祝你们一路顺风……”

说着唐澄怯怯地从身后拿出一个 U 形枕。

陆子曰又心疼又生气，一把从唐澄手里拽过枕头。刚转身，还没走几步。

“陆子曰！”

陆子曰回眸，唐澄微红着眼眶站在那儿，陆子曰怔住。

“最后再抱一下吧，行吗？”

唐澄嘴唇紧紧咬在一起，指尖紧紧攥进手掌，生怕一放松，眼泪就洒出来。陆子曰全部看在眼里，他再也不想演戏，走过去扔下包，抱住唐澄的脸吻了下去。唐澄一愣神儿，脑袋“嗡”地炸开，耳边是持续的耳鸣声。

终于，她清醒过来，一把推开陆子曰。

“你疯了吗？”

“嗯。”

完成安检的冯知言独自坐在窗边，窗外航班一架架起飞和降落。她觉得每架飞机就像是每个人的人生，有着详细的计划和时间表。

回忆起了和陆子曰参加同学聚会的那个夜晚的对话，冯知言感到释怀。

“子曰，你可以给我一个承诺吗？”

“知言，对不起，我没法给你这个承诺。”

冯知言深深吸了一口气，紧张提着的肩缓缓下落。

“你终于说出口了……我也不用再提心吊胆了。”

“是我的错，不该拖到这种关头才说。”

“其实你早就决定了不是吗？我也只是需要一次‘自杀式袭击’来点醒自己。我们现在这样，算是分手了吧？”

陆子曰点点头，从口袋里掏出冯知言送的那颗玲珑骰子退回去。

“你的这颗玲珑心抱歉我不能收着了，以后有什么需要尽管说，我愿意效劳，作为朋友。”

冯知言看了看陆子曰手心里的骰子，被昏黄的路灯照得分外凄清，她格外惋惜地取回来。

“是因为唐小姐吗？”

陆子曰一愣。

“如果我早一点儿表白，在你还没遇到她之前先遇到我，你会不会就……”

冯知言拼命想要留住最后一点儿幻觉，陆子曰却遗憾地摇头。

“知言，没有如果，我已经遇见她了……”

机场安检门口预检处，唐澄和陆子曰紧紧拥抱在一起。

“唐澄，你喝醉之后说的话还算数吗？”

“什么话？”

“没有你我活不下去。”

“是醉话！你知道我的，喝多了什么话都……”

“我也一样。”

唐澄以为自己幻听，呆呆地看着陆子曰。

“什么？”

“我说，我也一样，没有你会活不下去。所以我从来没打算要去国外长居。”

“那么今天是……？”

“交流学习，两星期。”

“所以你和冯小姐……？”

“分手了，很早以前就分手了。”

唐澄愣住好久，好不容易明白过来，一拳打上去。

“陆子曰！你和凌熙合起伙玩儿我啊！”

说完她便霸道地亲了下去，过往行人纷纷侧目，唐澄才不管，张扬地享受着失而复得的爽快。

凌熙抱着一个计算器趴在沙发上，旁边放着笔记本电脑，屏幕上是一份混乱的电子表格。员工薪水……推广费用……网页设计……每一项的预算都不能砍啊……凌熙越想越郁闷，一打滚把自己捂进毯子里，滚成一条“虫”，在沙发上蠕动。

凌熙从毯子里探出头，摸过手机，发语音给莫格利。

——莫格利……一起吃晚饭吧！求安慰……求抱抱……

然而莫格利并没有回复，凌熙随手拨了莫格利的电话。

——对不起，您拨叫的用户不在服务区。

不好的预感瞬间涌上心头，凌熙紧张往前翻了一下聊天记录，上一条的时间还是中午，写着：仪式要开始了，结束了打给你。

凌熙从沙发上跳下来，冲进莫格利的帐篷，翻出启动仪式的流程表查看。流程表上的一排字引起她的注意——鸣礼炮。

凌熙愣了片刻，扔下表格，飞奔出门。

已是夜幕降临，凌熙依然在街道上奔跑寻找，边跑边拨莫格利的电话却无法接通。她的身影融在偌大的城市中显得单薄渺小，她一直跑，直到筋疲力尽，颓然喘息蹲在街头。

凌熙又急又气地打电话给李昱珩。

“怎么可以把他派出去就不管了呢？启动仪式剪彩就好了为什么非得放礼炮？！”

电话那头的李昱珩显然被这通责问搞得一头雾水。

“凌小姐，你实在是太莫名其妙了。首先，启动仪式是承建方负责的，我们没有干涉过；其次，人难道是兔子吗？至于被礼炮吓死吗？”

电话被挂断后凌熙才恢复一点儿理智，看着来往穿梭的车流叹气。

“死莫格利，你到底在哪儿呢？……”

焦躁中的凌熙一个转身，就见天桥的对面，莫格利正疲惫地站在那里。凌熙飞奔过去，上上下下打量他一遍，莫格利双手攥紧，额头上有汗。

“你还好吧？没有被礼炮吓到吧？没事吧？是不是又想到什么不好的回忆了？”

莫格利看着凌熙，手死死捏着，凌熙拉起他的手摊开，只见手心里是凌熙画的黄色辟邪符，已经被汗水浸透。

凌熙使劲儿抱住莫格利。

“……能再见到你真好！”

好一会儿，莫格利都没有回应。凌熙奇怪地看着莫格利，用手在他眼前晃晃。

“嘿，你怎么了？”

莫格利从耳朵里取出两个耳塞。

“这东西质量太好了。”

凌熙愣了一下，大笑起来，“你今天就靠这个？配套措施够齐全的！”

“嗯，毕竟我也是个社会人了，面对恐惧也要迎难而上……”

三十 东海出狱

就在这个漆黑的夜色里，风卷起地上的落叶簌簌发响。

哐的一声闷响中，监狱的两扇铁门缓缓打开。一个五十岁上下的中年男人，穿着一套稍显过时简陋的黑色衣裤从高墙里走出来。他粗粝的手攥紧唯一的家当——一个黑色帆布提包。饱经风霜的脸从低低压着的帽檐下抬起来，眼神中透露出不安与茫然。

“东海，你终于自由了。”他对自己说。

沃夫传媒电梯内，郑理、白艺凌略显低落地从里面走出，恰好和郑伟珏撞了个正着。

“爸。”

“郑总！”

“怎么这么晚还回公司啊？愁眉苦脸的。”郑伟珏十分关切。

“爸，上次我推荐给公司的后期制作人员突然出了点儿状况，恐怕要开天窗了，在外面跑了一天，也没找到合适的备选。”

“不关小郑总的事，工作室是我联系的，有些变动因素我没考虑周全。”

郑伟珏拍拍白艺凌的肩膀，和气安慰。

“不用自责，不是还有时间吗？再去找找。实在不行，价格灵活一点儿也没问题。”

郑伟珏看了一眼白艺凌手里拎着的又大又重的公文包，略带责备地瞥了一眼郑理。

“你这小子，怎么一点儿不像我，心疼心疼自己人吧，不要逮住了就使劲儿用！”

白艺凌看了眼郑理，低头甜笑。郑理马上明白过来，接过白艺凌的包。

“知道啦！我会以老爸你的标准严格要求自己的！”

郑伟珏点点头，径自走进电梯。电梯门合上的瞬间，郑理和白艺凌相视一笑，低落的心情一扫而空。

灯光暗淡的停车场里，郑伟珏一路走向自己的座驾，坐进驾驶位。

把车子发动后，郑伟珏调节后视镜，突然，镜中一个黑色帽檐抬起，露出一对防备而敏感的眼睛。两人透过镜子四目相对。

“郑伟珏！”

郑伟珏倒抽一口冷气，神情愕然……

郑伟珏朝陈氏黄鱼面馆走去，东海跟在他身后，看着翻新过的店铺招牌顿生时过境迁的恍惚感，不觉停下脚步。东海对这里的印象还停留在二十多年前的旧日小巷，如今周围一应繁华街景令他感到如此陌生。

“东海？”

东海回过神儿来，见郑伟珏正推开半扇门招呼自己进去，于是低头跟上。店内布置简单，五六张小桌，只有零散的两个客人。老板从上餐口后面探出头，客气地朝郑伟珏点点头，是接待熟客的样子。

郑伟珏熟练地从陈列架上拿了黄酒，和东海面对面落座。东海环顾店铺，突然对面桌上的餐品提示器嗡嗡地亮起来，他被吓了一跳，侧目看，只见这一桌的客人拿着它去上餐窗口取餐。

东海显出些许不适，都被郑伟珏看在眼里。

“这家店我常来，面还是你爱吃的面，有些东西没变。”

“怎么可能不变，店翻新过了，老板也换人了，我也变成这副德行。”

郑伟珏明显感到疏离，但并不在意。

“有日子没沾酒了吧？今天我陪你多喝两杯！”

东海打量着面前的郑伟珏：西服合身，举止绅士，眼角眉梢是养尊处优之态，再看看自己，自惭形秽，又有不甘。

“你是不一样了，大楼里保安不让我进去，想见你一面得去停车场堵。”

“以后找我直接打我电话，我去接你。在我心里，咱们还是一起挖泥巴的毛头小子。”

“是吗？路上拉个人来问问，恐怕都会说我不配给你提鞋，一样都是二十年……”

郑伟珏一愣，感受到东海的怨气。

“东海……如果当年我能再坚持一下，说不定——”

东海摇手打断。

“郑伟珏，我妈去世，你为什么不告诉我？”

郑伟珏叹了口气。

从黄鱼面馆出来后，郑伟珏带着东海来到了公寓房。

“一直给你备着，知道你早晚用得着。”

东海四下打量房间，注意到客厅条案上规整安放着的母亲遗照，整个人都愣住了。

“东海，没告诉你，是希望你能有个牵挂，尽早出来。”

东海看向郑伟珏的眼睛里五味杂陈，有感动也有愧疚。郑伟珏拉开条案的抽屉，取出一封信交到东海手上。信封老旧，纸张已经染上斑驳的黄色，信封上寥寥几个字——“东海亲启”。

“这是她过世前托我转交给你的信……”

“我错怪你了。”

“换作是我，我可能比你还冲动。是我没考虑周到，我的错。”

东海摇摇头，“我妈最后的日子能有你照顾着，多谢了。”

东海作势要起身鞠躬，被郑伟珏拦下了。

“说好要给她养老送终的，出尔反尔的话，我成什么人了。”

“郑伟珏，我就是个浑蛋！刚见你的时候我还疑心来着……这些年有太多的牵肠挂肚，有太多的不甘心……”

郑伟珏赶忙安抚他，把一部手机和一张银行卡推到东海面前。

“既然都回来了，就好好休息休息，别多想。手机和信用卡你先拿着，现在没这两样东西，到哪儿都不方便。以后有什么打算都可以跟我说，一时没有也不要紧，先在这里住着，生活用品都齐全。”

东海起身，看着窗外灯火辉煌的城市夜景，充满落差感。

“我不打算长住。这地方变得太多了，硬留下来也不会有什么像样的日子，我想往东边走，找个靠海的地方养老。”

“真听当年算命老先生的了？也好，我帮你订票。”

东海瞟一眼地上半开的纸箱，里面露出破旧的小皮球等陈年玩具。

“我儿子，他还好吧？”

“好，虽然吃了点儿苦，但现在都好了。”

东海欲言又止，郑伟珏看在眼里。

“走之前，你如果想见他的话，我可以安排。”

“我远远看他一眼就行……”

郑伟珏明白他的顾虑，郑重地点点头。

凌熙和莫格利的培训课程也终于结束了。

凌熙的八门课得了六个 A +、两个 A，这成绩单也太好看了。莫格利更是得了八个 A +。

“莫格利你成绩那么好，为了庆祝结业，今天带我出去吃好吃的吧！自从你跟李昱珩签了卖身契之后，就天天加班，现在比异地恋还苦，整天见不到你人。”

“那不是因为你早睡晚起吗？这个世界上睡觉最多的三种生物：考拉、松鼠，还有你。”

“嘲讽我？！我郑重地告诉你，我不是贪睡，你知道重整旗鼓多累吗？我每天在工作室埋头苦干好几个小时，为了省钱连保洁都没请，回来往床上一躺，像被人打过一顿，浑身酸痛！”

莫格利识趣地绕到凌熙身后帮她放松肩膀，借机揽住凌熙，缓缓朝着她柔滑的嘴唇靠过去，还没亲下去，凌熙就被地毯绊住，朝沙发上倒下去了……

只听到一声惨叫。

“嗷——”

凌熙和莫格利同时惊吓弹起，盯着诡异蠕动的毯子看了一眼。莫格利一把掀开，只见储时蓬头垢面地缩在里面，正揉着自己的脚踝。

“疼……”

“我们早上出门的时候你就躺在这儿了……”

身后悠悠传来唐澄的附和。

“没错，她一天都保持这个姿势，不吃不喝也没去洗手间。”

凌熙和莫格利一回头，惊见唐澄敷着面膜从卧室里出来，手上还拿着面膜包装袋，将精华液倒出来抹在脸上。

“澄！你怎么也在啊？你不加班啊？”

“不，等一下要和陆子曰视频了，得赶紧敷个面膜，我要让他看见一个零瑕疵，无毛孔，水润度满分的……”

凌熙又回头看着储时。

“储时，你最近怎么那么闲，一直在家。”

“我……辞……职……了……算失业吗？不仅……失业……还……失……恋……了……”

“失恋？你什么时候谈的恋爱？”莫格利赶忙询问。

“对呀！和谁啊？”凌熙也打听起来。

“和……我自己……”

凌熙、唐澄、莫格利面面相觑，决定拖着储时一起出去吃顿火锅。

深夜即将打烊的火锅店，只剩下寥寥几桌食客。凌熙、莫格利和唐澄哈欠连天，在饕餮过后的桌面上东倒西歪撑着脑袋，微醺的储时仍然兴致高涨，一个人乱嚷嚷。

“哥儿俩好啊，666啊。感情深啊，一口闷啊！”

储时说完，看看周围向她投来讶异眼光的食客们。

刚想一杯酒闷下去，却被唐澄一把抢下杯子。

“别喝了！脑仁儿都泡酒里了。”

“你到底跟谁分手了？你死活不说，让我们怎么安慰你？”凌熙问。

“还是个有女朋友的，这种渣男，你敢把他地址告诉我，我就敢打死他。”莫格利义正词严地说道。

储时忽然身子一软，往椅子上一瘫。

“他不是渣男……你们不了解他，其实他人很好的，和我也很合拍，平时像大哥哥一样照顾我，你们都认识的……”

听到最后一句，几个人一激灵，酒意消散，全都清醒了。

“但是我不能说……”储时轻声说。

火锅店外的街道，凌宇的车停在马路对面。

他双手搭在方向盘上，无意识地放空自己，火锅店里一个熟悉的身影从他眼前一晃而过。透过玻璃窗，凌宇定睛一看，醉醺醺的储时像是要吐的样子，一路扶着墙，深一脚浅一脚地拐向洗手间的方向。凌宇一颗心立马悬起来，下车毫不犹豫地朝店铺跑过去。

凌宇气喘吁吁赶到的时候，储时正晃晃悠悠地从洗手间出来，一边擦掉嘴边的水渍，一边撩拨沾在脸上的头发。隔着两米远的地方，储时看见凌宇就站在自己对面，恍若一个幻象。两个人彼此凝视着，储时突然低头盯着自己的脚，扑哧笑了出来。

“两只脚还是两只脚……没醉啊，怎么会出现幻觉呢……我这是太喜欢你了吧？凌宇……”

凌宇像被雷电击中，呆立在原地。储时嘟囔着往前走了两步，腿一软倒了下去，一双手在紧急关头温柔地托住她。储时期待地抬头看，却是莫格利。

“你没事吧？”

储时笑着摇摇头，余光扫过周围，再也没有第三个人，凌宇仿佛真如幻觉一般消失了。而在拐角墙后，凌宇咬紧牙关，双眼通红，噤声躲避着。

街道外透着微寒，寂静为深夜染上一层悲伤的气氛。

唐澄独自走在前面，和陆子曰视频通话；凌熙和储时微醺着，一步三晃，边走边丢掉随身物品，嘻嘻哈哈发着酒疯；莫格利跟着善后，捡起不断被丢下的包、围巾、衣服挂在自己的脖子上，叹气追上，脱下自己厚实的外套给她们披上。

储时一个踉跄差点栽倒，被凌熙一把抱住。

“凌熙姐，我真的羡慕死你了！”

“干吗羡慕我，谁没失过恋似的。”

“你也有吗？”

“我像那种没有故事的女同学吗？其实我理解你，我失恋的时候也觉得前途黯淡，恨不得死掉。”

“可你现在遇到对的人啦！你都不知道蛤蜊哥哥有多……多多多喜欢你！其实他，更爱那份低收入的工作……”

凌熙微醺，没懂储时话里的内容。

“呵，仓库搬家具啊？他怎么可能会爱那种工作。”

“不是不是，我是说那份环保工作，能为森林和动物做事，是他的理想……可惜……他说那种职业前途太渺茫了，赚不到钱就没法做你的后盾，没法让你安心追求梦想……”

凌熙越听越不对劲，渐渐有些清醒，回看远远跟在身后默默付出的莫格利。

储时还在自顾自悲伤地说着。

“喜欢上一个不该喜欢的人好痛苦啊，像你们这样相爱的运气，我为什么就没有呢？是我不够好吗？”

“不是，你很好。可是就像两颗星星，同时处在银河系，同时发光，同时被地球上的一双眼睛看到，那是好几亿年才有一次的事，珍贵的人总是很少的。”凌熙说。

储时咯咯地傻笑着，凌熙再看一眼莫格利，心里充满笃定的幸福感。

而背后的天空中有星辰在闪烁。

回到家，众人合力才把储时安顿好。唐澄疲惫地回到自己的房间，坐下来缓了口气，从枕头下捞出一段织了一半的毛线，露出小女人似的笑容。刚打算继续织，门突然被凌熙推开了，唐澄吓了一跳，赶紧把针线塞回枕头下面藏好。

“凌熙！你要死啦？！进来也不敲门。”

凌熙抱着一大堆毛毡线和工具跳上床，蹭到唐澄身边。

“这是什么？”

“毛毡玩偶。我要给莫格利一个惊喜！”

“这坨玩意儿，惊喜？我不懂，你自己搞吧，我困了，睡了。”

凌熙狐疑地一个转身，唐澄避开凌熙的眼神，往枕头下面瞟了一下，见有个针头露出来，靠过去往里塞。凌熙耍赖往床上一躺，一掀被子，毛衣针线露了出来，唐澄急忙扑上去遮盖，还是被凌熙看见了。凌熙眼疾手快，一把抢过去，奚落唐澄。

“哈哈哈，你也有今天啊唐澄！让我猜一下，给陆子曰织的对不对？”

“你给我！”唐澄伸手去抢。

“不给！啧啧啧，真是转性了，有生之年能看见唐大小姐做这种贤良淑德的事儿，我没白活！”

唐澄终于把毛线抢了过来，气鼓鼓地坐回床上。凌熙爬上床凑到她身边。

“凌熙，你不觉得我低三下四吗？陆子曰是我硬追回来的，我现在居然做起这种傻事来了。”

“首先，爱一个人一点儿也不傻。其次，陆子曰不是你硬追回来的，他眼里心里只有你，大家都看得出来。”

“我上初中时就想，好朋友最好一起恋爱，哪怕其中一个再幸福，另一个孤孤单单的，都不圆满。我还幻想着我们能一起结婚。”

“傻，谁要和你一起结婚，婚礼是团购的吗？”唐澄笑了起来。

储时的房间亮着微弱的灯光。楼下，凌宇却在冷风中站着，遥遥向那个窗口望去。

他掏出手机，想了想又放了回去，然后随便找了个地方坐下，只是看着那扇窗，有那么一瞬间，焦灼的表情从他的脸上消失了，仿佛只是这样看一眼，就很满足。

时间仿佛过了很久很久，当最后一片暗夜的云退去，天际显露清晨的一缕微光。

凌宇看了眼手表，已经清晨六点多了。他起身准备离开，就在转身的一个刹那，他听见啪嗒一声滑板落地的声音。顺着声音来处看过去，储时就站在楼门口，穿着睡衣，蒙眬的睡意一扫而空。两人彼此对视着，空气仿佛凝结了。

滑板顺着缓坡慢慢滑下，在两人中间画出一条直线，一路滑到凌宇脚边，被他抵住。

“储时，你还好吗？”

“挺好的，你呢？”

“我才是太喜欢你了，储时。”

听到凌宇的告白，储时控制不住嘴一扁，压抑许久的委屈终于爆发成眼泪，她赶快低头掩饰。

凌宇故作的镇定一瞬间土崩瓦解，他跑向储时，一把将她抱在怀里，慌乱地抚摩着储时的头发。

“等我，再给我一点时间，我很快就可以解决好。”

储时僵着身体，不知道该怎么办，双手垂在腿边一动不动。

突然，楼门被踢开。

储时被一只手扯开，凌宇还没回过神，莫格利的拳头已经怒不可遏地将他的嘴打出了血。

凌宇用手背蹭蹭血迹，抬头和莫格利对视。莫格利目眦尽裂，一手护着储时，一手指着他。

“这件事我就当没看见，滚！”

“让我滚，你算她什么人？”

“你又算她什么人？你连男人都不是！扪心自问一下，你能给她什么？！”

说完莫格利便转身拽着储时回去，过于震惊的储时，恍恍惚惚间，连头都没来得及回。

因为之前的后期公司出了问题，在白艺凌的极力推荐下，郑理终于表示愿意给池旭一个机会。

池旭也如愿以偿地走进了沃夫大楼，接下了沃夫传媒的项目。

走道上凌宇与池旭擦肩而过，却没有说话，两人一晃而过地对视一眼。

办公室的会议桌上散放着一沓沓的资料，大家围聚在一起，边商量边在文件上圈圈改改。百叶窗严丝合缝的剪辑室一片昏暗，分不清白天和夜晚。助手相继下班，池旭打着哈欠，边吃泡面边坚持在剪辑台前，旁边的泡面盒子越堆越高。

郑理推门进来，扑面而来的一股混合气味让郑理嫌恶地捏紧鼻子。池旭穿着拖鞋，脚搭在桌上，仰躺在椅子上睡得人事不知。郑理走过去看，几个剪辑设备上正显示“视频资料导出中……”，看来这次池旭真的是用心在努力了。

池旭觉得在沃夫大楼上班，人会有一种自信。高耸入云的大楼视野极佳，这个城市最繁华的中心广场和商业街都在眼皮底下，让人感觉可以掌握人生。

凌正浩办公室就在沃夫大楼里最佳的一个位置，从三十八楼的落地窗可以看见这个城市中心的最美景色。但此时的凌正浩却把注意力都集中在了电脑上正播放着的森木度假村项目的简介视频上。

山青水秀的景色配合着解说的声音。——森木度假村将借鉴先进的环保理念，使用可再生能源与可降解日用品，把对自然的影响降到最低。在区域规划上，也将避开因非法盗猎而逐步缩小的野生动物保护圈……

听到“非法盗猎”几个字，凌正浩一恍神，按了暂停键，恰好郑伟珏敲门进来。

“没睡好啊？”

“没有。”

郑伟珏随手从口袋里摸出一盒清凉油递过去，然后坐在了凌正浩对面。

“你试试，这两年必备醒脑神油，拿比特币跟我换我也不换。”

凌正浩笑着在太阳穴上涂了点儿。

“老郑啊，我们做这个公司也有些年头了吧？”

“嗯，怎么，要退隐江湖啦？”

“唉，要不是那件事儿，也未必能走到今天。”

郑伟珏点点头。

这时，郑理和凌宇敲门进来。凌宇嘴角带伤，神情恍惚，不在状态。

郑理首先揽下责任，“凌总、郑总，团队选择上的失误导致后期延迟，虽然新的合作伙伴已经加急交付了成片，但没能在预定时间内完成任务，损害了公司的信誉，是我的问题。一切责任我愿意承担。”

郑伟珏看着恍神儿的凌宇，“客户那边怎么说？”

“哦，不用担心，我承诺他们下一季度的广告可以拿比市场价略低的价格，客户也表示同意不追究这一次的违约责任，从长远来看，对我们还是有利的。”

凌正浩认同地点点头。

“客户的日常维护要重视，不要到关键时刻再抓瞎。这一次的月度会议还是发现了一些问题。制作部虽然侥幸度过了一次危机，但也暴露出对突发事件应对不足的问题，缺少第二套备选方案，需要再反省。”

凌正浩说着看向凌宇，“市场部的补救措施及时到位，没有造成客户流失，值得表扬。接下来，森木度假村的项目也要提上日程了，这是后半年的重点工作，就由……凌宇来负责吧！后续我手上的工作，都会慢慢交接给凌宇，希望大家能通力合作。”

凌宇难以置信地看着凌正浩，郑伟珏也一惊。

“待会儿森木项目的代表就会过来开三方会议，你们准备一下吧。”

“好的。”

凌宇和郑理走出凌正浩办公室后，凌宇依然没缓过神儿来。

凌正浩拿着水杯走出办公室，正巧撞见了凌宇。

“爸！”

“什么事？”

“您把森木项目交给我，是信任我的能力，还是因为高婕？”

“关系也是能力，我们确实因为高婕取得了很多便利。这次也是她向高氏力荐你的。”

难以掩饰的失落爬上凌宇的脸，他微微咬了咬牙，将头压下去。

“我知道了……那我去忙了。”

凌宇转身，被凌正浩叫住。

“小宇，你妈一直说想出去走一走，我答应她很多次了都没实现。这两年，我打算慢慢退下来，把手上的事过渡给你。”

“您精力还好，不用这么早就……”

“等到没精力出去走，那就没意思了，你要再加把劲儿！”

凌正浩说完，径自走向茶水间，徒留凌宇一人，愣在原地良久，直到听到身后的咳嗽声。凌宇一回头，就见池旭似笑非笑地站在不远处看着他。

“小凌总，要不是先一步让那公司开天窗，我们也进不来，当时我还以为这是一步废棋，还是你有办法。”

凌宇望着远处出神，池旭没看出来，还在得意地邀功。

“这一套铺垫做下来，他们现在对我完全信任，森木后期都给我做了，照这个势头，我都有点儿想一直干下去了。”

凌宇突然嫌恶地瞥了他一眼，“不用打这主意，到了合适的时候，我会给你找别的出路。”

池旭被兜头泼了一盆冷水，悻悻地看着凌宇消失在安全门内。

凌宇赶着去会见森木项目的代表，他推开会议室门，眼前的状况出乎意料，不由得一愣。

郑理对面，代表来客的位置上，坐着莫格利、高婕和几位助手。顾源正在为大家分发资料。高婕的笑容深不可测，莫格利脸上的不屑也带着别的意味。

郑理例行公事介绍起来，“凌总来了，我例行公事介绍一下：高女士，高氏集团代表；莫先生，墨子资本顾问。两位未来会一直跟进我们的营销策划环节。”

凌宇一时出神，站着没动。

郑理打趣道：“怎么愣着啊？太像家庭聚会，不习惯？”

莫格利冷冷地说道：“可能最近困扰太多，没睡好。人还是不要一心二用。”

“不用莫先生操心，工作上我会专心致志。”凌宇也毫不示弱。

东海在电梯里紧张地站着，看着不断递增的楼层数字。

突然手机响起，他吓了一跳，从口袋里掏出来鼓捣了好几下才接通。

“我到了！”

郑伟珏不疾不徐的声音从听筒里传出。

“好，你到我办公室来等吧。他还在开会。”

“不了，好了再叫我就行。”

会议结束之后，莫格利第一时间走出会议室等电梯，凌宇恰好也走出来，两个男人剑拔弩张地对视了一眼。

莫格利重重按了几下下行按钮，一秒也不想多待，凌宇却突然开口。

“你回去告诉她……让她别等我了。”

莫格利噌一下火冒三丈，实在气不过，转身一拳打在凌宇脸上……凌宇嘴边的伤口再次开裂。

“我和她之间的事，再怎么样也轮不到你来打我。你以为你是谁？”凌宇叫嚣着。

“我是储时朋友，看不得你昨天跟储时表白今天又和高婕秀恩爱。你真让人恶心！”莫格利一把甩开凌宇。

莫格利转身走开，凌宇突然冷笑起来。

“你有资格说我吗？一个森林来的毛头小子，没来历没身份没地位，一个三无人员就想做沃夫集团驸马？你觉得凌正浩会同意吗？你跟我还不是一样，靠着女人得到权势。你的背景我是了解的，就连我都会去查查你的来历，你以为我爸不会吗？”

莫格利听进去了，过了几秒给了回复。

“别把我和你这人渣相提并论。”

凌宇气得扳过莫格利的肩，一记猛拳，莫格利毫无防备地中招，后退几步撞在墙上。电梯门恰好此时打开，东海急忙冲出来上前挡，不小心被打了一下。

“打架出黑手，你也太不地道了！”东海非常不满。

凌宇正眼也不扫一下，越过他肩头看向莫格利。

“这一拳是还你的，我向来是有仇必报的人。”

说完凌宇整衣离开，东海不服想追，被莫格利拉住。莫格利用手擦掉嘴边的血，抬头在电梯倒影里看了眼东海。

“大叔，谢谢你。”

东海偷眼打量着莫格利，拼命想在他脸上找出一点儿和自己相似的地方。

莫格利从西装内袋里掏出一张名片递过去。

“刚才撞到您了，去检查一下吧，有什么问题来找我，这是我的名片。”

东海看了一眼名片，“这是你本名吗？”

“不是，是后来改的。”

东海手不由得一抖，还想追问，却被莫格利的手机铃声打断。

“凌熙啊，知道了，我就来。”莫格利打着电话并向东海示意自己有事先走了。

东海一边点头，一边看着莫格利，直到他消失在电梯门的缝隙中。

在沃夫公司茶水间里，郑伟珏将机票信封交到东海手上。

“机票都帮你准备好了，下周走。”

“好。”

东海低着头，手指下意识地不断揉搓机票信封，郑伟珏看在眼里，知道他紧张。

“别紧张，你就待在这儿，我去叫他。”

“嗯。”

郑伟珏走出茶水间，又被东海拉住。

“哎！”

“怎么？”

“什么都别说，我就看看……我给不了他什么东西，也不想打扰他生活。”

郑伟珏将手郑重地放在东海手背上安慰。

“放心吧，不会说的。”

东海点点头，眼角的余光中，郑伟珏朝着狭长的走道一路走去。他焦灼地在原地踱步等待，只听到郑伟珏一声招呼。

“小宇，你过来一下！”

东海猛然抬头，只见那狭长走道的尽头，凌宇正毕恭毕敬地走向郑伟珏。

“嗡——”的一声耳鸣，掩盖了周围全部嘈杂的声音。

东海错愕地看着和郑伟珏交流的凌宇的侧脸，完全怔住了。

夜深以后，回到出租屋的东海收拾起了东西。

他把已经泛黄的旧遥控汽车、足球、魔方等玩具都打包装进行李箱。最后，他拿起数码摄像机，轻轻摩挲，按了一下开关。画面上，八岁的凌宇唱着《We are the Champions》，跳跃着出现。

东海沉沉地叹了口气，又把录像回放过去，任由它自动播放着。

窗外的夜色朦胧，东海拿着机票眼眶有些湿润，眼里倒映着整个城市的霓虹，闪闪发光。

第二天，郑伟珏帮忙预约的司机一早就到了东海住所帮忙搬运行李。

郑伟珏公司里临时有个会，打算结束后立马过来送东海，却被东海婉言谢绝了。

“没事，你忙你的。这些天已经给你添了不少麻烦，我心里也过意不去。等到那边安顿好后，我会跟你联系的。”

去机场的路上，风从窗户灌进来，吹动着东海的头发。东海看着窗外不断倒流的城市街景，感到无比陌生，二十年的时光就好像从生命里被人抢走一般，唯一挂念的儿子，现在与他的距离似乎也越来越远了。

东海心中泛起对凌宇无比的思念，心有不甘，于是扭头看向司机。

“师傅，麻烦往右，去市区。”

沃夫大楼内，凌宇坐在自己办公室的椅子上，有些心不在焉，脑海里闪回莫格利说的话。

“你又算她什么人？你连男人都不是！扪心自问一下，你能给她什么？！”

电话铃声突然响起，把他从沉思中拉了回来。

“凌总，有两个自称是海鹏公司的陌生人找你，要见吗？”

凌宇脸色突然暗了下去，他用近乎命令的口吻对听筒那头的秘书说道。

“别让他们进来！”

挂完电话，凌宇却避开别人的目光，迅速下了楼。

沃夫传媒大楼的这片休息区人比较少，凌宇左顾右盼，显然不想被熟悉的人看到。

而他对面则是两个眼露凶光的男人。

“谁让你们来公司的？！”

“小凌总，打你电话不接，发你信息也不回，还款日期到了，你不主动找我们，那只有我们主动找你咯。”

“我很忙，谁整天看手机。还剩50%吧，我会尽快还的。快走！滚滚滚！”凌宇一边说着一边催促他们快点离开。

看着凌宇恼羞成怒的样子，两个讨债人却是一副油腔滑调的样子，不为所动。

“尽快是有多快，所有欠钱的人都会说尽快，说着说着，有人就失踪逃单了。你要我们怎么相信？”

“我像是赖账的人吗？用得着你们主动上门来乱叫唤！”

载着东海的车来到了沃夫大楼下，司机刻意放慢了速度。东海放下车窗，望眼欲穿地看着沃夫大楼下来来往往的人群。

“先生，时间快来不及了，如果再不走的话，就赶不上飞机了。”司机看了下表。

东海失望地关了窗户，车窗缓缓合上，只留最后一道缝隙。就在这一刻，不远处，一个熟悉的身影蹿入东海的视线。

“停车！停车！”

视线那头，凌宇和讨债人已经剑拔弩张，讨债人一副盛气凌人的姿态。

“我们做这行也不是一天两天了，小凌总你也是个有头有脸的人，到时候公司办公室电话被打爆，家门口被泼油漆，闹到众人皆知，就不好了。”

“我再说一遍！！要是超时，我会按照合约里逾期部分另算，我不会抵赖。但是……我决不允许你们影响到我的家人和同事！”

“听起来，挺正义凛然的，其实，你内心是害怕他们知道的吧。”

凌宇被刺中痛点，一把抓住说话人的衣领。另一个讨债人赶忙过来帮忙，想拉开凌宇。

“怎么，想打架？你别给脸不要脸啊，欠钱还有理了！”

说着他抡起拳头，砸向凌宇。凌宇躲避不及，就在拳头即将砸向凌宇脸上的时候，东海不知道几时出现，瞬间钳制住了讨债人的手臂。

“大白天的，想要横先过我这关！”

两个讨债人一看形势不对，赶紧转身就逃，却不忘撂下一句狠话。

“有自知之明的话，就早点还钱，下一次就没这么容易了。”

讨债人走后，东海走到凌宇身边，有些疼惜地看着他。

“你怎么能去借高利贷，你知不知道利滚利是无底洞，你到时候拿什么还？”

凌宇心想这个人虽然帮了自己，但也管得太宽了，不免有些不爽。

“关你什么事，你要帮我还吗？怎么哪儿都能碰到你！你谁啊？”

东海第一次近距离看着凌宇，在他成熟的轮廓里寻找曾经的影子。

“我是……”

这时，突然一个声音在背后响起。

“凌宇！”

东海转身一看是郑伟珏，他俩眼神对视，假装不认识对方，大步离开。

凌宇努力露出笑脸。

“郑伯伯！”

“你遇到什么事了吗？”

“没事，一点儿小纠纷。”

凌宇假装微笑，待转身想再看清楚神秘人的时候，东海却已经不见了踪影。

郑伟珏目送着凌宇上了电梯后，和躲在一边的东海使了个眼色。

两人悄悄地回到车上。

“郑哥，对不起，走之前想再看孩子一眼，临时起意，没给你打招呼，就让司机折回来了。”

郑伟珏非常理解东海的心情，只得摆摆手。

“没事儿。这样我正好可以送你去机场。”

东海从兜里掏出机票，一脸为难神色。

“……我这班飞机既然已经起飞了，要不然……”

“放心，我已经让秘书订了最近的一趟航班，两个小时后起飞，现在去机场的话，刚好来得及。”

郑伟珏可能没有理解东海的用意，东海沉默半晌终于下了决心。

“郑哥，我决定了，我暂时不走了！”

郑伟珏一愣，担心东海是因为舍不得凌宇。东海并不打算说出真实原因，就说想给母亲迁一个好点儿的墓，尽些孝心。郑伟珏看着东海如此孝顺，就通知秘书把机票退了。

“郑哥，另外，还得问你要点儿钱。”

“……多少？”

“十几……二十万，应该够了吧？”

三十一 求婚演练

这段日子陆子曰去美国学习，留下了唐澄独守空房。

如今聚会似乎已经和她绝缘了，同事们知道了唐澄和“养生党”复合以后，组织这类活动都会刻意绕开她，这让唐澄有点儿难受。

这天，唐澄知道同事们又要去一个新的酒吧聚会时，实在有点儿忍不住了。她换上一件点缀着亮片的衣服，对着镜子满意地打量着这位夜场女王。

“两个星期的克制，换一个晚上的放肆，也不为过吧。”

屏幕突然跳转出陆子曰的视频通话页面。唐澄点开视频，把视频框调整到头部以上的位置。

“嘿！”

“在干吗，怎么等这么久才接通？”

“人家刚洗完澡，吹完头发，手还是湿的。”

唐澄故意把头发解开，揉出了一种凌乱美。

“这两天过得怎么样？”

“还能怎么样！为了追到你，我把大案子都放掉了。现在每天从日上三竿晒到太阳下山。再这样下去，我都快闷出抑郁症了。你倒是快点儿回来，对我负责啊！”

陆子曰觉得好笑。

“我懂我懂，我现在恨不得分分钟提前结束访学任务，马上买机票回国，立刻跑到你面前。”

“连一节课都不敢逃的人，要创造这种壮举比创造世界第九大奇迹还难，我就不指望了。”

唐澄一看时间已经过了五分钟，于是夸张地打了个哈欠，示意自己累了要休息，便挂断了视频。夜场女王重新把头发捯饬一下，拿起包，准备出门赴约。

唐澄刚拉开房间门，却被眼前的情景震惊了。

陆子曰抱着一束花，像变魔法一样，一脸喜悦地站在门口。

唐澄瞬间愣住，果然是创造奇迹啊！

陆子曰上下打量唐澄。

“不是说要睡觉了吗？怎么把自己穿成了夜空中最亮的星。”

唐澄趁机靠在门边，摆出个妩媚的 S 状。

“我把自己捯饬得美美的，亲自迎接你，不好吗？”

“好，特别好！”

陆子曰会心一笑，一把抱住唐澄，两人双双跌倒在床。

“都怪我，提前着急忙慌地把子曰兄叫回来，我自罚三杯。”莫格利委屈地说着。

“唐澄，我是想给你惊喜，没事先通知你，我也自罚三杯。”

客厅里，三个人围坐在茶几旁，桌上摆放着烤串、鸭脖、香辣蟹、卤鸡翅等美味。

唐澄看着桌上的酒也想要喝几杯。

“那我也要自罚三杯！”

莫格利和陆子曰都没搞懂状况。

“你又没做错！”

“……都是好哥们儿，有福同享，有难同当！你们都自罚了，我一个人袖手旁观，说不过去呀！来来来莫格利，快给我满上！”

莫格利刚要给唐澄倒酒，就被陆子曰拦住。

“莫兄，你有所不知，她最近在养生，戒酒好一阵子了。”

唐澄眼看下不来台，只能装腔作势。

“对啊。我决心很大的，刚才差点儿被带沟里了。真是诱惑太多！”

唐澄看得心痒痒，愤愤端起一杯柠檬水，仰头喝下。

“莫格利，你刚才不是说，把陆子曰提前叫回来有大事要宣布吗？到底还说不说了？”

莫格利一抹嘴，放下手里的杯子，变得严肃认真起来。

“我打算向凌熙求婚！”

唐澄、陆子曰同时瞪大了眼睛，一个被酒呛到，一个被烤肉噎到。

“我跟凌熙在一起这么久了，经历了各种起起伏伏。作为一个真正的男人，我想给她一个完美的求婚。毕竟这样的经历，人生只有一次，我不想让她留下遗憾。其实，我已经有一系列详细的求婚计划了……”

唐澄、陆子曰手里各自拿着几张莫格利画的草图，有些莫名其妙。

“莫格利，这张图什么意思？大吊车，还有威亚，你要拍武打片啊？”

“是啊，莫兄，还有这张，高级跑车、鲜花，你哪儿来这么多钱？”

莫格利只得详细解释。

“跑车我找不到，只能先用更环保的能源车替代。我跟凌熙是因为车结缘的，如果当初没有在森林里阴差阳错的相撞，也就不会有后来的相识。所以，我想回到开始时的样子，开着车到现场，然后在后备厢里放满花，在所有人的见证下，拿出戒指……”

唐澄和陆子曰感觉自己正在看偶像剧直播，莫格利则继续说着他的计划。

“接着我向她说一段表白的话，她同意之后，我们一起上威亚，缓缓飞上楼顶。”

莫格利的手抬向空中，似乎在憧憬着那一刻。

“莫兄，前面都很好，有想法，也够浪漫，就是后面把我搞糊涂了。”

“对啊莫格利，为什么要上天？”

莫格利被逗笑了。

“我爱上她的时候，她在这里，因为一个男人而坠落。我想从这一刻起，带她重新回到原来的地方。把曾经的终点，当成未来的起点。”

唐澄此刻有点儿想吐，是被甜到的，她觉得莫格利的计划太浪漫了。

理性的陆子曰却提出了几个疑问。

“你的戒指呢？花呢？跑车呢？还有威亚要怎么吊……”

“威亚我已经联络好了，请你回来，也是因为剩下的就需要你们帮忙了。”

今天是一个充满期待的日子。

凌熙、兔兔、任何、李凯从早上就在整理办公室，众人忙了好一阵子纷纷横七竖八累瘫在椅子上。

突然兔兔大叫了起来，“完了完了完了。今天一忙我忘告诉你了，Dora 老师那边把约定的时间改到下午两点了。”

凌熙一看手机已经下午两点了。

“Dora 是设计圈出了名的暴脾气。”任何说。

“天呢，我们是不是已经得罪了业内大咖。”李凯也一脸焦虑。

众人齐刷刷地看向凌熙，兔兔低头，大气儿都不敢出，办公室内瞬间鸦雀无声。没想到凌熙一改往常的形象，并没有发火。

“事情已经发生了，马上想解决方案，兔兔你赶紧跟 Dora 老师的助理沟通，问问他下一个行程在哪里。”

“遵命！”

Dora 端着杯咖啡走在香港广场的大厅里，突然一个女生出现，拦住了去路。

“Dora 老师您好。”

“你是……？”

“犀有之地，凌熙。”

Dora脸色一下变得严肃起来，瞪了眼凌熙，故意刁难。

“哦，就是那个第一次约见就不守信用的……小作坊。”

Dora绕过凌熙，踩着高跟鞋径直往电梯走去。凌熙并没有放弃，坚持不懈地紧随其后。

“这次迟到是我不对，先给您道个歉。”

“迟来的道歉从来起不到任何作用，你走吧。”

“您愿意给我三分钟的时间吗？”

“不愿意！”

Dora按下电梯按钮，电梯迅速往下。这时，一个慌乱的声音传来。

“马上超时了，麻烦您可不可以先点一下送达。”

一个快递员从远处疾奔而至，慌忙中背包撞到Dora胳膊，Dora手中的冰咖啡翻倒，洒到凌熙身上，凌熙被浇了个透心凉，胸口的衣服湿了一大片。

“对不起，对不起，我太着急了。”快递员赶忙道歉。

“没事没事，你快进电梯吧。”凌熙却没有发火。

Dora瞪了一眼快递和凌熙。

“又是迟到闯的祸，凌熙，你浪费了我的咖啡。”

说着Dora走进了电梯。

太阳慢慢落下，城市光影正在变化，马路上车来车往。

三个小时过去了，凌熙终于等到了Dora办完事从电梯出来。

Dora瞥了眼凌熙的衣服，上面的咖啡水渍已经干了，留下了清晰的印记。

“你还没走？”

“阿嚏——我等了你三个小时，不知道能不能换来三分钟的弥补时间？”

“一句话！”

“什么？”

“你能用一句话留住我的话，我可以考虑一下。”

凌熙突然僵住，一时间心乱如麻。心想着如果是李昱珩面对这种情况，他一定会晓之以理，动之以情，用数据说话。如果是莫格利，他一定会表露真情实感，细微观察，然后给出睿智的答案。但是现在轮到自己了，我得用自己的方式。

“我觉得你……已经过时了。”

Dora 满脸疑惑。

“你说我过时了？！”

“对，也许您平时被美誉包围，一时没法接受我的说法，但我认为，您的设计高高在上，缺一些烟火气息。”

Dora 一反常态，不但没有发火，反而身体微倾，被凌熙的话所吸引。

“怎么说？”

“我知道您的设计一直在尝试多元素和突破，我研究过十年前您的成名作品《春之舞》，充满青春活力，像是大地上自然长出来的。正是这种敢冲敢闯，甚至张牙舞爪的表达，让您的作品充满原始张力。您现在的作品反而被抬上了一个高位，如果能接地气一点儿，会更好。”

“……你们的工作室有过什么得奖作品？”

“没有。实际上，我的工作室是一个刚成立不久的小团队。”

凌熙发现 Dora 的表情微微有变，便继续说道：

“我知道，这没有任何说服力，也是个减分项。如果是我，我也不会产生任何信任。但我们现在做的平台，是以年轻人为主体，主流消费群涵盖了‘80后’到‘00后’，是最有潜力的一帮人。如果您跟我们合作，除了巩固您现有的成就之外，还能让您得到更多年轻人的簇拥。就像您当年刚出发的时候一样。”

Dora 笑了笑，眼睛里的光比平时都亮。

“我下面还有个会，先走了。”

说着从衣服袋子里掏出一张名片。

Dora 踩着高跟鞋离去，凌熙把名片翻过来，上面用笔写着 Dora 的私人号码。

莫格利站在凌正浩家门口，低头确认自己的着装得体无误。

满脑子都是唐澄的建议。

“你别看凌熙从小到大一副随时要离家出走的样子，但她还是很爱她爸的。你要向她求婚之前，应该先搞定她爸！”

莫格利深吸了一口气，按下门铃。开门的是文郁，她看到莫格利，满脸都是和善的笑容。

“小莫，你来啦。凌熙呢？”

“文阿姨好。今天就我一个人，凌叔叔在家吗？”

“在的，在的，赶紧进来吧。”

莫格利看见凌正浩的刹那，想起之前凌宇对他说的话，一个森林来的毛头小子，没来历没身份没地位，不免有些紧张。他本想先聊些别的，但又觉得不知道该说啥，干脆就单刀直入。

“凌叔叔、文阿姨，我今天来，是有件重要的事情想请求凌叔叔和文阿姨帮忙。”

凌正浩和文郁对视一眼。凌正浩条件反射似的担忧起来。

“凌熙又闯祸了？凌熙事业上需要支持？你们闹别扭了？”

莫格利急忙摇头。

“我打算向凌熙求婚了！”

凌正浩被茶烫到嘴。

“咝……这茶好烫。说，你继续说。”

“在计划开始之前，我想先征得你们的同意，毕竟你们是凌熙最亲的人，被家人祝福的爱情才能天长地久。”

空气静默了两秒。凌正浩表情严肃，沉默不语，文郁赶忙打起了圆场。

“小莫，你别嫌阿姨话多啊，阿姨想问一下，你的爸妈对你和凌熙的恋爱有什么意见吗？”

“我没有爸妈，一个人长大的。凌熙跟我在一起，应该不会有婆媳矛盾和家庭纷争。”

善良的文郁对莫格利的身世感到有些意外，也不无心疼。莫格利看向一脸严肃的凌正浩。文郁拉了拉凌正浩的衣服，示意他说句话，多少拿个态度出来。

凌正浩眼神犀利，仿佛有一道寒气直逼而来。

“给我个放心把女儿交给你的理由。”

“我会对凌熙好的。”

“‘好’是个很虚无的概念，你知不知道，从感情走到婚姻，你所说的‘好’，要包含很多东西：世俗的物质，精神上的契合，性格上的互补，缺少任何一样东西，都走不下去。”

“凌叔叔，我知道，凌熙以前喜欢的人是郑理。按照那样的标准，我还差十万八千里。我也没办法一次性给到她最好的东西，但我可以把我能达到的最好，倾其所有地给她。”

莫格利回想起他用石子击中抢劫犯，趁他捂腕的刹那一把拉过凌熙，将她护在身后。

“凌叔叔，如果凌熙遇到什么危险，我一定会挡在她前面。”

莫格利回想起车祸现场，四周的喧嚣隐匿，只剩下凌熙呼吸的声音。

“凌叔叔，我会努力站在凌熙需要的每一个地方。”

莫格利回想起走在校园的小道上，行色匆匆。他打电话拒绝了环保组织的邀请，那是自己梦寐以求的事业，但他却愿意进入李昱珩的公司工作。

“凌叔叔，为了凌熙，我可以放弃自己的梦想。”

莫格利看着凌正浩和文郁，认真地说：“在别人的眼里，凌熙更像是一个衣食无忧、玩世不恭的富二代，不了解她的时候，我也很讨厌她这种性格。但后来，我才慢慢明白，她横冲直撞的背后是为朋友的付出，暴躁发火的背后是对家人的关心。别人都说她是双面霸道女总裁，凶的时候像狮子，温柔起来像小白兔。我觉得她像刺猬，用尖刺把自己武装到牙齿，只不过是为了隐藏最柔软的一面。凌熙一直想把车和房重新赎回来。虽然以我目前的能力还不能让她实现这个梦想，但我找到了工作，在一步步靠近这个目标。其实今天来，我也不指望表个衷心就可以立马得到你们的支持，您可以在过程中考验我。”

凌正浩仍然眉头紧皱。

“你要记得你现在所说的每一句话。”

“我一定牢记在心的。”

忽然，凌正浩拿出一把车钥匙递给莫格利。

“这毕竟是凌熙第一部自己买的车，卖车也是为了承担责任，所以我私下买回来一直帮她保管着。”

莫格利刚要伸手，凌正浩收回钥匙，莫格利抓了个空。

“钥匙给你，不代表我就赞同你对她求婚。不管你是她男朋友也好，还是以后是其他身份也好。她一辈子都是我的女儿，是我要用生命保护的人！我对你的真诚表示认可，但对你和凌熙的未来表示怀疑。”

“首先，谢谢您的好意，但我并不想欠您人情，钱我会分期付款还给您的。”

凌正浩严肃地看着莫格利，不接话。

“其次，我有自知之明，以我现在的状况，还不足以让您完全放心。但我会努力，会不断进步，会持之以恒地对凌熙好，时间可以证明一切。”

“我可以拭目以待，如果你让凌熙受到半点委屈，我第一个不会放过你。”凌正浩露出了父亲的威严。

凌熙家楼下空地，一个肌肉男朝陆子曰和唐澄走了过来，露出雪白的牙齿和帅气的笑容。

“您好，莫先生之前预订了今天的威亚服务，是跟您二位对接对吧？”

“是。”

“您好，我叫 Ricky，负责今天威亚操作和安全的技术总监。”

男人伸手过来握手，陆子曰礼貌而防备地回应。

“我叫陆子曰，旁边这位是我的女朋友，唐澄。”

一切准备就绪，肌肉男讲述规则。

“这套求婚方案，莫先生在我们基地已经试过几次了，可行性没问题，我们今天确认安全性没问题，就可以了。”

唐澄和陆子曰点点头。

“唐小姐，麻烦您跟我一起彩排一下吧。”

不等唐澄回答，陆子曰便自告奋勇地走上前。

“我来！”

“你这个重量恐怕会有超重的危险。”

“被求婚的女孩就这么重。”陆子曰却坚持。

唐澄觉得好笑，心想这应该是凌熙有史以来被黑得最惨的一次。

“陆先生，那我最后再确认一下，您有没有恐高？”

“这个高度……没事！”

咔咔两声，肌肉男麻利地为陆子曰绑上安全绳。

“起！”

伴随陆子曰的尖叫，肌肉男抱着陆子曰，在威亚的作用下不断升空……

一阵炫目的演习过后，陆子曰和肌肉男缓缓降落到地上。

陆子曰手微微颤抖，脸色铁青没有说话，旁边的肌肉男倒是对唐澄开起了玩笑。

“安全系数没问题，不过你男友……力气真大，我手都快被他拽脱臼了。”

唐澄关切地看着陆子曰，“你没事吧？”

“没事，为了莫兄的人生唯一一次完美求婚，我晕眩一百次也值得。”

此时电话响了起来，唐澄一看是凌熙来电，赶紧接起来。

“喂，凌熙，什么！好，我知道了。”

挂了电话，唐澄有些着急。

“完了，凌熙今天去找服装设计师，结果被别人不小心泼了咖啡，现在突然要回家换衣服。一旦她提前知道求婚的事，就没有惊喜了，必须要想个办法拖住她。”

突然，白艺凌的身影经过，唐澄和陆子曰眼神放光地看着她。

“艺凌，总之，你要想尽一切办法打消她回家的念头。”

白艺凌迅速进入状态，在凌熙回家的必经路上等待一场精心策划的“偶遇”。

很快，不远处，凌熙骑着单车如约而至。

“白艺凌？找我有事？”

“……那个，小区绿化打农药，怕对你皮肤不好。”

“所以呢？”

“别回去了。你要买衣服是吧，我也要买，一起去吧。”

白艺凌拉着凌熙来到了一个购物广场的服装专卖店，凌熙试穿着一件有些低调普通的衣服。

“嗯，就这样。款式和印花，还有走线都不错，重要的是性价比高。穿着去公司打扫卫生，正合适。”

凌熙匆忙想走，被白艺凌拉住。

“你真确定这是你这个年龄的款式？”

“审美当然重要，但如果不见客户的话，这种衣服最适合办公了，实用性极强。”

“这种日子，是不是觉得特别累？”

“很累，也不知道会不会成功，好紧张。”

“这种累和紧张是值得羡慕的，你可能不知道你真的很棒了，二十七岁就有这么高的觉悟。珍惜现在累的时候，以后回头再看，会发现有精力、有热忱投入在自己梦想上的时候是多么幸福。”

“谢谢鼓励，我会加油的！”

两人相视一笑，眼神里多了份对对方的欣赏。

在办公室里的莫格利收到了陆子曰的微信，“彩排前线告捷，只等莫兄亲自实战。”

莫格利从抽屉拿出戒指，看着钻戒，便情不自禁地笑出声来。

李昱珩、顾源抱着一摞资料走了进来，顾源放下资料之后离开。

李昱珩则说道：“森木度假村项目的周边资料，都在这里了，你抽空看一下。”

“我今天下午想请两个小时的假，提前下班。今天是我人生中的大日子！”

莫格利开心地亮出戒指盒。

“懂了，要求婚！祝一帆风不顺，马到不成功！”

“礼物我收下了。至于‘祝福’嘛，你说什么，我没听到！”

李昱珩笑着转身离开。

“资料好好看啊，婚也好好求啊。”

“没问题！”

莫格利在办公室里认真翻阅一沓记录项目进度、森林水文、地貌、珍惜野生动植物数量的资料。顾源又进来放下一大摞资料。

莫格利面露狐疑，突然，他想到什么，立马打开电脑，在网络地图上调出森林的坐标。图纸上的轮廓居然跟森林的轮廓完全重合。莫格利皱了皱眉，立马开始寻找新的有用信息。

脑海中，不同的资料、符号，不断闪过。

忽然莫格利脑海中闪现出一张野生狼群的数量统计表格，表格上1995年陡然从之前的46只降到20只。这个数据引起了莫格利的怀疑。

莫格利连忙打开电脑，在页面上搜索“青川森林”“1995”等字样，各种相关链接显现出来。其中，有一条标题引发了他的注意，“1995，森林开发之殇”。

莫格利点击进去，电脑页面上一个关键的信息出现在眼前——伯仲贸易有限公司。

似乎离真相近了一步。

此刻，莫格利看了一眼放在桌上的手表显示的时间，拿着衣服匆匆出门。

任何、李凯、兔兔这边却没有那么顺利，任何扫视一眼各种箱子堆积的办公室。

“所以，看样子是要加班咯？”

“放心吧，我会给你们翻倍甚至三倍加班费的。”

“凌熙，可是我想休息！”

凌熙突然意识到什么，一拍脑袋。

“我突然忘记了，以前就是对你们太凶，不顾及你们的感受。各位，今天大家都准时下班。”

三人齐声欢呼。

凌熙却补充说道：“我一个人留下加班！”

还没来得及击掌的三人瞬间石化。

唐澄收到李凯的求助信息，嘴一撇，心一横，从包里拿出一瓶风油精。

“是时候亮出‘撒手锏’了！”

说着她拨通了凌熙的电话。

此刻，凌熙正在办公室里翻阅网站设计图纸，唐澄的电话突然响了。

“喂，澄。你怎么哭了，什么情况？你最好待在原地别动，我马上来找你。”

还没挂上电话，凌熙就如一阵旋风一样，不顾妆容狂奔出门。

凌熙家楼下路边，一辆出租车慌忙停下，凌熙着急地下车。

凌熙见唐澄迎过来，不由分说，一把抱住她。

“澄，你的腿没事吧？怎么从楼梯上摔下来了？”

做戏做全套，唐澄装出一瘸一拐的样子。

“我没有大碍，就是，你要不要换一身衣服？你现在的样子，特别像刚耕完两亩地的水牛。”

“你的事情没搞定，我哪有心情换衣服。”凌熙的注意力依旧在唐澄身上，“伤在哪里了，脚踝还是膝盖，我看看？”

“不换衣服也行，至少把脸擦擦干净吧，我可不想让你留下什么遗憾。”

“是啊，绝对不能留后遗症。伤筋动骨一百天，先去医院看看，万一治疗不及时，瘫痪了怎么办。”

唐澄偷偷看手机上莫格利的微信，最后一个十字路口，还有三分钟我就到了。于是决定立马稳住凌熙。

“听着，脚伤的事以后再说，你现在先跟我回家。”

不由分说，唐澄便拖着凌熙往小区走，没走两步，凌熙突然瞥见凌正浩、文郁穿着正装的身影一闪而过。凌正浩表情严肃，文郁拍拍他，似乎是在让他放心。不远处，李凯、兔兔、任何三人的身影也出现了。

突然，凌熙意识到什么。

莫格利驾着凌熙的跑车缓缓而行，路过最后一个红灯。看着副驾驶上的钻戒，他容光焕发，嘴角露出微笑。咻的一声，莫格利手机接收到一条短信。他看着手机，脸上的表情瞬间凝固，一个分神，误踩刹车。嘭的一声巨响，车被追尾。

凌熙在屋子里不耐烦地来回踱步，她的猜测是真的吗？

可是她只等来了门外唐澄急促的叫声。

“凌熙！凌熙！莫格利出事了！”

三十二 迷案难解

医院走廊上，一盏清冷的顶灯照下来。

莫格利坐在椅子上，额头上贴着一块纱布。

“莫格利，头没事吧？你摇一摇给我看看。手呢？动一动，脚也抖一抖。”凌熙关切地问。

“当年被你撞我都没事，这次只是20码不到的轻微追尾，我皮糙肉厚，这点儿伤算不了什么。”

“我今天已经被连续暴击两次了，不能再有什么意外发生了。我知道你有很多话要对我说，来吧，我已经做好准备了。”

“把手拿出来。”莫格利认真地说。

凌熙伸手，并且故意翘起无名指，一脸期待。莫格利却把凌熙的手翻转过来。

“给你。”

凌熙摊开手，竟然不是戒指，而是跑车钥匙。

“你不是一直想要买回车吗？我帮你弄回来了。”莫格利说。

“你是不是被撞失忆，忘记了其他重要的事了？”凌熙还在期待着。

莫格利察觉到凌熙的失落，却强忍着。

“没有了。”

莫格利边说边把背后手里的盒子悄悄藏了起来。

凌熙失落地离开了病房。

凌正浩站在楼道内，望着窗外若有所思。莫格利走出病房推开应急通道的门，慢慢走到凌正浩身边。两人的周围气氛凝重，寒气弥漫在楼道中，几乎快要把人冻结。

凌正浩看着莫格利，楼道内的气氛异常凝重。

“你的伤怎么样了？”

“轻微擦伤，已经没事了。”

“伤是没事了，那你说的求婚，也当没事发生了吗？”

凌正浩冷冷地看向莫格利，有一种冷酷的威严。莫格利丝毫没有闪躲，以同样冷冷的目光回敬了回去。

“来我家的时候说那么真诚，一转头说好的事就作废了，你难道就只是动动嘴皮子，让我们空欢喜一场吗？”凌正浩非常不悦。

“不是，我觉得今天不合适。”莫格利看向凌正浩的眼神带有一丝疑虑，两人周围的气氛有一丝奇怪，“我是觉得今天这个时机不合适。今天的车祸让我始料不及，这种窘境不是我想让凌熙看到的。人一不小心就有做错事的时候，我希望我跟凌熙的感情纯粹到没有污点。凌叔叔，我的心情你能明白吗？”

凌正浩没明白莫格利所指，气得揪住莫格利的领子。

“明白什么？明白到凌熙今天的失落吗？你的完美主义是过足瘾了，那你考虑过我女儿的感受吗？你真以为她像表面那样笑嘻嘻什么也不知道吗？”

“我不希望人生大事就这么随便，等有机会……”

凌正浩愤怒地打断了莫格利，“不用等了！作为一个男人连自己的婚事都不能随心所欲？”

“我……”

“之前我说过，我对你的真诚表示认可，但看来我错了，现在我对你仅有的真诚也表示怀疑！既然你知难而退，那就早日放手，让凌熙早点儿找到更适合她的人。你听明白我的意思了吗？”

凌正浩说完，看着低头不语的莫格利不由得十分恼怒，转身拂袖离去。莫格利看着凌正浩远去的背影发愣，握紧的手心里有一手的冷汗。

莫格利在医院内奔走，四处寻找凌熙的身影，忽然见到凌熙背对着他站在窗口。月光从窗口照射进来，和凌熙修长的背影交织在一起，很好看。在莫格利的眼中，周围一片漆黑，这成了唯一的亮光。

莫格利一愣，心里忽然有一阵今时不同往日的酸楚。

“怎么每次在医院里见到你都没好事呢！上次送你进医院害我破财，还莫名其妙塞给你一大笔钱，我当时就想不会有比这更倒霉的事儿了吧，没想到……还真有！”

凌熙见莫格利愣神儿，于是用力拍他。

“喂，你傻啦！”看着莫格利毫无反应，凌熙摇头叹息，“刚才我付了你的医药费，接着还有车辆维修费、道路救援费，给对方的赔款……简直破财！莫格利，你是不是该用什么东西来抵一下债啊？”

“凌熙，以后我的工资会如数上交。”

“没了吗？”

“会继续做家务，减轻你和唐澄的负担。”

“没了吗？”

莫格利想了会儿，实在无法集中思想接下凌熙的话头。

“嗯……还有什么？”

“算了，以后说也一样。”

凌熙揽着莫格利边说话边向前走，走出几步，莫格利回头再一次看向窗口。

“原来都过去这么久了。”

“啊，当时我就这样拐你回家的。现在倒好，你把我拐得死死的。要是你半路跑了，我都不知道去找谁负责！”

“如果……我很早就死在了森林里，又或者当时我遇到的不是你，不知道我们现在又会是什么样子？”

凌熙一愣，不知莫格利这句话什么意思。凌熙似乎感觉到两人之间的气氛有些微妙的改变，好像出现了一道无形的裂缝。虽然目光对视，但凌熙看不透莫格利在想什么。

“你这是怎么了？不会因为出个车祸就开始感悟人生了吧？重要的不是现在我们遇到而且在一起了吗？很多事都讲缘分，迟来的不一定就是差的，也许下一次做得会比这一次更好呢！”

莫格利不知道怎么回答，他抬起头，认真地看着凌熙。

“其实……我想告诉你……自从遇到了你，人生变得很有趣。”

凌熙看着莫格利，万分期待他下面的话。

莫格利停顿了很长时间，犹豫再三还是没有把想要说的话说出口。

“很晚了，我们回家吧。”

凌熙点点头，想伸出手牵起莫格利的手一起走，然而莫格利并没有注意到，转身径直向外走去。凌熙放下自己的手，挤出一个笑容，跟上莫格利的步伐。

唐澄、储时和陆子曰一直在屋子里等待回家的凌熙和莫格利。

忽然敲门声响起，凌熙慵懒的声音在门口响起。

“澄澄澄……”

唐澄和储时对望一眼，赶忙开门。

唐澄擦掉泪水，“你回来啦？看你僵着的脸，不会是心情欠佳，等着本小姐开导你吧？”

凌熙提起手上的环保袋，一扫脸上的阴霾，露出一个大大的笑脸。

“得了吧你，再怎么横，最终还不得屈服于我的零食之下！”

唐澄和储时见到零食两眼发光，高兴地从床上蹦了起来。

莫格利则似乎满怀心事，掀开自己的帐篷正准备往里坐，忽然见到帐篷里弹起一个人，吓了他一跳。回过神儿来，才发现是陆子曰。

“莫兄看上去心事重重，要不要一起去喝一杯，解一解闷？”

凌熙、唐澄、储时三个女人半躺在床上，唐澄躺中间，凌熙和储时躺在两边，三人敷着面膜，吃着兰花豆，看着电视上的整蛊节目，边看边笑。

“看你心情这么好的样子，难道就没什么值得一提的爆炸新闻告诉我们？”

“就是啊！说实话，今天我蛤蜊哥哥真的没对你说什么吗？”

储时刚问完，就被唐澄狠狠瞪了一眼。凌熙停止咀嚼，低头不语。

她回想到之前在医院里和莫格利的对话，顿感失落。

“没什么。”

唐澄随机从零食袋里拿出一包灯影牛肉塞在了储时的手上。

“多吃零食，少说话。”

凌熙假装不想再回答问题，从床上站了起来。

“光有零食，是不是还少了点儿什么喝的啊？说，我明明上次看到你买了雪碧，藏哪儿去了？怎么能全藏了呢，连个瓶盖都不留给我！”

唐澄赶忙起身阻止。

“哪有什么雪碧，你记错了吧！”

“我明明看见你放在客厅的，转眼就没了，一定是藏在你房间了！”

凌熙自顾自地在唐澄房间翻找了起来，拿开储时的外套时，口袋里的迷你笔记本“唰”地掉落出来，求婚戒指的草图也一起摔落出来，就这样暴露在灯光和凌熙的目光之下。唐澄瞬间怨恨地看向储时。

两人正觉尴尬，脑海中努力想着说辞，凌熙却装作不经意的样子直接把图塞了回去，把笔记本随手一放，好像刚才什么也没看到。

“唐澄你这个女人也太能作了！”说着凌熙翻出一大袋零食，“你这个死女人竟然还私藏零食，死罪！”

“死女人，你怎么能随便乱翻我的隐私……”

储时看着两人打闹，把目光移向了自己的笔记本，戒指的草图从笔记本内露出了一个角。

“啪、啪”两个饮料罐子打开，汽水上面的一层泡沫从里面冒了出来。莫格利和陆子曰靠在天台边沿，两人喝着饮料吹着风。

“莫兄到最后还是没有说吗？”

“嗯。”

“别人虽然不说，但我知道莫兄你不是为了追求完美而耽误大事的人，你今天是遇到了什么事吗？有什么我可以为你分担的吗？”

“谢谢子曰兄，但你可能帮不了我……”

“我也知道结婚这件事是相当的麻烦，我和唐澄也只能作为你的后盾，不能帮着解决你的实际困难，所以我也想了点办法。”

莫格利正疑惑，只见陆子曰拿出自己的手机，打开手机上的便签软件。

“今天的求婚计划虽然很完美，但也有很多需要改进的地方，为此，我初步做了总结，以便下一次求婚更顺利。首先就是现场布置的问题，许多鲜花撑不到开场就已经凋谢，我建议在肉眼不及的地方用些彩色纸张叠成的花代替，既美又上档次，配合气球……”

陆子曰絮絮叨叨地说着，莫格利的思绪已经飘向远方。

“第二，关于威亚，我去图书馆专程找过资料，确实有被人当成求婚使用过，其他人的求婚方式是……”

莫格利却突然回过了神儿。

“子曰兄。”

“在。”

“图书馆如果能找资料，那20世纪90年代的新闻资料还会有吗？”

“当然可以啊！莫兄你怎么了？”

第二天一早，莫格利就来到了普华大学。

普华大学图书馆内一排一排的书架在图书馆内耸立着，显得特别宏伟。图书管理员坐在升降机上左右摇动，在旧报刊所在的架子前努力寻找着。

莫格利坐在桌边，细心翻阅着一大沓发黄的旧报纸。随着时间的流逝，日照慢慢倾斜，天空也从白色慢慢变为火红色。莫格利把全部的注意力都放在了面前的报纸上，待他翻开下一页，忽然一条新闻吸引了他的目光。

——本报讯，日前青森县警方查获20年来最大野生动物制品走私案及杀人案。森林警方在巡查过程中共清点出狼皮48张、狼髀石155颗和大量野生动物内脏，估计涉案金额达人民币100万元以上。涉案嫌疑人丁某某被批捕归案。经丁某某交代，其于“伯仲贸易有限公司”在职期间，参与野生动物走私、过失杀人等诸多罪行。

莫格利心里一凉，向后靠在了椅背上，一抹额头，全是冷汗。这位丁某某……是什么人，和他到底是什么样的关系？

此时，电话忽然响起，显示是一个陌生号码。

“喂？”

“你好……我是上一次在沃夫大楼你见过的东海，不知道你还记不记得我？”

“哦！东海叔，有什么事吗？”

“不知道怎么开口，有件事，我想要麻烦你……”

莫格利正接着电话，储时火急火燎地飞奔进图书馆，跑到了莫格利的跟前。

“不好意思，我迟到了……”

莫格利和东海电话聊完以后，就带着储时坐在了校园内的长椅上，吃着灯影牛肉，看着前面来往人群。

“储时，中国这么大，好吃的好玩儿的还有很多，以后等哥哥有了钱，带你到处去吃。”

“不要，到时候你和凌熙姐都结婚了，有更多的事情要忙了。”

莫格利听到凌熙，便不知该说什么。储时意识到自己说错话了。

“你别误会，我不是来给你压力的，也不想知道到底是什么原因，我只是想来跟你说说话。”

“好，你说，我听着。”

储时看着温暖的阳光和走动的人群，有一种平静感。

“谢谢你告诉我他的想法。过了这几天，我终于也没那么难过了。虽然我从来没有想过要去介入别人的感情，但你告诉我的时候，我的心还是有一点痛的。”

“我已经说过了，你值得更好的人。”

“不管怎么样，我也知道了，拿起又放下一个人是真的很不容易。”

储时看向莫格利，莫格利的表情变得严肃起来。

“蛤蜊哥哥，你知道吗，食堂的包子在早上九点以后就所剩无几了，每逢一三五，那个教创意的老师在上课前会一次性打包所有剩下的包子，去晚了就买不到了；汤里煮的鱼丸要从热汤里拿到空气中晾一会儿，变得有劲道才好吃；火锅底料不管是什么最后都要淋上两勺香油，再裹上食物才能使之散发香味；还有还有……”

储时掰着手指说完，转头看向莫格利，见他一脸惊讶。

“我说了这么多只想告诉你，不管是做吃的还是做事，正正好好掐在点儿上，是多么重要。你和凌熙姐什么都对，你可千万别胡乱放手啊！别像我，现在一切就成空了……”

储时越说越伤感，一块灯影牛肉没吃完，掉在了地上。

“我也觉得完全放开一段感情真的很难。可是横在我们当中的事，我也确实没有办法忽视它。如果不解决掉，又怎么能安心去吃包子、吃火锅呢？”

眼看气氛有点儿凝重，储时灵机一动。

“你也别心事重重了，我有一个储时开心独门秘方，包你开心！”

说着储时从包里掏出一盒自燃火锅。

“还有什么比食物更能让人有幸福感呀！其实我总结了很多吃货小窍门。想要火锅好吃，香油必须加满，我去店里吃都是加两勺的！”

“太腻了，我还是喜欢一勺。”

“两勺！”

……

莫格利手忙脚乱地帮储时把火锅底料调好，就像哥哥对妹妹般的爱护。

又是一个晴朗的日子。

墨子资本办公室内，员工们正在忙碌。顾源在各个办公桌之间忙碌地来回穿梭，透过百叶窗，看到凌熙正在向李昱珩眉飞色舞地汇报。

凌熙的电脑上正展示着幻灯片，上面标注着网站建立等内容，李昱珩听着不断点头。汇报完工作，凌熙准备走却被李昱珩叫住了。

“被求婚了怎么连戒指都没戴上，是感情不顺吗？”

“我不知道你是从哪里听说的我要被求婚这件事，但是……”

“怎么了？他自己告诉我说要跟你求婚，结果没办到吗？还是走到一半忽然想通了，决定不求了？”

凌熙刚才还眉飞色舞的神态消失殆尽，只剩下了气愤和不屑。

“我发现你这个人真的很恶毒啊！不但恶毒，还以自己最大的恶意揣测别人。事实是他那天撞了车进了医院，难道在这种气氛下还要跟我求婚吗？”

“这是什么烂理由？如果今天是我的话，即使剐了车，瘸着腿我也会跪着跟你求婚！”

“你是你，他是他。我相信莫格利做事总会有他自己的考虑！”

“下次？已经过了几天了？你觉得还会求吗？”

“你是不是有病啊？这么恶毒地诅咒我，我到底哪里惹你了？还是因为你觊觎莫格利很久了看我不顺眼啊？神经病！”

凌熙非常生气，提着包走出门，“乓”地关上了门。办公室的职员们都被这一声巨响惊到了。

气愤的凌熙回到工作室，见到莫格利时她总算露出了一丝笑容。

“莫格利，你怎么来这儿了？”

“其实，我有一件事想求你……”

凌熙高兴得一把抱住莫格利，让莫格利有些莫名。

“我还没说你就知道了吗？”

“没关系，你知我知，心知肚明就行了。我也不在乎什么形式、什么寓意，只要结果是好的就行了！”

莫格利赶忙把凌熙拉开。

“凌熙，你是不是误会什么了？我只是想说……有个叫东海的大叔想在沃夫大楼里找工作，你们工作室不是正招保洁吗？那正好让那位大叔来你们这儿工作吧。我看他手脚麻利，人也很老实……”

“就这件事儿？没有别的事儿了？”

莫格利见凌熙认真的表情，觉得无法再隐瞒下去，这种烦恼让他痛苦。

“现在没有。”

“现在没有，那什么时候有呢？”

莫格利只得逃避凌熙的眼神。

“莫格利，我一直在等，一天两天，三天四天，自从那天以后我就一直在等。结果只等出了一把车钥匙，其他什么都没等到！”

莫格利内心非常难受，却始终无法开口。

“拿到车后，我把车换成了能源车，因为知道你对环保的重视。可你在干吗？这样逃避我，让我怀疑是我们之间出了什么问题！到底是什么问题你不能告诉我吗？”

“凌熙，给我点儿时间……”

“你究竟有什么困扰不能让我知道？有什么困扰比我们的感情还重要？难道这件事儿影响你对我的感情吗？如果真的是这样，不用你怀疑，我都会重新考虑我们的关系！”

面对凌熙的再三逼迫，莫格利只是再三回避，这让凌熙备感折磨。

“你到底说不说？你这么犹豫为难的话，我们就分手吧。”

凌熙想要转身走，却听到莫格利在背后狠下心说道：“如果说，你爸和我当年遭遇的那件事有关，你信吗？”

记忆又出现在莫格利的脑海中，求婚的那天他驾着凌熙的跑车缓缓而行，路过最后一个红绿灯。

看着副驾驶上的钻戒，他容光焕发，嘴角露出微笑。

咻的一声，莫格利的手机接收到一条短信，是顾源发来的工商信息图片，只见“伯仲贸易有限公司”的法人代表一栏，赫然写着凌正浩。

凌正浩？

莫格利看着手机，脸上的表情瞬间凝固了。正在此时一个分神，误踩刹车……

回忆着求婚那天的经历，莫格利十分痛苦。面对眼前不知所措的凌熙，似乎更加难过。

他思索了片刻，还是拿出报纸上新闻照片的翻拍给凌熙看，“这是我在资料库里找到的。”

凌熙拿过手机查看照片，渐渐震惊。

莫格利解释道：“当年在你爸的这家公司里有人因此坐了牢，在这件事以后他也歇了业转了行。还记得你跟我讲过，小时候有一阵子你爸把你放在郑叔叔家……这一切拼拼凑凑，虽然我没有办法十分肯定，但……”

“不会的！我可以很肯定地告诉你，他那时候把我放在郑伯伯家里是因为去日本谈生意了，回来还给我带了个哆啦 A 梦的玩偶呢！我记得很清楚，这是他给我的最后一个礼物，不可能会搞错！”

“我知道他是你爸，但这么多年了，你真的了解他吗？”

“就算我跟我爸关系不好，就算他是个冷酷的暴君，我还是觉得他不会做出伤天害理的事情！那是杀人，那是犯法啊！我爸怎么会杀人呢？！”

“凌熙……”

“小时候我在学校里打了同学，他一定要我亲自鞠躬道歉；小时候他在路上捡到受伤的麻雀都会带回家养一阵治好了再放走。犯错要认错、为人要善良，这是他教给我的，他又怎么会杀人呢？！”

“凌熙，我也希望不是他……”

“不管怎么样，我相信我爸！你看着好了，我会把这件事问清楚的！”

凌熙说完转身就走。但走了两步，忽然停了下来。莫格利看着凌熙的背影，心里有万分的不舍。

凌熙突然回头看着莫格利，“如果是真的，我们就不能在一起了吗？”

莫格利不知道该如何回答。

三十三　再生嫌隙

沃夫大楼的装饰分外豪华，池旭左顾右盼地等待着凌宇。

凌宇则毫不慌张，他从电梯出来就径直走向了池旭，这让池旭有些不习惯。

“小凌总，还没到下班时间你就把我叫来，被人发现怎么办？”

“现在你是公司重大项目的合作公司，我们遇到了就遇到了，有什么大不了的？自然点儿。”

“有什么事儿非得现在说不可啊？”

“那我直说了，希望你找理由，把价格往上涨一涨。”

“这不太好吧……万一被戳穿了。”

“废什么话，你什么时候变得这么缩头缩脑了？按照我说的做，没人戳穿你！”

“小凌总，虽然这次能这么干，但下次、下下次，我们还能这么干不被发现吗？你家里最不缺的就是钱！找你老婆和你老爸服下软，不是什么都有了吗？”

“少给我废话。有我一份就有你一份。”

“好，我干！”

凌宇和池旭的见面，被一双眼睛一直关注着。

东海现在的念头里就是如何帮助儿子，他听不见儿子和池旭的说话声，见他们神情严肃，越发着急。

东海前几天去找过放贷人，想帮儿子还钱，却被放贷人嘲笑了一番。

“这位大叔，你不会是几十年前穿越时空过来的吧？就这点儿钱搁现在交个利息都不够！你还把它当巨款，真是笑死人了。”

“交利息都不够？他到底欠了多少钱？”东海非常震惊。

“欠多少？你和他关系好，你去问他啊！”

东海正想着这些经历，忽然听到凌宇的说话声。

“爸，还没下班吗？要一起走吗？”

凌宇的声音引得东海心中一阵惊慌，不对，凌宇一定不知道自己这个爸爸，这都是错觉。

他屏住呼吸，紧张地探头看向凌宇，却发现凌宇说话的对象是凌正浩。

凌正浩那张严肃的脸瞬间映入到他的瞳孔里。

晚上，郑理带着白艺凌回家吃饭，今天他们势必要取得父母的认可。

郑理和白艺凌坐在饭桌的一边，李珊和郑伟珏坐在饭桌的另一边。郑理看看郑伟珏，郑伟珏朝着郑理使眼色，郑理动动嘴，两人用嘴型和眼神隔空传信。还是李珊打破了安静。

“吃呀，别见外。”

“对呀对呀，动筷。你们不动，我都不好意思动了！”郑伟珏也应和着。

看着郑理和白艺凌依然僵在那里，李珊想了一下，便直接开口了。

“我不反对你们在一起。”

“真的？我没听错吧妈！您说话算话啊妈！”

郑理的心情就像飞上了云霄，但瞬间又被打落了下来。

“但是！我妥协了你们也妥协点儿，我同意现在结婚，一年之内要一个孩子，白艺凌年龄大了，高龄产妇不好当，要生还是早点儿生。”

郑理和白艺凌互视一眼，心中连连叫苦。

“妈，我们打算丁克。”

“丁克？什么丁克？你们放弃当家长的权利，我还没放弃当奶奶的权利呢！”李珊没想到自己的妥协换来的是儿子这样的回答。

“妈，我现在还小，自己就像个孩子，还怎么生孩子？”

“你都三十多了，哪里小了？当年你爸有你的时候才几岁，不照样过来了？再说了，白艺凌比你还大呢，你不考虑你自己也得考虑她啊！”

“阿姨，其实我……”

郑理赶忙在桌下按着白艺凌的手，示意她不要说话。

郑伟珏看着这尴尬的情形，只得出来打圆场。

“我说两句公道话，你妈都让步了，你们也适当让一下嘛。”他边说边朝郑理使眼色，“先解决眼前事，以后事可以慢慢说。”

“不行！老郑你别帮着儿子，谁跟他们慢慢说，今天必须给我个保证！”李珊却看穿了这把戏。

白艺凌沉了沉心思，张口打算坦白，却听到郑理的爆炸性消息。

“爸、妈，实话告诉你们吧，我不行！”

李珊、郑伟珏、白艺凌全都张大了嘴惊讶地看向郑理。

“我，我那方面不行！”

“你什么不行，儿子，你哪里不行？我怎么不知道？”

“我，我有弱精症！”

“什么?！”

“我没事骗你们干吗，又不是什么光荣战绩。我去检查过，这是先天的，是染色体缺陷，是打娘胎里出来的！”

白艺凌有点儿尴尬，看着面前的李珊和郑伟珏脸青一阵白一阵紫一阵，像是生吞了苍蝇般难熬。刹那间，整个房间像是被定了格，全都不动了。

郑伟珏的手机铃声不合时宜地响起，终于打破了这种恐怖又好笑的沉寂。

“咳咳，我接个电话。”说着郑伟珏转身回了自己房间。

“好了儿子，你不要科普了，你怎么会有这种病，我怎么会让你有这种缺陷，我不相信！”

“妈，这有什么好不信的，是个人总会有点儿毛病。我不凑巧病得不是地方，给我们家丢脸了。可是事实如此，你要为难我也为难不起来啊！”

“这都什么乱七八糟的！你看的哪家医院、哪个医生，医生说了什么，有没有给你开什么药……？”

白艺凌如坐针毡，干脆站了起来，表示要去洗手间。

书房内，郑伟珏正偷偷接着电话。

电话那头，传来东海愤怒的质问。

“所以你为什么不一早就告诉我，我的老婆、孩子变成了凌正浩的老婆、孩子？”

“很多事情我也没办法控制，但你要从结果看这个事，他们现在过得好就行，这不是你希望的吗？”

“为什么是凌正浩？其他人我都能接受，凌正浩当年……”

“东海啊，这件事很重要吗？你有办法改变吗？虽然凌正浩当年确实有违良心，但也是求自保，况且之后给了你这么多补偿，多年来他对你的妻儿也视如己出，你还有什么不满意呢？”

“他真的过得好吗？……算了，这件事电话里说不清楚，我们改天再谈吧。”

电话被挂掉，郑伟珏不由得觉得十分头大。他收起手机，推门而出，却意外看到白艺凌正站在自己的门口。

郑伟珏的脸色瞬间变白，而白艺凌也十分尴尬。

“不好意思郑总，我对你家不熟悉，从厕所出来就不知道应该往哪儿走了……”

郑伟珏从惨淡的脸色中回过神儿来，重新展现柔和的一面。

“哦，你跟我来吧。”

两人刚迈出步伐，却听到客厅传来的李珊歇斯底里的叫喊声。

“你去给我检查，现在就去治疗！！”

与此同时，郑伟珏的手机短信提示音响起，他拿起手机查看。

——东海：我还是原谅不了凌正浩啊。

此刻，凌正浩正在客厅里放着音乐，他拿着一块布，小心翼翼地整理着杂志。

凌熙靠在沙发上，文郁拿了几个橘子递给凌熙。

“凌熙，今天怎么知道回来了，我们就两个人吃饭，正嫌冷清呢。”

凌熙剥开一个橘子，顺手递给文郁一半。

“办事路过，顺便回来吃个饭呗。吃家里饭，怎么也好过叫外卖吧。”

“你倒是不客气。”凌正浩说。

“我为什么要和家里人客气？”

凌熙向文郁调皮地做了个鬼脸。

凌正浩一边整理杂志一边装作漫不经心的样子说话。

“你今天怎么没带那小子一起回来？那场车祸真把你们俩给撞散了？”

背对着凌熙的凌正浩表情有些不屑，放杂志的手顿了一顿，随后继续整理。

“看人呢要看准一点，不行就再等等，‘日久见人心’这话不会错的，不要脑子一热就当愣头青。”

“那是在错误的道路上前行太久了，现在既然在正道上，就不会发生那种事。”

“嗯，我也觉得你俩挺配的，他长得好、性格好，反正是个顺眼女婿！”文郁露出了笑容。

“那是！我亲手收割的，能不好吗？！郑理哥哥可就不一样了，我喜欢他，一大半原因都是因为我爸！”

“跟我有什么关系？”凌正浩不明所以。

“都是因为我小时候，你把我放到郑伯伯家这么久才让我对他有这种情结啊！”

“那不也是没办法吗。”

“那时你干吗去了呀？为什么我有那么长一阵子没见你呢？”

凌正浩手上的动作有半拍的停顿，但是没逃过凌熙的眼睛。随后，凌正浩恢复了手上的动作。

“还能去哪儿，出差。”

似乎“出差”这两个字的余音还在房间里回绕，凌熙掰橘子的手不由得捏紧，她努力克制住慌张，看了一眼凌正浩。凌正浩的眼神似乎刻意回避着她。

“你骗我，出差是借口。”凌熙故意这么说。

凌正浩紧张地一怔，抬头面对凌熙严肃的眼神。

凌熙却故作轻松，“肯定是嫌我难带故意塞给别人，否则去哪儿能去那么久，南极科考啊？”

凌正浩长舒一口气：“这有什么好撒谎的，我真的在欧洲谈生意。”

远处餐厅，文郁开始招呼这对儿父女吃饭，凌正浩仿若抓住救命稻草，起身朝餐厅走去。看着他的背影，凌熙内心抱定的信念逐渐动摇了。

晚饭后告别了凌正浩，凌熙和莫格利并肩走过繁华街道，凌熙偷眼看看面色严峻的莫格利，几次想替凌正浩辩解，却没有打破沉默的勇气。

就这样，两个人一路低头往前走。

刚才在凌正浩家的那些对话，都被站在屋外的莫格利听得非常清楚，莫格利想着这些对话，不自觉流露出了凝重的神情。

凌熙抬起头，两人在十字路口不期然地四目相对，莫格利率先放开抱住凌熙双臂的手，凌熙也知趣地移开眼睛，两个人都在刻意回避。

“凌熙，我要去公司一趟。”

“嗯，你忙你的，我自己可以回去的……”

莫格利点点头，十字路口的红灯变成了绿灯。两个人同时迈出脚步，朝向两个岔口，背对背走远了。谁也没有回头，带着同样落寞的背影。

回到家的凌熙在床上辗转反侧无法入睡，索性跳下床打开一瓶矿泉水，怎么也拧不开，最后泄气地扔在床上。

而莫格利则坐在办公室电脑前加班转移注意力，心不在焉地随手拿起水杯喝水，却是空杯。不经意间莫格利又瞥见手机上那张有关伯仲贸易的新闻报道，心情更加复杂。

窗外夜空昏暗如茶色，一轮弯月挂在空中，却无法连接两个人的心。

莫格利踱步到茶水间泡咖啡，就见李昱珩孤独地坐在桌前吃外卖。

“李总，你怎么还没走？”

“莫格利，你不也没走吗？”

李昱珩问莫格利要不要一起吃，莫格利心不在焉地走过去，和李昱珩面对面坐下。

“你们俩还没和好吗？喜闻乐见。”李昱珩假装玩笑地说。

“你喜欢她有点儿明显。”莫格利却很直接。

“你有点儿动摇也挺明显。”

“李总，你喜欢她哪点？”

“缺点。你知道，一个项目，吹得天上有地上无，找不出半点瑕疵，我是不会投的，不可信。人也差不多。”

“你是在谁身上总结出这套理论的？”

“前妻。”

莫格利忽然愣住，看着面前的老板。李昱珩则耐心解释。

“我前妻属于那种很完美的人，我醒来的时候她已经化好妆，准备好早餐了，然后无论我加班到几点，都等我睡了之后才睡。我从来没见过她松懈的样子。”

“她对自己严格要求反而成了你苛责她的理由？说不定人家真的没有缺点。”

“是人就有缺点。人和人相处就像拔河游戏，你进我退，缺点是‘摩擦力’，能让你们保持平衡，一直玩儿下去。不过不能有人动摇，其中一个人放手了，游戏就结束了。”

手机响起，是顾源发来的微信，他要莫格利把身份证拍一下，好帮他订出差的车票。

莫格利拿出身份证拍照，忽然想起关于这张身份证的种种事情。

他想起是凌熙带他办的这张身份证。他想起在那次分别的时候，凌熙说因为有了身份证，莫格利便是一个有身份的人，以后可以经常回来看她。

沉浸在回忆里的莫格利，不由自主地微笑了起来。

他坚定地看着李昱珩，“我想通了，我不想结束游戏。”

城市的另一角，喧闹热烈的氛围下，红男绿女随着震耳的音乐疯狂摇摆。

吧台边，调酒师卖力地双手摇晃，然后倒出不多不少刚好满沿的一杯鸡尾酒。两指轻推杯座，在桌面上划出一条流畅的弧线。

唐澄眼巴巴地看着那杯酒，近了……近了，然后绕过她万分期待的眼神，送到同事面前。

同事看出唐澄的渴望。

“要不，这杯你来？”

唐澄急忙摇头，恶狠狠地吸了一口面前的橙汁。

“不了不了，我已经二十天滴酒未沾了，坚持到明天就胜利了，二十一天是形成一个新习惯的周期！”

虽然这样说，但唐澄看着同事拿起酒杯送到嘴边，那杯酒闪着诱人的光。

“等下！我就尝一口，一小口！”

唐澄拿过来喝了一小口，脸上的幸福感像水下的鱼泡泡缓缓漫上来。

远处舞池不断传来一阵一阵热情崇拜的尖叫。

唐澄回头一看，舞池里一个女孩正在炫耀舞技，享受着被瞩目的快感。

唐澄跳进舞池，和舞蹈女孩并排，女孩火药味十足地斜她一眼，唐澄理都不理，脱掉宽松衬衫甩在地上，露出里面的贴身吊带，魅力全开，人群爆发一阵口哨。

正兴致高昂，却发现眼前围观者纷纷被远处一个舞动的身影吸引。

“还有比我更吸睛的？不可能！”

唐澄拨开人群走进去，恨不得找个地缝钻进去。眼前是旁若无人的陆子曰，舞姿令人尴尬。

唐澄一路连拉带拽，拖着陆子曰落荒而逃，跑出酒吧。直到吉普车边她才停步，向后看一眼确保没人跟过来，然后羞愧地瞥了一眼莫名的陆子曰。

“我……我给你解释一下，今天是……事务所团建……”

“来酒吧团建？”

“就……部分人，自主发起的团建……”

陆子曰不置可否地看了唐澄两秒，唐澄立刻就坦白了。

“我主动承认错误还不行吗？我发誓，我，唐澄，以后和花花世界彻底绝缘了，再也不给你来酒吧抓我的机会，如有违反，你就再甩我一次！”

“我今天不是来抓你的。我认真想过了，斯嘉丽变成温柔淑女也没什么意思。”

“啊……？”

“所以保持你原本的样子就好。不想受束缚的话，不用勉强自己。”

“那不想结婚的话……”

“也可以不结。”

“你不奢求我的改变了？”

“在约定俗成的规矩和你之间，我还是选择你。但是！女孩子大半夜在外面还是穿得保守点儿好，安全！”

说着陆子曰脱下自己的外套包在唐澄身上。唐澄突然心生感动，扑上去一把抱住陆子曰。

“有人管的感觉真幸福！”

“长这么大没人管过你啊？”

“真被你说着了。”

唐澄放开陆子曰，打开后备厢拿了瓶矿泉水递过去，两个人并排坐在后备厢里聊天。

“小时候我和爸妈走南闯北，今天驻扎在河边，明天游荡到草甸。如果不巧，我和野生动物同时生病，我妈一定会把我放在树荫下面，跟我说，人的自愈能力很强，然后去照顾动物。我是凭自己的求生欲活下来的。”

陆子曰看一眼唐澄，她抱着腿缩坐在后备厢的角落里，眼神中难掩失落。

“我知道，他们有很高尚的灵魂，但那个坐在树下独自自愈的我，并不能理解他们。如果童年是应该被宠爱的，那我就没有过童年。”

“所以，与其说你喜欢自由，不如说你是被动习惯孤独的患者。”

唐澄将头偏向另一边。陆子曰靠过去，把唐澄的头放在自己肩膀上。

“恐怕往后你也要学着不孤独了。”

唐澄安心地笑着，抱住陆子曰的手臂。

夜色里有沙沙的风声，两个人不说话，靠在一起就很美好。

新的一天又如约而至。

沃夫传媒外，工作人员来来去去，郑伟珏心事重重地从公司内踱出，控制表情点头应答每一句“郑总好”。四下确认没人后，他才谨慎地走向安全通道。推开通道门的一刹那，东海没有一点儿光泽的脸出现在门缝后面，郑伟珏正想踏进去，叮的一声，电梯到达声在身后响起。

凌熙急切地叫住他。

“郑伯伯！”

郑伟珏讶异地回头，凌熙脸色严峻。

“你怎么突然来了？出什么事儿了？”

“我有话要问您！”

“那去我办公……”

郑伟珏话音未落，凌熙已一把推开安全通道门，拉着郑伟珏走了进去。

郑伟珏一颗心提到嗓子眼儿，脸色铁青。门在身后缓缓关闭，郑伟珏定睛一看，东海不在门后。他顺着楼梯中缝向下看，看见东海就躲在下面一层。

“郑伯伯，我六岁那年被寄放在您家的时候，我爸去哪儿了？”

郑伟珏不禁恍惚，赶忙换上轻松的神态。

“怎么了？又和你爸打什么赌了，来我这里翻旧账。”

“郑伯伯，您和我爸是老交情了，我也预想过您一定会维护他……”

凌熙此话一出，郑伟珏越发紧张，立刻打断了她。

“凌熙，这件事你还是去问……”

“问过了，他说那时候在欧洲出差，但我清楚记得当年他回来之后送给我一个哆啦A梦，说是在日本买的，那是他送给我的最后一个礼物，我不可能记错！我爸对我撒谎了，对不对？”

顾忌到东海在场，郑伟珏进退两难，不知如何回答。

“郑伯伯，这件事对我来说太重要了，如果不方便直接回答，那我问，您就说是或不是就行！”

凌熙从手机里翻出有关当年走私案调查的新闻照片，递给郑伟珏。

“伯仲贸易这个走私案，和我爸有关吗？”

郑伟珏向着楼下缝隙看去，东海的手下意识捏紧楼梯扶手，青筋暴露。郑伟珏避无可避，不得不给个回答。

“你还记不记得你三四岁的时候，你爸做过皮毛生意？”

“有点儿印象。”

“伯仲贸易就是你爸开的。凌熙，那几个月，公司出了非法盗猎的事儿，其实你爸没出差，他一直在接受警方的调查。”

“不光是调查盗猎案，还有人命案，是吗？”

“……是。”

凌熙几乎不敢相信自己的耳朵，强作镇定才让胸口的起伏平复半分。

“那件命案和我爸有没有关系？”

“……”

“难道我爸不是无辜的吗？”

漫长的等待。凌熙恳切地看着郑伟珏，郑伟珏却回避地瞟向远处，东海的手还搭在扶手上，每一句话他都能听得清清楚楚。

“我不知道……”郑伟珏只能这样回答。

一瞬间，凌熙如五雷轰顶，腿一软扶住墙。

“郑伯伯，我很怕怎么办？我到底该怎么面对他？……”

郑伟珏愣了一下，关心地靠过去，给了她一个安抚的拥抱。

“凌熙啊，我一直把你当女儿，爸爸对女儿的心思我懂，有些事他回避是不想让你失望，但我相信他不是有意要欺骗你。这么多年了，你就不要再追问了吧……”

送走了凌熙后，郑伟珏站在楼道，向几级台阶下的东海解释。

“文郁不想一直麻烦我，就偷偷去医院里做护工，谁知道她照顾的是凌正浩的太太。后来他太太重病去世，他们俩就走到一起了。东海，这件事，我真的没办法控制！你就不要再追究了吧？毕竟他们母子俩现在过得很好。”

东海沉浸在自己的情绪里，油盐不进，一顿摇头。

“一点儿都不好，小宇的日子只是表面光鲜。”

“总比跟着你好吧？”

东海不可思议地盯视郑伟珏，缓缓迈上阶梯。

“东海，我懂你对他有歉意，想弥补。我是怕你负担不了，给自己太大压力。”

“那你帮我。”

“好，我帮你，在沃夫，但凡我管得着的地方，一定不会亏待他。”

“我想要钱。别的我都不信，走之前，我想最后给他留笔钱。我知道这样开口很贸然，但我没别人可求，算我借的，我会还。”

“你要多少？”

东海伸出一根手指。

“一百万？”

东海摇头，郑伟珏大惊失色。

“你疯了吗？我待你不薄，你一而再，再而三地提要求，不知道‘得寸进尺’几个字怎么写吗？”

郑伟珏不愿理会东海，转身要走，却被一把抓住。

“有件东西，不如看了再走。”

说着东海从口袋里掏出一个老旧数码摄像机。

莫格利刷卡推开凌熙新工作室的门，墙边的小黑板上用吸铁石吸着好几张便条纸，上面是任何、李凯和兔兔的留言。

莫格利环视工作室一圈，除了少量没归位的摆设堆在角落，办公间已初具规模了。他走到凌熙桌边，不经意看见她摆在最显眼处的相框。相框里是莫格利初来乍到时和凌熙的夸张合影，里面的他张着血盆大口，凌熙一脸惊恐，现在看来充满着快乐的情趣。

莫格利笑了笑，把相框放下。相框边上，还有一个精致的金属盒子，半开着盖，莫格利翻开，里面是一个挨一个整齐排列的小玻璃瓶，里面分装着树叶、泥土、水、空气和苍耳。每个小瓶子上都贴了标签，上面写着“你家乡的树叶”“你踩过的泥土”“你喝过的河水”“你呼吸过的空气”，还有“就是它！扎我的苍耳”……

盒子下面平放着一张手写小卡片，莫格利打开来看，上面是凌熙的笔迹。

——想送给你，希望故乡时刻在你身边，就像你在我身边一样……

莫格利百感交集，心中泛起一阵暖流。

手机响了起来。

“您好，莫先生，您的特别双人位留好了，再和您确认一下今晚会准时来用餐吗？”

“会，今天是我和女朋友的大日子，请务必留位。”

咣当一声，凌熙恍惚地回来了，撞在门框上的响动让莫格利瞬间回头。

凌熙惊见莫格利在，慌张不已。

“你怎么在这儿？……”

“我来找你。”

凌熙紧张得不敢面对莫格利，呵呵一笑来掩饰内心的惶恐。

"找我打电话就行了，干吗专门跑一趟？"

凌熙刚想转身躲开，就被莫格利一把拉回来，凌熙逃无可逃地与莫格利四目相对。

"昨晚的事，我想清楚了。关于你爸……"

凌熙再也没勇气听莫格利说下去，生怕他说出"不要在一起"这种决定，凌熙心一横，抢先开口。

"我去找过郑伯伯了！"

"嗯，然后呢？"

"问他关于我爸的事。"

莫格利点点头，信任地看着凌熙，凌熙却突然回避开莫格利的眼睛，转身装作倒水的样子。

"郑伯伯说他确实是去出差的，我都说了我爸是清白的……"

莫格利的一颗心瞬间沉落，犹在口边的邀请生生吞了回去，眼中神色变成失望。凌熙倒水的手停在半空，水壶里的水从高处汇聚向杯底，一个冲击而成的泡泡停在水面。

她心想，谎言这种东西，就像泡沫，明知它总会破碎，却不敢轻易戳穿，也许它掩饰着害怕失去的那颗心。也许，它藏着炙热的东西，只是，谎言永远都是谎言。

只是她不知道这个谎言根本没有骗过莫格利。上午莫格利就在沃夫传媒开会，在他等待电梯的间隙，凌熙和郑伟珏的对话从安全门里微弱地传出……

三十四 储时骨折

夜色退去，初冬的暖阳倾泻下来，美好如初。

唐澄和陆子曰歪七扭八地横睡在客厅地板上，你压着我的手臂，我枕着你的大腿，屁股下面还坐着游戏机的手柄，鼾声如雷。门外响起上楼的脚步声以及陆母欢快的哼歌声。

唐澄瞬间犹如电源开启，"腾"地坐起来，一脚踢在陆子曰屁股上。

"你妈回来了！"

陆子曰瞬间从半梦半醒中清醒过来，看看光腿穿着男士大 T 恤的唐澄，又看看一身居家睡衣的自己，拼命回想昨晚发生了什么：从酒吧出来后，唐澄知道当晚陆子曰父母郊游去了，就提议到陆子曰家里玩游戏。他们玩双人版《敲冰块》直到凌晨三点，然后就迷迷糊糊睡着了。

只是穿成这样，说两个人玩了一晚上游戏，会有人信吗？

陆子曰一个骨碌爬起来，以迅雷不及掩耳的速度捡起唐澄的所有物件塞进她怀里。

唐澄抱着东西，在钥匙声中晕头鸭子似的跑向陆父、陆母的卧室，被陆子曰一把拉回，推向另外一扇门。

就在陆子曰卧室门关上的那一刻，陆母开门进屋。

陆子曰转身露出尴尬而不失礼貌的微笑，“妈！你回来啦？”

“儿子，你站在这里干吗？迎接我啊？”

“嗯……我想你了。”

陆母一愣，随后喜上眉梢，扑过来抱住儿子。

“我又没走几天。”

陆父艰难地推着两个大箱子，往楼道口走去，正好和邻居大叔擦肩。

“哎哟，买了不少东西嘛！”

“当地特产，回头到我家来拿！”

“好嘞！对了老陆，你家昨晚动静很大，不会进贼了吧？”

“我家大门里外三层保险锁，不可能的！”

“哦哦，那就好，回头约牌啊！”

邻居大叔说完转身走了，陆父抬头，心下一惊，就见陆子曰房间外面，一个身影正从窗口翻出来。

“嘿！干吗呢？”

唐澄悠悠回头，和陆父对视上的那一秒，两人都是一愣。唐澄光腿穿着男士大T恤，陆父脸一红，赶紧别开视线。

被抓个正着的唐澄又回到了屋里。

四个人围桌而坐，唐澄和陆子曰被对面的陆父、陆母盯得浑身难受，唐澄鼓起勇气抬头瞄了一眼，只见二老脸上洋溢着压抑不住的喜悦。

陆父清清嗓子，率先开口。

“你们俩能重归于好，我们是举双手双脚赞成的。”

陆母自然也是乐意的。

“是呀，一个儿子和半个女儿走到一起了，我们只有开心！只是偶尔一起……玩游戏，作为过来人，我们表示完全理解。为什么要躲呢？”

“呵呵，就是为了避免这种误会产生……”

唐澄和陆子曰对视一眼，生无可恋。

陆母便马上顺水推舟，“我不是要催你们哦。你们俩也不小了，感情也很稳定，既然兜兜转转还是选定对方，那……是不是考虑一下结婚的事？”

“爸、妈，我和唐澄商量过了，我们暂时只想享受爱情。”

“没问题啊，享受呀！你们可以一边享受，一边结婚嘛！你说呢？”陆母边说边戳着陆父。

“嗯嗯，你妈妈说得有道理。你们考虑下吧。”

陆子曰和唐澄交换了一个眼神，试图认真说服父母。还没等两个人开口，陆父、陆母却已经一手翻出皇历、一手翻出小账本，完全忽略当事人，正窸窸窣窣计划个不停。

“我看这日子挺好。”

陆母接着翻阅小账本，发自内心的开心。

“这个账没白记，这些年送出去的红包都够买房的了。养了这么多年的儿子，总算要回本了！”

二人正无语凝噎，手机竟同时响起。他们仿佛抓住救命稻草，同时掏出手机，装作忙得不可开交的样子。

“真不好意思，叔叔阿姨，我们有个朋友腿断了！”

“嗯，实在不巧，爸妈，我们得过去看看！”

说着陆子曰拉起唐澄夺门而出。

储时拄着滑板缓慢移动。最后她终于在挂号处附近找到一个墙角，靠过去看手机上的消息。

唐澄：怎么会骨折了呢？那么不小心。

陆子曰：严不严重？

储时急忙笑嘻嘻地用语音回复。

“让大家担心啦，我没事，就是轻微骨裂，滑滑板摔了一跤……嘿嘿，出门没带钱包，能发我个红包应急吗？……”

“咻”，群里瞬间有了回复。

凌熙：你在哪家医院，我们过来！

莫格利：一个人别乱动，找个人少的地方等着！

储时放下手机，脸上的幸福感稍纵即逝。被这么多人关心着，明明应该很幸福才对啊……

在医院的抽血处，凌宇和高婕坐在长椅上，拿着号码在焦急地等待。

凌宇恢复了往常的绅士体贴，脱下外套给高婕披上，笑了一下。高婕衷心感到幸福，握住凌宇放在腿上的手扣紧十指，凌宇这次没有闪躲。

“凌宇，我突然和家里人说想要孩子，你不会生气吧？”

“不会。”

“你能陪我来做孕前检查，我挺开心的。”

“不都是丈夫陪着妻子来的吗？不然呢？”

凌宇看着高婕，她眼底的闪烁有几分真心，就像过去的事没有发生过一样。高婕无比幸福，挽住凌宇的手臂。

“凌宇。你能摸摸我的头吗？好久没那样了……”

凌宇愣住片刻，虽有些不情愿，还是将手放上去，轻抚她的长发。忽然间，他看见一个熟悉的身影一瘸一拐地转过楼道拐角。

“高婕，我去一下洗手间。”

“那你快点回来哦！我最怕抽血了，我血管难找，每次都被多扎好几针！”

“好！”

凌宇在人头攒动的大厅里四处寻找，再也没有看到储时的影子。他泄气了，自嘲地牵了下嘴角，转身拐进旁边的长廊。就在那个瞬间，在空无一人的长廊里，不到五米的地方，储时就站在那儿，也看着他，眼里是慌张、意外、想念混杂的表情。

两个人都没有动，储时当下愣住，好一会儿才回过神来。她扭头就跑，尽管拖着滑板一瘸一拐，却还是一步步艰难地往前挪。

凌宇心头泛起一阵愧疚酸楚。

手机不合时宜地在手心里振动起来，凌宇的一颗心却全放在那个渐行渐远的瘦小背影上，顾不上理会电话那头的人。

抽血室里高婕极端无助，一只手被医生拉住抽血，另外一只手不断拨叫凌宇的号码。

身体晃动中，果然抽了一个空管。

“身体不要乱动，否则再挨一针还是空管，自己受罪。”

医生解开橡皮管再系紧，对着肘前静脉一顿猛拍，手臂瞬间红了。

“医生能不能等一下，我想等我老公过来，我有点儿害怕！”

高婕不断慌乱地打着电话，急出一头汗。消毒棉签已经擦在血管外了。

“他真的会来的，他答应我的！”

“忍一忍，你老公来了也是抽你的血，没区别的。不要动了！”

储时一瘸一拐，一路走向走廊尽头的楼梯，最后在凌宇的视野里消失了。

凌宇叹口气，不愿再去打扰她，于是转身决定回到自己原本的生活里。

伴随滑板滚落的声音，楼梯间传来储时摔倒的声音。凌宇的心一下子提起来，他想都没想，转身冲出。

高婕手臂上搭着凌宇的外套，一个人拎着两个包，手按止血棉球，狼狈无助地在人群中寻找凌宇。一个转身，穿过人群的缝隙，她难以置信地看见凌宇将储时横抱在胸前，在楼梯拐角处询问路人，脸上是真真切切，从来没有为她出现过的紧张和焦急。

高婕手一松，止血棉球落地，血从针孔里流出来，在手臂上淌成一条红线，万般委屈涌上心头。

她冲下楼梯，拉扯储时。

“你给我下来！”

储时疼得嘴唇发白，额头冒汗，说不出话来。

“高婕，你不要闹！”

高婕看着凌宇简直不敢相信自己的耳朵。

“你还把我放在眼里吗？刚刚还在憧憬未来，转眼就抱着别的女人。”

凌宇着急想绕过高婕。

“我们的事儿回头再谈，我先把她送到诊室，你没看见她疼得冒汗吗？”

“我也被扎了好几针，你为什么看不见？”

“她骨折了！你只不过抽个血而已！”

储时昏昏沉沉挣扎着要下来，用尽仅有的一点力气，朝着凌宇的手臂一口咬下去。

“你放开我，我没让你抱我！”

凌宇疼得瞬间松手，储时连跳带摔落在地上，凌宇反应过来后瞬间扶住歪倒的储时。

高婕看在眼里，心底越发悲怆。

凌宇忍怒不说话，扶着不断挣扎的储时往诊室方向挪。

储时表情极度痛苦，一心只想甩开凌宇，赶紧离开这里。

“我问你话呢！”

“你心里不是已经有答案了吗？这一切错误的起点都是我，你不需要来为难她。”

高婕一下子哭出来，泪如决堤，她被逼到崩溃边缘，索性冲上去撕扯储时。

“既然你让我难受，那我只好让她难受，你怎么想我都没关系，我就是这么没尊严，我就要和你过一辈子！”

“你机关算尽，都已经成功绑住我一辈子了，你还想要什么？！”

储时被高婕拉扯得站不稳，跌跌撞撞，额头不断有细密的冷汗冒出，眼看就要支撑不住。

“你们两个要疯自己回家疯去！”

储时抬头，就见凌熙像守护神一般出现在眼前，和唐澄一起，从一团乱局中将高婕拽走。

莫格利、陆子曰随后赶到，莫格利心疼地架住储时。

“蛤蜊哥哥……”

“没事了没事了，我在……”

凌宇想要去扶储时，被陆子曰一把推开。

“滚。”

在莫格利的照顾下，储时坐进轮椅，被陆子曰推远了。

凌宇独自站在空荡荡的大厅里，懊恼、愧悔，心烦意乱。

凌熙连拖带拽，一路把高婕丢进安全通道，一句话都不想多说，转身就走。

“你等一下！”

唐澄护着凌熙，“你想干吗？”

“凌熙，有件关于你哥的事我要单独和你讲。”

唐澄不放心地看了眼凌熙，凌熙点点头，唐澄便关门出去了。

储时骨折的脚踩在石膏板上，满头冷汗，嘴里咬着一截泡椒凤爪，配合医生的指令。

“对，脚掌放平……用力点踩下去，和小腿成90度。”医生指挥储时。

储时一边狠狠踩下去，一边哭出了声。两个陪伴在侧的男人手足无措。

从门外进来的凌熙看见这一幕，心疼地上前抱住储时。

“想哭就哭吧，哭完就忘记他。”

“凌熙姐，我真的很努力了，但我还是放不下，怎么办啊？……”

凌熙不断拍着储时的背，储时不断抽泣，啪嗒一声，储时口袋里一盒药掉了出来，滚到唐澄脚边。

唐澄捡起查看，越看越心疼。

“三环类抗抑郁药物，你吃这个干什么？”

储时看了一眼，欲言又止，反而满脸愧色。

凌熙抢过来一看，气得头都要炸了，把药塞给唐澄扭头就走。

凌熙气冲冲地闯进了沃夫传媒大楼。

“凌宇人呢？出来！”

她一路怒不可遏地冲到了三十八楼凌正浩的办公室，凌宇和两三个人正在向凌正浩汇报工作。

凌熙笔直地走向凌宇，给了他一个响亮的耳光。

“先到这儿，都出去吧。”凌正浩让大家都散去。

待到不相关者相继退出办公室，凌正浩回头看着凌熙。

“怎么回事？”

“凌宇，你算个什么东西?！”凌熙却只是怒目对着凌宇。

凌宇以为凌熙要告发他精神出轨的事，立刻向凌正浩解释。

“爸，我私人感情上是有些问题没处理好，凌熙可能误会了，我会和高婕私下解决的。”

“到现在了你还在狡辩，还一心惦记着自己的位置。你扪心自问，你做过的不要脸的事儿单就这一桩吗？！”

“我没什么可狡辩的，我没做过任何有违自己良心的事。”

“不见棺材不落泪，好啊。”凌熙说着转向凌正浩，“爸，我实名举报他挪用公款，时间、金额全都报得出来，现在去查，一目了然！”

凌正浩看了一眼凌宇，凌宇脸上慌张的神色一闪而过。凌正浩心里已然确定了举报的真实性，沉下脸牙关咬紧。

沃夫公共办公区内，几个审计员气势汹汹地穿过办公室公共区域。

一块平面纸板被折叠成立体箱子，审计员将厚厚一摞资产负债表、利润表、现金流量表、往来账户余额明细表、相关附表……有序地装进箱子。

这段时间以来，恐怖气氛充斥着沃夫传媒每一个角落，员工们也无心工作，都在互相嘀咕。

“什么情况？这几天来的都是生面孔。他们在查什么？”

“今天叫个人进去问话，明天又叫个人进去问话，后天不会叫到我们了吧？”

“自从凌大小姐来大闹了一趟之后，整个公司气氛就不正常了。”

“怎么会？这公司上上下下、里里外外都是凌家的，就算兄妹有矛盾，也不至于上纲上线吧，应该是别人。”

这时，凌宇不声不响，一张冷脸突然出现在众人面前。他并没有太多额外反应，只是点点头，一副泰然自若的神态往公共办公区走去。

郑理轻轻拉开百叶窗，露出一道缝，密切关注着事态发展，同时，正在跟凌熙用手机通话。

“现在整个公司风声鹤唳，草木皆兵。你跟你哥不和，也不用闹到这么大吧？”

“你觉得我是这么意气用事的人吗？”

“好像除了整我的时候变态点儿以外，其他大部分时间都算正常人类。”

“在这件事情上，我不是捕风捉影。”

“可凌宇怎么会做这种事？”

“查到底不就知道了吗？希望结果出来的时候，你不要太失望。”

郑理满是疑虑地挂断电话。

白艺凌端了两杯咖啡，推门进来。

“这次请的是外面的审计，估计就是想避嫌，铁了心要查出结果。”

郑理接过咖啡，猛喝一大口。

“会不会是合作公司出的问题？”

“也有可能。”

白艺凌突然想起什么，迟疑片刻。

“对了，你记不记得有一次你在停车场等我，我好像看到池旭从小凌总办公室出来。”

“你怀疑他们有往来？”

“那背影挺模糊的，我不敢确定。”

“应该不会。池旭是我们这边请回来的，合作这么长时间，也没有发生任何问题。再说了，现在找的是外面的审计，必定是涉案金额很大，池旭那边的项目都是正常的后期费用，金额有限。”

猜不出结果的两人，都有些茫然。

小会议室里，窗帘紧闭，会议桌被排成一排，几个审计人员面带严肃地流水线工作。计算器按键发出噼里啪啦的声响，最新的数字被填写到表格中。流水报表被哗啦哗啦地翻阅着，可疑报表被拿出来放到一边的文件夹内。打印机发出刺啦刺啦的声音，一张张满是数据的全新表格飞出。

嘀嘀嘀……

嗒嗒嗒……

唰唰唰……

各种声音交织在一块。最后，一张可疑合同和流水报表，以及发票单被整理出来，十分刺眼。合同甲方代表落款上写着凌宇。审计人员将合同交给了凌正浩。

啪！

凌正浩巴掌重重地拍在合同上，回声充斥在办公室，气氛瞬间变得严肃起来。

“凌宇，你还有什么要解释的？！”

郑伟珏赶紧打圆场。

“小宇啊，现在办公室没有外人。你谈叔叔今天出差不能到场，但让我带句话，说绝对相信你。你好好说，是不是遇到什么难处了？”

凌宇淡定地看了眼合同，面不改色。

“我知道你们有很多疑问，这份合同是我签的，没错，可我并没有掺杂任何私人因素，也不觉得有什么问题。”

“你启动特殊打款通道，跳过了公司的项目审核流程，这叫没问题？”

“为了争取优秀团队，先签合同走打款流程，再完成项目审核，也没有什么不妥吧？”凌宇在据理力争。

“即便如此，这家公司在业内连名字都叫不出来，也没有跟我们合作过。你凭什么有把握？”

“我承认，在对乙方的选择上，的确有失误。”

凌正浩不由得身体一震，以为凌宇要主动“招供”，却不料凌宇话锋一转。

“之前郑理也提过，公司采用项目合作制。我当时合作心切，怕错过好的团队，就着急签了。后来我深入研究了他们的报表和经营数据，觉得有风险，及时终止合作，并在第一时间追回款项。对沃夫来说，没有任何损失。”

郑伟珏迟疑片刻，瞥了眼两父子僵持的局势，再次劝解。

“小宇也是一片苦心，就算是跳过了部分流程，公司也没有受到影响。以他过去的业绩和能力，没有什么值得怀疑的。”

“爸，我知道凌熙对我有一些误解，但感情归感情，工作归工作，现在审计结果也出来了，我接受公司对我判断失误的惩罚，但拒绝其他无端的指责。”

凌正浩似乎在复杂地抉择什么，一直沉默。凌宇用期待的眼神看向凌正浩，凌正浩却并没有回答。

郑伟珏感觉这对父子都没办法下台阶，突然说道：“神经不要绷得这么紧。我单方面宣布，这次调查，水落石出，这件事就此打住啊。散会散会！”

郑伟珏走过来，把凌正浩拉到一边的角落，从衣服口袋掏出一件折纸。

“送你一只千纸鹤，代表和平。”

“谢谢。不过你叠错了，代表和平的是鸽子。”

“你这人，遇事太较真，有些事差不多得了，放过自己，成全他人。”

“我你还不了解吗？凡事有对错，没有模棱两可。”

“追求对错的同时，也找个合适的时候，休息一下，给身体放个假。还真以为自己是二三十岁的黄毛小子啊，要不要我送你面镜子，数数额头上的皱纹。”

郑伟珏转身往外走，路过凌宇的时候，拍拍凌宇肩膀安慰他。

“谢谢郑伯伯。”凌宇扭头看向凌正浩，“爸，没有其他事的话，我也去忙了。”

凌宇手刚触碰到门把手，凌正浩突然发问。

“最后再问一次，你还有没有其他想要跟我说的？”

“刚才说的，就是全部。”

“……从沃夫把账划走的当天，两个小时后，你转给高婕的一千万哪里来的？”

瞬间，像是有无数支箭从周遭射来，凌宇的心，咯噔一下，眼里的光芒黯淡下去。

“爸，你就这么不信任我？”

当天下午，沃夫传媒的员工们收到了一封“沃夫人事调动通知”的邮件。

——各位员工，原市场部总监凌宇，在职期间擅用职权，违反公司相关规章制度，造成了一定不良影响，故决定革去凌宇一切公司职务。同时，郑理兼任市场总监一职。望周知。

凌宇抱着纸盒子，从办公室走出来。之前还沸沸扬扬的办公室瞬间安静了下来。凌宇眼中众人交头接耳的表情、观望的眼神都汇聚而来，像滚烫的热油，浇在他敏感而骄傲的心上，泛起一阵酸涩。他强行维持着表面的镇定，手指却抠进纸箱，每一步都走得异常沉重。

走了几步正撞见了郑理。

郑理一把将凌宇拽到电梯口的空地处，愤怒地瞪着他。

“到底怎么回事，怎么就挪用公款了？！”

“高层应该知道得清清楚楚，需要我再给你复述一遍吗？”

“可我不相信！”

“相信这个东西，就像水里的月亮，看上去很真实，一碰才发现，都是幻觉。以前我也差点儿被麻痹了，今天才知道，二十多年的努力，抵不过几秒的崩盘。”

凌宇按下电梯，指示灯亮起，电梯从下飞速往上升。

“凌宇，缺钱你可以找我，遇到困难也可以告诉我，为什么要铤而走险，做这种傻事？”

“郑理……我们不一样。”

“哪里不一样？再怎么说，我们也是从小一起长大的。一直以来，我都把你当兄弟。但你好像始终离我很远，从来不对我掏心。”

“我不介意你怪我不够义气，毕竟，你也没有体验过我的人生。”

电梯到了，凌宇立刻转身离开。郑理在背后顿了顿，想说话却又不知道说什么，直到电梯门关上。郑理望着一堵合上的墙，像是心门被关上，无比落寞。

沃夫传媒大楼大堂电梯口，凌熙雷厉风行地推着一辆平板车率先到达，平板车上放着装有台式电脑的大纸箱子。两三个工人和东海抱着半米高的大箱子跟在后面。

“这些是我重要的家当，麻烦各位轻拿轻放。谢谢啦。”

东海有些吃力，步伐凌乱，凌熙迎上去。

“东海叔，交给我吧。”

“这个很重的，女孩子抱不动的。”

“没关系，我当健身了。”

凌熙使出吃奶的力气，把箱子抱起来。东海看着凌熙，还是帮凌熙托了一下。

“你居然是个能亲自搬货，一点儿也不娇气的老板。”

凌熙笑着大方接受了表扬。

此刻，凌熙收到了郑理的微信——你哥刚被辞退了。

凌熙嘴微张，惊讶片刻后搬起箱子往电梯走去。电梯门开，凌宇一脸冷峻地出现在眼前。两兄妹怒视对方，彼此擦肩而过。凌宇的后背撞到凌熙的纸箱角，怀里的物品摔落，各种文件夹、笔记本撒了一地。他捡也没有捡，头也不回地走了。

凌熙看着哥哥叹了口气，“本来还有点同情，看来是罪有应得。”

东海拾起地上凌宇的工作证，陷入了疑惑。

三十五 重建信任

储时横躺在沙发上，目光呆滞，裹着石膏的腿被抱枕高高垫起。不能玩滑板，不能参加环保活动，也不能去咖啡馆打工，只能望着天花板纹路发呆，人生越来越无聊了。

莫格利赶忙探头过来，从身后拿出几张整蛊节目光盘，也提不起储时的兴趣。

为了打发时间，储时只能陪唐澄玩《敲冰砖》的游戏，但因为一直赢，打击了唐澄的自尊，又被唐澄从房间赶了出来。

储时陷入了无比难过的情绪。

“凌熙姐什么时候回来？”

莫格利脸上的情绪突然黯淡下去。

“……你自己发消息问她吧。”

“但她是你女朋友啊。”

莫格利沉默，不想回答。

“蛤蜊哥哥，我已经观察过了，你这一整天都没有给她发个信息，也没打个电话。我老觉得哪里怪怪的，但又说不上来。”

“我们不需要打。”

“也是，反正你们有默契，有默契的人心灵是相通的。”

此时，凌熙大包小包拎着一堆东西从出租车上下来，条件反射地发送语音消息。

“莫格利，快下楼来帮我拿东西。”

凌熙说完，意识到什么，于是手指向上滑撤回了消息。

与此同时，莫格利也退出了凌熙的对话页面。

“蛤蜊哥哥，那用你的默契感知一下，凌熙姐什么时候回来？”

“你需不需要起来坐一会儿，久躺血液不流通，容易引起腰背疼痛。”

“我才躺了半天，凌熙姐之前躺了三天都没事。话说她到底什么时候回来？”

“我跟她没默契，感知不出来。”

“我才不信嘞！”

门忽然被推开，凌熙拎着大包小包踉跄着走进来。她刻意避开莫格利的眼神，蹲到储时面前。

“今天感觉怎么样，好点儿没有？”

“蛤蜊哥哥把我照顾得很好，就是给垃圾食物的次数有点儿少，一直让我吃水果，不给我辣条，凌熙姐，你快说说他呀。”

“他说得没错，垃圾食品要少吃。”

“哦，忘记你们的属性了，你们才是一伙的。”

“我给你买了猪脚汤，你趁热喝，促进骨骼愈合。”

说着凌熙从袋子里拿出了汤盒，倒在碗里递给储时，储时急切地喝了一口，却被烫得差点儿把碗打翻。莫格利和凌熙同时伸过手想要抓住打翻的碗，却也抓住了对方的手。然后又同时松开，默契得天衣无缝。

夕阳的光把天空晕染成橙黄色，云朵变换着造型，安静而唯美。

莫格利站在天台，望着远处发呆，他的眼眸里装着心事，情绪有些低沉。天台入口的门被推开，凌熙蹑手蹑脚地走过来，站在莫格利身边，却依然保持着沉默。

“储时的脚不知道什么时候能好？”凌熙开始找话题。

“……”

“伤筋动骨一百天，这段时间只能静养了。都怪那个烂人。不过，今天我爸……”凌熙说着却突然收住。她正尴尬地回避着有关凌正浩的一切。

“对了……沃夫已经开除凌宇了。”

“哦。”

“我想过了，这件事最好暂时不告诉储时。她现在看起来风平浪静的，没什么事，但情感的创伤比身体的创伤更难愈合。这段时间，最好屏蔽掉凌宇的一切。你觉得呢？”

“都行。”

凌熙深呼吸，想要抓住莫格利的手，结果莫格利提前躲开，凌熙一把抓空，尴尬地拍拍栏杆。忽然她看着对面自己家的阳台。

“莫格利，你看，我种的花开了。生活还是会给我们惊喜的，所以，别太悲观……”

“一朝春尽红颜老，花落人亡两不知。”

“喂，能不能别陆子曰附体？”

“我知道子曰为什么喜欢看书、写字了。”

“为什么？”

“因为文字都很真实。”

莫格利说完转身离开，凌熙在身后喊道。

“……我工作室过一阵子的开张仪式，你来吗？”

“我不确定有没有其他工作，到时候再说。”

“那你下周三有空吗？我想去选一套自动咖啡机放在办公室。”

“我要开会。”

“那明天呢，明天是周末总有空了吧？”

“明天出差。”

莫格利说完，头也不回地离开。凌熙每一次努力的试探，都被冷冷的回应打入谷底，她一脸落寞，看着天边的夕阳逐渐变成夜里的霓虹。

街边的装饰灯有规律地变换色彩，营造出繁华的都市夜生活景象。

凌宇一个人走在街上，跟整个环境格格不入。他恍恍惚惚之间，穿过马路，穿过公园的广场，来到一群广场舞大妈组成的方阵。

在广场舞音乐的环绕中，凌宇眼前仿佛出现和储时见面的场景。

不知不觉，广场上又隐隐约约传来了新的歌声，人们迅速又投入下一曲的狂欢中。情难自禁下，凌宇拿出手机点开储时的朋友圈，结果发现只有一道惨烈的横线。

意识到储时把自己删除后，凌宇把手机扔到一旁，低头看着地面发呆。

这时，两双皮鞋进入视线，熟悉的声音响起。

“去你的公司找了一圈也没找到人，原来躲在这里啊。”两位讨债人的油腻嘴脸出现在凌宇面前。

凌宇不想理会，起身就想走。两名讨债人追上他来到一处无人小道。

“这次可没有上次那么轻易让你走了！”

“滚开！”

“别给脸不要脸！再问一次，钱什么时候还？”

凌宇迟疑半秒，不想回答，推开两个讨债人想走，手腕上的手表露出来。

“哎哟，这表很贵吧？没钱先拿身上值钱的东西抵。外套脱下来，手表摘下来。”

“事情不要做得这么绝，我说过，我不会赖账的！”

“你之前说这种话，也许还能蒙混过关，现在全天下都知道你被沃夫辞退了，你用什么来还？你爸都不相信你，凭什么让我们相信？你叫我爸，我也不敢答应啊。哈哈。”

凌宇内心积压的怒火一下蹿上来，便一拳头挥上去，和两人扭打了起来。

但双拳终究难敌四手，最后还是被两个人狠狠揍了一顿，手表也被抢走了。

凌宇极度颓废地坐在马路边：他手上有一大块擦伤，领带松了，西装乱了，皮鞋被刮花，手上徒有一圈手表留下的印记，无比狼狈。他拿起一瓶碘酒，往伤口上倒，疼得痛彻心扉。

突然，眼睛的余光看到一个黑影在不远处的树后，似乎正在注视他。

“还不够吗？！”

凌宇追上黑影，抓住他肩膀用力一拉，终于看清楚黑影长相，正是东海。

凌宇上下打量他。

“是凌熙让你来的？她还想怎么样，还不满意吗？”

“不是她让我来的。”

“那你是高婕雇的私家侦探？”

“我不知道高婕是谁。”

“不是凌熙，不是高婕，那你跟踪我干什么？”

“你为什么要欠这么多高利贷？”

凌宇忽然抓住了他衣服，“我欠钱关你屁事，你最好给我嚼碎吞进肚子里，要不然，我不会让你好过！”

他用力推了一把，东海重心不稳，翻倒在地，沧桑的脸上尽是痛苦。

凌宇绕开他径直往前走。

“小宇。”

“你谁啊，别叫我名字。滚！”

“丁宇！！”

凌宇突然愣住，转头直愣愣地看着这个男人。

“你到底是谁？”

“我是……丁建雄，我是你爸啊。”

“不可能。我爸早死了！”

凌宇嘴上不承认，但竟然在眼前的“老头”脸上寻找到熟悉的模样。

丁建雄露出了坚毅的神情，“小宇，你跟我来。”

丁建雄把凌宇带到了自己的出租屋，把数码摄像机拿给他看。

凌宇看得有些不耐烦，把数码摄像机扔到沙发上。

“所以呢？你给我看这些视频，是想告诉我二十年前就死掉的爸，起死回生了？”

“我当时也是身不由己。这么多年，我不是抛弃你们不管，我只是想给你们更好的生活。”

“更好的生活？理由听起来挺冠冕堂皇的。给我们更好的生活，你把我和我妈推到别人的家里，过寄人篱下的日子？”

丁建雄一脸愧疚。

“我以后会慢慢向你解释，现在只想弥补对你的亏欠。”

“好啊，你弥补吧，我被公司赶出来，一身是债！你倒是弥补啊！你是有钱有名还是有权啊？不是说要给我更好的生活吗，来，兑现你的诺言。”

丁建雄被激得说不出话来，郁郁寡欢地低下头，眼睛噙满悔恨的泪花。

“听着！你根本就不配当我爸！”

此时，一直没被关闭的摄像机里突然自动播放到下一段：

“这个罪名你去顶……”

凌宇和丁建雄一脸震惊，同时看向了摄像机，那是郑伟珏的声音……

夜色中，万家灯火亮起，充满温馨。

凌宇无精打采，犹豫片刻，刚要将钥匙插进锁芯，门就从里面被打开。

文郁看见凌宇残破不堪的一身，眼睛唰地就红了。

“小宇，你去哪儿了，怎么搞得这么狼狈？”

“妈，如果我早一点儿活在真相里，就不会走到这一步。”

凌宇失望地避开文郁的眼神，侧身进屋。

没过多久，凌正浩拖着疲惫的身躯走进了家门。文郁战战兢兢地迎上去，接过凌正浩的大衣和公文包。

“你回来啦，小宇有话对你说。我去给你们倒杯水啊。”

“是吗？”

凌宇冷冷地看着文郁，她对凌正浩的行动被解读成了“讨好”。

“要不是我妈一直讨好你，我在这个家是没有位置的吧？”

文郁忽然被震惊到。

“小宇，你瞎说啥，什么讨好不讨好的，都是一家人。”

“这就是你要对我说的话吗？”凌正浩一脸不悦。

凌宇顿了顿，抬头直视凌正浩。

“……你把我当过亲生儿子吗？”

凌正浩努力平复不断起伏的胸口，在此刻，气得完全不想回答这个问题，直接离开。凌宇嘴角露出不屑，头也不回地进了房间。

他反锁上门，沉沉吐了口气，放下背包，从包里取出数码摄像机，然后打开书桌抽屉，将数码摄像机放进最后一格。

酒吧门口闪烁着霓虹，丁建雄郁闷地走在街道上，他摇摇晃晃地走着，手里还提着半瓶白酒。

“我是失败的丈夫，失败的儿子，也是失败的父亲……”

丁建雄蹲在路边，男男女女模糊的影子在眼前晃动。

这时，一双高跟鞋停在眼前。丁建雄仰头，视野里出现一个模糊的女人身影。

黑夜被朝阳的光芒驱散，新的一天又来临了。

路边，郑理和白艺凌坐在车里，白艺凌一脸疑惑地看向郑理手中的假病历。郑理说对我妈而言，最好的方法就是要把她的侥幸思想一次性连根拔起，斩草除根，断其后路。

郑理把“诊断结果”一栏的“不育”突出，然后拍照，通过微信发给李珊。

不出意料，李珊立刻打来电话。

“妈，看到了吧，医院的结果出来了。不要那么有执念，虽然我得了这个病，但是我也是真的不想要小孩啊。你要真喜欢孙子，我给你买只狗，就叫他孙子好了。”

白艺凌把耳朵凑过来，郑理索性点开免提，李珊的声音传出来。

“儿子，我最近认识一个神医，五十岁不孕不育的老头子都被调养得老来得子了，你希望还是很大的。”

“妈，你别被江湖郎中忽悠，我没得别的怪病就要烧高香了。你现在每提这事一次，就等同于在我自尊心上划一道伤。我现在已经百孔千疮，快轻生厌世了，你看着办吧。”

“算了算了，你在公司现在兼着两个职务，身体要紧。其他的事，以后再说。”

李珊在那边迅速挂掉电话。郑理一副旗开得胜的喜悦，想跟白艺凌击掌却被躲开了。

“郑理，你这样对你妈，真的好吗？”

“没什么，为了咱们的幸福，只能牺牲点儿我妈的梦想了。而且，小孩多烦啊，我不喜欢，我有你就够了。”

“谢谢你，郑理。可是……”

没等白艺凌说完，郑理顺势亲吻了下她的额头。

“行，咱们现在兵分两路。你去便利店买点儿吃的，我先上去盯一下剪辑成果。”

两人一左一右下车，往两个方向走。白艺凌去买吃的，郑理则先行去池旭的后期公司。

剪辑室传出一阵小孩的哭声。

郑理推门，被屋内景象惊呆：池旭一边把孩子抱在胸前，一边忙剪辑。奶瓶、尿不湿和剪辑策划书、素材混杂。

孩子哇啦哇啦大哭，池旭却无暇顾及。看见郑理，就像看到了救星。

“小郑总，你总算来了，快帮我一下，我得去趟卫生间。小姚去旅行了，一大早把孩子送过来，我一个人又要赶剪辑，又要奶孩子，实在忙不过来。”

“可是我不会抱。”郑理非常为难。

池旭揉揉熊猫眼，把孩子横放在沙发上。

“确保他不掉下来就行了。我马上就回来啊。”池旭说完就往厕所跑去。

郑理只敢跟小孩保持着距离，他不停挠头，显得十分烦躁。小孩越哭越大声，郑理干脆捂住耳朵，眉头紧皱。郑理嫌弃地模仿小孩的哭声，呜呜……啊啊……小孩听到郑理的声音，哭闹却停了下来。郑理扭头，莫名看向小孩。小孩突然笑了起来。郑理又试着扭了扭头，小孩的笑声更大了。

郑理发现似乎是自己扭头的动作引发了小孩的笑声，尝试着又扭了扭头。小孩嘎嘎的笑声像有什么魔力一样，瞬间让郑理开心起来。

“这也能笑啊，你的开心未必也太容易了吧。欸……咦……hello……”

白艺凌拎着一大袋零食出现在了剪辑室门口。

看着不远处的郑理和小孩互动的场景，像是一幅自带柔光的温暖画面，郑理脸上是从来没有过的开心。

今天出差的莫格利和顾源坐在长途大巴上中间靠窗的位置。

突然，凌熙背着书包，喘着大气跑上来，环视一圈，发现莫格利的位置。

莫格利连忙装睡。

“顾源，我跟你换个位子吧？”

“凌小姐也是这班车？”

凌熙马上点头，却突然被售票员揪住。

“这位乘客，请出示下车票，马上出发了。”

“我补票。”

“对不起，我们都是实名制，请凭身份证去窗口买票。”

“我就想买这班。你通融一下吧，要么站票也行。”

车上众人目光扫过来，售票员忍住没笑。

“我们是长途客车，没有站票。”

“那加座呢？”

“呃……您这二十几年都没坐过公共交通工具吗？”

“不瞒您说，上一次坐长途客车，还是小学春游。”

最终凌熙还是被售票员“请”下了车。

汽车引擎发动，缓缓出发，凌熙向莫格利疯狂招手。

“莫格利，你下来，我有话要对你说。莫格利！”

顾源看见窗外的凌熙。

“莫主管，凌小姐好像在向你招手。”

莫格利透过窗外看见凌熙又蹦又跳，双手使劲挥舞。

“太阳晒多了，对皮肤不好。”

说着，莫格利拉上了帘子。

车缓缓开动。

“就你会跑吗？我也是得过400米冠军的。”

凌熙胸有成竹，奋力追车而去，没跑五十米已经接不上气儿。看着汽车缓缓消失，她愤愤吐了口气，一副不达目的决不罢休的架势。

“明知山有虎，偏向虎山行。我要犯起轴来，连我自己都怕！”

长途客车在路上飞驰。一路上繁华的城市渐渐换成绿色的乡野，最后进入郁郁葱葱的森林。森林空地，施工地停着一台挖掘机、一辆工程车及一堆工程材料。

一个目光狡黠、精于察言观色的中年工头拿着施工图，正在向莫格利汇报相关进度。

莫格利、工头、顾源三人都戴着工程帽。工头用激光笔在图纸上画圈，侃侃而谈。

“莫主管，您刚才去实地考察的‘未来酒店’‘湖光山色’都已进入尾声，这里的‘天然氧吧’也按计划准备施工，不出意外的话，一期工程会比预期提前二十多天完工。”

莫格利翻看手里厚厚一沓数据，点点头。

“环境方面的资料呢？”

工头把一摞早已准备好的材料递给莫格利。

“刚才您实地考察也看到了，我们的建筑是在不毁坏一草一木的前提下进行的。而且所有建筑，都有屋顶绿化，90% 区域保证自然采光，尽量减少用电……”

“排污方面呢？”

“所有排污都是经循环系统处理后排放，力求做到零污染。”

莫格利指着图上一个点。

“这个地方我们刚才好像没有去过，我想了解一下。”

工头顿了半秒，眼神闪烁，摸摸鼻头，这一细节被莫格利看在眼里。

“呃……那边是二期项目，被围起来了。有野兽出没，挺危险的，就没带您去。”

“野兽？”

莫格利微微皱眉，内心暗自忖度。

一辆出租车驶来，停在路边。工头和莫格利打了个招呼，去一边和两个工人商量事情，莫格利和顾源走到车边。

“顾源，情况都了解得差不多了，你先把这些资料带回市区。”

“莫主管不回去吗？”

莫格利望着郁郁葱葱的森林，无比熟悉的感觉袭上心头。

“我一个人再出去走走，你到家给我发个信息。”

“好的莫主管，这边人烟稀少，刚才工头说还有野兽出没，你注意安全啊。”

莫格利没有回答，只是微笑着对顾源点点头。

阳光从茂密的森林中倾斜而下，形成一道道光柱，洒在地面上。

各种绿色植物，高高低低肆意地生长着，大树笔直、灌木茂盛、野花鲜艳，万物生机勃勃。

山间潺潺流水，林间鸟鸣，交织在一起，脱离自然的喧闹，显得无比宁静。

莫格利做了个深呼吸，这才是空气的味道。

莫格利展开施工图纸，可疑点已经被画上一个圈，他朝着可疑点走去。

突然，背后响起窸窸窣窣的声音。

莫格利谨慎地动动耳朵，立马藏到一棵大树后面，并顺势在地上捡起一根像棒球棒一样粗的树枝。

一个熟悉的身影蹿出来。

“一晃眼人就不见了，这种地方东南西北都分不清，怎么出去啊。”

凌熙看了眼天空，异常绝望。

“360度无死角的茂密。对了，还可以看太阳。所以，我应该往哪边站，上北下南左西右东。”

莫格利看着凌熙迎着太阳，原地打转。

“你知不知道，手机里有一种东西叫作指南针。”

“谁？！”

莫格利从大树后走出来，凌熙显得十分惊喜。

“莫格利！终于找到你了。”

凌熙想上去抱莫格利，却被莫格利转身躲掉。凌熙生气地追了上去。

“我热脸贴你的冷屁股都贴到这里来了，还不理我。”

“对，不想理你，赶紧回去。”

莫格利甩开凌熙，径直往越发幽暗的森林里走去，其实他不希望凌熙跟他到这危险的地方来，而凌熙心里也确实泛起不安和害怕。

“你到底要去哪儿？！这个方向不是回市区，也不是去车站，而是……去森林深处。”

“知道就好，这种地方不适合你。”

“就这样不辞而别了吗？连一个像样儿的道别也没有，一句留恋的话也没说。”

“嗯，再见。请你从哪儿来，回哪儿去。”

“你不怕我一个人回去，路上一不小心就被老虎、狮子、狼群吃了？”

“我不关心。”

莫格利从头到尾的冷，让凌熙咬牙切齿，愤怒的情绪到达顶点。

“本来还想放低姿态，认真跟你道歉的。行啊，有本事就装到底，跟你的野兽朋友们过日子吧。我这就走！”

凌熙英姿飒爽地转身，一个大步踩空。扑通一声，溅起一阵水花。莫格利立马扭头奔向凌熙，却看到凌熙背对着他一屁股坐在很浅的水里，双手不停扑腾。

莫格利一脸无奈地站在岸边旁观，凌熙则有些窃喜。

“莫格利，你……这人至不至于啊，不原谅……也就算了，见死不救等于谋杀。”

“麻烦你腿蹬直一点儿，泳姿不对。”

“患难见真情，我终于看清你的本质了。”

莫格利走进水里，一把抱起凌熙。

“储时的零食是不是都被你吃了？这么重！”

“你先是对女朋友见死不救，接着又说她胖，简直是在找死的边缘。”

“行啊，那我不救了。”

莫格利作势要把凌熙放进水里吓唬她，凌熙则顺势在莫格利怀中打闹。

暮色渐起。

溪边的空地，一团篝火燃烧着，火光照亮莫格利和凌熙的脸。两人只穿着薄薄的衣服，外套用树枝架起，晾在一边。

“莫格利，我们这两天别别扭扭的，我已经受够了。”

“所以，那你找我来干什么？”

“道歉，求和，举白旗投降！”

凌熙用烧黑的小竹棍在地上画出一个旗子。

“那我想采访一下这位态度真诚的女士，知道我为什么生气吗？”

“也许我爸过去是做过一些不可原谅的事，我也明白你失去亲人的伤痛，这段时间我很迷茫，不知道怎么面对你。我爸愧对了你，我不能再对不起你，我想替他郑重给你道个歉。”

“没了？”

“没了。我不奢望你选择忘记，我只想问一句，能不能给我一个原谅的机会？”

“我不想原谅你！”

“果然跟我想的不一样，但，我还是想问一句我们就真的没办法在一起了吗？”

“对。除非……你让我抱一下。”

还没等凌熙回过神来，莫格利一把把凌熙搂入怀里。

“其实，我早就下定决心，不能让许多年前的恨延续到现在，怨念不翻篇儿就会滋生更多的怨念。况且，你是你，跟以前的事情没关系。我难过的只是，我那么毫无保留地对你，你却对我这么没信心。”

“你知道了？”

“我听力还不错，也会微表情分析。就你那点儿小九九，在我面前能隐瞒吗？说，为什么要对我撒谎？”

“是因为害怕！”

“害怕？”

“害怕失去。好不容易才在一起的人，一定要紧紧抓住，我不想失去。”

“凌熙，我就把你这话当成是对我的二次表白咯。”

夜的森林，虫鸣四起，窸窸窣窣的声音像是一曲田园牧歌。

夜空中的星星汇聚在一起，像是整条银河。

储时坐在沙发上，看着整蛊节目，百无聊赖。她看着整蛊节目但一点儿也不想笑，反倒是身边的垃圾桶已经塞满了各种空零食袋。

唐澄房间的门开了一条缝，伸出一只手，把一包灯影牛肉放在门口的滑板上。手用力一推，滑板滑向了沙发被储时接住。

储时伸手拿起灯影牛肉拆开，忽然听到唐澄的一声怒吼，吓得她手一抖，辣汁溅在了脸上。

“不是吧！你爸妈喊我去吃饭？我今天没空啊！”

储时听到唐澄似乎在房间里打电话。她将电视调小声音，低着头，朝着房间的方向凑近听。

“哎，你听错啦，我没在玩游戏，我办公呢！这分明是纸张翻页的声音，你听——我手上一堆案子，忙完可能都晚上了，然后还想去健个身。你赶紧挂了，别影响我进度！”

储时叹了口气，电视上的整蛊视频已经播完，变成了卿卿我我的爱情电影。储时别过头，看向窗外的晴天。

“早知道抱着凌熙姐大腿出门走走了，至少不会坐在这里闲得发闷……”

储时正想着，忽然门被打开，莫格利扶着凌熙走了进来。凌熙全程戴着口罩墨镜，犹如明星。

“小心小心小心。”莫格利一路搀扶着凌熙。

“我又不是瞎子也不是孕妇，费这么大劲干吗？”

“伤残病人当然需要重点看护。”

储时打量着沙发上的凌熙，看到她十分疲惫的样子，心里很担忧。

“伤残病人？凌熙姐，你不会……又要和我一起躺沙发了吧？”

莫格利把水端到凌熙跟前，瞥了一眼储时。

“你的重点在哪里啊？！”

“可是，也没见凌熙姐上石膏啊，难道伤的是……脑子？凌熙姐，头疼不疼？”

凌熙迅速躲开储时摸自己脑袋的手。

“哎，同一屋檐下，丑媳妇总要见公婆的吧。你合上嘴，千万别太——惊讶！”

储时努力点头。

凌熙害羞地摘掉口罩，露出一张肿成猪头的脸。

凌熙、莫格利、储时、唐澄在沙发边面面坐着。

“好了澄，可以轮到你惊讶了。”

唐澄用手把下巴合上。

“天哪，你这张脸，不会是被人用锤子凿了千百遍，再架火上烤了吧！”

“狗嘴里吐不出象牙！我都这样了你还幸灾乐祸，连假装的关心都没有吗？”

“好好好，凌熙，你这好好的山川地貌是怎么变成卡斯特地形的？你不会在深山野林里捅了什么奇怪的蛇虫鼠蚁窝吧？莫格利怎么也不护着点呢？”

“我护了，但我护不住铬过敏。还好只是微量，没有引起中毒，已经是万幸了。”莫格利边说边拿出医院化验单——铬过敏。

凌熙也很无奈。

“我也没干什么呀。我就是坐车去找了莫格利，吵了一架，他抱起了我……要说有人给我下毒的话，那一定是莫格利！”

“怎么会是我？！”

唐澄却抓住了重点。

“我不关心谁给你下的毒，你和莫格利抱住了，然后呢？”

“然后我们就睡了，也没发生什么特别的事。”

“睡了，你们就这么睡了！所以，嗯，你们……睡哪儿啦？”

“野外，地上。”

唐澄和储时共吸一口凉气儿。

“蛤蜊哥哥，你们这么撒狗粮，可能连土里的微生物也看不下去了吧……”

“千里追夫，共度良宵……别人痛苦的时候你们居然这么风流！你们，不会是对对方过敏吧？”

“你跟着陆子曰这么久怎么都没把你这满脑污垢净化干净？再这么不正经，我让你从此以后对我过敏！”

“凌熙，外面的世界太危险了。你这几天就别出去了，在家静养吧，要是你的脸再遭到伤害，我会自责。”莫格利表示出对凌熙的关心。

“不行！工作室到了关键时刻，好几个设计师我要亲自去面谈。大不了口罩不摘了，反正又不一定要看脸。”

凌熙起身，来到镜子前反复照。

“讨厌，不会留下什么后遗症吧？真有后遗症我可怎么办呢？！工作室就要开了，我不会真的要顶着这张脸去开张吧？！”

“不会的，你好看的基因这么强大，一定能压过所有不好看的元素。”

“真的吗？”

莫格利使劲点头，“再说了，不管你变成什么样儿我都喜欢。”

“好，那我出门了。”

莫格利赶紧跟上，两人勾肩搭背，亲密无比地离开。储时和唐澄则瘫在身后的沙发上。

“他们吵架时间能长点儿吗？世界就不会这么油腻了。”

莫格利和凌熙离开后，唐澄回到房间内继续玩《敲冰块》。

手机铃声一直响，使得唐澄越发烦躁。她嫌弃地看着手机，然后调成了静音，扔进了被子。

储时从门外探出头来，“你怎么不接陆老师的电话啊？”

“不就让我去他们家吃饭吗，谁还不知道这是场鸿门宴啊，去了还不是被催婚。”

“你就去吧。你不知道那句俗语吗？旱的旱死，涝的涝死。你也要适当考虑下灾区人民的心情啊。”

唐澄被烦得不行，推着储时往外走。

“行了行了，你继续在家活动吧，给我时间和游戏死磕。”

唐澄推出储时，关上自己的房门，重新坐回床上，把游戏音量调到最大。屏幕里的小人“咻咻咻”地跳，唐澄拿着手柄的身体也跟着一起跳跃摇摆。

不一会儿，唐澄又听见储时敲门。

“唐澄姐……”

“又怎么了？要什么自己进来拿！”

门慢慢打开后，先是露出了储时尴尬的脸，然后露出了陆子曰爸妈的笑脸。

“嗨，唐澄。”

那一刻，唐澄还停留在端着手柄往上跳的状态，动作却在一瞬间定格。

陆子曰爸妈的笑脸和储时尴尬的脸也在这一瞬间凝固。四个人大眼瞪小眼，无比尴尬。

许久以后，陆子曰的头在陆爸陆妈身后蹿了出来。

“我没拦住，你怎么不接电话啊？”

“我刚处理完案子，这是一种健身方式，你们能理解吗？”

唐澄环视四周杂乱的环境，垃圾安静地躺在地上，衣服也随意地丢弃在沙发上，客厅的地面上蒙着灰尘，几滴酱汁还在茶几边已经结了块，唐澄不由地瞪了陆子曰一眼。

“你看我这地方能来客人吗？”

“你要理解，他们没有全副武装上门打扫已经很给你面子了！”

陆父帮着陆母打开装菜的塑料袋，陆母则看着唐澄和陆子曰，越看越欢喜，递了个眼神给陆子曰。陆子曰忙把面膜礼盒拿过来，刚想把面膜放在茶几上，却见茶几被零食、纸巾等东西堆满，一时无从下手。

“抱歉、抱歉，我这儿实在太乱了。阿姨来就行了，怎么还带这么多东西呢，真不好意思……”

唐澄接过陆子曰手中的面膜，放在了旁边的沙发上。

“不好意思的是我们。我们也知道突然上门很唐突，但就是有点放心不下你。看你平时工作忙也不注意休息，脸色都憔悴了。子曰平常一直跟我们念叨你，还说你特别喜欢这种牌子的面膜，就给你买了些带来，女孩子嘛，再忙也要注意保养的。”陆母亲切地说着。

唐澄收拾茶几的手顿了顿，看着陆母把菜一盒一盒拿出来放在茶几上，有点儿感动。

陆子曰也忙着解释，“我爸妈忙这些，可是连牌都没顾上打，简直是奇迹啊！”

“叔叔阿姨，你们也太辛苦了吧！”

“说什么客气话啊，你不是我们认的女儿吗，再加上成了子曰的女朋友，以后亲上加亲，更加……”

陆母还没说完，陆父一声咳嗽，赶紧拉了拉她。他们对视一眼，陆父正了正色，像是在说一件很严肃的事情，郑重其事地开口。

“你别介意。其实我们也是想跟你好好聊聊。我们反思了一下，那天说的话可能把你吓到了。今天来就是表达这个意思，以后结不结婚、什么时候结婚都是你们的自由，要不要小孩、什么时候生小孩随便你们，我们全都不干涉！”

“你们想住哪里也是自由，想住家里我们就三餐都给你们做好；要是想搬出去，我们就在经济上给你们支持！好了，观点表达完毕！”

唐澄感动地突然一把抱住陆母。

“叔叔阿姨，你们真是大好人！我以为我要被逼婚了，真是紧张死我了！”

陆母不停地拍着唐澄的背，以示安慰。

“不过……有件事情还需要你安排一下。既然我们都这关系了，不如就约时间和你父母见个面、吃个饭、认识认识，先熟悉起来怎么样？”

唐澄看向陆子曰，陆子曰做摊手无奈状。

“他们长年在野外搞动物救助，一会儿在东边、一会儿在西边，一会儿在山里、一会儿在水里，总之找他们比找珍稀野生动物还难！”

此时，陆父专注地看着沙发上唐澄的手机，有些怀疑的神色。因为手机上来电显示的就是“爸”。陆父拿起手机，递给了唐澄。

唐澄接过电话：“爸……”

唐澄急匆匆跑进自己房间，唐父的声音从电话里传出来。

“老房子的钥匙你没丢吧？”

“怎么可能丢！你们女儿又不是没头脑。你们这时候问我要钥匙，不会是打算要回来了吧？”

“我们打算把房子卖了，如果这阵子有人要看房的话，你拿着钥匙去招呼一下。”

陆子曰正过来关心唐澄，却不小心听到了她的话。

“什么？卖房？你们发生什么了，这么缺钱吗？”

陆子曰敲门的手只得放了下来。

“最近我们保护的区域有一些野生动物产生了病变，我们希望查明原因，给它们治疗，这需要一大笔钱。我们思前想后，只有卖房了。”

“那你们，还差多少？如果可以的话，我帮你们凑，老房子能不能就不卖了？……”

陆子曰听到唐澄父母要卖房，非常担忧。

三十六　父女坦白

初冬时节，沃夫传媒大楼那银白色的墙面反射着阳光，晃得人眼晕。

沃夫办公室内，众人三五成群，窃窃私语，似乎聊着什么隐秘又让人兴奋的事，显出一种诡异的热闹。

办公室里所有人一大早都在自己的办公桌上收到了一封打印的信件。信封上的字是电脑打印的，信上的惊悚标题却是用报纸的字拼接的——揭秘知名传媒大老板丑恶嘴脸——丧心病狂的杀人犯，偷猎、走私、谋杀、幕后交易耸人听闻！

信件里的内容大致说了凌正浩十几年前有一家贸易公司，表面做正经皮毛贸易，背地里专门偷猎国家保护动物走私出国，靠这种黑心生意发了财。事情暴露被警察追查，就杀了个相关人员，逃跑了！

郑伟珏走到办公室门口，见到办公室内的异常，不由得心中一凛。他顺手拿起了一张桌上公然放着的匿名信封打开查看。

那一边，几个人“哗啦啦”围拢向某位同事的电脑，看着屏幕十分震惊。

“哇，网页上还真是一模一样的新闻！”

“还真有这个贸易公司！凌总还真是老总……公司名字、事件全对上了，八成是真的了……”

“居然是真的？难道他真的是杀人犯，还潜伏在我们身边？”

郑伟珏听到这些闲言碎语非常气愤，“你们都干什么呢，一大早，没事情做吗？”

众人还处在震惊中，被一声怒吼打断，纷纷转头看向门口怒目而视的郑伟珏。

“你们听好了，这件事是彻彻底底的造谣，我会报警的！公司内部不允许议论，一句都不准，谁违反谁走人！明白了吗？”

众人迅速回到自己座位上，所有人噤若寒蝉。

“把这玩意儿给我收好了！”

秘书迅速把匿名信塞进抽屉，可是越着急越慌乱，信就这样飘到了地上。她赶紧弯腰捡起，却有另一只手，先她一步拿起了信。众人抬头一看，捡起信的正是凌正浩。

众人屏息等待他的爆发，凌正浩却似乎波澜不惊，安静地看完了信，然后安安静静地走入办公室。

郑伟珏看了众人一眼，刚想跟进，他的手机却不合时宜地响了。郑伟珏接起电话脸色一变，走进了自己的办公室。

凌正浩坐在自己的老板椅上，一脸的疲态。

郑理敲门入内，走到了凌正浩面前，将一杯热水放在了他的面前。

“凌叔叔，您还好吧？这件事您不用多费心，我已经着手让人去处理了，过不久就能还您一个清白了。”

凌正浩疲惫地点点头。郑理见状，有些不知所措。

“凌叔叔……我看您要不要先回家休息？”

“你去忙吧。这段时间辛苦你了。”

郑理点点头，但仍旧有些放心不下。

凌正浩捏着疼痛的太阳穴，抓起桌上的止疼片吃下，头疼到似要炸裂，耳鸣声响起，他只能闭眼休息。也不知道过了多久，头疼和耳鸣才渐渐退去，敲门声在他的耳边响起。

郑伟珏推门走了进来，径直走到凌正浩面前坐下。

“看来你状态真的差啊，敲了半天门你才注意到，我还以为你精神不济昏倒了，差点儿要撞门打120了。”

凌正浩强装镇定，打开面前的一份文件装模作样地看了起来。

“你说的这是什么话，你不会也是来劝我休息的吧？”

“哎，老凌，你连玩笑都开不动了，我能不劝你休息吗？少吃点儿药，去做个体检吧，顺便再休个年假，你都多少年没休息过了。”

“我会看着办的。”

“你别整天看着办看着办的，我都替你着急。你这段时间就没睡好，先是小宇的事，现在又是公司的事，按你的性格能不心焦吗？”

“我不会休息的。不知道什么人什么用心要摧毁我，如果我这时候走，岂不是正中他下怀？”

“你怎么知道害你心力交瘁、身体不济就不是他的阴谋了？如果要搞垮公司，很简单，先搞垮你就可以了！”

凌正浩一时找不到反驳的理由。

“老凌，我听郑理说，小宇从家里搬出去了，文郁也不好过吧？”

“这阵子确实一团乱。”

“所以，你阴着脸坐在这里有用吗？你究竟知不知道你盯着这份文件的第一页很久了？”

凌正浩顿时反应过来，无比尴尬。

“行了，别看了！”

郑伟珏强行合上凌正浩的文件，拿掉他手上的笔。

凌正浩想拿回，但突然一眼花，感觉到头晕目眩。

“看来我是真的老了。以前出了这种事，我觉得我还可以再战几十年，但这一次，我竟然觉得累了。”

“老凌，公司有我和郑理，你还有什么不放心的？”

凌正浩想了又想，犹豫再犹豫，露出了一个惨淡的笑容。

“我这是丢了个烂摊子给你啊。”

“老凌，这么多年了，你麻烦我的事情还差这件吗？”

在墨子资本的办公室里，则是一种紧张忙碌的工作状态。

莫格利将一份文件打开递给了李昱珩。

“我已经对比过报告上的数据和现场的实际情况，基本符合。其他相关数据，顾源也都整理在了报告上。可以说，整个森木项目都运转得非常好。”

李昱珩看完报告，抬起头来看向莫格利。

“你说吧，我请你来就是知无不言的。”

“虽然表面看上去一切正常，但这让我很担心。报告做得太完美，实际勘察中找不出一丝漏洞，这让我很怀疑是不是表面功夫。”

“你可真严格，别人完美你也觉得是毛病？”

“不是完美，而是过于完美。况且，我去实地勘察的时候发现，有那么一部分区域对我们禁止开放，说是有野兽出没，但以我对那里的了解却不是这样。关于这部分，我会重点考察。”

“一直以来我都挺好奇的，你为什么会对那里的地貌环境这么了解？”

“这不就是你找我来的原因吗？”

李昱珩和莫格利对峙几秒，忽然眼里有了笑意。

“原来你还记得我是你老板。”

莫格利从身后拿出一份红色的请柬，双手送上递给李昱珩。

“我女朋友送你的请柬。工作室开业，你这个最大的投资人请准时出席。”

“差点儿忘了，我也还算是你女朋友的老板。有一天你们发财了，别忘了感谢我。”

“你可真会邀功。知道了，苟富贵，勿相忘。”

待莫格利走出门后，李昱珩的眼里终于流露出了一丝落寞。

莫格利从李昱珩的办公室走出，忽见顾源神色有些难堪地走了过来。

“莫主管，我之前发现今天有个奇怪的东西送过来，我也不知道是不是真的，但有……有你上次让我找的资料。”

顾源把一封信递给莫格利。莫格利拆开信看后脸色一变。

沃夫传媒里，郑理推门进入自己的办公室，却发现白艺凌已经站在里面，神情恍惚。

“有个事……凌总他……”

“就这事啊，我爸正在和他谈呢，放心，有我爸，肯定能搞定。”

“郑理，其实，那天我在你家，无意中听到郑总电话里和人争执，好像是说当年凌总对不起谁，有违良心。具体内容没听全，但我从来没见过郑总那样说话，和平时谦谦君子……我也说不上来，就像变了一个人。”

“谁还没个发脾气的时候呀，你呀就别受外面这群人的焦虑影响了。我爸和凌伯伯那么多年的好兄弟，他总是站在凌伯伯这边的。”郑理只是笑笑。

“可是我那天听到的内容真的很奇怪，现在凌总又出了这事……”

白艺凌紧缩的眉头并没有松下来。

“好啦，你以后进门啊，婆婆我不敢保证，但请放心，公公肯定是个老好人，儿子像爸爸！”

白艺凌不知道该如何接话。

戴着口罩的凌熙拿着请柬走到沃夫传媒的办公区内，所有人看到她都闪闪躲躲，避之唯恐不及。

秘书抱着一堆文件走向门口，见到凌熙却脚下一滑，崴了脚，手上的文件尽数滑落。

凌熙蹲下帮着整理文件，秘书却十分害怕地躲着凌熙。

凌熙站起身来，见前方的郑理正拿着文件匆匆走过，她赶忙小跑上前，把请柬递到郑理的鼻子底下。

“我来给你送请柬！下个月这个时间公司开业，请准时出席。”

郑理自动离开凌熙两个身位远，自觉进入防御状态。

“恭喜恭喜，总算熬出头了！”

“干吗呀你，离我这么远？”

“见你全副武装，那我也得小心防诈啊！”

郑理边说着，边伸出食指和大拇指，小心翼翼地夹住请柬的一角，迅速抽回。

凌熙却似乎无心和他玩整蛊游戏，神不守舍地看向凌正浩的办公室。

“我爸在吗？”

“你爸……有点儿不太舒服，先回去了。”

“是不太舒服回家了，还是心情不好回家了？我刚在 Y-home 咖啡馆听到了很多风言风语，本来想跟你求证的，现在看来是用不着了。”

“其实不用太在意这些闲言碎语……”

话音刚落，凌熙已经头也不回地飞奔出了公司。

凌熙离开了沃夫传媒大楼，直接回家找凌正浩。

半摘口罩的凌熙和凌正浩坐在沙发上，凌正浩显出疲惫的神态却死盯着凌熙的脸，父女两个你看看我，我看看你，大眼瞪小眼。

“恭喜你，能东山再起，还坚持自己喜欢的事，也算没给我丢脸了。你的开业仪式我一定会去的。”

“你也别勉强，要是不舒服或者在外散心回不来，我也是可以理解的。”

凌正浩闭着眼睛点点头。

“你还好吗？你需不需要吃点儿什么，喝点儿什么？”

“不用了。”

“你还有什么要嘱咐我的吗？”

凌正浩摇摇头。

“既然你那么累，那就好好休息吧，我改天再来看你！”

凌熙拿着背包准备离开，却听到凌正浩幽幽的喊声。

“等一等。我知道你跟他们一样疑惑。我思前想后，决定把这件事原原本本地告诉你。”

凌熙看着凌正浩，心脏由于害怕，跳动得异常剧烈。

“凌熙，那次你问我去哪里了，我没有说实话。实际上我并不是去出差了，而是进了看守所。”

凌熙紧张到不能呼吸，想要逃避。

“你要不还是先休息吧，故事我可以改天再关心的，对真相我也已经没那么在乎了……”

“我在乎，我因为协助调查进了看守所，但——”

凌熙赶忙抬手捂住耳朵。

“你真的不需要现在告诉我的……”

“但我……真的没有犯罪。”

“你，再说一遍？”

“我真的没有犯罪。”

凌熙顿时放松下来，瘫在沙发靠背上，仿佛劫后余生。

“不管是违法捕猎还是走私，抑或是杀人，我都全然不知情，甚至在警察找上门的时候我都怀疑是不是搞错了。后来才知道，是公司底下一个叫丁建雄的人干的。公司没了，我也恨过他，但这么多年过去了，他也得到了该有的惩罚，我也有了新的生活，彻底放下了。”

凌正浩看着自己的女儿说道：“我没想到这件事会被人重新翻出，添油加醋作为我的把柄到处散播。我行得正，坐得直，问心无愧，但就怕会伤害到你。”

“我才不怕呢！你女儿这次来势汹汹，身后还有大把帮手，谁也不怕，倒是这个躲在暗处放箭的人才要小心，被我抓到非弄死他不可！”

“哈哈，生意场上得罪人正常，我也懒得去查。你也不要多想了，没准过一阵子他挖不出什么新料，也就歇息了。”

“那干脆你就好好出去散个心吧。你和文阿姨都不年轻了，再怎么忙，总也要让她享受享受，不然赚钱是为了什么？她这辈子也算是儿女双全了，结果……连我这半个女儿也不省心……”

凌熙的目光落在茶几上的两张“歌诗达邮轮”旅行券上。

“伟珏塞给我的旅行票，大概这次真的能用上，只要你文阿姨同意……”

戴着口罩的凌熙背着包走在小区内，心里放下了负担，心中轻松了很多，步伐也跟着欢快起来。不远处，文郁提着超市购物袋归来，显得失魂落魄。

凌熙见到文郁一愣，文郁也恰好抬头看到了凌熙。文郁本能地转身想跑，却撞在了一个壮汉身上，险些摔倒。

凌熙赶紧跑上前去拉着文郁坐在花坛边。

“我知道你可能会对我做的事有怨念，但也不用见我就跑吧？你……至少可以当着我的面骂我，这样我还会舒服一点儿。”

“其实，我也知道小宇这件事怪不了别人，他之所以会犯错，都是因为我没有管好他。我真的没脸面对别人……”

“所以这是你这几天跟我爸有隔阂的原因吗？”

文郁为难地点点头。

“到现在我才发现，我完全不知道什么时候小宇就变成了这样，想想小时候他是真的乖，我让他做什么他都不会反抗。刚嫁来凌家的时候，我让他考试考好一点，可以让你爸放心，他就可以一整天不吃饭光学习。这样乖的小宇，我是再也看不到了吧……”

“文阿姨你别怪我说，凌宇的乖可能不是乖，只是把小心思藏了起来，他早就把这个家当成可以达成目标的阶梯了吧。”

“我为什么对我这个儿子一点儿也不了解……就连他和高婕的感情我也不知道什么时候变成了这样……我无意中发现他们新婚就分床睡。”

凌熙见文郁抹眼泪十分伤心，不由得伸手揽过她的肩。

“好了好了，别哭了，他的想法你永远猜不透。他已经是个成年人了，你没法改变。”

“我原本以为，只要再好好生活就能忘掉过去。但是小宇的个性，和他亲爸一模一样。我看不穿他们的心思，就连对待婚姻，都是一样草率，我真的不知道以后该怎么面对他……”

文郁说着便靠在凌熙的肩头哭了起来。

凌熙看着文郁憔悴的面容，细声安慰她，“那就不要面对了，你现在需要放松，需要好好轻松一下……”

回到唐澄家的凌熙把凌浩正不是凶手的消息告诉了莫格利。

这下，爸爸那边的事情总算是搞清楚了，凌熙的工作室也开张了。人生完满！莫格利觉得凌熙又成长了不少。

“行，我奖励你。”

莫格利忽然把易拉罐的拉环放在凌熙的手上，凌熙一见，皱起了眉头。

“什么玩意儿？这算什么奖励？”

“你往手指里套一下，说不定就变了。”

凌熙认真地把拉环往手指里套，结果只能套进小拇指，就在她认真地套着拉环的时候，莫格利忽然出其不意地从口袋里掏出一枚戒指，迅速地套在了凌熙竖着的手指上。

“你看，变了。”

凌熙仔细地看着手上多出的钻戒，十分震惊。

莫格利赶忙对着凌熙发愣的眼神摆手。

“怎么了，怎么了，感动死了？我好像还在你爸的考察期内，这下先斩后奏要怎么跟你爸交代，他不会一掌劈死我吧？”

“啊！！！你干吗？！想死啊！”

“怎么了？求婚不行？”

凌熙追着莫格利打，莫格利四处躲避。

“为什么就这么求婚了？不是应该在我最美丽的时候吗？我现在顶着猪头脸，穿着睡衣，叫我怎么接受你？！”

“要什么完美，我看你都是自带美颜滤镜，美得不得了。”

“胡说，不行不行，不算，一点儿都没诚意！”

凌熙想要拔下戒指还给莫格利，莫格利死牵着凌熙的手不肯放。

“那我先预定一下，预定一下嘛……”

“不行，不行……”

美好的夜晚在这对儿情侣嬉笑打闹的笑声中落下了帷幕。

几天过后，发生了一件让人意想不到的事情。

郑伟珏开着座驾飞速驶进一个偏僻的停车场。丁建雄忽然从停靠的一排排车后走了出来，站在了车道中央。郑伟珏紧急刹车，然后气愤地从车上走了下来。

“你要的目的已经达到了，为了你，我甚至欺骗背叛了几十年的老友！你究竟想干吗？”

“对不起，我也是迫于无奈。我亏欠我儿子太多了，没法不为他着想，我所做的一切都是为了他。”

“我虽然可以体会你爱子心切的心情，但我实在不明白你为什么要这么做，这究竟对你有什么好处？你要的钱我也可以给你，我似乎也没有亏待过你吧？”

“兄弟，我只能说谢谢你。”

“好了，既然我已经按你说的让凌正浩回去休长假了，我们也两清了！至于原因，我也不想问了。我希望这次过后，你不要再来找我了。”说着郑伟珏伸出了手，“给我吧。”

丁建雄却犹犹豫豫、支支吾吾。

“你要还给我的数码摄像机呢？难道你要食言？”

忽然，一旁的一辆奔驰商务车打开了门，凌宇从里面走了下来。

“郑伯伯，你要的东西在我这儿。”

郑伟珏看看凌宇，看看丁建雄，犹如晴天霹雳。

“你们……这是父子相认了？”

“这说起来还要多谢郑伯伯的帮忙。”

“凌宇，这么多年你爸待你不薄吧，你联合外人这样算计他，是不是太不厚道了？！”

“我爸？他是我爸吗？他待我不薄吗？可是在他眼里，从来就没把我当亲儿子看过！现在正好，我把这些年所受的通通还给他。”

“我真没想到，你是这么狠心的人。”

“我也没想到，郑伯伯你在人前表现得温文尔雅，背后杀人顶罪这种事儿是一样不落。”

郑伟珏无心理会凌宇的嘲讽，眼睛在他身上上下游走，寻找数码摄像机的踪影。

“你别找了。这么重要的证据，我当然藏在了一个安全的地方。”

“所以你并不准备还给我，还想让我做事？”

“郑伯伯是明白人，我希望能用它换一个价值相当的东西。你也说了，我是凌正浩的儿子，那我就一定要换回我该得的！我——要——沃——夫。”

经过一段时间的休养，储时的两根拐杖变成一根腿部支架，继续休养了一段日子，最后石膏也拆掉了。

但痊愈的她依然要面对莫格利和凌熙的花式秀恩爱。

有时凌熙在厨房里和莫格利边烧菜边嬉闹；有时两个人又为了工作报表忙碌通宵。但无论如何，凌熙手上的婚戒格外闪耀夺目，让储时羡慕不已。

她决定离开家投身到环保活动中去，这样可以不用在家里受刺激。

凌正浩带着文郁去巴黎旅行了一趟，也算了却了文郁多年的心愿。

这天回归工作的凌正浩红光满面，精神抖擞地步入沃夫传媒。

上班时间，办公室里只有几个人在忙碌，显得有些冷清。

凌正浩并没在意，推门进入自己的办公室，回到自己的老板椅上，觉得格外亲切。

他老板桌上的信封和杂志已经堆积如山，凌正浩手机响起，他还没来得及处理信件就看向手机。

“爸，仪式要开始了。”

凌正浩回完凌熙的信息，开始动手整理信件，却见到好几封信封上写着“青城区中级人民法院”的信件。打开一看，是好几张法院传票，心里顿时凉了半截。

郑理拿着一沓文件，着急忙慌地跑了进来。

“凌总，有几件事要向您报告，很紧急。”

凌正浩顿时表情严肃起来。

“说。”

“您不在的这些天，公司表面看似运转正常，但就在前几天，我发现我经手的好几个项目的实际操作都已经不在沃夫。也就是说，在这段时间里，这些项目被人悄悄地、合法地转移去了其他公司。这些项目的负责人也跟着一起走了。”

“什么？”

“除此之外，除了谈总被调虎离山，几名董事也带着资金跟着走了……”

“查到是什么情况了吗？”

“我焦头烂额地查了几天，查到这家公司的名字——风羽传媒有限公司，是他们挖走了我们的项目和人员。”

凌正浩拿起郑理给的资料查看，手竟然在微微发抖。

“多少个项目被拿走了？”

“公司内部几个大的项目，以及主要的森木项目，全都不在了。”

“所以也就是说，现在沃夫是个空壳公司了？”

郑理想了想，为难地点点头。

“你爸呢？！”

“我……我几天没联系上我爸了。”

工作室门口，张灯结彩，花篮摆成两道，热闹非凡。

凌熙、莫格利、顾源、李昱珩、雷阿姨、兔兔、任何、李凯以及众多签约设计师齐聚一堂，准备共为新工作室剪彩。

头顶上，工作室的牌匾上挂着彩布。底下，由李昱珩和凌熙共同拉着喜庆的彩结。

凌熙焦急地看着电梯，期待凌正浩和郑理的到来。

莫格利看了看时间，走到中央开始讲话：“各位设计师，大家好。今天我们齐聚这里，是为庆祝青年设计师在线平台‘犀有之地’的成立。在此，我代表墨子资本，向诸位设计师及凌熙小姐和诸位同人表示热烈的祝贺！”

随着开香槟的声音响起，众人一阵欢呼。

莫格利悄悄对凌熙说：“要剪彩了，怎么办？”

凌熙紧张地望向电梯口，已然没有动静，她十分尴尬地站到中心位置，发表讲话。

“谢谢大家前来参加‘犀有之地’的开张仪式，呃……希望将来能为大家提供更好品质的设计，能更好地为大家服务！”

凌熙看了看表，似乎下定什么决心。

“接下来，请墨子资本的李总为我公司剪彩！”

李昱珩大剪子一挥，彩球旁边的红绸带被剪断。剪彩仪式正式完成！

凌熙跟着鼓掌，然而眼神还是望向电梯口——电梯仍然毫无动静。

忽然，莫格利和李昱珩的手机铃声同时响起，两人不约而同地拿起手机查看短信——森木项目被转移了，现在已经被交到了一家叫作“风羽传媒有限公司”的手上，法人代表是郑伟珏。

三十七 老友反目

凌正浩步履匆忙地走向停在沃夫传媒停车场内自己的车，忽然被凌熙叫住。

凌正浩回头，见凌熙飞奔上前拉住了他。

“一定是搞错了，那个是郑伯伯啊！郑伯伯怎么会这么做呢？他是不是遇上什么困难了？”

凌正浩转过身来，没有说话。

“我也想知道，所以我现在就去见他。你也一起吧。”

父女两人驱车来到了一家废旧的皮毛厂。

空旷昏暗的皮毛厂，像是被弃置了很久都没有人使用，到处是一片破败的痕迹。

凌熙看着凌正浩步履蹒跚地往里走，赶紧跟上。

面前，一双皮鞋渐渐从黑暗中走出，然后露出了郑伟珏严肃又疲惫的脸。

三人面对面站着，谁也没说话。

凌熙的心脏紧张到“怦怦怦”狂跳，害怕知道真相，又想开口询问，却又找不到问询的方式。见凌正浩与郑伟珏相视很久，凌熙终于忍不住开口。

“郑伯伯，你……”

凌熙开口打破沉默，却又不知道该怎么问。

“你去旁边坐会儿，让我和你郑伯伯好好聊一聊。”凌正浩说。

凌熙即使万般不愿意，还是点了点头，往后退了几步。

“老凌，你还记得这里吗？”

“记得。皮毛厂，这里是我们挖第一桶金的地方。”

“我知道你们最关心的是什么。我承认，这些都是我干的。没人逼我，没有苦衷，就是真的觉得累了，不想再和你继续这种过家家游戏了。”

凌熙看着郑伟珏说出这一切，十分难受。

“你为什么这么做？是我哪里对不起你吗？”

郑伟珏抬头看看这个废弃皮毛厂，有点儿感慨。

“三十多年前了吧，你那时候打定主意说要下海经商，马上就像愣头青一样和几个小员工埋头苦干，小厂子渐渐变成大公司……”

凌正浩直接打断了他：“你说这么多，和现在有什么关系吗？你对我的帮助我很感激，这么多年我也从来没有对你吝啬过吧？”

“我想要伯仲公司，你能给我吗？”

郑伟珏看凌正浩一言不发，继续说道：“明明是大家一起奋斗的结果，一出事，你就不留情面地关掉了公司。谁都没有征询，谁劝你都不听！今天沃夫也出事，所以你也打算把它结束掉吗？”

郑伟珏愤怒的声音在皮毛厂里回响，凌正浩一愣。

“你是实在找不出说辞了吗？拿这种原因来搪塞我？”

“你们还没听出我的意思吗？这个世界上哪有什么单纯的原因，有的都是日积月累的不满！”

“你对我的怨念有这么深？”

“明明是我们两个一起创立的公司，我却必须在你手下当小弟；你在人前随心所欲、铁面无私，我却必须当一个老好人处理所有人的负面情绪。在公司发展的大方向上，你哪一点征求过我的意见？哪一次听过我的建议？”

凌正浩匪夷所思地看着面前老友不停宣泄着自己的不满。

“要是凌宇不出事，你就打算把公司交给他，你问过我的想法吗？我陪你奋斗了这么多年，还要我继续陪你儿子奋斗？你考虑过郑理吗？”

凌熙实在忍不住插话，“郑伯伯，你明知道我爸这几十年就你一个好友，他怎么会不考虑郑理？我们两家亲得像是一家人，就算让我爸把身家交给你保管，我相信他也是乐意的！”

“那么你想一想，为什么这么多年他只有我这一个朋友？”

郑伟珏冷冷地看着凌熙，那位和蔼的郑伯伯像变了个人似的。

“是因为我够隐忍，我愿意当和事佬不跟他争，我愿意在他咄咄逼人的时候委曲求全。这么多年我总算明白一件事，他不是我的朋友，他是我的压力，他把我压到喘不过气！”

三个人的心里似乎有什么东西“咔嚓”一下断裂，然后在安静的空气里，凌熙只听到了自己的呼吸声。许久，才听到凌正浩缓缓开口。

“我不知道你刚刚说的理由是不是真的。但你既然已经打定主意，那我也没什么好说的了。希望你以后不要对今天说的话后悔，毕竟这个世界上，没有后悔药。”

凌正浩心里的难过弥漫开来，这么多年以来他都没有觉得自己这么无力过，快要支撑不下去的时候，一只温暖的手挽起了他。凌正浩一看，是凌熙。

郑伟珏不愿在这种场合下多待，转身就想走，却被凌熙叫住。

“等一等郑伯伯，我想问你，所以这么多年，你说喜欢我，想认我当儿媳妇，想把我当成女儿都是假的吗？”

“对你的照顾是一种惯性。”郑伟珏说着看了一眼凌正浩并没有说下去。

凌熙拼命藏起软弱的一面，露出坚强不服输的表情。

“好，以后你不再是我的郑伯伯了，再见。”

凌熙扶着凌正浩走出皮毛厂，来到车边，凌正浩忽然觉得在当空烈日的照射下一阵晕眩。

“没想到过了三十年，又变成我一个人孤军奋战了。”

“爸，你还有我呢。”

凌正浩勉强地笑了笑，步履蹒跚地坐进车里。凌熙看着父亲疲惫而又伤感的样子，像是一下子老了十岁。

无论悲伤有多大，地球不会停止转动。

天上的云朵在运动，时间在流转，路上的车流也在不停地来回穿梭。

夜色来临，整个城市被灯光点亮。

唐澄家楼下，莫格利因为在等凌熙而来回踱步。

看到不远处凌熙失魂落魄地走了回来，莫格利赶紧迎了上去。

“莫格利……”

凌熙扑进了莫格利的怀里，哭了起来。

“好了好了，乖，不哭。”

夜晚凉风习习，小区内的路灯都一盏一盏打开了，在冰凉的夜晚里，仿佛送来了一丝温暖。

莫格利背着凌熙，凌熙趴在他的肩头，两个依偎在一起的身影，在小区里一圈又一圈地走。

“心情好点没有？”

“一点点。刚才强撑着把我爸送回家，结果走出门的时候整个人都没有力气了。”

“很多事情已经发生了改变。那些不满啊，怨恨啊，都是日积月累造成的。”

“你和郑伯……那个人说的一样……”

“没准以后都没什么机会喊这个名字了。”

凌熙在莫格利的肩膀上掉了几滴眼泪，又很快抹干了。

“那李珊阿姨和郑理，我以后是不是也没机会再叫他们了？我一直把他们当成一家人的……”

莫格利把凌熙放在了楼底台阶上，然后坐在她的身边揽她入怀。

“缘分就是为了解释某些概率事件而产生的词语。有正面积极意义的，你们就会说有缘分，负面意义的就说注定如此，这样说好像大家都比较好接受。”

“难道不是吗？”

“可是我不喜欢。这些词语不过就是纯粹的自我安慰。我能遇到你，是100% 的概率，因为你现在很真实地在我身边；如果郑伟珏那些日常不满的细节被你发现了，那他的背叛你也不会意外。发生的才是真实的，你唯一要做的，只能是接受。”

“被你这样一说，我现在既觉得放下了又觉得难过。我一直以为对他们很了解，可现在要我回想关于他们日常的细节，我竟然什么都想不起来。说到底，还是不够了解。”

“你没法对一个人感同身受。就算知道了他的痛苦，他的表面，你也没法完全了解他的内心。”

“所以你心里是怎么想的，我也会不知道吗？”

“你不用了解我啊，你只要知道我爱你就行了。”

一瞬间，凌熙内心充满甜蜜，她紧紧靠在莫格利的肩头，享受着这一刻。

莫格利在她的额头上按下一个安慰的吻。

为了能帮上凌正浩，屋子里的唐澄和陆子曰也在查看着公司资料，但两位人律师出手，也没找到很好的解决办法。

“法律上的代理执行权上没有任何漏洞，看来准备了不少时间。”

唐澄问陆子曰，“其他相关的流程合理吗？”

陆子曰点头，“完全合理。更厉害的是，他居然做得这么彻底，连法务都被——”

陆子曰话音未落，电话再次响起，他只得起身走到角落接电话。

唐澄虽然心中疑惑，但仍旧不动声色地看着资料堆。

“你最近挺忙啊，学校有这么多事吗？”

“呃……是啊……”

陆子曰装模作样地想要继续看资料。

“你这两天都没去学校，哪来的事？你不会也学郑伟珏练成什么移花接木大法了吧？”

“怎么可能呢，我跟他都不是一路人！”

“那你这几天偷偷摸摸地干吗了？”

“我……就是接了两个案子……”

唐澄刚想问话，家门被打开，莫格利带着垂头丧气的凌熙回到家里。

唐澄的注意力瞬间被转移，闭嘴收声，埋头对资料，偷偷地抬眼看向凌熙。

“你们还好吧？……”

“比起我们，看你们垂头丧气的样子，是没有找出什么漏洞吗？”

唐澄和陆子曰失落地摇摇头。

四个人瘫倒在沙发上，房间里的气氛一下子到了低潮。唐澄为难地看着凌熙。

“其实，我还有一个更坏的消息……”

唐澄将一堆违约起诉的律师信推到了凌熙面前。

“郑伟珏带走了沃夫最赚钱的项目，留下了很多复杂的未完成的小项目。其实，他还故意对很多甲方做出了单方面违约行为，导致这些小商家联合起来发了违约律师信……”

陆子曰补充道：“我们核算了一下，这笔钱数目并不小。这个烂摊子，真的挺烂了。”

凌熙拿过律师信想拆开看，莫格利看她颤抖的手，一把把信夺了过去。

唐澄往椅背上一靠，“我们这个房子的风水是不是真的有点儿问题？自从搬进了这里，倒霉的事情一茬接一茬，连我爸妈都不能幸免！是不是接下来还得给家里的亲戚和宠物发布危险警告？”

“啊？我的澄，你爸妈怎么了？他们救助的动物出现了问题吗？”

“唉，别提了……储时是不是早早地看穿了这一切，所以逃去森林也不愿意在这儿待着？”

陆子曰的表情有些古怪，他看着唐澄欲言又止。众人陷入了唉声叹气的氛围里。

忽然，众人的手机响了，见是储时在群里发了一张自拍。照片里储时站在一条河边，与身后的唐澄父母合影。只见储时的脸上长满了痘痘。

莫格利点开储时的语音，她欢快的声音从里面传了出来——我跟着志愿者团队到这边的森林里了，这里空气好水好，心情也跟着变好了！猜我遇到了谁？

唐澄只能自嘲，“哇，我又从别人那里得到了我爸妈的消息。”

“但我貌似有点儿水土不服，长了满脸痘痘，你们不要嫌弃啊！”

莫格利瞪大眼睛在照片上搜索，脑海中出现一连串的逻辑串联。河流不就是凌熙掉落的那条河吗？！储时长满痘痘的脸不就是和凌熙的过敏反应一样吗？！

“河水有问题！”众人异口同声。

城市像是什么都没发生过一样平净。

云卷云舒，时间在不知不觉中快速流动。

墨子资本大楼外的玻璃围墙反射出银色的光芒。

办公室内的李昱珩正在埋头办公，莫格利突然闯入吓了他一跳。

“有一件事想告诉你，你不一定要现在作出决定，但你有知情的权利。”

还没等李昱珩反应过来，莫格利已翻出手机里储时的照片。

“我现在有理由怀疑这条河与凌熙的过敏有关，凌熙的过敏原是铬，如果这一切是成立的，那这条河中就有过量的铬。森林里的河水怎么会有这种东西呢？所以我查了地图。”

莫格利拿出地图，地图用红笔圈出了好大一片区域，一条蓝色的河流贯穿了这片区域。

“森木度假区？”

莫格利随即翻出唐澄父母发来的生病动物照片。

“著名专业野外摄影师唐远（唐澄爸爸）也在这片贝壳湿地保护区发现了一些重病的野生动物，进行救助的人员也出现了和凌熙相同的症状，而森木度假区就在这条河的上游，这难道是巧合吗？”

“你的意思是，森木度假区涉嫌污染？”

莫格利点头。

“这些都是建立在猜测的基础上，你有确切的证据吗？”

“我已经派人取了样，现在正在送检的路上。”

“也就是说，现在还不能确定？”

“证据迟早都会有的，我希望到时候你能考虑这个项目的后续投资，千万不要助纣为虐。”

李昱珩听完面无表情，继续低头看向文件。

“投资的目的是为了赚钱，究竟做到什么程度我会有自己的考量。等结果出来再说吧。”

莫格利见李昱珩不想再多言，便收起东西，准备走出办公室。莫格利刚转头，忽然听到李昱珩发话。

“凌熙还好吗？听说她这几天去帮着沃夫善后了。现在她的心情应该很糟糕吧，你要不要……”

“女朋友是用来宠的，做到什么程度我也会有我自己的考量，不劳费心了。”

莫格利说完，头也不回地走出李昱珩的办公室。

文郁提着水果和便当走出沃夫大楼的电梯，拿出手机给凌宇发信息。她一条一条发给凌宇的消息赫然在目，却不见凌宇的回信。

——你究竟在哪里？怎么一点儿消息也不给家里来？

——都是一家人，有什么过不去的，你回家给爸爸道个歉、认个错，他会原谅你的！

——小宇，家里情况很不好，你真的不回家帮忙吗？

文郁站在门口等了一会儿，依旧不见凌宇来信，于是叹了口气，整理下神态仪表，走进了公司。

整个沃夫公司内，十分冷清萧条，就几个人依旧在有条不紊地忙碌着。

凌熙和李凯夹杂在公司内部人员之中忙忙碌碌，格外显眼。凌熙一边用自己的专用水杯喝着水，一边指导员工做着手上的事情。

李凯整理好了一沓资料，交给凌熙，而凌熙过目以后，就捧着资料敲了敲凌正浩办公室的门，走了进去。

凌正浩办公室内，凌熙正向凌正浩汇报成果，凌正浩一一作出决定。

“这几天辛苦你们了。合理的赔偿要求我会尽量满足，不合理的……也请唐澄帮忙协商……”

凌熙扫了一眼办公室，只见沙发上有杂乱的毛毯，办公桌边的垃圾桶里，堆满了没有清理的外卖盒子，凌正浩脸上的胡碴儿和疲惫的神态显示他在办公室已经很久没有好好休息了。

“爸，你回去休息吧。”

凌正浩一愣，不知凌熙所指。

“你现在这样已经形同野人，要是再过两天，文郁阿姨都要认不出你了！”

“是啊，再不好好吃饭，我都要把你当难民了！”

凌熙和凌正浩回过头来，见文郁提着菜走了进来。

凌正浩一愣，却见文郁把手上的便当打开，摆在凌正浩的面前，一时间香味飘散而出，凌熙闻着口水直流。

“我见你几天不回家，累坏了吧？我做了些饭菜来慰劳你，顺便带了你的毛巾和剃须刀，把脸也洗洗吧。”

凌正浩眼中充满了感激。

“还是你想得周到。”

眼见凌正浩和文郁有秀恩爱的前兆，凌熙赶紧转身想走。

“凌熙，你等一下，我有事想跟你们两个商量。”

“什么事啊，这么严肃？”

“这几天我评估了我的负债状况和公司的实际情况，我决定，把公司结束。”

凌熙和文郁安静听着，似乎没有很惊讶。

“这次我没有一意孤行，我和外面几个老员工开了会，做了研究，他们虽然觉得可惜，但也不得不面对公司不堪重负这个现实。现在，我想卖掉家里的房子用来偿还债务和员工的补偿金。这个家也有你们的一部分，你们觉得，我这么做可行吗？”

文郁马上表态：“老凌，这个家都是你的，我一切都听你的。”

“凌熙呢？”

“爸！我不愧是你女儿，做的决定都一样！”

凌熙走后，整个办公室就剩下了凌正浩和文郁两个人。

“实在是对不住你了，现在开始要过苦日子了。”凌正浩满怀深情地看着文郁。

“有什么大不了，日子好坏，又不是住什么样的房子决定的，我无所谓。”

“年轻的时候总想着将来要很光辉、很完美，现在觉得生活无非就是和老婆颐养天年，和家人享受生活。光环这种东西还是留给有梦想的年轻人吧。”

文郁笑着点头，但眉宇间藏着一丝忧虑，轻叹一口气。

凌正浩揽过文郁，坐在了沙发上。

“怎么，你还有什么顾虑？”

“对于工作，只要你能够放下，就算喝西北风我也跟着你。重要的是一家人在一起。小宇到现在不回家也不接电话……”

文郁说着说着唉声叹气起来，凌正浩揽着文郁安抚她。

“没事的，没事的，都会过去的。他知错了自己就回来了……”

文郁提着一大袋零食慢慢走到凌熙工作室内。

她的手机铃声响起，发现竟然是凌宇发来的消息——不用管我。

文郁气得七窍生烟，一把将手机扔进了背包里。

那一边，丁建雄正背对着文郁和兔兔说话。

“我找到了别的工作，明天开始就不来了。”

“你不跟熙爷说一声吗，这几天的工资也得让她算给你吧？”

“也没多少，用不着了”。

丁建雄转身收拾起自己的外套。

那边，文郁给了任何两袋坚果后，又走到了兔兔面前。

丁建雄一转头，却迎上了一张熟悉的脸。

文郁和丁建雄一起走出了凌熙工作室。

两个人站在楼道内互相打量彼此，文郁对丁建雄十分戒备。

“这么多年，你也没有变多少，看得出生活还是挺富足的。”

“你为什么会在这里？居然还在凌熙公司里打工，你安的什么心？”

“我听说小宇在这里，就想来看一眼儿子。在这里至少是同一栋楼，能离他更近一点儿。”

“你要离他近一点儿干什么？你不是早就不要我们了吗？已经过了这么多年了，你继续不要我们好了，还过来干什么？”

“再怎么样他也是我的亲生儿子，就算我今天认他也是无可厚非的。”

“呸！你怎么有脸说出这样的话！你们……不会是已经见过面了吧？你认他了？”

“没有。”

“算你还要点儿脸！既然没有认，以后也不要认了，赶紧卷着你的铺盖滚！就像当时为了有钱女人抛妻弃子一样，赶紧滚！”

丁建雄看着激动的文郁，自觉已经无话可说，于是转身想走，但临走又回头补一句。

“你看我现在哪里是发财的样子，不但是没钱，还染了一身毛病。我现在这么落魄地回来了，你应该开心。”

“我不会开心，我也不会为你难过，我只求你别惦记儿子了！像你这种狠心的人，妻儿不管，连自己亲妈病重都不闻不问，让她活活被气死，你变成什么样儿都是活该！”

“气死？”

“你这么震惊的样子做给谁看？你走后没多久她就不行了，最后一面都没见到，你知道她去世时多么难受吗？！人渣！”

丁建雄如遭雷劈，愣在当场。

“我妈……含恨而终？不是郑伟珏一直照顾她的吗？”

三十八 重启生活

在这段艰苦的日子里，凌正浩和凌熙的感情却越加亲密了。

这天，明媚的阳光洒进凌正浩家，气氛似乎也热闹起来。

凌熙、文郁正在整理要带走的物品，而凌正浩正在对着一些自己的收藏感慨，凌熙正在用记号笔标记分类的箱子，无名指上的戒指闪闪发光。

凌正浩用抹布仔细地擦着雕塑，直到擦完最后一个小件，非常不舍地转身。

角落里的凌熙低头整理着家里杂七杂八的各类文件，突然翻到一本房产证。

“啊——！”

那一边，文郁不声不响地搬出一箱东西，正用记号笔写上了“宇”字，被凌熙兴奋的叫声吓了一跳。

“爸！你什么时候买下了我的房子，买了怎么不告诉我呢？！”

“啊，那个呀。当时我看你急着要钱，就想帮你做点事情，没想到现在居然还能用上。”

“哇！爸，我真的很欣赏你这种低调不炫富的品质！但麻烦你如果下次还想这么帮我，能不能早点儿告诉我？！至少我不用过上和唐澄合租同吃‘老干妈’的苦日子！”

“人嘛，总是要历练一下的。”

文郁被父女俩的对话弄得晕头转向。

“这是怎么个意思，谁能给我解释一下？”

凌熙冲过去一把抱住文郁，两人原地转圈。

“意思是我可以回家啦！你们也可以不用租小房子啦！”

凌正浩家楼下，莫格利等人纷纷把行李搬上各自的车帮忙搬家。

莫格利突然觉得手上没有了力气，整个人一滑，箱子差点儿摔在地上。还好凌正浩及时伸出手，扶住衣服的收纳箱。

莫格利和凌正浩眼神交会，讳莫如深。

“莫格利，是不是有什么话该对我交代一下？”

“凌叔叔，我已经向凌熙求婚了，往后遇到选择，我也不会再犹豫不决。如果你反对我们，我会争取到底。”

“我老了，也累了，凌熙的路，凌熙自己选择了。我能做的就是一直在她身后护着。”

凌正浩拍了拍莫格利的肩膀，转身往车的方向走去。

“这么说，您同意了？！”

“我又不瞎，看到你这段时间的付出，我还忍心反对吗？”

莫格利高兴得不知所措，与凌熙一同搬起箱子跟在后面。众人也相视一笑，都替莫格利高兴。

凌熙和唐澄家的这个楼道里，今日热闹非凡。

莫格利满头大汗搬上凌正浩和文郁的行李往凌熙家走，凌熙和唐澄从唐澄家搬运着自己的行李往凌熙家运，郑理帮着白艺凌把白艺凌的行李往唐澄家运，陆子曰忙着进进出出倒垃圾。众人忙得晕头转向，颠来倒去地忙了一整天。为了表示感谢，凌熙邀请大家晚上一起去家里吃饭。

一只火锅“咕嘟咕嘟”地在桌子的中央不停地煮着。

八只手拿着杯子碰到一起，晃荡出饮料泡沫。

“干杯！”

凌正浩举起杯子敬大家。

“谢谢各位今天的帮忙，今天只有火锅招待你们，未来可能也只能用火锅招待你们了，各位千万不要嫌弃。”

“怎么会嫌弃，只有火锅才是我们的至爱！”众人齐声回应。

凌熙幸福地看着大家，“虽然有些东西是没有了，但是新生活才刚刚开始！”

莫格利也为凌熙而高兴，“为了新生活干杯！”

“干杯！”

夜色如水，纯白的月光和着暖光路灯把小区内映照得很温暖。

晚饭后的众人三三两两地从楼里走了出来，或散步走路，或在扭腰机上、踏步机上玩得十分欢快。

凌正浩正在扭腰机上笑脸看着众人，郑理慢慢靠拢了过来，趁着众人不注意，向凌正浩鞠了个躬。

“凌伯伯，对不起。”

“你这是干什么？你爸的事，不必由你来跟我道歉。”

“不管怎么说，他做了这样的事，我没办法认同他。我能做的，只是始终支持凌伯伯，无论将来发生什么事，我都不会回到他身边去的。”

“谢谢你，你有这份心就可以了。公司马上就要结束了，你往后怎么打算呢？”

“我想休息一阵子，调整一下心态，可能……还会自己创业。”

文郁拉着牵引机上的两根拉绳，看着面前的三个人打打闹闹、吵吵嚷嚷不由得感到一丝欣慰。

身边的白艺凌无聊地拉着绳。

“他们是挺开心的。”文郁说道。

“嗯。虽然我比他们大一点儿，但只要和他们在一起就有一种还很年轻的错觉。”白艺凌赞同道。

“我也是啊，在我眼里他们就是一群孩子。还有什么比到我这个年纪看着一群孩子幸福更开心的事呢？”

白艺凌听到这句话心里咯噔一下，她感受着文郁老母亲般的满足感，看向那边孩子气似的跟凌熙、莫格利打闹的郑理，有一丝的落寞。

长椅上，唐澄靠在陆子曰的身上，看着月亮和星星。

“走了一个，又来一个，不过这个比上一个好，清净，还能收房租。”

“你……还这么缺钱吗？”

“缺啊，谁不缺钱？你告诉我，我立刻去当他的狗腿子！”

陆子曰翻着白眼，从衣服内侧的口袋里掏出一个厚信封。

“那要不，你来当我的狗腿子？”

“咦，你哪来这么多钱？”

“平时攒了点，加上这个月学校讲课费刚发，再加上接了两个案子费用都到手了，我如数上交。保证你不缺钱花！”

唐澄一把抱住陆子曰。

“好男友，我太爱你了，亲一个！”

喧闹过一阵，众人三三两两地回到家门口，有气无力，此起彼伏地道“晚安”“明天见”。

然后众人习惯性地往原先房间的方向走去：郑理和白艺凌习惯性地往凌熙家走，凌熙又习惯性地跟着莫格利回到唐澄家。各自进了房间后发现不对，又冲了出来。

文郁和凌正浩待在走廊尽头，静静地看着错乱的走位，忍不住笑了起来。

凌熙回家的幸福感在第二天遇到了小小的挫折。

一早就被文郁叫醒吃早饭，睡回笼觉又被文郁打扫家里的声音吵醒，而她穿着睡衣、蓬头垢面、打着哈欠去厕所的时候，又被凌正浩占了先机。

夜晚，凌熙和莫格利坐在天台上，喝着饮料，看着夜色。

“凌熙，终于过上了有父有母，饭来张口、衣来伸手的日子，感觉是不是特别好？”

“吓人！”

“怎么？”

“我从高中起就不和父母一起住了，现在分分钟都要保持紧张感！那些不用的电脑啊笔记本啊全都用布盖好，不然会积灰；遥控器得全用塑料纸包好，不然容易脏；走到哪儿他们都跟着我在身后关灯，不然就是浪费电；用完什么电器就要在原先的位置放好，不然下次找不到；任何一个举动都可能被他们挑毛病，生活习惯真是太不一样了！”

“就没有一点儿好的地方吗？”

“那当然还是有的，家里一尘不染完全不用我操心。可能住一段时间我就不想再分开了，可能分开一段又会不想住一起，就是这么矛盾。”

“真好，我还希望有这种烦恼呢。”

“你呢？和两个女人同住的日子，是不是特别生不如死？”

“说得好像以前不是和你们一起住的一样。只是储时不回家，唐澄在客厅和陆子曰约会，白艺凌和郑理在房间里约会，我简直是就像个人造太阳，自己都觉得自己碍眼。苦……”

“莫格利，我突然又意识到一个很严重的事情，我们从今天起，是不是就开始异地恋了！”

莫格利愣了下，顺着接话。

“对呀，我们之间的距离从四米变成了八米，太远了吧？”

“真不敢想象，昨天还甜甜蜜蜜，今天就左右相隔，我一定会……让你留在天台上陪我到天亮的！”

“奉陪！”

两人一人靠在一边的台沿上，看着天上的月亮和星星。异地恋的第一天，还有点浪漫呢……

沃夫传媒集团到了关闭的日子。

最后一天，剩下的员工早已在办公室内站成一排，静候凌正浩。

面对员工们，凌正浩鞠了一个大大的躬。

“抱歉，没有经营好这个公司，让你们失望了。”

凌正浩在文郁的帮助下，给一个一个员工送上遣散费，一边送上，一边鞠躬，老员工们有些哽咽，甚至抹泪。

门外，传来工人们入场的声音，工人们扛着一块巨大的标牌进入沃夫。

“老板，你们的沃夫招牌可以拆了吧？”

凌正浩无力地点点头。

随后工人们搭好梯子，爬了上去，开始拆招牌。众员工纷纷露出不舍的神情。

沃夫的招牌被拆下，扔在了地上，咣当一声，就像是大家的梦碎裂了一样。

新招牌上的红布被掀开，露出大大的“风羽传媒集团”字样。

郑伟珏不知在何时走了进来。

“老凌，你就当我是换个方式让沃夫继续下去。”

凌正浩与郑伟珏面对面站着看着彼此，恍如隔世。

凌熙拉起凌正浩正准备往外走，一转身，却见凌宇抬头挺胸地走了进来。

“刚来就走了？不多坐一下吗？”

凌熙看着凌宇觉得非常生气。

“你够了没有，你要不要挂到天花板上？”

凌正浩看看郑伟珏，再看看凌宇，似乎明白了一切。

“你是，站到了我的对面？”

凌宇却不理凌正浩，只是对着文郁说：“妈，你要不要搬出来跟我一起住？我没想到他为还债可以连房子都卖了，那还怎么照顾你？总不能以后都让你睡大马路上吧？”

“小宇，你知不知道你在说什么？”

“看样子你是不愿意了？那改天我来拿我的东西。”

文郁拉起凌宇的手，“你跟我回家！你脑子里到底在想什么？你怎么能跟和你爸作对的人站在一起呢？快跟我回家！”

凌宇一把甩掉文郁的手。

“你还没搞清楚吗？跟他作对的人就是我！”

文郁看着眼前张扬跋扈的儿子，抬起手甩了他一巴掌。

凌宇既委屈又愤怒，用手背触碰灼烧的侧脸，匪夷所思地盯视文郁，文郁也有一丝懊悔。

“妈，你是受虐狂吗？他是个外人，我和你才是骨肉血亲！”

“凌宇！伤人的话说出来就收不回去了！”

“我说的都是我的心里话！从我来到凌家，就没做过一天自己，我摇尾乞怜，渴望他用正眼扫我一下。为了你能过得不那么小心翼翼，我才想把你从这个火坑里捞出去，你看不出来吗？！”

“你到底是怎么了？谁蛊惑你了吗？”

“你才是被他灌了迷魂汤！”

文郁一震，凌正浩搂住文郁双肩。

“不许朝你妈吼！”

“不许命令我！”

凌宇气到眼红，咬牙逼近凌正浩。

“你的话是圣旨吗？我不就用公司一点儿钱吗？你就像丢垃圾一样把我甩开。何况我都还上了！我借高利贷填补各种窟窿，成天被催债，到了那种地步也没向你开过一次口。你扪心自问，你真的关心过我吗？”

“我是不希望你走错路。”

“别说那些冠冕堂皇的屁话了，不重要了。如果让我重新选，我宁愿和我妈从没来过你家。”

凌正浩悲从中来，一时哑然失语。

“小宇，这些年来，你又当过我是你爸吗？”

“从来没有……我爸早死了。”

凌正浩点点头，在众人心疼的注视下，缓缓拉起文郁的手离开。

凌熙看着父亲的背影，步履沉重。她实在气不过，一步跨到凌宇面前。

“凌宇，你良心喂狗啦？就你没有爸了吗？我也没有妈！你来我们家，我唯一的亲人总是在照顾你！你知道我有多羡慕吗？！”

凌熙一股脑儿把对凌宇的不屑宣泄出来。

“就算你感受不到我爸的心意，也不用那么扭曲吧？借高利贷是我爸逼的吗？结婚是我爸逼的吗？结完婚又去撩拨储时，是我爸逼的吗？对着父母咄咄逼人，你得意个什么劲儿啊！”

凌熙一把扯住凌宇。

“去！给我爸道歉！”

“让开！”

凌宇推开凌熙，莫格利一个箭步上前架住即将跌倒的凌熙，转而面对凌宇。

“本来是你们的家务事，我不该插嘴。但有句话要告诉你，一些动物可以独自称王称霸，但人是社会人，众叛亲离，不可能赢到最后。”

“最后是什么时候？眼下我已经赢了。”

凌宇懒得再辩，撇开人群向着公司走去。

凌熙拉着莫格利，一行人浩浩荡荡离开。人群中郑理与郑伟珏擦肩而过，郑伟珏试图叫住儿子。郑理没有丝毫犹豫，头也不回地离开了。

凌正浩的办公室现在变成了凌宇的办公室。

凌宇靠坐在办公桌上，看着凌正浩曾经的座位，但心里却堵得慌。

郑伟珏紧随其后走进来。

“穷寇莫追，凡事不要做绝。”

凌宇听出郑伟珏话里有话，转身看向他。郑伟珏脸上堆笑，没有显出丝毫敌意，还是一副老好人的模样。

“郑伯伯真是仁慈，我都想做你的敌人了。”

两个人笑着对视，暗藏杀机却不挑明。

“小宇啊，高利贷我也帮你还清了，你要坐的位置也坐上了，我的东西该给我了吧？”

“好，约个时间一起去变更股权，把百分之六十过给我，东西我当场给你。”

“没问题，时间你定。”

“那我就有样学样了，我想再得寸进尺要个项目。”

郑伟珏老奸巨猾地笑了笑。

“森木还是个广告项目，年轻人眼光放远点儿，想办法入资才更有价值。”

“这点我们是不谋而合，以前凌正浩总不敢冒险跨行业投资，说我们做广告的别轻易涉足其他行业……”

“但现在做主的是我们了。”

凌宇正想表示认同，丁建雄的电话打了进来。

“小宇，家里被人翻过了！”

凌宇脸黑下来，看着郑伟珏，郑伟珏侧身坐在客人位上悠闲喝茶。

“不像是小偷，一定是郑伟珏派人干的。”

“知道了。”

凌宇挂了电话，郑伟珏装作毫不知情。他看着手机中的微信聊天窗口，一个联系人发来了留言——郑总，东西没翻到。

郑伟珏马上回了一条微信——帮我盯紧这两人，见到摄像机不惜一切代价拿回来。

没有了沃夫传媒的清晨，每个人似乎努力保持着往日的模样。

凌熙、莫格利和凌正浩围坐在餐桌旁，看着心不在焉的文郁将丰盛的早饭端上桌，各自努力维持若无其事的样子。

其实大家都看得出文郁今天心不在焉，但又不好意思提起话题。

倒是文郁觉察到了异常。

“不用这么辛苦，你们怕我难过配合着演戏，我看得出来。”

叮咚，门铃适时地响起来，三个人为了逃避尴尬同时起身。

“我去开！”

文郁先一步走向门边，打开门一看，却是小宇回来了！

只见凌宇冷着一张脸进来，见他们一家人围桌而坐，嘴角因为嫉妒而微微抖动了一下。

凌正浩放下筷子，期待地看向凌宇，拿出平日不曾有过的温情一面。

“没吃早饭就一起吧。”

“用不着，我来拿我的东西，在哪儿？”

凌宇知道没人会拿给他，他四下看了看，见几个整理箱堆在墙边，两个箱子上贴着写了凌宇名字的便利贴。

他走过去搬起箱子径直离开，目不斜视地从文郁身边绕过去出门。

凌正浩眼里最后一丝希望破灭了。

文郁脚下发飘，凌正浩忙上前撑住文郁，一路回房。

凌熙想追上去，被莫格利一把拉住。

“别去了，让她静一静。”

凌熙想了想，决定甩开莫格利。

没等人反应过来，凌熙已经冲上前，一手钩住爸爸，一手钩住文郁，绕了一个大圈转身回来。

“走，散心去！”

“现在？”

“对！立刻！马上！”

凌熙拖着爸妈往外走，像打了鸡血似的。

“事在人为。公司也许能拿回来，凌宇也许会醒悟，但那需要时间。人不能为了以后的烦恼把眼下都给耽误了，要我说，出去晒晒太阳补补钙，就算生活给我们的都是乱拳，我们也得比别人多扛几下！”

莫格利从衣架上拽了个旅行包，塞上衣服、速食、雨伞、药盒，最后，从墙角一个堆满电子用品和充电器的收纳箱里顺手抄起一台数码摄像机。

天朗气清，惠风和畅，旅游巴士在高速公路上逆光行驶。

这次乡间旅游虽然突然，倒也乐趣不少。

四个人参加的农家体验游，在橘园、小路、芦苇荡等各个地方留下了欢声笑语。

文郁似乎也渐渐开朗起来；莫格利全程拿着数码摄像机拍摄了许多温馨、有趣的内容；凌熙也发了很多朋友圈，向大家展示自己温馨的一家人，就连凌正浩也露出了久违的笑容。

入夜，月光透过朴素的木窗棂倾泻在长条炕上。

凌熙和莫格利面对面侧卧床上，气氛温馨暖昧。

“谢谢你莫格利，今天你配合我，阿姨能重新开心起来，我放心多了。”

“我更希望你不用嘻嘻哈哈把自己的情绪隐藏起来，我也想看你开心。”

凌熙微笑着躺平，月光落在脸上，一道亮白，分外好看。

“月光真美。”

凌正浩却突然出现，“嗯，是挺美的。”

二人迅速向条炕两侧骨碌骨碌翻滚弹开。

“爸、阿姨，你们俩散步的效率也太高了吧？”

长条炕上，凌正浩和文郁睡在中间，把凌熙和莫格利远远隔开。两个人只能隔空遥遥相望，用唇语互道晚安。

凌熙看一眼文郁放在被子外面的手，偷偷把自己的手伸过去挽住她，文郁一惊，心里暖暖的。

两个人小声说话。

“文阿姨，小时候我最喜欢挤在我妈身边，我妈说我晚上常常哭闹，但只要闻到她身上的味道，就不闹了。后来，我做梦都在盼望这种日子……”

文郁心疼地看了一眼凌熙，拉着她的手塞进自己的被子，凌熙顺势钻进文郁大大的被窝，枕在她手臂上。

“真好闻……”

文郁贴心帮凌熙掖好被角。

“文阿姨，也把我当女儿吧，我会一直陪着你的……”

夜已深了，凌熙一家三口睡得深沉，鼾声如雷，此起彼伏，只有莫格利一人，黑着眼圈睁眼望天。忽然，窗外有踢倒物品的声响，莫格利紧张起身。

莫格利推门走出的瞬间，一个黑影（丁建雄）迅速闪过墙角消失了。

“谁？”

莫格利紧追过去，绕过墙角却已不见踪影，只得回到房间。

房间里，三个人的鼾声还没消停。

挠着头的莫格利也好，贴在墙角躲着的丁建雄也好，他们都不知道还有个陌生的视线在注视着他们。凌熙的朋友圈定位和莫格利用摄像机拍摄的画面，引来了另一位不速之客。

三十九 险遭暗算

第二天的旅游行程继续。

在街边小店吃馄饨的时候，莫格利继续故意用摄像机记录凌熙贪吃的样子。

“你干吗拍我，别拍！别人都看着呢！”

刚进来的人在门口晃了一下，又走出门去，顺势把门关上了。

“这下没人了吧？我要把你的丑态都做成表情包，分手我就发到网上。”

“恶毒！你给我看看，你到底拍了多少？”

凌熙追着莫格利要看视频，莫格利起身一躲，却不小心碰到了身边的煤气罐。他没有发现煤气已经打开，电话也被挪到了更靠近煤气的地方。

“给你给你给你！”

凌熙终于拿到摄像机，打开一看，摄像机视频页面，位列第一的黑屏视频是“证据视频”，剩下的全部是凌熙家庭影像。

“黑屏是什么？”

“你最丑的那段不是这个，是最后那段。”

“你越不让我看嫌疑越大，我就看这条！”

凌熙点开证据视频，几秒黑屏前奏过后，在进入重要部分的瞬间，摄像机断电了。

“什么鬼，这老古董你哪儿找来的，看着比我年纪都大。”

“装嫩是吧？这张脸，啧啧，说你是上古神兽都有人信。”

“真的吗？不行！虽然我靠才华吃饭，但我美少女的味道简直满溢！不信你闻闻！”

莫格利突然很认真地闻了起来，还不禁皱起了眉头。

“好奇怪的味道啊……”

凌熙正要兴师问罪，突然电话铃响起。煤气旁边的电话，铃声不断地响着，像焦急地等待着被谁接起。店里空无一人，只有凌熙和莫格利面面相觑，凌熙下意识朝着电话走去。

忽然老板推门而入，一把推开挡在面前的凌熙，凌熙一个踉跄，手中的摄像机差点儿摔落在地。

老板大惊失色地奔向电话机，关上煤气。

“今天真是撞邪了，点个外卖放我‘鸽子’，还差点儿煤气泄漏，是想炸了我这个店吗？！”

店里气氛异常，莫格利四下张望寻找，什么也没找到，一丝狐疑在他脸上一闪而逝。

“好险，感觉刚刚躲过了一场大爆炸，公众场合确实不适合嬉闹。”

“那煤气罐也不是我碰倒的呀，再说了……”

正说着，凌熙手机在挎包里响起，是凌正浩打来的。

“爸，怎么了？……不舒服？没有啊，我们俩挺好的……哦，我知道了。”

凌熙挂了电话，莫格利警觉起来。

“怎么了？叔叔阿姨不舒服吗？”

“没有，是我们住的民宿老板牛伯牛婶，有点儿像食物中毒，现在没什么大碍了，但我爸说还是陪他们去医院看看放心些。”

一望无际的芦苇荡里，高大的芦苇在风里翻滚如浪，沙沙的芦苇声在耳畔作响。

凌熙和莫格利都在割芦苇，捆绑芦苇。两人捆累了就拿把芦苇逗对方笑，挠对方痒痒。

广阔的芦苇荡里，有第三个人正俯身缓缓接近停在芦苇荡旁缓坡处的拖拉机。

皮卡车的车斗里已经堆满芦苇了，凌熙筋疲力尽地和莫格利并肩瘫在芦苇上。

咯噔，一个细小的震动将莫格利从疲惫状态里惊醒，他突然坐起身。

“车真的在滑，你别动！”

皮卡不知何时已解除了制动，从缓坡上慢慢滑下去。

莫格利探出车斗，向皮卡驾驶位看过去，只见黑色帽衫的一角随风飘动。

不好的预感涌上莫格利的脑海。

一个戴着耳钉的男子，穿着帽衫，戴着帽子和口罩，正拼命拉拽卡在制动杆上的小挎包，寻找着什么。

车上的莫格利叫道："我不管你想干吗，快点儿刹车！"

戴着耳钉的男子抬头看了一眼，面前的缓坡逐渐变陡，车速因为惯性越来越快，他有点儿害怕，下意识地拉了一下制动杆，挎包肩带卡在里面，制动杆一动不动。慌乱中，他用力一拉挎包拉链，拉链头却掉落下来。他又扯了几下企图撕开拉链，却扯不开。

车似乎停住了，莫格利立即跳下车，耳钉男见状也跳车逃跑。

莫格利一路狂追耳钉男，在芦苇荡边左突右奔。

耳钉男迎面将一些散落的芦苇扔向莫格利。莫格利停顿一下后继续追，脑中不断闪回这两天发生的情况。

终于追上耳钉男后，莫格利一把拽住他的衣服。

"你不是这里的人，谁让你跟着我们的？"

那人不说话，只下意识地回了下头，一个黑色骷髅耳钉从头发缝隙里晃动出一缕光。

两人正僵持着，只听凌熙那边传来呼救声。

"啊——莫格利——"

原来凌熙刚准备跳下车，不料车的制动又出现问题，顺着斜坡往下驶去。

她尖叫一声被晃倒，紧紧抓住皮卡车的车斗。

莫格利心头一紧，就在一个愣神儿的间隙，耳钉男从外衣里金蝉脱壳逃走了。

莫格利气愤地将外套扔在地上，朝凌熙的方向折返回去。

凌熙抱着车斗腿都在抖，车完全不受控制地朝着陡坡滑下去。

莫格利一路飞奔而来，和车并行奔跑。

"凌熙，跳！"

凌熙紧张得胸口上下起伏，死死抓着车斗。

"我不敢！"

"我在这儿，别怕，跳啊！"

凌熙不断鼓励自己，还是下不了决心。

车向着陡坡深处滑去，凌熙头上渗出细密的汗，莫格利看到远处有一个大坑。

"凌熙，前面有个大坑，再过去就会翻车！再犹豫就来不及了，数三声，数三声就跳！”

“三！”

“凌熙，你还要嫁给我呢！”

“二！”

“凌熙，我一定会接住你！”

“一！”

“凌熙，我爱你！”

凌熙咬牙闭眼跳下去，莫格利伸出双手稳稳抱住，在散落一地的芦苇里翻滚一圈又一圈。

皮卡开进大坑，嘭的一声巨响，整个侧翻。

凌熙和莫格利劫后余生，狼狈不堪地躺在地上，总算松了口气儿。

民宿空无一人的房间里，一个人正翻箱倒柜地寻找一台数码摄像机，正是丁建雄。

他把莫格利带来的背包里里外外搜了一遍，什么也没翻到，却从自己口袋里掉出一盒泻药。

他焦躁地捡起那盒泻药的时候，听到门外传来脚步声。

声音渐近，丁建雄见来不及逃出去，一急，顺手抄起门后的镰刀防身。

黄昏时分，莫格利疾走在小路上，凌熙完全没有意识到危险，在后面磨蹭。

“还没打通叔叔阿姨的电话吗？”

“没有，大概不在身边吧。”

莫格利恨不得飞奔起来，凌熙在后面举步维艰，拉也拉不动。

回到民宿，莫格利推门而入的瞬间，见凌正浩、文郁和民宿的主人牛伯、牛婶平平安安地围坐在房间里，总算把悬着的心放下了。

那一轮落日将红彤彤的光洒在地平线上，凌熙和莫格利并排坐在屋顶上，凌熙吃着古老朴素的棒冰，托腮看夕阳。

远处是翻滚的麦浪，青色的远山，一切仿佛世外桃源，唯美得像油画。突如其来的浪漫带着小甜蜜。

“真美，在城市的时候，怎么没觉得黄昏这么美……”

“被太多烦琐的东西遮住眼睛，对美的敏感度就会降低。其实人不需要那么复杂的生活。”

“我现在觉得在这种山清水秀的地方吸吸氧气，吃根自己冻的盐水棒冰也挺有乐趣的。”

“我也很想回归这样极简的生活。”

“我问你，如果只能留一样东西，你会留下什么？”

莫格利看着凌熙，在脑海中不断回想今天从天而降的事故，越想越担忧，神色凝重。

“我永远不要失去你……”

两个人迎着夕阳，在屋顶上缓缓吻在一起。

这段惊险又温馨的短途游，终于告一段落。

莫格利和凌熙在郊外旅游的这两天，郑理遇到了人生中的大事。

因为郑伟珏的事情，郑理感到非常疲惫和孤独。这天晚上回到家，见李珊还在客厅瑜伽垫上做拉伸。原来老妈对这几天的变故毫不知情，还兀自开心着。

“妈，我有件事儿想跟你商量。”

“你说。”

“我打算和白艺凌结婚了，所以……想搬出去住。”

李珊突然站直。

“我同意。”

“啊？”

李珊严肃地坐到郑理旁边。

“郑理啊，我认真考虑过了，孩子只是婚姻的附属品，有呢是锦上添花，没有也无关紧要。因为你爸爸真心爱我、宠我，我才能保持一颗少女心到现在。总的来说，我的幸福与你无关。”

郑理内心五味杂陈，不知道自己到底该哭还是该笑。

李珊却没察觉到儿子的变化，接着说：“虽然我不反对你们结婚了，但我打赌你们俩没我和你爸幸福。”

郑理心头像是被一块大石压住，丝毫轻松不起来，马上就要无法面对李珊，急忙托词走开。

郑理推门走出来，深深一叹排解心间郁闷，夜色凉如许。

他掏出手机，发消息给父母，郑伟珏的微信名备注，已经从“爸”变成了“郑伟珏”。

“明天纪念日别忘了，你有多少事瞒着我我管不了，但别让我妈失望！”

郑理回头，透过门缝看着李珊毫无心事的样子，又心疼又担忧。

第二天郑理和白艺凌相约在民政局。

“白艺凌，我就这样把你拖过来，你觉不觉得有点儿吃亏？”

“我不觉得啊，只是……”

“你记不记得那天你和我说听到我爸打电话，当你怀疑他的时候，我满满的自信？现在想来，有没有一点儿搞笑？”

白艺凌不置可否地看着郑理，欲言又止。

“但比这更搞笑的是，我想向你承认，直到现在，我仍然愿意信他，或许有苦衷，或许有别的原因。”

白艺凌有些惊讶，语无伦次地试图宽慰。

“其实我懂你的心情，其实……”

“其实，我想说的是，这世间看不透的事情太多，我只想快点儿抓紧你的手。”

两个人对视一笑，突然一个小男孩横空出现，扑到郑理腿上。

“爸爸！”

白艺凌惊呆了，郑理尴尬地笑，忙不迭地把小男孩推开。

“爸爸不能乱叫的，别把我老婆叫没了。”

不远处小男孩的爸妈正揪揪扯扯僵持不下。

“老婆大人！小仙女！再给我一次机会吧！我再也不藏私房钱了。”

“这次没的谈，藏了钱还打赏主播？还送‘玫瑰’送‘火箭’，主播还是个男的？！”

小男孩死死抱住郑理大腿不撒手，郑理甩也甩不掉，逃也逃不脱。白艺凌在旁边看着哭笑不得。

“你属双面胶的啊？你放开我，我不缺儿子。你不是有爸吗？”

“马上就没了，他们要离婚了！我要变成一只球鞋一只拖鞋的邋遢小孩儿了！”

小男孩抬起一张可怜兮兮的脸看着郑理。

正在这时，小男孩的爸妈过来拉住小男孩。

“不好意思啊，这小惹祸精给你们添麻烦了。”

小男孩从口袋里掏出一把棒棒糖递过来。郑理蹲下，小男孩突如其来亲了他一口，开心地跑走了。

郑理起身，重新牵起白艺凌的手。

“走吧，进去吧！”

“郑理……你考虑过我们不要孩子的生活状态吗？”

“当然啊，这个问题我们不是商量过吗？”

“那你考虑过以后吗？五六十岁、七八十岁的时候，没有孩子，没法享天伦之乐，我们两个一起住在养老院里，这些考虑过吗？”

郑理被问住了，白艺凌看出他的犹豫，松开了手。

“我能看出来你很喜欢小孩，我不能那么自私……结婚的事，我们再慎重考虑一下吧……”

郊游结束的莫格利又回到了工作中。

他向李昱珩汇报上次森林河水的水样检测报告，并没有什么异常。但莫格利还想继续调查。

李昱珩却告诉他，自己已经退出了这个森木项目，因为他详细地比对了前期投入的资金流向，低于一般环保工程所需的数额，盈利数据也太可观，以他的经验，基本上可以判定数据作假。

不过更让莫格利吃惊的是，李昱珩在撤出项目后立刻有人接盘了，这个人便是郑伟珏。莫格利的心沉沉坠落，不好的预感席卷而来。

莫格利恍惚地从李昱珩办公室走出来，顾源迎上。

“莫主管，你要的电池。总算找到了，这种老机型的配件好多年前就停产了。”

“多谢，辛苦了。”

莫格利一路走进电梯间，边走边把数码摄像机从挎包里拿出来，换上新电池。

电梯门缓缓关上，里面只有莫格利一人。莫格利长按开机键，随着一声音效，摄像机的屏幕变成蓝色，一段视频出现在屏幕上。

他犹豫了一下，像是期待什么事不要发生一样，点开了第一段黑屏视频。

凌宇和丁建雄的父子互动被莫格利一路往后快进，然后是一段如雪花般的空白。

突然，画面里出现了丁建雄的背影，坐在他对面的不是别人，正是郑伟珏。

“凌正浩这次确实有罪，但这次只能让你去顶了。”

这段记录发生在约二十年前丁建雄的老家，画面中是年轻的郑伟珏和丁建雄。

两人对坐在桌旁，并没有发现背后三脚架上，用来录制丁宇生活画面的摄像机没有关，摄像机前的小红点一闪一闪地亮着。

丁建雄背对镜头，看不到脸。

“凌正浩这次确实有罪，但这次只能让你去顶了。”

“郑伟珏，要不是他，你也不会杀人。我们是一个泥坑里滚过的兄弟，要不是你一直给我寄钱，我妈的病早就没治了，何况你也是为了救我才杀了人。”

“我真的做梦都后悔啊，不应该把你带上这条路，要是不为这点儿钱，不就……”

丁建雄摆手打断郑伟珏，盯视他。

“我不会出卖你，但我有个条件……”

“东海，无论你提什么要求，上天入地，我一定没有托词。”

“我要你照顾我老婆、儿子，给我妈养老送终……”

看到真相的莫格利大惊失色。

“东海……”

就在那一个瞬间，电梯突然断电，全部照明在一瞬间消失。

莫格利仰头看了一下，迅速反应将全部楼层的按键按下。

然而已经来不及，电梯突然自由落体……

等到莫格利恢复了意识，自己已经躺在医院的病床上了。

他缓缓睁眼，有光照进来，模糊的世界才一点点清晰。

突然，走廊外的凌熙一声尖叫。

“啊——”

紧接着是一阵叮叮当当玻璃碎裂的声音，莫格利意识到情况不妙，不顾疼痛拔出针头，狂奔出去。

走廊上，一片嘈杂声。护士的手推车翻倒在地，车轮还在不停转动，各种输液瓶、玻璃瓶碎了一地。一群人正在围观，莫格利透过人群的缝隙，看见凌熙倒在玻璃碴儿中。

莫格利本能地看向周围，看到了耳钉男迅速逃离人群，但他没有追赶，因为他更关心凌熙的安危。

“凌熙！你没事吧？”莫格利扶起凌熙。

“莫格利，你醒啦？”

“你怎么突然摔倒了？”

“走廊上人太多，不小心被推了一下，撞到护士小姐姐的手推车上了。”

莫格利看到凌熙脖子上有一道三四厘米长的伤口，正在流血。

护士马上蹲在地上替凌熙检查伤口。

“差一点儿就割到动脉，好危险，算你命大！以后要当心啊，不是每一次都那么好运的！”

“对不起啊护士，刚才一下子没躲开。莫格利，你看下包里有没有少什么东西。”

莫格利打开包，果然发现里面的数码摄像机不见了。思考了片刻，莫格利一脸严肃地摸出屏幕已经裂开一道缝的手机。他翻出通信录，点到“东海叔”的电话号码上。

海浪在远处一浪一浪地扑来，在海滩边化为平静。

海滩边，一辆车，一个人影伫立着。

郑伟珏迎着大海深深地吸了口气，又重重地吐了出去。他拿着数码摄像机按了几下，屏幕上显示着文件正在删除的进度条，从10% 到100%。最后他仍不放心，用力将机器掰断，然后朝着大海的方向猛地扔出去。

两块摄像机的碎片在空中划出一道弧线，最后落入无边无际的海水中，再也寻觅不到踪迹。

这时，一个愤怒的声音响起。

“郑伟珏！”

郑伟珏转头，见丁建雄一脸不爽地站在背后。

夕阳的光照过来，在两人中间形成一道分割线，一人沉溺在喜悦中，一人被愤怒控制。

“东海，你电话里着急忙慌地说一定要见我，有什么事吗？”

“你扮了这么多年假好人，不累吗？”

“是不是又缺钱了？”

“就那些塞牙缝的钱，够赔我二十多年的付出？”

“当年去坐牢是你心甘情愿，没人逼你。”

“那是因为我被你骗了！”

“东海，我们那么多年的兄弟，我骗你什么了？”

丁建雄从衣服兜里掏出皱皱巴巴的信，上面的文字让他伤心不已：伟珏把我照顾得很好……

“郑伟珏，那么多年的兄弟，为了让我安心在里面帮你背黑锅，你伪造了我妈还活着的消息。让我连她最后一面都没有看到！！昨天抢摄像机的人，也是你派来的吧？”

丁建雄把信揉成一坨，砸到郑伟珏脸上。郑伟珏的笑容被砸得不见踪影，瞬间变得冷漠。

“活在谎言里不好吗？不知道真相，就没有痛苦。”

“没有痛苦的只是你一个人。你这二十多年来的心安理得，是建立在我、凌宇、文郁的痛苦之上。”

“东海，我还是把你当兄弟的。已经发生的事情，就让它过去吧。我可以给你一笔钱，按照原计划，你去海边安度晚年。”

“你真有这么好，就把新公司给我儿子。”

“我已经帮凌宇还了高利贷，仁至义尽了，别得寸进尺。”

“看吧，一涉及实际利益，就原形毕露。”

郑伟珏彻底拉下脸来。

“你以为当年不被关进去，你就可以混得风生水起？你儿子跟你关系就会很好？要不是这个录像带，你儿子会叫你爸？”

“这些年，是我替你坐的牢，是我替你妻离子散。你怎么能说这种话，就不怕我把当年的事全部抖出来？”

“既然话说到这个份儿上，我也不怕挑明。反正现在证据没了，你还有什么可以制约我的？”

丁建雄愣住，一瞬间像泄了气的皮球，干瘪在原地。无比绝望的他双手紧紧握成拳头，微微颤抖着。

“我有！”

郑伟珏淡定地笑着问道：“真的吗？”

丁建雄不愿放过唯一一次机会，他在大脑里狂乱地搜索着过去的记忆。

记忆穿梭，在密林丛中疯狂推进。

有狼嗥声和警笛声。

郑伟珏叫嚷着：“快，把它们扔进湖里，被发现我们就完了。”

“呼哧——呼哧——”巨大的呼吸声中，丁建雄抱着枪在茂密的树林中穿梭。

他慌不择路，刚要跑到湖边，结果影影绰绰看到几个人影正朝着自己跑来。

他躲到一棵树后面，疯狂挖坑……

丁零零……电话铃声不断响起，将回忆画面拉回现实。

丁建雄似乎被遗落在记忆中从未注意到的细节震惊了。他顿了片刻，方才摸出电话。

屏幕上显示：莫格利。

丁建雄故意当着郑伟珏的面，接起电话。

莫格利激动地握着听筒，越接近真相，他越感到紧张。

“我应该叫你真名，丁建雄吧？”

“没错，我就是丁建雄，只是大家都习惯了叫我东海。”

丁建雄端着电话，看向郑伟珏。郑伟珏脸上滑过一丝紧张。

“我看了摄像机里的视频，也查到了当年的案件，你现在在哪里？我有些话想当面问清楚。”

“你应该还记得那个地方吧？你往东跑十五分钟。”

郑伟珏有些惶恐地看着丁建雄。

“……哪里？你什么意思？”

“莫格利，想知道真相的话，马上来找我。”丁建雄顺手把定位发给了莫格利。

丁建雄挂了电话，看着大惊失色的郑伟珏。

“郑伟珏，我也没想到啊，当时没来得及扔掉的东西，现在会变成这个世界上还能指证你的唯一证据。”

“告诉我，那个东西在什么地方？”

“这一次，我死也不会告诉你！”

丁建雄说完转身要走，被郑伟珏一把拉住。

“你不能走……”

四十 寻找证据

夕阳的光渐渐爬上来，霞光在天边堆积，像是颜料桶被打翻，各种颜色流淌成一片。

一辆出租车在蜿蜒的环海公路上疾驰而过。

莫格利坐在后排靠窗的位置，他端着手机，屏幕上出现地图导航的路线图。离定位点越来越近了。

这时，窗外，郑伟珏的汽车快速驶过，莫格利和郑伟珏刚好擦肩，谁也没有发现谁。

丁建雄躺在碎石间，满身是伤。头上的血渗出来，已经干涸，结成暗褐色的疤痕。

远处的浪花扑腾一声，撞击岩石，卷起几米高的白浪。

他耗尽了最后一点儿力气，拨通了凌宇的电话。

“喂？”

“凌宇……证据……”

“你说什么？”凌宇在电话那头焦急地询问。

“两把枪，在地下……案发地往东……”

“往东什么地方？”

“……”

“你说话啊，爸！”

除了隐隐约约的海浪声，再无其他声音。

丁建雄的手滑落，手机掉入水中，连同听筒中传出的凌宇的叫喊声一同消失不见。

远处的海水渐渐漫延上礁石，一个浪过后，随即又一片平静，好似什么都没有发生过一样。

莫格利匆匆从远处跑来，手机上的点，终于跟现实地点重合，莫格利望着四周，却不见丁建雄的身影。他打电话给丁建雄，听筒里传来人工服务音：对不起，您拨打的电话暂时无法接通，请稍后再拨……

不知道发生什么事情的莫格利，脑海里回想起丁建雄的话语。

“你应该还记得那个地方吧？你往东跑十五分钟。”

到底又发生了什么？莫格利试图在沙滩周围寻觅，却仍然一无所获。

海水已经涨潮，除了远处不断拍打过来的浪花，什么都没有留下。强烈的不安感向莫格利袭来。

夜幕来临，小区星星点点亮着灯。

凌熙穿着睡衣，焦急地蹲在花台边等莫格利回家。

路灯下，莫格利踽踽独行，背影有些颓丧。他独自走着，脑海里闪回之前和警察的对话。

“过了二十四小时就会立案，需要协助的时候会联系你，请保持手机畅通。”

凌熙从远处看见了莫格利，便趿着脱鞋，大步流星地跑过来，一把从背后抱住莫格利。

“怎么才回来，我到处找你，打电话也不接，欠费了还是没电了？没电不知道充吗？你脑子摔坏啦，啊？”

凌熙一个栗暴敲在莫格利头上。

莫格利径直往前走，凌熙一把拦住莫格利去路。

“喂，太不够义气了吧，我等了你整个下午加晚上，我在医院差点就割到大动脉没命了，结果你一声不吭玩消失，就没有点儿什么特殊的表达，就不会——”

不等凌熙说完，莫格利一把将凌熙紧紧拥在怀里，头靠在她的肩膀上。

“别担心，不会有事的。”

工作时间派出所大厅内，人影来往，电话声不断响起，工作人员忙碌地接听着一个个新的报案。

角落的一张办公桌旁，凌宇正在接受警察的问询。

警察噼里啪啦地打字，把关键信息录入电脑，啪嗒按下回车。

“等等！我确认一下，‘丁’是一横一竖钩，‘建’是建国的建，‘雄’是英雄的雄？”

“是的！”

“手腕有旧伤，嘴角有痣？”

“是的！已经找到了？！”

凌宇迫不及待地从椅子上站起来。

“你所报案的人口失踪案件，之前有人来报过，我们已经正式立案，并开展工作了。”

“什么？那之前是谁报的案？”

凌宇惊讶不已，一抬头，发现不远处莫格利也在跟警察询问案件最新进展。

莫格利从派出所走出来，站在路边招出租车。凌宇紧随其后，三步并作两步追上他。

“到底怎么回事，为什么是你报的案？”

莫格利并不想回答，他刚想上出租车，被凌宇一把拽住。

“他到底在哪里？你快告诉我！”

“我无可奉告。在案件没有水落石出之前，你也是嫌疑人之一。”

“他是我亲生父亲，我已经好几天联系不上他了。小时候，我妈说他死了，我什么都做不了，只能接受。现在好不容易他回来了，我不想再失去他。”

莫格利看着凌宇伤心的表情，又想到了自己没有父母，动了恻隐之心。

他带着凌宇来到了靠近悬崖的海边。

阳光倾泻而下，蔚蓝色的大海闪烁着光芒。海滩边，两个身影相对而立。

“他给我发了定位，约我在这个地方见面，我等到天黑也没有见到他，所以才去报了案。昨天警察说过了二十四小时就会立案，所以今天我又到派出所询问。整个事情经过就是这样。”

凌宇不甘心地四下寻找，希望能有点儿线索。他径直走到海滩边，浪花冲上沙滩，退下时留下一摊白色泡沫。

不知道为什么，凌宇有种不好的预感。

“一开始见到他的时候，觉得他是累赘，还不如死了。我看不起他，甚至恨他。”

“你，在跟我说话？”

“无所谓。跟风说，跟空气说，跟海浪说又有什么关系，反正我现在说话也没有人听。”

莫格利看着凌宇，发现他头发凌乱、衣服起皱，早已没有了意气风发。

“这二十多年，我都在寻求亲情的认同，为了取悦一个所谓的父亲而活着。但当真正的父亲出现的时候，我对他最后说的一句话竟是‘帮我找证据’。”

凌宇感到悔恨，挠挠头发。

“我知道凶手肯定就是郑伟珏！”

“你们不是同一条绳上的蚂蚱吗？靠着他你才推倒凌伯伯，实现变态的复仇。”

“他这种人老奸巨猾，肚子里的算盘打的都是连环计，我和我爸只不过是被算计的棋子罢了。”

“所以，郑伟珏才是那个笑到最后的黄雀。”

“不过，他笑不了多久的，我一定要找到那个关键的证据，把他绳之以法。”

“你也知道那个数码摄像机？”

“我爸要真出事的话，那个数码摄像机估计已经被毁了。他最后给我打过电话，说到事发地，地下，两把枪，应该是当时的凶器。可是我去事发地附近找过好几次，一无所获。”

凌宇捡起一块石头，扔向大海，激起一圈圈涟漪。

莫格利脑海里却突然闪过丁建雄的话：

——你应该还记得那个地方吧？你往东跑十五分钟。

忽然他一瞬间僵住，像电流漫过全身，连呼吸都静止了。

没错，就在事发地——森林。

远处的山脉绵延向远方，郁郁葱葱的森林在风中发出哗啦哗啦的响动。

莫格利伫立在被树木掩映的空地，他闭着眼，做沉思状。

东，包含了正东、东北、东南三个方向。

先往正东。莫格利像一匹奔驰的野狼，以强劲的速度，往正东方向冲了出去。排除慌乱引起的记忆误差，把时间范围扩大到10到20分钟。莫格利不断奔跑，丈量出10分钟、20分钟的两个点后，又原路返回，重新站在事发地。

这次是东南方！莫格利往东南方向，再次飞奔出去又原路返回。

最后是东北方！随着莫格利奔跑的路径，脑海中浮现出了一张地图，森林里一大片区域在地图上被标记出来，看起来无比辽阔。

这么大地方，要寻找两把深埋在地底的枪，难度等于大海捞针！

莫格利望着雾气环绕的森林，喘着大气。

“看来，只有郑伟珏能找到真相了。”

奔波了一天的莫格利刚走回小区，凌熙一下从花台里跳出来，挡住他的去路。

“今天去哪儿了？！”

“……外面。”

“哪里的外面？跟谁？”

“……”

莫格利的脑中想起郑伟珏的事。为了达到目的，他可以不择手段，别说是凌宇和他爸，就算是凌熙，甚至郑理阻碍了他，他也会六亲不认的。

他又想起之前与耳钉男在拖拉机上的遭遇以及医院里的那次凌熙受伤。

是的，不能把自己心爱的人卷进来。

“我的事，你别管了。”

莫格利径直往前走，凌熙一把拦住莫格利去路。

“我不管你，我管谁？我可是你的女朋友。”

“那从现在起，不是了。”

“你什么意思？”

“分手的意思。”

凌熙身体僵直，意识到事情的严重性。

“你不会，当真的吧？”

“真的。”

“为……什么？总要给我个理由吧？”

“你什么都指挥我，连开瓶水都要叫我，我已经分不清是你仆人还是男朋友，我现在越来越厌倦。”

凌熙有些愣神儿，仿佛莫格利说了什么她从未想到的话。

“……如果你很在乎这些，我可以改变，两个人之间总得有人妥协、退让。而且你看，陆子曰对唐澄、郑理对白艺凌，只要相爱一切都不是问题，根本谈不上分手啊！”

“那也许，是我不够爱你吧！”

一瞬间，似乎所有的光芒都褪色，所有的希望都破灭，路灯吱呀吱呀发出电流声，光线闪烁了两下。莫格利决绝转身，大步往前。转身的瞬间，伪装的冰冷消失，只剩下无尽的自责和愧疚。

任凭凌熙在背后叫他的名字，莫格利并没停下脚步。

“对不起凌熙，如果失恋的附加值是不让你进入危险中心，那我愿意做那个不被原谅的人。”

时光飞逝，好几天过去了，依旧没有丁建雄的下落。

暗自庆幸的郑伟珏也渐渐恢复了往日的镇定。

这天，他在自己办公室里接待了一个人。

“你就是森木项目现场工程的工头？”

“是。”

“临时把你从施工现场召回来，是有件重要的事情当面通知你。”

“郑总，您请讲。”

“必须马上停下一期所有工程，集中力量推进二期项目。”

“可是一期那边还有一个星期就要完工了。”

“这是公司的决定，你去执行就是了。下周一，项目部会出具最新的工作计划表。”

“明白了郑总。”

“你出去吧。对了，整个施工期间，杜绝外人来访，我不希望在施工现场看到任何不相干的人。”

“你放心，我们会把这片区域都圈起来，保证连苍蝇都飞不进去。”

“还有，如果挖到什么东西，必须第一时间向我汇报。”

“没问题。”

工头欠身出门。郑伟珏扶着腰，拿出施工单位测量的森林地图，在事发地点画出一个圈。

凌宇一脸正色走进沃夫大楼，这段日子他一直在森林里搜索证物，皮肤都晒得黝黑了。

会议室内，郑伟珏似乎等待他多时了。

“小宇，摄像机呢？”

“你以为没有摄像机我就没有其他证据了吗？我爸留了个后招儿。”

郑伟珏脸上有一丝紧张，一闪而过。这一微表情被凌宇察觉。

“什么证据？”

凌宇把一沓已经拟好的合同推到郑伟珏面前，把钢笔帽拔开，将钢笔递到郑伟珏手里。

“你把合同签了，我就马上给你。”

郑伟珏假意要签，刚把笔尖落到纸上，又停下，观察凌宇的反应。

“那你也要给我先看看证据吧，一手交钱一手交货，不也得先验货吗？”

凌宇硬着头皮从包里拿出一个牛皮纸袋。

“证据就在这里面。”

郑伟珏看到牛皮纸袋，一下就放心了。

“哈哈哈哈，你拿去告我吧，这个证据送你了。”

凌宇愣住，郑伟珏一把抢过信封拆开，里面是一沓无关的资料。

“骗谁呢？拿这点儿棒棒糖就想来翻盘啊。这个公司我不仅不会给你，现在你也不是这个公司的员工了。请滚吧！你从凌正浩公司怎么滚，就从我这里怎么滚。”

“郑伟珏，我爸在哪儿？”

“跟凌熙游山玩水，在农家乐不是玩得很开心吗？”

“我说的是，丁建雄。”凌宇说罢转身离开。

傍晚的夕阳斜斜地照在大地上，一间老旧出租屋被浸染上一层金黄。

回到出租屋的凌宇异常颓废，门上贴着一张新的招租广告，而钥匙已经插不进锁芯，凌宇发现自己唯一那点儿家当被扔进了走廊里的大纸箱中。

热闹的街道上人来人往。

凌宇抱着箱子像个游魂野鬼，踟蹰在原地，或许只能找个破旅馆度过余生了吧。

突然，一个熟悉的声音叫住了他。凌宇扭头，见一辆豪车停下，车门缓缓打开，高婕光鲜亮丽的身影出现。

“找了你好久，这是我让律师拟好的离婚协议，你看下，没问题就签了吧。”说着高婕拿出离婚协议书。

凌宇接过笔，想都没想，直接要签。高婕抓住纸角没放。

“你都不看一下吗？”

“不用了。”

“你是过错方，签了后房子、车子、存款都不再属于你……你考虑清楚了吗？”

凌宇已经唰唰唰签上自己的名字。高婕眼里最后一丝希望的光，也暗了下来。

“没想到即便是你一无所有，也不考虑重新回到我身边。”

“对不起。”

高婕彻底死心，拿着签好字的离婚协议转身离开，泪如雨下。

莫格利躲在唐澄家的帐篷里，心事重重地拿起一个密封袋，袋子里装着一块斑驳的旧墙皮。

“爷爷，我有点儿累了。好像越靠近真相，就失去得越多。但我不能让你含冤，也绝不能放任凶手，我要一步步靠近郑伟珏，将他绳之以法，还原当年事情的真相。”

这块墙皮是这几天莫格利在森林里寻找到的护林人爷爷曾经居住的小木屋的墙皮，莫格利将它放在手心。

收拾完衣服，行李也已被打包完毕。莫格利叹了口气，拿出准备好的信封，在上面写字。

——这段时间的房租，莫格利。

这时，敲门声响起来，莫格利赶忙把笔记本装进包里，起身开门。

门外的凌熙努力地调整着表情，这几天无论她怎么讨好莫格利，莫格利似乎都铁了心要和她分手，但凌熙从来不想放弃这段感情。

“我给你们送水果来，刚买的，特别新鲜。”

不等莫格利回复，凌熙侧身，从莫格利和门框间的缝隙溜进去。

唐澄不在，白艺凌似乎回老家了，这屋里现在就只有莫格利和凌熙两个人。

凌熙笑着把水果放到餐桌上，结果发现桌上的信封，以及莫格利留的字。

“什么意思，你要搬走了？”

“你来了正好，这个帐篷要还给你，以后应该也用不到了。”

“你去哪儿？”

“我自己找了房子，一个人住清净。”

“你就这么走了，都不跟唐澄、陆子曰道个别吗？”

“我对这个地方也没什么牵挂，那些煽情的道别话就不说了。”

凌熙想挽留，嘴唇微张，话却卡在喉咙。

凌熙家楼下不远处，唐澄怀里抱着一摞从李昱珩公司拿来的资料走在前面，陆子曰则跟在身后。

这段时间两个人为了赚钱四处奔波，正好遇到李昱珩的公司被高氏公司状告森木项目违约，两人便联手接下了这个案子。一方面李昱珩出手大方，一笔定金就解决了他们的燃眉之急；另一方面，他们心里也预见到真正在背后告李昱珩的一定是郑伟珏那只老狐狸，自然同仇敌忾。

两人正在交流着案子的进展，看见不远处，凌熙追着莫格利出来。

“以后都不见面了吗？”

“不见了。”

“你要搬去哪里？我开车送你吧。”

“不用。”

“如果我改掉那些你讨厌的缺点，如果我努力变成你喜欢的人，我们可不可以不分手？”

“两个人之间如果没有爱了，一百种锲而不舍，就是一百种徒劳无功。让开！”

莫格利拽过箱子，凌熙被强大的拉力带动，重心不稳，一个趔趄，手臂摩擦在墙上，瞬间渗出浅红色的血。但从唐澄和陆子曰的角度没看到凌熙受伤。

“为什么一定要做得这么绝？”

“因为我不想被你一次又一次打扰，就算像普通人一样见面也会觉得尴尬。”

凌熙难过至极，却仍在竭力掩饰。

“那我帮你提箱子，你心情好了早点儿回来。”

凌熙的极度卑微让莫格利十分难过。

片刻犹豫后，莫格利还是避开凌熙，头也不回地坐上一辆出租车离开。

凌熙愣愣地坐在地上，任由眼泪流下来。

唐澄、陆子曰越看情况越不对劲，跑了过来。

凌熙马上放下袖子，藏住伤口。

“我们分开了。”

“……你们，分手了？”

“时间不早了，你们早点儿休息吧。晚安！”

不等两人回复，凌熙转身，匆匆跑回了家。

莫格利的新住处在快捷酒店里，狭小的房间里摆了一张单人床。

一扇不到半米的窗户是唯一的采光源，灰色的窗帘让整个房间死气沉沉。

莫格利躺在床上，望着天花板发呆。床边手机的微信提示音不断响着。

储时：蛤蜊哥哥，你怎么退群了？

储时：被盗号了吗？

陆子曰：莫兄，你搬去哪里了？

唐澄：来真的？到底发生了什么？

莫格利伤感地拉过被子，把自己裹了起来。

四十一　引蛇出洞

莫格利离开后，众人为了李昱珩的官司又忙碌了起来，大家也希望凌熙可以借着工作暂时忘记烦恼。

李昱珩在白板上列出几个关键数据；顾源给每个人分发资料、端茶递水。

唐澄和陆子曰则不断在笔记本上记要点，在资料上圈出关键信息。

“从报表上来说，森木在环保上8%的经费投入，根本就撑不起一套大型的排污循环系统。这是我怀疑他们乱排乱放最重要的证据。”

“有说服力，但不构成直接证据，如果对方说，能用特殊渠道低价买到循环系统，你的怀疑就不成立。”

“所以，只能是推测。”

“要赢下这场官司，还需要一个排污现场的关键证据。”

“现在储时也在那边，必要的时候，可以让他们再去一次现场，看看能不能找到一点儿线索。”

虽然困难重重，但众人信心满满。

“凌熙，你怎么想？”

这时，大家才发现凌熙望着窗外出神，根本没有参与到大家的讨论之中。

陆子曰的手机忽然振动起来，他滑开屏幕，无比激动。

莫格利终于回信——老地方，找你有事。

陆子曰瞒着大家独自与莫格利在大排档里见面。

正值饭点儿，大排档人声喧闹。莫格利和陆子曰相对坐在靠窗的角落，气氛怪异。

“莫兄突然搬走，微信不回，电话也不接。打算连我这个兄弟一起抛下吗？”

“我知道你和唐澄都想问我很多问题，但我那时心里很乱，不知道怎么回答。”

“那你现在理清楚了吗？”

“……”

陆子曰一把抓住莫格利的手。

“如果仅仅是感情问题，好聚好散不行吗？你知不知道凌熙为了你有多难过。”

莫格利沉默不语。

陆子曰继续说：“她看上去嘻嘻哈哈的，但一直在强撑，用工作麻痹自己，今天她……”

莫格利不想再听下去，努力压抑着情绪。

“子曰，我不想听关于她的任何事情，你还是不要讲了吧。”

“那你约我见面到底是为什么？”

莫格利从包里拿出一摞书推到陆子曰面前。

“这不是我送给你的礼物吗？”

“我搬了家，这些东西暂时没地方放，还是先放你那儿吧。”

“莫兄你现在住哪里，习惯吗？”

“我很好，不用担心。”

“我们是好兄弟，需要什么帮助，随时告诉我，好吗？”

“会的。”

莫格利说完便起身离开。陆子曰张了张嘴，想说什么，又咽了回去。他无比落寞，默默把书收回来。

人来人往的大街上，陆子曰落寞地走着，一只手抱着书，一只手举着手机跟唐澄通话。

“见完你兄弟了吗？效果怎么样？”

“比失恋还难过，他把我之前送给他的一堆书也还给我了。这是表示他连友谊都不要了吗？”

陆子曰停了下来，眼睛看向某处愣住。

“陆子曰，你不会想不开，哭了吧？”

“不，我好像发现了什么！”

陆子曰在怀抱的一堆书里意外发现一张折着的纸露出一个角。陆子曰赶紧放下电话，扯出纸展开，竟然是森木项目所在森林的地图。地图中央，一个明显的可疑区域被圈了出来。

年末的日子过得飞快，开庭的日子转眼到了。

这天唐澄、陆子曰作为被告代理律师先来到了法院调解办公室，他们见到了高氏集团的律师姜律师，他一脸放松地坐在另一边。

调解员向双方阐述道：“现在是庭外调解，原告、被告，愿不愿意接受调解？”

姜律师冷笑着说：“不愿意。”

调解员说道：“那就是坚持诉讼。被告呢？”

唐澄和陆子曰沉默着。

“被告，是否接受庭下和解？”

时间一分一秒过去，墙上挂钟的声音格外响亮。唐澄不断转动手机，陆子曰双手合十放在额头前，姜律师则露出胜券在握的笑容。

叮咚，手机微信的提示音响了。

唐澄抬头，眼神里全是坚定。

“不接受。”

审判庭内，国徽高挂，众人正襟危坐。

姜律师站起来侃侃而谈，向法庭一一出示原告方证据，其中包括墨子资本之前和高氏集团签订的投资协议。唐澄也出示了李昱珩提供的可疑财务报表。某个瞬间，唐澄抬头和陆子曰目光交会，两人的眼神里全是坚定。

随后进入法庭辩论环节，由原告围绕争议焦点简要发表辩论意见。

“刚才被告提供的报表，只是森木项目执行过程某一阶段中的财务数据，如果仅凭这个片面的数据以偏概全地认定森木项目违规排放，那就等同于用一棵歪脖子树否定了整片森林。控方律师认为，这种武断的猜测并不能作为有效证据。”

“那如果我有一份森木排污的现场视频呢？”唐澄说。

姜律师突然顿住。

“我请求合议庭允许我方提供新的证据。”

法官表示可以当庭播放。

唐澄敲击空格键，画面呈现出当时取证的场景。

黑暗中，一束电筒光照到储时脸上。

“这个是唐远伯伯，这个是我们的小婉妹妹。”

镜头转到唐澄的父母，两人对镜头招手。

“我们现在所在的地方是森木项目一期、二期交会处。请大家看地图定位。”

储时举起手机，上面的小点显示实时定位。

“这一次，我们根据神秘人提供的准确线索，找到了排污源！”

镜头中，一股黑色污水从河边汩汩冒出。唐澄父母用玻璃瓶采集污水，作为样本。

随后画面抖动，变成了黑屏。

唐澄关上电脑后做了补充说明。

“现场举证的三个人，一个是环保志愿者，另外两个是野生动物保护专家和野外摄影师。如需要，他们可以作为证人出现。”

姜律师有些紧张，拿出了餐巾纸开始擦汗。

“此外，我这里还有一份对现场水质的化验报告，结果显示里面有铬、铅、汞等一类污染物，而水质也被划为重度污染。”

法官请辩方呈上证据。

陆子曰交出自己的手机，屏幕上显示的是电子版报告单。

“开庭前刚得到的资料，还没有来得及打印。”

姜律师看到这些知道这个案子大势已去，坐在律师席上深深地叹了一口气。

法院根据双方提供的证据，最终依据《中华人民共和国合同法》第五十二条及相关司法解释的规定，驳回原告高氏集团的全部诉讼请求……

郑伟珏第一时间得知了官司的结果，拨通了姜律师的电话。

“高氏给你们那么多律师费，就是这样办事的？！被圈养着出工不出力是吧，滚蛋！”

“郑总，你们风羽传媒是森木项目的股东没错，但我是高氏的法务，不是你风羽传媒的。官司输了，我会向高氏集团解释，暂时还用不着你对我呼来喝去的吧。”

啪，姜律师挂断电话。

郑伟珏脸色由青到红，胸口气得不断上下起伏。

他刚走到三十八楼的门口，莫格利的身影忽然出现，又把他吓了一跳。

“不知道这里是风羽传媒吗？让开！”

“我知道，我就是来找你的。官司输了，是我送你的一份大礼！”

“你什么意思？”

“森木最近在网上被质疑，现在官司又输了，更是一块烫手山芋。据我所知，高氏正在寻找接盘下家，你是森木项目的重要股东，要是现在趁机压高氏的价，吞下整个森木，就能逆风翻盘。”

郑伟珏眯起眼睛。

“你的计划很聪明。但对我来说，这个项目投入挺大的，盈利空间也不明朗，我为什么一定要做？没兴趣。”

“请你一定要接下这个项目！”

莫格利拦住想要离去的郑伟珏。

“这也是我要跟你说的第二件事情。”

郑伟珏把莫格利带进了自己的办公室。

“我凭什么相信你？”

“我看过一个视频。”

“什么视频？”

“关于你和丁建雄的，我没推断错的话，凶手就是——”

郑伟珏心里咯噔一下，脸上闪过一丝不为人知的恐惧。

结果，莫格利话锋一转：

“凶手就是——凌正浩！”

郑伟珏颇感意外。

“我不懂你在说什么。”

“想必你也知道，那个摄像机我看过，在我刚听到凌正浩是主谋的时候，视频就丢失了。肯定还有什么信息是我不知道的。”

“没有！这个案子当时就出结果了，没有足够的信息证明凌正浩有罪。”

“你们不是已经闹掰了吗？你就别维护他了。”

“我实话实说。”

“可是后来我联系上了丁建雄。”

原本一脸轻松的郑伟珏，眉头又紧蹙起来，莫格利观察着他表情的每一个细微变化。

“他本来已经答应来见我了，还告诉我有一个证据，在事发点附近。可是单凭我一个人的力量根本找不到。”

“所以，这就是你找我的原因？”

“是，我必须找出这个证据，才能把凌正浩绳之以法。希望你拿下森木，找到这个消失的证据。”

“你跟凌熙谈恋爱，又要找她爸复仇？”

“守林人爷爷待我如亲人，为他报仇是我这辈子最重要的事。凌熙是仇人的女儿，我早跟她划清界限了，现在我是我，她是她。”

面对足够完美的理由，郑伟珏一步步放下防备，但也不得不提防着莫格利。

“对了，你说你是在哪儿看的录像？”

郑伟珏心想如果莫格利看过视频，那么看到最后一定知道凶手就是自己而非凌正浩。所以他提议看一下当时的监控画面。

莫格利心中万分焦灼，大滴大滴的汗从额头冒出，但也不能表现出丝毫破绽，只得带着郑伟珏去墨子资本的保安室。

保安室内，郑伟珏点击视频，电脑屏幕上呈现出那天莫格利进电梯的画面。

莫格利一颗心扑腾扑腾地跳着。他吞咽口水，喉结上下蠕动；双手紧张地握住桌子边缘；呼吸急促……

进度条一点点往前，秒数每多一秒，莫格利就紧张一分。一秒、两秒、三秒……

监控画面里莫格利低头看着数码摄像机，忽然乘坐的电梯下坠，出现了黑屏。

郑伟珏转过身来，最后一丝怀疑解除了，确实莫格利并没有看到最后就遭遇了电梯故障，这下可以放心了。

莫格利假装难过地叹了口气，郑伟珏没看到他撑着桌子的手满是汗水。

傍晚的夕阳把天空染成五彩斑斓的色块。

公园里人来人往，孩童的打闹声远远传来，生活气息扑面而来。

长椅上，躲过一劫的莫格利微笑着，举起了易拉罐。

“谢谢，要不是你，我今天就穿帮了。”

一只手伸过来碰杯。

“虽然我不知道你为什么让我去墨子资本的保安室处理视频监控录像，但我相信你。”说话的人是郑理。

“总而言之，谢谢你了，既然事情顺利解决了，那我们今天也就当没见过吧。”

莫格利将易拉罐捏碎，一抹嘴，就想站起身离开，却被郑理一把按下。

“所以你让我赶在你们到保安室之前删除的那段视频的内容是什么，你不准备告诉我吗？”

“你还是不要关心的好。”

“这么说来是我爸的事？我也觉得奇怪，你明明是站在凌熙那边的人，为何却跑来和他纠缠不清？我从来没见过你面对他这么紧张，你到底有什么盘算？”

“你明明是你爸的儿子，但收到我发的微信二话不说就来帮我，难道也有你自己的打算？”

“少给我装蒜了。因为我好奇能让你慌张成那样的录像究竟是什么，为什么害怕我爸看到，为什么他也要这么着急地确认？与他有关的事，难道我没有权利知道吗？”

莫格利低头不语，郑理反而有些紧张。

“你还是别问了，你明知道我可以用其他方式感谢你……”

“都到这个地步了，我难道还想要置身事外吗？告诉我究竟是什么！”

两人互相僵持着，好一阵，莫格利终于抬起头来似乎下定了什么决心。

“你真的有了解真相的心理准备吗？”

郑理毅然决然地点头。

莫格利一五一十地把自己知道的内容都告诉了郑理。

郑理的手心出着汗，不停地折磨已经被捏扁的啤酒罐，他脸上的神色也完全是一种不可置信、不知所措的绝望。

“这么说，他真的……他真的杀人了？”

莫格利点点头，十分无力。

“那你呢？如果一直找不到证据，就永远不打算回到凌熙身边了吗？”

“和凌宇那边的信息合并后，我就发现只有接近你爸才有可能拿到证据，我不知道这么做能不能成功，不知道对她造成的伤害会不会被原谅，不知道以后还会不会有更危险的事发生。我现在能做的，除了离她远一点儿，还有什么呢？”

“听上去你这是要孤军奋战到底了。”

“以前住在森林里虽然是一个人，但我从来不觉得孤单，一切只为了生存，但有了牵挂真就不同了，一个人，是骨子里难忍的孤独。我现在很无力，是对未来没法把控的无力。”

郑理拍了拍莫格利的肩膀。

“你也不能永远孤军奋战，如果你还把我当朋友的话，我们就是一条战线上的同伴。坦白说，就算那么多证据指向他，但我还是不愿相信。我对我爸还抱有希望，万一这一切是误会，那我也要和你一起找到证据才能帮他。哪怕这一切是真的，我也不希望他再继续错下去了。”

郑理说完起身就走，他要亲自去找郑伟珏。

夜晚，风羽集团办公区域内早已关掉了大灯，只剩下郑伟珏办公室里单独亮着的灯光。

郑理走到郑伟珏办公室外，看着办公室内正伏案工作的郑伟珏抬手接起一个电话。办公室还是原来的那间办公室，老爸还是那个老爸，但就是不一样了。

郑理的心很痛。他努力在门口释放了一切负面情绪，忍住心里的波浪，收敛好情绪，然后推门而入。

郑伟珏挂掉电话，见郑理站在他面前，心情复杂。

一时间，整个房间里弥漫着一种诡异的气氛，父子两人再也无法回到从前的热络状态，现在的两人之间，仿佛隔着一座冰山。

“听说你今天来公司找我，什么事？”

郑理愣愣地看着郑伟珏似乎忘了回答，直到郑伟珏再次抬起头。

“……公司的这些事，你打算什么时候告诉我妈？”

“最近事情多，我忙完这些，会一起处理好的。”

郑理问完话，站在门口并没有走。

“爸，我为什么觉得，你现在就像变了一个人一样？”

“你想说什么？”

“你有没有觉得，最近我们父子之间有了很深的隔阂？”

“这不是你自己的选择吗？你自己站在了我的对立面，在家里也避开跟我接触，不肯进我的新公司，不都是你自己的想法吗？”

“那你跟我说话的语气呢？以前你那么平易近人，现在一说话完全变成了发号施令、居高临下的状态。我们不像以前的父子了，你不觉得吗？”

父子两人隔空相望，看着郑理说得真心诚意，郑伟珏收回冷冷的目光，似乎软了下来。

“但我永远是你爸。”

“如果你承认是我爸，还对家有一丝温存的话，你能不能回头？”

“难道还回得去吗？”

郑理特别失望，忍着心痛转身离开。等郑理出门后，郑伟珏扔掉手里的笔，有一种强撑过后的无力感。

次日，风羽集团召开了森木项目收购新闻发布会。

被一系列负面消息顶上风口浪尖的森木度假村项目经过一段时间的沉淀，今天终于重回大众视野。

郑伟珏费尽力气才应付完了记者们的问题。

他疲惫地走下演讲台，一抬头却见莫格利正穿着一身西装，等待着自己。

“恭喜郑总顺利拿下项目。”

莫格利的手伸在半空中，却不见郑伟珏马上来握，甚至他的脸上也读不出什么表情。过了许久，郑伟珏才展露出虚情假意的笑容。

“我们现在也算是一条船上的人了，不要这么客气。”

郑伟珏从衣兜里拿出一盒名片递给莫格利。名片上印着：风羽公司项目顾问　莫格利。

“既然你已经新官上任，那么近期那些针对公司的谣言和负面信息，希望你能立刻处理好。”

最近凌熙工作室的直播内容不再是服装设计展示，更多的是在揭露项目环保的问题，这让郑伟珏很难堪。他想看看莫格利对此事的反应，莫格利的手不知不觉捏紧了名片。

“我会现在就去处理的。只是……”莫格利举起手中的名片，“这职位我挺喜欢，不过我要换个名字。”

郑伟珏并不知道莫格利的意思，等他转身走后，郑伟珏拿起电话打给了耳钉男。

“你这段时间的任务就是替我看好他，他每一个动作我都要知道。”

凌熙工作室内依旧忙碌，凌熙、任何、李凯、兔兔正在议论着郑伟珏召开新闻发布会的事，大家都觉得这个破项目名声这么差，他居然还要投入自己的身家接盘，实在无法理解。

莫格利的到来让工作室突然安静了下来。

“各位好，我是来办正事的。”

他拿出名片，递给了李凯——风羽集团项目总监：夏野。

凌熙正坐在椅子上看着莫格利，两人对视，凌熙神情紧张。

倒是莫格利非常放松，找了张椅子坐下，对凌熙发话。

“那我长话短说吧。”

莫格利拿出一张“严正声明”递到了凌熙跟前。

“我代表风羽集团向你们工作室发出严正声明，你们有指向性的T恤图案以及在直播中恶意散播的谣言已经对公司造成了严重不良影响，这已经构成了诽谤。希望你们立刻停止这样的行为，不然下一次等待你们的将是正式的律师信。”

莫格利一口气儿说完，工作室宛若被冰霜冻结。

凌熙直愣愣地看着莫格利，脸上读不出什么表情，但紧握的拳头显示内心的愤怒。

“莫格利，我只有一个问题想问你。”

“你说。”

“那个书里的证据是你故意留下的吗？陆子曰告诉我了。”

“是。”

“那你为什么……”

“因为如果你们不赢，我们怎么能低价拿下这个项目？这是我给郑伟珏的礼物。”

凌熙一拍桌子，出离愤怒。

“你是连良心都不要了吗？！”

莫格利整了整衣服，起身离开。

“我今天来传达公司的意思，既然话说完了，我就走了。”

凌熙朝莫格利怒吼：“你听好了，你给我小心了，我不会收手的！不管我们以前是什么样的关系，只要你站在了我的对立面，我就只能把所有的炮火集中在你身上！”

莫格利一言不发，他绷着神经离开工作室走进电梯。关上门的一瞬间，终于软绵绵地靠在墙上，像是才经历了一场战役，但却万般地难过。

夜幕又徐徐降下，洗涤着每个人的心绪。

凌宇裹着大衣，浑浑噩噩地走在路上，不知道方向，也没有终点。

一阵香味从身边穿过，凌宇抬头，见到了一个烤红薯的小贩与自己擦身而过。

凌宇抬手想叫住他，却见到不远处凌正浩和文郁正牵着手恩恩爱爱地走回家。凌宇这才发现自己不知不觉走到了凌熙家附近，便一个转身，赶紧躲起来。

文郁拉着凌正浩，两人嘟嘟囔囔走进了小区。像是所有平凡夫妻过着的平凡生活，看不出岁月给他们带来的负面和隐藏在心里的阴暗面，展现出来的，永远是生活本来的样子。

凌宇失落又无奈，在转头的一瞬间，却看到了那张自己心心念念的脸。

储时正拖着行李箱走了过来，笑得很灿烂的嘴角，正对着手机大喊：我回来——

“来”音还飞在空中，便与凌宇打了个照面。

名人公园外人流不多但也不断。

凌宇和储时平静地坐在路边的花坛边，气氛平和，两人相对无言。

沉默好一阵子，凌宇才开口自嘲。

“我这个落魄样子还偏偏就让你看到了，真是讽刺。”

“你，还好吧？……”

“你觉得呢？我现在的狼狈，是自作自受……现在这样的报应也应该能让你们宽慰了。”

“怎么会？！其实刚才我见到你，都没有想要逃跑的心思呢。这段时间在野外做环保，我心里已经很平静了。”

凌宇看到储时这么平静，心里也如释重负。

“是吗？那我以后更不会来打扰你了，我不会再想见你了，也不会再来找你了。就当……我们没认识过吧。”

凌宇两只手不自觉地来回揉搓，显示内心的不安和紧张。

“既然我们都可以放下，那凌伯伯呢？你对他的伤害要比对我的大得多，你真的……不打算再为他们做点儿什么吗？”

“我能有办法吗？我现在对郑伟珏的威胁是零。反倒是他无限制的超负荷运转最有可能整垮他的公司。与其寄希望于我，不如祈祷他早日自行倒下。”

说完凌宇起身离开。

“时间不早了，我……要走了。你就当没有见过我吧。”

储时看着凌宇走远的背影，孤单又寂寞，最后融入了夜色。

和储时一起回到城市的，还有唐澄的父母，当然除了看自己的宝贝女儿外，他们还有别的任务——和“准亲家”会面。

这天，唐澄和父母如约来到陆子曰家。

唐父、唐母穿着户外装，肤色是健康的小麦色，陆父、陆母则分别穿上了唐装和旗袍。六个人第一次在同一个场合出现，彼此都挂着尴尬而不失礼貌的笑容。

陆子曰和唐澄无奈地对视一眼，急忙打破这要命的沉默。

陆子曰向唐澄父母鞠躬，“伯父、伯母好，我和家父、家母欢迎二位光临寒舍。”

唐澄回应道：“我也介绍一下，这两位就是我传说中的父母。以后都是一家人了，大家轻松自在一点儿……”

正说着，只见唐父从背包里掏出一个足有手掌那么大，用盒子包好的重物。

“第一次登门拜访，一点儿见面礼，不成敬意。”

陆父小心翼翼接过，尴尬地笑着打开，结果盒子里是块石头。

“这是我们收藏的一块沉积岩，从纹路来看，至少是上千万年前就形成的，可能还经历过河道变迁、洪水泛滥、大风冰雹……这一层一层的变色，都是时间遗留下来的痕迹……我们希望唐澄和子曰，也能经历时间磨炼，像这块沉积岩一样。”

陆父、陆母一颗心总算放下来了。

“哎哟，真是太有纪念意义了，我们非常喜欢！”

六人在鸳鸯锅前围坐，桌上菜品多到盘子摞盘子。红、白汤头咕嘟咕嘟冒着热气，陆父、陆母坐红汤一侧，唐父、唐母坐白汤一侧。

为了化解尴尬，唐父开始挑起话题。

“外面待久了，有时候跟动物比跟人熟。有次我俩拍狮子，太远，中间都是杂草，我们就慢慢挪过去，越靠越近，最后也就隔那么几米，狮子看着我们，完全没有敌意。”

唐母也说道：“太近了，近得都能看清狮子的胡须。那就是大自然的恩赐，是在野外最最幸福的时刻。”

看唐父说到兴奋时，陆父也一起应和。他起身一挪椅子，不小心撞到了陆母的脚踝，陆母一个没站稳，双手撑桌，意外按到了麻将桌控制键。

桌正中，火锅徐徐升起，看得唐父、唐母目瞪口呆。陆母手忙脚乱地狂按开关，开关却失灵了。眼看桌上食材要翻，陆子曰和唐澄扑上去抢救，端起盘子，唐澄父母也反应过来跟着一起端。

“电源电源！拔电源——”

陆母踢掉高跟鞋冲向接线板，俯身拔下电源的那一刹那，刺啦一声，旗袍开线了……上升的火锅终于停住，几颗麻将，哗啦啦啦从桌肚里滚落下来。

经过了一番大乌龙，众人总算以真面目示人。陆父、陆母换上家常衣服，妆也卸了，六个人在客厅席地而坐，就着几袋零食喝茶。

“实在不好意思，刚闹了那么大一个笑话。说实在的，我和他爸很为我们家儿子担忧。”陆母表示歉意。

“子曰是个很好的孩子。”唐母看着陆子曰很是欣慰。

陆父见机提出子曰和唐澄能走到一起，经历了很多不容易，希望唐父、唐母能赞成。唐父、唐母都表示赞成。

“其实我们来之前，也挺忐忑的。一点儿不夸张地说，唐澄是自己把自己养大的。我们自私地牺牲掉很多陪伴她的时间，虽然经常安慰自己说救助动物这件事必须有人来做，但是作为父母，还是觉得亏待了唯一的女儿。”

唐澄嘴一扁，眼眶忽然就红了，陆子曰看她一眼，紧紧握住她的手。

夕阳透过明亮的窗子洒进客厅，洒在温柔相依的三对儿人身上，气氛难得地温柔。

四十二　扑空一场

新一天的阳光照耀着沃夫大楼，一扇扇玻璃窗反射出银白色的光芒。

前台小妹领着凌熙走进了风羽传媒集团接待室，凌熙毕恭毕敬地跟在她的身后，假意讨好。

待到前台小妹回到自己的工作岗位，凌熙身手利落地从里面溜了出来。

趁着没人注意，凌熙弓着背，避开众人耳目，迅速跑到郑伟珏办公室门口推门而入。她打开抽屉，拉开柜子，打开每一份文件查看，不想放过任何一个细节。

郑伟珏和莫格利回到办公室被前台告知凌熙正在等郑总。

两人对视一眼，眼神中充满怀疑。郑伟珏见莫格利也是一脸迷茫，便稍稍放下心。

郑伟珏径直向里走去，跟在身后的莫格利十分紧张，他警觉地四处查看，手心冒汗。

郑伟珏一把推开接待室的门，凌熙却不在里面。其实莫格利已经听见不远处郑伟珏的办公室内，传出凌熙翻动文件的声响。

凌熙在郑伟珏办公室继续翻找，最终她在一堆资料中，找到一份报价文件。

凌熙正看得入神，忽然听到隔壁莫格利的声音传来。

“怎么回事？人呢？”声音很响，就好像刻意让她听见似的。

郑伟珏看着空空如也的小型会议室，不由怒上心头。他瞬间意识到莫格利的行为有问题，立刻转头以狐疑的眼神望向他，却见莫格利脸上写满了迷茫和疑惑，丝毫不被郑伟珏的目光影响。

莫格利立刻装作恍然之状，转身一把推开了郑伟珏办公室的门。凌熙赫然坐在老板椅上，来回转着玩，见到两人也不惊，露出了一个大大的笑脸。

“这张椅子是你坐的吗？出去，这里是办公室，不是儿童游乐场！”莫格利指责凌熙。

“莫……这位夏先生，你用得着这么横吗？我在这儿长大的时候还没你呢！轮得到你搁这儿教训我吗？我就不能来谈合作吗？”

“现在这里是风羽集团，我是风羽集团的项目顾问，我当然管得着你了！你还以为这里是老地盘，遇见的都是老熟人？你整天诽谤风羽集团，我们怎么可能和你合作？我告诉你时代都不同了，再私闯办公室，小心我报警！”

郑伟珏趁着两人吵架的时候，四处查看自己的物品。柜子被打开，关上的时候没有关实；文件夹被动过，一沓有关报价的文件夹摆错了位置。

郑伟珏看向莫格利，又看向凌熙，顺势假装不经意地把报价合同放在桌上。

“好了！年轻人，火气何必这么大？你也知道，这个行业里想要跟我们合作的人都要挤破头了，但我们精力有限，只能挑选少数优秀的合作方，所以你觉得你是吗？走的时候，麻烦帮我把这沓垃圾也一起带走。”

郑伟珏把合同往凌熙面前推一推，凌熙却正中下怀，刚才的不爽烟消云散，眼看就要伸手拿起合同。莫格利的手却抢先拿过合同，出其不意地一把撕碎。

莫格利收起废纸，投入垃圾箱中。凌熙看着被撕碎的文件，想救不能救，心如刀割。

凌熙在楼道间疯跑，一口气儿跑下十层楼。

啊——！就差一点儿了！

她失望地坐在台阶上，难过、郁闷的心情齐刷刷涌上心头。平复心情后刚想离开，推门的一瞬间忽然安全门被打开，一个清洁阿姨走了进来。

清洁阿姨打开楼道内的垃圾桶，拿出里面的垃圾袋，向楼下走去。

“请问，这个是要扔去哪里？这栋楼里所有的垃圾都会扔到同一个地方吗？”

“当然啊，就在大楼后门垃圾处理处。”

“谢谢！”

当天晚上凌熙带着李凯、兔兔、任何到了沃夫大楼后门垃圾处理处。

除了凌熙，其他人都捏着鼻子，喘不过气儿。

面前的垃圾处理处，堆满了无数袋大大小小的黑色垃圾袋。

清洁阿姨正源源不断地从大楼里搬出剩余的垃圾。先是两袋，再折返，再提出两袋，再折返，再提出四袋……终于把最大的两袋垃圾扔在了中央，阿姨累得腰酸背痛。只听后面传来“收工”的声音，阿姨敲着自己的老腰，消失在楼道内。

众人戴上手套、口罩和帽子，站在堆积如山的垃圾前，开始一袋一袋地在垃圾中翻找。

凌熙流着鼻涕，但全神贯注，似乎已经与垃圾融为了一体。

“你们在干什么？”

众人触电般弹开，却见是一脸茫然的李昱珩拿着白粥和感冒药看着众人。

“你怎么来了？”

李昱珩把粥往边上一放，脱了外套，开始帮着凌熙一起寻找。

“所以你们在找什么？”

凌熙使劲翻找垃圾堆，李昱珩借机靠近凌熙。

两人的头时不时碰到一起，李昱珩趁机也将手靠近凌熙的手。

他在这种小情愫中自得其乐。就在李昱珩快要碰到凌熙手的时候，忽然听她一声尖叫。

“找到了！”

众人拖着疲惫的身体围拢过来，见垃圾袋里，正躺着一大堆撕碎的文件。

小区里，只有几盏夜灯昏黄地亮着。

郑伟珏打着电话匆忙走了一段路，上了自己的座驾，司机一脚油门，车迅速驶离。

远处，郑理的车载着莫格利缓缓跟了上来。

高速路上，郑理的车不远不近地跟在郑伟珏的座驾后面，中间刻意隔开一辆轿车。郑理打起全部精神，不敢有丝毫分神。

“莫格利，我爸今晚一直在打电话，讨论二期的事，说安全排查好像挖到了什么东西。”

“我刚才也收到了眼线的消息，说他们为了掩人耳目连夜开挖，但还不清楚具体挖到些什么。”

他们跟了一路，直到天已蒙蒙发亮。

郑理的车开上泥泞的山地，山路曲折、森林茂盛，郑伟珏的车已不见踪影，全凭车辙辨路。

一条路无车辙，一条路有车辙。郑理的车自然而然地沿着车辙的方向开进去。

周围树木逐渐稀疏，前方路面也没有了车辙。

莫格利从车上下来，环视一圈，隐隐觉得不对。

他掏出手机打开地图，当前定位已经超出之前自己预估地区的边界。

“……十五分钟的范围……这里不对！”说罢马上让郑理掉头回刚才的岔口。

郑理的车回到森林岔口，莫格利和郑理相继下车查看。

莫格利发现左侧路边有连贯的脚印，便直奔这侧没有车辙的路向前跑。他心想，差点儿中了调虎离山计。

森林招待所客房，两个工人在耳钉男的指挥下将一个装着重物、沾满湿润泥土的破旧编织袋放在郑伟珏身旁的长桌上。

耳钉男挥挥手，工人带上门出去了。

编织袋在经年的掩埋中脱色，有轻微腐蚀。郑伟珏看着它，不由自主地紧张调息。

就在此时，门砰的一声开了，莫格利气喘吁吁地推门而入，眼光瞬间锁定编织袋。

郑伟珏既惊又怒。

“你怎么来了？”

“安全排查的时候，有我这个项目负责人在场比较好吧？”

郑伟珏一愣，“你不信我？”

二人目光如炬，彼此盯视着，战火一触即发。

耳钉男见状撤到门边把门锁死，莫格利听在耳中，冷冷一笑。

“莫格利，你以为那是什么？”

“证据。如果这个也没了，当年的事就死无对证了。”

郑伟珏一颗心悬到嗓子眼——他在害怕，怕莫格利接近真相。

没想到莫格利话锋一转，“你和凌正浩是多年老友，说不定会为了缓和最近的僵局，把东西当人情送他。”

郑伟珏缓下一口气，笑了笑，“我没这个打算，你多虑了。”

莫格利让开，斜眼看向身旁。耳钉男已慢慢退向桌边，将手放在厚重的台灯上，随时准备拿起来砸向莫格利的脑袋。莫格利小心翼翼地防备着。

郑伟珏俯身下去，用锋利的小刀划开编织袋。

众人的心跳声无限外放，三双眼睛全部盯准袋子，郑伟珏狠下心将袋子掀开，两把生锈的铁锹咣啷啷滚落出来。

郑伟珏一愣，随后故作轻松大笑起来。

“哈哈，看来我们俩的信息都不太准。”说着转向莫格利，“不过，是郑理带你来的吗？”

莫格利一时无法回答，只得先行离开。

回城的路上，莫格利看着开车的郑理。

郑理知道这次扑了个空，安慰莫格利，“离成功只有一步之遥，太可惜了。你付出那么多，要是这次找到枪，就不用在我爸这把刀尖上走了，你和凌熙也……”

“从我决定潜伏在他身边的那天起，就没想过回头，倒是你现在处境微妙。你爸既然能支开我们，说明知道被跟踪了，你这关难过了。”

夕阳西下，郑伟珏精神疲惫地踱回家，郑理的车就停在门口——车牌：森BMF296。

郑伟珏看着郑理的车牌，回想昨晚郑理的车一路跟踪他，不免心思沉重。

推门而入的时候，郑理和李珊正有说有笑围桌吃饭。他对老婆微微笑笑，转而看向郑理那张冷脸。

郑伟珏略有些担忧，坐在餐桌旁又不好表现出来，端起汤喝了一口。

“好喝！忙了一整天，喝碗汤神清气爽。”

郑理却发出一声冷笑讽刺他白天忙完晚上忙，忙着销赃灭迹似的。

郑伟珏心头一紧，生怕郑理口无遮拦说出昨晚的事，放下筷子率先发难。

“你恋爱谈得失智了吗？老大不小的人了，心思不用在正经事上，整天无中生有！”

“是吗？我无中生有了吗？你自己做过什么事儿你自己不知道吗？”

父子俩同时忌惮地看向李珊。

李珊心想不就是公司的事儿吗？你们一个老的一个小的，闹什么内讧！她命令父子二人好好吃饭，郑伟珏和郑理自然不好再多说什么了。

饭后，郑伟珏在洗碗池边刷碗，听见身后有脚步声，以为是李珊，结果却是郑理。

“你昨晚干吗去了？”

郑伟珏一愣，拿起放在一边刷好的干净盘子，又放进水槽。

“去工地。怎么了？要向你报备吗？”

“骗谁呢？你也看见了，我妈那么爱你，无条件信任你，你怎么能辜负她呢？！”

郑伟珏听出了儿子的弦外之音，反而大大松了一口气儿。

“你怀疑我在外面有女人？”

“难道不是吗？”

“你不要瞎猜，我对得起你妈。昨晚我真的是去工地，施工队和司机都可以证明。”

“你不用跟我解释，总之，我不许她受委屈。”

郑理怕自己露出破绽，及时退场。走出餐厅的那一刻，他听到郑伟珏长叹一声似乎松了一口气，知道自己算是瞒过去了。

家里的压力不小，郑伟珏最近工作上也不是那么顺利。

之前凌熙从垃圾堆里翻出来的材料，有详细的风羽传媒合作伙伴资料。从那之后，李昱珩一直在风羽传媒的客户中奔波，确实也撬走了不少客源。

郑伟珏坐在办公室里，手握满篇赤字的财务报表，正对秘书发火。

莫格利敲门进来，审度状况，对着秘书摆摆手，示意她先出去。

莫格利还没想好如何开口，郑伟珏就率先发难了。

“你就任凭凌熙这样胡闹吗？”

“郑总，我这就去解决。”

莫格利转身出门，手已经落在门把手上，却被郑伟珏叫回。

“不用，这次我亲自去。”

“没必要吧？她这一点儿小把戏，用不着您亲自上阵。”

郑伟珏起身，仿佛看穿了莫格利，“只有我适合去，我要给她一点儿教训。”

同时他还吩咐秘书给莫格利订张机票，说业务主管在外地谈客户，自己不放心，让莫格利去盯着。莫格利忽然意识到，郑伟珏不放心的不是别人，正是自己。

凌熙在 SPA 会馆换好睡袍，在休息区一众陌生脸孔中寻找陈总的脸。

远远地，陈总笑着欠身向凌熙招手，凌熙一路跑过去。

“陈总您好，我——”

话音未落，凌熙就惊讶地发现，陈总对面坐着的，正是郑伟珏。

陈总圆滑一笑。

“凌熙，你们也是老熟人了，有什么隔阂，当面讲清楚就好。我先去里面蒸一会儿，你聊完了来401包房找我吧。”

陈总说罢起身离开，凌熙知道今天这一切不是巧合，她看一眼郑伟珏，索性坐了下来。

“有什么话就说吧，我们能在这儿遇到，应该不是巧合吧？”

“凌熙，我是看着你长大的，你对郑伯伯也有些了解。”

“我本来也以为了解过你，可惜……”

“有些事你对我心存不满，我可以理解，也想尽力补救。你想要什么？不用在我背后搞动作，直说吧。”

“我想要你还我爸声誉，要你当着沃夫全体员工的面澄清，我爸为人清白，没有一丝一毫亏欠大家，忘恩负义的人是你。”

“我真的想过，但现在不是时候。”

“哼，你觉得我现在还能相信你吗？骗子。”

“我告诉你，我不知道你怎么找到的那些客源，但你翘掉的那些生意，对我来说就是九牛一毛。”

“真的那么无足轻重，你就不会特意坐在这里了。”

郑伟珏听着凌熙的话，如坐针毡。

和郑伟珏不欢而散后，凌熙依约推进401房门。房间里没人，一个屏风将房间隔断成两半，凌熙绕过屏风，看见后面的独立汗蒸木屋。门没锁，凌熙推开木屋门，陈总不在里面，座席上铺着湿润的毛巾，凌熙索性走进去，打算边蒸边等。

然而，她并没有注意到，木屋门被人缓缓合上锁住了。

时间一分一秒流逝。

凌熙变换各种姿势，坐着、躺着、斜倚着，终于等不下去了。

她起身开门准备出去，却惊讶地发现，门把手拧不动了。她又用力拧了拧，还是打不开。门死死锁着。

汗蒸房里的温度指示直逼45摄氏度。

凌熙脸微红，呼吸逐渐困难，感到有点儿缺氧。她拍了拍门背。

“有人吗？外面有人吗？”

屏风前，郑伟珏正面不改色，怡然地喝着茶。

墨子资本的会议还在进行，李昱珩忧心忡忡，在“您所拨打的用户正忙，请稍后再拨”的提示音中放下电话。

凌熙最后一条消息来自两小时前——我见到郑伟珏了。

顾源碰碰李昱珩的手，李昱珩抬头，才发现众人正看着他。

“刚才的项目，李总您的意思是……？”

“我的意思是散会！”

李昱珩失态地冲出会议室，留下面面相觑的众人。

汗蒸木屋里，凌熙已经几近虚脱，双眼失焦、脸通红、胸闷不已，连连大口喘息。

凌熙用尽最后力气拍门，“有人吗？开门啊……开门……”

豆大的汗珠从凌熙额头上滴落，凌熙整个人斜靠着门背，缓缓滑坐在地上。

屏风前，郑伟珏听着凌熙的呼救，仍神态自若，慢慢地饮着一盅茶。

莫格利在机场安检口预检处等待，不安在脑海中不断徘徊，郑伟珏的话如在耳边——只有我适合去，我要给她一点儿教训。

莫格利越想越放心不下，将机票撕碎丢进垃圾桶，直奔SPA会馆。

来到会馆后他焦灼地在走廊中奔跑，走廊很长，两侧包房一眼看不到头，莫格利悬着心，一间一间找过去。

有时按捺不住推门而入，迎面而来就是一句“神经病”。

莫格利急得门都顾不上关，转过拐角的那一刻，他听到身后传来凌熙微弱的呼救。

“有人吗？……开门……”

这样微弱的声音只有听觉灵敏的莫格利才能分辨出其传来的方位。

他顺着声音走到401门口，刚准备推门而入，郑伟珏的声音从屋内传来。

“站立在营门三军叫／大小儿郎听根苗／头通鼓，战饭造／二通鼓，紧战袍……”

莫格利眉头紧皱，忽然犹豫。郑伟珏的《定军山》唱词仿若战鼓的鼓点，一字字打在莫格利的胸口。

郑伟珏踱步在汗蒸木屋外，怡然唱着，拖延时间，这是为了让凌熙恐惧。

“三通鼓，刀出鞘／四通鼓，把锋交／上前个个俱有赏／退后项上吃一刀……”

凌熙的声音夹杂着哭腔，在郑伟珏的唱词里虚弱传出。

“郑伟珏，我知道是你，你开门！快开门啊……”

门口，莫格利胸口剧烈地起伏着，郑伟珏的唱段和凌熙的呼救不断在耳边交叠冲撞，最后变成漫长的耳鸣，嗡——世界瞬息安静。

月色正好的那晚，他和凌熙恍如梦境的一刻在眼前浮现，凌熙的问话，好似来自遥远时空。

……你呢？放弃我，就没有一点点后悔吗？

后悔！如果有机会重新选择，哪怕当年真相成谜，莫格利也不会再放弃凌熙。

莫格利用力拧动门把手打算冲进去。几乎同时，郑伟珏拧开木屋的门，将凌熙放了出来。

凌熙体力不支，虚脱地跌在郑伟珏脚边，大口呼吸，渐渐缓了过来。

“凡事留一线，否则容易让自己窒息，下次再发生什么，可未必有人给你开门。”

听到凌熙危机解除的莫格利吓出一手冷汗，他伸手看了一下，哪怕为了自己，也从没有这样抖过。莫格利长出一口气，不知道该不该感谢最后一刻不必冲进去的运气，悬着的心落下了，却好像被丢入无底深渊。

郑伟珏打开门走了出来，莫格利赶紧闪身躲在拐角后。

待郑伟珏消失在长廊尽头时，凌熙扶着墙歪歪扭扭走出来。

莫格利只见李昱珩和自己同样火急火燎，从黑暗中冲过来，一把扶住虚弱的凌熙。李昱珩不由分说，一把将凌熙抱入怀里。

“我不允许你再这样单枪匹马！我要保护你。”

莫格利看着这一幕，心如刀绞。其实他才是最想保护凌熙的那个人！

凌熙迷迷糊糊地睡在李昱珩的大腿上，李昱珩坐姿笔挺，一动不敢动，僵硬宛如蜡像。忽然，凌熙迷梦中翻身，李昱珩怕她跌落，急忙用手护住。

他疼惜地看着凌熙那张略显虚弱的脸，不知不觉有点儿入迷。

李昱珩不由自主地伸出手，用手背搭了搭凌熙又嫩又弹的脸，又戳了戳自己，这才注意到凌熙已经醒了。

“我睡了很久吗？我怎么出来的？”

“你什么都不记得了？”

“又不是失忆。我记得我被关在汗蒸房里，叫天天不应，喊破喉咙也没用……郑伟珏那老狐狸还在外面喝茶唱戏！然后……”

“然后他把你放出来了，你晃晃悠悠走出来看见了我。吃饭去吧，补补你这没重点的猪脑子！”

夜已深，普华大学外面的大排档已没有其他客人，昏黄的小夜灯悬在排档前，在夜色里明明灭灭，腾腾的蒸汽从烧滚的馄饨锅里冒出来。

凌熙和李昱珩在一张小方桌边对坐。

“果然这人树大根深，和陈总是一伙的，想扳倒没那么容易……唉，我这样跟他斗只是杯水车薪，也不知道猴年马月才能帮我爸扳回一局……”

李昱珩见凌熙失落，有些不忍心。

“我托朋友打听过，郑伟珏把全部家当都押在森木里了，现在进退维谷，其他小项目本来不算什么，但眼下，他没什么腾挪的余地，那就是牵一发而动全身了。”

“那我这趟没白捣乱？他资金链上开了口子，是不是会再找投资人啊？我一定要赶在他前面让那些投资人认清他的真面目！”

李昱珩皱眉，明显表现出担忧。

“他都这么威胁你了，你还愣头青一样往上撞啊？你这是飞蛾扑火。”

“不然呢？看着他坑完我爸再去坑其他人，我坐视不管？我晚上会睡不着觉的。”

李昱珩故作嫌弃，实则心疼，“行了，你也别掺和了，投资圈是我的主场，让朋友们卖我个面子还不算难。你就好好休息吧。”

老板端上两份热腾腾的馄饨，放在两人面前。

凌熙略显失落地埋头狂吃，李昱珩用调羹盛起一颗馄饨，瞟她一眼，几次想喂过去，都没成功。他张嘴想继续说什么，最终无奈闭嘴，似乎有些表白永远无法开口。

之后的一段时间，李昱珩一直陪着凌熙加班。

他们一起熬了好几个通宵，李昱珩负责和客户沟通，凌熙则对项目做了更多深入的研究。

这天深夜，李昱珩和三五客户走出KTV，显然都有些醉意。他强打精神，将客户一一送上出租车，挥手目送车辆驶离。

“请务必帮忙，算我欠各位一个大人情！”

“李总，这不像你啊，这么卖力做些吃力不讨好的事儿，你图什么呀？”

目送客户离开后，李昱珩终于不必强装笑容，疲惫地站在城市的夜色中，胸口一阵恶心。他跑了两步，扶着街边电线杆狂呕。

唐澄的吉普车停在红灯待转区，她无意间眼睛向外一扫，看见了这一幕，略有些纳闷儿。

绿灯亮了起来，后车鸣笛一直催促，唐澄只好开走了。

四十三 拯救野狼

这天，李昱珩走进Y-home的时候，郑伟珏迎面拦住了他。

“李总，我几次到你公司去都吃了闭门羹，这就有失风度了吧？”

“掏了人家鸟窝，人家找上门来，我当然不能开门了。”

“这我就不懂了，我和你充其量打过一场官司，没什么私人恩怨吧？”

“那要看怎么说，街边碰见个摆水果摊的，以次充好卖给我朋友，我也会提醒一声。”

“我们都是生意人，在商言商，为了断我的投资，你跟别人签对赌协议，低价抵押自己的股权，你有没有考虑过，万一……万一你项目黄了，那是赔了夫人又折兵！”

“世事难料，您拿到森木项目的时候不也觉得走上人生巅峰了吗？现在呢？担心项目易主，担心丧失决策权……累不累啊？”

“你这是损人不利己，不值得！”

“凌熙开心，就值。”

刚出差回来的莫格利正好经过Y-home门口，听见凌熙的名字，愣了片刻。

郑伟珏推门而出，失态地朝电话对面呵斥撒气。他一抬头撞见莫格利，懒于隐藏眼中的怒火，直视着他。

“谁让你延期出发，改签机票的？”

“郑总，公司最近忙中出错，已经造成很多挽回不了的失误了，您让我去力挽狂澜，我必须做好准备再去谈判。”

“这么说你完全是为了公司利益考虑，而不是突然想留下来去办点儿什么私事吗？”

郑伟珏上前一步凝视莫格利。

“你处心积虑到我身边来，究竟想干吗？”

“既然您心存疑虑，又为什么冒险把我留在身边呢？其实从一开始，我的目的就清清楚楚摆在台面上了，我无非想让当年的真凶凌正浩伏法。”

莫格利看出了郑伟珏在强作镇定。

“既然您觉得不方便，不如我离开公司，证据我自己想办法查。”

莫格利作势转身欲走，被郑伟珏一把拉住。

“你想借我之手成你的事儿，我帮你也算对你有恩。不要在我眼皮子底下搞什么花样，你还不够斤两。”

说罢郑伟珏飞速离开，莫格利看着他的背影长吁一口气。

李昱珩两手提满甜品，一边侧身推开门，一边用语音回着消息。

“给员工派发的下午茶福利马上到！老板当成这样，真是够够的了。”

李昱珩嘴上抱怨着，嘴角却不自觉地上扬。他一抬头，见前面莫格利正匆匆躲闪。

“你是在躲我吗？”

莫格利只好停步，故作镇定地回头。

“完全没有，好久不见。”

“前阵子在 SPA 会所不是见过嘛。”

“什么会所？你认错人了，我不会是你的心魔吧？”

“你是凌熙的心魔。”

此刻，莫格利手机微信的消息提示音响了，莫格利看了一眼忽然脸色大变，急忙回拨电话。

“喂？你说那边怎么了？”

莫格利边快步走着边听电话，越来越气，看了眼四周，寻找出租车无果，便直接跑向李昱珩。

“你的车，借我！”

莫格利来不及解释，将手机夹在耳边，双手朝李昱珩裤兜摸过去，掏出了车钥匙。

当他拉开车门，猝不及防看见凌熙的水杯插在副驾驶杯座里。来不及思考，莫格利便一脚油门猛踩了下去。

森木村庄背靠森林山地。

一幢村民房，李昱珩的车停在院子外。

村长将莫格利一路推出门，充满敌意和不信任。

“你们还有没有个完？一开始跟我们说是勘探的，后来又说是考察队，带着一大帮人上山，搞得乌烟瘴气的，从来就没见过考察还带捕兽夹的，又挖坑又放烟，不知道在搞什么鬼！”

莫格利越听越不对，急切地问道：“多少人？上去多久了？往哪个方向走了？”

“你跟他们是一伙儿的吧？不知道，走走走！”

“您误会了！”

村长不听莫格利解释，执意推搡着莫格利往外走，正在这时，身后传来熟悉的声音。

“小野？”

莫格利和村长一同回头，夏叔叔还没机会解释，山林间突然传来狼群凄厉的叫声。

村长带着三个村民在前面开路，莫格利在后面环顾观察，众人表情严肃，一路走一路在坑坑洼洼的路上寻找脚印。

莫格利箭步上前，环视地面，发现地上不仅有人经过的痕迹，还有被挖刨过的痕迹。

村民递上铁铲，莫格利就地挖下去，几下后忽然停住了。

莫格利俯身下去拨走浮土，一只幼狼的爪子露出来，莫格利气得青筋暴露，咬紧牙关。

“这帮畜生，简直就是疯了！”

村长往前走了两步，见几颗钢珠散落地上。

“有这东西，那帮人应该有自制火枪。”

众人正气愤间，砰的一声闷响，十米开外又传来狼的哀嚎，莫格利立刻拨开树丛寻声跑去。

另一边，耳钉男带着三四个跟班，手持火枪，虎视眈眈地将一匹已被捕兽夹夹伤的成年狼逼到角落对峙。

忽然一阵口哨声响起。狼仿佛听懂了，循声撤离。

还没等耳钉男一行反应过来，莫格利已带领众人冲上，几支火枪瞬间被缴下，折在地上。

两班人马短兵相接，大打出手。莫格利和耳钉男更是扭打在一起。

耳钉男从腰间抽出一把锋利的短匕首，树叶缝隙漏下的光落在刀尖上，闪出一抹寒光。他扬起匕首逼近莫格利，仿佛慢动作，莫格利的胳膊却像被梦魇压住，动弹不了。

随着刺啦一声响，莫格利的大手臂被划开一道深深的伤口。世界恢复原样，莫格利脸色煞白，痛苦地捂住伤口，血仍然从指缝中溢出，流了下来。

搏斗中的莫格利往后看了一眼，身后不远处的狼也回头看着他们，有两只小狼从狼洞出来，观察着这边。

村长带领村民趁机踢开对手，聚拢在莫格利身边。

身后的狼洞里还不断传出幼狼恐惧凄厉的哀嚎。

耳钉男恼羞成怒，夺过同伴手里仅剩的一把火枪，举枪对准一只狼。

“给你最后一个机会，让开！”

莫格利箭步上前，用手攥住枪口，抬起对准自己的胸口。

“除非你从我的尸体上踏过去！”

空气仿佛静止，双方就这样久久对峙着，两秒、三秒、四秒……

突然一声严肃呵斥打破了四周的寂静。

“警察！把枪放下，手举起来！”

莫格利回头，只见两个警察在夏叔叔的带领下赶来。耳钉男旋即和跟班转身奔逃，莫格利等人上前追赶，只见耳钉男将跟班推上前，自己趁机拐向小路逃跑了。警察与莫格利一起将跟班制伏，再回头已不见耳钉男的身影。

入夜后，莫格利和夏叔叔围坐在噼啪作响的篝火旁。

夜色中，一颗炭火拉着火星飞向空中。

莫格利脱掉半边袖子，露出伤口，夏叔叔将一整瓶白酒直接倒上去消毒，莫格利痛得咬紧牙关，额头渗汗。

“叔叔，您帮了我大忙，要不是消息及时，我也不可能这么快赶回来。”

“可惜，那带头的主谋跑了……”

“他不是主谋。”

“啊？”

莫格利看着夏叔叔诚恳关切的眼光，决定说出实情。二十三年前爷爷那桩案子，伏法的是个替罪羊，真正的凶手还在逍遥法外。今天这事，也是那个人指使干的。

夏叔叔完全被震惊了。

“禽兽不如！”

“叔叔，爷爷是为了我才被枪打中的，我不冒这个险，对不起自己的良心……”

星河在天空中散布，仿佛触手可及，两人沉默了好久，各自抬头遥望着。

“小野……有样东西要给你。”

夏叔叔从衣服内袋里摸出来一块纸巾包好的东西递到莫格利手上。莫格利打开看，是一张自己婴儿时期和护林人爷爷在小木屋里的合影。这张五寸旧照已有一些泛黄。

“爷爷刚捡到你的时候拍的，做个纪念吧。”

一阵风吹过，许多木屑翻飞向上，灿烂夺目。夏叔叔有些冷，又添了些碎柴在里面，莫格利看在眼里，脱下自己的外套替他披好。

“小野，你变了不少。”

“嗯……因为有个人跟我说过，别人对你好你也要对人好，人家关心你，你要说谢谢……”

“是上次来找我的那个姑娘吧？”

“你还记得她？”

“明明是个城里小姑娘，但真能吃苦，也不知道翻了多少个山头才找过来，被蚊虫咬得满身包。”

“是啊，平时看着大小姐脾气，让你做这做那的，其实都是些琐碎小事，真有过不去的坎儿，她反而不说，一个人扛着……两个人能不能在一起，都是命运吧？……”

第二天清晨，莫格利和夏叔叔迷迷糊糊地互问早安。

二人并排站在水槽边刷牙，神态动作都异常一致。

莫格利抬头时，眼睛不经意扫到墙角靠着的工兵铲，没在意。

村长从里屋出来，看着眼神一模一样的两人，笑了笑。他顺手拿起工兵铲从莫格利身边经过，莫格利无意间又扫了第二眼，工兵铲的柄，似乎在哪儿见过。

突然，回忆扑面而来，电光石火般在脑海中重现了。

——护林人爷爷正和郑伟珏、丁建雄对峙，小莫格利站在木屋旁密林的边缘，一脸惊恐地看着他们。

“跑啊！愣着干吗？快跑！”爷爷大叫。

小莫格利来不及细想，掉头就跑，身后有猎狗叫着追上来，小莫格利一不小心被藤条绊住，摔了一跤。猎狗朝着小莫格利狂奔过来，正在这时，他养的小狼从林间冲出来挡在他面前，对着猎狗嘶吼。小莫格利趁机爬起来，跌跌撞撞地继续往前跑。

丁建雄朝着小莫格利迈步过来，护林人爷爷为了拖住丁建雄，上前与他缠斗，二人近距离扭打。丁建雄死死控制着手上的那把猎枪，砰的一声，丁建雄擦枪走火，子弹打在远处树上。

几乎同时，另外一声枪声响起……

小莫格利回头害怕地回头一看，一个人端着枪，正对着护林人爷爷的背部，那人的脸从模糊变得越发清晰——是青年郑伟珏。

护林人爷爷倒在地上，丁建雄慌忙松手，咣当一声，猎枪落地，莫格利忽然清晰地记得，那把猎枪的枪托上，有一个独特的花纹。

郑伟珏办公室不断传出他的责骂声。两个年轻员工聚在办公室门口，悄悄议论着。

莫格利风尘仆仆推门而入。郑伟珏头都没回厉声训斥。

“出去！”

“郑总！我有事想和您商量。”

“你在山上搞出了那么多事还惊动了警察，你故意的吗？”

“那是他们咎由自取，私制火枪、非法盗猎，这和我们公司的理念相悖。我是为了我们公司的声誉，为了给公众一个交代。”

“你上山，只是为了阻止我杀动物？”

“那么您，竭尽全力真是为了排查证据？”

“莫格利，证据是你要找的，我只不过是帮你的忙。”

“那就不用再帮了。”

一丝不安从郑伟珏脸上掠过。莫格利从口袋里掏出手机，给郑伟珏看工兵铲的照片。

“这是我在村民家里看到的，早年盖农房挖地基挖出来的，拆拆卖了，只留了这个枪托。”

“所以呢？”

“既然证据已经没了，再挖再排查也没有任何意义，停手吧。”

“不！查查清楚，大家都放心。”

莫格利彻底明白了，郑伟珏不会罢手。

莫格利看着郑伟珏的背影，决定铤而走险。

“你怕了？怕的就是当年在木屋旁，杀死人的那把枪还在！”

郑伟珏开始惶恐不安，他拿起桌上座机的时候，手微微地抖着。

“叫保安进来！多来几个！”

“丁建雄没有死，他昏迷前指认你是凶手！”

郑伟珏瞬间失态，各种奇怪表情在脸上接连闪过。

“你说什么？他在哪儿？”

下班时间，街道上飞驰的车辆都有自己的去向，每个路人，都匆匆赶路。

莫格利独自在天桥上徘徊，与那些忙着回家的人擦肩而过。忽然，他看见凌熙朝自己跑过来。

凌熙飞奔过去，上上下下打量他一遍，莫格利双手攥紧，额头上有汗。

“你还好吧？没有被礼炮吓到吗？没事吗？是不是又想到什么不好的回忆了？”

莫格利看着凌熙，手死死捏着，凌熙拉起他的手摊开，只见手心里是凌熙画的黄色辟邪符，已经被汗水浸透。凌熙使劲儿抱住莫格利。

“……能再见到你真好！”

凌熙仿佛幻影，在莫格利眼前消失了。世界恢复原本的样子，路人仍旧行色匆忙。

原来这只不过是一场幻觉！

莫格利笑着摇了摇头，汇入人流。

莫格利来到凌熙家楼下，落寞地抬头，看着那个空空的玻璃房，出了会儿神，一低头，又想起往日的凌熙和自己。

似乎又出现了幻觉，莫格利想要伸手抓住凌熙的手，凌熙的身影却已消失不见了。

楼下已然空无一人。

“有些话，一直想跟你说，但可能再也没机会当面说了。那天我受伤倒在你后座，被你救下来，你以为救的是二十六岁的我，其实不是，是七岁的我。”

大约二十年前的一个悲伤的日子，警察提着装有护林人爷爷的裹尸袋向警车走去，其他几个警察跑进跑出忙忙碌碌。七岁的小莫格利站在不远处，木讷地看着眼前的一切，像被抽走了感情。他抬起头，仰望天空，灰暗的天空有飞鸟经过。

巨大的森林里，莫格利小小的身影越来越渺小，最后缩成一个孤独的黑点。

“那一年，我失去了唯一的亲人，后来，哪怕有书读，有人照顾，有动物陪伴，我也再没有交出过我自己……”

“每个冬天，冷风穿林而过吹僵脸的时候，我就很想念以前的日子，爷爷会贴着我的脸暖一暖……我以为人生就是这样，要一个冬天再一个冬天地熬过去，直到遇见你——那个七岁就死去的小男孩被你救活了。”

莫格利在快捷酒店里洗好澡，换了一身黑色衣服，拿起那颗放在桌上的钻戒看了看，珍重地放进裤子口袋里。桌上还有一张照片，是莫格利和凌熙的第一张合照，小小一张被打印出来，莫格利将它放在手机壳里，只要看一下就会满眼笑意。

“凌熙，我爱你，很爱你，如果没有你，我和游荡在荒原上那些无家可归的孤狼没有区别。在你身边，我体会过任何人都没给过我的幸福和满足。”

每一年，莫格利都来看望爷爷，像是扫墓一样在木屋前的台阶上放点儿什么。

木屋越发破旧，七岁、十岁、十五岁的莫格利从放下两个野果，到放下一堆烤玉米，再到放下一只野鸡，最后，变成一束花。

他对着木屋深鞠一躬，独自走远。

“我决定铤而走险了，100个人里也许有99个都不会理解，但我，非常盼望你能懂。你和爷爷，都是流淌在我身体里的血液，我必须维护他，守护我的森林，就像你维护你父亲，维护公平和尊严一样……”

莫格利趴在快捷酒店房间的桌边写着这封信。

“只为自己而活是你我都做不到的事，我知道，我们只是殊途同归。最后，有生之年能遇见你，无上荣幸。凌熙，再见。你的——莫格利。”

莫格利把信折好，塞进了信封。

储时拎着个饭篼，一路拖着不情不愿的凌熙往快捷酒店的楼上走去。

“走嘛，我一个人来很尴尬的，万一我正蹑手蹑脚放饭的时候，他开门出来怎么办？万一觉得我还喜欢他怎么办？男人不都有这病吗？觉得所有喜欢过自己的女孩儿都会一辈子对自己念念不忘！”

“得了哈，别演戏了，你不就是想拉我来看看他的落魄样吗？让我可怜他把他弄回去。你想得美！”

储时简直惊呆了，张大嘴看着凌熙。

“我原本还以为这阵子我成长了，城府深了，怎么还是被你一眼看穿……”

“到了吗？”

储时看了一眼门牌，“到了，就这里！”

储时把饭篼小心翼翼地放在门口，她不甘心就这么回去。送饭都送好几天了，一次都没见过他……

“储时，你是圣母啊？他伤害我爸，伤害文郁阿姨的时候，就应该想到有这一天。”

“万一他已经知道错了呢？”

莫格利忍着手痛，艰难穿起外套，从房间出来带上门，给郑理留语音信息。

——你爸知道了丁建雄的消息，今晚一定会跟来，这次会他，可能没胜算……万一我打你电话，你就报警，拜托了。

他转过走廊拐角，如梦一般，见凌熙就近在咫尺，正和储时笑闹拉扯，简直不敢相信自己的眼睛。

储时也愣住了，她没想到来给凌宇送饭却撞见了同在这家快捷酒店的莫格利。看着凌熙发呆的神情，她赶紧一路小跑火速撤离，在经过莫格利身边的时候，小声说了句“加油”。

狭长的走廊里，只剩下莫格利和凌熙两个人，二人遥遥相望，有一万句话在嘴边，却一句也说不出口。

凌熙极力掩藏慌乱的情绪，手指不断抠着裤缝。

“凌熙，请照顾好自己……”莫格利说完，迅速从凌熙身边经过。

也不知道为什么，凌熙忽然间有点儿心慌，她回过头，对着莫格利的背影大叫。

“莫格利！”

莫格利定住，咬紧牙关，胸口起伏，终于再也忍耐不了，回头冲向凌熙，一把将她抱在怀里。他感觉到有一滴泪从脸颊滑落。

片刻，莫格利放开凌熙，转身走到走廊的另一头，顺势将信封从口袋中掏出，暗暗撕掉了。

“不要再记挂我了，请你一定要轻松地生活……”

凌熙失魂落魄地站在走廊良久，尽管莫格利的背影早已消失在走廊尽头。

突然，电话响起，凌熙才从失魂的状态里恢复。

电话对面传来海潮和李昱珩温柔的声音。

——今天我生日！我在等你了，你在哪儿呢？

海水在黄昏的落日下反射着金色光斑，一浪接一浪的海潮扑上沙滩又退去。

李昱珩站在沙滩上远眺，期待着，甚至有点惴惴不安。终于，凌熙从远处走来，低着头，似乎并不开心的样子。

李昱珩迎上去自然而然牵住凌熙的手，凌熙却愣了一下，将手抽了出来。

两个人先后坐在沙滩边横陈的枯树干上。凌熙随手捡起一小段树枝，在沙滩上乱画。

“两个人庆祝生日，是不是太无聊了点儿？愿望都没的许，蜡烛就被海风吹灭了，蛋糕呢？”

“不用蛋糕，愿望我已经许过了，找你来是想问问能不能实现。”

李昱珩认真地看着凌熙，凌熙感觉到一丝异样。

海边沙滩在黄昏中显得分外美丽，李昱珩看着凌熙，让凌熙有点儿不自在。她起身朝落潮处走去，面向海面，深长地呼吸。海潮不断下落，李昱珩摆在沙滩上足有一人大的石头“问号”显露出来，凌熙看见，觉得好笑。

“凌熙，我想问你一个问题。”

“问我？”

“你知道我其实是个挺无趣的人，生活里只有工作、睡觉、应酬。以前一个人过生日无所谓，过不过也无所谓，但认识你之后，一个人反而觉得孤独。我已经习惯你在我身边吵吵嚷嚷了。”

“李昱珩，我……”

“至少让我问出来吧？”

“……”

“凌熙，我对你是认真的，你会选择我吗？”

凌熙愣了很久很久。

“你是我生命中，很重要的，永远不想失去的朋友。”

李昱珩悬着的心终于落下，反而松了口气，他低头看着海潮不断冲刷到鞋面上，笑着点了点头。

“其实你喜欢的始终是他，我也看得出来。”

凌熙愣了一下，拍拍李昱珩的背，一步一步缓缓走远了。

李昱珩看着凌熙美丽的背影，高声说道：

“莫格利那天也去过 SPA 会所，为了救你，只不过我早他一步。”

凌熙的眼睛被雾气般的泪水蒙住，莫格利的拥抱不断地在脑海中回放。

她快步流星地走远，似乎想到了什么，她又跑起来，越跑越快，离海滩越来越远。她气喘吁吁，边跑边拨莫格利的电话。

“傻瓜，什么叫照顾好自己？！”

四十四 最终对决

在卫生所的某间病房外，郑伟珏似乎观察了很久，终于找到机会，压低头，避开本来就稀稀拉拉的病人和护士，最后推开一间病房的门。

窗帘拉着，床上侧卧着一个人，盖着被子，看不清脸。

郑伟珏突然把房间灯全部关掉，打开手机照相机，一片昏暗的镜头里，出现一个闪烁的小红点，那是针孔摄像头的位置。

黑暗中，郑伟珏防备地走过去，拿了块毛巾把摄像头盖上。

“东海，我来看你了。”

郑伟珏一步一步靠近床上的人。他靠到床边，将手伸过去想拉起被子却又轻轻放下。

他拉了把椅子坐下，开始和床上的人说话。

“你睡得真熟啊，我挺羡慕你。其实那天我约你出来，没想把你怎么样，谁知道意外失手，你不要怪我。”然后话锋一转，“可惜没发生的事，我不能乱承认，你觉得呢？莫格利。”

莫格利自知已经暴露，摘下面罩坐起身，将房间灯重新打开。

“其实你早就知道他死了，是你杀了他。丁建雄失踪的那天，你恰好去过事发的海边，车开那么快，很急吗？”

和莫格利预料的差不多，郑伟珏脸上轻松的笑容逐渐僵硬，莫格利乘胜追击拿出一只纸鹤。

“还有这个，你记得吧？”

郑伟珏定睛一看，吓了一跳，他伸手想要抢过来，却被莫格利躲过。

“这是那晚你回家后给太太折的纸鹤，你没料到这上面染上了血迹吧？只要去鉴定一下，就知道那是不是你的。”

郑伟珏才记起那晚因为匆忙没有给李珊准备结婚周年礼物，就临时起意折了一个纸鹤，只是，怎么会落到莫格利手上？于是他只能刻意笑着来撑场面，“哈，就算是我杀了他，又怎么样呢？凭你这两个边角料证据，就想诈我？拼个七巧板，还得凑齐七块呢。”

郑伟珏盯视莫格利，料定他拿不出更多证据，莫格利被逼到绝境，决定赌一把。

“我还拍了你的车辙。当天你走后我就赶到了，我看到了你的车辙，和你在山里甩开我时留下的车辙一模一样，我不会看错。”

郑伟珏停了片刻，突然发自内心地讥笑起来，他拍拍莫格利的肩膀。

“我走后你拍到车辙了？真是太厉害了。”

莫格利对郑伟珏的反应有些纳闷儿，但来不及深究。

“其实你手上的证据全是废料，所以才想方设法把我骗过来，想套出更多信息，可惜姜还是老的辣。你安排的摄像头我早就看见了，还有，郑理也不会来了。”说着郑伟珏拿出了郑理的手机。

莫格利也从背后拿出手机，录音软件正在录入声音，郑伟珏吓了一跳。

“郑伟珏！不让你沾沾自喜一下，你怎么会敞开心扉和我说这么多？对付你这样的人，我也学会了不用君子手段。”

郑伟珏拼命和莫格利扭打争抢手机，莫格利明显占了上风。

凌熙来电的同时，手机在拉拽中不经意被滑开成了接听状态。

她听到了郑伟珏的叫嚣，“都到了这个地步，还想活着出去吗？反正我已经没法回了！”

郑伟珏顺手抄起盐水瓶朝莫格利的脖颈敲下去。

凌熙听到电话里的声音，焦急大叫“莫格利”，对面却已在一阵混乱中被挂断。

不知道过了多久。

莫格利脖子上的伤口渗出血来，他揣着手机，蹒跚着从病房里走出来，穿过树木葱郁的院落，往大门走去。

“别跑。”

尖锐的耳鸣再次袭来，莫格利脚下不稳，被郑伟珏扑倒在地。

手机从手中飞了出去，在两米外旋转几圈最后停下。郑伟珏抢先一步捡起手机。

“你以为拿这种小伎俩就能威胁我？”

郑伟珏说着就要删录音，莫格利用尽力气，从地上爬起来，一把捏住郑伟珏的手腕，要夺回手机。忽然莫格利感到肌肉似不受控制，郑伟珏发现端倪，趁机甩开莫格利。莫格利奋力拦腰抱住他，手指交叉紧扣，死死不放。

郑伟珏气急败坏，拳头雨点儿般砸到莫格利身上。

“快二十年了，丁建雄威胁不了我，你也不可能！”

突然，一个如救世主降临般的声音响起。

“莫格利！”

是凌熙！凌熙跑向扭打的两人，身后还跟着三个警察。

警察们瞬间将郑伟珏制伏，并将他反手押住。

莫格利终于松了口气儿，缓缓跪倒在地。

“他刚承认他杀人了，手机在他手里，里面有证据。”

“所以，你跟我分手是为了只身犯险，寻找证据？”

“……嗯。”

“所以，你说的那些狠话，都是言不由衷？”

"嗯。"

"所以，你不是不保护我，只是不想连累我？"

"嗯。"

凌熙看着莫格利心情非常复杂，都什么年代了，还玩这套！

"真的危险啊，会所那天你知不知道自己差点儿没命……"

莫格利意识到自己说漏嘴了，赶紧收住，凌熙流露出一丝窃喜。

"那也不至于分手啊，过分！"

凌熙一把拍在莫格利的肩膀上，莫格利感觉非常疼痛，但又不愿意暴露。

"我有个疑问，你怎么知道我的位置？"

"你忘了吗？当初给你手机的时候，设置了亲友定位。现在不管你走到南极、撒哈拉，还是冰岛、热带雨林，我都能找到一条连接我们之间最短距离的路线。"

"那你现在可以取消了。"

"为什么？？"

"李昱珩！"

"啥？"

"……你跟他怎么样了？"

凌熙迅速进入戏精状态，露出一副岁月静好的模样。

"还不错，刚在海边约完会。"

"那你更要删除这个定位功能，不然人家介意怎么办？"

凌熙终于憋不住笑，还没等莫格利反应过来，凌熙直接亲了上去。

夜色中，公安局门口的灯箱发出威严的亮光。

问讯室内，一张长条桌两边，郑伟珏和警察相对而坐。面对警察的提问，郑伟珏从容回答。

"12月18日下午4点到6点期间，你在哪里？"

"……时间太久，我不记得了。"

"我们调查到那一天你在海滨路有张超速罚单，而丁建雄也在同一天到了海边，你们当天联系过吗？"

“没有。”

“你们最近一次见面是在什么时候？”

“一个半月以前？具体记不清了。”

“这个语音内容怎么解释？”

一丝紧张从郑伟珏心底滑过，他的手在桌下轻轻捏了捏自己的裤子。

“是莫格利引导我说的气话，他对我一直有敌意，所以想用这样的方式报复我。”

……

过了几个小时，莫格利和凌宇并肩从派出所出来。

不远处，凌熙蹲在花台边，见到莫格利出来，连忙迎上去。

“定罪了吗？警察怎么说？”

“找不到丁建雄，也缺乏关键证据。郑伟珏什么都不承认，警察拿他也没有办法。”

这时，凌宇走过来，兄妹对视一眼，即将擦肩而过的时候，凌熙突然冒出一句：

“吃了妈这么多饭，也不吱个声，就打算一直当个隐形人吗？”

凌宇顿了顿，想说什么，终究没说出口便转身离开。

凌熙和莫格利踌躇在路边。

“莫格利，你接下来打算去哪儿？”

“回家。”

莫格利正要往左走，被凌熙一把拽了个圈，拉回来。

“回哪一个家？那边是你家的方向吗？”

安静的夜晚，小区星星点点的灯光亮着，无比和谐温馨。

莫格利无辜地站在天台中央，心甘情愿接受陆子曰、唐澄、储时、郑理的“审判”。

“无间道演得过瘾否？需要组织给你颁个最佳影帝否？”唐澄率先发难。

“蛤蜊哥哥，你把我们一群人都坑了，我差点儿都要不相信爱情了。”

莫格利真诚向大家道歉。

大真的储时非常高兴，“幸好你们演了这么一大出戏，那个恶人总算被抓起来了。”

凌熙和莫格利同时叹气，一筹莫展的样子。

“他现在只是被行政拘留，二十四小时找不到证据就会被释放，到时候再抓他就更难了。”

凌熙实在气不过，“我就不明白了，录音、人证都在，凶手近在眼前，事件来龙去脉也很清楚，为什么不能定罪？”

唐澄和陆子曰只得给凌熙科普“疑罪从无”的相关知识。简而言之，就是证据不足，定不了嫌疑人的罪。

众人也都一筹莫展，“要是真的证据不足，那接下来怎么办？”

气氛瞬间压抑起来。

“那就继续找啊……”

大家惊讶转身，见郑理走了过来。

陆子曰走过去，想拍拍郑理，安慰他。

郑理却表示自己不想爸爸一错再错，还是会站在真相这边。

莫格利也觉得不能就此放弃。

“从现在起，分头行动，我和凌熙继续去海边，看能不能发现一些新的线索。”

莫格利在纸上圈出“海边”字样。

“子曰兄和唐澄留在大本营，我们每找到一个证据，先在微信群里汇报一下，你们来寻找法律方面的支撑点。”

“呃……储时你管后勤。”

而郑理主动拿笔，在纸上写下“内应”两个字。

“再坚硬的盾，也有能刺穿它的那把剑。对我爸来说，我妈就是他的软肋。我先回家，从我妈的角度入手，看能不能套出一些有用信息。”

凌熙却有点儿担忧，“郑理哥，你没问题吧？”

郑理微笑着说道：“没事，跟你斗智斗勇的这些年，我早锻炼出来了，这点儿困境算什么？”

黑夜慢慢过渡到黎明。

海平面上出现微黄的光亮，太阳刚露出一丝金边，海水被染成金色。

凌熙和莫格利在沙滩上走着，留下一串长长的脚印。

莫格利端着手机，看着上面的定位，当时丁建雄给自己发的定位就是在这里，不知为何却找不到任何痕迹。他捡起一块扁平的石头，扔向海平面，石头在水面上打出一连串水漂。

他回想着郑伟珏自信的话语——我走后你拍到车辙了？你真是太厉害了！

郑伟珏好像是在嘲笑莫格利一般。

所以可能我根本拍不到车辙？

莫格利和凌熙沉思许久，也许这里并不是郑伟珏最后离开的地方？

他们决定反向思维，考虑什么地方“一定不会出现车辙”。沙滩确实不会，但傍晚涨潮时分车子根本开不过来，海底、水面、船上？

凌熙和莫格利对视一眼，停顿半秒，两人好像意识到什么，慢慢抬起头，同时看向上方的悬崖。

悬崖边，植被低矮而稀疏，杂草叶子上沾着露水，发出晶莹剔透的亮光。

凌熙和莫格利吃力地走上去。莫格利走在前面，为凌熙开路，鞋面和裤脚被沾上水渍。

太阳已然越出了云层，把海平面照得通红，万丈光芒透过云层，变成金黄的光束。

凌熙、莫格利都被这绚丽的景色震撼，两人静默着，共同望向太阳的方位。

“莫格利，现在有你有我，有大海和日出，还有个没有了结的悬案。要是早点儿真相大白就好了，我要多花时间陪着喜欢的人，一直静静看日出。”

他们继续在悬崖上探索，凌熙被脚下的杂草一绊，差点儿要跌倒，莫格利迅速伸手。

快要抓到的时候，莫格利却手一滑，凌熙瞬间踩进了泥坑。

凌熙气得撇嘴，“你的男友力弱爆了，这时候不应该把我拦腰抱住吗？给你创造机会都不知道珍惜。看，害得我脚上全是泥。”

说着凌熙从泥坑里把脚拔出来，鞋底的纹路上沾满泥土。

凌熙看着自己的鞋子，喃喃道：“如果他们来过，那鞋子上也会留下痕迹。”

莫格利恍然大悟。

“所以，找出案发当天郑伟珏穿的鞋子，根据上面的土壤分析，寻找相同的泥土……就能锁定丁建雄最后出现的地方。”

“对！”两个人眼前一亮，此刻太阳似乎更耀眼了，快要找到那些隐藏的秘密了。

收到莫格利的短信后，郑理便在家里的鞋柜里各种翻找，将一双双鞋翻过来看鞋底板有没有泥。

李珊穿着睡衣，眼睛有些黑眼圈，打了个哈欠路过客厅，看见郑理，吓了一跳。

“妈，正好你帮我找找我爸的鞋，就你们结婚纪念日那天他穿的那双。”

李珊显得十分紧张，脸色也黯淡下来，眼泪瞬间充满眼眶。

“儿子，你爸到底犯什么事了？警察昨天也来家里找过他衣服。”

郑理不忍心说出真相，只好劝妈妈说事件还在调查中，不用担心。

李珊一把抓住郑理的肩膀。

“你爸在哪儿，现在能回家吗？这么多年来，哪怕是出国时差不一样，他都会电话跟我报备。这都快十个小时了，也没有个音信，你让我怎么放心得下？！”

李珊胸口一起一伏，终于压抑不住，脚下一软，蹲在鞋堆中哭了起来，眼泪大滴大滴地落下。

“我跟你爸结婚三十多年，他从来都是一个好丈夫、好爸爸，我没法相信他会干违法犯罪的事。”

“妈，天塌了还有我，我不会让你受委屈的。”

可是缺了一个人的家，就是没有房梁的屋子，随时会塌。

郑理把头低低地埋进手掌，痛苦万分。

这段时间他自己又何尝不痛苦。如果是最亲的人犯了法他应该怎么办？他曾经也很迷茫，也找不到方向。而经过漫长艰难的思考，最后他选择真相，即使是站到爸爸的对立面。

郑理递纸巾给李珊。

“妈，如果可以，我希望你一辈子也不要知道这件事，哪怕活在谎言的泡沫里，单纯做一个快乐的老太太，也不要面对残酷的真相。但现在这个谎言被戳破了，瞒不住了，你得跟我一样面临抉择。也许，这也是我们最后一次能帮到他了。”

李珊摇头逃避，“不要再说了，我现在脑子一片空白，鞋昨天送到干洗店去了……”

郑理第一时间告诉了莫格利和凌熙鞋子的下落，他们分两路前往干洗店会合。

上午九点，店面刚刚开门。店员正将郑伟珏的鞋子提起来，准备放进干洗机器中。

店员凭借着熟练的技术清洗着这双沾满泥土的皮鞋，不一会儿，一只皮鞋上的泥土已经被刷掉。泥土一点点流进下水道，再也找不到。

正当他开始清洗第二只鞋时，莫格利和凌熙终于赶到，嘭的一下推开干洗店的门。

莫格利举起手机，亮出干洗店的凭条照片。

“你好，这批鞋在哪儿？”

“刚扔进机器杀毒、烘干了。”

店员指了指身后的机器，工作指示灯正亮着。

凌熙和莫格利都有些颓丧，还是晚了一步。

“不过……”

“什么？”

“这次要加50块啊，有双鞋特别脏，要单独一个批次清洗。我刷了十分钟，刚把一只底部的泥刷干净，另一只还没动！”

凌熙和莫格利同时眼冒金光。

“加钱加钱！哈哈，加钱让你别清洗了！鞋在哪里？”

店员看着这对儿气喘吁吁的情侣，一时不知道该如何作答，开店这么久，从来没有见到这样的顾客，难道是上天眷顾他了？

上天眷顾的永远是不曾放弃的人们。

警察最终根据土壤中岩石风化的矿物质和植物残体腐解产生的有机质，推断出了大致的事发地方位，随后出动警力在海面的岩石上四处探寻。

探寻过程中，一个年轻警察像是看到什么，用手碰了碰旁边的老警察，不远处的岩石缝中，丁建雄的手机已经被海水泡得长了绿藻。而旁边，一只腐烂的手若隐若现。

年轻警察马上拿起对讲机，“找到一具尸体！”

凌熙、莫格利等人挤在公安局刑事技术实验室外面的走廊上，大家翘首以盼，期待着最后的结果。

凌宇从里面走出来，他眼睛红红的，像是流过泪的样子。

“确认了，是我爸。”

众人刚想上前安慰，凌宇却摆摆手，独自往走廊尽头走去。

“为什么？！为什么？！为什么是这样？！”

凌宇趴在栏杆上，手握成拳头，不断重重砸在铁栏杆上。

铁栏杆发出低沉的闷响，抬起头，刺眼的阳光照在他苍白的脸上。

他回想起和丁建雄偶遇的场景——

“你到底是谁？”

“我是……丁建雄，我是你爸啊。”

“不可能，我爸早死了！”

在记忆的怂恿下，凌宇的泪水从眼眶滑落，滴在地上。

丁建雄的尸体被卡在岩石缝里，每天潮起潮落都泡在水里，腐烂得已经不成样子，变成一具巨人怪。仅凭轮廓已经无法辨别他的身份，只能通过 DNA 来判定。

“没有了！我这次是真的没有爸了！”

凌宇没发现此刻储时来到了他身边，但储时却没有说话，只默默地递上纸巾，担心地看着他。

凌熙不断看时间，焦急地看着莫格利。

“还有十分钟就押满二十四小时了，尸检报告怎么还没有出来？”

“我刚问过了，还有十分钟。”

郑理突然坐立不安，越靠近真相，就越发紧张。

他一口气喝完整瓶矿泉水，试图让自己更镇定一些。

自己是在逃避吗？有时候郑理在想，是不是我自以为是地选择真相，变得冷血起来，六亲不认。

好久不见白艺凌了，最近她忙于出差。如果此时白艺凌在身边，也许能给郑理重新往前的动力。

莫格利和凌熙并排坐在椅子上，莫格利掏出护林人和他的老照片，摩挲着照片有些悲怆。

“爷爷，以前那件事过去太久了，也许这辈子不会再有足够的证据定他当年的罪，但随着这件事的水落石出，也能变相让他受到惩罚。你要是知道了，一定会开心的。”

凌熙依偎在莫格利肩膀上。

“爷爷不会有遗憾的。为了今天的真相，你付出了太多，爷爷知道了也会心疼。”

凌熙握住莫格利的手，“我再也不会让你一个人冒险了。答应我，以后有天大的困难，我们一起扛。”

莫格利感动地点点头。

还有五分钟。

还有三分钟。

最后一分钟。

随着倒计时，众人重新聚集过来，站在刑事技术实验室外面，屏气凝神，等待法医宣布最后结果。嘭，刑事技术实验室的门被推开，法医拿着报告冲进审讯室。

众人满怀期待地等待着结果。

这时，审讯室的门被打开。

凌熙和莫格利相互勾着对方的肩膀，连呼吸都变得紧张；郑理暗暗给自己下定了决心；储时故作轻松地拍了拍凌宇。

郑伟珏从容地走了出来，他一脸淡然地穿过发蒙的众人。

"警察帮我证明了清白，你们几个的过家家可以结束了。"

最先反应过来的是凌熙，她直接冲到警察面前发飙。

"怎么回事，尸体不是已经找到，确认是丁建雄了吗，为什么还要放他走？他们打斗过，郑伟珏手上又有抓痕，尸体指甲里肯定会有纤维和皮质，现在科技手段这么先进，一查不就都知道了？"

凌熙越说越着急，血液上脑，整个脸颊都快涨红了。

警察看着凌熙，耐心说道："我能理解你们的心情，也想尽快破案。实际情况是，尸体长时间处于海水浸泡中，被找到的时候已经过度腐烂，已有的刑侦手段找不出尸体跟嫌疑人之间的直接联系。不过，我们在尸体身上找到了其他关键证据，给案件提供了新的方向。"

"什么意思？"

此刻郑伟珏忽然对着凌熙说道："意思就是，凶手另有其人。"

警察丝毫不受感性的干扰，按照流程要求家属过来看一下尸检报告。

凌宇失魂落魄地接过单子，展开，众人探头过来张望。

——病理诊断：1. 左侧肋骨错位骨折。2. 颅骨损伤，创口不规则，创缘不整齐，初步判定为钝器所伤。3. 无酒精、无毒物，神经系统无异。4.HIV 阳性……

面对一堆专业术语描述，众人并没有找出任何漏洞，情绪瞬间跌到谷底。

四十五 法网恢恢

荒诞和迷茫的夜色过后，终于迎来了新的一天。

日光倾泻而下，城市慢慢苏醒。

凌晨六点，机场大厅内，郑伟珏推着行李车，行色匆匆地走在前面，李珊快要跟不上，忙拉着郑伟珏停在一处角落。

李珊不明白为什么老公这次这么赶，忽然决定带她去加拿大，害得自己护肤品都没准备。

“老公，我还是没搞懂，警察为什么会拘留你？”

郑伟珏顿了顿，有些担忧。

“咳，我不是已经给你解释过了嘛，就是一些小纠纷。”

“是跟凌正浩公司分家的时候出了经济问题？”

郑伟珏缓了口气，“都是正常的商业行为，凌正浩倒台，又不是我一个人决定的。”

看着郑伟珏底气十足的样子，李珊的顾虑打消一半。

“只是，你真不打算告诉儿子？咱俩就这样突然玩失踪，他肯定会担心。”

“他现在被那个莫格利洗脑了，听到风就是雨，对我有误解。这段时间我们最好都冷静一下。等他冷静地想清楚，想明白了，大不了过两天再让他飞过来。”

候机大楼内，李珊坐在休息椅上等待，郑伟珏已经取好两张机票过来。

“接下来，全世界还有三分之二的国家等待我们去探索。”

“老郑，我们现在已经五十五了，不知道还有没有时间走完。”

“当然没问题，我想好了。如果你想坐热气球，我就陪你上天；如果你想跳伞，我就陪你自由落体；如果你想急速漂流，我就陪你奋勇向前。总之，以后我抱定你的大腿，有你的地方就有我。”

“哈哈，真有你的，不过我肚子饿了，想去喝碗粥。”

郑伟珏看了看时间似乎有些犹豫，但看着李珊恳求的表情又难免心软了下来。

“好，我陪你去，不过得抓紧时间。”

凌熙、莫格利匆匆赶到郑伟珏办公室，郑理已在这里等候多时。

他向大家解释说爸妈家里的衣服、行李箱都不见了，很难让人不想到是畏罪潜逃。

“他重要的东西都不会放家里……”于是郑理就召集大家一起来办公室搜索。

莫格利、凌熙四下翻找。郑理在公司电脑前搜寻机票信息。

莫格利打开办公桌的最后一格抽屉，看到一本体检报告单的文件夹，他拿起报告单，想往旁边一放，结果报告单从侧面滑了出来。

莫格利连忙捡起报告单，余光瞥见什么，整个人僵住。

莫格利似乎想到了什么。

左侧肋骨错位骨折……

颅骨损伤、无酒精……

无毒物、神经系统无异……

“我可能找到了一个关键证据！！”莫格利自言自语。

与此同时，郑理突然从电脑屏幕前探出头。

“查到了！我在网页历史记录里找到一个机票信息，他们买了早班飞机去加拿大。这班飞机马上就起飞了！”

人来人往的机场大厅，广播正在通知：“前往加拿大多伦多的旅客请注意，您乘坐的航班正在登机，请还未登机的旅客到15号登机口登机，谢谢您的合作。”

李珊问：“怎么不吃啊？”

“我不饿，你吃吧，就要登机了。”

李珊停下手中的勺子，神情复杂地看着郑伟珏。

“我……我肚子忽然不舒服，想去趟厕所……”

郑伟珏十分紧张地问：“怎么不舒服？吃坏肚子了？”

“可能肠胃受寒了……你能不能帮我去买个药？”

“行行行，我立刻去买。”

郑伟珏提着行李转身焦急地准备去寻药，李珊看着郑伟珏的背影，连忙起身。

郑伟珏拉着登机箱，提着行李袋。李珊不在身边，郑伟珏的表情从假装轻松变为了凝重，他的手指不耐烦地点着裤腿，眼神警惕地四处看，整个人散发着焦虑的气息。

他的背后，李珊悄悄观察着，见到郑伟珏不停看着手表的神情，李珊已经对他的清白不抱希望。

难过的李珊绝望地流下了眼泪。

郑伟珏回首看到角落里蹲着一个熟悉的身影，他赶紧走上前去查看，果然是坐在角落里失魂落魄的李珊。

“我找了你半天，药买来了，赶紧吃吧……”

李珊颓废地摇了摇头。

“你怎么了呀，很不舒服吗？”

“我们……能不能不走了？”

“怎么又不走了？你不是要和我去环游世界吗？你就蹲在这儿，还等世界跑来看我们？”

“老郑，我是想和你去看世界，但我是想轻松地和你去看，不是身上背着负担啊！”

“哪里有负担？有什么负担都是我担着，你只要陪着我，轻轻松松玩儿就行了。”

“我们是夫妻，你有什么事，我怎么可能置身事外？”

不远处，赶到机场的莫格利和凌熙见到了站在角落里僵持的郑伟珏和李珊，急忙飞奔过来。

郑伟珏有点儿急了，拉起李珊，不由分说地就想走。

“别说了，我们快走吧。”

可是李珊却僵在原地不动，她似乎下了很大的决心，挣脱开郑伟珏的牵制，反手将他拉住。

郑伟珏回头，惊恐地看向李珊，她的眼里满是难过和不忍。

莫格利和凌熙正全力飞奔而来。

郑伟珏还僵在原地，却见李珊流着泪，上前给了他一个拥抱，郑伟珏彻底愣住。

身后，莫格利终于赶到，扣住了郑伟珏的肩膀。

面前是柔弱的李珊，背后是气喘吁吁的莫格利，似乎一切都静止了。

好像过了很久很久，时间才重新开始流淌。

“郑伟珏，你跟我去公安局接受调查吧。”

郑伟珏牵着李珊的手，他转头淡定地看向莫格利。

“笑话，凭什么让我跟你回去？能调查的东西警察早就调查过了，不然你以为我为什么会在这里？”

“我们找到了新的证据。你大概还不知道，其实你感染了艾滋。”

郑伟珏和李珊都是一怔。

郑伟珏觉得非常可笑，“你们为了拖住我，真是什么谎话都编得出来！”

凌熙从包里拿出体检报告，在郑伟珏面前抖开。

“我也希望这是假的，但体检报告并不会说谎。郑伟珏，你真的以为做了事就能不留下痕迹吗？很遗憾，证据就在这里。”

李珊惊讶地看着郑伟珏，说不出话。郑伟珏表面平静，但心里起着波澜。

“就算我真的有艾滋病，这能证明什么？”

“很不巧，丁建雄出狱后也不幸染上了艾滋。”

郑伟珏愣住，他看着自己手腕上的伤痕，那是他和丁建雄打斗时留下的。

在海边的那场打斗中，郑伟珏捡起地上的石子，尖锐的石头划开了丁建雄的手臂和身体，血飞溅出来。丁建雄踢飞郑伟珏手里的石子，捡起这块石头划开了郑伟珏的手臂和身体。

两人继续打斗，郑伟珏想起了丁建雄身上的血液飞溅到自己的伤口处……

难道……病毒就直接进入了体内？虽然这样就被传染的概率很小，但并不是没有可能。

这大概就是疏而不漏的法网吧。

莫格利冷冷地看着郑伟珏。

郑伟珏表面淡定，一只手紧紧牵着李珊，另一只手拳头握紧，悄悄把手臂上的伤口藏进衣袖。

不远处，郑理也赶了过来，见到郑伟珏和莫格利、凌熙面对面僵持着。

他停下脚步，气喘吁吁地看着眼前的一切，心如刀割。

郑伟珏强装镇定，似乎还有一丝轻蔑。

“故事编得不错，你怎么不去写小说啊？就算我们得了同一种病，怎么确定就是他传染给我的？”

“别的病或许不行，但艾滋可以。”

凌熙拿起手机，点开艾滋病的相关文献页面举到郑伟珏的面前。

“艾滋病有它独特的运行机制，当你吸收了丁建雄的血液，进入你体内的艾滋病毒会进行自我复制来攻击你的人体免疫系统，直到身体失去抵抗力。到了那个时候，艾滋病病毒才会发生变异。换言之，在它开始变异之前，你们感染的病毒 DNA 是相同的。”

郑伟珏瞪大了眼睛，十分难以置信。一旁的李珊难过到不能抬头。

“如果不是从丁建雄身上感染的病毒，那你们的病毒 DNA 就不一样。所以只要你现在跟我回去检查，就立刻能证明你的清白！”

世界在一瞬间坍塌，郑伟珏的表情终于从紧张到松懈，似乎已经认命。

不远处，两名警察飞奔而来，转眼到了郑伟珏的跟前。

“郑先生，现在发现了新的疑点，麻烦你跟我们回去协助调查。”

警察站在郑伟珏的身边，像是两堵无形的墙。

一瞬间，郑伟珏似乎真的向命运屈服。他的嘴边露出嘲讽般的微笑，跟着警察向外走去。

走了几步，不忘回头望向身后即将崩溃的李珊。

“对不起，我可能没法陪你看世界了。”

李珊这才发现自己的老公，虽然背负罪孽，但依然还是那个温柔体贴的男人。

几个月后，李珊收到了判决书。

——依照《中华人民共和国刑法》第二百三十二条、第三百四十一条有关规定，现判决如下：被告人郑伟珏犯故意杀人罪、偷猎罪，数罪并罚，判处无期徒刑，剥夺政治权利终身。

莫格利夹在法院的人群中也走了出来。

迎面而来的阳光温暖地拂过他的面颊，他忽然觉得有一种从未有过的放松。

一只手上前托住他，将他扶到了椅子上，莫格利转头一看，见是凌熙。

凌熙温柔地伸手揽过莫格利，把他的头靠在自己的肩膀上。

“我知道你压力很大，现在都过去了，没事了。”

“虽然我爷爷的案子已经没法追溯了，但好在凶手终于被绳之以法。不知道这对他来说，算不算是一个交代。”

“算。”

“现在想起来，真有些后怕，要不是当时有这么意外的发现，我可能就没法向爷爷交代了……”

“这哪里是意外，我觉得这是必然。”

莫格利看向凌熙，表示不解。

凌熙说道：“如果没有你的牺牲和不放弃，怎么可能这么快找到尸体上最关键的信息，把他请回去调查？如果没有成功拖延时间，让他逃走了，就算耳钉男再拿出铁证，不也是枉然吗？”

“要感谢耳钉男留了一手，被抓后主动交代了作为凶器的石头，上面的痕迹直接让郑伟珏被定了罪。”

“或者还要感谢郑伟珏的腰伤让他在最后抛尸的时候不得不假手于人。他千辛万苦用新的罪行掩盖从前犯下的罪行，却留下了新的漏洞。其实，做错了事不要妄想着会逃脱罪责，没有什么侥幸。”

“没想到他最后落得这样的下场。”

凌熙搂住莫格利，“你也别想太多了。你为这个案子付出了这么多，差点儿连命都搭进去了，算是个大功臣啦！有机会我们去告诉你爷爷！”

莫格利轻轻点了点头。

“都结束了，我们回家吧。”

但莫格利并没有离开凌熙的肩膀。两人就这样靠着，安静地看着眼前蓝色的天空，似是享受这一刻的平静。

天上云卷云舒，时间分分秒秒地走过，不会为某一个时刻停留。

车流和人流在白天的城市里穿梭，在夜晚里悄悄退去喧闹和繁华，归于一片宁静。

在下一个日出之后，城市重新恢复了生气。

城市里的时钟上，时间永远向前走。

一个人的悲伤，永远只会发生在角落里。

凌宇苦着脸，在墓前洒上一壶酒。墓碑上写着：家父丁建雄之墓。

墓碑红字上本应该摆照片的圆框里，却没有照片。

洒完酒，凌宇在墓前坐了下来。火盆里的冥纸和一些东西都快烧没了，蹿出了最后的一下火苗。凌宇捣了捣碎纸，又放了些进去。

“我最近总想起我小时候，你在乡下陪我玩，我们每天多开心。这种日子再也回不去了。”凌宇拍了拍墓碑，这时文郁出现在他的身后，正关切地看着他。

文郁上前，给丁建雄的坟前摆上了两枝花。

“这么多年，我们的生活真的没什么大波浪。我没吃过什么苦，所以也就不记什么仇了。如果小宇肯回家吃饭，我们都欢迎，希望你也不要再介意了。”说完文郁望向凌宇。

凌宇在一旁目瞪口呆地看着文郁说完，心里是十万个愧疚。

他想躲避文郁的目光，便侧身回头，却看到了站在树后的凌正浩。

凌宇有些愣神儿，文郁在一旁推了推他，于是他鼓足勇气，走到凌正浩跟前，朝他深深鞠了一躬。

“对不起。”

凌正浩露出宽慰的表情，文郁在不远处看着也感到欣慰无比。

郑理坐在探监处的玻璃窗前，紧张地等着郑伟珏。

郑伟珏缓缓走到玻璃窗前坐下，他面容憔悴，神情疲倦，一扫往日神清气爽的面貌，曾经的一头黑发已然白了一半。郑理看着郑伟珏很是心疼，不由得紧锁眉心，露出一脸伤感，郑伟珏反倒是一脸轻松地拿起了电话。

“怎么一脸苦大仇深的样子，你妈现在怎样？”

“不太好。你呢？”

“我？能好到哪儿去，又能坏到哪儿去？你们啊都看开点儿，别太为难自己了。尤其是你妈，她的路还长，要向前看。”

“我打算过一阵子带着她去旅行。”

“行，她就交给你们照顾了，我对她的承诺是没法实现了。还有，你要对白艺凌好些。”

郑理流着眼泪点点头。

郑伟珏无奈地看着自己的儿子，“现在说这些都没用了。人在犯下第一个错误的时候就应该及时面对和弥补，而不是靠挖另一个坑去填前一个坑，到最后只会赔上一辈子。这大概是我能为你上的最后一课了。”

郑理抹着眼泪，看着郑伟珏的背影越来越远，他仿佛走入了遥不可及的另一个时空。

郑理擦掉最后的眼泪，跟着其他探视者从小门里走了出来，抬头，看到夕阳下白艺凌正等待着他的身影。

白艺凌走上前，牵起郑理的手。

“他还好吗？”

郑理点了点头。

“那就好。”

白艺凌想走，却见郑理犹犹豫豫。

“自从上次你问我答案以后我就一直在问自己，如果未来没有孩子，我还能享受天伦之乐吗？我现在终于想清楚了。”

白艺凌看着郑理严肃的脸，有点儿紧张。

“我是很喜欢小孩，将来如果没有孩子，我可能会有点儿孤独。但是，我喜欢的事情还有很多很多，就算它们全部加起来，也没有一件能比得上你。经历过我爸的事，我才知道，比起往后担心这些虚无缥缈的不确定因素，没有什么比享受当前、和最爱的人在一起更重要。我不想再失去任何一个重要的人。”

郑理牵起白艺凌的手，白艺凌本能地想闪开，却还是被郑理牢牢抓住了。

但她却不敢面对这位帅气的王子。

“郑理，我觉得我们都需要一点儿时间。对不起，在这个时候，我还是无法回应你对我的爱。是的，我此时此刻相信你是爱我的，我也一样相信爱情。但婚姻不是爱情那么简单，婚姻需要背负更多。请原谅我，我不是对你没有信心，我只是此刻还无法面对未来的岁月。”

“所以这段时间你就一直躲着我吗？”

“我不是躲着你，我只是要想清楚。请再给我三个月的时间，我一定会给你也给自己一个满意的答案。好吗，郑理？”

郑理看着白艺凌的眼神，他知道可能这次放手就再也回不到从前了，但也不知道哪里来的勇气，此刻他真的愿意相信白艺凌。

“好的，我等你！”

说着，郑理轻轻放开了手，因为他爱她，所以决定不让她为难。

晚上，众人齐聚一堂，其乐融融，围在凌熙家的桌边喝酒。

唐澄等人碰完杯，一饮而尽。

“爽！”

唐澄看着自己的空杯，再看看一旁莫格利和陆子曰喝着一口口小酒，不由得十分鄙视。

陆子曰见机把话题转移到了莫格利身上，“现在所有事情也都告一段落了，日子是不是还得过下去？原来该干什么，现在是不是还得照干？所以莫兄那枚珍藏的戒指准备什么时候物归原主啊？”

凌熙害羞，正等莫格利回答，谁知莫格利又把话题拐了回去。

“麻烦请先回答你们自己的进展，家长大人都见面了，好事将近啊子曰兄。”

众人起哄，一时间把所有灌满酒的酒杯伸向陆子曰的面前，陆子曰闻着酒气，十分尴尬。

唐澄为了不让男友难堪，直率地说：“好了好了我来回答。我来宣布吧！经过我们商量，我们决定——不结婚！”

屋内忽然鸦雀无声，唐澄继续说道：

“恋爱就一定要结婚吗？被父母催得紧就一定要服从吗？我们不可以有自己的相处方式吗？除了婚姻，人生还有很多种可能，我们是不甘被世俗束缚住的现代青年，我们就不结婚！”

众人愣住之后，凌熙开始带头鼓起了掌。

“厉害，有魄力，够先进！”

储时也表示终于不用辛苦存钱包大红包了。

凌熙偷偷望向莫格利，莫格利的脸上并没什么反应。

凌熙心底有一些失落，她伸手想在桌子底下牵起莫格利的手，莫格利却在不经意间把手放在了桌面上，凌熙抓了个空。

饭后的天台上，风很安静。

楼下传来一阵阵狂呼也没有打破这里的平静。

凌熙走上天台，见到莫格利一个人站在天台边远眺。他的背影配合着夜色孤独又寂寞，像是下一秒就会离人远去。

凌熙悄悄走上前去，从身后抱住莫格利。

莫格利被突然抱住，一怔，回过神来。

“你搬回来吧。”

“怎么了？”

“你搬回唐澄家吧，也不差你这一顶帐篷。如果你一直漂泊在外，可能有一天就像蒲公英一样飘走了，我连花瓣都抓不到。”

“你知不知道分手的时候有句话我是真心的。那就是——我真的不想睡帐篷了！”

“那行啊，还有一条捷径你要不要走？”

“什么？”

“跟我结婚啊，结了婚你跟我睡一起，就不用再住帐篷了。”

莫格利一笑，没有接话，继续眺望远方。

“干吗，你这个表情，是不想跟我结婚？”

“凌熙，我还有一件事情要解决，我……”

不等莫格利说完，凌熙用力地点了点头。

“嗯，我相信你！我等你！”

楼顶的风吹得凌熙很舒服。她伸手横抱住莫格利，把头埋在了他的胸膛里，只享受这一刻的平静。

四十六　再续前缘

没有过多久，储时的爸妈也来到了中国看女儿。

他们寻着地址找到了唐澄家的楼下，却被匆忙出门的莫格利撞了个正着。

储父撑着莫格利的手站稳，刚想开口说话，却抬眼看见眼前的男孩儿，心中顿时有一种异样的感觉弥漫开，他完全愣住。

“这位叔叔，您怎么了？伤到了吗？”莫格利赶忙致歉。

此时储时提着一袋葱油饼慢慢悠悠走回家，见状赶紧迎上。

“爸，你不会被我蛤蜊哥哥的帅气迷倒了吧？”

储父这才松开手，回过神儿来。

“抱歉，刚才以为看到了一个熟人。”

“熟就对啦！爸妈，这就是我想介绍给你们认识的特别照顾我、人特别好的蛤蜊哥哥莫格利和凌熙姐！我跟你们提过好多次啦，必须熟啊！”

储母立刻同莫格利和凌熙握手，“原来你们就是小麻烦天天提到的凌熙和莫格利啊！幸会幸会。”

“原来是储时爸妈，幸会幸会。”

储父也与莫格利和凌熙轮流握手，待与莫格利握手时，两人的手握紧并没放手。储父和莫格利心中，都有一种神奇而抓不住的感觉滑过。

凌熙疑惑地看着面前这个场景，总觉得哪里不太对劲。

唐澄家十分热闹，昏黄的灯光下，莫格利、凌熙、唐澄、陆子曰、储时，以及储时父母和唐澄父母齐聚一堂，坐在新的沙发上喝茶聊天。

“叔叔阿姨，初次见面就送这么大礼，我也只能谢谢再谢谢了！”唐澄接过储时父母的礼物。

“客气什么呀？都二十多年没见你了，再加上你照顾我们小麻烦这么久，送点儿薄礼应该的！”储时母亲非常感激唐澄对储时的收留之恩。

那一边，唐澄母亲抱着一大堆相册，从唐澄房里跑了出来。

“终于找到了！你猜，我们上一次见面是什么时候？正好是八年前的今天！巧不巧？”

“自从我们去了美国，见面的次数屈指可数，可惜呀……”储时父亲说道。

“这次老屋重新装修，我把这二十多年攒的相册都翻出来了，小孩儿们来看看，变化大不大？”

唐澄母亲翻着相册，小辈们也凑过头来看。

这些照片全是四位长辈，同一个动作的摆拍，照片底下分别是2011年、2007年、2003年、1998年……时光在照片上留下痕迹，也在脸上刻下岁月。

陆子曰说道：“哇，各位长辈果然很潮，我们怎么就没想到用这一招儿纪念青春呢？”

凌熙不以为然，“现在也不晚啊，明天就去拍！你还可以拍单人的双人的花式的情侣的，一次拍个够！”

陆子曰和唐澄猛点头，只有莫格利的脸上流露出一个不经意的落寞表情。

唐澄父亲说：“还有更早的呢！快翻翻，给他们看看我们年轻时候的样貌。”

唐澄母亲翻着相册，一边翻一边讲故事。

“老唐和老储以前就是邻居，两人都对生物着迷，后来一个去当了野外摄影师，一个去搞了生物学研究。用你们的话讲，真是一对儿好基友。”

“等等！”

凌熙怀着好奇心又把相册翻了回来，没注意到两位长辈迅速交换了尴尬的眼神。也没注意到，储父和储母脸上流露出了一丝不悦。

“阿姨，这是唐澄？小时候这么像个男孩儿，果然长大是条女汉子！”

唐澄母亲想翻篇，但有一只手把相册翻了回去，她抬头一看，见是莫格利。

莫格利看着照片顿感疑惑，“那个年代是不是很流行这样的衣服？包孩子的襁褓的图案怎么都一样呢？”

众小辈不知为什么，气氛一下子尴尬了起来。

储时母亲却说道：“不会吧，这个襁褓是我自己绣的，不会有同款。”

“那好巧，我也有和这个一样的。”莫格利说。

储母和储父心底起了波澜，他们抬头看向莫格利，莫格利正拿出钱包，抽出了自己在里面的婴儿照片。果然是一模一样！

储母简直快要不能呼吸了，她颤抖着手接过照片。

“莫格利，你小时候和唐澄小时候长得这么像？”陆子曰不明所以。

他还想继续发问，却被一旁的唐澄扯了扯衣服示意闭嘴。

众人抬头看向眼前的莫格利和储父、储母，一种怪异的氛围在众人之间展开。

储父对着莫格利问道：“这张照片上的孩子是你吗？”

“是，我爷爷说捡到我的时候帮我拍的。”

“你是被捡到的？你没见过你的父母吗？”

“我从小在森林里长大，没有亲人。”

“你今年多大？”

“可能是二十八岁……”

储父、储母每问一个问题，众人的心就被揪起来一下。

储母拿着莫格利照片的手在颤抖；唐澄、陆子曰和凌熙渐渐明白了什么，屏住呼吸大气不敢出。

只有反应慢半拍的储时不懂，“等一等，谁能告诉我……这究竟意味着什么？”

唐澄母亲问储时，“你知道你爸妈为什么要离开中国，以及……为什么从小这么紧张你吗？”

还没等唐澄母亲继续说，储时的父亲立刻拉起莫格利。

“莫格利，我们去一个地方。”

DNA 实验室外走廊上，莫格利、储父、储母正焦急地等着。

凌熙陪伴在莫格利的身边，紧紧握着他的手。

储母拉着莫格利的手娓娓道来：“都是我不好，抱着你去买东西的时候嫌你太吵闹就放在了一边，等我一转头，你就不见了。我们到处找，像疯了一样找，报警、贴寻人启事、重金寻赏，整整找了好几年。抱走你的人贩子被抓到了，却说你因为高烧不退，被扔在了荒郊野外，可能已经死了。我们伤心了好几年，决定离开这个伤心地。我没想过还能有把孩子找回来的这一天……”

储时第一次听说原来自己还有个哥哥。

实验室的门被打开，鉴定师从里面走了出来，众人立刻围拢上去。

储父、储母着急地拿过报告单，看着上面的那行字，流下眼泪——DNA 亲子鉴定显示，双方确为血缘关系。

储父、储母望向莫格利，莫格利的眼里也饱含着泪水，三人便抱成一团。

凌熙看着三人，眼眶一红，也流下了眼泪。

储时高兴得手舞足蹈，一把抱住三个人，像只小猴子一样乱蹦乱跳，上蹿下跳。

“呀，我有哥哥了，蛤蜊哥哥真的是我哥哥！难怪我们一拍即合！”

储时抱着莫格利疯狂亲脸，莫格利都被亲得不好意思了。

凌熙愤恨地擦掉眼泪，边流着泪边笑，“看在你们有血缘关系的份儿上，今天饶你不死！”

凌熙拉过莫格利的手，在他的手心里画了一个爱心，写上“凌熙”两个字，再把他的手紧紧握住。

“好了，我喜欢你，我也喜欢养你。恭喜你找到了自己的生父生母。你快点儿把你的问题解决了就来娶我吧，我愁嫁行了吧？”

莫格利强忍着眼泪低头，他牵起凌熙的手，在她的手背上轻轻吻了一下，然后将凌熙揽入怀中。凌熙并未发现异常，抱紧了莫格利。

入夜时分，两人万分疲惫地走到凌熙家楼下，但牵着的手并没有松开。

“到了。凌熙，你今天够累了，快回去吧。”

“你真的不考虑搬回来住吗？现在我们可真的是异地恋了！”

“等过一阵子吧。”

“嗯……那你这段时间是搬去和你父母住吗？说到这个词总感觉怪怪的。”

“我还会跟着他们去美国一趟。”

“哦，也好，你们才相认，一定有很多话要说，多说点儿我的好话呀，让他们多喜欢我一点儿！”

“今天很开心，可能是我这辈子最难忘的一天了。”

“这么巧，我也是！那要不要晚上在这里看个星星，更难忘一点儿？”

“行了，我还想睡个好觉，你赶紧回去休息吧。”

“那好吧，我回去了。”

凌熙转身走，三步一回头。

“我走啦！”

“再见。”

“你去美国的时候我送你走！”

莫格利笑着点了点头。他呆呆地在门口站了许久，仿佛，又看到曾经无忧无虑的两人在这里的身影。转过头，他终于掉下了忍了一天的眼泪。

阳光透过玻璃和窗帘的缝隙照射进了凌熙的房间，凌熙在睡梦中醒来。

她拉开窗帘，看向窗外的晴空和飞过的飞机，一阵落寞。

“我以为这只是极其普通的一天，他的失联只是极其偶然的一个瞬间。却没想到，这是我往后人生的痛苦日常。”

自从莫格利告别后，墙上的日历已经翻过不少，不知不觉过去整个季度。

凌熙呆呆地看着日历，握着手中的手机，手机里依旧传来“您所拨打的电话已关机”。

这段日子她找遍了所有的地方，去了最后一天约会的所有地方，最终都是一无所获。

夜晚，凌熙独自走在天桥上，看着马路旁通明的灯火，感到无比孤独。

“你为什么要带我去那些地方，你为什么每次做事都有预谋还不告诉我？”

“无数次在睡前想，要是能在梦里遇到你，哪怕只有一秒我也会把你抓住，然而事实是，每一次都在梦里看着你远去，最终痛哭着醒来，面对痛苦空虚的每一天。”

她低头看着胸口的狼牙，自己也不知道这种没有止境的等待什么时候能到头，只是留着一丝希望，莫格利会回来找自己的。

直到那天……

凌熙正在工作，忽然电话铃响了。手机屏幕显示是储时来电。凌熙如被电击，赶紧接起。

“你们终于肯联系我了，他在哪儿？”

“蛤蜊哥哥他……走了。”

“他去了哪儿？”

“我们也不知道，其实他跟着我们到美国是来治疗的……他得了肌肉萎缩症，已经发展到了晚期……”

“为什么现在才告诉我？！”

“对不起，这是蛤蜊哥哥的意思。”

凌熙挂掉电话，大哭了好几天。

三年以后。

新沃夫集团通过 IPO 正式上市的新闻在电视里播出。

一位帅气的总裁在做公司的报告，“沃夫集团旗下的森木项目是第一个运用高科技手段开发的环保度假项目。此后，集团致力于开发深度环保项目，已成功掌握多项环保专利技术……”

电视机前，唐澄和陆子曰正一边吃着饭，一边看着新闻。

“行啊，郑理这小子越搞越大了，有一套啊。”

镜头里，郑理正在接受采访。

“最想感谢的人？是我太太吧，她对我的工作无条件支持，还会把我从岔道上扳回来，没有她我可能成就不了今天。”

唐澄和陆子曰简直快要呕出来了，忽然电话响起，陆子曰按下免提接起电话，郑理的声音从话筒里飘出来。

“好了，我知道你们在电视前面嘲笑我，我一点儿也不介意，我只是想第101次发问，你们到底来不来我公司的律师组？”

“郑理兄，你也知道我们心怀民间疾苦。”

唐澄马上抢过电话："你出一个亿吗？没有的话拜拜！"

唐澄挂掉电话，陆子曰震惊。

"唐澄，我们真是一点儿都不适合。"

"确实不适合，来亲一个！"

两人甜蜜的家常生活每天都在继续。

此时，凌宇穿着凌熙设计的环保T恤，戴着志愿者的徽章，在不远万里的青海湖边清理垃圾。那一边，储时坐在大岩石上，望着晴空，正在享受自由的呼吸。

"快过来看，这里有受伤的鸟。"

储时一听，翻身下来，三步并作两步跑了过去。

"来了！"

凌宇看着活泼的储时又回到过去无忧无虑的状态，十分欣慰。

而凌熙骑着一辆自行车，正在森林里闲逛。

这几年来她一直保持着这种自我放松的方式。

黄昏时分，凌熙终于逛累了，把自行车放在一边，在溪流边坐下。

她抬头远眺火红色的夕阳，把溪水染成了另一种颜色。

凌熙回忆着往事，笑了出来，又悲伤起来。

夕阳把树的影子拉得很长很长，一切似乎在梦境里。

凌熙坐了很久，起身推着自行车离开，却忽然听见咚的一声，似乎有什么东西坐在了她的自行车后座上，她猛地回头，眼泪浸湿眼眶。

她的身后，一个阳光的、笑容灿烂的、帅气的莫格利正在后座上。

凌熙愣在原地，简直不敢相信自己的眼睛。

反而是莫格利走上来，取下了自己的项链，项链上套着当初的戒指，凌熙恍惚，仿佛当初送狼牙一般，莫格利把戒指戴在了凌熙手上。

两人柔情地拥吻在一起。

"你的病好了吗？"

"我去了美国也没有治好，于是就回到了森林里。神奇的是，这几年反而渐渐好了起来。可能我真的是森林王子吧！凌熙，欢迎你来到我的王国！"

（完）